Mad Maria
oder Das Klavier im Fluß

Márcio Souza

Mad Maria oder Das Klavier im Fluß

Roman

Deutsch von Ray-Güde Mertin

Kiepenheuer & Witsch

Titel der Originalausgabe *Mad Maria*

Deutsch von Ray-Güde Mertin

Satz: Satzstudio Hülskötter, Burscheid
Druck und Bindearbeiten Bercker, Kevelaer
ISBN 3 462 01657 1

Für Jamacy und América,
meine Eltern

»I know he is a son of a bitch.
But he is our son of a bitch.«

Harry S. Truman

Buch I
Occident Express

1

Fast alles in diesem Buch hätte sehr wohl so geschehen sein können wie hier beschrieben. Was den Bau der Eisenbahnstrecke betrifft, so ist daran vieles wahr. Auch in bezug auf die Politik der oberen Regionen. Und wenn dem Leser etwas vertraut vorkommt, so täuscht er sich wohl nicht, denn der Kapitalismus schämt sich nicht, sich zu wiederholen.

Dieses Buch ist aber nicht mehr als ein Roman.

Aufgepaßt:

Finnegan wußte nicht, daß Skorpione immer bei Sommerbeginn auftauchen. Und was war in diesem Land schließlich Sommer?

Soweit Finnegan das sehen konnte, war Sommer, wenn der Regen niederprasselte und die verflixten Skorpione auf dem Boden der Hütte, in den Laken und Decken der Feldbetten auftauchten, sich in den Stiefeln versteckten, herausfordernd mit ihren Zangen und aufgerichteten Schwänzen, statisch, wie kleine mechanische Bagger.

Es war der erste Sommer, den Finnegan hier verbrachte, und er begann nun, allein, den Umgang mit Skorpionen zu lernen. Aber er konnte sich nicht beklagen, denn man hatte ihm zur Einführung in dieses Land eine derart ausführliche Liste aller Greuel aufgezählt, daß ein Mensch all das schwerlich glauben konnte.

Finnegan wußte, daß selbst Greuel ein gewisses Maß haben mußten, um glaubwürdig zu erscheinen, aber die menschliche Phantasie schien sich für dieses Land eine Unzahl von Gefahren und Bedrohungen ausgedacht zu haben. Er sah darin ein Zeichen für irgendein Geheimnis, das sich gewissermaßen hinter einem Vorhang aus Übertreibungen versteckte.

Nicht mehr als zwei Wochen genügten, um zu beweisen, daß es da keinerlei Geheimnis gab und daß die Liste unvollständig war. Finnegan hatte nämlich, wenn es um Greuel ging, einen Sinn für das Maßvolle, einem Arzt durchaus angemessen, was jedoch angesichts der Härten, die er erlebte, nicht zum Tragen kam. Was bis dahin für Finnegan ein Greuel gewesen war, das empfand er jetzt nur noch als eine leichte, fast schmerzlose Pein. Das Ausmaß der Schrecknisse schien so ungeheuerlich wie die Skorpione. Tragödien brachen aus und gewannen in diesen ersten Tagen einen unerforschlichen Sinn. Er, brav wie er war, konnte nicht genug über die Fähigkeit der Männer staunen, die Furchtbares ertrugen. Und das Schlimmste daran war, daß sie diese grauenhaften Erlebnisse voller Absicht suchten und so taten, als setzten sie sich darüber hinweg; sie starben unter Schreien, und sie blieben gleichgültig und schweigsam, wenn das Unglück ihren Nachbarn traf.

So war das eben.

Finnegan wußte nicht, ob er selbst eines Tages diese schweigsame, hartnäckige Gleichgültigkeit besitzen würde, eine Frucht des ungeheuren Elends, ganz anders als der Abenteuergeist, den er für den Motor all derer gehalten hatte, die hierher kamen.

Und die Tragödien waren nicht einmal tragisch, es waren Zufälligkeiten, Arbeitsunfälle, Mißgeschicke, erstarrte Glieder in der Kette prosaischer Ereignisse.

An diesem Morgen hatte Finnegan bereits einige Skorpione zerdrückt. Er fühlte sich körperlich wohl, er war aufgestanden, hatte kräftig seine Stiefel ausgeschüttelt, bevor er sie anzog, und unweigerlich fielen ein oder zwei dieser abstoßenden Besucher heraus. Die zertretenen Panzerschalen lagen auf dem Holzfußboden der Hütte und würden bald von einem Heer eifriger, kleiner, roter Ameisen fortgetragen werden, die ihrerseits wieder Teil der endlosen Reihe natürlicher Plagen waren, die sich um die größte Plage, die Menschenplage, herum bewegten. In Wahrheit war Finnegan noch zu unsicher, um sich ein endgültiges Urteil über alles zu erlauben. Er war ein aufgeweckter, junger Mann, aber ohne jede Erfahrung. Er ging noch unbefangen an die Dinge heran, und er wußte nicht, ob er nicht überhaupt ein Dummkopf gewesen war, die Stelle hier anzunehmen.
Der junge Mann blickte hinaus, die Fensterscheiben waren so schmutzig, daß er kaum die Arbeiter sehen konnte, die lärmend an die Arbeit gingen, sobald die Sonne hervorkam. Die Scheiben ließen nur das grelle Licht in die Hütte eindringen, mehr nicht. Die Hitze hatte sich noch nicht herabgesenkt. Jeden Morgen mußte die Hitze gegen die Feuchtigkeit ankämpfen, die tief in alles eingedrungen war, manchmal die Knochen in der Frühe lähmte, so daß die Gelenke schmerzten wie die Schläge, die einen besiegten Kämpfer treffen. Obwohl er wußte, daß die Hitze die Oberhand gewinnen würde, war Finnegan vollständig angezogen. Er schien sich aus dem ungesunden Saunaklima, das seinen Tagesablauf zwischen elf Uhr morgens und drei Uhr nachmittags bestimmen sollte, nichts zu machen. Er trug volle Uniform, weil er sich das persönlich zur Regel gemacht hatte. Über den Greueln stand die berufliche Effizienz, die einzige Waffe, die er bisher

gefunden hatte, um die Geheimnisse, die nicht existierten, zu ertragen.
Er sah ins Innere der Hütte, das Licht ließ keinen Winkel im Halbdunkel, dieses Licht war unglaublich. Seine Gehilfen waren schon draußen auf der Baustelle. Die Hütte war praktisch leer, aber es würde nicht lange so bleiben, das wußte er. Bald würden sich andere zu dem Schwarzen aus Barbados gesellen, der völlig geschwächt war, nur leise atmete, vor Fieber glühte und seit dem Vortag im Sterben lag.
Die Hütte war die Krankenstation der Arbeitskolonne, die den Übergang über den Abunã baute. Finnegan sah den Schwarzen einen Arm bewegen und trat näher. Der Mann hatte die Augen weit geöffnet, sie waren dunkel und ohne jeden Glanz. Der Barbadianer murmelte etwas, Finnegan nickte, als hätte er den Todeskampf, den der Mann durchlitt, verstanden. Die rauhen Finger des Sterbenden umklammerten den Ärmel seines Hemdes, Finnegan verstand und versuchte, das Ohr nahe an den Mund des Mannes zu legen. Warum sollte er nicht hören, was der Barbadianer zu sagen hatte, vielleicht würde er noch weiter delirieren, wenn das Fieber im Lauf der Nacht nicht gesunken war.
»Werde ich sterben, Doktor?« fragte der Mann.
Finnegan legte die Hand an den Puls, er fühlte das Fieber, obwohl es auch eine Geste der Solidarität war. Er sagte nichts und betrachtete den Mann, der dieselbe Frage noch einmal murmelte:
»Dann bin ich also wirklich am Ende, Doktor?« gab der Mann sich selbst zur Antwort, da er dem Arzt kein Wort hatte entlocken können. »Sie sind auch in die Falle geraten«, sagte der Sterbende und fühlte, wie sein Körper vor Kälte erbebte. »Sie sind auch in die Falle geraten.«

Wie Beethovens *Zwölf Variationen in F-Dur über Ein Mädchen oder Weibchen aus der Zauberflöte von Mozart* im Konzert für Violoncello und Klavier stürzte sich ein Wasserwirbel über die gezackten Felsen der größten Stromschnelle im Ribeirão-Wasserfall.
Die Sonne brannte, Millionen Wassertropfen verdampften irisierend in einem Regenbogen. Ein großes Floß wurde an dicken Seilen den Wasserfall hinaufgezogen. Das Floß tanzte im dämonischen Rhythmus der tosenden Wellen. Ein glänzender, in der Sonne blinkender, schwarzer Flügel war auf dem Floß festgebunden.
Die Männer, fast alle Indios, versuchten die Kraft der Strömung zu besiegen. Mit verzweifelter Angst schleppten sie von beiden Ufern aus die Seile. Wie bedeutungslos war doch die menschliche Kraft angesichts der Strömung, die mit phantastischer Geschwindigkeit herabstürzte. Der einzige Weiße, Alonso Campero, spornte schreiend und rennend und über die Steine hüpfend die Indios an.
Genauso aufgeregt verfolgte seine Frau Consuelo, wie Alonso über die Steine lief. Consuelo schrie nicht, weil sie völlig in ihre Gebete vertieft war, sie hatte schon alle Heiligen des Himmels angerufen, schon so viele Gelübde abgelegt, daß sie den Rest ihres Lebens damit verbringen würde, diese Gelübde einzulösen, wenn der Flügel unversehrt die Strömung überqueren sollte. Und mit der gleichen Inbrunst, mit der sie die wundersame Hilfe des Himmels erbat, wendete sie sich dem Flügel auf dem Floß zu.
Die Indios taten ihr möglichstes, aber sie wußte, daß noch mehr nötig war, denn die Gewalt des Wassers war viel größer als jegliche Anstrengung und erforderte wahrlich Wunder, um besiegt zu werden. Deshalb betete Consuelo unaufhörlich und lief hinter ihrem Mann her, bei jeder

unvorhergesehenen Bewegung klopfte ihr Herz wie rasend, zwischen den Gebeten entschlüpfte ihr ein Fluch, wenn einer der Indios unvorsichtig war und alles aufs Spiel setzte.

Alonso war nicht in seiner gewohnten Umgebung und daher noch ängstlicher und nervöser. Seine Aufregung rührte nicht daher, daß er praktisch sein ganzes Geld in diesen Flügel investiert hatte, schließlich besaß er noch sein kleines Geschäft in Sucre, wo er Partituren, Musikinstrumente für Kapellen und viel Zubehör für die unzähligen Saiteninstrumente der Stadt verkaufte. Er war aufgeregt, weil es der vierte aus Deutschland importierte Flügel war, der den Traum seiner Frau erfüllen sollte und nicht das Schicksal der früheren drei erleiden durfte, die einer der tödlichen neunzehn Strudel des Madeira fortgerissen hatte.

Die Investition war hoch, sie bedeutete die Ersparnisse von Jahren, aber das Schlimmste war, ein weiteres Mal die Enttäuschung seiner Frau zu erleben, sie weinen und ihre Schönheit erlöschen zu sehen. Denn sie hatte ein kindliches Gemüt und konnte wegen eines unerfüllten Traumes zutiefst verletzt sein. Als der einzige Sohn einer spanischen Familie kannte er den Preis eines zerstörten Traumes.

Alonso war hochgewachsen, hatte feines, langes Haar, ein gutgeschnittenes, längliches Gesicht und ein wohlgeformtes Kinn unter einem Mund mit vollen Lippen, dem der dichte Schnurrbart etwas Zartes, Sinnliches verlieh. Der athletische Körper hatte einen muskulösen Brustkorb und kräftige Arme und Beine, all das trat aber durch seine Größe nicht allzusehr hervor. Dazu paßte Alonsos Sinnlichkeit, und die wasserblauen Augen gaben ihm einen romantischen Zug, der im Kontakt zu seinen Kundinnen,

wenn er Partituren verkaufte, nie versagte. Daher schlug keine Frau einen Vorschlag von ihm aus, selbst die lakonischste nicht, was ihn mit Stolz erfüllte, obwohl er seine männliche Anziehungskraft nicht bewußt einsetzte und glaubte, der unablässige Erfolg im Verkauf von Partituren sei seinen Musikkenntnissen zuzuschreiben.
Nur Consuelo wußte von der Anziehungskraft des Mannes, sie selbst war seiner Faszination erlegen, zunächst ohne zu ahnen, wozu dieser stets gutgelaunte, junge Mann fähig war. Von Mal zu Mal, wenn sie auf der Suche nach den neuesten Partituren, den Melodien, die gerade in Mode waren, und den jüngsten Klavierübungen in das Geschäft kam, gab sie sich im Umgang mit ihm zutraulicher.
Seit er seine Eltern verloren hatte, kümmerte Alonso sich allein um das Geschäft, und er schien mit jener ruhigen, fachbezogenen Arbeit glücklich zu sein. Sie brachte ihn mit zwei unterschiedlichen, sonderbaren Welten in Verbindung. Für die Damen und jungen Mädchen der gebildeten Gesellschaft von Sucre brachte das Haus Santa Cecilia eine Bestätigung ihrer geistigen Gaben, denn dort fanden sie Noten von Chopin, Mozart, Beethoven und anderen Meistern. Diese waren das Entzücken besonderer Abende und etwas langweiliger Zusammenkünfte, wo die Damen nicht unbedingt kulinarische Talente zur Schau stellten, sondern durch Musik am kulturellen Leben, gemeinhin eine Domäne der Herren, teilnahmen. Diesen Teil der Gesellschaft von Sucre verwöhnte Alonso mit seinem romantischen Wesen, und seine Kundinnen gingen, gefolgt von seinen Blicken, mit Notenstößen davon und ließen hübsche Sümmchen zurück. Es gab jedoch auch eine andere Welt, die der Kapellen aus dem Hinterland, der Geiger und Mandolinenspieler, Men-

schen, die offener, fröhlicher und ungehemmt waren, die immer gegen Ladenschluß das Geschäft betraten, wenig kauften, Partituren mit Märschen, einen Satz Saiten, Mundstücke, Pflöcke, Kleinigkeiten, die finanziell nicht ins Gewicht fielen, aber sie zählten wegen des Kontaktes zu einer anderen Fauna der Stadt, der der Bohemiens, der Nachtclubs und Bars, der Pavillons mit Sonntagskonzerten. Diesem Teil gab Alonso wenig von sich selbst. Er hörte gern zu und befriedigte seine Neugier als Junggeselle, der auch seine Träume hatte, gern trank und sich über die Gesellschaft verständiger Frauen freute.
Fern von dieser Umgebung war Alonso überaus nervös, mit seiner kräftigen Stimme schrie er, um die Indios anzutreiben, ohne dabei den Flügel aus den Augen zu lassen.

Immer wieder überkam ihn dieses Gefühl, er befinde sich in einer anderen Zeit. In der Zeit des Devon mußte es so gewesen sein. Und, wer weiß, auch im Kambrium. Collier kam sich vor wie in der Urzeit.
Der Nebel war dicht, nichts war klar umrissen. Die Morgenfrische löste sich in lauwarmen Tau auf. Ein verschwitzter, metallischer Körper, jedoch aus dunklem Metall, der sich mit grünlichen Pflanzenformen vermischte, drang schnaubend wie ein Dinosaurier oder Stegosaurier oder Brontosaurier vorwärts. Hin und wieder das Aufblitzen von Chromteilen, der Nebel nahm schrittweise zu, er war wie ein gewaltiges, vordiluvianisches Atmen, Atmen in einem strengen Winter, obwohl es sehr warm war. Die Insekten surrten, Metall rieb gegen Metall. Der Nebel kochte.
Collier hörte ein kraftvolles Schnauben, fast wie der scharfe Pfiff einer Schlange. Der Nebel war ihm nicht geheuer, der Schlangenpfiff beruhigte ihn jedoch. Aber

noch hing der Nebel über allem, breitete sich aus und vermengte sich mit dem Dampf des Ungeheuers, das, fast ohne sich vom Fleck zu bewegen, langsam vorwärts drang, träge und vorsichtig sein riesiges Gewicht voranschleppte. Im Nebel herrschte das fieberhafte Treiben kleinerer Tiere. Es sind nur Säugetiere, dachte Collier, sie sind geschäftig wie immer zu dieser Morgenstunde, aber es ist praktisch unmöglich, zu bestimmen, was sie treiben. Nebel und Dampf verwandelten alles in das Bild einer prähistorischen Landschaft, und das jeden Tag. Es waren unbestimmte Formen, die sich zwischen Blättern mit sonderbaren Umrissen bewegten, und auch sie waren in den Nebel eingetaucht. Punkte aus gelbem Licht bezeichneten die unbestimmten, sich bewegenden Formen. Sie sahen aus wie Glühwürmchen, die mit irritierender Langsamkeit herumschwirrten.

Zum Boden hin wurde der Nebel dichter. Das schweißnasse Ding schwitzte Dampf und drang mühevoll grollend vorwärts. Wir befinden uns am Fluß Abunã, an irgendeinem Sommermorgen im Jahre 1911.

Collier hatte die schlimmsten Augenblicke einer technisch einfachen Arbeit zu bewältigen. Aber es waren dreißig Meilen durch Sümpfe und leicht überschwemmbares Land. Die Männer arbeiteten unter nie ausgemalten Verhältnissen. Viele würden sterben, weil die Arbeit hart war, weil sie sich nie ausreichend eingewöhnen würden, um so unwegsames Gelände zu bezwingen. Collier wäre gern weit weg von all dem gewesen, dann hätte er sich nicht auf diese Weise zu exponieren brauchen. Er wußte, daß er krank werden konnte, und wer am Abunã krank wurde, der war verdammt. Die Arbeitsbedingungen waren nicht die starke Seite dieses Wahnsinnsprojekts.

Collier konnte eine Gruppe von neun Barbadianern sehen, die ein Gleis schleppten. Jetzt brach der Tag an, und bald würde die Sonne brennen und der Himmel wolkenlos sein. Die Barbadianer waren schon ziemlich verschwitzt, ihre schwarze Haut glänzte in der Sonne, und sie mußten durch das Wasser waten, das ihnen bis ans Knie reichte. Collier hatte dort einhundertfünfzig Leute unter sich. Ziel war es, die Sümpfe des Abunã-Flusses mit einer Eisenbahn zu überqueren, was nicht schwer schien. Die Barbadianer trugen das Gleis dorthin, wo andere Männer mit Schaufeln und Hacken Gräben aushoben.
Collier hatte Durst, seine Arme waren voller Schwellungen. Wenn er mit der Hand über den Arm strich, war es, als fühlte er die dicke Haut eines Sauriers. Seine Arme waren von den Moskitos grausam zerbissen. Und nur, weil er vergessen hatte, ein Hemd mit langen Ärmeln anzuziehen. Er hatte zwanzig Meter in den Urwald eindringen müssen und war sofort von Insekten überfallen und ausgesaugt worden. Sein rechter Ellenbogen war zu einem weichen, blutigen Apfel geworden, sein linker zu einer reifen Kirsche.
Collier hatte Durst und stechende Kopfschmerzen, er hatte größte Angst, am Abunã krank zu werden, aber niemand wußte, daß er Angst hatte, er war ein trockener, verschlossener, fast immer spröder Mensch. Zu seinen Aufgaben gehörte die Führung von einhundertfünfzig Arbeitern, vierzig Idioten aus Barbados, dreißig schwachsinnigen Chinesen, dazu Portugiesen, Italiener und andere exotische Nationalitäten, außerdem noch einige Brasilianer, die allesamt dumm waren. Die am besten ausgebildeten Leute stellten die Nordamerikaner. Die hohen Tiere waren Nordamerikaner, und dies war ein nordamerikanisches Projekt. Aber Collier war englischer Staatsbür-

ger, ein alter, eigensinniger, englischer Ingenieur. Alle Männer, die unmittelbar mit dem Ingenieur zu tun hatten, waren Nordamerikaner wie der junge Arzt, der Maschinist, der Heizer, die Mechaniker, Topographen, Köche und Sanitäter. Collier war für sie alle verantwortlich, aber nur, was den bestmöglichen Einsatz eines jeden für den reibungslosen Fortgang des Baus anging, ansonsten war jeder auf sich selbst angewiesen.

Die Chinesen waren zum Roden angestellt, sie drangen in den Urwald vor. Die Deutschen machten die Aufräumungsarbeiten und planierten. Die Barbadianer waren mit der Befestigung des Bahndamms beschäftigt. Die Spanier, die dem repressiven Kolonialsystem Kubas entstammten, waren Aufseher und stellten die Wachen. Jeder hatte seine festgelegte Arbeit, das Tagewerk betrug elf Stunden, mit dem Recht auf eine Mittagspause. Aber alle Männer, unabhängig von ihrer Nationalität, sahen gleich aus. Alle waren gleich zerlumpt, abgearbeitet, dürr und schwach wie die Verurteilten eines Zwangsarbeitslagers.

Gleich vor Collier ging ein Arbeiter aus Barbados. Ein großer, hagerer Mann, er sah zum Himmel und wischte sich den Schweiß ab, der ihm aus den Poren drang. Die Barbadianer hatten ganz besondere Gesichtszüge, aber dieser trug eine eitrige Maske. Seine Lippen und ein Teil seines Gesichtes waren von einer Hautkrankheit zerfressen, die ihn auf abstoßende Weise verunstaltete. Er sah jetzt voller Respekt zu Collier hinüber. Der Ingenieur kannte ihn schon lange, er war ein guter Arbeiter, ein Mann, der Achtung besaß, eine große respektvolle Gleichgültigkeit gegenüber allem, was um ihn herum war, Collier eingeschlossen. Die Hautkrankheit verschlimmerte sich durch die Hitze und rief gewöhnlich ein qualvolles Jucken hervor. Deshalb kratzte der Arbeiter verzweifelt, bis es zu bluten begann.

Es war kein angenehmer Anblick, einen Mann zu sehen, der in Schweiß und Blut verging oder sich wie rasend mit einer geschärften Messerklinge oder Dornen aus dem Busch kratzte. Der Anblick des Arbeitslagers hier am Abunã war wahrhaftig nicht angenehm. Und auf so etwas hatte Ingenieur Collier sich eingelassen.
Die Lokomotive drang, Rauch ausstoßend, langsam vorwärts. Eine schöne Maschine, wie ein Tier aus der Jurazeit. Am Waldrand trafen große Bäume aus der Kreidezeit, Insekten aus dem Silur, Schmetterlinge aus dem Oligozän und Ameisen aus dem Pliozän zusammen, wirr brodelndes Leben wie im Zenozoikum. Hier wurden die Männer in den Wahnsinn getrieben.

Wie die Ameisen, die an den Zweigen der Bäume hinauf- und herunterkletterten, war er da, aber er glaubte, er sei unsichtbar. Die Zivilisierten schienen seine Anwesenheit überhaupt nicht zu bemerken. Er war verwirrt, allein, hungrig; das Schlimmste war dieser Hunger, der einfach nicht weggehen wollte. Er schlief wenig und entfernte sich nicht von den Zivilisierten, er war immer in ihrer Nähe, er verstand nichts von jener Arbeit, die sie mit solcher Verzweiflung verrichteten. Obwohl er immer in der Nähe blieb, war er doch nicht Teil jener Welt, die jetzt in das Land vordrang, das zur Zeit der alten Bräuche, von der die Alten voller Erregung gesprochen hatten, seinem Volk gehört hatte.
Die Alten waren tot, und die Frauen waren nach Santo Antonio gezogen, einige waren gestorben und die, die noch lebten, töteten die Kinder, kaum daß sie geboren waren. Die Männer, selbst die Stärkeren, waren auch tot. Die meisten hatten ihr Ende gefunden, als sie sich den Zivilisierten entgegengestellt hatten, damals, als er noch

ein Kind war. Sie hatten nicht etwa vorgehabt, sich den Zivilisierten wirklich in den Weg zu stellen, sie wußten, daß die Eindringlinge wild waren, wilder als die anderen Indios, die mit Fischfarbe geschwärzt den Fluß herunterkamen, um sie anzugreifen, zu bestehlen und ihre Hütten anzustecken.

Die Alten hatten einmal versucht, mit den Zivilisierten zu sprechen, sie waren unbewaffnet und trugen Kinder auf dem Arm. Die Zivilisierten wollten nicht gezähmt werden und richteten ihre Flinten auf sie und ließen nicht einen einzigen Alten am Leben, nur die weinenden Kinder, die dann in die Hütte liefen und erzählten, was geschehen war. Aber das alles war lange her, er hatte seine Familie an einem Zauber sterben sehen, den die Weißen verbreitet hatten, seine Freunde, Brüder, Mutter, Vater, Onkel und Tanten glühten vor Fieber und hatten Tausende von übelriechenden Wunden auf der Haut.

Jetzt war er allein und entfernte sich nicht von den Zivilisierten, denn er war unsichtbar wie die Ameisen.

Das Schaufenster der Konditorei, in der es die verschiedensten Arten von Süßigkeiten und Konfekt gab, war sein größtes Entzücken. Wenn er in Rio de Janeiro war, überquerte er jeden Tag, bevor er in sein Büro hinaufging, eilig die Avenida Central, bog in die Sete de Setembro ein, die Aktentasche und die Dokumente wohlverwahrt unter dem Arm, und pflanzte sich für einige Minuten vor dem Schaufenster der Konditorei Colombo auf.

Er machte sich eigentlich nichts aus Konfekt, aber er genoß das Gefühl, es sich vor der Schaufensterscheibe begierig zu wünschen. Das war eine alte Gewohnheit, die, wie er glaubte, aus der Zeit stammte, als er ein armer Junge war und ihm außer dem Gefühl von Gier nichts möglich war. Eine etwas dümmliche Erklärung, aber er behielt sie, wie viele andere seiner innersten Gefühle, die er sich nie anmerken ließ, für sich. Daher sagte man ihm nach, er sei sachlich. Er hielt aber nicht viel von seiner Sachlichkeit. Er war ein ernster Mensch und hatte daher gelernt, daß alle Sachlichkeit Gottes Weise war, sich ihm so zu offenbaren, daß er seine Emotionen leiten und seine Kenntnisse und seinen Verstand dahin lenken konnte, sich stets für das Beste zu entscheiden. Die Tatsache, daß er noch immer an einer Gewohnheit seiner Kindheit festhielt, die gierig auf das Schaufenster der Konditorei gerichteten Augen, waren ebenfalls ein Zeichen Gottes, das er noch nicht deuten konnte, das aber seinen Zweck haben mußte.

An jenem Morgen des Jahres 1911, als er das Schaufenster der Konditorei Colombo betrachtete, war Percival Farquhar bereits einer der mächtigsten Männer in Brasilien.

Farquhars äußere Erscheinung ließ seine Bedeutung nicht erkennen. Er schien irgend jemand zu sein, kräftig, aber untersetzt, mit dünnem, kastanienbraunem Haar, einem runden Gesicht und dunklen Augen. Der Arm, der sorgsam die Dokumentenmappen hielt, war muskulös, und der dunkle, behaarte Unterarm sah aus den Manschetten des weißen Hemdes hervor, die mit Goldmünzen aus Peru geknöpft waren.

Mit seinen gutgeschnittenen Anzügen überschritt er niemals die Grenze dezenten Auftretens. Er trug immer dunkle Kleidung, selten traf man ihn ohne das Jackett und die Krawatte aus feiner Seide an.

Das war aber nur der äußere Schein, denn wenn er zu sprechen begann, klang in seiner Stimme das unerschütterliche Selbstvertrauen eines Schlitzohrs mit, die Hartnäckigkeit des Gauners. Das ermunterte seine Gesprächs-

partner nicht gerade zum Widerspruch. Wenn er mit seinen Mitarbeitern in einer Besprechung saß, wurden alle Angelegenheiten fast immer mit äußerster Diskretion abgehandelt, daher der Ruf, er sei ein sachlicher Mensch.
Außerhalb seiner immer einflußreicheren Organisation galt er unter Politikern und Ministern als ein Abbild energischen, nordamerikanischen Geschäftsgebarens. Er lächelte wenig, versprach nie etwas und erfüllte strengstens alle Abmachungen. Aus diesem Grunde war er gleichermaßen verhaßt und geschätzt, was er durchaus verstand, denn er wußte, daß in einem Land wie Brasilien, das voller Laster und nicht übermäßig demokratisch war, Sachlichkeit oder wie immer man das nennen wollte, im Vergleich zur Kunst der Verstellung eine Tugend von minderer Bedeutung war. Und die brasilianische Verstellungskunst war jener kindlichen Begierde, einer sozusagen unschuldigen Wollust, sehr ähnlich, die er empfand, wenn er Konfekt und Kuchen hinter der schützenden Scheibe betrachtete.

2

Erst das Geschrei, dann Schüsse. Finnegan verließ den Sterbenden und beschloß hinauszugehen. Er vervollständigte seinen Aufzug noch durch einen komischen Hut mit runder Krempe, auf dem ein feinmaschiges Netz angenäht war, das ihm fast bis zum Gürtel reichte. Die beiden Sanitäter, zwei ungelernte Kerle, die, gleich als sie den Militärdienst quittiert hatten, angeheuert worden waren, betraten die Krankenstation.
»Schon wieder ein Aufstand?« fragte der Arzt und versuchte seiner Stimme dabei einen kühlen Ton zu geben, ließ jedoch eine gewisse Erschöpfung erkennen.

»Ein höllisches Durcheinander zwischen den Negern und den Deutschen. Kommen Sie mit?« entgegnete einer der Sanitäter, während er dem anderen half, einige Bahren aus dem Erste-Hilfe-Schrank zu holen.
»Todesopfer?« wollte der Arzt wissen.
»Einige.«
Die Sonne war wirklich furchtbar. Ingenieur Collier kam lehmbeschmutzt heran und traf auf die Gruppe des Arztes. Collier konnte sich einfach nicht an die Art des jungen Irländers, der hier den Arzt spielte, gewöhnen. Er blickte jene drei Gestalten an und mußte lächeln. Finnegan und die Krankenpfleger mit diesen Hüten und den Moskitonetzen, mit Handschuhen und hohen Stiefeln, sahen aus wie drei futuristische Bräute. Der Arzt erwiderte Colliers Lächeln und musterte ihn mit klinischem Blick. Er betrachtete die entzündeten Ellbogen, die Insektenstiche hatten sich in Ödeme verwandelt, die zu offenen Wunden werden konnten, aber Finnegan wollte ihn nicht auf dieses Problem aufmerksam machen.
»Wie ich sehe, tragen Sie nicht die Schutzkleidung, Herr Collier.«
»Dr. Finnegan!« Collier sprach den Namen zunächst voller Sympathie aus, verlor dann aber die Geduld. »Jetzt gehen Sie mir nicht auf den Sack . . .«
Collier wußte nie, ob er sich ärgern oder ironisch werden sollte, wenn er den Arzt und seine Assistenten derart gekleidet vor sich sah. Auch Finnegan war irritiert, weil er zumindest die Beachtung der aufgestellten Regeln von dem Ingenieur erwarten konnte.
»Aber Dr. Lovelace . . .«, versuchte Finnegan einzuwerfen.
«Gehen Sie zum Teufel mit Lovelace«, antwortete der Ingenieur unwirsch. »Dieser Lovelace macht mir seit mehr als zwölf Jahren das Leben zur Hölle. Er ist hinter mir her,

ist mir eine Million Meilen auf dem Fluß gefolgt, um mir auf den Sack zu gehen. Nicht einmal hier mitten im Busch bin ich vor seinen Pillen und seinem Gequatsche sicher.« Collier versuchte sich zu beruhigen, als er merkte, daß der junge Mann völlig aus der Fassung war, denn das konnte die Arbeit des Arztes vor den Männern abwerten. »Entschuldigen Sie, Dr. Finnegan, aber diese Auseinandersetzungen, diese Toten jeden Tag, lassen mich den Kopf verlieren. Jeden Tag muß ich Streitereien schlichten, die blutig enden. Das ist keine Arbeit für einen Ingenieur, das ist Arbeit für einen Idioten. Und diese Kerle bringen sich aus dem lächerlichsten Anlaß um.« Als er merkte, daß Finnegan sich fing, ging er wieder zum Angriff über. »Und außerdem versteht dieser Lovelace nichts von dem, was er tut . . .«

»Wie bitte?« fragte der Arzt, von neuem verwirrt.

»Ach, nichts!« Collier merkte, daß die Sanitäter warteten, die Segeltuchbahren unter dem Arm, und die Drahtgestelle mit den dunklen bauchigen Flaschen trugen, die wie Bierflaschen aussahen, aber voller Chinin waren.

»Wir müssen die Arbeit unterbrechen, um die Chinindosis zu verabreichen«, sagte der Arzt schüchtern.

»Was? Wir haben schon so viel Zeit und das Leben von fünf Arbeitern verloren.«

»Ich weiß. Ich werde sofort mit der Autopsie beginnen. Wie ich hörte, wurden sie mit spitzen Gegenständen getötet, es soll Stichwunden geben . . .«

»Genug! Die Arbeit kann nicht unterbrochen werden, und wir müssen bis zum Abend zwei Stunden aufholen.«

»Ja, aber Herr Collier, wir haben Befehl, das Chinin vor dem Mittagessen auszuteilen. Wollen Sie Ihre Dosis nicht gleich nehmen?«

»Ich werde jetzt überhaupt keine verpestete Pille schlukken. Davon wird einem übel.«

»Übel?«
»Gehen Sie zum Teufel mit diesem klinischen Blick. Warten Sie bis zum Mittagessen, um diese Dreckskerle dieses Zeug schlucken zu lassen. Wenn wir doch Tabletten gegen Gewalt hätten . . .«
»Das Problem ist, daß den Deutschen dauernd Sachen gestohlen werden, und die haben die Neger in Verdacht«, sagte einer der Sanitäter.
»Sie sind alle gleich. Diese Deutschen hatten keine Arbeit, als die Agenten der Gesellschaft sie anheuerten. Eine Horde halb Verhungerter, die sich im Hafen von Hamburg herumtrieben. Die Barbadianer sind anders, die verstehen was von ihrer Arbeit, die sind Profis. Ich weiß das, denn wir haben schon in der Panamakanalzone zusammengearbeitet.«
»Dr. Lovelace hat mir erzählt, daß Sie am Panamakanal gearbeitet haben«, sagte Finnegan. »Er hat mir viel von Ihnen erzählt, er scheint Sie sehr gern zu haben. Er sagte mir, ich würde mit einem kompetenten Mann zusammenarbeiten . . .«
»Und einem hartnäckigen. Hat er das nicht auch gesagt?«
»Hartnäckig? Ich glaube, so hat es Dr. Lovelace nicht ausgedrückt«, entgegnete Finnegan mit einem Lächeln.
»Schauen Sie her, ich als Ingenieur habe den Auftrag, den Bau dieser dreißig Meilen über den Rio Abunã voranzutreiben. Ich muß hartnäckig sein, wenn ich kompetent sein will.«
»Aber gerade durch Hartnäckigkeit und Kompetenz hat unsere Zivilisation Fortschritte gemacht«, sagte Finnegan ohne große Überzeugung.
»Unsere Zivilisation! Wie lange habe ich solchen Unsinn schon nicht mehr gehört. Da muß erst so ein kleiner Doktor daherkommen und mich daran erinnern, daß wir eine Zivilisation haben.«

»In zwanzig Minuten wird zum Mittagessen geläutet«, sagte Finnegan, blickte auf seine Uhr und lenkte klugerweise die Unterhaltung in eine andere Richtung.
Collier zog seine Uhr heraus und sah nach, der Arzt hatte recht.
»Scheiße. Wir haben wieder einen Vormittag verloren, und wir haben keinen Millimeter Schiene gelegt«, entgegnete Collier ärgerlich, aber seine Müdigkeit verbarg, wie aufgebracht er war. »Geben Sie mir die Chinintablette, aber unterbrechen Sie jetzt nicht die Arbeit, warten Sie, bis die Männer zum Mittagessen gehen. Ach, und vergessen Sie nicht, die Wachen zu rufen.«
Einer der Sanitäter öffnete eine der Flaschen und nahm die Chinintablette heraus. Er legte sie auf Colliers Handfläche, während der andere Sanitäter ein Glas mit Wasser füllte und es dem Ingenieur reichte. Collier warf die Tablette in den Mund und schluckte sie hinunter.
»Mir wird von diesen Pillen übel wie einer schwangeren Frau.«
Finnegan lächelte und versuchte sich im Schatten eines großen Baumes unterzustellen, die Sanitäter folgten ihm. Er wollte bis zur Mittagspause warten, um die Tabletten auszugeben und die Leichen mitzunehmen. Collier drehte sich um und lief auf die Stelle zu, wo die Deutschen ausschachteten. Nach einigen Schritten aber, als er merkte, wie die Übelkeit mit einem irritierenden Brennen in der Kehle seinen ganzen Körper einnahm, wendete er sich zu dem Arzt um.
»Sehen Sie mich an, Junge. Sehe ich vielleicht aus wie ein Ingenieur? Erinnert noch irgend etwas an mir daran, daß ich Ingenieur bin? Oder daß ich in London geboren wurde und ein Untertan von King George bin? Sehen Sie mich

gut an, und sagen Sie mir, ob nach einem Jahr in dieser Hölle noch eine Spur von Zivilisation an mir ist? Was für ein Ingenieur bin ich denn, daß ich befehle, das Feuer auf die Arbeiter zu eröffnen? Ich bin zu so etwas wie einem wütenden Schlächter, zu einem Barbaren bin ich geworden. Wir werden hier alle zu Barbaren, und ich habe die Pillen von Lovelace satt.«
Ein schriller Pfiff ertönte und kündigte die Mittagspause an. Finnegan nahm eins der Drahtgestelle mit den Chininflaschen, und ohne sich weiter um den Gefühlsausbruch des Ingenieurs zu kümmern, ging er auf die Männer zu, die die Arbeit gerade niederlegten und sich zum Essen fertigmachten. Colliers Worte berührten ihn nicht sonderlich, ja er konnte sogar einen oberflächlichen Grund finden, warum der alte Ingenieur so gereizt auf ihn reagierte. Finnegan hatte den Verdacht, daß Collier, wie alle gestandenen Profis, Neulinge verachtete, daß die angebliche Reinheit, die eine Frucht der Unwissenheit aller Anfänger war, ihn ärgerte.

Consuelo war eine junge Frau mit sanftem Gemüt, aber in keiner Weise kindlich, wie ihr Mann annahm. Was er für ein Zeichen von Kindlichkeit zu halten pflegte, und das war in Alonsos Augen keinesfalls abwertend, war in Wahrheit ein angeborener Instinkt von Beharrlichkeit, ein Kopf, der mit einer solchen Ausdauer an Träumen festhielt, daß keine andere Wahl blieb, als Consuelo bei der Erfüllung ihrer Träume zu helfen. Der Fall mit dem Klavier war typisch. Consuelos größter Traum war es, einen Flügel aus Deutschland im Hause zu haben, er war für sie das vollkommenste Instrument, das es gab. Sie träumte nicht etwa aus purer Infantilität davon, nein, sie wollte immer das Beste, was auf dieser Welt natürlich keine Sünde war. Ohne jedoch die Reichweite des Wunsches seiner Ehefrau zu begreifen, war Alonso sicher, daß der Besitz eines solchen Instrumentes wirklich wichtig für sie war. Da er seine Frau gerade wegen ihrer ruhigen Beharrlichkeit liebte und schließlich der Traum, einen deutschen Flügel zu besitzen, für die Begegnung der beiden bestimmend gewesen war, scheute Alonso keine Mühe, diesen Traum verwirklicht zu sehen. Und Consuelo war ihrem Mann für diese Zuneigung, für die Entschiedenheit, mit der er vorging, um ihren größten Wunsch zu erfüllen, dankbar. Sie war ein äußerst hübsches, junges Mädchen und jetzt voll erblüht, sie war neben ihm erblüht, er hatte sie zur Frau werden sehen, er war stolz, weil er tagtäglich erlebt hatte, wie sie zur Frau wurde. Consuelo hatte ein längliches, schmales Gesicht wie eine vornehme Spanierin, mandelförmige Augen, die betont wurden von den geschwungenen Augenbrauen. Sie unterstrichen den Lebenswillen und die Glückserwartung, die aus ihren Augen sprachen. Die Haut war nicht ganz hell oder weiß, sie war cremefarben und paßte zu ihrem wohlproportionierten Körper, den langen Beinen und einer schmalen Taille über den runden Hüften. Ihr Mund war rot, die nicht zu üppigen Lippen gaben ihr etwas Weiches, wenn sie sprach, aber sie ließen nie unnötig Nervosität erkennen.

Gemessen an den in Sucre herrschenden Vorstellungen von Anstand war Consuelo keine schwache und noch weniger eine schüchterne Frau. Sie war aber auch keine dieser modernen, jungen Frauen mit männlichen Angewohnheiten, wie man sie so häufig unter den Mädchen aus reichen Familien beobachten konnte, die sich nach Europa aufmachten und nach ihrer Rückkehr Zigaretten rauchten und eine derbe Ausdrucksweise angenommen hatten.

Während Consuelo nun inbrünstig betete, folgte Alonso den Indios, die voller Umsicht die Seile des Floßes zogen. Er hatte versucht, die besten in Santo Antonio anzuheuern. Diese Männer kosteten ihn eine Menge Geld, und er hatte eine Extrabelohnung für den Fall versprochen, daß der Flügel nach der Durchquerung aller Stromschnellen unversehrt in dem kleinen Ort Guajará-Mirim eintraf. Alonso hatte jedoch kein großes Vertrauen zu den Indios, er hielt sie für schwerfällig, sie waren kräftig, aber sie setzten offenbar nicht die ganze Kraft ein, die sie in den Armen zu haben schienen. Er wußte, wenn etwas schiefginge, würden sie außer ihrer Aufgabe, nämlich die Seile zu ziehen, keinen Finger krümmen. Gleich würde das Floß den größten Höhenunterschied erreichen, es schlingerte heftig und wurde nach rechts abgedrängt, weil das wie an einem Damm aufgestaute Wasser frei strömen wollte und sich über die Baumstämme ergoß, dabei brachte es die Männer aus dem Gleichgewicht, die sich mit ganzer Kraft gegen den Ansturm des Wassers stemmten. Als er sah, daß eines der Seile den Händen der Indios zu entgleiten drohte, lief er hin und faßte mit an. Consuelo hätte es sonst nicht gern gesehen, daß ihr Mann sich zu den Indios zu gesellte, aber in diesem Augenblick, als das Floß der Strömung ausgeliefert zu sein schien, fand sie die Handlungsweise ihres Mannes richtig und verdoppelte ihre Gelübde, ein Jahr lang jeden Freitag in der schönsten Kirche der Stadt, der Metropolitanischen Basilika, eine Messe lesen zu lassen.

Die deutschen Arbeiter errichteten einen Damm. Sie standen bis zur Taille im Wasser. Niemand sagte etwas, sie schienen alle von dem Wunsch bestimmt, die Arbeit in der kürzest möglichen Zeit auszuführen. Ein verzweifeltes

Verlangen, dachte Collier. Vierzig Männer, die eine Anhöhe aus gelbem Lehm abtrugen und den schlammigen Kanal erweiterten, über den durchsichtige Libellen im Tiefflug flatterten. Collier beobachtete die Deutschen bei dieser eifrigen Arbeit, aber er empfand keinerlei Sympathie für sie, er wußte, daß sie die gefährlichste Bande unter den verschiedenen Nationalitäten darstellten, denn sie waren nach monatelanger Arbeitslosigkeit schon rebellisch hier angekommen. Collier kam vor Hitze um, der Schweiß durchnäßte den Stoff seines Hemdes und bildete einen runden Fleck unter den Achseln, auf dem Rücken und zwischen den Beinen. Er sah, wie eine Gruppe von Barbadianern, nicht weit von den deutschen Arbeitern, ein Gleis vorbeitrug. Collier fühlte den nassen Hals, die Haut an seinen Ellbogen juckte und brannte wie Feuer. Er fühlte sich elend in diesen völlig durchgeschwitzten Sachen. Verlegen betastete er seine Hose wie den Popo eines Kindes. Wirklich große Scheiße, ging es ihm durch den Kopf, mit nassem Hinterteil und entzündeten Ellbogen dazustehen. Er fühlte, wie ihm der Schweiß die Beine herunterrann, in die Stiefel tropfte und die Socken in einen weichen, klebrigen Stoff verwandelte. Aber er war gut ernährt und einer der wenigen Männer, die noch eine gesunde Gesichtsfarbe hatten. Er war auch, trotz seines Alters, einer der wenigen, die nachts noch Ergüsse hatten, weil er sich weigerte, salpeterhaltige Nahrung zu sich zu nehmen, und schöne Träume hatte, die weit weg von dieser abscheulichen Baukolonne spielten. Die deutschen Arbeiter hörten auf, als die Barbadianer sich mit dem Gleis näherten. Die Deutschen widmeten den Arbeitern aus Barbados eine geradezu boshafte Aufmerksamkeit. Unerklärlicherweise haßten sie die Schwarzen aus Barbados, ebenso hätten sie die Chinesen oder Spanier oder irgendeine der anderen Nationalitäten und hier vertretenen Rassen hassen können. Für die Deutschen hatten die Chinesen und Spanier jedoch nicht die geringste Bedeutung, sie konzentrierten ihren ganzen Haß mit der größten Überzeugung auf die Schwarzen aus Barbados. Vielleicht bedeutete für die Deutschen dieser Haß eine Art letzter Identität, die sie noch bewahrten. Collier sah an diesem Haß nichts Schlimmes, sollten die Deutschen doch zum Teufel gehen, er konnte aber nicht zulassen, daß der Fortgang der Bauarbeiten davon beeinträchtigt wurde. Von den Barbadianern kam lediglich eine feindselige Gleichgültigkeit, sie verhielten sich als Gruppe defensiv, zumal sie den Haß der Deutschen nicht verstehen konnten. Als erfahrene Männer würden die Barbadianer niemals völlig die vorurteilsvolle Aufmerksamkeit der Deutschen für sie begreifen. Sie versuchten, sich auf die Beschimpfungen und Provokationen nicht einzulassen. Die Deutschen waren jedoch grob und hart, die Scherze trafen unabänderlich unter die Gürtellinie. Collier fühlte, wie ihm der Schweiß über den Körper rann. Ein deutscher Arbeiter, der vom Schlamm, in dem er bis zur Taille stand, verdreckt war, sagte gerade, er werde ein lukratives Geschäft aufmachen, wenn er in sein Land zurückkehre. Der Kollege, der ihm am nächsten war, glaubte, daß es sich bei dem lukrativen Geschäft um nichts anderes als um ein Bordell mit hübschen Mädchen handeln konnte, die zu allem bereit waren. Hier dachte man viel ans Geschäftemachen, mehr als an verständnisvolle Mädchen, denn schließlich sollte erst das Geld kommen und erst eine ganze Weile danach die Frauen. Collier war müde und fast entschlossen, zu der angenehmeren Temperatur in seinem Zelt zurückzukehren. Deshalb hatte er nicht gehört, daß der verdreckte Deutsche zum anderen sagte, er werde ein Bordell mit gezähmten Negerinnen eröffnen, und er könne ja auch die erfahrensten Negerinnen unter den Müttern der Barbadianer aussuchen. Collier hätte ohnehin nicht gewußt, worüber sie redeten, denn er sprach kein Wort Deutsch, und die Männer unterhielten sich auf Deutsch. Als Collier sich entfernte, begannen die Deutschen auf Englisch zu radebrechen, damit die Barbadianer auch verstanden, worüber sie redeten. Diese schienen jedoch kein bißchen von ihrer Prahlerei beeindruckt zu sein und legten ruhig das Gleis nieder. Es fiel dröhnend zu Boden. Die Barbadianer entfernten sich. Ein kleinerer Deutscher in zerrissenen Hosen, mit einem Fetzen um die Schultern, wäßrigen blauen Augen, die jedoch voller Haß waren, redete laut, damit man alles verstehen konnte.

»Mir kann niemand weismachen, daß sie keine Diebe sind . . .«

»Beruhige dich, geh wieder an die Arbeit«, warnte ihn ein anderer, der wesentlich älter war.

»Diese dreckigen Neger, die waren es, sie sind zu unserem Schlafplatz geschlichen und haben mich beklaut«, wiederholte der Deutsche, während seine Hände den Stiel der Hacke umklammerten.

»Du solltest lieber arbeiten und vergessen.«

»Was heißt hier arbeiten, vergessen? Ich stehe hier mit diesem Fetzen um die Schultern, weil mein Hemd verschwunden ist. Ich habe einen Dollar fünfzig bezahlt, und jetzt ist es weg. Das können nur diese Neger gewesen sein. Und einen Spiegel haben sie mir auch noch geklaut.«

Die Barbadianer beobachteten nun vorsichtig die Bewegungen der Deutschen, sie waren dicht an der Stelle, wo sie das Gleis hingelegt hatten und sprachen unauffällig miteinander.

»Was ist denn mit denen los?« fragte ein Barbadianer

ungläubig, als ihnen aus der kleinen Gruppe der Deutschen eine Welle von Haß entgegenschlug.
»Wer weiß, sie reden ziemlich verquer, es ist schwer zu verstehen, was sie wollen.«
Die Deutschen hatten aufgehört zu arbeiten und amüsierten sich über die Wut ihres Kollegen. Bei den Barbadianern herrschte lediglich eine offenbar passive Neugier.
»Dann haben also die Neger dein Hemd mitgehen lassen.«
»Gestern nacht, heute morgen waren meine Sachen durchwühlt und mein Koffer aufgebrochen.«
»Du schläfst ziemlich fest, Hans. Ich glaube, der Neger hat nicht nur dein Hemd geklaut, er hat dir wahrscheinlich noch an den Hintern gefaßt.«
»Das ist kein Scherz. Heute war ich dran, morgen ist es dein Koffer und dein Hintern, du Hurensohn.«
»Ruhe, Hans.«
»Als sie mich für diese Arbeit angeheuert haben, haben sie mir nicht gesagt, daß wir auch Neger dabei hätten, die die gleiche Arbeit machen.«
»Acht Mil-Reis pro Tag, um diese Nigger zu ertragen, das ist nicht viel.«
»Sieh mal, wie sie uns anschauen.« Der Deutsche drehte sich zu den Barbadianern um und schrie. »Was ist, ihr Affen?«
»Die lachen über uns, über mich. Es gibt Länder, da kennt der Neger seinen Platz. Ich habe schon in Afrika, in Togo, auf einer Kakaoplantage gearbeitet. In Togo konnte ein arbeitsamer Mann die Armut überwinden, er konnte ruhig seine Heimat verlassen, denn dort fand er gute Möglichkeiten, wenn er schlau genug war . . .«
»Und warum bist du nicht reich geworden?«
»Wahrscheinlich bist du nicht schlau, Hans. Deshalb haben die Neger dir sogar das Hemd geklaut.«

Der Deutsche, bei dem der Fetzen auf den Schultern kaum noch hielt, näherte sich den Barbadianern, die Hacke hielt er dabei fast wie eine Waffe. Nur ein Vormittag ohne Hemd, und schon hatte er einen Sonnenbrand auf dem Rücken, die Haut war rot wie kurz gebratenes Kalbfleisch und brannte.
»He, komm zurück, der ist verrückt geworden«, schrie einer seiner Kollegen, der ahnte, daß ein Unglück in der Luft lag.
Aber der Mann blieb nicht stehen, er war entschlossen, er litt unter seinem Rücken, und er war außer sich. Deshalb hielt er den ersten Barbadianer, auf den er stieß, fest und packte ihn am Kragen. Der andere war verblüfft, auf einen solchen Angriff war er nicht gefaßt.
»Ich will wissen, wer von euch mir mein Hemd geklaut hat?« fragte der Deutsche auf Englisch, verhaspelte sich aber und vermengte seine Worte mit Deutsch, so daß er einen unverständlichen Satz herausbrachte.
»Sprich bitte Englisch«, entgegnete der Barbadianer mit bescheidener, aber fester Stimme. »Ich verstehe überhaupt nicht, was du sagst.«
»Mach schon die Schnauze auf, du Scheißkerl. Wer hat meinen Koffer aufgebrochen? Wer hat mein Hemd geklaut?«
Der Barbadianer, der um einiges kräftiger und größer war als der Deutsche, gab einen Seufzer von sich und machte sich von seinem Angreifer los, mühelos schob er ihn mit wenigen Bewegungen und einem Stoß fort. Wachen tauchten auf, ihre Waffen waren auf die beiden Männergruppen gerichtet. Verärgert ging der Deutsche zurück an die Arbeit. Alles schien sich wieder eingerenkt zu haben, die Deutschen gruben weiter, die Barbadianer gingen fort, um ein neues Gleis zu holen. Aber der junge Deutsche

wollte sich nicht zufriedengeben, sein Rücken brannte, und das erinnerte ihn ständig daran, daß er das einzige Hemd, das er besaß, verloren hatte. Er war gefährlich, denn er fühlte sich gedemütigt. Die Wachen ließen die Waffen sinken und bemerkten nicht, daß das Gefühl der Demütigung bei diesem jungen Mann einer jener kurzen Wege zu Unruhe und Mord war. Für alle unerwartet ging er auf die Barbadianer los, mit beiden Händen schwang er die Hacke in der Luft. Obwohl sie mit dem Rücken zu ihm standen, waren die Barbadianer vereint wie ein Mann. Sie rückten gerade in dem Augenblick zusammen, als der Deutsche mit erhobener Hacke auf sie zugerannt kam, bereit zu töten. Das alles geschah sehr rasch, und so erwischte es jeden Tag einige. Einer der Barbadianer trug eine Machete im Gürtel, er zog die Waffe, mit einer abgezirkelten Bewegung schwang er die Klinge mit voller Wucht durch die Luft und enthauptete den jungen Deutschen. Ein trockener Kehllaut entfuhr allen, die Männer, auch der Täter, standen wie erstarrt, benommen von diesem überraschenden Ereignis. Mit offenem Mund und hervorquellenden Augen schien sich der Kopf des jungen Mannes im Raum zu erheben, rollte wie eine von anarchischen Kräften angestoßene Kugel, bis er zu fallen begann, während der Körper erbebte, ohne die Hacke loszulassen, in den Schlamm fiel und einen Strom von dunkelrotem Blut ausstieß. Diese Sekunden, als der Körper nach und nach im Schlamm versank, schienen unendlich. Das Wasser verfärbte sich sogleich von dem Blut, und die Sonne, die sich auf der Klinge der Machete widerspiegelte, erstickte jegliche Geste. Die Klinge der Machete war unglaublich sauber, als hätte sie nicht soeben eine unendliche Zahl von Nerven, Sehnen, Gewebe und Knochen am Hals eines Lebewesens durchtrennt. Die Kollegen des jungen Mannes hatten sich von dem Schreck erholt, liefen schreiend herbei um zu helfen, besessen von etwas, das mehr als Solidarität war, etwas, das eine völlig aus der Kontrolle geratene, dämonische Furie zu sein schien. Einige schleiften den enthaupteten Körper fort und suchten nach dem im Schlamm versunkenen Kopf. Andere waren auf die Barbadianer losgegangen und mit ihnen ins Handgemenge geraten, ein Tumult entstand.

Nicht weit entfernt, wo die Lokomotive fuhr, hörte der Heizer den Aufruhr. Er schippte nicht länger Kohle in den Kessel und versuchte, zusammen mit dem Maschinisten, herauszufinden, was geschehen war. Ein rein instinktives Vorgehen, denn solch ein Tumult war überhaupt nichts Neues, und er wußte das. Irgendein Streit, ein Mann schlägt auf einen anderen ein, ein Toter, und das war's. Der Maschinist brachte die Lokomotive zum Stehen, sie stieß eine große Wolke aus Dampf und Rauch aus.

»Scheiße, schon wieder Krawall bei den Grabungen«, sagte der Heizer mit ungerührter Stimme, jedoch versuchte er herauszufinden, was wirklich los war.

»Wahrscheinlich wieder die Deutschen und die Barbadianer«, sagte der Maschinist und spuckte ein Stück Kautabak aus.

Der Maschinist wartete, bis die Lokomotive zum Stillstand kam, und stieg in dem Augenblick herunter, als eine Verstärkung von zehn Wachposten in Begleitung von Ingenieur Collier vorbeilief. Die Männer gingen schnell, sie rannten fast. Der Lokführer bat den Heizer, seinen Posten nicht zu verlassen und die Maschine aufgeheizt zu halten.

»Schon wieder Unruhen, was?« schrie er zum Ingenieur hinüber.

Der Ingenieur antwortete, ohne stehenzubleiben, er lief

vor dem Verstärkungstrupp der Wachen weiter, die alle mit Winchester-Gewehren bewaffnet waren.
»Eine Hölle, Thomas, als wäre das Gelände nicht schon schwierig genug. Niemand scheint hier bei Verstand bleiben zu können. Bei tausend Teufeln, das hier ist schlimmer als Krieg.«
Die meisten Arbeiter hatten ihre Arbeit niedergelegt und sich vorsichtig in einer gewissen Entfernung vom Ort der Auseinandersetzung versammelt. Schwarze und Deutsche waren noch immer im Schlamm ineinander verkrallt, als Collier mit den Wachen eintraf. Der aufgewühlte Schlamm stank penetrant nach Sumpf und stehendem Wasser. Ingenieur Collier griff energisch ein.
»Das hier ist ein Arbeitsplatz und kein Kampfwettbewerb. Hört auf zu kämpfen, das ist ein Befehl. Habt ihr den Verstand verloren? Seid ihr verrückt geworden, ihr Idioten?«
Aber die Männer schienen den Ingenieur gar nicht zu hören und kämpften weiter, sie wühlten den Schlamm auf, weil ihnen das Blut in den Adern pochte und sie jetzt nur durch Haß angetrieben wurden. Kein Wort, kein Befehl würde jetzt von diesen unförmigen Köpfen aufgenommen, denen der Schlamm groteske Umrisse verliehen hatte. Collier war ein muskulöser Mann mit spitzem, wohlgepflegtem Bart, seine Stimme war mächtig, aber er wußte, daß er jetzt beginnen mußte, in der einzigen Sprache vorzugehen, die diesem Aufruhr ein Ende bereiten konnte. Er war sicher, daß kein noch so starkes Wort, kein noch so lauter Schrei, kein noch so harter Befehl ausreichten, um diese Männer wieder in die Wirklichkeit zurückzubringen. Deshalb nahm er von einer der Wachen die Winchester und begann in die Luft zu schießen.
»Sie handeln wie Schweine und müssen wie Schweine

behandelt werden«, brummte der Ingenieur, als er sah, daß die Männer weiterkämpften.
Die Wachposten hatten den Ort umstellt, die Menge der Arbeiter fortgedrängt und beobachteten nun, auf einen Befehl wartend, mit entsicherten Waffen. Collier wollte die Kontrolle über die Situation nicht verlieren. Ihm war bewußt, daß er drastisch eingreifen mußte um nicht das Gesicht zu verlieren. Das war Colliers größter Vorzug, zu wissen, wann seine Befehlsgewalt auf dem Spiel stand, und hart durchzugreifen, damit niemand an seiner Stellung zweifelte. Er senkte die Winchester und zeigte auf die kämpfenden Männer, Formen aus Schlamm, die nur noch von einer Furie gelenkt wurden. Er drückte den Abzug, aber die Waffe war ungeladen. Er warf die Winchester fort und befahl:
»Eröffnet das Feuer.«
Die Posten begriffen Colliers Befehl nicht, sie richteten die Waffen mechanisch auf die Männer, aber sie schienen nicht wirklich zu glauben, daß der Ingenieur Schießbefehl gegeben hatte. Collier ging rasch auf die Wachposten zu und gab dem, der ihm am nächsten stand, einen heftigen Stoß, so daß dessen Korkhut weit weg flog.
»Ich habe gesagt, Feuer! Das ist ein Befehl. Feuer auf dieses Gesindel.«
Die Wachen begannen zu schießen, aber ohne zu zielen, als sei der ganze Sumpf das Ziel. Ein Deutscher wurde von einer Kugel getroffen, die seinen Kopf zerfetzte. Eine andere Kugel, die aus nächster Entfernung einschlug, traf einen Barbadianer, der in den blutbesudelten Schlamm eintauchte. Die Schießerei brachte die Männer langsam in die Wirklichkeit zurück, sie hörten auf zu kämpfen und sahen entsetzt auf die Wachen.
»Aufhören, nicht schießen«, schrie ein Deutscher.

»Erbarmen.«
»Um Gottes willen, nicht schießen.«
Collier hob den Arm, die Wächter hörten auf zu schießen. Die Kämpfer fielen flehend auf die Knie. Der Ingenieur blickte sie ohne jedes Mitleid an, die Hitze war entsetzlich. Er nahm seinen Korkhut ab und strich sich mit der Hand über die schweißnassen Haare. Die Überlebenden standen nun auf und gingen an ihre Arbeitsplätze zurück. Sie waren völlig verdreckt, voller Schlamm, einige hatten blutende Schnitte und Wunden.
»Hebt die Toten auf«, befahl Collier den Wachen.
Die Wachen schleiften die Toten fort, es waren fünf, zwei Schwarze und drei Deutsche, aber sie waren so mit Schlamm bedeckt, daß sie alle die gleiche Farbe zu haben schienen, jene erdige Farbe des dicken Schlamms aus dem Rio Abunã. Niemand schien arbeiten zu wollen, alle beobachteten die Leichen mit jener unbezwingbaren Neugier, die man Toten entgegenbringt. Eine Neugier, die hier schon hinreichend gesättigt sein sollte, denn der Tod war so sehr zur Routine geworden wie das Mittagessen oder der geringe Lohn am Ende der Woche.

Die Zivilisierten waren ein Stamm, der nur schwer zu verstehen war. Von einem großen Baum herab, verdeckt von Kletterpflanzen, beobachtete er alles und empfand Angst. Nicht vor den Schüssen, sondern wegen des Hasses, den die Weißen hierher brachten und entluden. Er empfand auch Furcht, weil unter Zivilisierten oft das Lebenslicht ausgelöscht wurde und sie keinerlei Ritual für die Toten hatten. Es war, als bestünde das Totenritual der Weißen hauptsächlich darin, den Tod herbeizuführen, und das war schwer zu akzeptieren. Die Zivilisierten waren mächtig, sie stellten gute Dinge her, sie hatten immer zu essen, obwohl sie nichts anpflanzten oder jagten. Jeden Tag mußte er sich vor Furcht zusammenrollen, weil ihn die von den Weißen ausgehende Welle von Haß verletzte. Er sah, wie die mit Schlamm bedeckten Zivilisierten sich erhoben und schweigend davongingen. Der älteste Zivilisierte, der der Anführer zu sein schien, ging neben einem anderen her und unterhielt sich mit ihm. Es war nicht schwer zu verstehen, was sie sagten. Er konnte schon einige Wörter der Zivilisierten sprechen, aber sie sprachen viele Sprachen, und er hatte gesehen, daß einige ihren eigenen Anführer nicht verstanden.

»Werden wir denn nie einen Tag ohne blutige Auseinandersetzungen erleben?« sagte der Anführer.

»Diese Neger müssen irgend etwas angezettelt haben«, sagte der andere Zivilisierte, der mit dem großen Ding arbeitete, das Rauch von sich gab.

»Die Deutschen taugen aber auch nichts.«

»Ich erschrecke immer noch über all das, Collier. Ich bin seit acht Monaten hier und habe mich noch nicht daran gewöhnt.«

»Ja, wer kann sich schon daran gewöhnen, Alter?«

»Ich glaube, jemand, der nicht mehr ganz dicht ist, hat diese Eisenbahnstrecke erfunden.«

»Wir sind nicht mehr ganz dicht, daß wir diese Arbeit angenommen haben.«

»Und wir haben den schlimmsten Abschnitt erwischt, dreißig Meilen Sumpf. Die Männer stehen bis zu den Knöcheln im Wasser, Wasser, das wie gelbe Tinte aussieht. Sie wissen, daß ich mir nichts herausnehme, aber dieses Wasser ist widerwärtig, es sieht aus wie Ausgekotztes. Man kann gar nicht den ganzen Tag mitten in diesem Erbrochenen der Natur zubringen, ohne daß man durchdreht.«

Der Anführer der Zivilisierten hörte dem anderen zu und betrachtete die Winchester, die auf dem Boden lag. Er wußte, was eine Winchester war, sein Volk hatte diese furchtbare, vom weißen Mann erfundene Waffe schon benutzt. Der weiße Anführer nahm die schlammverdreckte Waffe, gelb vom Erbrochenen, von dem der andere Weiße gerade voller Ekel gesprochen hatte, in die Hand. Er konnte das nicht begreifen, Schlamm war Schlamm, und er empfand keinen Widerwillen davor, nicht einmal vor Erbrochenem, denn auch das war etwas Natürliches. Der Anführer säuberte die Winchester mit der Hand, er schüttelte den Schlamm ab, der schon trocken und hart zu werden begann. Die Sonne brannte, die beiden Weißen waren naß, sie schwitzten, ihre Kleidung klebte am Körper.

»Sie gehen besser zu Mad Maria zurück und lassen diese verfluchte Lokomotive noch ein paar Millimeter vorwärts fahren«, sagte der Anführer.

Der andere Weiße lächelte, es war kein rein freundschaftliches Lächeln, eher ein gleichgültiges Lächeln, während er seine Mütze zurechtrückte und zu dem großen Ding da zurückging, das knirschte und Rauch ausstieß. Auf dem Weg traf der Weiße auf andere Ankömmlinge. Ein junger Weißer, fast so alt wie er, und andere, die auch jung waren, Sie waren seltsam angezogen, eine feine Maske, die bis auf die Schultern fiel, und durch die man ihr Gesicht erkennen konnte. Aber er fühlte jetzt, wie seine Beine einschliefen, die Stellung oben auf dem Baum war langsam unbequem geworden. Er kletterte vorsichtig hinunter und verschwand im grünen Dickicht.

Farquhar betrat sein Büro, nachdem er den großen Raum, in dem die Büroangestellten mit den Sekretärinnen der

Firma saßen, durchquert hatte. Das Büro befand sich in einem Stockwerk eines kleinen Gebäudes in der Avenida Central. Ihm persönlich gefiel das Domizil nicht, das Gebäude war schlecht aufgeteilt und pompös. Es sollte eine Nachahmung französischer Architektur sein und zeigte schließlich nicht mehr als die Proportionen im Kleinformat, wie alles hier in Rio de Janeiro. Wenn man eine etwas enge Treppe hinaufstieg, gelangte man in einen leicht duftenden Salon, wo eine Reinigungstruppe nach Büroschluß mit einem Mittel, das Farquhar aus den Vereinigten Staaten kommen ließ, den Boden fegte und bohnerte und die Möbel polierte. Dieser Duft stellte ein wenig den Geruch von Ordnung dar, den er in diesem Land nicht antraf. Aber er beklagte sich nicht, die brasilianische Unordnung war gewissermaßen schicksalhaft und die beste Verbündete seines unternehmerischen Erfolges. Die meisten seiner Angestellten waren Nordamerikaner, aber die Sekretärinnen waren junge Brasilianerinnen, im allgemeinen kamen sie aus guten Familien, sie waren schon im Ausland gewesen, hatten andere Sitten und andere Sprachen kennengelernt und wollten jetzt modern und unabhängig sein. Der Wunsch dieser gutgekleideten Mädchen nach Modernität und Unabhängigkeit war ihm gleich, fast immer waren sie in einem Land mit ländlicher, des Lesens und Schreibens unkundiger Bevölkerung die besten Arbeitskräfte. Er mochte seine jungen Mädchen sogar und zahlte ihnen ein Gehalt, das um einiges über dem Durchschnitt der brasilianischen Gehälter lag. Aber er selbst hatte keine Sekretärin. Sein Bedürfnis nach Diskretion hatte ihn veranlaßt, einen jungen Mann aus Nordamerika einzustellen, der zunächst in der Botschaft der Vereinigten Staaten gearbeitet, dort eine Auseinandersetzung mit dem Militärattaché gehabt hatte und daraufhin vom Botschafter mit einem Brief zu Farquhar geschickt worden war; der Brief war des Lobes voll, sprach von der Effizienz des jungen Mannes und riet dazu, ihn einzustellen. Er wollte Brasilien nicht verlassen, weil er mit einer Brasilianerin, der Tochter eines Bundesdeputierten aus Bahia, verheiratet war. Der Name des jungen Mannes, Adams, war hundertprozentig amerikanisch, und Farquhar hatte großes Vertrauen zu ihm.

Als er das Büro betrat, sah er einen Stoß brauner Kuverts auf dem Tisch, ein Zeichen dafür, daß ein amerikanisches Schiff angelegt und die Kurierpost von der Muttergesellschaft mitgebracht hatte. In den hellbraunen Umschlägen steckten Zeitungen und Zeitschriften älteren Datums, die aber wichtig für ihn waren, damit er die Geschehnisse in seinem Land ein wenig verfolgen konnte, vor allem in einem Wahlkampfjahr. In Brasilien hatte die Nachfolge der Präsidentschaft im vorangegangenen Jahr stattgefunden. Nach einem kontroversen Wahlkampf, Polemiken in der Presse, Verleumdungen, Ansprachen und Androhungen eines Staatsstreichs war Marschall Hermes an die Macht gekommen.

Farquhars Temperament hielt ihn von jeglicher politischer Auseinandersetzung fern, aber er hatte sich die ganze Zeit um das Problem der Nachfolge in Brasilien gesorgt. Seine wichtigsten Freunde gehörten zur Opposition, sie kämpften für die, wie sie es nannten, »zivilistische Kampagne«. Er gab nicht einen Pfifferling auf diese sogenannte »zivilistische Kampagne«, aber er würde es sehr bedauern, wenn die Niederlage der Opposition seine Interessen beeinträchtigte. Es war keine wirklich begründete Furcht, nur ein Zustand der Alarmbereitschaft, von Nutzen, falls die Lage wirklich brenzlig werden sollte. Er rechnete immer mit der unvorhersehbaren Art der Brasilianer, und jetzt gab es einen Mann, der wirklich Macht hatte. Farquhar war sich all der Implikationen bewußt, wenn ein Mann wie Marschall Hermes auf dem Präsidentensessel der Republik saß. Der Marschall hatte die Unterstützung des Heeres, die einzige, wirklich organisierte Kraft im Lande, die wie eine Art politischer Klub funktionierte. Marschall Hermes selbst hatte, als Kriegsminister der vorangegangenen Regierung, für die Modernisierung der Truppe gesorgt, die noch ziemlich kampfunfähig war, dafür aber höchst geeignet, jedweden an der Macht zu halten.

Von dem Stoß hellbrauner Kuverts hob sich ein kleiner weißer ab. Ein mit modernster Technik gedruckter, jedoch auf altmodische Weise verschlossener Umschlag. Er wußte, ohne überhaupt den Absender zu lesen, von wem er war. Er kam von einem seiner engsten Mitarbeiter, kein Angestellter, sondern eine Art rechte Hand, wenn es um den Gesetzesdschungel ging und er fachkundigen Rat brauchte. Er stammte von einem Mann, den er respektierte, einem der wenigen Brasilianer, die das Moderne, wie sich an dem modernen Druck zeigte, mit althergebrachter Zurückhaltung, die aus dem roten, von einem Siegel flach gedrückten Lack sprach, zu verbinden wußten. Farquhar öffnete den Umschlag und fand eine mit feiner, nervöser Schrift beschriebene Karte, die Buchstaben waren jedoch sorgfältig ausgeführt wie das Englisch, in dem die Nachricht abgefaßt war. Farquhar las und setzte sich. Die Karte sagte übrigens wenig, wie üblich, denn sein Freund drückte nie etwas Konkretes aus, wenn er ihm schrieb. Es war lediglich eine Einladung, den Absender im Restaurant des Hotels Internacional zu einem Mittagessen unter Freunden zu treffen.

3

Ein geräumiges Zimmer aus Holz. An den beiden Seitenfenstern hingen vor den Scheiben noch Netze, eine Tür im Hintergrund wurde ebenfalls durch ein Netz geschützt. Die sehr feinen Netze verhinderten das Eindringen von Moskitos. Die Krankenstation besaß keinerlei Komfort außer vier Betten, eine Art Feldbetten, für die Kranken, und Pritschen für den Arzt und die Sanitäter. Die Krankenbetten standen unmittelbar neben dem Eingang der Krankenstation, in der Nähe der Tür. Auf der anderen Seite befanden sich die Pritschen, ein Tisch und ein Schrank, das war die Ecke des Arztes. Als Trennung zwischen beiden Bereichen, allerdings nur durch Wandschirme abgedeckt, gab es zwei Steinplatten für Autopsien. Es gab zur Zeit keinen Kranken auf der Station. Der Barbadianer mit Malaria war am Nachmittag gestorben, völlig klar, ohne im Koma zu liegen. Finnegan nähte gerade bei einem der Deutschen einen Hieb in Y-Form, der an den Schamhaaren begann, über den Unterleib hinaufführte und sich um die Brustwarzen herum gabelte. Einer der Sanitäter saß am Tisch und schrieb den Bericht nieder, den Finnegan ihm laut diktierte. Die anderen Sanitäter schliefen schon, obwohl das Licht noch an war, es kam aus einer Gaslampe, die von der Decke herab direkt über den Autopsieplatten hing. Die anderen vier Leichen, die schon obduziert worden waren, lagen auf dem Boden, mit Stoffmatten geschützt, ausgezogen und gewaschen. Dem Enthaupteten war der Kopf wieder aufgesetzt und an den Rumpf genäht worden. Dadurch waren seine Schultern etwas eingefallen, als zuckte er damit unwillkürlich voller Verachtung.

Finnegan verrichtete seine Arbeit mit der größten professionellen Kälte. Die Hitze hatte bereits den Zersetzungsprozeß bei den Leichen eingeleitet, so war der Geruch keineswegs angenehm. Trotzdem schliefen die jungen Männer schon, und der Arzt beendete seine Arbeit, ohne offenbar den penetranten Geruch nach totem Fleisch zu spüren. Er war nicht sehr gut in Autopsien und hatte keine einzige gemacht, bevor er hierhinkam. In diesen Wochen hatte er gelernt, daß diese Arbeit so normal und routinemäßig war wie Geburten in einem Entbindungsspital. Der Tod war der große Produzent und schien dieser seiner Aufgabe schneller nachzukommen, als die Schienen in dem sumpfigen Gebiet des Abunã vordrangen. Da Geburten in einem Entbindungsspital keinerlei Verhängnis darstellten, wurden auch der Tod und das komplizierte medizinische Ritual der Autopsie, das ihn sanktionierte, mit der gleichen Selbstverständlichkeit wie eine Geburt betrachtet. Angesichts seiner ersten Leiche war Finnegan sich beschmutzt vorgekommen. Nicht etwa aus einem laienhaften Gefühl heraus wie Ekel vor dem Tod oder Furcht vor einer hilflosen, menschlichen Hülle, oder wegen eines Restes an menschlicher Achtung, die von seinem Katholizismus herrührte, sondern offensichtlich aus einem unangebrachten Gefühl des Stolzes. Denn während seines Medizinstudiums hatte er von seinen Lehrern gelernt, wie erniedrigend die Unterschrift auf einem Totenschein und mehr noch, wie unbedeutend die Arbeit der Gerichtsmediziner war, die in unterirdischen Räumen ihr Leben damit verbrachten, Tote zu zerschnippeln und gerichtsmedizinische Berichte anzufertigen. Schließlich war es Aufgabe des Arztes, sich um bedrohtes Leben zu kümmern. Das Symbol des Arztes, das er sich geschaffen hatte, kam von einer Skulptur, die er noch im ersten Jahr auf dem Tisch des Institutsdirektors gesehen hatte; ein mit makellos weißem Kittel bekleideteter Herr, ein Arzt, versuchte den Armen des Todes, dargestellt als ein menschliches Skelett, eine junge, völlig nackte Frau zu entreißen, deren rundliche Formen derart betont waren, daß der Venushügel sich zwischen ihren Schenkeln wie ein sanfter, geographischer Unfall aufwölbte. Dieses Bild hatte sich Finnegan eingeprägt, und er hütete es mit einer gewissen Ironie, vielleicht wegen der latenten oder expliziten Erotik — er war sich manchmal nicht sicher —, die der sichtlich gesunde Körper der angeblich bedrohten Frau ausstrahlte. Der Institutsdirektor hatte seine Neugier vor dieser Skulptur bemerkt und gesagt, wenn er, Finnegan, fertig sei, müsse auch er so eine Plastik auf dem Tisch in seiner Praxis aufstellen. Sie verleihe einen künstlerischen Anstrich und sei ein hervorragendes Mittel, ein Gespräch mit schüchternen Patienten zu beginnen. Jetzt, nach fast dreißig Autopsien und Totenscheinen, wich das Gefühl der Scham einer Gleichgültigkeit, jener lauen Gleichgültigkeit, die sie an den Gerichtsmedizinern so lächerlich gefunden hatten.

Finnegan war schläfrig, als er mit der Nadel in die feuchte Haut der Leiche stach, um die beiden Ränder des tiefen Schnittes zusammenzunähen, aus dem eine bläuliche Flüssigkeit rann, ein letztes Zeichen, daß einmal Blut durch diesen Körper geströmt war, hitzig und aufbrausend, von Haß getrieben. Finnegan gähnte, er nähte schneller, fühlte, wie ihm die Augen schwer wurden, und wußte, daß er wie ein Sack schlafen würde, sobald er sich ins Bett legte. Dieser Schlaf hatte ihm anfänglich Sorgen gemacht, es war, als verlöre er seine Empfindsamkeit. Er hatte immer gut geschlafen und selten Alpträume gehabt oder einfach Träume, an die er sich erinnert hätte. Aber wie ein Sack zu schlafen, war neu für ihn. In dem Krankenhaus, in dem er seine Assistenzarztzeit verbracht hatte, hatte er genauso viel wie jetzt gearbeitet, aber es gab eigentlich keine Erschöpfung. Vielleicht die übermäßige Hitze. Er wußte es nicht. Er legte sich um elf Uhr abends hin und wachte erst um halb sechs auf, wenn der Pfiff der Lokomotive allen das Zeichen zum Aufstehen gab. Und Schlaf stellte sich gewöhnlich um neun Uhr ein, wenn er mit den anderen jungen Leuten ein wenig Bridge spielte, wenn er nichts anderes zu tun hatte. Finnegan spürte, daß vieles in seinem Leben in Veränderung begriffen war.

Die *Zwölf Variationen* von Beethoven auf jedem in der Dunkelheit der Nacht versteckten Blatt. Eine Nacht, dicht bevölkert von Geräuschen und bedeckt mit Feuchtigkeit, umhüllte Consuelos Schluchzen. Mit einem Paket unter dem Arm, mit nackten Füßen, betrat sie furchtlos den gefährlichen Boden der Lichtung. Sie konnte nicht sehen, wohin sie trat, weil sie in die nächtliche, pechschwarze Finsternis eingetaucht war. Aber sie weinte, ihr feines, langes, seidiges Haar, voller Lehm und toter Blätter, war zerzaust. Sie fühlte noch den starken Arm um ihre Hüfte, der sie zurückgehalten hatte, vergeblich hatte sie sich gewehrt, sie hatte nicht eingreifen können, wie eine erschütterte Zuschauerin, die einem Schauspiel beiwohnte, das sie nicht gewollt hatte. Und es war alles entsetzlich gewesen. Die überfluteten Felsen, die sich auf dem Deckel des Flügels spiegelnde Sonne, die angespannten Muskeln der Männer, Kräfte, die offenbar gleich mächtig gegeneinander gestanden hatten. Das erbebende Floß und Alonso, der die Seile gehalten, sich mit den Seilen um sich selbst gedreht hatte, die Muskeln und Venen seines Halses in höchster Anstrengung angespannt. Und sie konnte es nicht fassen und ließ sich lieber von etwas anderem treiben, denn sie war einfach durcheinander. Ein hübsch möbliertes Zimmer, die guten, mit besticktem Samtdamast bezogenen Stühle, ihr Mann rauchte, schlief fast, ein Kandelaber mit sechs Kerzen spendete anheimelnde Helligkeit, die Nacht brach herein wie jeden Tag nach der Arbeit im Geschäft, das Zimmer mit separatem Eingang hinter den Geschäftsräumen, der vollkommene Ort für ein junges Paar, das sich liebte und gleichermaßen die Musik liebte. Seidene Vorhänge vor ausgesucht dekorierten Wänden mit Porträts in goldenen Rahmen. Ein schwarzes Klavier, ein großes Klavier, und der junge Mann in gestreiftem Anzug lächelte sie an. Ein Vormittag mit Übungen im Konzertsaal der Universität, die Stühle im Zuschauerraum verdeckt, die Fenster geschlossen. Ein Flügel, und Consuelo näherte sich, setzte sich auf den mit dunkelrotem Samt beschlagenen Hocker, die Finger glitten über die weißen Tasten, und der junge Mann lächelte und streichelte eine dicke Katze, die wie ein Jaguar gestreift war. Der Gedanke an das Katzentier machte sie ein wenig wach und ließ sie in den Urwald starren, der ins Dunkel getaucht und voller Geräusche war. Das Floß, das auf großen Balken befestigt war und das Wasser, das wie in einem Springbrunnen anstieg. Und dann standen die Kräfte gegeneinander, das Floß hielt nicht stand, machte sich los, nahm in seinem Untergang einige Männer mit in den tödlichen Strudel, einige unglückliche Indios, die keine Zeit mehr gehabt hatten, sich von den Seilen loszumachen. Die Seile, und Alonso? Sie hatte rasch den Kopf gewandt und noch gesehen, wie ihr Mann zum Wasserfall hin fortgerissen wurde, und in diesem Augenblick, als sie zu Hilfe eilen wollte, legten sich Arme um ihre Hüften und hielten sie zurück. Sie schrie und schlug um sich, aber Alonso war schon verschwunden, und das Floß begann sich zu drehen, stromabwärts zu treiben, folgte der Geschwindigkeit des Wassers, tanzte in unbeschreiblichen Kurven und graziösen Drehungen zwischen den Felsen hindurch. Und der in der Sonne glänzende Flügel folgte solidarisch, dem Ort seiner Bestimmung entgegen. Sie schlug auf den Mann ein, der sie an den Hüften hielt und daran hinderte, sich verzweifelt hinunterzustürzen. Es war ein erschrockener Indio, der ihre Hüfte umfaßt hatte, mehr um sich zu schützen, als um sie daran zu hindern, etwas Törichtes zu tun. Kurz darauf lief das Floß mit seiner Ladung auf einen Felsen auf. Splitter zerstoben in der Luft, wie ein Spielzeug aus Gips wurde der große Flügel in Stücke zerschmettert und tauchte unter. Und es blieb nur das Rauschen des siegreichen Wasserfalles, denn die Indios flüchteten, sie hatten überlebt, und nun fürchteten sie sich. Alonso hatte das Gleichgewicht verloren und war hingefallen, das Seil riß ihn fort, ohne daß er irgendeinen Halt fand oder sich von den Schlingen, die er mit dem Seil um die eigene Hüfte gewunden hatte, befreien konnte. Er war mitgerissen worden, sein Körper nach vorn gestreckt, und die Arme, auf der Suche nach einem Halt, rissen sich an der rauhen Oberfläche der Felsen wund. Und er war tot, ertrunken, nicht einmal seine Leiche konnte gefunden werden, weil sie wahrscheinlich in der Tiefe des Flusses, gleich unterhalb des Wasserfalls, festgehalten wurde, wo das Wasser tief und voller umgestürzter Bäume und Überreste von früheren Schiffbrüchen war. Consuelo blieb stehen, sie fühlte, daß ihre Füße wund waren, eine Stimme schluchzte, ihre eigene Stimme, in der ungewissen Symphonie der anderen Geräusche. Der Waldboden war feucht und weich, schien wie ein dicker Teppich, der unter ihren schmerzenden Füßen nachgab. Die schweren, grünen Gardinen und die geschlossenen Fenster des Konservatoriums, denn der Winter hatte mit aller Macht begonnen, und sogar Hagel peitschte über die Straße gegen die fast stumpfen Scheiben. Es war ziemlich kalt, aber das Lächeln des jungen Mannes belohnte sie dafür. Sie wußte, wer er war, er gefiel ihr, obwohl sie sich kaum kannten. Und sie war neugierig zu wissen, warum er zu jener Stunde im Konservatorium war, gerade, als sie dort übte. Sie hatte ihn vor kurzem kennengelernt und wußte nicht einmal, wie er hieß. Er war der junge Mann, der sie in dem Musikaliengeschäft bedient hatte, als sie Partituren kaufte. Er war es, den sie um Auskunft über den Preis eines deutschen Klaviers von hoher Qualität gebeten hatte, sie träumte davon, eines zu kaufen. Es war teuer, der junge Mann war sehr aufmerksam gewesen und hatte sofort komplizierte Berechnungen angestellt, war die ganze Zeit bester Laune gewesen und hatte ihr eine besondere Wärme vermittelt, die neu und verwirrend für sie gewesen war. Zu Hause hatte die Verwirrung über diese Wärme noch angehalten. Consuelo konnte nirgends stillstehen, sie ging fieberhaft zwischen dem Wohnzimmer und ihrem Zimmer hin und her, so daß ihre Mutter aufmerksam wurde, eine Frau, die fast immer gleichgültig und nur mit ihren häuslichen Pflichten beschäftigt war. Aber es war kalt im Konservatorium, und sie wärmte die Finger, indem sie jedes Mal die Hände aneinanderrieb, wenn sie mit dem Klimpern aufhörte, einige Akkorde Chopin, einige Takte Mozart und Offenbach. Es war kalt, sie fror, ihr Schluchzen erstarb. Der junge Mann lächelte sie an, er war rot geworden, er hatte volle Lippen, die gut geformte Zähne sehen ließen. Sein Gesicht wirkte besänftigend, obwohl sie dafür überhaupt keine logische Erklärung hatte. Consuelo setzte sich auf den weichen Blätterteppich, den die Feuchtigkeit nie vollständig austrocknen ließ, lehnte sich an den Stamm einer Kastanie und schlief ohne Furcht ein.

Ein grobes Gestell ohne Dach, aus Stämmen gebaut, diente den Arbeitern als Pfosten für ihre Hängematten. Dort schliefen sie, obwohl es mehr als ein zynischer Euphemismus war, das eine Schlafstätte zu nennen. Die Hängematten hingen parallel nebeneinander. Die Wachen stellten sich alle zwei Meter voneinander auf und unterteilten den Schlafplatz in zwei Flügel. Jede Hängematte wurde von einem Moskitonetz geschützt: eine Art Zelt aus leichtem Stoff, das die Hängematte vollständig einhüllte. Aber das Moskitonetz schützte nur vor Moskitos. Wenn es regnete, waren die Männer ohne jeden Schutz. Eine dunkle Nacht mit schweren Wolken ohne die tropische Weite, die sonst mit Sternen bevölkert war und in der die Milchstraße so nah und feierlich erschien. Die erschöpften Männer schnarchten laut und stöhnten. Auf der Seite der Barbadianer herrschte heimliches Treiben, außer Sichtweite der Wachposten. Schatten huschten geräuschlos zwischen den Hängematten hin und her. Sie unterhielten sich, fast ohne daß ihnen Worte über die Lippen kamen. Dann, mit Macheten bewaffnet, schlichen zwei Männer fort und tauchten in der Dunkelheit unter.
Die Hütte der Krankenstation war im Umriß schwer zu erkennen, weil es kein Licht gab. Nur der Schein aus den beiden Seitenfenstern wies auf die Station hin. Dort saß noch immer Finnegan. Versunken und schläfrig, überarbeitete er die Fassung der Berichte. Er prüfte die Seiten mit übertriebener Vorsicht, aus Sorge, vor Müdigkeit könnte ihm etwas entgehen. Finnegan nahm es sehr genau, er sah durch, was vom Sanitäter geschrieben worden war, und machte Anmerkungen. Da jedoch hörte er ein ungewöhnliches Geräusch, das von draußen kam und das

Gesumm der Insekten übertönte. Er war auf dem Sprung, denn das hatte er hier schon gelernt: bei der kleinsten Ungewöhnlichkeit rasch wach zu werden. Er hob den Kopf, bemerkte aber nichts Verdächtiges in der Krankenstation, die Toten lagen immer noch in ihrer friedlichen Unbeweglichkeit da, die Sanitäter schliefen, es war stickig wie immer vor einem Regenguß. Aber von draußen sahen zwei Barbadianer durch das mit einem Netz verhängte Fenster, sie wollten das Fenster nicht aufbrechen. Sie vergewisserten sich nur über die Lage in der Krankenstation und schienen alles so vorzufinden, wie sie gehofft hatten. Einer hielt den andern an der Schulter fest und machte ein Zeichen, daß sie auf die Tür zugehen sollten. Das Geräusch der Schritte auf dem stets mit trockenen Blättern bedeckten Boden hatte Finnegan aufgestört, sein Blick durchsuchte alle Winkel, die von der Gaslampe beleuchtet wurden. Er spürte, daß etwas in der Luft lag, und sollte bald wissen, warum. Die Tür wurde mit Gewalt aufgestoßen, und Finnegan erschrak, als die zwei Männer mit Macheten in der Hand eindrangen. In ihren Gesichtern lag etwas Unergründliches, das Finnegan nicht ausmachen konnte, etwas, was jenseits des Gefühls einer Gefahr lag, eine geheimnisvolle, kaum verhohlene Kraft, die etwas Beunruhigendes hatte. Die beiden Männer umklammerten die Waffen so fest, daß ihnen das Blut aus den Händen gewichen war, die fast weiß geworden waren, von einem blassen, erschreckenden Braun, während die Männer verhalten atmeten. Sie gingen an den Wandschirmen vorbei und blieben vor den Toten stehen. Das unergründliche Gefühl verstärkte sich, und Finnegan versuchte, jede Geste, die als Reaktion gedeutet werden konnte, zu vermeiden. Bewegungslos beobachtete der Arzt sie, sein Mund war leicht geöffnet, erstarrt, ein Geräusch im Ohr störte ihn,

und das Herz schlug so schnell, daß es aus seiner keuchenden Brust zu springen schien. Er starb vor Angst, und durfte es sich nicht anmerken lassen, denn es würde keine Rettung geben, wenn sie merkten, daß sie überlegen waren. Langsam spürte Finnegan, daß jenes eigenartige Gefühl sich in reine Wut verwandelte, ein ihm bekanntes Gefühl, mit dem er umgehen konnte; nun versuchte er, Mut zu fassen.
»Was soll das?« fragte Finnegan mit harter, fester Stimme, und versuchte dabei, die Art des Ingenieurs nachzuahmen.
»Was hast du mit ihnen gemacht?« fragte einer der Barbadianer von oben herab und zeigte auf die Leichen.
»Ich verstehe nicht«, entgegnete Finnegan verwirrt und befürchtete, sie seien gekommen, um ihn zu zwingen, die Toten wieder zum Leben zu erwecken.
»Hast du etwas mit ihnen gemacht?« der Barbadianer gab nicht nach.
»Nur eine Routinesache. Es war nichts mehr zu machen. Willst du den Bericht sehen?«
»Warum machst du an ihnen herum?« fragte der andere in einem Ton voll boshaftem Verdacht, was Finnegan nur noch mehr beunruhigte.
»Ich glaube, es ist besser, ihr geht zu eurem Schlafplatz zurück, ich werde versuchen, dies alles zu vergessen«, erwiderte der Arzt gereizt, weil er eigentlich nicht verstand, was sie wollten, und den genauen Grund von so viel Sorge um die Toten nicht begriff. »Morgen werden die Leichen zum Friedhof der Gesellschaft, zur Candelaria, gebracht.«
Einer der Barbadianer stieß heftig gegen die Wandschirme. Finnegan spürte, wie die Wut des Mannes sich steigerte, während die Wandschirme mit Getöse zusammenklappten und die Sanitäter weckten.

»Nein! Du hast ihre Körper entweiht. Die Weißen schänden immer die Toten.«
Finnegan wußte nur zu gut, wie geschickt sie mit der Machete umgingen, sie hatten diese Waffe mit der geschärften Klinge wie ein Skalpell am Hals des Deutschen verwendet. Ein einziger, perfekter Schnitt, der einem mittelalterlichen Henker alle Ehre gemacht hätte. Auch die Sanitäter teilten die Furcht des Arztes und saßen auf ihren Betten, ohne die Augen von den Macheten abzuwenden.
»Wir hatten euch schon gewarnt, daß unsere Toten nicht angefaßt werden sollen«, sagte der Barbadianer und ging drohend auf Finnegan zu, den er an die Wand drängte.
»Seid ihr verrückt geworden?« brummte Finnegan.
Die Sanitäter, noch ganz schlaftrunken, hielten den Atem an, all ihre Kraft verflüchtigte sich in die Zehenspitzen, ihre Füße wurden bleischwer. Der andere Barbadianer befahl den Sanitätern, sich ebenfalls an die Wand zu stellen, in die Nähe des Arztes. Finnegans Kopf war leer, sein Magen drehte sich dermaßen, daß er nicht anders konnte und einen Kehllaut von sich gab. Die Lampe schien jetzt alles überdeutlich zu beleuchten, Finnegan hörte Schritte auf die Krankenstation zukommen.
»Dick und Jonathan, ich wußte es«, brüllte der Ingenieur, durchbrach damit die Spannung und nahm den beiden Barbadianern mit einem Schlag gänzlich den Willen zu töten.
Die Angreifer drehten sich erschrocken um. Finnegan atmete auf und sah zu den Sanitätern hinüber, die sich an die Wand lehnten, um nicht das Gleichgewicht zu verlieren. Einer von ihnen stieß vor Erleichterung einen Pfiff aus, die Barbadianer waren jetzt unglaublich zahm.
»Als ich erfuhr, daß es hier eine Reiberei gibt, dachte ich mir: ich fress' einen Besen, wenn das nicht was mit Dick und Jonathan zu tun hat.«

»Master Collier, wir wollten keinen Streit anzetteln«, sagte einer der Barbadianer.
»Ich weiß, Jonathan«, erwiderte der Ingenieur sarkastisch. »Diese Macheten habt ihr dabei, um Dr. Finnegan zu rasieren, nicht wahr?«
Im Lichtstreifen, der durch die Tür fiel, nahmen die Wachen Form an. Sie hatten Collier begleitet, waren aber nicht gleich mit ihm hereingekommen, denn der Ingenieur wollte sich mit seiner Autorität lieber allein durchsetzen, und sie sollten nur eingreifen, wenn es brenzlig würde.
»Er hat die Toten geschändet«, stotterte Jonathan.
Erst jetzt konnte Finnegan die beiden Angreifer mustern und sah, daß es nur zwei ziemlich magere Männer waren. Der, der Jonathan hieß, war groß und hatte knotenartige Gelenke unter der schlaffen, faltigen Haut. Hunger, dachte Finnegan, zwei elende Unterernährte, die an einem primitiven Aberglauben hängen. Die menschliche Kreatur war manchmal wirklich lächerlich.
»Gebt vor allem erst mal diese hübschen Dinger da her«, sagte Collier, und die Barbadianer übergaben ohne jeden Widerstand ihre Macheten. »Eure Krankheit heißt Schlaf. Wachen, bringt die Jungs zum Schlafplatz.«
Die Wachen brauchten sich gar nicht erst zu rühren, denn die Barbadianer gingen hinaus, als sie die Worte des Ingenieurs hörten.
»Träumt was Schönes«, empfahl ihnen Collier.
»Was heißt hier, träumt was Schönes?« wollte Finnegan wissen. Ihm war übel von der Arroganz des Ingenieurs. »Werden sie denn nicht bestraft?«
»Geht hinaus, und zwar schnell«, sagte der Ingenieur zu den Wachen, ohne die Fragen des Arztes zu beachten. »Laßt uns die Krankenstation räumen, der Doktor hier braucht Platz zum Nachdenken.«

Die Wachen gingen hinaus, Collier sah sich prüfend in der Station um. Finnegan empfand dem Ingenieur gegenüber zum ersten Mal so etwas wie Feindseligkeit, bis dahin war er ein unterwürfiger, junger Mann gewesen, der die ständigen Anwürfe des Ingenieurs hinter einem Panzer professioneller Gleichgültigkeit abgewehrt hatte.
»Also, diese Männer dringen hier ein, bedrohen mich, um ein Haar bringen sie mich um, und Sie schicken sie fort, als sei nichts gewesen«, sagte Finnegan, ohne seine Feindseligkeit zu verhehlen.
»Sind Sie verletzt? Haben sie Ihnen ein einziges Haar gekrümmt?« fragte Collier.
»Ich bin nicht verwundet, mir geht es gut. Sie sind nicht mehr dazugekommen, etwas Böses zu tun. Aber sie hatten keine guten Absichten«, entgegnete der Arzt schroff.
»Ja, und gibt es hier vielleicht irgend jemanden mit guten Absichten?« Colliers neuerliche Frage war wie ein dumpfer Schlag nach Finnegans Schroffheit.
»Sie sehen das nicht richtig«, erwiderte der Arzt und wollte seine Autorität ins Spiel bringen. »Sie sind in die Krankenstation eingedrungen. Sie haben die Schlafstatt ohne Aufforderung verlassen, und ich bin nicht sicher, was sie vorhatten, als sie hereinkamen . . .«
»Sie wollten Sie umbringen«, sagte Collier trocken.
Angesichts der Sachlichkeit des Ingenieurs spürte Finnegan, wie seine Gereiztheit schwand. Collier kannte die Barbadianer und wußte genau, was er tat, im Gegensatz zu Finnegan, für den die Autopsie eine Vorschrift darstellte, die ein Teil der Arbeit war, die er auszuführen hatte.
»Wenn das nächste Mal ein Neger stirbt, sehen Sie zu, daß er sofort begraben wird«, sagte Collier. »Nichts da mit Aufschnippeln von Toten wie beim Schlachter.«
»Ich habe Anweisung, bei allen Toten eine Autopsie vor-

zunehmen. Und die Toten sollen auf dem Friedhof der Gesellschaft begraben werden.«
»Außer den Negern, den Barbadianern«, sagte Collier.
»Ich sehe keinen Unterschied zwischen einem toten Schwarzen und einem toten Weißen«, erwiderte der Arzt.
»Ich habe schon von Ihren edlen Gefühlen gehört«, sagte der Ingenieur und glitt erneut ins Ironische ab, gab seiner Stimme dann aber gleich wieder den kühlen, autoritären Ton, von dem Finnegan übel wurde. »Von jetzt ab wird jeder Schwarze, der stirbt, sofort von den Schwarzen selbst am Straßenrand bestattet. Und ohne Autopsie. Das ist ein Befehl, damit das klar ist.«
»Das kann ich nicht akzeptieren«, entgegnete Finnegan, ungeduldig auf und ab gehend. »Und der Totenschein? Und der Bericht?«
»Nur keine Sorge, mein Junge. Der Tod ist hier so offensichtlich, daß man eine Leiche nur anzusehen braucht, um zu wissen, was geschehen ist. Schreiben Sie, was Ihnen gerade in den Sinn kommt, gebrauchen Sie Ihre Phantasie. Niemand wird auf den Gedanken kommen, die wirkliche *causa mortis* von jedem einzelnen Unglücklichen, den es in dieser Hölle erwischt hat, herausfinden zu wollen.«
Collier zog sich zurück und schlug die Tür der Krankenstation zu. Seine rauhe Stimme klang in Finnegan nach. Die Sanitäter waren jetzt entspannter, aber aus Vorsicht schweigsam. Der Arzt betrachtete einen Augenblick die zugeschlagene Tür und begann dann, die Wandschirme, die zu Boden gefallen waren, aufzurichten. Die Sanitäter entschlossen sich plötzlich, wieder ins Bett zu gehen, denn der Arzt schien ihre Gegenwart nicht einmal zu bemerken, er sammelte Papiere auf, die umhergeflogen waren, und machte sich an den Dingen auf dem Tisch zu schaffen, bis er die Blicke der beiden noch verstörten jungen Männer bemerkte.

»Packt die Leichen der Deutschen ein«, befahl Finnegan. Die Sanitäter hörten das betrübt, weil sie gehofft hatten, wieder ins Bett zurückkehren zu können, um die Aufregung mit einem guten Stück Schlaf zu überwinden. »Benutzt die Laken, die dort in den Kisten sind. Danach werden wir die zwei Barbadianer beerdigen.«
»Jetzt, Doktor?«
»Sofort.«

Der Maschinist und der Heizer warteten in der Nähe des Lagers der Arbeiter, daß eine Suppe, die sie aufs Feuer gestellt hatten, fertig wurde. Auch andere Augen beobachteten die Suppe, die auf dem Lagerfeuer in einem Eisentopf brodelte, der an einem Haken von einem eisernen Dreifuß herabhing. Der Mann, der das beobachtete, hatte sich im Busch versteckt und war hungrig. Obwohl er einige Früchte gegessen hatte, war der Duft der Suppe einladender, und er war begierig darauf, wußte aber, daß er dieses Essen schwerlich mit den beiden dort würde teilen können. Die Gesellschaft betrachtete die zwei Zivilisierten als leitende Angestellte und hatte ihnen daher ein wasserdichtes Stoffzelt zugeteilt, das ihnen an der Baustelle als private Unterkunft diente. Thomas, der alte Lokführer, war über den improvisierten Herd gebeugt und rührte mit einem Löffel in der Suppe. Der Schein des Lagerfeuers war das einzige Licht weit und breit und beleuchtete nur gerade die beiden Männer. Der Heizer schien intensiv an etwas Persönliches zu denken. Er war noch jung, muskulös, und hatte ein Gesicht mit eckigem Kinn, das mit Messerhieben von einem Holzschnitzer ohne Talent gemeißelt worden zu sein schien. Er war klein, hatte rotes, feuerfarbenes Haar, und seine mit Som-

mersprossen übersäte Haut deutete darauf hin, daß er der Sohn von Emigranten war, wahrscheinlich von Holländern, obwohl es in seinem Namen keinerlei Hinweise auf seine Herkunft gab. Er hieß Harold Appleton und war in New York geboren. Der Maschinist, Thomas Gallagher, rührte in der Suppe, auch er war abgelenkt, und deshalb bemerkte er die menschliche Gestalt nicht, die sich durch Büsche und Bäume zum Zelt schlich. Die Gestalt bewegte sich wie eine Katze, lautlos glitt sie geschickt über den Boden, bis sie im Zelt angelangt war. Harold ohrfeigte sich in regelmäßigen Abständen oder schlug sich mit der Handfläche auf den ganzen Körper, um Nachtschwärmer und andere Insekten, die vom Feuer angelockt herbeiflogen, zu verscheuchen.
»Ein anständiger Schuß Gin mit Limonade würde uns jetzt sehr guttun«, sagte Harold, so, als sollte seine Stimme die Nacht durchdringen.
Thomas antwortete mit einer nervösen Geste, weil die Moskitos sich nicht einmal aus dem Rauch des Lagerfeuers etwas machten und wieder da waren, um sein Blut zu saugen.
»Ich weiß nicht einmal mehr, wie Gin schmeckt«, antwortete Thomas schließlich kurz und betrachtete dabei höchst aufmerksam einen Finger, in den ein Moskito gestochen hatte. Eine gelbliche Beule war dort entstanden.
»Was ist in der Suppe?« fragte Harold.
»Zwiebeln.«
»Zwiebeln? Das gibt einen teuflisch schlechten Mundgeruch.«
Der Heizer hatte noch nie beim Bau einer Eisenbahnstrecke mitgearbeitet, er war Heizer auf regulären Strekken gewesen und war an Fahrpläne, feste Stationen und ruhige Fahrten durch bestellte Felder gewöhnt, die im

Sommer bepflanzt und im Winter mit Schnee bedeckt waren. Er war nicht einmal ein richtiger Heizer, sondern Thomas hatte ihn dorthin gebracht, weil sie sich angefreundet hatten und er arbeitslos und ein bißchen betrunken gewesen war, als sie sich das erste Mal auf einem Bahnhof in Neu-England getroffen hatten. Harold hatte versucht, als blinder Passagier in den Zug zu steigen, aber er war an einer Weiche auf Schmiere ausgerutscht und sofort vor die Lokomotive geraten. Dort fand Thomas ihn, als er routinemäßig die Maschine inspizierte, bevor er losfuhr. Er sah einen Körper quer über dem Gleis liegen. Harold war bewußtlos, mehr vom Trinken als vom Sturz, obwohl aus einer Wunde an der Augenbraue reichlich Blut floß. Der alte Thomas half ihm, Harold hatte keine Bleibe und wollte nicht mehr nach New York zurück, auch nicht mehr nach Hause, wo er allein lebte, fast immer betrunken war und als Träger in einer Umzugsfirma arbeitete. Er war schon fast dreißig Jahre alt und hatte weder Frau noch Freundinnen, er war sehr schüchtern und floh aus einem ihm unbekannten Grunde vor Frauen. Und die Frauen schienen sein zerfurchtes, eckiges Kinn und seine ewig zerknitterten, schmutzigen, nach Bourbon und Fett stinkenden Sachen auch nicht besonders anzuziehen. Zwei Jahre später war er verändert, ein anderer Mensch, beschützt von der Fürsorge und Energie seines Freundes Thomas, der ihn wie einen Sohn behandelte. Er trennte sich nie wieder von dem alten Brummkopf, selbst als dieser Witwer wurde und sich entschloß, der Aufforderung des Ingenieurs Collier zu folgen und hier zu arbeiten.
»Was hast du gesagt?« fragte Thomas und unterbrach damit Harolds Gedanken.
»Nun, nichts, nur diese Zwiebeln, wir essen das nun schon seit ich weiß nicht wie langer Zeit.«

»Ja, was hilft's? Die Bohnen kommen muffig an, das Trockenfleisch ist eklig . . .«
»Nein, nein, ich beklage mich ja gar nicht.« Harold hörte ein Geräusch aus dem Zelt kommen. »Vielleicht Waldratten oder eine Schlange.«
»Nicht schlecht, eine Zwiebelsuppe.« Während er sprach, versuchte er herauszufinden, was im Zeltinnern vor sich ging.
»Was ist los?« fragte Thomas und sah ebenfalls zum Zelt hinüber.
»Nichts, ich glaube, ich habe sich etwas bewegen hören«, antwortete Harold obenhin.
»Ich würde so viel lieber was Geschmortes essen.« Thomas dachte wieder ans Essen, weil ihn das Verhalten des Freundes beruhigt hatte.
»Wir haben noch Glück. Die Zwiebeln werden uns nicht umbringen«, bemerkte Harold vergnügt.
Harold fühlte, daß etwas Merkwürdiges im Zelt vor sich ging. Er hörte Geräusche, da er aber langsam war, reagierte er nur leicht beunruhigt.
»Hast du das gehört?« fragte Harold.
»Was denn?«
»Ein Geräusch im Zelt. Oder ich habe mich getäuscht.«
»Hast du Angst?« Thomas fragte ihn, aber es war fast so, als gestehe er ein, was er selbst empfunden hatte.
»Angst? Das ist etwas, das ich immer fühlen werde.«
»Angst wovor?«
»Ich weiß nicht, vor allem.«
Die beiden sahen zum Zelt hinüber, als verberge es eine furchtbare Bedrohung.
»Ich bin einer, der ständig in Angst lebt, das weißt du doch«, sagte Harold.
»Du?«

»Immer hat man Angst, aber jetzt ist die Angst ganz groß und hört gar nicht mehr auf. Manchmal frage ich mich, ob es sich lohnt, sein Leben so zu riskieren, für siebzig Schilling am Tag!«

»Und wer hat gesagt, daß wir das Recht haben, uns das immer zu fragen?« sagte der Alte und versuchte damit seine angstvollen Worte mit dem Charisma seiner Erfahrungen abzusichern, eine Strategie, die immer gewirkt hatte. »Sieh mal, meine Haare sind ganz weiß geworden, ohne daß mir all diese Dinge durch den Kopf gegangen sind. Aber keine Sorge, es ist ganz natürlich, Angst zu haben. Ich habe auch Angst, ich habe Angst vor dieser Hitze, die diese Krankheiten auszubrüten und uns zu kochen scheint."

Thomas redete, während er den Topf vom Feuer nahm und auf eine Holzkiste stellte. Auf der Kiste waren Teller, Becher und Löffel aufgestapelt.

»Nein, nicht diese Angst«, sagte Harold, und die Dunkelheit um das Lagerfeuer herum wurde nun drückender. »Was weiß ich, es kann sogar die Furcht davor sein, hier krank zu werden und hier zu sterben.«

Thomas konnte sich ein Lachen nicht verkneifen, das sich wie ein Husten anhörte. Harold blickte den Alten an, wollte sich rückversichern.

»Was ist denn daran komisch?« wollte Harold wissen.

»Nichts, ich mußte nur gerade an etwas denken.« Thomas füllte die Suppe auf die Teller und gab einen davon dem Freund. »Weißt du, wann ich in meinem Leben am meisten Angst gehabt habe? Als ich eine Geliebte gefunden hatte. Wie dumm, nicht? Aber damals war das zum Ersticken. Das Problem war nicht meine Frau. Sie hatte überhaupt keine Erfahrung und vertraute mir. Wir waren schon seit etwa drei Jahren verheiratet und hatten keine

Kinder. Da kam meine Mutter und verbrachte eine Woche bei uns und wurde mißtrauisch. Damals arbeitete ich in einem Büro und muß ganz schön naiv gewesen sein. Schau, ich habe nie solche Angst gehabt, ich wußte, daß Mutter mißtrauisch war, und hatte Angst, sie würde meiner Frau was erzählen.«
»Das muß ja teuflisch gewesen sein.«
»Mutter war eine gute Beobachterin.« Thomas hielt inne, jetzt war er sicher, daß irgend etwas im Zelt war. »Du hast recht, es scheint etwas im Zelt zu sein.«
Harold stellte die Suppe auf den Boden und beobachtete mit stockendem Atem das Zelt. Und wenn es die Barbadianer wären, mit Macheten bewaffnet, und etwas klauten? Er wollte nicht geköpft werden.
»Genau vor so was habe ich Angst.«
»Ruhe«, warnte Thomas, nahm den Revolver und ging langsam auf das Zelt zu.
Irgend etwas bewegte sich da drin, irgend etwas sehr Flinkes, denn sobald es ahnte, daß jemand näher kam, war es entkommen und in der pechschwarzen Finsternis der Nacht untergetaucht. Die beiden betraten das Zelt, zündeten eine Kerze an und entdeckten, daß ihre Koffer aufgebrochen worden waren und ihre Habe auf dem Boden verstreut lag.
»Einen Spiegel haben sie mitgenommen«, sagte Harold, indem er rasch die verstreuten Sachen durchsah.
»Und mein Schweizer Taschenmesser ist weg«, fügte Thomas hinzu.
Sie hatten nichts besonders Wertvolles, was einen Dieb interessieren konnte. Nichts, was jemand begehren und was ihm Gewinn einbringen konnte. Daher war der Diebstahl unverständlich und hinterließ nur Furcht, eine Stimmung allgemeinen Mißtrauens, die bis zum Zerreißen

gespannt war. Die beiden Männer waren nicht besorgt, weil sie ein Taschenmesser und einen Spiegel verloren hatten, vielmehr wußten sie von nun an, daß sie niemandem in die Augen sehen konnten, ohne ihr Mißtrauen zu verhehlen, und das konnte als eine Provokation empfunden werden.

Das Licht im Badezimmer war eingeschaltet, und durch die zugezogenen Gardinen an den Fenstern drang ein lauer Schimmer in den Raum. Farquhar lebte in drei ineinandergehenden Appartements des Hotel Avenida, die in einen Salon, einen Konferenzraum und ein Schlafzimmer verwandelt worden waren. Die drei angenehm geräumigen Appartements, die unauffällig mit französischen Möbeln im Stil der Restauration eingerichtet waren, waren für das ganze Jahr gemietet und standen ihm zur Verfügung, eine Art Hauptquartier. Dieses stets sehr saubere Hotel, die aufmerksamen Kellner und tüchtigen Zimmermädchen gefielen ihm, ebenso die großen schweigsamen Wände und die zur Avenida hin geöffneten Fenster, durch die die Geräusche des beginnenden Nachtlebens von Rio de Janeiro drangen. Wenn er dieses Appartement, immer gegen Abend, betrat, stieg er in eine Badewanne mit kaltem Wasser, und nach den Anstrengungen des Tages lebte er wieder auf. Jetzt lag er im Bett, es war schon elf Uhr nachts, der Lärm dort draußen hörte allmählich auf, der Schlaf würde ihn erst eine ganze Weile nach Mitternacht überkommen. Da er selten Einladungen zu abendlichen Empfängen annahm und kein Frühaufsteher war, ebensowenig Theater oder eine andere Form der Unterhaltung, die Rio zu bieten hatte, schätzte, verlief der Abend immer auf diese Weise. Farquhar liebte jedoch den emotionalen Reichtum jener schlaflosen Stunden, die er begierig verschwendete, indem er seine Gedanken, nicht besonders aufregende zwar, schweifen ließ. Es waren Stunden der Untätigkeit, so köstlich wie ein unerwarteter Gewinn. Manchmal stellte sich der Gewinn anders dar, wie heute abend, ohne jedoch aus der Routine herauszufallen. Es war jemand im Badezimmer, ein Duft nach Wald kam von dort und erfüllte das Schlafzimmer mit magischen Schatten. Farquhar wandte den Kopf und folgte dem besonderen Schatten, der sich im Bad bewegte, Wasserhähne auf- und zudrehte, mit kleinen Fläschchen klapperte, Gardinen zuzog. Der Sommer war bronzefarben, die Luft wurde durch eine Brise vom Meer aufgefrischt, während da draußen die Passanten eine Spur hinterließen, die zu schwach war, als daß sie den Frieden seines Bettes hätte stören können.

Alle seine Geschäfte liefen gut, obwohl im Augenblick Abwarten geraten war, denn es gab politische Veränderungen, in der Administration gab es noch einige Unsicherheiten. Aber die Stabilität seiner Unternehmen war von diesen Veränderungen, die das Land erschütterten und sich auf den zweifelnden Gesichtern der Einheimischen abzeichneten, kaum betroffen. Das Mittagessen im Hotel Internacional war aufschlußreich gewesen. Farquhar hatte kaum etwas gegessen, aber Fragen gestellt und zugehört, hatte sich Notizen gemacht und so viel er konnte aus jenem kleinen, mageren Freund herausgeholt, dessen kleine Statur wirkte, als sei sie eine einstudierte Täuschung, um seine wirkliche Statur zu verschleiern. Der Freund hatte einen länglichen, ballonförmigen Kopf, einen dichten Schnurrbart und lebhafte, dunkle Augen, die auf der gelblichen, blutleeren Haut tanzten. Er trug den Kopf eines großen Mannes auf den dürren Schultern eines verwachsenen Zwerges. Er war häßlich und sah kränklich aus, obwohl er sich bester Gesundheit erfreute und ein energischer Herr voller Vitalität war. Der Name seines Freundes war Ruy Barbosa, er war Anwalt und einer der bekanntesten Männer Brasiliens. Je bekannter er war, um so weniger verkörperte er politische Macht. Im vergangen Jahr hatte er sich zum zweiten Mal als Präsidentschaftskandidat für Brasilien aufstellen lassen, einen Posten, den er in Wahrheit gar nicht anzustreben schien. Farquhar kannte den Anwalt nun seit drei Jahren und bemerkte, daß dieser Mann als Politiker immer mehr an Gewicht verlor, dafür aber als Jurist immer vollkommener wurde, vielleicht eine Art Kompensation. Er war manchmal arrogant und sehr eitel. Die Brasilianer, die immer übertrieben, behandelten ihn wie eine unfehlbare Größe, wenn sie Freunde waren, oder wie einen ausgemachten Esel, wenn es sich um seine Feinde handelte. Für Farquhar war der Rechtsanwalt weder das eine noch das andere, sein Interesse an Ruy hatte begonnen, als seine Geschäfte sich eines Tages im juristischen Dschungel des Landes verfingen und man ihm von Ruy als einer Art juristischem Mechaniker erzählte, der in der Lage sei, sich durch Hunderttausende von Dekreten, Vorschriften, Gesetzen, Erlässen, Addenda und andere Maßnahmen des Bundes, der Länder und Gemeinden zu bewegen, die fast immer von einer Legislaturperiode zur anderen in Vergessenheit gerieten, jedoch bei geschäftlichen Verhandlungen als ein Druckmittel oder eine Falle hervorgeholt und benutzt wurden, um dicke Schmiergelder einzustreichen. Farquhar hatte schon von Ruy gehört, aber er hatte die Großspurigkeit dieses redseligen Rechtsanwalts, der sich in Den Haag antiamerikanisch gegeben hatte, aber proamerikanisch im Senat war und letztendlich überhaupt keine Position bezog, nicht so ernst genommen. Hinzu kam, daß Ruy kostbare Zeit damit verloren hatte, unbedeutenden Fragen beim Projekt eines brasilianischen Bürgerlichen Gesetzbuches nachzugehen und die Grammatik kritisierte, statt sich um den Inhalt zu kümmern, wie es einem Juristen angestanden hätte. Folglich verzögerte er den Fortgang des Projekts. Ruys philologische Unmäßigkeit war einigermaßen lächerlich und folkloristisch, weil das Bürgerliche Gesetzbuch kein literarisches Werk, geschweige denn der Ort für Diskussionen über die Reinheit der portugiesischen Sprache war. Ruy sank noch mehr in seiner Wertschätzung, als er die wirklichen Gründe für so viel grammatikalischen Eifer erfuhr. Der kleine Advokat wollte das Bürgerliche Gesetzbuch redigieren und beabsichtigte, einen wirklich geschätzten Juristen zu demütigen, Clóvis Beviláqua, einen Mann, den Farquhar sehr gut kannte, der ernsthaft und kompetent war und nicht gern im Rampenlicht der politischen Bühne stand wie dieses Männchen mit dem großen Kopf und dem gräulichen Schnurrbart, der wie eine unheilbare Wunde wirkte. Sie hatten sich zum ersten Mal 1908 in einem bis unter die Decke mit Büchern und Papieren vollgestopften Raum des Bundessenats getroffen. Ruy sprach brummend wie ein Käfer, und wie die Käfer offenbarte er seine Talente erst, als er die Flügel ausbreitete und wie zwischen gläsernen Figuren von einem eleganten Argument zum anderen schwirrte. Mit der Zeit entdeckte Farquhar in ihm einen Mann, der ihm bei seinen Interessen in Brasilien überaus nützlich sein konnte. Der kleine Advokat ließ in seinem Hochmut einen unbändigen Ehrgeiz durchscheinen. Es war für einen geborenen Geschäftsmann wie Farquhar ein Anlaß, Gott zu danken, daß solcher Ehrgeiz in den großspurigen Gesten und Posen des Anwalts wohnte. Es war ein Bündnis auf den ersten Blick, obwohl Farquhar nie den letzten Rest seines Mißtrauens aufgab, denn die Eitelkeit dieses Mannes kannte keine Grenzen. Die Mischung aus brasilianischer Verstellungskunst und Eitelkeit bei Ruy Barbosa zeitigte stets gute Gewinne für Farquhars Geschäfte. Während des Mittagessens hatte Farquhar seine Sorge um den Gang der Dinge in Brasilien gestanden, er befürchtete einen Militärputsch, und dann würde die Nation in den trüben Gewässern von Revolutionen und militärischen Deklarationen untergehen, die in anderen Ländern des Kontinents südlich des Rio Grande so an der Tagesordnung waren. Politische Instabilität wäre tödliches Gift für seine Interessen, und Farquhar betrachtete besorgt die Unruhen, die in den ersten Monaten dieser Regierung ausgebrochen waren. Ruy Barbosa war entmutigt und schon kein allzu fanatischer Republikaner mehr. Farquhar hielt sich in den Vereinigten Staaten auf, als zwei Schlachtschiffe der Kriegsmarine von meuternden Seeleuten festgehalten wurden, die drohten, Rio de Janeiro zu bombardieren. Der Ausnahmezustand wurde verhängt, und das Problem verschärfte sich auf unangebrachte Weise, da der Aufstand im Grunde nicht politisch war. Die Seeleute forderten eine bessere Behandlung und die Abschaffung der Peitschen, die es noch wie im 18. Jahrhundert auf den brasilianischen Schiffen gab. Obwohl sie freigesprochen wurden, erlitten die Matrosen furchtbare Repressalien von seiten der Marineoffiziere. Im Mai sollten Hunderte der ehemaligen Meuterer in den verseuchten Rumpf des Schiffes *Satellit* gepfercht und in den Urwald am Amazonas gebracht werden. Farquhar fühlte die düstere Stimmung in Rio de Janeiro, und Ruy Barbosa hatte sich noch nicht völlig von dem Köder der Versöhnung, den Marschall Hermes ausgeworfen hatte, erholt. Bevor er das Amt antrat, hatte der alte Marschall — alt im Sinne von listig, erfahren, denn kräftig war er noch, mittleren Alters und mit einer überschwenglichen Dame aus der Gesellschaft von Rio de Janeiro verheiratet — Ruy zu sich gerufen und ihn gebeten, er möge ihm Namen für das Ministeramt vorschlagen. Ruys Eitelkeit hatte ihn daran gehindert, diese Aufforderung richtig einzuschätzen; sie war nicht mehr als die Formalität eines Militärs, der sich bei den Politikern legitimieren mußte. Er nannte einige Leute, handelte wie ein wahrhaft enger Mitarbeiter, aber keiner der von ihm empfohlenen Namen sollte auf den Schreibtisch im Regierungspalast Catete gelangen. Hermes ernannte Männer zu Ministern, die seiner politischen Koalition entstammten, und ignorierte die Vorschläge von Ruy. Während der folgenden Wochen, als die Vergabe der Ministerien angekündigt wurde und die Herren ihr Amt antraten, verwandelte der Rechtsanwalt sich in ein unausstehliches Wesen, zog sich in seine prachtvolle Villa zurück und las begierig Wörterbücher, seine Hauptunterhaltung. Farquhar stellte sich vor, daß Ruys fanatische Verehrung für die Grammatik eine Art Onanie war, und das stieß ihn ab, das Manöver war jedoch von Hermes schlecht eingefädelt worden, das mußte er zugeben. Vor allem, weil er für das Ministerium für Verkehr und Öffentliche Bauten einen der ärgsten Feinde von Ruy, Dr. J. J. Seabra, einen Politiker aus dem Nordosten, ernannt hatte, der sich über den Stolz des Rechtsanwalts einfach hinwegsetzte und ihn durch ein solides Prestige bei den Wählern in den Schatten stellte.

Das Mittagessen hatte einen angenehmen Rahmen für ihren Austausch von Gefälligkeiten und Informationen abgegeben. Farquhar empfand diese Männer in der neuen Regierung wie Satelliten in einem Dunstkreis. Ruy wollte in einer von Farquhars Firmen die sumpfigen Talente von Luiza Rosalvo ansiedeln, einem frivolen Mädchen aus Bahia, launisch und verwöhnt wie eine Hauskatze, die sich auf das innigste mit ihm liiert hatte und jetzt untergebracht werden mußte, bevor sie zu einem gefährlichen Hemmnis wurde. Der Advokat hatte nicht viel für derlei Abenteuer übrig, aber die durch die Politik bedingte Erschöpfung hatte ihn derart geschwächt, daß er am Ende des vergangenen Jahres eine Woche in Petrópolis verbracht hatte, nur er und die Kleine. Jetzt wurde sie immer anspruchsvoller, und er konnte es nicht mehr ertragen, wie das Mädchen stürmisch und plappernd in sein Kabinett eindrang, sich mit hervorlugenden Knöcheln auf die Stuhlkante setzte und um einen Gefallen bat. Farquhar sah darin keine Schwierigkeit und beschloß, der ungestümen Favoritin des Advokaten eine Stelle in den ständig sich erweiternden Büros seiner Elektrizitätsgesellschaft in São Paulo zu besorgen. Er hätte das Mädchen auch aus lauter Boshaftigkeit nach Belém in Pará schicken können, wo er den Hafen kontrollierte, das Telefonwesen und die elektrischen Straßenbahnen; oder nach Kolumbien, wo er eine Straßenbaufirma unterhielt; oder nach Kuba, wo er Hotels, Eisenbahnen und Lagerhäuser besaß. In Wahrheit hätte er die Kleine sogar nach China schicken können, weil er dort auf der Insel Formosa eine Firma für Holzverarbeitung besaß. Als Gegenleistung dafür konnte Ruy jedoch nicht Farquhars Befürchtungen beschwichtigen, er gestand ein, daß die politische Lage schwierig sei, und zweifelte am politischen Gespür von Hermes. Er glaubte, das Land habe wirklich einen Weg ohne Umkehr eingeschlagen, und wußte, daß die nicht demokratisch geführte Republik, unter dem Schutz eines aufgesetzten Föderalismus, der für jedes Land der Union in Wahrheit ein Vorwand war, mächtige und korrupte Oligarchien zu verbergen, allmählich zusammenbrach. Farquhar benötigte jedoch direktere Maßnahmen, er mußte in die Kreise der

neuen Männer an der Macht vordringen, die sich allem Anschein nach darauf einrichteten, länger dort zu verweilen. Gegen seinen Willen, denn das zuzugeben hätte bedeutet, daß sein eigener Stern zu sinken begann, mußte Ruy zustimmen, daß Hermes eine starke Gruppe vertrat, die entschlossen war, die Macht auszuüben, eine Gruppe junger Männer voll neuer Tricks, die Farquhar sicher gern kennenlernen würden. Bei so angespannter Lage durfte der Unternehmer keine Zeit mehr verlieren.
Nachdem er einige Minuten nachgedacht hatte, mit einem Champagnerglas in der Hand, schlug Ruy vor, um die Aufmerksamkeit der neuen Regierung auf sich zu lenken, solle Farquhar eines seiner gewagtesten Vorhaben benutzen, die Eisenbahnstrecke, die im Amazonasdschungel gebaut wurde. Farquhar leitete viele Unternehmungen, einige waren groß, andere kleiner, die Bahnstrecke war eines davon, weder das größte noch das kleinste, sie hatte keinen wichtigen Stellenwert, so daß er selten daran dachte. Deshalb verstand er Ruy nicht gleich, als dieser ihn darauf hinwies, daß diese Bahnstrecke dazu dienen könnte, einen Kontakt mit der Regierung herzustellen. Vor allem, weil die Bahn sozusagen vorsätzlich stillschweigend gebaut wurde, denn Farquhar hatte schon viele Angriffe aus der Presse über sich ergehen lassen müssen, da der öffentlich ausgeschriebene Wettbewerb gewisse Zweifel geweckt hatte, ein grober Ausrutscher seines Strohmannes, des Ingenieurs Catambry, der ziemlich autoritär und korrupt war und die Transaktionen vorgenommen hatte, ohne illegale Details zu verschleiern. Aber Ruy erläuterte, daß es sehr wohl denkbar sei, daß Hermes, dessen Interessen an Großtaten moderner Technologie er kannte, daß der Marschall-Präsident also sich auf einen Besuch der Baustelle am Rio Madeira einlassen würde. Hermes bewunderte

die Deutschen, er war richtig germanophil, er identifizierte sich mit der Kühnheit der Deutschen auf dem Gebiet der Technik. Jenseits reiner Bewunderung bedeutete die enge Verbindung von Hermes zu den Deutschen die Öffnung brasilianischer Märkte für die deutschen Kapitalisten aus Berlin. Hermes hatte Deutschland nach seiner Wahl einen Besuch abgestattet, er war von Kaiser Wilhelm persönlich empfangen worden, er hatte beste Beziehungen zu Männern mit mächtigen, teutonischen Nachnamen wie Krupp und Siemens. Baron Rothschild persönlich war besorgt, die Deutschen könnten rasch auf den brasilianischen Markt drängen und zu einer Konkurrenz werden. Ruy wußte, daß Rio Branco aufgeregte Briefe von seinem alarmierten Freund Rothschild empfing, aber Farquhar hatte einen Trumpf innerhalb der Landesgrenzen, eine Bahnstrecke, die bald fertig sein würde und die andere Unternehmer seit der Monarchie ruiniert hatte. Die Eisenbahnstrecke war eine Großtat, der Hermes nicht würde widerstehen können, und auf diese Weise würde Farquhar das Vertrauen des Präsidenten gewinnen. Farquhar zeigte sich nicht sehr begeistert, wies aber Ruys Vorschlag nicht gänzlich von sich. Der Anwalt zeigte nicht nur einen Weg auf, sondern gab auch eine wertvolle Information über die Beziehungen des Präsidenten zu den Deutschen, und Farquhar sah sich jetzt in der Rolle dessen, der die Kraft des nordamerikanischen Kapitals im Land darstellte und fähig war, die Ankunft der Deutschen abzublocken. Als sie sich verabschiedeten, war Ruy erleichtert, weil er sich von seiner Geliebten befreit sah, und zeigte das, indem er seinen Schnurrbart zwirbelte und blinzelte, als irritiere ihn das Licht und als riefe die Wärme in dem fast leeren Restaurant einen Juckreiz hervor.

Der Schatten im Badezimmer löschte das Licht und betrat als schwingende Silhouette das Zimmer. Sie war völlig nackt, die breiten Hüften und runden Schenkel waren eine Vorankündigung des salzigen Geschmacks ihrer Haut. Farquhar wußte, daß sie mit jenen Lippen lächelte, die unter den dunklen Wellen des gewaschenen, noch nicht ganz trockenen Haares verborgen waren. Schon konnte er ihre Finger fühlen, die den Bauchnabel berührten. Dort begann der Flaum, weich wie die Knospe einer Wüstenblume. Dann würden seine Finger über den Flaum bis zu den gelockten Härchen auf dem sanft geschwungenen Venushügel hinuntergleiten. Sie war eine prachtvolle Frau mit vibrierenden Hinterbacken, die sich in seiner Hand strafften, wenn seine Zungenspitze in die feuchten Blütenblätter der Vagina eindrang. Sie war eine Frau, die sich hinreißen ließ und wie Gelee ihre perlmuttfarbene Leidenschaft im Bett zurückließ. Farquhar lächelte, als sie fast geräuschlos zu ihm ins Bett stieg, schließlich war sie eine Frau, und was für eine, und sie war die Geliebte von J. J. Seabra, dem Erzfeind von Ruy Barbosa.

4

Die Leichen der Deutschen waren zu zwei länglichen, weißen Paketen verschnürt. Erschöpft saß Finnegan am Schreibtisch. Er nickte dauernd ein, manchmal sackte er in sich zusammen und schrak auf, während die Sanitäter die toten Barbadianer herrichteten, die gleich am Straßenrand begraben werden sollten. Die jungen Männer arbeiteten schweigend, sie nahmen es als eine unverdiente Strafe, als wollte der Arzt, dem es nicht möglich war, Ingenieur Collier zu schlagen, statt dessen sie beide bestrafen. Sie mochten Finnegan jedoch, sie waren fast gleich alt, hatten die gleiche Erfahrung, und die Pedanterie des Arztes, seine guten medizinischen Kenntnisse aus einem der anerkanntesten medizinischen Zentren der Vereinigten Staaten, der John Hopkins-Universität, hatten das Vertrauen der Männer in die Sanitäts- und Gesundheitsfürsorge der Gesellschaft wiederhergestellt.

Bevor Dr. Lovelace die Leitung des ärztlichen Dienstes übernommen hatte, ihm seine Glaubwürdigkeit zurückgab und junge Ärzte wie Finnegan holte, wurde die medizinische Betreuung wie eine Art berechneter Selbstmord betrachtet. In der ersten Zeit, als die Arbeiter eintrafen, wurde die ärztliche Versorgung von einem halben Dutzend skrupelloser, gescheiterter, verantwortungsloser Ärzte vorgenommen. Meistens waren es alte Kerle, die das Recht zur Ausübung ihres Berufes wegen irgendeines Vergehens verloren hatten, ehemalige Engelmacher oder falsche Ärzte, die sogar die Chinintabletten monopolisierten und auf dem schwarzen Markt für zwei Cents verkauften. Obendrein begingen sie Ungeheuerlichkeiten. Sie verschrieben z. B. den an Diarrhoe Erkrankten starke Abführmittel oder bitteres Salz, die dann an Dehydration starben. Ein Arzt war bekannt wegen seiner Unart, Spritzen mit Potassiumpermanganat als Gegenmittel gegen Schlangengift zu geben, aber kein Opfer überlebte, um zu beweisen, daß dieses chemische Präparat gegen Schlangen wirkte. Mit Lovelace kamen aufopfernde, professionell arbeitende junge Ärzte wie Dr. Finnegan, denen es wirklich gelungen war, die Sterblichkeitsrate unter den Arbeitern zu senken. Sie hatten schon viele dem Tod entrissen. Einer der jungen Sanitäter war besonders dankbar, weil er am Tage von Finnegans Ankunft vor Fieber glühte und im Delirium lag. Nachdem er ihn untersucht hatte, schloß

Finnegan auf eine Lungenentzündung und nicht auf Malaria, wie ein anderer Arzt diagnostiziert hatte. Er setzte die Chinindosen ab und kämpfte gegen das Fieber und den dunklen, entzündeten Fleck, der sich wie ein Krebs in der Lunge des jungen Mannes ausbreitete. Die Behandlung war etwas langwierig, weil es an den dafür notwendigen Medikamenten und einer wirklich guten Ernährung mangelte, aber in wenigen Wochen war der Patient außer Gefahr, kam wieder zu Kräften, half auf der Krankenstation und zeigte dabei jene Dankbarkeit, die Menschen, die dem sicheren Tod entronnen sind, dem Arzt gegenüber empfinden, und zwar mit einer Hingabe, die sie auch einem Zauberer entgegenbringen würden. So war ihr Ärger nicht größer als der Respekt, den sie für Finnegan empfanden. Bald würde der Zwischenfall vergessen sein wie die Müdigkeit und die im Verlauf einer Nacht aufgestauten Spannungen.

Aus seinem Halbschlaf erwachend, bemerkte Finnegan drei Gebilde, die über den Boden krochen. Er blinzelte, sah näher hin und erblickte drei Skorpione, die spazierengingen. Einer von ihnen, fast drei Daumenbreiten lang, lief voran, die beiden anderen als Gefolge hinter sich. Der größte war dunkelgrau, sein Körper schien aus den Plättchen einer Rüstung gemacht. Er trug die Zangen hoch erhoben wie zwei Arme, die wie Antennen aussahen. Finnegan beobachtete die Skorpione und mußte daran denken, wie wenig er doch über die Natur der Tiere wußte. Er wußte, daß sie giftig waren und einen Menschen töten konnten. Alles übrige war ihm unbekannt. Es waren waghalsige Kreaturen, sie schienen von einer geheimnisvollen Entschlossenheit getrieben zu werden, sie besaßen Kraft und keinerlei Gefühle. Sie waren, auf der Suche nach etwas, das er nicht genau definieren konnte, in die Krankenstation eingedrungen. Die Skorpione liefen auf eine der eingepackten Leichen zu. Vielleicht hatten sie vor, sich in den Falten des Lakens zu verstecken. Finnegan erhob sich, und mit einem Satz zerdrückte er den Anführer und den kleineren, der gleich hinter ihm kam. Der, der entkommen war, streckte die Beine; statt zu flüchten, wollte er sich groß machen und es mit dem Arzt aufnehmen. Er umkreiste den Stiefel, der die beiden anderen getötet hatte. Aber der Arzt haßte diese blinde Waghalsigkeit und verwandelte den Skorpion mit einem einzigen Tritt seines Absatzes in eine unförmige Masse. Als er den Kopf hob und fühlte, wie ihn Widerwillen überkam, sah er, daß die Sanitäter aufgehört hatten zu arbeiten und ihn beobachteten. Aber sie waren nicht mehr böse. Als Finnegan die Skorpione zerdrückte, war es, als erneuerte er vor seinen Untergebenen seine Autorität, die Schutz und Effizienz bedeutete. Finnegan sagte nichts, er kam sich vor wie Dreck, weil drei oder ein Dutzend oder gar ein Hundert Skorpione zu zerstören nichts bedeutete und es fast Hochstapelei gleichkam, daß er mit dieser List seine Führungsrolle aufrechterhalten wollte. Aber die beiden jungen Männer schien das nicht zu stören, sie wollten dem Arzt auf jeden Fall dankbar sein, die menschliche Kreatur war zu schwach und brauchte derlei Lügen.

Finnegan wurde mit jedem Tag klarer, daß auch er sich seine Bewunderung für den Chefarzt Dr. Lovelace bewahren wollte, durch genau die gleiche List. Das war schon ein Schritt nach vorn, wenn auch ein schmerzhafter. Die Menschen verloren ihren Zauber und selbst die Vorstellung von Gott war schließlich durch all das ein wenig angekratzt. Er war kein glühender Katholik gewesen, in gewisser Weise hatte der Kontakt mit menschlichen Leichen, die in der Anatomie seziert wurden, und der Schock, den er

erlebt hatte, als eine seiner Schwestern, ausgerechnet die sanftere, hingebungsvollere, starb, ihn von der Kirche entfernt, und er war nur aus einer Art ethnischer Bestimmung heraus katholisch geblieben. Schließlich erwartete man in den Vereinigten Staaten, daß jeder Ire katholisch und ein Alkoholiker war. Da Finnegan nicht trank, auch nicht in Gesellschaft, weil ihm von alkoholischen Getränken schlecht wurde, war er katholisch geblieben. Aber er glaubte an Gott, an die Komplexität des menschlichen Körpers, nicht an die geschundenen, eingefrorenen Leichen, die er in den Anatomiestunden sezierte, sondern an die unglaubliche Maschine, die in den Büchern auftauchte, auf den farbigen Illustrationen, die in ihren Schattierungen pulsierten und auf das Vorhandensein jenes offenbar abwesenden und willkürlichen, manchmal gutmütigen, aber fast immer gleichgültigen Wesens hindeuteten. Und wenn sein Glaube nicht mehr so fest war wie vorher, dann war er seiner Bewunderung für Menschen wie Dr. Lovelace gewichen, die er für höher und weiser hielt.
Im vergangenen Jahr hatten die Professoren der Parasitologie Dr. Lovelace zu einem Vortrag in die John Hopkins-Universität eingeladen. Es war ein Sommernachmittag, es waren nicht viele Studenten auf dem Campus, weil Ferien waren, und nur ein halbes Dutzend Untätiger, die nicht wußten, wohin, und kein Mädchen zum Schlafen hatten, saßen im Auditorium der Universität. Dr. Lovelace war sehr vornehm, er wirkte wie ein englischer Lord und sprach voller Jovialität, Sicherheit und Humor. Der größte Teil seines Vortrags war der Diagnose und Prophylaxe von Malaria gewidmet und wie es ihm gelungen war, während des Baus des Panamakanals in einem angeblich epidemieverseuchten Gebiet eine vorbeugende Massenbehandlung zu entwickeln. Diese Arbeit hatte ihn berühmt gemacht.

So wurde Dr. Lovelace zu jener Zeit für eine der anerkanntesten Autoritäten auf dem Gebiet der Tropenmedizin gehalten. Finnegan wußte allerdings nicht, daß Dr. Lovelace alle medizinischen Fakultäten des Landes unter der Schirmherrschaft seiner Firma, der Madeira-Mamoré Railway Company besuchte, in der Absicht, gerade ausgebildete Ärzte für eine Arbeit in Südamerika, in einer der unwirtlichsten Gegenden der Erde, zu gewinnen. Er wollte junge Ärzte, weil sie noch nicht verdorben waren, eine natürliche Begeisterung mitbrachten und billiger und weniger anspruchsvoll waren. Lovelace hatte keine gute Ausbeute an der John Hopkins-Universität, fast alle Studenten dort hatten ihre Zukunft schon vorausgeplant, sie waren Söhne von Millionären, die nicht einmal einen Finger krümmen mußten, um ihren Beruf auszuüben. Hinzu kam noch, daß die, die in jenem Sommer dort waren, mit Ausnahme von Finnegan, Studenten waren, die gerade begonnen hatten oder vom Abschluß ihres Studiums noch weit entfernt waren. Sie waren nicht in Ferien gefahren, weil sie gerade Extra-Kurse und -seminare besuchten, die immer im Sommer stattfanden. Das Interesse nahm dann in den beiden letzten Jahren ab, und schließlich waren die Studenten so gesättigt, daß sie kaum noch dem Stoff des letzten Semesters folgten. Finnegan würde bald sein Studium abschließen, er war in jenem Sommer in Baltimore geblieben, einsam und niedergeschlagen, denn er litt sehr unter dem kürzlichen Tod seiner Schwester Nancy, die seit einem knappen Jahr mit einem jungen Rechtsanwalt verheiratet gewesen und gegen Ende des Winters bei einer Entbindung gestorben war. Es war ein Schock für Finnegan gewesen, denn ihr Tod war aberwitzig und das Ergebnis der Ungeschicklichkeit ihres alten Hausarztes gewesen, der fast taub war, mit schwerfälligen Händen arbeitete und sich geweigert hatte, einen Kaiserschnitt vorzunehmen, da er fanatisch daran glaubte, Frauen müßten ihren Teil Schmerzen erleiden, wie es in der Bibel geschrieben stand. Der verfluchte Fundamentalismus dieses protestantischen Arztes hatte ihn die Ernsthaftigkeit der Schmerzen, die Finnegans Schwester Nancy erlitt, nicht erkennen lassen. Der Muttermund hatte sich kaum geöffnet, und eine Reihe von Komplikationen sollte ihr und dem Baby den Tod bringen. Finnegan fand das barbarisch und war bekümmert, weil man nicht auf ihn gehört hatte. Deshalb war er nicht nach Hause gefahren und wollte lieber durch die Straßen laufen, die mit ihren roten Ziegelsteinhäusern im georgianischen Stil etwas beruhigend Konservatives hatten. Er besuchte ohne große Überzeugung ein junges Mädchen, mit dem er sich seit zwei Jahren regelmäßig traf, eine Anglistik-Studentin, und er ging zu den Sommervorträgen, die ihn, wie ihm schien, in die Zeit seines ersten Semesters zurückversetzten. Vielleicht lag es an seiner Niedergeschlagenheit, daß er in die Fänge von Lovelace geriet, denn er hatte noch nie Abenteuergeist bewiesen und wollte sich in seiner Geburtsstadt Saint Louis der praktischen Medizin widmen.

Nach dem Vortrag sprach Finnegan kurz mit Dr. Lovelace, und dieser gab ihm eine Visitenkarte mit einer Adresse, falls er mit ihm korrespondieren oder sogar zum Arbeiten zu ihm nach Südamerika kommen wollte. In eben jenem Sommer schrieb er, bevor er sein Studium beendet hatte und ohne seine Familie zu benachrichtigen, an Dr. Lovelace und bat ihn um eine Stelle. Die Adresse war in Portland, wo die Madeira-Mamoré Railway Co. ein Büro unterhielt. Die Antwort kam umgehend. Er erfuhr, daß Lovelace sich noch in den Vereinigten Staaten aufhielt und beabsichtigte, erst zu Beginn des nächsten Jahres nach

Südamerika zu reisen. Lovelace schlug ihm auch vor, er solle die Gelegenheit nutzen und zur gleichen Zeit reisen, sie könnten sich dann besser kennenlernen, und es würde für Finnegan nicht an Gelegenheiten fehlen, Kontakt zur Tropenmedizin zu bekommen. Die Reise würde per Schiff sein, zwei Monate dauern, den Amazonas hinauf, dann den Rio Madeira bis nach Porto Velho in Brasilien. Im Dezember 1910, mittlerweile schon mit dem Titel eines Arztes, traf Finnegan sich noch einmal mit Lovelace in Portland. Sie sollten in zwei Wochen mit einem Linienschiff, einem Transatlantikluxusdampfer, der sie nach Manaus bringen sollte, aus dem Hafen von New York auslaufen. Lovelace war ihm gegenüber sehr zuvorkommend und gab ihm in den zwei Wochen zahlreiche Lektionen über die wichtigsten Krankheiten, mit denen Finnegan es zu tun haben würde. Er verlor jedoch nie seinen feinen, galanten Humor. So schmückte er voller Ironie die Schrecken aus, die andere immer in warnendem Ton Finnegan einflüsterten. Der lebhafte, sanfte Humor von Lovelace siegte mit Leichtigkeit über die Pessimisten, und nun war Finnegan hier, zerdrückte Skorpione und führte Autopsien durch, unterschrieb Totenscheine und schluckte die Beleidigungen eines schlechtgelaunten englischen Ingenieurs hinunter. Und von Lovelace war aller Zauber gewichen wie er auch seinen unerschütterlichen Glauben an Gott verloren hatte. Ein Scheißkerl war er, dem bewußt geworden war, in welcher Falle er hockte, und der es auch noch zuließ, daß andere Scheißkerle sich an dem verlogenen Zauber, den er ausübte, festhielten. Finnegan war müde und wollte schlafen, die beiden jungen Männer lächelten ihn an, zwei Gefolgsleute wie die beiden Skorpione, die dem größeren Skorpion hinterhergelaufen waren. Verdammt, sie wußten nicht, daß auch sie zerdrückt werden konnten. Blitz und Donner kündigten ein Unwetter an.

Ein Blitz, gefolgt von einem Donnerschlag, weckte Consuelo auf, aber sie konnte die Augen nur mit Mühe öffnen. Die Wimpern waren schwer und fielen herab, ohne daß sie klar sehen und verstehen konnte, was der Lichtfunken, der ihre Netzhaut traf und dann mit einem tiefen, widerhallenden Ton explodierte, bedeutete. Sie fühlte, wie das grelle Licht durch ihre Wimpern drang, und sie stöhnte nur, weil ihr eingeschlafenes Bein von Tausenden von Nadelstichen gepeinigt wurde. Es war wie eine Reihe von Blitzen, die nacheinander aufleuchteten und dann hell blieben, bis in die Spitzen der Zehen. Die Zehen, von Alonso gestreichelt, sein Schnurrbart strich über die Fußsohlen und zwischen die Zehen. Ihre Zehen waren rundlich, und sie hatte rundliche Füße, und Alonso hatte das gern. Alonso. Seine Hände strichen sachte über ihre Beine, erst über das eine, dann über das andere, er streichelte nie beide zugleich und nie auf die gleiche Weise. Das Dach einer kleinen Theaterbühne, das kleine Stadttheater von Sucre, das Parkett ausverkauft, voller glücklicher Damen, die Gaslampen wurden nacheinander angezündet. Sie betrat die Bühne, der Vorhang war auf. Sie war nervös, ein stechender Schmerz in den Füßen, die in drückenden Schuhen steckten, daher schlecht durchblutet waren und von tausend Nadelstichen gepeinigt wurden. Ihr Kleid saß auch zu eng, und die Hitze nahm zu, das Blut schien in ihr von Angst und Erwartung gerötetes Gesicht zu strömen. Sie hielt ein Bündel Partituren. Eine schreckliche und zugleich wollüstige Angst, die zunahm und sie zum Weinen zwingen wollte, als der Vorhang sich fast lautlos öffnete und sie sich inmitten einer Gruppe von vielen fein angezogenen Kindern sah, die sich vor dem applaudierenden Publikum unter tosendem Beifall verbeugten. Auf der Bühne standen drei weiße Klaviere, die wie Spielzeugklaviere aussahen, und ein himmelblaues Rondell im Hintergrund. Sie lehnte sich gegen einen samtbezogenen Stuhl und sah, wie die Kinder sich auf Kinderstühlchen setzten, während sich drei Mädchen vor den Klavieren niederließen und die kleinen geübten Hände erhoben: Chopin? Sie fühlte, wie ihr Schweiß über das Gesicht rann, und dachte, merkwürdig, daß die ganze Bühne tropft, als regnete ein feiner Nieselregen herab, kein richtiger Regen, ein Theatertrick: Chopin? Alonso geriet ins Schwitzen, das war es, von ihm ging Wärme auf ihren eigenen Körper über, Schweißtropfen fielen auf ihre Schultern und befeuchteten ihren Bauch und die Innenseite ihrer Schenkel, während er sich auf und ab bewegte. Aber sie war auf der Straße und sah, wie die Bevölkerung auf die rennenden Soldaten schoß. Der Vater, der sagt, das ist die Revolution, Bolivien wird es nie lernen, und du, sei ja vorsichtig, paß auf, daß dein Mann sich auf nichts einläßt. Ihr Vater traute Alonso nicht, weil er Musik nicht so liebte wie Alonso. Um die Wahrheit zu sagen, liebte ihr Vater gar nichts, nur Góngora und Bücher über historische Grammatik. Er war sehr mager in seinem schlechtgeschnittenen Anzug aus billigem Tuch, der an den Schultern abfiel, die Ärmel waren zu kurz, immer schauten die stets abgenutzten Manschetten seines Hemdes heraus. Er mochte Alonso überhaupt nicht, hatte sich der Heirat aber auch nicht widersetzt. Alonso. Man sah es ihm gar nicht an. Stürmisch war er, der kleine Teufelsbraten. Er schwitzte viel, aber er hatte es nicht eilig, er blieb gern an ihrer Seite liegen, betrachtete ihren Körper und sagte ihr Zärtlichkeiten, die sich wie Liebesgedichte anhörten. Waren es wirklich Gedichte, was er rezitierte? Oder Texte von Volksliedern? Sucre war zur Hauptstadt erklärt worden, und das Volk kämpfte um die Durchsetzung dieses Anspruchs. Eine Granate lag auf der Straße, ohne zu explodieren, wie ein fremdes Ei. Niemand näherte sich der Granate, bis Alonso hinging, sie vorsichtig in die Hand nahm und in einen Gulli warf. Sie ist nie explodiert und immer noch dort, eines schönen Tages wird sie explodieren. Wann wird sie explodieren? Alonso wußte es nicht. Er verstand nur etwas von Musik, von Partituren, von Violinsaiten und Pflöcken zum Spannen der Saiten und Teilen für Violoncelli. Die *Zwölf Variationen*: starker, heftiger Regen prasselte auf Consuelo herab. Sie hatte offenbar das Bewußtsein verloren oder schlief ganz tief, das Wasser, das ihren Körper durchtränkte, störte sie nicht. Das Haus, sie saß, nahm ein Glas mit einem köstlichen, kühlen Getränk zu sich, während sie den Klavierübungen eines kleinen, dunkelhaarigen Mädchens mit Zöpfen zu folgen versuchte, das ihr gleichzeitig flehentliche Blicke zuwarf. Consuelo streichelte das Klavier, ein schönes, aus Deutschland importiertes Klavier. Das Mädchen war ungeschickt und verfügte über ein denkbar schlechtes motorisches Koordinationsvermögen. Consuelo schaltete sich ein und zeigte dem Mädchen, wie es die Übung richtig zu spielen hatte. Consuelo spielte die Übung mühelos, fuhr leicht über die makellos sauberen Tasten, und das tat ihr gut. Die Tastatur löste sich in Stücke auf und ging im Wirbel des Wassers unter. Sie öffnete die Augen und war ganz benommen, sie erkannte an dem Äthergeruch, daß sie in einem Krankenhaus war. Was war geschehen? Alonso sah sie bekümmert an. Sie war schwanger, im fünften Monat, und jetzt fühlte sie, wie ein kalter Schmerz in ihr aufstieg und nach unten kroch, und eine Leere war da. Das Kind?

Verloren, der Schock, es zu wissen und es verloren zu haben. Sie konnte nichts machen, um das Spielzeug zu retten, das sich in den Abgrund des tosenden Wassers stürzte. Das Wohnzimmer war leer. Und da draußen regnete es. Alonso war der Mann mit dem Schnurrbart, der kam, um sie zu umarmen und über ihr Haar zu streichen. Sie erwiderte seine Liebkosungen und bemerkte, daß er hinter dem Rücken etwas in der Hand hielt. Und sie wurde neugierig, sie war immer neugierig gewesen, sie las zu gern die Briefe anderer oder intime Tagebücher und lernte ihre Geheimnisse kennen. Consuelo wollte wissen, was er in der Hand versteckt hielt, aber Alonso zögerte die Überraschung hinaus, bis er ihr einen wunderschönen Katalog zeigte. Einen Katalog mit deutschen Klavieren. Vielleicht wollte er mit diesem Katalog um ihre Hand anhalten. Sie wollte ihn heiraten, und sie wollte das Klavier. Ein dankbarer Kuß, der leidenschaftlich erwidert wurde, und der Regen prasselte hernieder, es blitzte. Aber es war alles so beruhigend.

Der Blitz beleuchtete das zerknitterte Herz-As, das Harold auf die Kiste legte. Thomas verzog keine Miene. Das Spiel interessierte ihn nicht, sie vertrieben sich die Zeit oder taten jedenfalls so. Der alte Thomas dachte nicht gern über Probleme nach, er hätte sich jetzt ärgern können, weil er überfallen worden war, aber er hatte gelernt, sich abzufinden. Nur keine Komplikationen, er zog es vor, sich den Kopf freizuhalten, und wußte, wo er hingehörte. Seit siebzig Jahren lebte er ein Leben ohne Höhen und Tiefen. Er war ein tüchtiger Niemand und damit basta, keine Depressionen oder grenzenloser Ehrgeiz. Es war schon schön genug, eine Maschine zu fahren, die im Schutz der Gleise und der Sicherheit der Signale

immer dem gleichen Weg folgte. Jede Station war ein Zeichen seiner tröstlichen Bedeutungslosigkeit. Er hatte schon in seiner Jugend jeglichen eigenen Willen verloren. Er war arm, war immer arm gewesen, er kämpfte um jeden Bissen, den er in den Mund steckte, und jeder Bissen war ein Sieg, den er voller Gleichgültigkeit feierte. Aber er empfand so etwas wie Stolz, weil er keine Träume hatte, in seinem Leben weder aufsteigen noch siegen wollte. Er wußte nicht einmal genau, wie es war, wenn man im Leben siegte. Es im Leben zu etwas gebracht zu haben, glaubte er, bedeutete, Zigarrenkisten mit Havannas zu besitzen und viel Geld in der Tasche und viele Frauen, mit denen man ins Bett gehen konnte. Es war reichlich kompliziert für ihn, vor allem das mit den Frauen. Er traute ihnen nicht und hatte lieber eine einzige zu Hause, mit der er schlief, wenn er Lust hatte, obwohl er das nicht mit großer Begeisterung tat. Die anderen Frauen waren gefährlich, gerade weil sie Schlange standen, um mit den Reichen ins Bett zu gehen, und wer das tat, eine Frau, die sich dazu hergab, war zu allem bereit, zu jeder Verrücktheit. Und er mochte Verrücktheiten nicht, und deshalb hatte er, wie ein guter Missionar des Konformismus, den jungen Harold, der eines Tages verrückt und betrunken genau vor der Lokomotive gelegen hatte, gerettet. Harold wurde wie er, wenigstens hoffte er das, damit es keine Komplikationen gab. Auch Harold traute den Frauen nicht. Die Blitze und Donnerschläge kündigten eines jener Morgengrauen mit viel Regen an. Collier kam durch den Blitz und die Dunkelheit heran und setzte sich, um dem Spiel zuzuschauen. Das Spiel schien nicht einmal nach Regeln abzulaufen, und Collier konnte ihm nicht folgen, aber wohl mehr, weil er verärgert war, wer weiß.
»Schlaft ihr gar nicht mehr?« fragte Collier.

»Bei diesem Wetter?« entgegnete Harold.
»Ob es wirklich regnen wird?« beharrte Collier.
Thomas sah, daß der Ingenieur sich unterhalten wollte, er kannte ihn, denn sie arbeiteten schon geraume Zeit zusammen, seit Panama.
»Aber ganz sicher«, bestätigte Thomas lächelnd. »Mein Rheuma täuscht sich nie.«
»Rheuma? Ich werde Sie für den Wetterdienst der Gesellschaft empfehlen«, sagte Collier und versuchte, seinen Ärger zu unterdrücken.
»Wollen Sie ein bißchen spielen?« Thomas versuchte, in irgendeiner Weise behilflich zu sein, so war das immer.
»Nein, danke. Ich habe keine Geduld«, antwortete der Ingenieur.
»Probleme? Ist es der kleine irische Doktor?« Thomas gab nicht auf, Collier sollte sich aussprechen.
»Er ist ein guter Junge, er hat keine Schuld«, sagte Collier.
»Beinahe wäre er mit den Barbadianern aneinandergeraten«, Thomas wünschte sich wirklich, daß der Ingenieur redete, das würde ihm helfen.
»Er war so fahl, daß ich nicht weiß, wieso er sich nicht in die Hose gemacht hat«, sagte der Ingenieur lachend, in seiner Stimme schwang etwas Perverses mit.
»Er scheint sich anzustrengen.«
»Manchmal macht er auch Dummheiten.«
»Sie finden ihn nicht besonders, was, Collier? Ich kenne Sie.«
»Für meinen Geschmack gibt er sich viel zuviel Mühe, das ist alles, nichts Persönliches.«
Thomas wußte, was der Ingenieur mit dieser Bemerkung sagen wollte. Der Arzt würde ganz schön beschissen dastehen, wenn er nicht begriff, in welche Falle er da geraten war.

»Er wird schon lernen, daß das hier nicht der Ort für jemand ist, der sich Mühe gibt«, sagte Thomas. Er konnte sich über den jungen Mann nicht beklagen, er schien ein netter Junge zu sein, und er wollte nicht, daß er in die Scheiße geriet.
»Wenn es regnet, wird das hier eine Katastrophe.« Collier wechselte das Thema, ein Zeichen, daß auch er den Arzt aus dieser Scheiße herausholen, aber nichts darüber sagen wollte.
»Ich glaube, es hat schon angefangen«, sagte Thomas, denn er fühlte Regentropfen auf seinem Rücken.
Aber der Ingenieur hatte für einen Augenblick den Regen vergessen, weil ein eigenartiger Zug in der Nacht auftauchte. Es waren die beiden Sanitäter, sie trugen zwei in Laken eingewickelte Leichen. Collier erhob sich, legte die geballten Hände an den Gürtel und beobachtete entsetzt die Prozession. Das hatte er nicht erwartet, jetzt hatte der verfluchte irische Arzt aber die Grenze überschritten. Collier hatte den Eindruck, als suche Finnegan, koste es, was es wolle, Streit.
»He, ihr!« rief Collier. »Was, zum Teufel, macht ihr denn da? Wohin bringt ihr das da?«
»Wir befolgen einen Befehl, Herr«, antwortete einer der Sanitäter wie ein Rekrut seinem General geantwortet hätte, wenn er bei einer entwürdigenden Dummheit erwischt worden wäre.
»Wir gehen diese Toten beerdigen«, sagte der andere Sanitäter, der auch ganz erschrocken war.
»Sagt bloß, das sind die Barbadianer.« Colliers Stimme war schneidend scharf.
»Richtig, Herr«, sagte ein Sanitäter.
»Das ist doch nicht möglich!« bemerkte Collier zum alten Thomas gewandt, und dann sprach er zu den Sanitätern

und versuchte, dabei die Ruhe zu behalten. »Geht sofort zurück auf die Krankenstation und rührt euch bis zum Tagesanbruch nicht weg.«

»Ja, Herr. Aber, Herr ... «

»Geht zur Krankenstation zurück.« Collier sprach in einer Weise, die den Sanitätern deutlich machte, daß es keine Widerede gab.

Thomas brach in Lachen aus, er konnte sich nicht beherrschen, denn die Situation war eher komisch als tragisch. Die Sanitäter machten eine halbe Drehung und hatten es jetzt eilig. Collier hörte das Gelächter des Maschinisten und wäre fast selbst in Lachen ausgebrochen. Es war wirklich eine irrsinnig komische Geschichte, die der junge Ire ihnen da eingebrockt hatte. Finnegan war dabei, in die Scheiße zu geraten und benahm sich obendrein wie ein Clown.

»Thomas, Sie alter Fuchs, wenn es heute nacht regnet, werde ich Sie losschicken, um das Land der Caripunas zu inspizieren«, sagte der Ingenieur, während er auf sein Zelt zuging, das in der Nähe stand.

Thomas und Harold sahen sich an, deutlich vernahmen sie Colliers Gelächter in der Dunkelheit.

Wenn der Regen kam, mußte er einen Unterschlupf haben. Und es würde sicher gleich regnen. Er hatte keine Hütte mehr, kein Haus, weder Vater noch Mutter, weder Geschwister noch Verwandte. Alles, was er hatte, war Hunger, großer Hunger. Manchmal konnte er den Zivilisierten Essen stehlen und verschlang es, ohne es überhaupt zu schmecken. Manchmal konnte er einen Fisch fangen, ihn über einem Feuerchen braten und essen, vergaß aber dabei immer den Geschmack, weil er sich ernährte, um am Leben zu bleiben und zu verhindern, daß der Hunger weiter im Bauch blieb und darin nagte wie eine kranke Maus. Er war mager, seine Haut war welk und erdfarben, sie hatte den goldbraunen Glanz seiner Rasse verloren. Auch war er klein und schrumpfte mit jedem Tag mehr in einen Zustand, in dem Empfindungen wenig zählten, er hatte jede Würde verloren. Daß er die Zivilisierten beraubte, hieß für ihn nicht stehlen. Er nahm den Zivilisierten weg, was ihn faszinierte, und fand, die Zivilisierten besaßen ohnehin zu viele Dinge, und es würde ihnen nichts ausmachen. Er war mit einer abgewetzten, schmutzigen Hose bekleidet und hatte dieses Ding schon seit mehr als einem Jahr nicht mehr abgelegt, nur wenn er im Fluß baden wollte und sich auszog, um ins Wasser zu gehen. Er wußte nicht, daß die Unterhose, ein Geschenk der Zivilisierten, die mit dem Freund Vater Rondon ins Landesinnere vorgedrungen waren, gewaschen werden konnte. Und die Unterhose war schon fast nicht mehr aus Stoff, sie war verkrustet von Dreck, getrocknetem Lehm, Urin und Exkrementen. Er stank entsetzlich, aber er merkte es nicht, er hatte auch die Fähigkeit verloren, seinen eignen Körpergeruch wahrzunehmen. Völlig isoliert auf der Welt, bewegte er sich um die Zivilisierten herum und gab sich mit dem, was sie übrigließen, zufrieden. Er hatte weder Illusionen noch Träume, noch hoffte er, eines Tages ein Freund der Weißen werden zu können. Brüder von ihm hatten es versucht und waren gestorben oder arbeiteten jetzt hart in Santo Antonio, tranken viel und hatten keine Frauen. Die Tatsache, daß die Zivilisierten ohne Frauen lebten, gab ihm die Gewißheit, daß es unmöglich war, von ihnen aufgenommen zu werden. Wenn dort Frauen lebten, wenn die Zivilisierten sich normal verheirateten, hätte er noch daran denken können, eine zivilisierte Frau zu bekommen und ein Zivilisierter zu werden. Ohne eine Frau als Brücke zu haben, gab er sich keiner Illusion hin. Er hatte schon vor langer Zeit geheiratet, und jetzt war er allein. Seine Frau war ein Mädchen von hohem Rang, aus dem Stamm der Tacuatepes. Auch er war von hohem Rang, weil er schon in sehr jungen Jahren Initiationsriten angeführt hatte und alle Melodien und Rituale für jede Gelegenheit kannte. Sie war eine sehr lebhafte, kleine Frau mit weißen Zähnen, zwei glänzenden, dunklen Augen und kleinen spitzen, braunen Brüsten. Sie hatte ihre Jungmädchenzeit noch nicht ganz hinter sich gelassen und die Initiationsriten erst durchlaufen, kurz bevor sie zu ihm kam, um mit ihm zusammenzuleben. Sie arbeitete viel, sie bereitete das Essen richtig zu, ging jede Nacht, wenn er es wollte, mit ihm in die Hängematte und lief den anderen Jungen nicht nach, um im Wald mit ihnen zu spielen. Sie lebten in einer Hütte im oberen Mutum-Paraná, schon in der Nähe der Hügel beim Stamm der Neuen-Pacaás, mehr als zwanzig Familien mit vielen Jungen und Mädchen und den lächelnden Alten, die gegen Abend wunderbare Geschichten erzählten. Der Kontakt mit den Zivilisierten war gering, manchmal trafen sie sich mit ihnen am Fluß und tauschten Früchte, Felle und Essen gegen Stoffe, Messer und Spiegel ein. Die Messer gefielen den Männern, er besaß gern Messer und hatte drei, die Frauen liebten die Stoffe und Spiegel und lachten in den Spiegel und zogen Grimassen und spreizten die Lippen. Er fand es komisch, wenn seine Frau nachts am Feuer saß, bevor sie in die Hängematte kam, und Grimassen vor dem Spiegel schnitt, und er war glücklich. Die Zivilisierten tauchten nicht oft in der Hütte auf, und wenn sie kamen, blieben sie nicht zum Schlafen, sie nahmen auch kein Essen oder Trinken an. Sein Volk war sehr friedlich und war stolz darauf, viel besser organisiert zu sein als die

Zivilisierten. Wenn irgendein Zivilisierter in die Hütte kam, dann kamen alle zu seinem Empfang herbei und zeigten sich ihm gegenüber freundlich, um den Weißen zu befrieden. Die Alten sagten nämlich immer, daß von allen Stämmen die Zivilisierten am wildesten und gefährlichsten seien, denn sie töteten ohne jeden Grund, ohne Krieg zu führen oder aus irgendeinem Ritual heraus. Sie töteten, um zu töten, sie schossen mit ihren Gewehren sogar auf die, die ans Flußufer kamen und Freudenzeichen machten. Die weißen Zivilisierten und auch die Zivilisierten mit dunklerer Haut waren grausamer als die Xavantes und die Bororos, grausamer noch als die Parecis. Sein Volk aber nicht. Die Zivilisierten nannten sein Volk Caripuna und hatten die Legende erfunden, sie seien gefährlich, weil sie zwei gelbe Arara-Federn durch die Nase gezogen trugen. Das war eine Lüge. Die Federn wurden nur bei bestimmten Zeremonien benutzt, und die Männer seines Volkes mochten keinen Krieg und behielten nur einige Zeremonien bei, in denen sie daran erinnerten, daß sie schon in Kriegen gekämpft hatten, und das war schon so lange her, daß kein Alter bezeugen konnte, er habe daran teilgenommen. Aber die Zivilisierten mochten Lügen und begannen Leute aus seiner Hütte zu töten oder die jungen Männer mit Versprechen zu locken, die sie niemals erfüllten. Die Älteren begannen sich zu sorgen, und da man nicht mehr auf sie hörte, legten sie sich in ihre Hängematten und nahmen Abschied, sie durchschritten das Land der Lebenden zur anderen Seite hin. Das ist, wie die Zivilisierten sagen, sterben. Es war sogar gut, daß die Älteren nicht mehr da waren, als die Zivilisierten, die sich Kautschukzapfer nannten, es sich einfallen ließen, frühmorgens mit Krieg anzufangen, wenn sie schreiend und schießend in die Hütte einbrachen und alle in den Wald jagten.

Sie waren gekommen, um die Frauen zu rauben, und da hatte er verstanden, daß die Zivilisierten vielleicht nicht genug Frauen bei sich hatten und junge Mädchen zum Heiraten brauchten. Sein Volk hätte sich mit den Zivilisierten einigen können, das hatte es früher auch schon gegeben, als die Parecis Frauen brauchten, und sie hatten eine gute Heiratsvereinbarung getroffen. Die weißen Zivilisierten hielten nichts von Vereinbarungen, sie raubten die Frauen lieber und schossen auf die Männer. Eines Tages hatten sie versucht, seine kleine Tacuatepes zu rauben, aber sie wollte nicht mit und schlug um sich und schrie mit solcher Wut, daß ein Zivilisierter sie mit einem Schlag, der vom Hals bis zu ihren Beinen ging, aufriß. Er fand sie tot in einem Bottich, in dem man Beiju zubereitete, sie schwamm in ihrem schon dunklen Blut, die Beine waren weit geöffnet, Fliegen schwirrten drumherum. Damals gab es in der Hütte kaum noch eine Familie, viele waren auf die andere Seite der Hügel der Neuen-Pacaás gezogen, oder sie waren tot, oder sie lebten bei den Zivilisierten und arbeiteten als Kautschukzapfer oder tranken Zuckerrohrschnaps in Santo Antonio. Er begrub sein Mädchen mit den weißen Zähnen und beschloß, in der Nähe der Weißen zu leben, weil er dachte, so könnte er vielleicht einen Weg finden, um sie besser zu verstehen und sie sogar ein wenig zu befrieden. Aber die Zivilisierten waren in allem anders, und er wurde immer schwächer und starb fast vor Hunger.

Farquhar streckte die Hand zur Seite und wußte, daß die Frau nicht mehr im Zimmer war. Er öffnete die Augen, es war noch dunkel. Durch das geöffnete Fenster wehte ein kühler, unangenehmer Wind herein. Er erhob sich schlaftrunken, schloß das Fenster und versuchte, noch einmal einzuschlafen. Das Bett war wie sonst zerwühlt, aber nichts wies darauf hin, daß dort eine unglaubliche Frau gelegen hatte. Das Bett war groß, und auf der Seite, wo die Frau liegen sollte, war das Bettlaken glatt. Diese Hure war ganz schön intelligent, dachte Farquhar, sie ließ sich nicht von dieser Scheißsentimentalität der Brasilianer vereinnahmen. Er hatte gedacht, sie würde gern die ganze Nacht über bleiben, und hatte sich nicht einmal die Mühe gemacht, sie zu fragen. Er mochte die Frauen nicht, die bis morgens blieben, denn die Brasilianerinnen waren im allgemeinen sehr sentimental und verwechselten ein nächtliches Zusammensein mit einem festen Verhältnis. Diese Frau nicht. Sie wies dem Vögeln wie einer rein beruflichen Angelegenheit den ihm gebührenden Platz zu. Farquhar beneidete J. J. Seabra etwas, der alte Bock nahm wahrscheinlich nicht einmal wahr, was für eine Goldader diese Frau darstellte. Er hätte wetten können, daß J. J. Seabra diese Geliebte behandelte, als sei sie irgendein Mädchen, das für Geld fickte und die Aufmerksamkeit verdiente, die man einer französischen Kokotte entgegenbrachte. Das Höchste an sexuellem Raffinement für die Brasilianer war der bezahlte Geschlechtsverkehr mit europäischen Nutten, meistens Polinnen, die sich als Französinnen ausgaben, um der Nachfrage auf dem Markt besser zu entsprechen. Rio war voll von diesen ehrgeizigen Nutten, die aus ihrem Gewerbe eine Art Zentrum für die Verehrung der französischen Kultur machten. Er schiß auf die französische Kultur und konnte alles, was französisch war, nicht ausstehen. Für ihn waren die Franzosen irgendwie Gescheiterte oder Ex-Reiche oder Gauner im Westentaschenformat, die das hinter Schönrednerei und guten Manieren verstecken wollten. Durch diese französische Manie, etwas zu weibisch für seinen Geschmack, gerieten die Brasilianer ein wenig ins Hintertreffen. Erstens, weil sie nie reich gewesen waren und auch nicht zu verheimlichen brauchten, daß sie arm waren, und dann, weil sie als Gauner so ungeschickt waren wie ein Taschendieb, der versuchen würde, als Anfänger im Weißen Haus den Präsidenten der Vereinigten Staaten zu bestehlen. Die Tatsache, daß diese Frau sachlich war und frei von diesem beschissenen französischen Getue, ließ sie in seiner Gunst steigen, und sicher würde er sie eines Tages dafür belohnen, wenn sie sich richtig verhielt. Er betrachtete sie jedes Mal, wenn er mit ihr ins Bett stieg, als eine Investition, und das mußte irgendwann einmal Gewinn abwerfen. Farquhar empfand die größte Ehrfurcht vor der Einrichtung des Gewinns und glaubte sogar, der Gewinn sei die größte Schöpfung Gottes. In der Natur war alles eine Quelle des Gewinns, und er war sicher, daß ein schlauer Gott nicht umsonst so gehandelt hatte. Und dieses Vögeln mit ihr, das sie mit solchem Geschick ausführte, ihr mit passenden Düften parfümierter Körper, waren der Vorgeschmack auf eine Art festverzinsliches Guthaben bei der Bank.

Farquhar wußte, er würde nicht mehr schlafen, es war immer so; wenn er aufwachte, konnte er nur schwer wieder Schlaf finden. Er lächelte, als er daran dachte, wie schmutzig seine Gedanken waren, sie klangen meistens nur in seinem Kopf an, Wörter, die sich sein Mund nie auszusprechen gestatten würde. Wenn er sprach, verwendete er nie unflätige Ausdrücke, es gefiel ihm, andere mit guten Argumenten und einem derart keuschen Wortschatz zu beschwichtigen, daß sie ihm sofort Glauben schenkten. Aber in Gedanken war er weiterhin der ungehobelte Junge aus New York, der ein Dutzend Schimpfwörter in jedem Satz sagte, obwohl er noch nie die Stimme erhoben hatte, um eine Blasphemie von sich zu geben. Seine Eltern hatten ihn nicht zurechtgewiesen, wenn er Unflätigkeiten sagte, weil sie glaubten, das sei eine Sache seines Alters und werde sich nach Gottes Willen schon legen. Und sie hatten recht, mit der Zeit lernte Farquhar, sich in seiner Ausdrucksweise zu mäßigen und seine Impulse zu dämpfen, wollte er es im Leben zu etwas bringen und nicht ein mieser Bauer werden, der von Brotkrumen lebte und sonntags mit einer dicken, unbefriedigten Frau voller Kinder in die Kirche ging. So war es seinem Vater schon ergangen, der sich nicht beherrschen konnte und im Alter aus dem nichtigsten Anlaß noch immer die größten Unflätigkeiten von sich gab, wenn die Bank ihm einen Kredit verweigerte, und die Ernte nicht so war, wie er erwartet hatte. Die ungehobelte Ausdrucksweise gehörte zur Armut wie die französische Kultur zum stümperhaften Hochstaplertum. Und Farquhar rühmte sich, die beste Seite der amerikanischen Gesellschaft darzustellen, er war ein Mann der Tat, der wußte, wie man Geld verdiente, ein gutes Geschäft abschließen konnte und andere auf eine Weise übervorteilte, daß seine Opfer ihm auch noch dankbar waren und bisweilen sogar seine Freunde wurden. In Gedanken hielt er sich für den größten Gauner seiner Zeit, und das war wie eine Art Lorbeerkranz. Denn der Wert eines jeden Hurensohnes lag darin, daß sich alle darin einig waren, daß er nur zum Wohl aller und zum Nutzen einer gesunden Wirtschaft ein Hurensohn war. Alle Gauner wollten als Wohltäter der Menschheit betrachtet werden, und auch das war Gottes Wille. Farquhar beobachtete, wie der Tag anbrach, das Licht durch die Ritzen der geschlossenen Fenster und die trüben Scheiben drang. Mit dem Licht kam auch die Wärme, aber eine angenehme Wärme, es war um diese Jahreszeit nie stickig im Zimmer. Nur in den beiden ersten Monaten des Jahres herrschte sengende

Hitze in Rio de Janeiro, aber er hielt sich dann fast nie in Brasilien auf. Andererseits war Rio de Janeiro praktisch die Stadt, in der er schon am längsten seinen Wohnsitz hatte. Seit 1902, als er seine Geschäfte in Brasilien begonnen hatte, sah er, daß dies ein Land war, in dem er etwas aufbauen konnte, und seine Erwartungen waren in den ersten fünf Jahren noch übertroffen worden.

Im Jahre 1902 hatte Farquhar auf einem Empfang der Brasilianischen Botschaft in Washington den derzeitigen Minister für Industrie, Öffentlichen Verkehr und Transport, Lauro Müller, kennengelernt. Er hatte Freunde, die geschäftliche Beziehungen zu Brasilien unterhielten, auf diesen Empfang begleitet. Sie erzählten ihm ständig von den Möglichkeiten in diesem gigantischen Land in Südamerika. Farquhar war gerade reich geworden, weil er der Firma seines größten Freundes und Beschützers, der Eisenbahngesellschaft May, Jekill & Randolph von »King« John, der heute sein Angestellter war, einen Schlag versetzt hatte. Es war ein lächerlicher Stoß, denn John war schon müde und hatte sich als eine leichte Beute herausgestellt, vielleicht, weil er Farquhar zu sehr vertraute und sich in das klassische Opfer verwandeln wollte, das dem Betrüger, der es aufs Kreuz gelegt hatte, verpfändet wird.

Lauro Müller war ein korpulenter Mann, hatte sehr weiße, milchige Haut und Sommersprossen auf den Bäckchen. Er schien, bis auf die verrotteten Zähne, kein Südamerikaner zu sein. Durch Zufall setzte er sich auf ein Sofa neben Farquhar, der ein Glas Champagner in der Hand hielt. Sie unterhielten sich, und Lauro Müller sagte, er halte ihn für ziemlich verrückt, aber Brasilien brauche Verrückte wie ihn, denn nur Verrückte seien in der Lage, dort langfristig, im Vertrauen auf die Zukunft, zu investieren. Der Brasilianer hatte Farquhars Neugierde geweckt, denn erstens war diese Bemerkung so etwas wie eine Einladung, und zweitens hielt man ihn ohne jeden ersichtlichen Grund für einen Verrückten. Vielleicht kannte der Brasilianer die Herkunft seines Vermögens. Es hätte nicht an Leuten gefehlt, die zu erzählen bereit gewesen wären, wie es ihm in weniger als drei Jahren gelungen war, mehr als fünf Millionen Dollar zu horten, ihm, der bei Null angefangen hatte. Obwohl ihn die Vorstellung, verrückt zu sein, nicht gerade begeisterte, beschloß er, sich Brasilien einmal anzusehen. Südamerika war keine Neuigkeit für ihn, denn er war schon mit einem höchst einträglichen Geschäft in Kolumbien vertreten, das ihm in einem knappen Jahr das Dreifache des investierten Kapitals eingebracht hatte, eine Investition, die fast ausschließlich die kolumbianische Regierung finanziert hatte. Mitte September traf er in jenem Jahr in Rio ein, wo er von Lauro Müller empfangen wurde. Auf einem Fest zu seinen Ehren lernte er flüchtig J. J. Seabra kennen, zu jener Zeit Justiz- und Innenminister und erkannte, daß er einen der raffiniertesten Alten vor sich hatte, dem er je begegnen würde. Neben Seabra war Lauro Müller nur ein wohlerzogener Junge, imstande, sich für einen Apfel und ein Ei zu verkaufen. Auch Präsident Rodriques Alves war auf dem Fest und sagte ihm, er glaube an das ausländische Kapital, denn schließlich seien praktisch all die besten Dinge im Lande das Werk ausländischer Arbeitskräfte und ausländischen Kapitals. Farquhar war begeistert vom brasilianischen Präsidenten und durch ihn von Brasilien selbst. Durch Rodriques Alves sollte Rio de Janeiro eine richtige Stadt werden, die verschlungenen Kolonialgäßchen würden beseitigt, die Innenhöfe und grotesken Elendsunterkünfte aus dem Zentrum verbannt werden, und sogar das Gelbfieber würde man mit Nachdruck bekämpfen, was eine

Art Volksaufstand hervorrufen sollte, denn das unwissende Völkchen weigerte sich, eine Pflichtimpfung über sich ergehen zu lassen. Farquhar war derart begeistert, daß er ins Hotelgewerbe einstieg und seine Aktivitäten allmählich auch auf andere Bereiche der Wirtschaft ausdehnte. Farquhar liebte Brasilien, weil es ihm so große Gewinne bescherte und die Brasilianer so willkürlich handelten wie ein Autor, der versucht, ein mißlungenes Drama in eine Erfolgskomödie zu verwandeln.

An besagtem Morgen begann er nun, die Würfel für das Spiel der Annäherung an die neue Regierung zu werfen. J. J. Seabra würde bereits umzingelt sein, wenn er es am wenigsten erwartete, und dann in seiner geradezu uneinnehmbaren Festung, nämlich dem Schlafgemach seiner Geliebten, angegriffen werden. Farquhar war überzeugt, daß alles gutgehen würde. Die Frau, der er ein gut Teil im Gelingen dieses Planes zuschrieb, würde, das wußte er, nicht versagen, weil sie nicht nur fabelhaft im Vögeln war, sondern außerdem die Hure, die am meisten Köpfchen im Lande hatte. Und er hatte ihr versprochen, sie für den Rest ihres Lebens reich und glücklich zu machen, ein Versprechen, das sicher ein wenig rhetorisch war, aber er würde sich bemühen, es wenigstens teilweise zu erfüllen. Was die offiziellen Kontakte anging, würde er in seinem Büro bald mit dem alten Alexander Mackenzie zusammentreffen, seinem autorisierten Repräsentanten in Brasilien. Mackenzie würde alle Fäden ziehen, während er sich am Tanz der Marionetten erfreute.

Am folgenden Tag sollten die Zeitungen von Rio de Janeiro eine telegrafische Nachricht veröffentlichen, die von einem bekannten Journalisten unterzeichnet war und besagte, der Bau der Bahnstrecke Madeira—Mamoré sei eines jener Werke, die ein Markstein in der Geschichte des

Kontinents seien. Es waren noch andere chauvinistische Erklärungen darin enthalten, so recht nach dem Geschmack der Brasilianer, dabei erhielt das Ganze noch den nordamerikanischen Anstrich durch Statistiken, die immer so überzeugend sind, daß geradezu jeder das Berichtete für absolut wahr halten mußte. Es war schließlich ein Werk, bei dem zwölftausend Hammerschläge pro Meile niedergingen, vierhundert Gleisteile pro Meile zusammengesetzt wurden, und da dreihundertsechsundsechzig Kilometer zu überwinden waren, würde man bis zum Ende des Unternehmens die Symphonie der Steinhämmer der Arbeiter im Amazonas hören, die sich siebenundzwanzigmillionenmal erhoben und auf jeden *tire-fond* gesenkt hatten. J. J. Seabra war überrascht, als er entdeckte, daß seine Geliebte Eisenbahnstrecken schätzte, obwohl sie doch noch nie mit einem Zug gereist war. Die Frauen waren wirklich geheimnisvolle Wesen, und nur deshalb vögelten sie in dieser Nacht so gut wie selten in ihrem Leben.

5

Der herabprasselnde Regen war wie eine feste Masse, die zu dichtem Gas zerstäubt wurde, gegen das es keinen Schutz gab. Ingenieur Collier saß in seinem Zelt und war verärgert. Es bedeutete wieder einen verlorenen Tag. Theoretisch war jetzt keine Regenzeit, aber die Tropen waren trügerisch. Der Regen war immer heftig und verschlang den noch nicht ganz befestigten Bauabschnitt mit seiner flüssigen Gefräßigkeit. Am Anfang war Collier, wenn er sah, wie graue Wolken den Himmel überzogen, in Panik geraten, jetzt war er nur noch böse, weil die ganze Welt um ihn herum naß war und nichts, aber auch gar nichts, auch nur eine Illusion von Sicherheit vermittelte. Dann war alles naß und weich, mit einem beißenden Geruch nach sumpfiger Erde, die Zeichen von Leben und Tod ausströmte. Dieser Geruch war durchdringend und rief bei jedem der Männer so etwas wie Unbeweglichkeit hervor, eine düstere Passivität, während das Wasser ihren Körper wie beunruhigender, klebriger, kalter Schweiß bedeckte. Die eifrigsten Arbeiter liefen völlig durchnäßt am Zelt vorbei, sie führten kleinere Arbeiten aus. Hin und wieder drangen mit dem Wind Spritzer in das Zelt, so daß Collier die Augen zusammenkniff, damit sie kein Wasser traf. Es herrschte trübes, spärliches Licht, als sei die Finsternis der Nacht nicht dem Tag, sondern einer stumpfen, gräulichen Dunkelheit gewichen. Durch den Eingang seines Zeltes, ein Schlitz in Form eines umgedrehten V, konnte Collier die Strecke sehen, die eine Schneise in den Wald schlug und sich unter dem Regenvorhang im Urwald verlor. Mad Maria kam rückwärts gefahren, sie stieß dicke Rauchballen aus, nur wenige Arbeiter waren draußen. Der Ingenieur kam sich entsetzlich unnütz vor, in seinem Kopf drängten sich die Probleme, die Arbeit war schon weit im Rückstand, selbst, wenn man die naturgegebenen Schwierigkeiten des Geländes einrechnete. Aber der Regen ergoß sich über alles, und er wäre gern etwas stoischer gewesen, was er nie hatte lernen können. Seit seiner Jugend war er ein geborener Provokateur, ein furchtloser Organisator und hart wie Granit. Vielleicht hatte er es deshalb immer mit den Niederungen des Lebens zu tun, er war in seinem Leben immer auf Herausforderungen des Abschaums der Welt gestoßen. Nicht, daß er sich überlegen gefühlt hätte, er war nur überlegen, wenn er sich ausnutzen ließ, denn er wußte, daß das Leben kurz war und es zum Sterben reichte, wenn man die Dinge in die falsche Richtung gehen ließ. Er lebte in einer Zeit, deren Unersättlichkeit man mit der Heftigkeit der tropischen Regenfälle vergleichen konnte.

Geschützt durch einen Regenschirm inspizierte Finnegan einige Barbadianer, die die Gräber aushoben, in denen die beiden Schwarzen, die am Tag zuvor gestorben waren, beerdigt werden sollten. Der Regenschirm war nur ein untaugliches Requisit in diesem Platzregen, daher war der Arzt durchnäßt und zitterte vor Kälte. Collier schien ein Funken von Neugierde und Unsicherheit bei dem Arzt zu bemerken, er war ein völlig hilfloser junger Kerl, der weit weg hätte sein können, wenn er nicht so ein sentimentaler Dummkopf gewesen wäre. Finnegans unsinniger Idealismus ärgerte den Ingenieur mehr als die Verwüstungen, die der Regen auf seinem Zeitplan anrichtete. Ein Zeichen, daß er nicht völlig stillstand und noch immer zu Regungen fähig war und sich für seine Artgenossen interessierte. Auf seine Weise war auch er noch ein Idealist, und diese Entdeckung erzürnte ihn aufs bitterste. Er war lieber ein Mann mit einer trockenen Art, der aus seiner beruflichen Effizienz eine Waffe gegen jegliche Desorganisation machte. Die Angst, die er, zurückgezogen in sein Zelt, für sich behielt, peinigte ihn, eben weil er noch menschliche Gefühle hatte, wo er doch eigentlich ein richtiger Gauner von einem Hurensohn hätte sein müssen. Er erinnerte sich an Farquhar, und diese Erinnerung roch nach sumpfigem Zorn. Farquhar war der einzige, der fähig war, aus allen Schrecknissen eine Ansammlung großartiger Taten zu machen, weil sie Gewinn brachten. Er und der junge Arzt gehörten nicht zur selben Familie von Lebewesen wie Farquhar. Collier hätte gern zu jener Familie gehört, die sich von der Welt nie peinigen ließ, weil die Welt ihr zu Diensten war. Allmählich zeigte sich seine Reife in diesen subtilen Fragestellungen, und Farquhar war wie eine unsichtbare Infektion, die alle beobachteten, von der sie aber nicht mehr als eine verheilte Narbe sahen. Mitten im strömenden Regen waren die Barbadianer mit dem Graben fertig geworden und hielten jetzt zwei Holzsärge, die sie in die Gruben hinabließen. Finnegan murmelte ein katholisches Gebet, und das war das einzig sichtbare Zeichen eines katholischen Amtes. Der Arzt brachte immer ein Schlußgebet, wenn seine Therapie nicht gewirkt hatte. Als die Barbadianer den Schlamm in die Gräben schaufelten, erhob sich Collier und ging in den Regen hinaus. Bevor er fünf Schritte getan hatte, war er völlig durchnäßt, aber es störte ihn nicht. Finnegan sah den Ingenieur näher kommen und blickte zu ihm hinüber, während Zweifel in seinem Kopf widerhallten. Er fand all das ziemlich sinnlos.

»Wenn wir sie gestern beerdigt hätten . . .«, sagte er zum Ingenieur.

»Das war nicht möglich«, antwortete Collier.

»Aber warum nicht, ich verstehe das nicht.«

»Wollten Sie einen Aufstand unter den Barbadianern provozieren?«

»Wie bitte?«

»Sie haben richtig gehört: einen Aufstand.«

»Wie sollte denn ein Begräbnis einen Aufstand unter den Negern provozieren?«

Collier blickte dem Arzt in die Augen, auf den jungen Mann wirkte der Blick, als hätte der Ingenieur ihn beleidigt. Genau diesen Effekt hatte Collier beabsichtigt; dieser Esel von Arzt mußte ein für allemal lernen, daß die Menschen nicht alle den Illustrationen in seinen Anatomiebüchern glichen. Und daß nicht alle Welt katholisch und dämlich war.

»Diese Neger, mein Lieber, achten niemand, so lange er am Leben ist. Aber wenn einer gestorben ist, ist seine Leiche heilig.«
»Nun wollen wir doch nicht den Aberglauben ernst nehmen«, entgegnete Finnegan und bekam Lust, dem Ingenieur heftig in die Eier zu treten, denn er haßte es, wenn man ihn »mein Lieber« nannte.
»Ist gut, Doktor. Machen Sie nur so weiter. Der nächste Neger, der hier stirbt, gehört ganz Ihnen. Aber hören Sie gut zu: diese Männer sind ausgesprochen gutmütig und die besten Arbeiter, die wir hier haben. Die einzigen, die wirklich etwas von ihrer Arbeit verstehen. Sie zetteln nie einen Streit an, sie verteidigen sich nur immer. Aber wehe dem, der es wagt, ihre Toten zu berühren.«
Der Arzt schob das nasse Hemd zurecht, das schwer an seinem Körper hing und an ihm herunterzurutschen schien. Collier wandte den Blick nicht von ihm ab.
»Das ist doch absurd«, sagte Finnegan.
Collier genoß die Unsicherheit in der Stimme des Arztes und sah, wie eine Welle der Nervosität den jungen Mann überschwemmte. Als habe er sich mitten im Regen auf ein Spiel ohne festgesetzte Spielregeln eingelassen. Finnegan erwiderte den Blick aus übernächtigten Augen und mit einem nervösen Zucken, das er nicht in der Gewalt hatte, ein typisches Zeichen seiner Jugend und Unerfahrenheit.
»Ich weiß, daß es absurd ist. Aber was ist denn nicht absurd, mein Lieber?«
Es fehlte nicht viel, und Finnegan hätte dem Drang nachgegeben und zu einem Tritt zwischen die Schenkel des Ingenieurs ausgeholt.
»Gehen Sie zum Teufel«, brummte der Arzt.
»Prima. Sie werden schon klüger.«
»Zum Teufel mit dem Absurden.«

»Einverstanden«, fast wäre Collier das »mein Lieber« wieder entwischt. »Sie lassen es, zum Teufel noch mal, einfach nicht zu, daß wir ihre Toten anrühren, und wir können nichts dagegen tun. Die Gesellschaft interessiert sich nur, solange wir den lebenden Mann haben; wenn er tot ist, ist er schon hinüber und hat jedes Interesse für uns verloren.«
Finnegan schwieg eine Weile, während die Barbadianer die beiden Gräber mit Schlamm zudeckten.
»Haben Sie schon einmal von einem *Zombie* gehört?« fragte Collier.
»*Zombie?*« Der Arzt war erstaunt. »Sie glauben doch wohl nicht an solche Scheiße?«.
»Nein, nein, ich glaube nicht an solche Scheiße, ebensowenig wie an die Scheiße mit dem Katholizismus und alle anderen Religionen.«
Finnegan empfand das nicht einmal als Beleidigung, denn seine Religiosität nutzte sich ab wie ein Rädchen, das ausgewechselt werden muß.
»Sie glauben, ein Toter kann wieder ins Leben zurückkehren und dem, dem er gehört, als Sklaven dienen«, ergänzte der Ingenieur.
»Das ist alles höchst komisch, Herr Collier.«
»Es ist überhaupt nicht komisch, es ist gefährlich, Doktor.«
»Ein Toter kann nicht wieder ins Leben zurückkehren.«
»Das denken Sie.«
»Aberglaube, primitiver Unsinn.«
»Halten Sie sich von den toten Barbadianern fern, wenn Ihnen Ihr Leben lieb ist.«
Finnegan sah Collier nach, als dieser fortging, und strich sich mit der Hand über sein nasses, klebriges Hemd. Diese Unterhaltung schien nicht viel Sinn gehabt zu haben, aber sie war aufgeladen mit einer Wahrheit, so fühlbar wie der

Regen. In diesem Augenblick kam er sich vor wie jemand, der den Zeitpunkt, zu dem er die ganze Wahrheit verstehen würde, vor sich herschob wie ein Katholik, der an das ewige Leben glaubt, aber die Vorstellung, er werde eines Tages sterben, verabscheut.

»*Zombie!?*« murmelte der Arzt und sah auf die Gräber, die einzige Gewißheit, die er jetzt haben konnte. Die beiden da würden nie wieder belästigt werden. Und wenn sie eines Tages aus jenen Gräbern steigen würden, wäre das der Tag des Jüngsten Gerichts.

Zwei krumme Holzkreuze bezeichneten die Stelle, aber im Schlamm konnte man die Gräber kaum erkennen. Es war niemand da, die Barbadianer waren schon fortgegangen, und Finnegan war nun allein. Die Gräber lagen am Rand seines Blickfeldes, denn er betrachtete die Wand des Urwaldes und entdeckte die Würde jener vom Regen gebadeten Bäume. Auf dem erdfarbenen Schlamm erweckten einige Gegenstände seine Aufmerksamkeit. Er trat näher heran, um sie besser sehen zu können. Er beschloß, sie ganz aus der Nähe zu betrachten, und bückte sich. Er erkannte Halsketten, an denen Münzen, Kreuze, Bleikugeln und einige Zähne hingen. Er hob eine Kette auf, um das eigenartige Stück zu untersuchen und entdeckte, etwas beschämt und verängstigt, daß es Menschenzähne waren. Skorpione wären ihm lieber gewesen.

Consuelo wußte nicht genau, wo sie war, sie fühlte, daß es ihr gelungen war, dem Urwald und dem Regen zu entkommen. Sie lag in einem weichen Bett. Sie war mit sauberen Bettüchern zugedeckt, und das war kein Delirium. Aber sie war sehr müde und wollte schlafen, sich ausruhen und vielleicht die Welt nie mehr sehen. Sie nahm das rote Licht, das auf ihre Schläfen hämmerte, immer weniger wahr, es störte sie nicht mehr. Das Rot verblaßte, bis es sich in rosige Töne auflöste, in die gräuliche Stille des Friedens überging. Das Tosen von Regen und Donner war fort. Das Unwetter schien jeden Baum aus dem Urwald entwurzeln und in einem wahnwitzigen Flug mit sich reißen zu wollen. Die Geräusche des Unwetters hatten Consuelo aus ihrer Lethargie gerissen, und entsetzt war sie aufgesprungen, ohne etwas zu sehen. Das Geräusch des heftigen Regens drang in ihren Kopf ein wie der Lärm einer Kutsche, die über das Pflaster einer Straße rast. Die Bäume bogen sich mit animalischem Pfeifen im Wind, und jedes Blatt machte eine ungeheure Anstrengung, bevor es sich löste und durch die Luft wirbelte. Sie lief einfach los, hatte das Bündel mit den Partituren gegen die Brust gepreßt und stöhnte. Ihr Stöhnen war wie die Anstrengung der Blätter, nur weniger tierisch, wie das einer furchtsamen Frau, die wieder das kleine Mädchen in einem leeren, dunklen Haus war. Consuelo rannte, weil sie nicht glauben konnte, daß die Natur so viel Gewaltsamkeit in sich barg und dann später — wenn der Regen aufhörte und die Bäume nicht mehr tanzten — alles wieder in die gleiche, gefällige Ruhe zurückfallen würde. Die Gewaltsamkeit der Natur war wie eine endlich aufgedeckte Lüge, und es war ihr nicht wohl dabei, sich inmitten einer so mächtigen Offenbarung zu befinden. Wind und Regen peitschten um ihren Körper und brachten viele Düfte mit, den Geruch nasser Erde, den Duft zerriebener Blätter und zermalmter Früchte. Jeder Geruch war ein alarmierender Hinweis auf die Wucht des Unwetters, jedenfalls glaubte sie das und gewann Kräfte, um weiterzulaufen, ohne auf Dornen und stachlige Blätter zu achten, die ihr ins Fleisch schnitten und ihr Kleid in wellenförmige Fetzen zerrissen. Die nasse Haut fühlte die Verletzungen nicht, das Blut rann mit den Regentropfen an ihr herunter. Die Dunkelheit kam ihr entgegen, denn ohne ein Ziel brauchte sie nicht zu entscheiden, welchen Weg sie einschlagen sollte, sie lief einfach weiter, stolperte, fiel hin, schlug gegen Äste, die zerbrachen, und versank zwischen abgerissenen Sträuchern, die ihr die Arme zerkratzten. Sie lief gern, ihre Brüste hüpften, das Wasser drang zwischen ihre Schenkel und lief über ihre Schultern, bis es sich in einem kleinen Rinnsal zwischen den Brüsten hindurchschlängelte. Sie war völlig durchnäßt, noch nie in ihrem Leben war sie in einem solchen Zustand gewesen. Nicht einmal dann, wenn sie mit Alonso geschlafen hatte und sich in die Badewanne legte, den Körper einseifte und ihre Hand träge, voll gesättigter Laszivität, zwischen den Beinen entlangstrich. In der Badewanne hatte das Wasser nicht die Gewaltsamkeit wie hier im Regen, es war ein verwundbarer, einladender Brunnen, ein Schlupfwinkel zur Erholung. Während sie lief, konnte sie Alonso nicht vergessen und versuchte sein Gesicht von sich zu schieben, sie befürchtete, es könnte in der Dunkelheit erscheinen. Sein Gesicht tauchte auf, ganz naß, wie es im Wirbel des Wassers verschwand, die Tropfen sprangen wie matte Perlen ab. Sein Haar vermengte sich mit dem Wasserfall und verlor den dunklen Farbton, den sie so liebte. Manchmal erhob sie sich tropfnaß aus der Badewanne, und Alonso kam, warf sich vor ihr auf die Knie, umschlang ihre Schenkel und küßte sie auf das dampfende Haar. Sie lachte und wehrte sich zum Scherz, es war das Ende des Liebesspiels, wenn sie ihm ins Haar griff und so tat, als protestierte sie. Er war in der Strömung verschwunden, und sie rannte mitten durch ein Unwetter. Sie erinnerte sich nicht, wie lange sie so gelaufen war, und jetzt fühlte sie sich getröstet zwischen diesen Bettüchern. Sie mußte viel gelaufen sein, sie fühlte ihre geschwollenen Beine nicht, ihre Füße schmerzten, in ihren langen, schmalen Fingern kribbelte es, ihre Haut war schlaff und porös wie bei Ertrunkenen. Wie in verschwommener Dämmerung kam ihr eine Erinnerung ins Gedächtnis, der Augenblick, als sie hingefallen war und keine Kraft mehr gefunden hatte, sich zu erheben und weiterzulaufen. Ihre Hände hatten sich an glitschige Blätter geklammert und waren abgerutscht. Sie sah, wie sich ein Licht und undefinierbare Stimmen im Rauschen des Regens näherten. Ein Gesicht beobachtete alles, sie glaubte, es seien Wilde, und während das Bewußtsein schwand, sah sie Fußspuren von Menschen auf dem sandigen Hang eines Gebirges. Consuelo wußte nicht, daß jenes Gesicht zu einem Chinesen gehörte, der einen Suchtrupp anführte. Das geschah während eines Unwetters routinemäßig, weil es häufig vorkam, daß Arbeiter im Wald Zuflucht suchten und sich verirrten. Mit ihm kamen sechs weitere Männer, alles Chinesen, die man auf den ersten Blick mit Indios verwechseln konnte.

Der Regen hörte am frühen Nachmittag auf, und die Sonne schien so stark, daß der Schlamm schnell trocknete. Collier stand an der Spitze eines Arbeitstrupps, der die Folgen von der Überschwemmung und Erosion wegräumte. Er registrierte die Schäden, die für die Arbeit entstanden waren. Er wußte, daß dieses Unwetter keine Kleinigkeit gewesen war. Viele riesige Bäume am Rand der Kahlschläge waren umgestürzt, obwohl die Barriere, die der Urwald bildete, nicht zurückgedrängt worden zu sein schien. Die Stämme mit mehr als vier Metern Durchmesser und die kräftigen Äste würden Stunden an Arbeit erfordern. In großen Wasserlöchern, deren Wasser den Boden auszuhöhlen schien, konnte der angesammelte

Schlamm möglicherweise gefährlich werden und einen Mann, der nicht vorsichtig war, verschlingen. Fieberhaft versuchten die Männer zu sortieren, was noch an Material übriggeblieben war. Aber es war alles ziemlich beschädigt. Die dicken Baumstämme, Bretter und Querbalken, die eine Art Brücke für ein provisorisches Stück der Bahnstrecke bildeten, waren nur noch ein Trümmerhaufen aus verbogenen Ästen, die das tobende Wasser ineinandergeschoben hatte. Die Gleise waren zum Teil herausgerissen worden und glänzten nun verbogen im Sonnenlicht. Finnegan ging auf den Ingenieur zu, er spürte, wie entmutigt Collier war.
»Ich glaube, der Regen hat an die dreißig Meter Gleise fortgerissen«, sagte Collier.
»Haben Sie schon gehört? Fünf Männer sind verschwunden«, sagte der Arzt.
»Die Kraft des Wassers war derartig stark, daß sie die Gleise wie gekochte Nudeln gekrümmt hat.«
Bittere Ironie sprach aus den Worten des Ingenieurs, ein dürrer, rauher Satz, denn der Regen hatte die Baustelle in eine Art Höllenwinkel verwandelt, als sei die Natur von anarchischen Kräften getrieben worden. Eine Gruppe von Arbeitern zog eine Leiche aus dem Schlamm. Der Körper vermischte sich mit seinem Grab aus verbogenen Zweigen, während die Männer versuchten, ihn herauszuziehen, wobei der Schlamm in kreisförmigen Vibrationen erzitterte. Diese Vibrationen hatten etwas im Ingenieur zum Schwingen gebracht, er konnte seine Enttäuschung nicht mehr verbergen.
»Fünf Tote!« rief der Ingenieur aus.
Niemand fand Worte, um dem Ingenieur in seiner Niedergeschlagenheit beizustehen. Finnegan spürte, daß er wenig tun konnte, denn er hatte gesehen, wie das Wasser

in den schmalen Gräben, die die Arbeiter gezogen hatten, angestiegen, gegen den Bahndamm angestürmt war und alles mit sich gerissen hatte. Die Überschwemmung war nicht zu übersehen, jegliche Solidarität wirkte dagegen hilflos, und er wußte, wieviel den Ingenieur diese Verheerungen kosteten. Collier war stark, aber im Augenblick war er vollkommen schutzlos. Die Natur handelte unberechenbar wie in einer Trance, in ihrer Wut erhob sie sich rasend bis zur Zerstörung. Finnegan bemerkte, daß alle Sicherheit von Collier gewichen war, jetzt war er geistesabwesend, seine Beredsamkeit in seiner Ohnmacht erloschen.

Thomas, der Maschinist, stellte sich neben Collier und legte ihm die Hand auf die Schulter.

»Was für eine Scheiße!« sagte der alte Thomas entmutigt. Collier schwieg weiter, und das war ein rührendes Eingeständnis seiner Niedergeschlagenheit. Er war nicht mehr der aggressive Ingenieur, er war jetzt so niedergeschlagen, daß Finnegan zum ersten Mal gewahr wurde, wie alt er schon war.

Der Maschinist Thomas begann zu husten und drückte dabei die Finger seiner Hand in die Schulter des Ingenieurs. Collier schüttelte den Kopf. Wenn eines dieser Unwetter tobte, war das Wasser so mächtig, daß es wie unzählige Klingen schneidender Messer erschien und die Menschen auf eine Weise aufweichte, daß sie sogar unfähig waren, einen Befehl aufzunehmen. Die Leiche war nun ganz aus den Zweigen herausgelöst, und die Arbeiter schleiften sie auf ein trockenes Stück Erde. Der Unglückliche war schon ziemlich entstellt und hatte zwei Beine verloren. Finnegan trat näher, die Leiche war wie eine feuchte Masse aus Erde, aber die Augen waren offen geblieben und nicht verschmutzt. Der Arzt konnte in den umnebelten Augen noch das Leid, das dieser Mann am Ende durchgemacht haben mußte, erkennen, wie ein betrogener Spieler, der den Augenblick der Wahrheit in dem Moment erlebte, als er als Mensch zugrunde gerichtet wurde. Finnegan wußte, daß der Mann nicht wegen der zerstümmelten Beine gestorben, sondern sicher im Schlamm versunken war. Wer weiß, vielleicht hatte er vor seinem Tod gar nicht mehr gesehen, wie seine Beine wie zwei unnütze Zweige abgerissen worden waren? Einer der Arbeiter fischte etwas, das wie ein toter Frosch aussah, aus dem Schlamm, und warf es auf den festeren Lehmboden. Es war eine Männerhand, schlaff und verfault.

»Nun, das hier ist Krieg«, sagte Thomas.

»Nur sind unsere Waffen nicht hinreichend geschärft, um dem Feind entgegenzutreten«, erwiderte Collier.

»Wir sterben in der Hitze oder ertrinken im Schlamm. Und wenn einer entkommt, dann hat er Durchfall oder Malaria.«

Aus dem Lokführer sprach Schicksalsergebenheit.

»Und dann ist da die Gewalttätigkeit«, sagte Finnegan, während er die abgeschlagene Hand in Blätter einwickelte.

»Es ist hart, wenn man sieht, wie die Arbeit eines Monats in wenigen Stunden zerstört wird«, sagte Collier kalt.

Da wurde Finnegan klar, daß der Ingenieur nicht so sehr wegen der menschlichen Verluste niedergeschlagen war, sondern weil sein Zeitplan durch die Verheerungen beeinträchtigt wurde. Er war nicht erbost darüber, er drückte das Paket aus Blättern mit beiden Händen, als zählte dieser Rest eines menschlichen Wesens gar nicht. Die verbogenen Gleise sagten mehr als eine Leiche ohne Beine.

Eine Gruppe Chinesen kam auf sie zu, sie traten aus dem Wald und trugen eine Bahre. Der Ingenieur hob den Kopf und bemerkte die verdreckte Bahre.

»Noch eine Leiche?« fragte er.
»Herr Collier, schauen Sie, was wir gefunden haben«, rief einer der Chinesen, »eine Frau.«
Der Ingenieur lächelte, denn dieser Fund war genau die Ablenkung, auf die er gewartet hatte. Eine Frau, die im Urwald gefunden worden war, war in dieser ganzen Scheißsituation wie ein unflätiger Witz in einem aristokratischen Salon.
»Wo habt ihr sie gefunden«, fragte Collier.
»Sie war hingefallen, bewußtlos. Mitten im Busch, etwa drei Kilometer von hier«, antwortete der Chinese.
Finnegan ordnete mit einer Geste an, sie sollten die Bahre auf den Boden stellen und begann die Frau zu untersuchen.
»Haben Sie eine Ahnung, wer das sein könnte?« wollte der Ingenieur wissen, als er merkte, daß es nicht irgendeine Frau war, etwa eine der wenigen, dekadenten Prostituierten, die sich bis Santo Antonio vorwagten.
»Sie redet nicht, Herr. Sie ist bewußtlos, seit wir sie gefunden haben«, antwortete der Chinese.
»Sie ist im Schock. Sie wird wieder zu sich kommen. Bringt sie zur Krankenstation«, befahl Finnegan.
»Sie hatte dieses Bündel hier bei sich, Herr.« Der Chinese übergab dem Ingenieur ein zerdrücktes, nasses Paket.
Collier öffnete und untersuchte es, und was er sah, war so überraschend wie die bewußtlose Frau, die da auf der Bahre lag.
»Kein Ausweis?« Collier merkte, als er diese Frage stellte, daß alle den Grund seines Entsetzens wissen wollten.
»Nein, Herr. Nur dieses Paket«, bekräftigte der Chinese.
»Es sind Bücher mit Partituren«, sagte Collier, während er die feuchten Seiten mit der gebotenen Vorsicht durchblätterte, damit nichts zerriß. »Chopin, und noch mal Chopin, Liszt, Beethoven . . .«

Die Chinesen nahmen die Bahre auf und folgten dem Arzt in Richtung Krankenstation. Collier schloß die Bücher und warf das Papier, das nichts mehr taugte, fort. Von den Schlafplätzen der Arbeiter her ertönte Geschrei. Irgendein Problem. Der Ingenieur seufzte, er faßte unwillkürlich an den Gürtel, um zu sehen, ob er den Colt bei sich hatte, seine Finger fühlten das kalte Metall, und rasch machte er sich auf den Weg, um nachzusehen, was dort vor sich ging. Weiter vorn sah eine Gruppe von Barbadianern dem Durcheinander zu.

Als der Regen begann, suchte er Unterschlupf in einer hohlen Wurzel. Zusammengekauert, das Gesicht auf den angezogenen Knien, drückte er die Arme zusammen, und die Dunkelheit löste sich im Nichts auf, nur die Geräusche von Regen und Donner tanzten mit der ganzen Macht ihrer Kräfte über ihn hinweg. Er empfand keine Furcht, er war an die Raserei der Natur gewöhnt und glaubte, sie habe das Recht, sich so aufzubäumen, denn sie hatte Kraft. Für ihn war jeder Baum, jeder Windstoß, der dicke Regentropfen brachte, ein intelligenter Geist, der mit dem Guten oder Bösen Verbindung aufnehmen wollte. Nur er hatte keine Macht mehr, er hatte die Aura der Erhabenheit seines Volkes verloren und stank nach Urin. Er wollte sich ausruhen, während das Unwetter wütete. Sein Rücken begann zu schmerzen, in den Schulterblättern stach es, so daß er nicht atmen konnte, er versuchte vorsichtig Luft zu schöpfen, bis er eine Erleichterung im Rücken verspürte, denn er wußte, der Schmerz würde nur vergehen, wenn er aufrecht stehen und sich recken könnte. Er saß ungünstig in jenem Loch, das nach Erde und fauligem Holz roch, ein guter, vertrauter Geruch. Wenn der Regen aufhörte, würde er sich erheben und versuchen, bei den Zivilisierten etwas zum Essen zu holen. Aber der Regen wurde immer stärker, und das Loch lag an einer tieferen Stelle des Geländes, wo viel Wasser eindrang. Er fühlte, daß das Loch wie ein gieriger Mund war, der bald voller Wasser sein würde. Das einzige, was er tun konnte, war sich davonzumachen und einen anderen Unterschlupf zu suchen. Er ging in den Regen hinaus, voller Ehrerbietung vor den Blitzen, die den Himmel dort oben über den Kuppeln der großen Bäume zeichneten. Diese Ehrerbietung war wichtig, denn auch ohne Schuld konnte das Leben vom Unwetter verschlungen werden. Ebenso wie die Natur in ihrer Heftigkeit selbstverständlich recht hatte, wenn sie als Regen auf den Wald niederprasselte und die Erde wohltuend und weise befeuchtete. Früher einmal hatten seine Vorfahren in einer Welt gelebt, in der es nie regnete, weil das Wasser in einer versteckten stachligen Schale im Himmel aufgehoben wurde. Wenn sie Wasser trinken oder baden oder ein Neugeborenes waschen wollten, mußten sie die Jaburús bitten, in ihren großen Schnäbeln Wasser herbeizutragen. Die Jaburús waren böse Vögel und lebten in Streit, und manchmal weigerten sie sich, den Caripunas Wasser zu bringen, und so starben viele vor Durst oder waren so schmutzig, daß sie keine Menschen mehr waren. Da kam es, daß die drei Söhne des großen Tuxaua Unámarai in die Gefangenschaft eines Riesenjaguars gerieten, der den ganzen Tag sabberte. Der große Jaguar wollte die drei Söhne vom Tuxaua Unámarai nicht fressen, er wollte nur, daß sie seinen Speichel auffingen, denn er sabberte immer so viel, und jedes Mal, wenn ein Tropfen Speichel auf den Bodel fiel, entstand daraus ein Tausendfüßler oder ein anderes Rüsseltier. Die drei Jungen verbrachten den Tag damit, den Speichel des Jaguars in Schalen aufzufangen, und schütteten ihn in ein ganz tiefes Loch. Nachts wechselten die drei sich ab, aber sie ermüdeten allmählich, und der Jüngste von ihnen träumte, daß wenn sie dem Jaguar viel Wasser zu trinken gäben, er aufhören würde zu sabbern und sie wieder frei wären. Dem Ältesten gefiel die Idee des Bruders, und er wußte, daß dieser Traum vom Tuxaua Unámarai, seinem Vater, geschickt worden war, der auch ein großer Pajé war. Der älteste Bruder hieß den jüngeren Bruder einen Jaburú suchen und diesen bitten, Trinkwasser für den Jaguar zu bringen. Aber er sagte zu seinem Bruder, er solle sehr vorsichtig sein, denn die Jaburús seien gefährlich und könnten das Wasser verweigern, wenn sie erbost waren. Der jüngste Bruder sprach zu dem anderen, er solle sich nicht sorgen, denn er habe sich schon ausgedacht, wie er den Jaburús schmeicheln könnte. Und so tat er es. Er lief durch den Wald und sah einen alten Jaburú, der nachdenklich am Flußufer saß und wartete, daß ein Fisch auftauchte, damit er den Schnabel ins Wasser stecken und ihn fressen konnte. Der jüngste Sohn von Tuxaua verwandelte sich in einen Tráira-Fisch und schwamm nun vor dem Jaburú auf und ab, spielte vor ihm, um ihm zu gefallen und wartete auf den rechten Augenblick, um sich wieder in einen Menschen zu verwandeln. Aber als der Jaburú diesen so fröhlich schwimmenden Tráira-Fisch sah, stieß er rasch zu und verschlang den Jungen. Der älteste Bruder fühlte, daß bei dem Jüngsten etwas nicht gutgegangen war und ging nachsehen. Er fand den zufriedenen Jaburú, der am Flußufer entlangspazierte, und verstand sofort, was geschehen war. Und um den Bruder zu retten, verwandelte er sich in eine Mutuka, eine Stechfliege, ließ sich auf dem Schnabel des Jaburú nieder, stach ihn und sog einen Tropfen von dem Blut seines Bruders auf. Der Jaburú wurde fürchterlich böse, aber er konnte die Stechfliege nicht fassen, denn sie schwirrte sehr schnell um ihn herum. Die Mutuka, das war der älteste Sohn des Unámarai, flog weit weg, erbrach den Blutstropfen und hauchte ihn an, bis der Bruder wieder ins Leben zurückkehrte. Der Jüngste hüpfte lächelnd und spielend herum, aber der älteste Bruder machte ein finsteres Gesicht und sagte zu ihm, er solle still sein. Du warst unvorsichtig, sagte der älteste Bruder, du hast dich vom Jaburú verschlingen lassen. Der jüngere Bruder ließ den anderen ohne ein Lächeln im Gesicht ausreden. Du scheinst nicht mal ein Sohn unseres Vaters zu sein, sagte der Ältere. Und da wurde der kleine Bruder noch trauriger, denn damit wollte der andere sagen, daß seine Mutter vielleicht in der Zeit, in der er gezeugt worden war, mit Tieren geschlafen hatte. Da erinnerten sich die beiden an den mittleren Bruder, der ganz allein den Speichel des Jaguars auffangen mußte. Sie wußten, sie mußten nun schnell handeln, denn der mittlere Bruder konnte ermüden und einschlafen, dann würde der Speichel des Jaguars auf die Erde tropfen und gefährliche Tiere hervorbringen. Laß uns noch einmal schlafen gehen, sagte der ältere Bruder, vielleicht träumt uns eine Lösung für unsere Lage. Und sie schliefen. Am nächsten Morgen wachten sie auf. Der älteste Bruder hatte nichts geträumt. Der jüngere Bruder war glücklich, denn im Traum hatte er die Lösung gefunden. Und er sagte zum älteren Bruder, alles Wasser, das es auf dieser Welt gibt, hängt in einer großen Kalebasse an Lianenstricken vom Himmel herab. Die Jaburús fliegen dorthin und nehmen sich so viel Wasser sie wollen. Wir werden in den Himmel steigen und die große Kalebasse mit unseren Speeren durchbohren. Aber wir müssen sehr vorsichtig sein, denn die Kalebasse ist voller menschenfressender Fische. Und sie zelebrierten ein Ritual, sie rauchten und bliesen den Rauch in die Luft, und auf den Rauchwolken schwebten sie in den Himmel. Sie sahen die riesige Kalebasse herunterhängen, gehalten von zwei gut geflochtenen Lianen. Der ältere Bruder stieg auf die Kalebasse, und der Jüngere hielt seinen Speer und schlug heftig gegen die Kalebasse. Er konnte ein kleines Loch bohren, und das Wasser begann auszulaufen, es bildete Flüsse und alles, was es an Seen, Lagunen, Sümpfen und Wasserläufen auf der Erde gibt. Als das Wasser aus der Kalebasse zu fließen begann, war der jüngere Bruder für einen Augenblick unaufmerksam, ein Fisch steckte den Kopf hinaus und fraß ihn. Der ältere Bruder, der oben saß, sah, wie der Bruder verschlungen wurde. Er versuchte herauszufinden, welcher Fisch den anderen gefressen hatte, bei dieser Anstrengung bewegte er den Kopf hin und her. Und bei jeder starken Schwingung lief mehr Wasser aus der Kalebasse, und dann gab es ein Unwetter auf der Erde. Bis heute sitzt er noch dort oben und versucht, den Fisch zu finden, der seinen kleinen Bruder verschlungen hat. Die Kalebasse schwingt hin und her, und das Wasser strömt stärker durch das Loch, wenn es sich gestaut hat, dann entstehen starke Regenfälle, Unwetter und Überschwemmungen. An diesem Tag mußte der älteste Sohn von Unámarai die Kalebasse ganz stark zum Schwingen gebracht haben. Und er konnte einfach keinen guten Unterschlupf finden. Es regnete heftig, und er lief dorthin, wo die Zivilisierten lebten. Er versteckte sich unter einem Wachstuch, und das gefiel ihm, denn es war warm dort, und das Wasser drang nicht durch und befeuchtete seine Haut nicht mehr. Da blieb er, glücklich, im Halbschlaf, bis der Regen aufhörte, und er von einer Gruppe von Zivilisierten aufgestöbert wurde. Er versuchte fortzurennen, aber die Zivilisierten hielten ihn fest. Aus seinen Taschen fielen Spiegel, Kämme, Füllfederhalter, Bleistiftstummel, Taschenmesser und anderer Kleinkram, den er den Zivilisierten immer entwendet hatte. Alles, was er hatte, wurde ihm fortgenommen, sogar die schmutzige Hose, das Geschenk der Männer von Vater Rondon. Die Zivilisierten waren aufgeregt, sie schlugen heftig auf ihn ein, und er schrie. Er spuckte Blut, seine Lippen waren aufgeplatzt und geschwollen, er konnte kaum noch die Augen öffnen. Da geschah das Schlimmste. Die Zivilisierten hielten ihn ausgestreckt auf dem Boden fest und legten seine beiden Arme auf einen Balken. Ein Zivilisierter nahm eine Axt und hackte ihm beide Hände am Vorderarm ab. Er verlor das Bewußtsein und dachte, er würde auf die andere Seite übersetzen, so bereitete er sich darauf vor, seinen Vorfahren zu begegnen. Die Armstümpfe waren das einzige an seinem Körper, was sich bewegte, wie die Hälse geköpfter Hühner, aus denen feine Strahlen Blutes schossen. Er sah nicht, wie der Anführer der Weißen mit bewaffneten Männern angelaufen kam. Er sah gar nichts und hoffte, bald seinen Vorfahren zu begegnen und die richtige Weise zu finden, wie er ihnen erzählen könnte, warum er ohne Hände von der anderen Seite herüberkam.

Die glänzenden, grünen Augen von Alexander Mackenzie hätten einer sinnlichen, jungen Frau gut angestanden, aber in diesem strengen, scharfkantigen Gesicht mit den schmalen Lippen und Augenlidern, die zerfurcht waren wie zerknittertes Pergament, waren sie beunruhigend. Farquhar wußte, in welchem Maße dieser Mann mit dem strengen Gesicht Respekt einflößte und, fast immer über jedes Argument erhaben, Entscheidungen fällte. Sein Repräsentant in Brasilien war einer dieser jungen Männer, die unwiderruflich Respekt heischen und Macht ausstrahlen, da er offenbar mit dem Geld auf vertrautem Fuße lebte.

Mackenzie konnte manchmal furchterregend sein, und wäre er nicht schon seit längerem in Brasilien, hätte Farquhar seine grausamen Methoden für unvorsichtig halten. Er war ein raffinierter Verbrecher ohne jede Empfindsamkeit, imstande, die eigene Mutter zu verkaufen, wenn ihm das etwas Macht einbrachte. Da lag der Unterschied zwischen ihnen beiden. Mackenzie wollte Macht, er liebte die Macht, während Farquhar lieber Reichtümer anhäufte, eine Form viel größerer, nie gefährlich zu Tage tretender Macht. Daher behandelte er Mackenzie sachlich, trat Teile seiner Machtbefugnisse als Ausdruck seines guten Willens an ihn ab und hüllte ihn so in eine lauwarme Atmosphäre ein. Mackenzie führte Farquhars Befehle aus, als kämen sie von ihm persönlich, er war kalt, gerissen und sehr offen. Mackenzie lebte seit zwanzig Jahren in Brasilien, fuhr nur selten in die Vereinigten Staaten und sprach ein gepflegtes Portugiesisch. Hinter der rauhen Schale versteckte er eine aufrichtige Liebe zu Brasilien, vor allem zu Rio de Janeiro. Er wohnte in einer wunderschönen Villa im Stadtteil Cosme Velho, die von alten Palmen und tropischen Blumen in grellen Farben umgeben war. Er war nicht verheiratet, seine Kälte verhinderte vielleicht, daß er sich mit jemand zusammentat, und er gehörte zu den Männern, die die Einsamkeit vorzogen, statt einen Teil ihrer Macht mit einem anderen Menschen zu teilen. Er war fünfundfünfzig Jahre alt, man sah ihm sein Alter an; das seßhafte Leben in Rio, die Arbeit im Garten seiner Villa, den er selbst pflegte, die Siesta nach dem Mittagessen hatten die Muskeln dieses ehemaligen Fußballspielers schlaff werden und einen vorgewölbten Bauch entstehen lassen, den die gutgeschnittenen Anzüge nur mühsam verdeckten. Farquhar wußte, daß er keineswegs ein Eremit war, und kannte die intimen Einzelheiten aus dem Leben seines Repräsentanten recht gut, aber er mischte sich nicht ein, er wollte lediglich über alles unterrichtet sein, um Überraschungen zuvorzukommen. Er besuchte ihn fast nie, denn er fühlte sich in jenen luxuriösen Gartenanlagen nicht wohl, wo Negerknaben halb ausgezogen Beete begossen und Pflanzen beschnitten. Mackenzie hatte etwa zehn schwarze Diener, alle noch sehr jung, die er von den Kaffeeplantagen im Hinterland holte und einstellte. Das war Mackenzies Geheimnis, allerdings ein der High Society von Rio wohlbekanntes Geheimnis. Mackenzie war in diesen Kreisen als der „Kreolen-Vernascher" bekannt, und Farquhar hatte durch die Geliebte von J.J. Seabra erfahren, daß der stürmische Minister nur mit dem verächtlichen Spitznamen »Yankee-Schwuler« von Mackenzie sprach. Farquhar mußte seinen Repräsentanten aus den Manövern, die zur Annäherung an die Regierung notwendig waren, heraushalten. In Brasilien wie in vielen anderen Ländern war Virilität weniger wichtig als Geld, aber im vorliegenden Falle war es besser, wenn sie nicht als zweifelhafter Faktor ins Spiel kam. Mackenzie war zudem, unabhängig von seiner Situation als Farquhars Repräsentant, ein sehr mächtiger Mann. Er könnte hinter den Kulissen arbeiten und mit Bestechungen knifflige Dinge abfangen. Als Direktor von Light & Power verfügte Mackenzie über eine reiche Erfahrung auf dem Gebiet der Bestechungsgelder. Im Jahre 1907 hatte Mackenzie, bei einer seiner von Farquhar als unvorsichtig beurteilten Aktivitäten, Herrn Passos, den Präfekten von Rio, für zweihundert Contos gekauft und dadurch in der Bundeshauptstadt das Monopol für die Stromversorgung erhalten. Die Konzession war ein Skandal, und die Zeitungen prangerten dies an, Mackenzie sei ohne Zweifel ein achtbarer Mann, der schwierigste Projekte anpackte, aber er dürfe sich nicht auf krummen Touren Privilegien erschleichen. Selbst Ruy Barbosa hatte sich empört gezeigt und in der Zeitung *Die Presse* einen hitzigen Artikel geschrieben, in dem er eröffnete, Dr. Passos selbst habe auf einem Fest erwähnt, daß er gerade eine illegale Sache betreibe, aber nicht zurückweichen werde, auch wenn es Proteste gäbe.

»Ich habe erfahren, daß man glaubt, wir hätten der Opposition Geld gegeben. Das ist doch nicht wahr, Mack?« fragte Farquhar. »Daß wir nichts gezahlt haben, ist bekannt«, antwortete Mackenzie. »Ich habe versucht, die Instruktionen, die Sie mir schriftlich gegeben haben, haargenau zu befolgen. Es würde der Opposition ohnehin beim besten Willen nicht helfen. Sie wissen, daß ich persönlich Dr. Ruy Barbosa nicht mag.«

»Ja, aber jetzt stellt die Regierung sich taub«, sagte Farquhar mit einem Lächeln.

»Warum lächeln Sie?«

»Ich mußte an Ruys Worte über Sie denken. Der kleine Mann streitet sich gern herum, nicht wahr?«

»Er ist ein Dummkopf.«

»So dumm ist er nicht, er weiß, worauf er sich einläßt.«

»Das will nichts heißen. Er weiß, worauf er sich einläßt, aber er ist stolz. Wenn er herausgefordert wird, ist er imstande, sich wider besseres Wissen in die Nesseln zu setzen.«

»Unser Problem ist aber nicht Ruy, sondern die Regierung. Es herrscht ein gewisses Mißtrauen uns gegenüber. Meine Anträge auf Konzessionen in Paraná liegen auf Eis. Und aus einem lächerlichen Grund. Es heißt, dort gebe es Indios.«

Mackenzie regte sich nicht in seinem Sessel und sah ungerührt zu Farquhar hinüber. Schließlich drehte er ihm den Rücken zu.

»Ich weiß. Indios? Das ist eine Entschuldigung.«
Farquhar preßte die Hände zusammen, machte eine Bewegung.
»Sie wollen uns auspressen wie eine Zitrone, sie wissen, daß wir guten Saft abgeben.«
»Das Geschäft in Paraná wird etwas dauern«, sagte Mackenzie.
»Aber es ist unsers, niemand wird es uns wegnehmen. Da bin ich sicher.«
»Aber es muß bald etwas daraus werden, und das ist nicht unser einziges Problem. In der vergangenen Woche haben einige Beamte des Gesundheitsministeriums meine Hotels hier in Rio aufgesucht. Sie nahmen weder das übliche Geld an, noch waren es dieselben Agenten. Ich mache mir Sorgen.«
Mackenzie lächelte flüchtig, er wiederholte Farquhars Geste und drückte die Hände zusammen.
»Eher pressen wir aus ihnen den Saft heraus, wir haben mehr Erfahrung.«
»Du bist doch ein richtiger Hurensohn«, dachte Farquhar und fügte hinzu:
»Ich habe die Information, daß wir bei der Regierung im Augenblick nicht gut angeschrieben sind, aus zuverlässiger Quelle. Das ist eine Tatsache. Ich weiß nicht, wer diese Geschichte, wir hätten den Wahlkampf der Opposition finanziert, erfunden haben kann. Es können die Engländer gewesen sein oder diese französische Gruppe, die die Ausschreibung für die Madeira-Mamoré verloren und uns das nie verziehen hat. Es spielt jetzt auch keine Rolle, woher diese Lüge kommt. Wir werden uns später damit befassen, jetzt müssen wir in der Regierung erst einmal das Klima der Mißgunst, das sich immer mehr gegen uns gebildet hat, abbauen. Ich habe versucht, eine Audienz beim Präsiden-

ten zu bekommen, und mir wurde gesagt, sein Terminkalender sei bis Monatsende voller Verpflichtungen. Das war ein schlechtes Zeichen. Sie erinnern sich, daß wir uns nie an einen Terminkalender halten mußten, um mit dem Präsidenten zu sprechen. Wir konnten jederzeit in den Catete-Palast kommen.

»Der Präsident steht mit deutschen Gruppen in Verbindung.«

»Es waren aber nicht die Deutschen, die sind an unseren Geschäftsbereichen nicht interessiert. Die Deutschen wollen kein Kapital im öffentlichen Sektor investieren.«

Farquhar begann zu lachen, ihm ging etwas durch den Kopf.

»Was gibt es denn Komisches?« fragte Mackenzie.

»Die Deutschen sind eine Bedrohung für Baron Rothschilds Henne, die die goldenen Eier legt. Es heißt, der Marschall-Präsident sei sehr hartnäckig. Es heißt, er höre auf niemanden."

»Wir können Tausende von Dollars in diesem Land verdienen.«

Mackenzies Gesichtsausdruck war jetzt sanft und schwärmerisch, die grünen Augen wurden wäßrig wie zwei Tropfen Pfefferminzcreme, die man in Wasser auflöst. Farquhar gab seiner Stimme nun einen möglichst beiläufigen Ton:

»Sie müssen mir von außen helfen. Ich möchte, daß Sie ihre Aufmerksamkeit so von uns ablenken, daß sie nicht bemerken, wie wir sie angreifen. Wir müssen den Catete wieder durch den Haupteingang betreten. Ich habe schon einen Plan, es scheint mir ein guter Plan zu sein, und Sie sind der entscheidende Teil darin.«

»Ich höre«, sagte Mackenzie und fühlte wohlige Wärme in seinem Körper aufsteigen.

Und Farquhar begann den Plan zu entwickeln, der ihm sehr gefiel. Er liebte die Vorstellung, daß dieser Plan aus einem Vorschlag von Ruy Barbosa entstanden war, eine beiläufige Idee, während eines Mittagessens, auf dem man Gefälligkeiten ausgetauscht hatte. Aus irgendeinem Grunde hatte Ruys Idee Farquhar begeistert, und er hielt den kleinen Anwalt für einen Mann, der wunderbare Antennen hatte.

Buch II
Omnia vincit labor

6

Jonathan und seine Gefährten wußten zwar, warum sie für die Unversehrtheit der Toten eintreten sollten. Sie wußten nur nicht, warum sie eine Religion ausübten, die in keinerlei Zusammenhang mit den übrigen religiösen Praktiken von Barbados stand. Sie wußten nicht, daß sie erst seit kurzem Barbadianer und ihrer Herkunft nach anders waren als die anderen Schwarzen, die sich zur anglikanischen Kirche oder den verschiedenen protestantischen Sekten bekehrt hatten, wie das in Barbados, einem britischen Besitz in den Antillen, üblich war. Aufgrund dieses Unterschiedes hatten sie viel unter Segregation zu leiden gehabt. Die Kolonialbehörden hatten ihre religiösen Zeremonien verboten, obwohl sie andere Kulte afrikanischen Ursprungs duldeten. Die schwarze Bevölkerung von Barbados setzte sich aus Sklaven verschiedener Stämme, vor allem Congos, Aradas und Nagôs, zusammen. Ein großer Teil dieser Sklaven waren Mohammedaner, die im Verlauf von Generationen die Verbindung zu dieser Religion verloren und die ihrer Herren angenommen hatten. Aber die Vorfahren von Jonathan und seinen Gefährten hatten keinem dieser Stämme angehört und waren auch nicht für die Tabak- und Zuckerplantagen nach Barbados gekommen. Sie waren in Dahomey gefangen, von einem französi-

schen Farmer gekauft und auf eine Zuckerrohrfarm in Haiti gebracht worden.
Sie gehörten zum Stamm der Fons. Sie waren keine Mohammedaner und blieben ihren Stammeskulten treu. Sie verehrten die Schlange Dâ, die ewige Mutter, und den Geist Legba, die Quelle der Fruchtbarkeit. In der Neuen Welt vermischten sie allmählich ihre ursprüngliche Religion mit dem barmherzigen Katholizismus ihrer französischen Herren. Viele Gottheiten, die Fongbés, erhielten die Namen katholischer Heiliger, und in die Fongbé-Gebete nahmen sie kreolische Wörter auf. Die Schlange Dâ war die gläserne Ewigkeit von Dâgbé, dem Mächtigen, dem die Fons blinde Verehrung entgegenbringen sollten, während der schöpferische Impuls seiner göttlichen Kraft zwischen dem Guten und dem Bösen hervorkam und im Angesicht der Priester und Zauberer, die magischen Getränke zubereiteten und in den ausgedörrten, braunen Savannen von Dahomey fasteten, das Leben des Menschen versüßte oder vergällte. Die Schlange bewachte die Plantagen mit Erdnüssen, Hirse und Gerste und glitzerte grün schimmernd in der Dämmerung. Sie konnte sich in der Tollheit der Giraffen zeigen, wenn sie niederknieten, um die zarten Knospenblätter der Orangenbäume zu fressen. Dâgbé glitt erhaben umher wie ein unermüdlicher Liebhaber, der von einer Strohmatte zur anderen wandert, um seine Frauen zu befriedigen, ohne je die Begeisterung zu verlieren. In den weiten, schwarzen Tiefen drängte und gelüstete es ihn nach den Trieben der Menschen. Dann kam er, um nackte Jungfrauen hinter ihren geschlossenen Lidern im trüben Dunkel des Morgengrauens zu betören. Die Fons riefen die sandige, mit grünbemoosten Kieseln bedeckte Erde an und die Wälder, in denen die Lianen herabhingen wie aus Blättern gewirkte Altartücher, nahe

der abstoßenden Allada mit ihrem Wurf wilder Schweine. Der Dá-Vodounou glitzerte in den rauhen Gewässern, in den ausgedörrten Wüsten, auf den feuchten Hängen und auf den Wegen der Dörfer mit Häusern aus Lehm und Schlaftrunkenheit. Die Frauen der Fons, mit ihren festen Körpern, der straffen, eingefetteten, schwarzen, Haut, die wie ein Feuer aus getrockneten Kuhfladen roch, riefen Legba an. Sie glänzten in allen Farben des Regenbogens und bewahrten in ihren strahlenden Augen die Schönheit von Ayida-Ouédo, der Herrin des Erblühens. Und Legba kam behend wie eine Gazelle, kraftvoll wie ein Löwe daher. Er war ein großer Vodou-Herr mit einem unermüdlichen Penis, der mit seinem milchigen Samen die grünenden Gräser der Wiesen wie Tau benetzte. Legba trank Kuhblut mit geronnener Milch und ließ sich zwischen die Schenkel der Frauen herab, um dann mit seinem von magischem Blut prallen Glied den feuchten Eingang von Ayida-Ouédo, den jede Frau besaß und der den Männern Lust und Freude schenkte, zu küssen.
Eines Tages, in der Mitte des 18. Jahrhunderts, wurde ein Dorf der Fons von Nagô-Kriegern angegriffen. Viele seiner Männer und Frauen gerieten in Gefangenschaft. Die Nagôs tauschten die Gefangenen bei einem arabischen Händler gegen Hirse, metallene Gebrauchsgegenstände und Haschisch ein. Der arabische Händler verkaufte die gefangenen Fons mit gutem Gewinn an ein französisches Sklavenschiff. Das Schiff ging in Port-au-Prince vor Anker und verkaufte seine Ladung auf dem Marktplatz. Die Sklaven der Fons verstreuten sich über verschiedene Zuckerrohrplantagen. Sie stellten in Haiti eine Minderheit dar. Aber im Rumpf anderer Sklavenschiffe waren auch schon andere Fons dort eingetroffen. Der Dá-Vodounou war die höchste Religion, und in den haitiani-

schen Nächten waren ihre lärmenden Tänze Messerstiche gegen die Unterdrückung. Dann befreiten sie die guten und bösen Fongbés mit dem immer wiederholten Anruf *»damballah, dangbési ouida«*. Auf den unpassierbaren Pfaden in den Bergen, an der Grenze zwischen Haiti und der Dominikanischen Republik, herrschten Zauberer, die kriegerischen *Cacos*, die rauchenden *Bocors* und die dicke Große Mamaloi, die oberste Priesterin. Ihre Gesichter waren mit dem Phallussymbol, dem Kreis der Vagina, dem Herzen, drei Linien und drei Punkten tätowiert, die die Eingeweihten an den dreifachen Weg und den dreifachen Kreis der Mysterien des Vodou erinnerten. Der große Sklavenaufstand in Haiti begann um 1793 während einer weltlichen Zeremonie, dem *bamboche*, als eine Jungfrau mit irren Schreien aus der Menge hervorsprang, ihre Brüste wiegte und die Männer aufstachelte, sich in schwarze Skorpione oder bunte Schlangen zu verwandeln. Das Reich von Toussaint L'Ouverture war dabei, wie ein gläsernes Spielzeug zu entstehen. Es sollte zu einem der großen Geheimnisse der Antillen werden.
Da er Plünderungen und Morde befürchtete, verließ der französische Zuckerrohrpflanzer, der die Fons auf dem Markt versteigert hatte, seine Ländereien und zog nach Barbados, wo er eine Engländerin, eine Prostituierte, heiratete und mit Tabakpflanzungen erneut zu Reichtum gelangte. Die Engländer sahen die Vodou-Feiern keineswegs gern, und jene Fons vergaßen allmählich ihr Kreolisch und gingen zum Englischen über. Ihr synkretistischer Katholizismus wurde immer schwächer, ihre Vodou-Feiern begingen sie nur noch heimlich.

Jonathan und seine Gefährten waren Abkömmlinge dieser unglücklichen Sklaven von Dahomey. er wuchs in einer armen Hütte auf. Dort, im Zimmer hinter verschlossenen Türen, gaben sie sich weiter leidenschaftlich dem Kult zu Ehren der Fongbés hin. Sie verwendeten eine komplizierte Alchemie von Heilmitteln und magischen Getränken und wachten insbesondere über ihre Toten, denn sie glaubten, daß der Mensch auch nach dem Tode wieder lebendig werden konnte, nicht richtig, sondern nur wie ein Geist wiederbelebt, versklavt und dann gezwungen werden konnte, Morde zu begehen oder Zwangsarbeit zu verrichten. Jonathan hatte noch nie eine dieser armen Kreaturen gesehen, die seine Großmutter *zombie*, einen Tot-Lebendigen, nannte, aber während des Baus der Bahnlinie am Panamakanal hatte er eine entsetzliche Geschichte gehört. Ein alter Nagô hatte ihm erzählt, eines Tages sei zu Beginn der Bauarbeiten ein höchst gewinnsüchtiger Vermittler von Arbeitskräften, ein ganz dunkler Neger, an der Spitze von zehn schweigsamen Geschöpfen in zerrissener Kleidung, die voller Erde war, erschienen. Sie liefen herum, als seien sie nie ganz aus einem tiefen Schlaf erwacht. Auf die Frage des Aufsehers, wer jene Männer seien, hatte er geantwortet, sie seien nur noch etwas wilde Landarbeiter, die ihre afrikanischen Dialekte sprächen und die Sprachen der Weißen nicht verstünden. Da der Vermittler nur die Hälfte des für die anderen gezahlten Preises verlangte, wurden sie eingestellt und in ein entlegeneres Gebiet gebracht, in dem ausgeschachtet und planiert wurde. Die Männer arbeiteten von Sonnenaufgang bis Sonnenuntergang und unterbrachen weder um auszuruhen, noch um Wasser zu trinken oder Mittag zu essen. Sie schienen keinen Hunger zu verspüren und waren die widerstandsfähigsten Arbeiter, die die Weißen jemals gesehen hatten. In kurzer Zeit waren sie bekannt, und eines Tages kam eine Abordnung von Ingenieuren, um diese Arbeiter, die keine Probleme verursachten, nicht sprachen und die harte Arbeit ohne ein Wort ausführten, aus der Nähe kennenzulernen. Als die Abordnung eintraf, bat der Chefingenieur den Vermittler, er möge die Männer in einer Reihe antreten lassen. Der Vermittler erschien entsetzt und begann Entschuldigungen zu stammeln, bis er sah, daß ihm nichts anderes übrigblieb, als die Männer zu den Weißen zu bringen. Er rief sie, und gleich darauf standen sie mit ausdruckslosen Augen in einer Reihe. Den Weißen kamen die Männer krank vor, obwohl sie ziemlich kräftig waren. Sie schienen kein Blut zu haben, die schwarze Haut war bläßlich und farblos. Der Chefingenieur aß Erdnüsse und bot jedem von ihnen welche an. Sie nahmen sie auf der Handfläche entgegen und schluckten sie hinunter, ohne auch nur die Schale zu entfernen. Der Schwarze, der sie vermittelt hatte, geriet in Panik, er weinte und bat um Entschuldigung, aber die Weißen verstanden nicht, was vor sich ging. Kaum hatten die Männer die salzigen Erdnüsse gekaut, da begannen sie schon fürchterlich zu schreien und zu rennen. Die Tot-Lebendigen müssen nämlich mit einer leichten, salzlosen Suppe ernährt werden, denn wenn sie Salz zu sich nehmen, wird der Zauber gebrochen, und sie suchen sich einen Ort, um zur Ruhe zu kommen. Und deshalb verhielten sich jene Männer so, sie liefen und schrien, bis sie zum Friedhof der Baufirma kamen, wo die Arbeiter, die während der Arbeit dort starben, beerdigt wurden. Jeder von ihnen fand ein Grab und begann wie wild zu graben, aber bei der Berührung mit der Erde verströmten sie einen Gestank nach verfaultem Fleisch und stürzten leblos zu Boden. Da stellten die Weißen fest, daß diese Arbeiter gestorben und von dem skrupellosen Arbeitsvermittler aus ihren Gräbern herausgeholt worden waren. Er kannte Zauber und

Hexerei des Vodou-Kultes. Zwei Tage später wurde der Vermittler ohne irgendein Anzeichen von Gewalt tot aufgefunden, aber seine Augen waren offen und funkelten noch über den Tod hinaus, als hätten sie etwas Abscheuliches gesehen, bevor sie das Leben aufgegeben hatten.

Wegen dieses von den Vorfahren überkommenen Grauens befürchteten Jonathan und seine Gefährten, sie könnten nach dem Tod ausgebeutet werden, weil die Weißen keine Skrupel hatten, sich die Gewinnsucht irgendeines Zauberers zunutze zu machen. Die Barbadianer schlossen untereinander einen Pakt, demzufolge sie nicht gestatteten, daß ein Barbadianer in die Hände der Weißen kam und von ihnen ausgenutzt wurde, außerdem sollten sie nach dem Tode den Schutz des Vodou erhalten und so, frei von Sklaverei, für immer in Frieden ruhen. Wenn einer von ihnen starb, wurde er von ihnen beerdigt und sein Grab unauffällig drei Tage lang bewacht, bis seine Leiche sich zu zersetzen begann. Die Zauberer konnten nur die noch nicht verwesten Leichen wiederbeleben, wenn sie aber zu zerfallen begannen, gezeichnet von der Rückkehr zur Erde, waren sie unbrauchbar.

In bestimmten Nächten, besonders bei Mondschein wie in jener Nacht, versammelten die Barbadianer sich an einer abgelegenen Stelle, machten ein Feuer und grüßten ihre Fongbés mit einem Gesang, dessen Sprache für sie schon seine Bedeutung verloren hatte:

— Yi . . . yi . . . yi . . . yi!
Yi . . . yi . . . yi . . . yi!
Yi . . . yi . . . yáa!
Yi . . . yi . . . yáa!
Garder en bas gaillard;
Ou oué iune bout de couteau;

Ou oué iune tête poisson;
Ou oué iune bom borri;
Prends, yo - porter -
Bai moins.

Und niemand wagte es, sie zu beobachten, weil sie mit dem Wachrufen ihrer Ursprünge die Sehnsucht besangen und betanzten, sie mögen die Hölle überleben, in der sie sich befanden. Und in jeder Geste nahmen sie die Erinnerung an ihre Großeltern wieder auf, die Geschmeidigkeit des Leoparden, der kraftvoll zum Sprung ansetzte, den leicht verzögerten, hinreißenden Flug der Falken, und im Schweißgeruch ihrer Körper fanden sie den verlorenen Duft der Frau wieder, die ihr Gesicht unter *Coussabes*, prachtvollen Turbanen, verbarg und sich entblößte, damit die Gottheiten zwischen ihren Beinen entbrannten.

Nur Ingenieur Collier war einmal als ein Zeichen des Vertrauens und der Freundschaft eingeladen worden, der Zeremonie beizuwohnen. Collier verstand, daß die in gestischen Gleichnissen getanzte Zeremonie eine Verschleierung und eine Verklärung ihres Lebenswillens war, eine vollendete Form von Laszivität, die dieses einfache Volk durch alle historischen Widrigkeiten, denen es unterworfen war, begleitete.

Und da Ingenieur Collier sich vorkam, als sei er in eine andere Zeit versetzt, sah er in den Barbadianern, die schon so lange mit ihm zusammen arbeiteten, Waisenkinder der Menschheit im trügerischen Schatten des Schicksals.

In jener Nacht hatte der Ingenieur gerade sein Abendessen beendet und untersuchte in seinem Zelt auf feinem Reispapier Pflanzen, als der Barbadianer Jonathan ihn aufsuchte. Er kam nicht nur, um ihn um Erlaubnis für die Zeremonie um den Scheiterhaufen zu bitten, sondern er war auch unruhig und besorgt.

»Was ist los mit dir, Jonathan?« fragte Collier, während er die Rollen mit den Pflanzen auf dem Tisch zurechtlegte. Jonathan setzte sich auf den Lehmboden, ausgepumpt wie ein gequälter Mensch.
»Master Collier, die Kameraden . . .«
»Was ist mit den Kameraden?«
»Sie sind unzufrieden, das Geld reicht nicht, Herr.«
»Ihr verdient fast doppelt soviel wie in Panama.«
»Es geht nicht nur um uns, Herr. Die anderen Männer sind auch unzufrieden. Es gibt so viele Gefahren, sie sagen, sie sind betrogen worden, und sie wollen leben.«
»Und du, Jonathan, bist du auch unzufrieden?«
Die Frage war völlig unpassend, und der Ingenieur wußte das. Jonathan erzitterte, denn er konnte die Gesellschaft nicht von der Person Colliers trennen. Aber die Gesellschaft war ungerecht, und er zögerte, den Begriff Ungerechtigkeit auf den Ingenieur anzuwenden, mit dem er so viele Tage gemeinsam verbracht hatte.
»Ich habe niemanden mehr auf der Welt, Master Collier.«
»Hattest du nicht Verwandte in Kingston?«
»Ja, Herr, früher.«
»Früher! Hast du keine mehr?«
»Sie sind alle beim Erdbeben gestorben. Nur mein Bruder, der in Cuba auf einer Zuckerrohrplantage gearbeitet hat, ist davongekommen. Wir hatten zwei Häuser in Kingston, die Erde hat gebebt, und sie sind wie Kartenhäuser zusammengefallen.«
«Und wann ist das passiert? Das wußte ich ja gar nicht.«
»Das ist schon fast fünf Jahre her. Das Erdbeben war 1907. Ich war noch in Panama. Da habe ich die Arbeit am Kanal aufgegeben, um nach Hause zurückzukehren, und nichts mehr gefunden, niemanden.«
»1907, das war das Jahr, in dem ich mich auch zurückgezogen hatte.«

»Sie waren auch nicht mehr in Panama.«
»Das tut mir sehr leid, Jonathan. Das wußte ich nicht . . .«
»Nicht einmal die Leichen haben sie gefunden. An der Stelle, wo die Häuser waren, habe ich nur einen Steinhaufen gefunden. Die Erde hatte alles verschluckt. Seitdem bin ich ganz allein auf der Welt.«
»Warum bist du zum Arbeiten hierhergekommen?«
»Was sollte ich sonst tun, allein, ohne Familie.«
»Jonathan, du hast meine Frage nicht beantwortet.«
»Ob ich unzufrieden bin? Ich werde es Ihnen sagen, Master Collier. Ich bin unzufrieden, aber nicht meinetwegen, sondern wegen der anderen.«
Der Ingenieur war erstaunt über diesen unglaublichen Beweis uneingeschränkter Solidarität.
»Unzufrieden wegen der anderen?«
»Vielleicht verstehen Sie mich nicht richtig, Master Collier. Ich habe nichts mehr, nicht einmal mehr die Unzufriedenheit, die jeder empfinden muß, wenn er für seine Arbeit bezahlt wird. Aber hier bin ich unzufrieden für meine Kameraden.«
»Du bist nicht ganz richtig im Kopf, Jonathan. Entweder ist man unzufrieden, weil man sich durch etwas verletzt fühlt oder man ist es nicht. Man ist nicht für andere unzufrieden.«
»Vielleicht. Vielleicht Sie nicht, Master Collier. Sie können noch für sich selbst unzufrieden sein. Aber ich . . .«
»Unsinn!«
Schrille, gutturale Schreie streuten Angst in die Nacht wie kristallener Sand, der in der Sonne zerspringt. Collier warf die Pflanzen auf den Tisch und konzentrierte sich auf die schaurigen Schreie, die vom Schlafplatz kamen.
»Was war das?« murmelte Collier.
»Das waren die Deutschen,« stieß Jonathan hervor.
»Mit wem haben sie sich denn jetzt angelegt?«

»Mit niemandem, Herr. Sie liegen im Delirium.«
»Delirium?«
Jonathan beobachtete aufmerksam die Reaktion des Ingenieurs.
»Ungefähr zehn Deutsche sind seit gestern krank. Sie haben ihre Krankheit verheimlicht und dem Arzt nichts gesagt.«
Collier schien kurz vor dem Explodieren zu sein.
»Krank? Das ist doch gar nicht möglich bei all den Medikamenten . . .«
»Sie haben die Medikamente nicht genommen.«
»Was heißt das, sie haben die Medikamente nicht genommen?«
»Sie haben die Tabletten immer versteckt, um sie an die anderen zu verkaufen, an die, die Angst hatten, hier krank zu werden. Sie verkaufen jede Tablette für zwei Milreis.«
»Und verschachern ihre eigene Gesundheit.« Collier fuhr nur nicht aus der Haut, weil er so verblüfft war, daß er nicht wütend werden konnte.
»Vierundzwanzig Milreis am Ende der Woche.«
»Sie sind Tiere, sie denken nur ans Geld.«
»Rechnen Sie mal aus. Am Monatsende gibt das einen hübschen Aufschlag.«
Collier verspürte Lust, Jonathan ins Gesicht zu schlagen, so obszön kam ihm diese Erklärung vor. Das Brüllen war fürchterlich und machte den Ingenieur weich.
»Du tust doch nicht etwa dasselbe, oder, Jonathan?«
Collier hoffte, die Antwort würde positiv ausfallen, denn nur dann hätte er wie ein Tier über den Barbadianer herfallen und ihn in ein blutiges Stück Mensch verwandeln können.
»Natürlich nicht, Master Collier.«
Entwaffnet in seiner aufgestauten Wut ging der Ingenieur

durch den Eingang seines Zeltes und verschwand in der Dunkelheit. Auf der Seite des Schlafplatzes, wo die Deutschen untergebracht waren, traf Collier auf den Arzt, der alle Hände voll zu tun hatte und wie eine Jungfrau hin und her lief, die gerade vergewaltigt worden ist. Die aufgeregten Sanitäter hielten Kerzenleuchter, die im Rhythmus der Flammen zitterten und das Gewirr der stinkenden Hängematten beleuchteten. Jede Hängematte wand sich im Delirium. Mit dem Ausdruck Wahnsinniger klammerten die Kranken sich an die Fetzen, die ihnen als Decke dienten, und wanden sich in Zuckungen wie unter Elektroschocks. Wirre Zuckungen jagten über jene von plötzlichen Alpträumen verzerrten Gesichter und tauchten zwischen den durchdringenden Schreien wie Horrorvisionen auf. Inmitten dieser sich windenden Hängematten schien der Arzt nicht in der Lage zu sein, etwas zu tun. Er schwitzte und war hilflos. Der Schock hatte ihn gestreift wie Eis, das nun in der unerträglichen Hitze langsam schmolz. Als er den Ingenieur bemerkte, reagierte Finnegan, als müßte er für das, was da vor sich ging, um Entschuldigung bitten. Aber auch der alte Collier, der in diese unerwartete Situation hineingestoßen worden war, die ihm ebenso zusetzte, konnte sich über die offensichtliche Niederlage des Arztes nicht recht freuen.
»Ich verstehe das einfach nicht«, Finnegan erflehte geradezu eine Zurechtweisung.
Collier senkte den Blick, und fast reute es ihn, denn er hatte in das Gesicht eines Kranken geblickt, der sabberte und vor sich hin murmelte, beklemmende Wirklichkeit.
»Sie haben sehr hohes Fieber.« In Finnegans beklommenem Ton schwang das Unerwartete mit.
»Ich verstehe nicht, wie sie in eine solche Lage geraten konnten.«

»Sie haben es darauf angelegt ...« Collier ließ diesen Satz in die Richtung fallen, in der sich das Gesicht unter Schreien verzerrte.
»Bei den Chinindosen, die sie eingenommen haben, ist das unmöglich. Es kann einfach nicht sein.«
»Sie haben das Chinin nicht genommen.«
Finnegan hörte den Ingenieur, aber was er gesagt hatte, kam ihm zu blaß, zu nebelhaft vor. Er konnte nicht glauben, daß diese Männer sich bewußt dem Überträger ausgesetzt hatten, der durch seine Speicheldrüsen Millionen Parasiten abgelagert hatte, die nun das Gewebe und den Kreislauf angriffen. Es war zu absurd, wider alle Logik; und so ließ Finnegan seine Gedanken schweifen, unerbittlich spürte er seine Ohnmacht.
»Das ist doch nicht möglich!« sagte Finnegan.
Collier fühlte sich damit nicht mehr verantwortlich.
»Sie haben die Tabletten immer verkauft.«
»Nur so ist der Anfall erklärbar.«
»Und sie werden sterben, darauf können Sie sich verlassen«, das wünschte Collier sich jedenfalls: sie tot zu sehen, als eine Art Exempel.
»Sie werden nicht sterben, wenn sie sofort ins Hospital Candelaria gebracht werden.«
Das Gebrüll war jetzt heiser und voller Verzweiflung. Das Delirium hämmerte weiter, bis es in Kälteschauern und Fieberkrämpfen unterging. Collier strich sich mit der Hand übers Haar, vollkommen Herr seiner selbst.
»Wenn Sie nicht in der Lage sind, das Problem jetzt zu lösen, Doktor, dann müssen wir bis morgen früh abwarten.«
Es würde eine ermüdende Nacht für Finnegan werden, er würde über das Delirium dieser Elenden wachen, die die eigene Gesundheit verschachert hatten, als sei sie nicht

mehr als ein unbrauchbarer Lappen. Er war nicht einmal mehr empört, selbst als sie sich in Krämpfen wanden, mit hervorquellenden Augen wie Tiere brüllten und um sich schlugen und auf Deutsch heisere, unzusammenhängende Sätze hervorstießen, wie Fratzen aus dem Unbewußten. Und nur er und die Sanitäter näherten sich den Kranken, außer Collier, der auf eine Antwort wartete.

»Ich kann nichts machen. Es handelt sich hier um einen Anfall von Malaria falciparum. Die Parasiten haben sich bei jedem von ihnen im Hirn eingenistet. Sie hätten auch die Eingeweide wählen können, das hätte dann Diarrhoe bewirkt. Im Gehirn ruft der Parasit Delirien hervor. Sie werden bald im Koma liegen und dann sterben. Die Behandlung dieser Form von Malaria ist nicht schwer, aber hier habe ich keine Möglichkeiten zur Behandlung. Sie wissen, daß meine ganze Arbeit hier nur der Vorbeugung dient.«

»Das heißt, sie werden so weiter brüllen?«

»Bis sie ins Koma fallen. Es tut mir sehr leid, aber ich kann nichts machen.«

»Sie können noch die ganze Nacht brüllen, nicht wahr?«

»Es ist unmöglich, genau zu bestimmen, wie lange sie im Delirium sein werden. Alle haben Anzeichen von Blutvergiftung . . .«

»Aber wir müssen doch Mitleid mit unseren Ohren und denen der anderen haben. Wenn diese Anfälle von Delirium kommen, kann bei diesem Gebrüll kein Mensch schlafen. Und wir müssen schlafen.«

»Alle müssen schlafen, aber ich habe nichts, um sie zu beruhigen.«

»Ich weiß, Doktor. Aber wir können das Problem provisorisch lösen.«

Finnegan horchte auf, in den Worten des Ingenieurs schwang eine gefährliche Lässigkeit mit.

»Provisorische Lösung?« rief Finnegan.
»Wir haben das schon ein paarmal gemacht.«
Collier gab den Wachen, die vorsichtshalber zwischen den Balken der Schlafplätze postiert waren, die Gewehre in der Hand, ein Zeichen. Die Wachen erbebten, als wüßten sie schon, was kommen würde.
»Ihr da, ja ihr«, rief Collier. »Wir werden sie in den Hängematten festbinden.«
Finnegan hörte den Befehl des Ingenieurs, er war peinlich berührt und beschämt. Da er mit seiner Medizin nichts ausrichten konnte, hatte er den Weg für Colliers hemmungslose Gewalttätigkeit freigegeben.
»Das ist barbarisch«, entfuhr es Finnegan.
»Mischen Sie sich nicht ein«, donnerte Collier.
Nun wurde jede einzelne dieser Masken der Verzweiflung mit welker Haut und starren, glasig blickenden Augen von zwei Männern festgehalten. Die Reaktion ihrer Nerven versteinerte sie zu einer Art Skulptur, die der Genius des Grotesken, der Herrscher dieser Breiten, geschaffen hatte. Nur ein Heulen entfuhr ihnen noch, als letzter Hinweis auf ein menschliches Wesen, während weitere Wachen die Kranken in die Hängematten einwickelten, nach Urin und Schweiß stinkende Tücher. Dann wickelten sie mehrmals in einer fesselnden Spirale einen Strick um das in Wahnsinn entbrannte, blutlose, fieberglühende Fleisch. Finnegan wollte die Sanitäter fernhalten, denn er wollte mit dieser wahnwitzigen, brutalen Therapie nichts zu tun haben. Die Sanitäter hielten noch immer die schwach scheinenden Kerzenleuchter in der Hand. Wie trübe, enttäuschte Lichtpunkte standen sie um den Arzt herum, der in Wahrheit aus einer Art Schamgefühl heraus seine Kranken nicht allein lassen wollte. Collier war voll in Aktion und erteilte Befehle und drängte damit die Kompetenz des Arztes beiseite.

»Bindet sie gut fest, daß sie keine Möglichkeit haben, sich loszumachen.«
Bevor sie die Hängematte um den Kranken herum festwickelten, stopfte einer der Wachposten einen Lappen in den heulenden Mund und vervollständigte die Knebelung mit einem Stoffstreifen, der zu einer die Luft abschnürenden Trense zusammengerollt wurde. Das Brüllen ging unter in nebelhaftem, qualvollen Schnauben.
»Vorsicht, daß ihr den Unglücklichen nicht die Luft abschneidet. Sonst ersticken sie uns noch,« riet der Ingenieur.
Im Handumdrehen waren die Kranken in ihren Hängematten festgebunden. Sie versuchten, sich im Mondschein der Nacht loszumachen, mit der Furie der vom Fieber verkrampften Muskeln stießen sie weißglühendes Röcheln aus, lautlos zwar, jedoch nicht ganz lautlos, denn sie bäumten sich keuchend auf wie ein Pferd nach einem wahnwitzigen Galopp durch die Wüste am Abgrund des Todes. Mit jeder Bewegung wüteten sie verbissen gegen die Schnüre und Falten der Hängematte, bis sie plötzlich nach den Messerstichen des Deliriums wieder erschlafften. Die Kranken in den Hängematten schienen Larven eines monströsen Insektes zu sein, Puppen kurz vor dem Ausschlüpfen, als befreiten sie sich aus irgendeiner Form von Alptraum, als sei dieser eine Projektion jedes einzelnen Delirums, das auf und ab wogte wie Wellen aus Schlamm und Leere.
»Verzeihen Sie, aber ich muß Ihnen wirklich sagen, daß das zum Abscheulichsten gehört, was ich je gesehen habe.« Finnegan sprach mit dem blassen Mut der Ohnmacht, und Collier antwortete mit seiner Erschöpfung.
»Abscheulich oder nicht, dies ist die einzige Art, wie wir vermeiden können, daß sie die ganze Nacht schreien und

wir die ganze Nacht hellwach bleiben und uns dieses Heulen menschlicher Wölfe anhören müssen. Wozu denn auch?« sagte Collier.
»Morgen werden sie tot sein.«
»Wir müssen alle sterben, mit oder ohne Knebel.«
»Das ist Mord.«
»Schon möglich«, entgegnete Collier trocken auf die Anschuldigungen des Arztes. »Schreiben Sie das in Ihren Bericht.«
»Ingenieur Collier, Sie haben jeden Anstand verloren. Sie sind korrupt, ich würde gern verstehen, was in Ihnen vorgeht«.
»Machen Sie sich keine Sorgen um mich, ich brauche Ihr Verständnis nicht.«
»Ich hätte nie gedacht, daß ein zivilisierter Mensch so tief sinken könnte.«
»Bravo, bravo mein Junge. Das freut mich, ein Zeichen, daß ich diese Hölle überleben kann. Und was Sie angeht, teurer junger Mann, fände ich es gut, wenn Sie etwas von Ihrem übelriechenden Anstand aufgeben und allmählich in die Kloake herabsteigen würden, in der Sie jetzt leben. Bei der Hitze hier steht es Ihnen nicht gut zu Gesicht, so herumzulaufen und mit Ihrem zivilisierten Anstand große Töne zu spucken.«
Finnegan zuckte entmutigt mit den Schultern. Collier bewegte sich auf sichererem Boden als er mit seinem Bemühen, das scheinbar Gute zu finden, wo es nichts als Wirrwarr und Ausbeutung gab.
»Gehen Sie in die Krankenstation zurück und versuchen Sie zu schlafen. Sie sehen auch nicht gerade gut aus, Doktor.«
Der Doktortitel traf ihn mehr, als wenn er ihn ›mein Junge‹ oder ›teurer junger Mann‹ anredete. Finnegan war

kilometerweit von jeglichem vernünftigen Argument entfernt, mit dem er der Erfahrung des Ingenieurs hätte gegenübertreten können.

»Wenn sie morgen noch am Leben sind«, unterbrach der Ingenieur die schweifenden Gedanken des Arztes, »werden wir morgen dafür sorgen, daß sie ins Hospital Candelaria gebracht werden.«

»Ich gehe nicht zur Krankenstation, ich bleibe lieber hier und wache«, antwortete Finnegan.

»Wie Sie wünschen«, entgegnete Collier und entfernte sich.

Die Sanitäter waren besorgt, daß sie in dieser Nacht, nach so vielen Anstrengungen, die Schreie der Kranken zu ersticken, vielleicht nicht das Privileg haben würden, zu schlafen. Als Finnegan sah, wie unruhig die jungen Männer waren, machte er ihnen ein Zeichen, sie sollten sich zurückziehen, in die Krankenstation gehen und schlafen, wenn sie das wollten. Die anderen Arbeiter zogen sich in ihre Hängematten zurück und schliefen fast im selben Augenblick ein. Finnegan ging zwischen den Hängematten der Kranken auf und ab, und wenn er um sich blickte, sah er nur die Wachen aufrecht stehen, alle anderen schliefen. Der Schlafplatz war wie eine gelöste Symphonie menschlichen Schlafs, Müdigkeit siegte über Angst. Die Ausdauer des Arztes war eigentlich sinnlos. Stunden später schlief Finnegan ein, während er seltsame Geräusche, einen Singsang von irgendwoher aus dem Wald kommen hörte. Er erlag der ermüdenden Solidarität, die ihn am Fuß eines Pfostens festgehalten hatte, von dem in alle Richtungen Hängematten abzweigten.

Einen Augenblick später kam Nancy und spielte bei ihm. Das überraschte ihn nicht. Finnegan hatte vier Schwestern, zwei ältere, Flora und Cinthya, und zwei, die jünger als er waren, Nancy und Katherine. Er mochte sie alle, aber ganz besonders Nancy, die ein Jahr nach ihm geboren war, ein sanftes, kleines Mädchen mit dünnem Haar und langen Beinen. Sie war immer in weite Sachen gekleidet und sprach, als erriete sie seine Gedanken. Vor knapp zwei Jahren war sie während einer Entbindung gestorben. Nancy war tot, und es war gar nicht seltsam, daß sie nun in seiner Nähe spielte. Nichts kam ihm mehr seltsam vor, denn die Logik der Träume schien sich auf das tägliche Leben übertragen zu haben, und die Banalität des Lebens war in die Bilder eingedrungen, die er im Schlaf vor sich sah. Nancy war ein wenig dafür verantwortlich, daß er sich als Mann in diesem verrückten Land kaputtmachte; wegen ihres Todes, wegen der grausamen Umstände ihres Todes hatte er alle vagen Zukunftspläne aufgegeben und war dem herausfordernden, aufregenden Ruf von Dr. Lovelace gefolgt. Nichts war diesen Aussichten auf die ihm da verheißenen Erlebnisse vergleichbar, die ihm ein lächelnder, vor Virilität strotzender Dr. Lovelace in bester Laune vor Augen führte. Aber letztlich hatte er reagiert wie ein störrisches Kind, das von zu Hause fortläuft, statt sich der Wirklichkeit zu stellen. Und was hatte er, außer Nancys Tod, zurückgelassen? Nichts, nicht einmal die Ungeduld seines Mädchens, die immer ihre schmalen Bände mit Literatur unter dem Arm trug, deren Seidenkleider immer zerknittert waren, weil sie sich so gern auf den Rasen setzte, um Stunden über Stunden Gedichte von William Blake zu lesen. Sie errötete, wenn er ihre Hände berührte oder mit seinen Lippen durch ihr duftendes Haar strich. Finnegan konnte sich noch an ihr blondes, feines Haar erinnern, wenn es auf dem Teppich seines Zimmers im Studentenheim ausgebreitet war und von unten aus dem Hauptsaal aufreizend der Lärm eines Festes in ihre

Intimität drang. Sie hatte rote, ein wenig schmale Lippen, wie zwei Bögen, durch die ihre Stimme hervorsurrte, während er sie langsam entkleidete, denn es bedurfte dazu keiner Eile. Ihr Körper war ihm schon sehr vertraut, die vielen Kurven, die hervorkamen, wenn sie das lange Kleid hob und es über den Kopf zog, ohne daß sie sich aufrichten mußte. Er würde ihre prallen Brüste berühren, auch nachdem er sich gänzlich in ihrem schäumenden Eingang verloren hatte, wenn ihre liebkosende Stimme ihn anflehte, er solle noch mehr in sie eindringen, tiefer, heftiger. Finnegan war reich genug, er brauchte keine Angst vor der Zukunft zu haben. Er konnte in der lauen Annehmlichkeit eines wohleingerichteten Lebens ruhen, so wie er in der Traurigkeit ruhte, die ihn überkam, wenn er sich in ihrem feuchten Inneren ergoß. Vielleicht führte die Tatsache, daß er immer ein Junge ohne Probleme gewesen war, mit Geld in der Tasche, an den besten Schulen ausgebildet und erstklassig gekleidet, was ihm jedoch nie den lässigen Anstrich gab, den er gern vermittelt hätte, vielleicht führte all dies zu dem gewundenen Weg, der ihn in die Falle geführt hatte, ein Weg, den er unter dem Vorwand von Nancys Tod eingeschlagen hatte. Diese Sicherheit, die das Geld zu gewähren schien, hatte nicht ausgereicht. Ganz im Gegenteil, sie hatte seine Anfälligkeit für Versuchungen noch vergrößert. Er wußte das. Sein Mädchen war nicht viel anders als die anderen, als die willfährigen Krankenschwestern aus dem Krankenhaus, wo er gearbeitet hatte. Es war alles das gleiche. Nancy hatte mit ihm gespielt, so wie Dr. Lovelace in Portland mit ihm gespielt hatte.

Der Arzt war ein wenig überrascht, daß Finnegan einfach bereit war, eine Stelle bei der Madeira-Mamoré Railway Co. anzutreten, wie ein Fischer, der die Angel ausgeworfen und statt eines Welses einen Lachs gefangen hat. Nachdem der Vertrag in einem Drugstore unterzeichnet worden war, wo sie aus lauwarmen Gläsern lauwarme Schokolade tranken, erzählte er ihm von Tropenkrankheiten.

»Sie kennen wohl die köstliche Geschichte von der Comtesse de Chinchón noch nicht? Natürlich nicht, da bin ich sicher. Bevor wir überhaupt die Ursache der Malaria kannten, wurde schon erfolgreich eine wirkungsvolle Behandlung angewendet.« Lovelace sprach mit der wundervollen Impertinenz großer Gauner, aber Finnegan nahm nur die Faszination des blauen Rauches wahr, der aus seiner Pfeife quoll. »Die Comtesse de Chinchón? Ja, sie war eine schöne Frau aus spanischem Adel, so schön, daß die Legende es unterließ, diese Schönheit zu beschreiben und es uns überlassen bleibt, sie uns in aller Freiheit auszumalen. Ich stelle sie mir immer gern als eine noch junge Frau von etwa dreißig Jahren vor, mit blassen Schultern, die nie die Sonne gesehen haben, obwohl sie in den Tropen lebte, weil sie immer geschützt im Schatten barocker Schlafgemächer waren, in großen Betten mit Daunendecken und weißen Satintüchern oder in Spiegelsalons mit Mamorsäulen und goldenen, ionischen Kapitellen. Es heißt, sie habe um 1630 in Peru gelebt, einem Jahr voller Galanterien. Die Kolonisation war bereits erfolgt, das Silber aus den Anden füllte den Schiffsrumpf vieler Schiffe und die Schatzkammern des Königs zur Finanzierung seiner Extravaganzen. Gewürze, die göttliche Empfindungen weckten, exotische Parfums, Stoffe, die aus den entlegensten Breiten Asiens stammten und auf dem Rükken von Kamelen die Iberische Halbinsel erreichten. Können Sie mir folgen?« Natürlich konnte Finnegan ihm folgen. »Wenn ihre Liebhaber zu ihr kamen, fanden sie die schamlose Comtesse über und über mit kaltem Schweiß bedeckt, besonders, wenn das Stelldichein zu bestimmten Stunden vor Anbruch der Dämmerung stattfand. Der Körper dieser sündigen Dame erzitterte, der Schweiß trat ihr aus den Poren, als beherrschte die Lüsternheit sie bis in die kleinste Faser ihres Körpers. Jeder Zentimeter Haut wurde von einem Feuer verzehrt, das die Leidenschaft des Liebhabers gefrieren und erglühen ließ. Sie glühte, aber die Kälte, die sie empfand, hemmte sie, und ihre Leidenschaft kam nie zur Erfüllung. Erschöpft, wenn am Abend niemand mehr neben ihr im Bett ruhte, fürchtete sie sich, weil ihr Kopf zu schmerzen begann und mit hämmerndem Blut angefüllt zu sein schien. Ihr Kopf schmerzte jedoch nicht aus Reue, sondern weil sie krank war, sie wußte es nur nicht. Das fiebrige Gefühl, das sie in den Stunden der Dämmerung erlebte, war ein Symptom des Malariafiebers auf seinem Höhepunkt. Die Kälte in ihrem Körper war nicht das Vorgefühl des Stelldicheins, die vorweggenommene Berührung des Liebhabers, sondern Malaria. Die Hitze, die das Fieber mit sich brachte, war nicht die Hitze in Leidenschaft entbrannter Körper, sondern Malaria. Der Schweiß, der sich auf ihre Haut legte, war nicht der Schweiß erfüllter Liebesglut, sondern Malaria. Bis sie einmal gezwungen war, Lima für eine Woche zu verlassen, und für die Ekstasen am späten Nachmittag nicht mit ihren Liebhabern rechnen konnte, die Anfälle jedoch anhielten. Da wußte sie, daß sie von etwas besessen war, das nichts mit Ausschweifungen zu tun hatte. Ein Medizinmann der Indios wurde gerufen und gab ihr einen aus der Rinde eines gewissen Baumes hergestellten Trank. Die Comtesse erholte sich, jene gleichwohl wollüstigen Empfindungen am späten Nachmittag hatte sie nicht mehr. Nach ihrer Rückkehr nach Lima trafen ihre Liebhaber eine weniger fiebernde, dafür jedoch gesunde Frau an. Und zum Dank für ihre Genesung wurde der Baum, aus dessen Rinde der Medizinmann ihr den Trank zubereitet hatte, nach ihr Chinchón-Baum genannt. Die wirksamste chemische Substanz dieses Baumes sollte die Grundlage für die Behandlung von Malaria werden: das Chinin.« Finnegan folgte den Worten von Lovelace. Und später? Nichts als Beredsamkeit, denn Lovelace war wie ein Südländer, er manipulierte Wörter durch Wörter. Nichts von der Glut einer spanischen Comtesse in den Armen ihrer Liebhaber. Malaria war furchtbar und heimtückisch, sie überfiel die Menschen wie ein erfahrener Einbrecher und mit ihren Parasiten, die ihre Pigmente in den Zellen hinterließen und in den Blutkreislauf gerieten, reduzierte sie sie zu gelblichen Fetzen. Angesichts der Masken dieser Männer war die Geschichte von der Comtesse von einer düsteren Grausamkeit. Keine Neuigkeit, alter Schurke, nur die schmutzige Routine der täglichen Arbeit.

Und das Mädchen? Nancy? Nein, das Mädchen, das sie bewußtlos hergebracht hatten. Sie erholte sich langsam. Er hatte sie in ein Bett gelegt, Wandschirme um sie herum aufgestellt, ihr die zerfetzte Kleidung ausgezogen und den von Blättern und Dornen des Waldes zerkratzten und zerschundenen Körper mit einem Desinfektionsmittel gewaschen. Sie war eine hübsche Frau. Ob sich das Fehlen einer Frau jetzt in aller Dringlichkeit bemerkbar machte? Sie hatte einen schönen Körper. Sie lag da und schlief. Sie war nicht bewußtlos, sondern schlief. Sie stand noch unter Schockeinwirkung, aber sie schlief, ihre Brüste senkten und hoben sich beim Atmen. Unter halb gesenkten Wimpern lag ihr Blick im nebelhaften Schlaf einer erschöpften Frau, die in der Dunkelheit durch den Wald geirrt war. Wer war sie? Er wußte es nicht. Sie hatte keinen Namen. Comtesse de Chinchón? Das konnte gut sein, denn sie murmelte etwas auf Spanisch und den Namen eines Mannes. Ihr letzter Geliebter? Der Name des rettenden Medizinmannes? Jetzt war sie sauber, von den Fetzen befreit, sie trug Männerkleidung. Das Hemd war von ihm, die Hose auch. Sie trug einen blaugestreiften Schlafanzug, den er im Gepäck mitgebracht, aber nie benutzt hatte, weil er für Notfälle immer halb angezogen blieb. Manchmal schlug die junge Frau die Augen auf, flüchtig öffnete sie die dunklen Augen mit einem Anflug von Angst, der ihn verwirrte. Da lag sie, teilnahmslos hingegeben, schnarchte und ernährte sich, ohne wirklich aufzuwachen. Schon fast eine Woche war vergangen, seit sie angekommen war. Zog sie ihn an? Ja, aber es durfte nicht sein. Allmählich würde sie sich von der Einwirkung des Schocks freimachen und sich aus dem kühlen Vorhof des Unbewußten zurückziehen. Er war sicher, daß sie etwas Traumatisches erlebt hatte, irgend etwas Furchtbares, das schrecklich genug gewesen war, sie aus dem Leben zu stoßen. Was hatte sie nur im Wald gemacht? Außer diesem so unglaublich weiblichen Körper war alles andere eine formlose Masse, verschlossenes Bewußtsein ohne Namen, dessen Vergangenheit verstümmelt war. Sie öffnete den trockenen Mund, um Nahrung zu sich zu nehmen, sie schluckte sie direkt mit der Spucke auf ihren Lippen hinunter, über die die geschwollene Zunge strich. Ihre Geheimnisse reizten ihn. Oder erregten sie ihn? Sie stachelten seine Neugierde an, glaubte er. Finnegan geriet auf seltsame Weise für Stunden in Verwirrung, während er sie betrachtete. Die Geheimnisse offenbarten sich nicht, sie hielten sich versteckt und versklavten ihn, beherrschten seinen Willen. Es war ein Blitz des Unerwarteten, so wie die Gespräche mit Dr. Lovelace romantische Blitze gewesen waren. Aber diese Frau lag da, es gab sie, er konnte sie fühlen, wenn er sie untersuchte, wenn er ihr Gesicht mit Wasser benetzte oder sie abhorchte, auf der Suche nach einem bösartigen Hauch im Inneren dieser von der Schwüle gebrannten Formen.

Aber es gab noch einen anderen, ebenso unerwarteten Patienten, den Indio mit den amputierten Händen. Die Männer hatten sich mit einem grausamen, islamischen Urteilsspruch gerächt. Der Dieb kleiner Gegenstände, von Bleistiftstummeln, Füllfederhaltern, Taschentüchern, Taschenmessern und Spiegeln, den sie verurteilt hatten, weinte nun ununterbrochen in erregter Passivität. Er hatte ungewollt Tragödien heraufbeschworen, als er nichtige Gegenstände stahl, die nur für diese elenden Männer einen Wert hatten, für die ein Bleistiftstummel wie eine Klinge aus Gold war. Der Indio hatte sich wie durch ein Wunder gerettet. Die Rache der Männer beschränkte sich offenbar nicht nur auf das Abhacken der Hände, sie wollten mehr. Sie wollten ihn töten, weiter mit der Axt auf ihn einschlagen und ihn in Fleischklumpen verwandeln. Die mit Axthieben abgehackten Hände waren nur ein Vorspiel neuer Schläge gewesen, das durch die Ankunft des Ingenieurs mit den Wachen unterbrochen worden war. Finnegan hatte keine Hoffnung, ihn retten zu können. Durch die Schläge hatte er viel Blut verloren, er war wie eine groteske, versiegende Quelle, als er in die Krankenstation eingeliefert wurde, geschwächt und aschfahl. Und Finnegan hatte keinerlei Ausrüstung für diese Art von Notoperation. Er war machtlos, aber dennoch gezwungen, sich an diesen verstümmelten Gliedern zu schaffen zu machen und darum zu kämpfen, daß die Blutungen zum Stillstand kamen, indem er die Gefäße verschloß, die sich öffneten wie winzige Münder, die, statt zu schreien, Blut spuckten. Er brauchte drei Stunden, bis er recht und schlecht das schon zurückgewichene Gewebe zusammengefügt und die bloßgelegten Knochen wieder bedeckt hatte. Aber der Indio hielt durch und schien davonzukommen. Es war unglaublich, ohne irgendeine Transfusion, nichts, als heilte ihn eine andere Kraft und holte von irgendwoher das verlorene Blut. Er würde überleben, wenn die Wunden nicht brandig wurden. Ein nicht gerade schöner Anblick. Die Arme hörten in der Mitte auf und endeten in roten, geschwollenen Fleischballen. Es war merkwürdig, daß die beiden unerwarteten Patienten überhaupt nicht sprachen; sie stöhnten und weinten, aber sie sprachen nie einen einzigen Satz. Der Indio wagte schließlich, die Augen zu öffnen, und beobachtete ihn voller Furcht, wobei er die wahren Absichten Finnegans, jedes Mal, wenn dieser sich im nähern mußte, um den Verband zu erneuern oder um nachzusehen, wie es ihm ging, überhaupt nicht erkannte. Die Furcht des Indios war unangenehm, aber verständlich. Es verletzte Finnegan mehr und berührte ihn unangenehmer, die junge Frau so gleichgültig daliegen zu sehen. Wenn die lauen Nächte anbrachen, widmete er sich den Patienten, bis ihn die Erschöpfung überwältigte. Dann kam Nancy zum Spielen an sein Bett, und es war, als usurpierte die Zeit die Logik der Dinge. Er hatte vor, die beiden Patienten bei der ersten sich bietenden Gelegenheit fortzuschicken. Im Hospital Candelaria würden sie eine bessere Behandlung erhalten, und der Indio könnte sich einer neuerlichen Operation unterziehen und sogar eine Wiedergutmachung und ein Paar Prothesen von der Gesellschaft erhalten. Finnegan wußte, daß sich vor seiner Ankunft schon ähnliche Fälle ereignet hatten. Indios, die im Hospital amputiert werden mußten, ein Bein, das aus irgendeinem Grund brandig geworden und durch eine Gummiprothese aus den USA ersetzt worden war. Solange es keine Möglichkeit gab, sie aus dem Abunã-Gebiet herauszuschaffen, kämpfte er darum, sie am Leben zu erhalten, vor allem den Indio, der ein heftiges, physisches Trauma erlitten hatte. Die junge Frau war schon außer Gefahr, und die oberflächlichen Verletzungen verheilten allmählich. Sie bedurfte vielleicht eher aufmerksamer Fürsorge als eines Medikamentes. Nun kam Nancy, die schon tot war, und er wollte den Zauber nicht brechen. Am Abunã gab es kein Schweigen, und dieser Traum war wie eine besondere Liebkosung der Erinnerung. In dieser Nacht kam Nancy, beugte sich über seine Brust, die weite Kleidung wollte ihr vom Körper gleiten wie eine überflüssige Haut.

Finnegan öffnete die Augen, im Zwielicht des Morgengrauens spürte er eiskalten Atem an seinem Gesicht und drehte sich erschrocken um. Er hörte pfeifende Stimmen in einer fernen Unterhaltung, der Atem war nur der morgendliche Lufthauch. Die Neger aus Barbados saßen in ihren Hängematten, während die anderen Arbeiter noch schliefen, weil die Sonne den Tag gerade erst mit violetten Strahlen in den Wolken angekündigt hatte. Finnegan erhob sich, seine tauben Glieder schmerzten. Es war Unsinn gewesen, die Nacht hier im Sitzen zu verbringen, er hatte nicht einmal richtig schlafen können. Er versuchte, seinen Körper zu strecken und den Kreislauf anzuregen, indem er Arme und Beine bewegte. Er sah, wie Jonathan aus seiner Hängematte sprang und auf ihn zukam.

»Haben Sie hier geschlafen, Doktor?«

»Ja.«

»Wie geht es den Kranken?«

»Ich weiß nicht, ich muß sie noch untersuchen. Wenn einer von ihnen überlebt hat, dann hat er großes Glück gehabt.«

»Meistens überleben sie es nicht.«
»Hast du das schon öfter erlebt, Jonathan?«
»Ja, Doktor. Wenn ein Kranker im Delirium liegt, wird er gefesselt und geknebelt, damit die anderen nicht im Schlaf gestört werden.«
»Das ist barbarisch.«
»Doktor, ich würde gern mit Ihnen reden.«
Bei Jonathan gab es keinerlei Aggressivität, nicht einmal die mit den Gefühlen des Arztes erhoffte Solidarität. Der Barbadianer beachtete die brutale Fesselung der Kranken nicht im geringsten. Die Benommenheit von Finnegans Gliedern zerrann rasch unter der Gleichgültigkeit, die jetzt von ihm Besitz ergriff.
»Ich bin hergekommen, um Ihnen zu erklären, warum wir es nicht zulassen, daß unsere Toten berührt werden«, sagte Jonathan ohne jede Ironie, obwohl seine Worte nicht ganz frei von unfreiwilligem, schwarzem Humor waren. »Ich möchte auf Bitten von Master Collier mit Ihnen sprechen.«
»Hat er dich geschickt, um mit mir zu reden?«
»Er hat mich nicht geschickt, er hat mich darum gebeten.«
»Ich bin im Augenblick sehr müde.«
»Ich weiß, aber ich muß gleich arbeiten gehen.«
»Der Tag bricht an«, sagte Finnegan und atmete den kalten Nebel der Morgenfrühe ein.
»Sie glauben sicher nicht an Vodou, Herr?«
»Vodou? Das ist eine Religion, stimmt's?« Finnegan beschloß, diplomatisch zu sein.
»Es ist unsere Religion, Herr.«
»Ich dachte, ihr seid Protestanten, Anglikaner.«
»Nein, Herr. Vielleicht sollte ich sagen, daß wir Katholiken sind, aber das würden Sie nicht glauben.«
»Katholiken?«

»Das ist in Barbados nicht üblich, Herr. Kennen Sie die Geschichte von Barbados?«
»Nein, nein, die kenne ich nicht.«
»Aber Sie wissen, daß fast alle Inseln dort von Negern bevölkert sind. Als die Neger als Sklaven auf die Inseln kamen, waren die Indios schon tot, von den Weißen fast ausgerottet.«
»Ich habe eine vage Vorstellung davon.«
»Auch die Neger hatten wie die Indios ihre Stämme und ihre Religionen. Wir sind Abkömmlinge von einem dieser Stämme, den Fons.«
»Wieso weißt du all diese Sachen, Jonathan?«
»Ich bin ein Hougan.«
»Was bist du?«
»Ich bin ein Vodoupriester, es ist meine Pflicht, über alles Bescheid zu wissen, obwohl wir schon vieles vergessen haben.«
In Trance verzerrte Gesichter, Sklavenschiffe, Komtessen, schwarze Engel in Schlangenform, Jonathan erzählte die Geschichte seines Volkes. Die Tot-Lebendigen, die in ihrem Gefängnis jenseits des Lebens freier waren als die Lebenden, die durch die Malariaerreger versklavt worden waren. Den Arzt konnte nichts mehr erschüttern, er hielt sich für alle Zeiten gegen jedweden Schrecken gefeit. Jonathans Bericht war wie ein pfeifender Knall, der in Umrissen prismatische Erinnerungen von gestern und wieder und wieder erzählte Legenden erstehen ließ. Bunte Worte von Gleichnissen und Tieropfern, die mit der Zeit zu zerbrechlichen Geschichten voller Rachsucht verblaßten. Er wußte, daß die Kranken nach dem Koma tot waren, wenn die Alpträume sich im Nichts verfingen und wenn durch den Stillstand des Herzens das Gehirn abgetötet wurde. Dann würden sie nichts als im Todeskampf

erstarrte Leichen vorfinden. Jonathan gab sich verzückt der Tradition seines Volkes hin, denn die Toten konnten eines Tages, wiederbelebt durch Gewinnsucht, zurückkehren, obwohl der Arzt mit seinem wachen Verstand sich weigerte, an etwas zu glauben, was in seinen Augen nur primitive Phantasterei war. Fast hätte er Jonathan zugerufen: Das Schlimmste ist doch, wenn man zu Lebzeiten ausgebeutet wird, denn nach dem Tod, wenn das Leben sich unwiederbringlich entfernt hat, ist der Körper nicht einmal mehr ein Abglanz dessen, was wir einmal gewesen sind. Mein Gott, dachte Finnegan mit einer gehörigen Portion kräftiger Flüche, die Dummheit der Menschen ist eine unheilbare Krankheit.

7

Minister Seabra, J. J., wie er von seinen Anhängern liebevoll genannt wurde, war ein Politiker besonderen Zuschnitts. Er stammte nicht aus kleinen Verhältnissen, deckte aber mit seinem Ansehen die kleinen Machenschaften jener Leute, die aus dem Elend gekommen und sich durch ihren Ehrgeiz von unten emporgearbeitet hatten. Er war immer ein großer, reicher Mann gewesen, überaus temperamentvoll und furchtlos, offen und autoritätsbewußt dank seiner Herkunft. Er war ein Mann, der an seinem Land hing, obwohl er schon einer Generation städtischer Zuckerbarone angehörte, die die Blume eines Weines besser kannten, als den süßlichen Geruch, der aus einem großen Kübel aufsteigt, in dem Honig zubereitet wird. Seine Verbindung zu den großen Zeiten der Zuckermühlen und Herrenhäuser ließ sich am besten an seinem stattlichen Auftreten ablesen. Er trug den Kopf immer mit unverhohlener Arroganz hoch aufgerichtet, und die buschigen, schwarzen Augenbrauen auf seiner Stirn schienen die wäßrigen braunen Augen vor der starken Sonne des Sertão zu schützen. Seine Augen waren durch allerlei Elemente iberischen und afrikanischen Ursprungs verwässert, eine indianische Urgroßmutter nicht zu vergessen, die ein französischer Wandermaler noch im 18. Jahrhundert in bunter portugiesischer Tracht porträtiert hatte, als sei sie eine Bäuerin aus Estremadura. Aber ihre Ohrläppchen waren angeschnitten und durch große Ohrringe langgezogen und das pergamentene, gebräunte Gesicht zerfurcht von Tätowierungen. Dieses in Gold gerahmte Gemälde, das durch den Staub aus dem Sertão schon ganz dunkel geworden war, hing jetzt in seinem Arbeitskabinett in der Villa, die er zur Zeit oben im Viertel Santa Tereza bewohnte. Minister Seabra saß in seinem Kabinett, durch die offenen Fenster sah man die grün bewachsenen Hügel und steilen Pfade, auf denen alte Europäer, Deutsche und Engländer, schon früh am Morgen ihre Rassehündchen spazierenführten. Er war einer der wenigen Brasilianer, die in Santa Tereza wohnten. Dort gab es ein Sanatorium für Schwindsüchtige, und es war der Altensitz vieler Pensionäre, die, aus der alten Welt stammend, noch ein letztes Mal eine Verbindung zwischen der Hitze der Tropen und dem angenehmen Frühlingsklima ihrer Herkunftsländer suchten. Santa Tereza war ein Zufluchtsort, und das gefiel ihm. Er mochte die Einsamkeit und das Gefühl, hoch über der Stadt herumschlendern zu können, die jetzt ein Opfer der von Passos eingeleiteten Modernisierung geworden war. Wolken aus Staub und Kalk stiegen von den zahllosen Abrissen in den stets blauen Himmel auf, und die Gerüste der neuen Bauten säumten die neuen, breiten Avenidas. In diesem dreistöckigen Haus auf einem Felshügel aus grauem, weiß gesprenkeltem Stein wohnte er mit seiner Frau und einigen Dienstboten und mit ihm das Gefühl, von dem geschäftigen Treiben der Regierung im Catete-Palast weit entfernt zu sein. Die Stille wurde nur von Insekten und Vögeln unterbrochen, und hin und wieder rüttelte ein vom Meer herüberkommender Windstoß an den Fensterrahmen. Seine Frau war in Salvador geboren und dort aufgewachsen. Sie war weiß und hatte blondes Haar, eine Erinnerung an die Invasion der Holländer. Sie war von einer zutiefst calvinistisch geprägten Scharfsinnigkeit, die er sich nicht erklären konnte, da sie in Nonnenschulen erzogen worden war. Sie war sehr heißblütig gewesen, ja fast begierig nach seiner Gesellschaft und eine Stütze bei seinen waghalsigsten, politischen Entscheidungen. Jetzt aber, da sie ins mittlere Alter kam, verlor sie an Temperament, sie ließ sich gehen und lief in Hauskleidung herum. Seit er zum zweiten Mal ein Ministerium bekleidete, weigerte sie sich nun auch, ihn zu öffentlichen Veranstaltungen zu begleiten. Seabra betete sie noch immer an. Ihre kleine Gestalt, die durch den schlanken Körper nicht auffiel und die langen, glatten, blonden Haare machten sie schlanker und weicher. Noch immer liebte er an seiner Frau den alten Scharfsinn, mit dem sie ein spontanes Urteil über andere Menschen abgab. Er seinerseits war dazu nicht in der Lage, auch wenn er wochenlang mit jemandem zusammengewesen war. Ihre Urteile waren für ihn als Politiker nützlich. Sie pflegte in ihrem Schlafgemach zu verschwinden, vertrieb sich die Zeit mit der Lektüre französischer Romane und rauchte heimlich amerikanische Virginia-Zigaretten, die einen süßen, sanften Duft ausströmten und an der Decke des geschlossenen Zimmers eine Rauchwolke bildeten. Wenn er das Zimmer betrat, um zu schlafen oder sie zu überreden, sie möge ihn zu einer Veranstaltung begleiten, brannte ihre Nase vom Rauch, der fast ein Teil ihres Körpergeruchs war. Sie war Rauch, wie dieses Haus ein zarter Rauch war, fern der Vorzimmer des Catete-Palastes mit seinen schmierigen, parfümierten Bürokraten und seinen Militärs in verblaßten Goldtressen und mit Grünspan bedeckten Kupferknöpfen. Auf der Suche nach einem politischen Schriftstück, das ohne Verzögerung an diesem Nachmittag dem Präsidenten übermittelt werden sollte, versuchte Seabra eine dicke Akte durchzusehen. Bei dem Vorgang ging es um einen undurchsichtigen Vertrag mit verschiedenen Baufirmen, der die Errichtung einiger öffentlicher Schulen in drei Bundesstaaten im Nordosten betraf. Wegen dieser Angelegenheit hatte sein Kabinett am Vortag einige ungelegene Besuche von Deputierten und Senatoren aus den betreffenden Bundesstaaten erhalten. Der Bau der Schulen bedeutete keine Verbesserung des Schulwesens im Lande. Die Politiker, die ihn in ihren zerknitterten Anzügen besucht und den Hut in den Händen gedreht hatten, wußten, daß jede Schule eine bestimmte Anzahl Wählerstimmen bedeutete. Eben diese Wahlmathematik bewegte sie, zwang sie geradezu, ihn in seinem Kabinett aufzusuchen und Heucheleien und Plattheiten von sich zu geben, die er sich zwischen der Umarmung zur Begrüßung und dem Händedruck zum Abschied mit der ungläubigen Gewißheit anhörte, selbst schon oft so gehandelt zu haben. Aber das Problem des Schulbaus beunruhigte ihn nicht und noch weniger das offensichtlich befürwortende Schriftstück. Er war entschlossen, zu gewähren, was die Politiker im Nordosten anstrebten, und eine öffentliche Ausschreibung für die Bauten zu veranlassen. Damit würde er ein halbes Dutzend regionaler Leuchten beglücken, die bei der nächsten

Wahl zwar Revolver und keine Fibeln schwingen, dafür aber Stimmen für die Regierung heranschaffen würden. Und er würde auf diese Weise, da er für den Gouverneursposten von Bahia kandidieren wollte, das Terrain vorbereiten und gleichzeitig treue Anhänger für den Augenblick sammeln, da er es mit den Kräften in jenem Staat zu tun bekäme. Im Augenblick beunruhigte ihn allerdings das Drängen seiner Geliebten, die er bis dahin für ein frivoles Mädchen mit weißer Haut und rosigem Gesicht gehalten hatte, eine Tochter portugiesischer Einwanderer, die er aus einem Hinterhof in Mata Cavalos hervorgeholt hatte, wo sie hinter einem stinkigen, kleinen Lebensmittelladen gewohnt hatte. Jetzt hatte sie sich plötzlich durch neue Ansprüche verändert, die sie mit der gleichen calvinistischen Unerbittlichkeit wie seine Frau vorbrachte. Außer ihrem Interesse für Eisenbahnen und Lokomotiven sprach das Mädchen jetzt sogar davon, sie wolle am Rande von Botafogo ein Haus bauen, wolle reisen und die Welt kennenlernen und, was noch seltsamer war, sie bat ihn auch noch, ihr ein Bankkonto zu eröffnen. Auf dem Tisch, an dem er arbeitete und ohne große Aufmerksamkeit in der Akte las, sah er den Zeitungsausschnitt, den sie ihm am Vorabend gegeben hatte. Der Ausschnitt betraf eine Nachricht aus New York. Darin stand etwas über den Bau der Strecke Madeira—Mamoré, eine Linie, die gerade im abgelegenen amazonensischen Urwald gebaut wurde.

Wenn das Ministerium gegen sechs Uhr abends schloß, besuchte Seabra anschließend immer seine Geliebte, bevor er sich in sein Haus in Santa Tereza flüchtete. Er hatte das Mädchen in einem kleinen, unauffälligen Haus in São Cristóvão untergebracht und traf dort in seiner zweispännigen Kutsche nach zwanzig Minuten Trab ein. Es war ein bescheidenes Haus, das etwas abseits lag und durch einen kleinen Garten voller Obstbäume geschützt war. Die Buben waren gierig auf die Früchte, und wenn sie versuchten, sie zu stibitzen, vertrieben sie seiner Geliebten, die den Tag allein in Gesellschaft eines Dienstmädchens verbrachte, die Zeit. Seine Geliebte war neunzehn Jahre alt, aber sie begann wie eine reife Frau zu denken, und das gefiel ihm ganz und gar nicht. Als er sie gefragt hatte, warum sie die Nachricht über die Bahnstrecke ausgeschnitten habe — und er hatte nicht einmal geahnt, daß sie Zeitung las, um sich über solche Dinge zu informieren —, hatte sie mit ihren weißen Zähnen nur gelächelt, ohne ein Wort zu sagen, sich in die Kissen zurückgelehnt, ihre wohlgeformten rosigen Beine ausgestreckt, sie dabei etwas gespreizt und ihren reich von blonden lockigen Härchen verzierten Spalt sehen lassen. Er bedrängte sie nicht und sah, wie sie den Ausschnitt in die Tasche seines Jacketts steckte, das auf einer Stuhllehne neben dem Bett hing. Dazu brauchte sie nicht einmal ihre Stellung zu verändern, sie streckte einfach den Arm aus, bis sie das zusammengefaltete Papier in die Tasche gesteckt hatte, so wie sie sonst manchmal Geld herausholte. Nachdem sie miteinander geschlafen hatten, bemerkte er auf dem Gesicht der Geliebten, die so tat, als schliefe sie, eine kühle Hartnäckigkeit, die weit entfernt war von jener reizvollen Passivität der ersten Zeit.

Er hatte den Text des Zeitungsausschnitts schon an die hundert Mal gelesen, er war geschmacklos und irreführend, und er konnte nur ahnen, was in Wirklichkeit dahintersteckte. Hinter dem Bau der Bahnstrecke standen die Interessen nordamerikanischer Kapitalgeber, es waren Leute, die Geld an die Opposition verteilt hatten. Mackenzie mit seinen kleinen Negerlieblingen steckte dahinter. Von der Wand blickte seine Urgroßmutter mit dem beschwichtigenden, melancholischen Mitgefühl herab wie jemand, der keine Antworten mehr geben kann. Wie konnte er nur herausfinden, wo die Falle war? Es war doch ohne Zweifel eine Falle? Seabra täuschte sich nicht, die Jahre, die er mit Balanceakten verbracht hatte, hatten seine Sinne derart geschärft, daß er etwas in der Luft liegen spürte. Das aber bedeutete nicht, daß er dem Problem näher rückte, die Falle umging oder sie etwa zum eigenen Vorteil nutzte. Er konnte doch nicht zu seiner Frau laufen und ihr das zerknitterte Stück Papier zeigen. Die Frauen besaßen einen sechsten Sinn, und es war sehr wohl möglich, daß sie den Duft der Rivalin, von dem das Papier durchzogen war, bemerkte, ein Stück Papier, das für ihn nichts als geschmacklose Propaganda war. Propaganda! Kein Mensch hatte je wieder von jener Bahnstrecke gehört, die Zeitungen waren durch Bestechung zum Schweigen gebracht worden, ebenso wie der Auftrag selbst, das wußte er, durch Bestechung und Betrügereien zustande gekommen war. Und da tauchte nun diese Linie nach drei Jahren vorsätzlichen Schweigens wieder auf, wurde als monumentales Projekt dargestellt, als der Stolz der Technik. Was aber hatte seine Geliebte mit all dem zu tun? Kaum einer wußte, daß er sie in São Cristóvão aushielt. Er zeigte sich nie öffentlich mit ihr und war im Umgang mit Freunden, auch den engsten, sehr zurückhaltend mit Vertraulichkeiten. Abgesehen davon war Marschall Hermes ein Mann strenger moralischer Grundsätze, der im Amt niemals eine solche Untreue dulden würde. Der Präsident pflegte ihm gegenüber die Treue zur Ehefrau zu loben und tadelte heftig gewisse Senatoren und Deputierte unter seinen Anhängern, die sich von der Macht verführen ließen und sich in Begleitung flatterhafter Kokotten aus Europa oder dunkelhaariger, tropischer

Schönheiten zeigten. Der Präsident war unerbittlich, was ein gewisses moralisches Verhalten seiner nächsten Mitarbeiter anging. Er hatte sogar einen alten Kampfgefährten, den jovialen Major Quitanilha, strafversetzt, weil dieser seine Frau verlassen hatte, um mit einer Deutschen aus Espírito Santo zusammenzuleben. Nicht einmal Argumente über Rassenreinheit, der Major hatte eine Dame mit offensichtlichem, afrikanischen Einschlag geehelicht, überzeugten den unbeirrbaren Marschall. Nur den Jüngeren und Junggesellen war es gestattet, das Etablissement von Tina Tatti oder Eudoxia zu frequentieren, ohne daß sich der Zorn des Staatsoberhauptes über den Betreffenden entlud. Aus diesem Grunde und aus einem natürlichen Hang zur Seßhaftigkeit heraus, als ein Mann der Provinz, der sich an die Sitten der Hauptstadt nicht gewöhnen konnte, versuchte Seabra seine Seitensprünge zu verheimlichen. Das Mädchen in dem Haus in São Cristóvão war nicht die erste und würde auch nicht die letzte sein. Er frequentierte die Lokalitäten, die gerade in Mode waren, nicht übermäßig, er wurde fast nie im Club der Politiker gesehen, auf dem Tiradentes-Platz oder in den Clubs in der Umgebung der Avenida Central, wo Ringkämpfe stattfanden. Er war weder für Spiele noch für literarische Salons, die er langweilig und für seine altmodische Art eines Sertanejo als zu gestelzt empfand. Gleich nachdem er sich in Rio de Janeiro niedergelassen hatte, war er einige Male mit seiner Frau in dem berühmten Salon von Dona Laurinda Santos Lobo gewesen, der sich in Santa Tereza befand, wo er wohnte. Eine ausgesuchte Gesellschaft, die sich jeden Abend zu nichtssagender Konversation, der Lektüre von Sonetten oder einem musikalischen Vortrag auf dem Klavier traf und dabei Tokajer schlürfte. In diesem orientalisch barocken Salon gingen Baron

Homem de Melo, Hofrat Ataúlfo de Paiva und durchreisende Berühmtheiten wie die Tänzerin Isadora Duncan oder der Dichter Paul Adam ein und aus. Seine Frau nahm an den gespreizten Bräuchen dieser aufgeblasenen Gesellschaft genausowenig teil. Sie setzte sich schweigsam und zurückhaltend auf einen Sessel, betrachtete die golddurchwirkte Chinaseide, die Perserteppiche, die Bronze- und Jadefiguren aus dem konfuzionistischen Pantheon oder folgte ohne besonderes Interesse einem Dichter mit wirrem Haar und femininer Blässe, der irgendein soeben fertiggestelltes Werk rezitierte. Seabras Spürnase verband diese Atmosphäre mit dem süßlichen Duft von Vanille, und so ging er immer weniger dorthin, ließ sich immer seltener sehen. Sein Name wurde in den Gesellschaftsspalten nie erwähnt, es sei denn, sie ließen sich dazu herab, ein politisches Ereignis zu kommentieren. Er wollte mit den Blasierten absolut nichts zu tun haben, mit den Snobs und der aufgesetzten Vornehmheit der *jeunesse dorée*, jener Leute, die oft nicht einmal Geld besaßen und für den äußeren Schein lebten, Hunger litten, aber mit auffälligen Juwelen behängt waren, mit Perlen, Lapislazulis und Platin auf Make-up und Reispuder. Er war zurückhaltend, ein Berufspolitiker, der zweimal einen Ministerposten angenommen hatte, ein wirklich wohlhabender Mann mit einem soliden Vermögen, das von Generationen von Seabras stammte, die diesen ganzen Überfluß aus dem trockenen Sertão-Gebiet im Nordosten, in Pernambuco, erwirtschaftet hatten. Sie hatten gewaltsame Angriffe von Indianern, Aufstände von Negern, Raubüberfälle von Holländern und Piraterien verschiedener Nationen über sich ergehen lassen, damit eines Tages der junge Seabra in Recife die Rechte studieren konnte. Dort wurde er auch Professor, ein republikanischer Denker, der sich für die

Amerikanische Revolution begeisterte, ein Feind der Oligarchie von gestern, die hartnäckig an der Macht bleiben wollte, aber verfault und überaltert war und das Aufkommen neuer Ideen nicht zuließ. Von Recife kam er dann in die Bundeshauptstadt, aber er ließ sich von den schmeichelnden Gesten der Kosmopoliten in Rio nicht vereinnahmen, er war Politiker und kein *raffiné*. Er trug keine abgewetzten Paletots, sondern kleidete sich weiterhin, als lebte er noch in Recife, nüchtern, in weiße Anzüge ohne besonderen Chic. In Anbetracht all dieser Tatsachen konnte er einfach nicht verstehen, wie man seine Geliebte entdeckt hatte und sie nun beeinflußte, um etwas aus ihr herauszuholen, was er kaum erraten konnte. Und das war nicht die Handschrift des alten Mackenzie. Hier ging jemand mit größtem, machiavellistischen Gespür vor, und das besaß der Amerikaner nicht. Mackenzie, er kannte ihn gut, war geradeheraus, er handelte nicht hinterrücks. Wenn er etwas wollte, redete er nicht darum herum. Er betrat ein Kabinett, und nach zwei höflichen Sätzen machte er offen ein Angebot, und dann hieß es ja oder nein. Dennoch ließ der Zeitungsausschnitt auf Mackenzie schließen. Er würde das sorgfältig prüfen, ohne sich in seinem Tagesablauf stören zu lassen, denn er wußte, daß in jeder Gefahr auch immer die Möglichkeit lag, daß der Bedrohte als Gewinner aus der Sache hervorging.

An eben diesem Morgen schickte er, kaum war er in seinem Kabinett angekommen, einen Boten zum Büro von Alexander Mackenzie und bestellte den Amerikaner zu einer außerordentlichen Besprechung der Kommission für Elektrizitätsfragen, die ohne Verzögerung um elf Uhr im Konferenzsaal seines Ministeriums stattfinden sollte.

Die Kommission für Elektrizitätsfragen existierte nur formal und wurde nie zusammengerufen. Wenige Male nur hatten die Mitglieder sich getroffen, und dann ging es um eine neue Konzession für ein neues Elektrizitätswerk oder die Verlängerung einer Frist, was den jeweils am Ort vertretenen Gruppen aus der Wirtschaft zugute kam. Seabra hatte die Absicht, Mackenzie nach der Sitzung anzusprechen und klar Schiff zu machen. Er würde den Amerikaner in sein Kabinett bitten, ohne große Umschweife den Zeitungsausschnitt aus der Tasche ziehen und auf den Tisch legen. Wenn Mackenzie in irgend etwas verwickelt war, würde er sofort begreifen und sich erklären. Aber der Bote kehrte mit der Nachricht zurück, Mister Mackenzie befinde sich nicht in Rio de Janeiro, er sei vor drei Tagen nach São Paulo gereist, und niemand habe genau sagen können, wann er zurückkomme. Um die Sache noch zu komplizieren, sollte statt des Amerikaners ein anderer Gringo kommen, ein gewisser Adams Mackenwieks, den er als ehemaligen Angestellten der Amerikanischen Botschaft kannte und der jetzt Geschäftsführer der zahlreichen Geschäfte von Mackenzie war. Da die Amerikaner wußten, wie wichtig derlei Zusammenkünfte waren, bedeutete die Entsendung eines Vertreters, daß wirklich etwas in der Luft lag. Er war entschlossen, Mackenzies Rückkehr abzuwarten, denn er traute diesem Adams nicht, der mit einer Brasilianerin verheiratet war und den mondänen Salon im Palast Sampaio Araújo auf der Voluntários da Pátria frequentierte. Dennoch, als die Besprechung nach einer zwanzigminütigen Diskussion über ein neues, hydroelektrisches Stromerzeugungssystem zu Ende war, zog Adams sich nicht mit den anderen zurück, sondern blieb auf seinem Stuhl sitzen. Seabra bedeutete ihm, mit in sein Kabinett zu kommen.

»Irgendein Problem in São Paulo?« fragte Seabra.

»Nein, keineswegs. Mister Mackenzie macht einen Routinebesuch.«

»Wann kehrt er nach Rio zurück?«
»Wahrscheinlich Ende der Woche.«
Das war sehr lang, Seabra konnte das nicht riskieren, die Klatschmäuler konnten alles verpatzen, denn in Rio de Janeiro verbreiteten sich Skandale wie eine Epidemie. Er blickte Adams an, fand jedoch kein Anzeichen für seine Beunruhigung. Der Amerikaner war darin geübt, die anderen nie wissen zu lassen, was er gerade dachte. Er tat gemeinhin so, als verstünde er die Wünsche der anderen nicht, besonders wenn es sich um Vertreter der Regierung handelte. Ungestüm zog Seabra den Zeitungsausschnitt aus der Jackentasche und legte ihn auf den Tisch. Das tat er gegen seinen Willen, und er wußte, welches Risiko er einging. Aber der Amerikaner blieb unerschütterlich, er betrachtete den zerknitterten Artikel und zuckte nicht einmal mit der Wimper. Nach einigen Sekunden vollkommenen Schweigens sagte Adams:
»Herr Minister, ich bedauere außerordentlich, daß Minister Mackenzie zur Zeit nicht in Rio de Janeiro ist.«
Seabra hatte ihm den Rücken zugewandt und faltete nun den Ausschnitt wieder zusammen, um ihn erneut in sein Jackett zu stecken.
»Sicher wäre es Mister Mackenzie eine große Ehre, mit Ihnen zu sprechen. Ich bin nur ein untergeordneter Angestellter ohne Entscheidungsvollmacht. Aber ich bin auch ein empfindsamer Mensch und habe die Brasilianer schätzengelernt, der Herr Minister wird wissen, daß ich mit einer Brasilianerin verheiratet bin.«
»Weiß ich«, erwiderte der Minister trocken.
»Und da ich die Brasilianer kenne, sehe ich, daß der Herr Minister uns in diesem Augenblick braucht, d. h. in einer Angelegenheit, in der Mister Mackenzie vielleicht behilflich sein kann. Meine bescheidene Stellung verbietet es mir

vielleicht, den Herrn Minister um sein Vertrauen zu bitten. Es ist nur zu bedauerlich, daß ich Eurer Exzellenz nicht helfen kann, wenn etwas im Bereich meiner Möglichkeit liegt.«
»Ich muß dringend mit Mackenzie sprechen«, sagte Seabra mühsam wie jemand, der sich ergibt.
Adams lächelte, ein Lächeln voller Mitgefühl und Unterwürfigkeit.
»In der Bundeshauptstadt hält sich ein Mann auf, der wie Mister Mackenzie selbst anzusehen ist. Er könnte mit Eurer Exzellenz sprechen, wenn der Herr Minister ihm die Ehre gäbe, ihn zu empfangen. Er könnte einen Weg finden, Eurer Exzellenz zu helfen, und wäre so diskret wie Mister Mackenzie.«
Seabra bereitete eine unverhoffte, vernichtende Reaktion vor, er konnte es nicht ertragen, sich von einem jämmerlichen Subalternen verschleierte Drohungen anzuhören.
»Herr . . . ?«
»Adams.«
»Herr Adams, ich glaube nicht, daß das Zusammenleben mit den Brasilianern von besonderem Nutzen für Sie gewesen ist.«
»Ich verstehe nicht, Herr Minister.«
»Was veranlaßt Sie eigentlich zu denken, ich brauchte Hilfe von Mister Mackenzie?«
Der Amerikaner errötete und holte tief Luft.
»Ich dachte nur, eine Vermutung, Exzellenz.«
»Niemand braucht hier Hilfe, Herr Adams. Und wenn ich in einer schwierigen Lage wäre, würden weder Mister Mackenzie noch irgendein anderer Amerikaner mir zu Hilfe kommen. Geschweige denn würde ich hinter ihnen herlaufen, um sie um ihre Hilfe zu bitten.«
»Bitte verzeihen Sie vielmals, Herr Minister. Ich wollte

keineswegs aufdringlich sein, so etwas würde ich mir nie herausnehmen. Aber Sie schienen die ganze Zeit anzudeuten, daß Sie etwas von uns, d. h. von Mister Mackenzie, wünschten. Und da ich als sein gesetzlicher Vertreter hier bin, hatte ich mir vorgenommen, mit Ihnen zu sprechen.«

»Ich danke Ihnen für Ihre Bemühungen. Ich muß wirklich dringend mit Mister Mackenzie sprechen. Nur mit ihm . . .«

»Der Herr Minister könnte auch mit Mister Farquhar sprechen.«

»Farquhar?«

»Unserem Präsidenten. Er ist in Rio.«

»Ich glaube, wir kennen uns schon.«

»Er ist so verständnisvoll wie Mister Mackenzie und hat alle Entscheidungsgewalt, er ist der Besitzer, der Chef, wie Exzellenz wissen.«

»Ich weiß sehr gut, wer Mister Farquhar ist. Ich glaube, er könnte Mackenzie ohne weiteres ersetzen.« Seabra überlegte einige Sekunden, dann lächelte er. »Vielleicht wäre es sogar besser, wenn gerade er hören würde, was ich zu sagen habe.«

»Ich werde das Mister Percival Farquhar mit dem größten Vergnügen mitteilen und eine Verabredung arrangieren.«

»Ich muß in meinem Terminkalender nachsehen, warten Sie einen Augenblick.«

»Bitte sehr, Exzellenz.«

Seabra öffnete ein kostbar in Leder gebundenes, mit eingravierter Schrift verziertes Buch, blätterte bedächtig darin und fuhr mit dem Zeigefinger über die Linien voller Notizen in einer kleinen, runden Handschrift. Er hob den Kopf, als sein Finger eine freie Zeile entdeckt hatte.

»Sehr gut, sagen Sie Herrn Farquhar, daß wir morgen um 17 Uhr eine Audienz haben.« Seabra nahm seinen Finger von dem Buch und ließ die Hand mit Nachdruck fallen, als wollte er auf den Tisch schlagen, dann drückte er ungestüm auf eine Klingel.

Ein Kabinettsdiener eilte herein, sah unterwürfig und stumm den Minister an und wartete auf einen Befehl.

»Begleiten Sie diesen Herrn hinaus.«

Adams erhob sich enttäuscht, nicht einmal eine geistvolle Bemerkung konnte er nun, da das Ende der Unterredung so schiefgegangen war, noch anbringen. Der Kabinettsdiener schritt zur Tür, öffnete einen der Flügel und ließ den Amerikaner hinaus. Als Adams fast draußen war, hörte er die Stimme des Ministers.

»Herr Adams! Sagen Sie doch Ihrem Chef, daß er soeben die Konzessionen für Paraná verloren hat.«

Adams hielt wie vom Blitz getroffen inne, rieb sich die Hände und grüßte hastig mit einer Verbeugung, dabei versuchte er, sein aschfahles Gesicht zu verbergen, und verließ rasch, fast im Laufschritt, das Kabinett. Der Kabinettsdiener schloß die Tür von außen und ließ Seabra, der über seinen scheinbaren Sieg lächelte, allein. Also war das alles nichts als ein niederträchtiges Manöver dieser Amerikaner. Er würde ihnen schon zeigen, wer hier Hilfe brauchte. Die Amerikaner glaubten wohl, sie hätten eine Schwachstelle in seinem Ministerium oder seinem Charakter entdeckt. Er betrachtete sich jedoch nicht als verletzbar, denn keine Frau würde seinen Weg mit ihren kindischen Launen durchkreuzen. Er wußte, daß die Amerikaner auf irgendeine Weise versuchten, in der neuen Regierung Fuß zu fassen. Seit der Machtübernahme durch Marschall Hermes waren sie von den Wohltaten der Macht ausgeschlossen. Es gab Gerüchte, daß sie Geld für die mißlungene »Zivilistenkampagne« des alten Ruy Barbosa herausgerückt hatten. Er mußte an Ruy, seinen mächtigen

Feind von einst, denken, der heute ein alter Mann von siebzig Jahren war und von vergangenem Ruhm und seinem an Schwachsinn grenzenden Stolz lebte. Auch Ruy konnte hinter dieser Geschichte stecken. Er würde zu denen gehören, die mit Vergnügen seine Niederlage und sein Ausscheiden aus der Regierung sehen würden, weil seine Karriere für immer durch einen schändlichen Skandal ruiniert sein würde. Ruy wäre der erste, der ihn mit einem seiner pedantischen Artikel in der Presse in einer faden, anachronistischen Tirade in den Schmutz ziehen würde. Vielleicht würde Ruy sogar behaupten, er leite ein Freudenhaus und kein Ministerium, denn Ruy war der Typ Mann, der nur allzugern das Wort Freudenhaus anbrachte. Er hatte schon etwas Änliches geschrieben, als er sich unmittelbar auf Seabras Teilnahme an den Wahlen zum Stadtvorsteher von Salvador und in den Stadtrat bezogen hatte. Seabra unterstützte Júlio Brandão, einen jungen Politiker, der ihm Rückendeckung geben würde, wenn er schließlich zum Gouverneur dieses Staates gewählt würde.

Nach dem Mittagessen begab Seabra sich zum Catete und hielt dort zwischen vierzehn und fünfzehn Uhr seine tägliche Besprechung mit dem Präsidenten ab. Den Marschall verwirrte die politische Lage der Nation mit jedem Tag mehr, wurde er doch von den Machenschaften der regionalen Oligarchien umzingelt. An diesem Nachmittag war eine alarmierende Nachricht aus São Paulo eingetroffen, einem Bundesstaat, der seine Kandidatur nicht unterstützt hatte. Es hieß, mitten in den Öffentlichen Streitkräften, dieser mächtigen Einheit der Militärpolizei von São Paulo, deren Schlagkraft genauso oder besser war als die der dort stationierten Bundestruppen, sei eine Verschwörung im Gange. Es gab unzählige Gerüchte, die auf verschiedene wirtschaftliche Gruppen hinwiesen, die den Aufrührern Geld gegeben haben sollten. Dabei tauchte eindeutig in allen Versionen auch der Name Rodolfo Miranda als Strohmann für den mächtigen Pinheiro Machado im Hintergrund auf. Der Marschall erfreute sich robuster Gesundheit, und seine von der Sonne in vielen Freiübungen gebräunte Haut und sein würdevolles Gebahren machten ihn zu einem beeindruckenden Mann. Er war zum Befehlen geschaffen, ein Mann, dem man ungefragt zu gehorchen hatte. Seabra hatte den Marschall immer für eine Art preußischen Soldaten gehalten, den man heimlich durch eine Drehung des Schicksals an die Spitze des Landes gesetzt hatte. Hermes' preußischer Geist stand von allen Seiten unter Beschuß. Er verlor jedoch nie die Ruhe, auch wenn seine stete, höfliche Hartnäckigkeit ihn sachte in die Hölle entführte.

Seabra legte die Akte über den Bau öffentlicher Schulen in den Bundesstaaten des Nordostens mit einem positiven Gutachten und einem Protokoll der geheimen Schriftstücke vor. Hermes nahm die Papiere und prüfte sie sorgfältig, stellte Fragen über die Anzahl der Kinder, die in den Genuß der Schulen kämen, wenn der Minister für das Bildungswesen bereit wäre, in diesen Regionen mehr Lehrer einzustellen, und noch andere das Problem betreffende Fragen. Seabra, gewöhnt an diese genaue Überprüfung des Präsidenten, beantwortete jede Frage so, wie es der idealistische Hermes gerne hörte. Statt zu sagen, daß die Schulen nur den Lokalpolitikern zugute kamen und damit Stimmen für die Regierung bedeuteten, entgegnete er zum Beispiel, daß etwa zweihundertfünfzig Kinder in diesen Schulen das Abc erlernen könnten und daß das Lehrerproblem auf Landes-, nicht aber auf Bundesebene zu lösen sei. Also brauche sich der Minister für das Erziehungswesen darum nicht zu kümmern. Er erzählte jedoch nicht, daß die Einstellung von Lehrern für die Lokalpolitiker eine weitere Möglichkeit sein würde, die neuen Stellen mit Wahlleitern und ihren politischen Anhängern aus den eigenen Reihen zu besetzen. Diese wären gewiß nie in der Lage, Kinder zu unterrichten, wenn sie in einem anständigen Land lebten, das sich wirklich um seine Zukunft sorgte. Aber Brasilien war nun einmal so, und es würde schwer sein, gefährlich und wenig einträglich, daran etwas ändern zu wollen. Der Präsident schien mit den Erläuterungen und Finanzierungsplänen zufrieden und versprach, den Vorgang am selben Tage weiterzuleiten, da es sich ausschließlich um einen Fall für die Exekutive handele, der keiner Zustimmung durch den Kongreß bedürfe. Am Ende der Besprechung, bevor Seabra sich verabschiedete, ließ der Präsident ihn wissen, daß er eine gute Nachricht für ihn habe. Seabra setzte sich erneut hin und sah zu, wie der Präsident die Korrespondenzmappe auf dem Tisch zurechtrückte.

»Erinnern Sie sich an die Einladung zu den Feiern der Handelsvereinigung in Salvador?«

»Natürlich, Marschall. Ich habe sie Ihnen selbst überbracht.«

»Das ist im August, nicht wahr?«

»Ja, in der ersten Augustwoche.«

»Ich habe beschlossen, die Einladung anzunehmen. Es wird mir eine Ehre sein, den Bundesstaat zu besuchen und die konservativen Kreise zu unterstützen.«

»Unsere Anhänger werden begeistert sein.«

»Das kann ich mir vorstellen. Ich habe beim Marineminister schon veranlaßt, daß für die Begleitung des Präsidenten ein Transportmittel bereitgestellt wird. Und ich möchte, daß Sie mitkommen.«

Seabra atmete auf, er war beruhigt. Er hatte die Einladung vor drei Wochen übermittelt und nicht erwartet, daß der Präsident sie annehmen würde. Nicht aus Desinteresse, sondern weil die Probleme in São Paulo den Marschall derart beschäftigten, daß Seabra eine Reise des Präsidenten zu diesem Zeitpunkt für unwahrscheinlich hielt. Aber der Präsident zeigte einmal mehr seinen Mut und seine Hartnäckigkeit. Mit der Annahme dieser Einladung griff er — unter dem Vorwand, einer Feier beizuwohnen — an zwei Fronten an: er zeigte damit seinen Feinden in São Paulo, daß die Regierung die Bedrohungen nicht für eine wirkliche Gefahr hielt, wenn er sich auf eine Reise in den Nordosten begab, und gleichzeitig besuchte er Bahia, um Seabras Prestige als Kandidat für den Gouverneursposten gegen die herrschende Oligarchie zu unterstreichen. Keine Nachricht hätte in diesem Augenblick für Seabra besser sein können als diese Bestätigung seiner Position in den Augen des Präsidenten. Er verließ das Kabinett des Präsidenten strahlend wie ein Spieler, der gerade die Spielbank des Casinos gesprengt hat, wo er bisher nur hoffnungslos verloren hatte.
Solchermaßen in bester Laune wandelte Seabra durch die Flure des Catete-Palastes, während er sich die Enttäuschung seiner Feinde in Bahia vorstellte. Darüber vergaß er fast, daß er zur Zeit viel geschicktere, tödlichere Feinde in der Bundeshauptstadt selbst hatte. Er bemerkte daher nicht, daß Oberst Agostinho, der neue Adjutant des Militärrates des Präsidenten und Nachfolger des unglücklichen Majors Quitanilha, lächelnd auf ihn zukam und seinen Arm ergriff.
»Herr Minister sind ja heute so glücklich?«
Unwillig kehrte Seabra in die Wirklichkeit zurück.
»Guten Tag, Oberst.«

Oberst Agostinho besaß einen ganz besonderen Charme von kühler Effizienz, den er sich während langer Studienjahre an der Akademie von Saint-Cyr in Frankreich zugelegt hatte.
»Könnten der Herr Minister einige Minuten für ein Gespräch in meinem Zimmer erübrigen?« fragte der Oberst.
Seabra war so glücklich, daß er beschloß, die Einladung anzunehmen, obwohl er am liebsten nach São Cristóvão geeilt wäre.
»Warum nicht, Oberst. Mit dem größten Vergnügen«, antwortete Seabra.
Die beiden lenkten ihre Schritte ins Erdgeschoß, während der Oberst sich schon im voraus für den Zustand in seinem Arbeitszimmer entschuldigte.
»Ich habe noch keine Gelegenheit gehabt, es einigermaßen einzurichten. Ich habe diesen Posten unverhofft übernommen. Ich lebte in Paraná, als ich vom Präsidenten hergebeten wurde. Ich habe mit dem Marschall im Kriegsministerium gedient, wir sind gute Freunde, und er ist ein so außerordentlicher Mensch, finden Sie nicht auch?«
»Ja, das ist er«, antwortete Seabra mechanisch, wobei in seinem Innern ein Alarmzeichen ertönte.
Als sie an die Tür des Arbeitszimmers kamen, eilte der Oberst vor und ließ dem Minister den Vortritt. Seabra trat ein und sah sich in einem kleinen Zimmer, fast einem Kabuff, vollgestopft mit Papieren, die nicht zum Militärrat gehörten, als nutzten alle Abteilungen im Catete den Raum als Ablage.
»Major Quitanilha war sehr gutmütig«, sagte der Oberst sarkastisch. »Er erlaubte, daß alles mögliche hierherkam. Sehen Sie, aber hier ist doch schon so wenig Platz.«
Seabra wartete, bis der Oberst sich an dem winzigen Schreibtisch niedergelassen hatte und nahm dann auf

einem einfachen Stuhl Platz. Er wartete, daß der Oberst sagte, was er ihm mitzuteilen wünschte.
»Ich werde Ihre kostbare Zeit nicht lange in Anspruch nehmen, Dr. Seabra.« Der Oberst redete, als habe er in diesem vollgestopften Raum irgendwo eine Geheimwaffe versteckt. »Der Präsident wird Ihnen mitgeteilt haben, daß er beabsichtigt, zu einer Feier in den Norden zu reisen. Der Präsident hat sich heute morgen dazu entschlossen und es mir mitgeteilt. Ich persönlich bin nicht für diese Reise, ich halte die Abwesenheit des Präsidenten von Rio de Janeiro zu diesem Zeitpunkt, wo in São Paulo Anzeichen einer Rebellion zu erkennen sind, für gefährlich. Da die Einladung von Ihnen, Dr. Seabra, ausgegangen ist, würde ich gern Ihre Meinung dazu hören, bevor ich dem Präsidenten die meine darlege.«
Seabra blickte den Oberst aufmerksam an und suchte nach einem Hinweis für die wahren Gründe dieser Unterhaltung. Es war ihm bewußt, daß die Sorge des Obersten, obwohl dem Anschein nach echt, nicht aufrichtig war.
»Ich meinerseits glaube, daß der Präsident weiß, was er tut«, antwortete Seabra. »Mit dieser Reise nach Bahia zeigt er den Leuten in São Paulo, daß die Regierung in einer starken Position ist und keine Bedrohung zu befürchten hat. Gleichzeitig stärkt dies sein Ansehen in Bahia.«
»Sie kennen doch die Situation in São Paulo?«
»Ich kenne sie sehr gut, Oberst, so gut wie die in Bahia.«
»Entschuldigen Sie meine Offenheit, Dr. Seabra, aber ich sehe ganz klar, daß die Reise des Präsidenten in den Norden politisch für Sie von Nutzen sein wird. Sie werden mehr davon haben als die Bundesregierung.«
»Ich werde vergessen, was Sie gerade gesagt haben, Oberst. Ich weiß nicht, was Sie mit diesen Worten beab-

sichtigen. Ich bin ein Mann im Dienst der Regierung und genieße das volle Vertrauen des Präsidenten. Ich bin auch der Kandidat für den Gouverneursposten in Bahia. Sollte ich möglicherweise gewinnen, wird auch Marschall Hermes dabei gewinnen. Ich sehe keinen Unterschied zwischen der Politik auf Landes- und der auf Bundesebene.«
»Ich bitte tausendmal um Entschuldigung, Dr. Seabra. Ich glaube, ich habe mich angemessen ausgedrückt.«
»Sie haben sich sehr gut ausgedrückt, Oberst«, erwiderte Seabra und erhob sich, um zu gehen.
»Minister, wissen Sie, was mit Major Quitanilha geschehen ist?«
»Auf Wiedersehen, Oberst Agostinho!«
Seabra ging auf die Tür zu, aber der Oberst kam ihm zuvor.
»Major Quitanilha«, sagte der Oberst mit sichtlicher Genugtuung, »dient im Fort Príncipe da Beira im hintersten Mato Grosso. Es heißt, dort gibt es Moskitos so groß wie Elefanten.«
»Die gigantischen Moskitos im Fort Príncipe da Beira sind sicher nicht so giftig wie einige Insekten hier in der Bundeshauptstadt«, erwiderte Seabra sichtlich verärgert.
»Herr Minister, stimmt es, daß die Konzession für die Southern Brazil Lumber and Colonization Company aufgehoben worden ist?«
Seabra hielt inne, als trage er ein Gewicht, dessen Last ihm unerträglich geworden war.
»Woher wissen Sie davon?«
Der Oberst lächelte und wandte sich ab.
»Nun, Dr. Seabra, Nachrichten verbreiten sich rasch.«
Der Druck machte sich schon im Catete bemerkbar, und Seabra wußte in diesem Augenblick, daß er schnell handeln mußte, wenn er überleben wollte. Ohne ein weiteres

Wort mit dem Oberst zu wechseln, der ihn provozierend ansah, lächelte er, drehte sich um und ging zu seiner Kutsche, die im Vorhof des Palastes stand. Er befahl dem Kutscher, so rasch wie möglich nach São Cristóvão zu fahren. Er kochte. Jetzt war er wieder der gepeinigte Mann aus dem Sertão, der, in seiner Ehre verletzt, nach einer exemplarischen Genugtuung verlangte. Und die Sache lag jetzt völlig klar vor ihm. Der ganze Plan offenbarte sich ihm nun, während die Kutsche über die Pflastersteine der Straßen holperte. Major Quitanilha war das erste Ziel der Verschwörung gewesen, er war ihr unschuldig zum Opfer gefallen. Vielleicht hatten die Amerikaner sogar die hübsche, kleine Deutsche angeheuert, die den Major verführt und ihn von seinen ehelichen Pflichten abgehalten hatte. An der Stelle von Quitanilha saß jetzt der ehrgeizige Oberst Agostinho, der das Generalspatent anstrebte und von einem Posten in Paraná kam, wo er sicher von den Amerikanern gewonnen worden war. Mit Oberst Agostinho waren die Amerikaner bereits an der Stirnseite des Präsidententisches angelangt. Jeder wußte, daß der Marschall diesem eingebildeten Militär mit dem steifen Schnurrbart, mit goldenem Zwicker und feinen Umgangssitten, größtes Vertrauen schenkte, der seinerseits wiederum alle Techniken und Geheimnisse des modernen Militärs kannte. Oberst Agostinho wußte viel besser als die meisten brasilianischen Generäle, wie ein professionelles, effizientes Heer vorzugehen hatte. Marschall Hermes hatte während der Reform der Streitkräfte seine rechte Hand in ihm gefunden, als er in der vorangegangenen Regierung den Posten des Kriegsministers bekleidet hatte. Vor allem war Oberst Agostinho der Mentor und Organisator der Militärmanöver in Rio de Janeiro im Jahre 1908 gewesen, der ersten, die die brasilianischen Truppen veranstaltet und

die große Bewunderung und Entsetzen hervorgerufen hatten. Mit dieser Aufgabe hatte er das Vertrauen des Marschalls gewonnen und die Feindschaft einer ganzen Reihe von Generälen, die sich von einem niedrigeren Rang verdrängt fühlten. Aber die enge Verbindung zu Marschall Hermes war eine Tatsache, der Oberst ging im Hause des Präsidenten ein und aus, und seine Ansichten wurden fast wie absolute Wahrheiten angesehen. Dieser unverschämte Mensch konnte Seabra vernichten. Und da saß er nun in dem dreckigen, vollgestopften Zimmer als Speerspitze der Amerikaner, ein Mann Mackenzies, und da er dem Präsidenten so nahestand, zählte er mehr als alle Minister zusammengenommen, wenn er seine Sache richtig vorzubringen verstand.
Obwohl schon die Nacht hereinbrach, trieb die stickige Hitze Seabra den Schweiß auf die Haut, seine feuchte Kleidung kühlte im lauen Fahrtwind der Kutsche ab. Er öffnete den Knoten seiner Krawatte und dann das Hemd, um sich von dem engen Kragen zu befreien. Das verschaffte ihm die erhoffte Erleichterung. Er kam gar nicht dazu, den Paletot abzulegen, der zerknitterte, weil er auf der gepolsterten Bank der Kutsche versank, als wollte er sich verstecken. Die Straße in São Cristóvão, wo seine Geliebte wohnte, besaß keine öffentliche Straßenbeleuchtung. Sie war bereits in die schweigsame Dunkelheit der anbrechenden Nacht getaucht, man hörte nur das Klappern von Geschirr, weil es bald Zeit zum Abendessen war. Die Dunkelheit beherrschte alles. Die meisten Familien erleuchteten nur jeweils ein Zimmer zur Zeit, um Brennstoff zu sparen, denn noch hatten sie keinen Strom, und zu Beginn der Nacht waren nur die Wohnzimmer, Eßzimmer oder die Küchen an der Hinterseite der Häuser erleuchtet. Bald darauf hielt die Kutsche vor dem Haus

seiner Geliebten. Die erschöpften Pferde schnaubten. Er sprang hinaus, durchquerte eilig den kleinen Garten voller Bäume und trat ein. Die Tür war nur angelehnt, das Haus dunkel. Er rief nach der Geliebten, während er einen Leuchter suchte. Niemand antwortete, er begann unruhig zu werden. Sie verließ das Haus nie und schon gar nicht zu dieser Zeit, wenn er gewöhnlich ankam. Seabra fand den Leuchter auf der Kommode und zündete ein Streichholz auf dem Wachsstock an. Nun war das Wohnzimmer erleuchtet, es erschien ruhig und aufgeräumt, sauber und friedlich. Er ging mit dem Leuchter in die anderen Räume und rief dabei fortwährend nach ihr. Keine Antwort. Sie war nicht da, sie war ausgegangen, und das war ungewöhnlich. Da das Haus klein war, dauerte die Suche nicht lange. Kurz darauf war er in ihrem Schlafzimmer und setzte sich auf den Bettrand, der Leuchter stand auf dem Fußboden und warf in alle Richtungen Schatten. Er sah, daß der Kleiderschrank halb geöffnet war, erhob sich und öffnete die Schrankktür ganz. Erstaunt und ungläubig stand er davor. Die Kleider seiner Geliebten waren fort, kein einziges ihrer Seidenkleider, keines ihrer duftigen Nachtgewänder, keiner ihrer Schuhe aus englischem Leder, ihre Taschen, Fächer — nichts. Sie war ohne jede Erklärung fortgegangen, ohne eine Nachricht. Er setzte sich wieder auf den Bettrand und entdeckte, daß er weder traurig noch wirklich überrascht war, er war ziemlich ruhig, und sein Verstand arbeitete ganz klar. Er wollte das Verhalten seiner Geliebten nicht begreifen, er wollte nur, daß sie sich einfach in der Welt verflüchtigte und nie wieder ein Lebenszeichen von sich gab. Obwohl ihr Duft noch am Bett haftete und die alte Lust in ihm weckte, war er im Grunde froh, daß sie ihm zuvorgekommen war. Das Zimmer war stickig, die geschlossenen Fenster ließen kei-

nen Windhauch eindringen. Da hörte er ein schwaches Weinen, ein ganz schwaches Geräusch, aber zweifellos war es das Weinen einer Frau. Er nahm den Leuchter, erhob sich vom Bett und ging in den hinteren Teil des Hauses auf die Küche zu, wo er das Weinen vermutete. Es war niemand in der Küche, der Holzofen war aus, und die Töpfe hingen an Haken an der Wand. Aber das Weinen hielt an. Er kam von draußen, von der kleinen Terrasse, wo die Wäsche gewaschen wurde, die in der Sonne in einem Gewirr von Wäscheleinen trocknete. Neben dem Waschzuber aus Stein sah er im Schutz der Dunkelheit, die sich im Licht des Kerzenscheins nur zögernd verflüchtigte, auf einer Kiste das Dienstmädchen. Sie weinte leise wie jemand, der schon lange geweint hat.
»Was ist geschehen?« fragte er.
Die Frau antwortete nicht. Er zog sie am Arm, damit sie aufstand. Sie zitterte, sie war eine ehemalige Sklavin. Ihr Weinen verwandelte sich nun in angstvolles Schluchzen.
»Was ist geschehen?« fragte er erneut.
Ihr Gesicht war von Angst gezeichnet, obwohl die Bedrohung schon seit geraumer Zeit vorüber war. Die Alte konnte wieder Kraft schöpfen, aber nicht genug, um etwas sagen zu können. Er faßte sie um und brachte sie in die Küche. Er gab ihr ein Glas Wasser zu trinken und wartete. Wie ein fast Ertrunkener, der in der letzten Minute gerettet worden ist, kam sie langsam wieder zu sich.
»Sie haben die Herrin mitgenommen, Herr.«
»Was sagst du da? Wer?«
»Das weiß ich nicht, Herr Doktor.«
»Wie ist das passiert?«
»Es klopfte an der Tür, und ich habe aufgemacht. Es waren zwei Männer, ein kleiner und ein ziemlich kräftiger. Sie sagten, sie kämen in Ihrem Auftrag, Herr Doktor. Ich

habe das geglaubt und die Herrin gerufen. Sie war hier in der Küche und fand irgend etwas an der Sache komisch. Sie hat mit mir geschimpft, weil ich die Männer reingelassen hatte. Aber da hatten sie sich schon im Wohnzimmer hingesetzt, und als die Herrin hinging, um mit ihnen zu reden, weiß ich nicht genau, was passierte. Ich bin in der Küche geblieben und habe gehört, wie die Herrin geschrien hat. Da bin ich hingerannt, um ihr zu helfen, aber die Männer haben gebrüllt, ich sollte mich nicht einmischen, und dann haben sie sie mitgenommen ...«

»Wann ist das passiert?«

»Das war nachmittags, noch vor vier Uhr.«

»Hast du diese Männer schon mal gesehen?«

»Noch nie, Herr Doktor. Hier kam niemand her. Manchmal kam die Mutter von der Herrin, aber das war selten. Einmal im Monat kam sie Geld holen.«

Seabra versuchte die Alte zu beruhigen, sagte, sie solle sich weiter um das Haus kümmern und auf die Herrin warten. Alles würde sich einrenken und nichts Schlimmes passieren. Er würde bald erfahren, was geschehen war. Er bat sie, niemanden die Tür zu öffnen und auch nicht in der Nachbarschaft herumzulaufen und zu erzählen, was vorgefallen war. Die Alte versprach, sich daran zu halten wie jemand, der sich die Schuld an dem Übel, das der Herrin zustoßen konnte, selbst zuschrieb. Seabra war ganz ruhig. Wer ihn nicht wirklich kannte, hätte annehmen können, daß er alles hinnahm, aber die scheinbare Ruhe war ein Zeichen seiner Wut. Diese Unverschämtheit würde noch jemanden teuer zu stehen kommen. Er verschloß alle Fenster und Türen des Hauses und befahl dem Kutscher, nach Santa Tereza weiterzufahren. Er kam früher als gewöhnlich zu Hause an. Er war noch außer sich und in einem bedauernswerten Zustand. Seine Frau hielt sich im Salon auf und las. Sie bemerkte, daß ihr Mann verwirrt war. Sie hatte ihn schon lange nicht mehr so erlebt, seit er nicht mehr jung und stürmisch war. Eigentlich sah sie ihren Mann gern in dieser Verfassung, seine Verzweiflung weckte schöne Erinnerungen an eine Zeit, als sie jung und feurig waren und alle Probleme miteinander teilten.

Seabra sprach kaum mit seiner Frau und ging in sein Zimmer. Sie schloß das Buch und folgte ihm. Sie trug eine *robe de chambre* in dunklem Lachston, die den Umriß ihres Körpers unter der Fülle der chinesischen Seide verbarg. Als sie ins Zimmer trat, zog ihr Mann sich gerade aus. Sie wollte ihm jetzt keine Fragen stellen und ging lieber einen frischen Schlafanzug holen. Sie nahm einen aus der Schublade und legte ihn auf das Bett. Entkleidet setzte sich ihr Mann auf den Bettrand. Neben ihm lag der Schlafanzug auf der Bettdecke ausgebreitet wie ein Schatten, der auf dem weißen Stoff Gestalt angenommen hatte. Sie setzte sich neben ihn und streichelte ihm mit einer typischen Geste über das Haar. Er reagierte nicht. Das war ein Zeichen, daß sie sich einschalten konnte.

»Willst du es mir nicht sagen?« bat sie leise.

Seabra begann zu sprechen, den Kopf noch etwas nach vorn geneigt, fast in den Händen verborgen. Sie konnte sein graues Haar und den kräftigen Hals sehen. Und nun erzählte ihr Mann alles der Reihe nach, seinen Verdacht, von der Geliebten in São Cristóvão und ihrem Verschwinden. Sie hätte sich über die Eröffnung, daß er eine Geliebte hatte, ärgern können, aber sie war schon so sehr Herrin ihrer ehelichen Welt, daß sie dies als einen unvermeidlichen Unfall betrachtete. Sie hatte schon den Zynismus des mittleren Alters angenommen, und obwohl sie es bedauerte, akzeptierte sie den Betrug ihres Mannes. Das Gewicht des Betruges minderte er etwas dadurch, daß er ihr nun alles gestand, und das tröstete sie ein wenig. Aber entscheidend war, daß ihr Mann angegriffen wurde, mittelbar auch sie selbst und unmittelbar ihre Welt. Es schwebte offensichtlich eine Bedrohung über ihrem Leben und dem ihres Mannes. Es mußten mächtige Kräfte sein, die zu diesem Zeitpunkt den Minister Seabra, einen mächtigen Mann der Republik, ihren Mann, einen Sieger, bedrohten. Und da es mächtige Kräfte waren, hatte sie keinen Zweifel, wie ihnen zu begegnen sei.

»Ich bin auf deiner Seite, Zé. Diese Kerle verdienen eine ordentliche Lektion, damit sie sich nicht einmischen, wo es ihnen nicht zusteht.«

Seabra hob den Kopf und blickte seine Frau an.

»Du darfst nicht so dasitzen«, fuhr sie fort. »Schlag hart zurück, du darfst nicht zulassen, daß sie dich erledigen.«

Zwei Stunden später klopfte es an der Tür von Adam Mackenwieks. Er ging unbesorgt öffnen. Er war noch wach, weil sein ältester Sohn Fieber hatte und nicht schlafen konnte. Seine Frau schlief schon und hörte nicht einmal, wie Adams die Tür öffnete, um nachzusehen, wer um diese Zeit bei ihm klopfte. Als der Amerikaner öffnete, wurde er gepackt und auf die Straße gezerrt. Die Straße war menschenleer. Jemand, der sehr kräftig war, ergriff ihn und hielt ihm den Mund zu, so daß er fast erstickte. Dann schien die Welt über ihm zusammenzubrechen. Auf seinen Magen und seine Brust prasselten Hiebe und Schläge von Gummiknüppeln nieder. Der Überfall dauerte nicht länger als fünfzehn Minuten, aber Adams hatte jeden Zeitbegriff verloren. Als er bewußtlos wurde, ohne einen einzigen Schrei von sich zu geben, stießen die Männer ihn ins Haus zurück und schlossen die Tür. Seine Frau hörte den heftigen Schlag der Tür, erhob sich schlaftrunken und rief nach ihrem Mann. Das schwache Licht, das immer im

Eingangsflur brannte, beleuchtete Adams Körper in einer Blutlache. Sie schrie auf und erstarrte, als sie sah, wie die Hände ihres Mannes sich zusammenballten, und dann völlig reglos blieben.

8

Wenn jemand Genesung suchte, dachte Finnegan, dann war dies sicher der letzte Ort der Erde, wo man Genesung finden konnte. Im Verlauf einer Woche hatte die Malaria in ihrer wankelmütigen Irrationalität sich unterschiedslos ihre Opfer ausgesucht.

Die zehn Deutschen, die die Reihe der Todesfälle angeführt hatten, waren am nächsten Morgen, wie schon vorauszusehen gewesen war, tot aufgefunden worden. Zehn makabre Säcke mit Knochen, bedeckt von einer gelblichen, feinen, starren Haut, wurden aus ihrer stinkenden Hülle wie kandierte Früchte herausgewickelt, die ein Geisteskranker zubereitet hatte. Dann traf es einen der Sanitäter, kurz darauf vier Chinesen und einen Spanier von der Wache. Alle dem Wahnsinn verfallen in ihrem Delirium und diesem unbezwingbaren Zittern, geknebelt und gefesselt, bis sie im Koma lagen, dann der Tod. Finnegan versuchte diesen Sturzbach von Todesfällen gar nicht mehr aufzuhalten. Sie gehörten nicht zu dem Raum, den er sich als Lebensraum vorgenommen hatte, und jeder Todesfall schien ihm eine vorausbedachte Beleidigung seiner Person zu sein. Sogar sein Sanitäter, ein Helfer, der ihm so nahe war, der alle Gefahren der Krankheit kannte, hatte es vorgezogen, sein Leben für ein bißchen mehr Geld zu riskieren. Eine solche Entscheidung war für Finnegan einfach zu absurd, als daß er mit ihr gerechnet hätte. Für ihn hatte

Geld nie viel bedeutet, er hatte immer Geld gehabt, er konnte sich nicht vorstellen, daß jemand wegen einer Handvoll Geldnoten mit dem Tod spielte.
Aber der Indio mit den amputierten Händen und die junge Frau, die man im Wald gefunden hatte, erholten sich wider Erwarten. Sie waren ein Zeichen dafür, daß es hier für ihn als Arzt die wichtigste Aufgabe war, Leben zu retten und nicht Totenscheine zu unterschreiben. Die junge Frau half sogar etwas bei der Arbeit in der Krankenstation. Obwohl sie dazu neigte, sich zurückzuziehen und immer finster und traurig war, machte sie sich doch mit kleinen Arbeiten nützlich, ohne daß man sie darum gebeten hatte. Sie kehrte den Boden, wedelte Staub weg und teilte Medikamente aus, wenn Finnegan sie darum bat. Der Indio konnte noch nicht laufen, er erholte sich aufgrund seines schlimmen Zustandes langsamer, außerdem hatte Finnegan eine bestimmte Art von Ödemen an seinen Füßen entdeckt. Schmarotzer hatten sich in der Hornhaut, die sich bei den Indios an den Füßen bildete, festgesetzt. Die Schmarotzer drangen ein, legten ihre Eier in einem Beutel ab und riefen dadurch Juckreiz und schwere Entzündungen hervor. Er hatte schon ähnliche Fälle unter den Arbeitern behandelt. Die Behandlung des Indios war ziemlich schmerzhaft, aber es war Finnegan gelungen, alle Schmarotzer zu entfernen. Die junge Frau, er wußte nun, daß sie sich Consuelo nannte, versorgte den Indio. Sie hatte gelernt, an den Armen und auch an den Beinen die notwendigen Verbände anzulegen. Der Ärmste empfand schon eine gewisse Abhängigkeit von ihr. Manchmal, wenn Finnegan in sie drang, sprach sie ein wenig mit ihm. Der Arzt hatte nie den Mut zu fragen, was wirklich geschehen war, denn als er es das erste Mal versucht hatte, war sie auf eine Weise zurückgewichen, daß er glaubte, sie

würde sterben. Finnegan wußte jedoch schon genug über sie. Ihren Namen, Consuelo, daß sie hübsch, Bolivianerin, gutherzig und verwitwet war. Consuelo und der Indio warteten auf eine Gelegenheit, um mit dem nächstmöglichen Transport nach Porto Velho gebracht zu werden. Der Indio sollte noch ins Hospital Candelaria eingeliefert werden, bis er vollständig genesen war. Auch Consuelo sollte dort untergebracht werden, bis die Gesellschaft über ihr Schicksal entschieden hätte oder sie selbst mit einer persönlichen Entscheidung zur Verwaltung käme. Finnegan, der zu Beginn ungeduldig auf ein Transportmittel gewartet hatte, verspürte nun insgeheim den Wunsch, eine solche Gelegenheit möge sich so bald nicht bieten. Irgendwie tat ihm die Gegenwart dieser Frau gut und fing ihn inmitten all dieses Irrsinns auf. Sie lachte nie, war immer sehr schwermütig und traurig und sprach nur das Notwendigste. Sein Wunsch wurde noch dadurch verstärkt, daß Consuelo nicht ungeduldig aufs Fortgehen zu warten schien. Sie ließ zwar nicht durchblicken, daß sie wirklich bleiben wollte, es war, als habe sie jeden Willen, irgend etwas zu wollen, verloren. Aber Finnegan hatte sich schon an sie gewöhnt, an ihren Eifer, wenn sie den Fußboden fegte oder wenn sie liebevoll und ganz überschwenglich den Indio versorgte. Sie war so hübsch, daß Finnegan darüber all seinen Kummer vergaß.

Dort draußen ging die Welt weiter, die Karren waren immer noch mit Schwellen aus Eukalyptusstämmen beladen, die man aus Formosa importiert hatte. Auf dem Stapel Schwellen saßen einige Arbeiter, während Maultiere aus Arkansas die Karren zum überschwemmten Gelände zogen. Auf der anderen Seite versuchte eine große Zahl Deutscher und Barbadianer einen Graben freizuschaufeln, der voller Wasser stand und sich einen Meter breit bis zur

Uferböschung des Abunã erstreckte. Den ganzen Graben entlang wurde fieberhaft gearbeitet. Die Männer hatten bei der Arbeit die Hosen bis zu den Knien hochgekrempelt, damit ihre Kleidung nicht vom Schlamm feucht wurde und zerriß.

Während die Arbeiter den Graben tiefer aushoben, damit der Sturzbach des Unwetters darin abfließen konnte, entluden andere die Karren mit den Schwellen. Diese Arbeiten wurden schweigend ausgeführt, aber über allem lag große Erschöpfung und eine Gleichgültigkeit, dank deren Deutsche und Barbadianer Seite an Seite arbeiten konnten.

Aus dem Führerhaus der Mad Maria sah Thomas zu und brachte die Maschine zum Stehen. Ingenieur Collier wartete neben ihm nicht, bis die Lokomotive anhielt, sondern sprang auf das Trittbrett und von dort auf den nassen, glitschigen Boden. Er rutschte ein wenig, fing sich dann aber und ging auf die Karren zu. Collier wußte, daß jedes Stück Holz die halbe Erde umkreist hatte, um an den Rio Abunã zu gelangen. Er nahm ein altes Stück Schwelle auf, das aus Tannenholz geschnitten war. Unter dem Druck seiner Hand zerbröckelte es. Die Schwellen aus Eukalyptusholz mußten eine so weite Reise zurücklegen, weil dieses Holz den furchtbaren Termiten der Gegend widerstand. Manchmal hatte Collier den Eindruck, als wären diese Termiten auch noch imstande, seine Knochen zu zerfressen, wenn er es zuließe. Unmittelbar vor ihm befestigten die Barbadianer den schlammigen Boden mit mehreren Schichten aus Zweigen, die sie von den Bäumen im Wald geholt hatten. Das sollte der neue Damm werden, über den die Bahnstrecke geführt wurde. Der festere Boden würde neuen Unwettern besser standhalten. Die Befestigung war eine langwierige Sache. Die Barbadianer brauchten zehn bis zwölf Stunden, um zwei Meter voranzukommen, weil die Schicht aus Zweigen und Lehm zehn Zentimeter dick sein mußte. Da sie seit etwa einer Woche dabei waren, war schon ein langer, befestigter Streifen fertig, fast wie eine hellgraue Matte, die einen Kontrast zu dem gelblich lehmigen Sumpfgelände bildete.

Auf die Schicht waren schon einige Meter Gleise über die Schwellen gelegt worden, die gerade befestigt wurden. Collier prüfte die Arbeit eingehend, sie schien in Ordnung zu sein. Wieder einmal bestätigte sich, daß die Barbadianer etwas vom Bahnstreckenbau verstanden. Der Ingenieur drehte sich um zur Lokomotive und rief:

»Thomas, fahren Sie auf die neuen fünf Meter vor.«

Der Lokführer machte mit den Fingern ein Zeichen, daß er auf die Sicherheit der neuen Gleise vertraute. Das typische Zeichen amerikanischen Humors, Zeigefinger und Daumenkuppe bildeten einen Kreis. Collier winkte ihm mit dem Arm, er solle mit der Lokomotive vorfahren. Thomas setzte die Maschine in Betrieb, sie stieß eine Dampfwolke und ein metallisches Schnauben aus, während die Räder auf den Gleisen vorwärts rollten, erst auf dem noch festen Boden, dann auf dem mit Zweigen befestigten Damm. Nervös beobachtete der Ingenieur, wie die Maschine vorrollte. Er sah, daß die Räder problemlos auf dem neuen, befestigten Streifen fuhren. Mit großer Sicherheit dirigierte Thomas Mad Maria und fuhr vorwärts. Hinter ihm arbeitete Harold mit verstärkter Wachsamkeit. Die Räder glitten auf dem Streifen entlang und hielten dann, denn die Maschine hatte schon fast die fünf Meter zurückgelegt, und weiter vorn lagen nur noch unbefestigte Gleise. Zum Halten gebracht, schnaubte Mad Maria Dampf. Fast im Laufschritt prüfte Collier nun die Haltbarkeit des neuen Dammes. Er lief an der Lokomotive entlang, manchmal rückwärts und etwas gebeugt. Er war mit der Arbeit zufrieden und machte mit erhobenem Arm ein Zeichen, daß alles in Ordnung sei. Thomas nickte aus dem Führerhaus bestätigend mit dem Kopf.

Endlich war der Ingenieur überzeugt, daß wirklich alles in Ordnung war und stellte sich vor die Lokomotive. Sein Gesicht hatte sich aufgehellt, aber noch hatte er den Blick nicht von den Rädern der Maschine gewandt. Schon lange war ihm nicht mehr so zu Mute gewesen wie jetzt. Mad Maria stieß eine Rauchwolke aus und fuhr nun im Rückwärtsgang. Collier blieb auf dem Bahndamm stehen und folgte der langsam zurücksetzenden Lokomotive. Als die Dampfwolken sich verzogen hatten, bemerkte er, daß die Barbadianer — solcher Eifer war hier sonst wenig bekannt — aufgehört hatten zu arbeiten und dem Test sehr aufmerksam mit einem Anflug von Zufriedenheit folgten. So etwas wie Berufsstolz durchfuhr sie, der jedoch bald wieder verflog und im selben Rhythmus wie die rückwärts fahrende Lokomotive wich. Aber der Ingenieur hatte das alles gespürt und war dankbar, eine kleine Belohnung, die man wie etwas Einzigartiges nehmen mußte. Endlich erreichte die Lokomotive wieder festen Boden. Die Barbadianer kehrten an die Arbeit zurück. Colliers winziger Sieg war vorüber, jetzt mußte er sich wieder der harten Aufgabe stellen, wie der Sumpf zu überqueren war. Der Damm mußte fünfzig Meter überbrücken, und bisher waren nicht mehr als zwanzig Meter befestigt, davon erst fünf mit Gleisen.

Als die Nacht hereinbrach, sah Finnegan sich drei weiteren Fällen von Malaria falciparum gegenüber. Ein Deutscher und zwei Chinesen waren brüllend in die Krankenstation gebracht worden. Da Finnegan schon wußte, welche Behandlung sie erwartete, wenn sie weiter brüllten, verabreichte er den Kranken starke Beruhigungsmittel, obwohl das den tödlichen Ausgang fast immer beschleunigte. Aber nach Finnegans Maßstäben war das eine viel menschlichere Lösung als die Knebel und Stricke von Ingenieur Collier. Während Consuelo jetzt bei den Kranken wachte, saß er nachdenklich an seinem Tisch. Consuelo gab auf der Krankenstation eine recht seltsame Figur ab in ihrer umgeänderten Männerkleidung. Es waren Sachen von Finnegan, fast konnte er sich darin neben Consuelo spüren, ein angenehmes Gefühl, das er lange auskosten wollte wie ein Mann, der seinen Durst mit den letzten Tropfen Wasser stillt. Die Kranken waren auf Bahren gebettet. Consuelo, der die Sanitäter zur Hand gingen, lief von einer Bahre zur anderen. Aufmerksam achtete sie auf ungewöhnliche Anzeichen, obwohl es nur die eine Gewißheit gab, daß sie bald sterben würden. Finnegan hatte einen Schreibblock genommen und zu lesen begonnen. Auf Consuelos Bett lag eine amerikanische Zeitschrift, deren Illustrationen sie gerne betrachtete, wenn sie auch nicht ausreichend Englisch sprechen konnte. Dieses Verständigungsproblem löste Finnegan mit einem Code, den er erfunden hatte. Er erinnerte sich an seine Spanischstunden in der Oberschule, und mit einem kleinen spanisch-englischen Wörterbuch setzte er Sätze zusammen. Consuelo konnte etwas Englisch, sie hatte in der Oberschule Englischunterricht gehabt und schien Finnegan gegenüber sogar im Vorteil zu sein, denn sie konnte auf Englisch bis zehn zählen, was Finnegan auf Spanisch nicht zustande brachte. In diesem merkwürdigen Kauderwelsch konnten sie sich zufriedenstellend verständigen. Finnegan konnte sich nicht konzentrieren, er blätterte in dem Block und übersprang Seiten, all das äußerst langsam, denn die Lektüre schien ihn in keiner Weise zu begeistern. Der Block war voller

Notizen, Berichte darüber, wie Collier die Kranken behandelt hatte. Aber im Grunde wußte er, daß es leere Worte waren, sie sollten die Willkürlichkeit des Ingenieurs anklagen, aber er war nun sicher, daß die Gesellschaft die Berichte nie beachten würde. Denn schließlich verteidigte Collier nur den reibungslosen Fortgang der Arbeiten im Sinne der Verwaltung, und allein das zählte. Es war überhaupt kein Verbrechen, einige Kranke sterben zu lassen, um den Schlaf der Arbeiter nicht zu stören. Es mußte einfach geschehen, damit jeder Arbeiter am nächsten Tag weiterschaffen konnte, wie man es von ihm erwartete. Er sah auf, es kam ihm vor, als seien alle seine Prinzipien zusammengebrochen und er jetzt zum Komplizen geworden. Der Arzt, den die Wissenschaft fasziniert hatte, existierte nicht mehr. Er war nutzlos, denn er war nur da, weil die Gesellschaft verpflichtet war, an dieser Baustelle dem Namen nach einen Arzt einzustellen. Sie hätten auch alle ohne ihn auskommen können. Er erhob sich vom Tisch und ging zum Bett des Patienten, der in seiner unmittelbaren Nähe lag. Am Fußende des Bettes blieb er stehen, verschränkte die Arme auf dem Rücken und beobachtete den Mann, der unmerklich in den Tod hinüberzugleiten schien wie eine unbestimmte Form, die in einem Trichter verschwindet. Als er aufsah, bemerkte er etwas auf dem Schild an der Wand, auf dem die Vorschriften für die Krankenstation standen. Er trat näher um zu sehen, was es war und schlug unerwartet auf das Schild, als wollte er mit einem einzigen Hieb alle Vorschriften treffen. Die Sanitäter hielten in ihrer Arbeit inne und beobachteten ihn nun, auch die junge Frau blickte interessiert auf, da diese Geste eigentlich nicht zu Finnegan paßte. Er betrachtete abwesend seine Handfläche, dann ging er auf den Tisch zu, öffnete eine Schublade und nahm eine Lupe heraus. Unter dem Vergrößerungsglas sah er auf seiner Handfläche ein zerdrücktes Insekt. Nicht nur Skorpione drangen also in Finnegans Festung ein, seine Feinde konnten das auch, und deshalb murmelte er laut: »Verflixtes Vieh. Wie bist du nur in die Krankenstation gekommen? Reichen denn die Kupfernetze am Fenster und die Moskitonetze nicht? Wenn diese verfluchten Insekten uns wirklich umbringen wollen, ist ja niemand mehr sicher.«

Harold und Thomas, denen die Gefahr der Insekten nicht richtig bewußt war, hatten es gewissermaßen auch mit einem Patienten zu tun. Der Patient war die Lokomotive Mad Maria: am frühen Abend waren Probleme im Kessel aufgetreten. Sie hatten drei Gaslampen im Führerhaus aufgestellt und arbeiteten nun dort. Überall lagen Teile der Maschine auf dem Eisenboden verstreut. Thomas war ein ausgezeichneter Mechaniker. Er war fast völlig in der Kesselöffnung verschwunden. Obwohl der Kessel mit Wasser abgekühlt worden war, war das Metall noch lauwarm und innen herrschte noch eine ziemlich hohe, unangenehme Temperatur. Der Maschinist schwitzte ganz schön, während er kleine Eisenrohre abmontierte und Verbindungsstücke herausschraubte.
»Wenn es an einer verstopften Leitung liegt, haben wir das Teil nicht da und können das Problem nicht beheben«, rief Thomas aus dem Kessel.
»Ich habe ja schon immer gesagt, daß wir dauernd einige unentbehrliche Ersatzteile da haben müssen. Aber die Verwaltung hört ja nicht auf uns, die wollen nur sparen.«
Collier war herbeigekommen, um zu erfahren, was mit der Maschine los sei und fiel in die Unterhaltung ein.
»Was für ein Problem gibts denn? Wer spart hier?«

»Die Gesellschaft. Sie besorgt die Ersatzteile nicht, die wir bestellen«, antwortete Harold und wies damit jede Verantwortung von sich, falls die Lokomotive nicht funktionieren sollte.

Thomas stieg aus dem Kessel. Er hielt ein Teil in der Hand, das einer Pfeife glich.

»Jesus Maria! Nun seht euch das an.«

In dem Teil hatte ein Insekt ein Lehmgebilde gebaut, das durch die Hitze hart geworden war. Thomas nahm einen Schraubenzieher und durchbohrte das Hindernis, die Masse war steinhart.

»Wie ist das Vieh nur da reingekommen und hat dies Ding gebaut?« fragte Harold ungläubig.

»Es muß an den Tagen gewesen sein, als die Maschine stillstand«, überlegte Collier. »Das Insekt muß die Zeit genutzt haben, um diese Art Behausung zu bauen.«

»Durch die Hitze ist der Lehm hart geworden und hat den Ausgang des Dampfventils verstopft. Wir hätten hochgehen können«, sagte Thomas. »Und wir haben kein Ersatzteil dafür. Wir müssen dies hier wieder einbauen.«

»Habt ihr bei der Verwaltung Ersatzteile angefordert?« fragte Collier.

»Ich weiß nicht, wie oft schon, aber sie reagieren nicht«, entgegnete Thomas.

»Die Verwaltung erinnert mich an die Geschichte von dem Iren, der einfach aufgehört hatte zu essen. Er wollte dünner werden, um das Geld zu sparen, das er für den Stoff seiner Kleidung ausgab«, sagte der Ingenieur.

Thomas lachte, das war ein alter Witz.

»Die Geschichte kenne ich«, erwiderte Thomas. »Der Ire hat dann schließlich einen Schlafanzug aus Holz bekommen.«

»Geiziger als die Verwaltung ist nur noch Thomas«, foppte Harold den Maschinisten.

»Wozu sparen Sie denn Ihr Geld?« wollte der Ingenieur wissen.
Es gelang Thomas, mit der Spitze des Schraubenziehers das verstopfte Rohr zu durchstoßen. Der alte Lokführer brach in Gelächter aus, als er Colliers Frage hörte, als habe es die liebevolle Fopperei des Heizers gar nicht gegeben.
»Was ist denn da so komisch?« fragte Harold.
»Ich spare das Geld für mein Alter«, sagte Thomas.
»Und wann gedenken Sie alt zu werden?« Auch Collier amüsierte sich nun.
»Ich bin schon fast siebzig, Collier, ich glaube, da ist es an der Zeit, alt zu werden.«
Harold beobachtete die beiden Männer, die sich durch ihr fortgeschrittenes Alter einander verbunden fühlten.
»Und ich? Was soll ich mit dem Geld anfangen, das ich verdiene?« Harold fragte das mit beängstigender Offenheit, er hatte nichts mit diesen beiden Männern gemein.
»Wenn ich es mir recht überlege, habe ich keine Ahnung, wie ich meine Ersparnisse anlegen soll. Aber wenn ich hier lebend rauskomme, dann werde ich schon einen Weg finden, das versichere ich euch.«
»Ich habe daran gedacht, nach England zurückzukehren, ein Haus in der Umgebung von London zu kaufen und endgültig alt zu werden, wie es sich für einen saturierten Engländer gehört.«
»England wäre die Hölle für mein Rheuma, es heißt, dort ist es sehr kalt, und ich bin nicht mehr an Kälte gewöhnt.«
»Sie gehören in die Tropen, Thomas«, sagte Collier.
»Das stimmt«, Thomas bestätigte diese Zuordnung mit einer gewissen Skepsis. »Wißt ihr, was ich mit meinem Geld machen werde? Ich werde mir ein Mausoleum bauen lassen. Ein richtiges Monument auf dem Friedhof meiner Geburtsstadt. Ein Mausoleum, das ganz aus Marmor ist,

mit der folgenden Inschrift in schönen, großen Buchstaben: HIER RUHT EIN IDIOT, DER ENTDECKT HAT, DASS DIE WELT NICHTS ALS EINE FALLE IST.«
»Na hör mal, so was kannst du doch nicht sagen«, protestierte Harold.
»Ich finde das richtig rührend«, erklärte Collier. »Ich für mein Teil würde jetzt aber gern mein ganzes Geld versaufen. Manchmal vermisse ich einen guten Gin, einen Bourbon. Aber das hier scheint eine Symbiose aus Nonneninternat und Zwangsarbeitslager zu sein.«
»Und Frauen? Fehlen Ihnen denn die Frauen nicht?« Harolds Frage war sehr persönlich. Er fand zwar selbst keinen Kontakt zu Frauen, aber sie fehlten ihm.
»An erster Stelle ein guter Drink«, antwortete Collier. »Meistens machen Frauen einem furchtbare Kopfschmerzen.«
Harold nickte zustimmend mit dem Kopf und brummte etwas, das sich wie ein mehrfach wiederholtes Ja anhörte.
»Frauen! Ich habe sogar schon vergessen, was das eigentlich ist«, meinte Thomas.
»Ich bin aber noch nicht siebzig, zum Teufel«, antwortete Harold verlegen.
Collier lächelte den Heizer väterlich an.
»Trinken, ein Mausoleum für den alten Thomas, Frauen. Das sind unsere Träume, scheint mir. Träumen ist unser einziges Privileg.«
Thomas hörte dem Ingenieur zu. Er hatte das Maschinenteil schon fast ganz gesäubert. Um die Gaslaternen herum schwirrten die Nachtfalter mit ihrem selbstmörderischen Instinkt. Collier dachte noch darüber nach, wie sehr doch Träume das Leben eines jeden einzelnen in einer Situation wie dieser ausfüllten. Die keuschen

Träumer der Madeira—Mamoré-Linie. Der Abschaum der Erde, der so träumt, wie er masturbiert. Sie, die Untertanen von Mad Maria, der Königin aus Eisen. Die Generalin mit den Schenkeln aus Eisen und dem Atem aus Dampf. In der Dunkelheit der Nacht, die dichter war als das Metall, aus dem sie gemacht war, stellte Collier sich Mad Maria als einen Menschen vor. Die Männer hatten beschlossen, die Lokomotive, die hier arbeitete, Mad Maria zu taufen. Für ihn lag in dieser Namensgebung ein gewisser Widerspruch. Es war ein für eine Lokomotive nicht gerade besonders passender Name. In den romanischen Sprachen, die in Südamerika gesprochen wurden, war Lokomotive ein weibliches Wort, und so hätte es auf der Hand gelegen, die tüchtige Maschine mit einer Frau zu vergleichen. Aber im Englischen war das Wort neutral, und englischsprachige Männer hatten die Lokomotive so getauft. Erst hatte Collier gedacht, der Name könnte damit erklärt werden, daß die Nordamerikaner Katastrophen wie Hurrikans und Tornados gewöhnlich weibliche Namen geben. Aber die Lokomotive bewies immer wieder, daß sie keine Katastrophe war. Für eine Verrückte erfüllte die Lokomotive Maria sogar zuverlässig ihre Pflicht. Und als Frau hielt sie verwegen stand, wo viele starke, harte Männer eine Niederlage einstecken mußten. Wie alles auf der Welt beschränkten die Widersprüche dieser Bahnlinie sich natürlich nicht nur darauf. In gewisser Weise kommandierte diese Lokomotive mit ihren Launen und ihrer Ungerührtheit alle. Sie war wie die Königin in einem Bienenstock voller korrupter, geschlagener Bienen. Aber sie war immer da, unerschütterlich stand sie auf der Strecke, jeden Tag sah sie von der Höhe all ihrer Schrauben auf die Arbeiter herab und leckte die Schienen mit ihren eisernen Zähnen. Sie, Mad Maria, die Königin aus Eisen, war die unerreichbare Frau von Collier, die für ihn trank, keinen Gin, aber Öl, die auf ihrem Damm aus Lehm die Geliebte dieser Männer war. Keiner hätte so gedacht, keiner der Männer in der Hängematte auf dem Schlafplatz, von den Aufsehern bewacht, war sich über ihre Anwesenheit im klaren, nur Ingenieur Collier. Nur er wußte, daß sie alle nichts anderes taten, als zu träumen, einen Teppich auszubreiten, damit sie darauf fahren konnte. Ein Bataillon aus Landstreichern zu festem Preis, die sich vorstellten, sie seien Sir Walter Raleigh und die ihren eigenen Umhang auf dem Schlamm ausbreiteten, damit sie unbefleckt auf ihren Metallfüßen passieren konnte. Nur Piraten und Schelme wie Walter Raleigh selbst wären zu einer Geste wie dieser fähig gewesen, so wie auch nur diese aus den vier Himmelsrichtungen der Erde zusammengeholte Horde von Ausgehungerten imstande war, das eigene Leben hinzugeben, um für Mad Marias Fahrt einen Teppich auszubreiten. Da stand sie, als schliefe sie, während ihr ergebenster Diener, Thomas, in ihren Bauch eindrang. Manchmal fragte Collier sich, ob diese Königin von ihren Untertanen geliebt werden konnte. Nein, er glaubte, sie könnte nicht geliebt werden, weil eine Bienenkönigin nicht eigentlich von den Drohnen geliebt wurde. Und sie mußte wissen, daß ihre Ungerührtheit mit gleicher Münze heimgezahlt wurde. Weder Haß noch Liebe, nur die Ungerührtheit, mit der die zerlumpten Untertanen den Teppich ausbreiteten, jeden Tag ein Stück. Eine Geste, die, aus der Ferne betrachtet, etwas Romanhaftes hatte.

Am nächsten Tag gab Mad Maria großartige Dampfwolken von sich, und man konnte ihre metallisch quietschenden Seufzer weithin hören. Um sie herum die Geschäftigkeit der Arbeiter. Ein großes Stück Gleise stand schon zu ihrer Verfügung, verlegt auf dem Damm aus Lehm und

Zweigen. Diese Linie, die man auf dem lehmigen Boden deutlich erkannte, war wie ein großer, kräftiger Strich aus grauer Farbe, der mit einem dicken Stück Kreide gezogen wurde. Die deutschen Arbeiter waren weiter intensiv mit der Drainage beschäftigt, die jetzt ebenfalls einen Strich aus gelbem, in der Sonne blinkendem Wasser bildete. Triumphierend führte die Bahnlinie über den Sumpf, bis sie plötzlich abbrach, genau an der steilen Böschung des Rio Abunã. Der Fluß war nicht sehr breit, nicht breiter als zwanzig Meter. Diese Entfernung sollte durch eine Eisenbrücke überspannt werden, deren erste Umrisse schon zu erkennen waren. Viele Männer, die meisten, die auf diesem Streckenabschnitt arbeiteten, waren mit dem Brückenbau beschäftigt. Wie immer brannte die Sonne, die Männer standen bei ihrer mühsamen Arbeit fast bis zum Gürtel im Wasser. Ein Pfiff ertönte. Die Arbeiter hörten auf, legten die Werkzeuge hin und stiegen die Uferböschung hinauf. Sie stellten sich in einer Reihe auf wie die Soldaten eines geschlagenen Heeres, das sich gleich ergeben würde. Collier erschien in Begleitung bewaffneter Männer, der Arzt und seine Sanitäter kamen mit ihm. Der Ingenieur verteilte nun selbst die Chinintabletten. Ein Wächter trug die Flaschen. Die Tablette wurde jedem einzelnen von Collier persönlich in den Mund gesteckt. Dann wurde dem Mann ein Blechbecher mit Wasser gereicht. Collier beobachtete die Bewegungen des Adamsapfels, um sicher zu sein, daß die Tablette auch wirklich hinuntergeschluckt worden war. Erst dann ging er zum nächsten. Finnegan und seine Sanitäter, alle in der Schutzkleidung, waren nichts als komische Zuschauer bei der Ausführung einer durch und durch ärztlichen Aufgabe. Deshalb war der Arzt auch ungeduldig, verärgert und gedemütigt. Außerdem war es unter der brennenden

Sonne in der von Mißtrauen geprägten schlechten Stimmung für alle langwierig und ermüdend. Als der letzte Mann seine Tablette bei diesem bizarren, von Collier erfundenen Abendmahl erhalten hatte, wurden dem Arzt die Flaschen übergeben, der sie an den nächststehenden Sanitäter weiterreichte.

Finnegan lüftete das Moskitonetz und näherte sich Collier mit unbedecktem Gesicht.

»Entschuldigen Sie, aber ich halte dieses Ritual für völlig unnötig.«

»Nun sagen Sie bloß, Sie sind in Ihrer Mannesehre getroffen, Doktor.«

»Hier geht es nicht um verletzte Mannesehre oder so was. Ich finde nur, daß hier bedauerliche Lektionen in Willkür erteilt werden.«

Collier sah den Arzt ohne jede Erregung an. Er konnte Finnegan allmählich nicht mehr ertragen.

»Willkür!« rief Collier aus. »Hören Sie mal her, mein Junge, ich will Ihr religiöses Gelaber nicht mehr hören ...«

»O doch, das werden Sie«, erwiderte Finnegan.

»Also gut, welchen Vorschlag haben Sie, um den heimlichen Handel mit Chinintabletten zu unterbinden?«

Finnegan antwortete nicht. Er hatte keine Lösung.

»Oder glauben Sie etwa, diese Halunken werden sich Ihre Predigten zu Herzen nehmen?« fügte der Ingenieur hinzu.

»Aber ihre Gesundheit steht doch auf dem Spiel.« Finnegan ärgerte sich nun über sich selbst.

»Von wegen Gesundheit. Ich bin hier, um für den ungestörten Fortgang der Arbeit zu sorgen. Ich kann mit Männern, die vor Fieber zittern oder wie Schwachsinnige delirieren, nichts anfangen.«

»Das ist Wahnsinn«, entfuhr es Finnegan.

»Sehr richtig, Doktor, das hier ist wie ein Irrenhaus, aber es gibt doch keine andere Möglichkeit, oder?«

»Sie sind derjenige, der das hier in ein Irrenhaus verwandelt.«
Collier war überrascht von der Fehleinschätzung des Arztes. Finnegan offenbarte sich als naiver, als er angenommen hatte, und zum ersten Mal empfand er gegen seinen Willen ein gewisses Mitleid mit dem Arzt.
»Ich? Bin ich vielleicht der Urheber dieses idiotischen Projekts?«
Finnegan schüttelte den Kopf, vielleicht nicht, um damit anzudeuten, daß Collier keine Schuld trug, sondern eher, um die Sinnlosigkeit ihrer Unterhaltung zu bekräftigen.
Collier fuhr fort: »Habe ich vielleicht diese Bahnlinie erfunden, die von nirgendwo nach nirgendwo einen Zug mitten durch die Wildnis führen soll? Wenn es hochkommt, mein Lieber, bin ich vielleicht einer dieser Verrückten, vielleicht ein ganz schwerer Fall, aber trotzdem nur ein einfacher Verrückter.«
Finnegan verstand nicht, warum er dieses Gespräch fortführen sollte.
»Sie sollten sich nicht in medizinische Dinge einmischen.«
Collier lachte, und das Lachen des Ingenieurs verletzte den Arzt noch mehr.
»Seien Sie unbesorgt, ich werde nicht hergehen und Rezepte schreiben oder jemandem den Puls fühlen. Wenn ich die Leute hier zwinge, mit einer Winchester in den Rippen eine Pille zu schlucken, dann tue ich das nicht, weil ich mir um die Gesundheit von irgend jemandem Sorgen mache. Von mir aus soll dieser Abschaum vor die Hunde gehen, aber erst sollen sie nach Plan ihre Arbeit machen. Und noch was. Wenn irgendein Witzbold die Tablette nicht fein säuberlich schluckt, dann kann er sicher sein, daß er im selben Augenblick eine Bleipille verabreicht bekommt.«

»Ich verstehe«, sagte Finnegan flüsternd. »Im Grunde sind Sie ein guter Mensch.«
Collier erwiderte kühl:
»Wenn mich eine Meinung in Rage bringt, dann die, ich sei ein guter Mensch. Das nächste Mal können Sie sich diese Art Lob sparen, haben Sie verstanden, Doktor? Oder ich schlage Ihnen den Schädel ein.«
An diesem Nachmittag erschien der Lokführer Thomas mit einer Brandwunde am Arm in der Krankenstation. Es war nichts Ernstes, ein kleiner Unfall, aus dem Dampfventil waren einige Tropfen kochendes Wasser auf seinen Arm gefallen. Wortlos behandelte Finnegan die Verbrennungen, kleine rötliche Kreise auf der Haut. Aber Thomas hielt es für angebracht, mit dem Arzt eine Unterhaltung anzufangen.
»Mr. Collier ist ein schwieriger Mensch, nicht wahr?«
Finnegan blickte ihn fragend an.
»Entschuldigen Sie, Doktor, vielleicht wollen Sie nicht darüber sprechen.«
»Machen Sie sich keine Sorgen«, sagte Finnegan. »Collier ist nur verärgert, aber er ist ein guter Kerl.«
»Finden Sie das wirklich, Doktor?«
»Natürlich! Er kann mich nur nicht ausstehen.«
»Ach was, Sie haben sich nur noch nicht an seine Eigenarten gewöhnt.«
»Das Leben hier ist höllisch, was?«
»Sie sind noch sehr jung, habe ich recht?«
»Mehr oder weniger.«
»Warum haben Sie sich diese Arbeit ausgesucht?«
»Aus dem gleichen Grund wie Sie, Thomas. Ich bin genauso wie jeder andere.«
Thomas glaubte ihm nicht. Er schämte sich, daß er sich in das Leben dieses jungen Mannes einmischte, aber er über-

wand sich. »Entschuldigen Sie, aber ich glaube das nicht. In Ihrem Alter hat man noch so viele Möglichkeiten, die fast immer besser sind, als mitten im Dschungel zu verrotten.«

»Das hier schien mir nicht die schlechteste Möglichkeit zu sein. Ich habe die Einladung von Dr. Lovelace angenommen. Sie kennen ihn doch, nicht wahr?«

»Sehr gut, seit Panama.«

»Nun gut. Er ist ein faszinierender Mensch, ein fähiger Arzt und in den Vereinigten Staaten sehr geschätzt. Ich habe einen Vortrag über Tropenkrankheiten von ihm gehört. Ich war beeindruckt. Seine Arbeit in Panama war hervorragend. Das hat mich dazu gebracht, hier zu arbeiten, denn ich habe mich immer für Parasitologie interessiert.«

»An Parasiten fehlt es hier nicht«, bemerkte Thomas.

Die beiden lachten etwas zu laut.

»Mein Leben war schon ganz festgelegt, Thomas. Sobald ich mit dem Studium fertig war, sollte ich eine vollständig eingerichtete Praxis an der wichtigsten Stelle im Geschäftszentrum meiner Stadt bekommen.«

»Woher sind Sie, Doktor?«

»Saint Louis.«

»Eine schöne Stadt.«

»Kennen Sie es?«

»Ja, ich war schon mal dort, das ist lange her.«

»Also, so ein im voraus festgelegtes Leben, das hat mir Angst gemacht. Es war wie eine Gefangenschaft ohne Aussicht auf Entlassung.«

»Es geht uns allen so, wenn wir jung sind.«

»Ich habe die Einladung von Dr. Lovelace damals angenommen, ohne groß darüber zu diskutieren. Gerade zur rechten Zeit.«

»Zur rechten Zeit? Soll ich Ihnen mal sagen, was ich darüber denke?«
»Schießen Sie los, jetzt ist das ja egal.«
»Nun, es wird sowieso nichts ändern.« Thomas zeigte sich in seinem Konformismus so sicher. »Aber ich glaube, Sie sind Lovelace in die Falle gegangen, Doktor. Hier gibt es keine Möglichkeit, irgend etwas zu tun.«
»Das finde ich nicht, aber es ist schwer zu erklären, was ich von all dem hier erwarte. Wenn Sie Collier wären, würden Sie es sich vielleicht nicht verkneifen, drauflos zu lachen, wenn Sie mich hören.«
»Ich sehe da gar nichts Komisches, worüber man lachen könnte.«
»Danke.«
»Sie brauchen mir nicht zu danken.«
»Ich wollte eigentlich nur sagen, daß wir hier in einer Art Krieg leben. Die Zivilisation schreitet voran und besiegt die Barbarei. In einem Krieg geschehen nun einmal schlimme Dinge. Aber den Menschen gelingen immer wieder Eroberungen. In der Zukunft werden einige Entdeckungen in der Medizin auf unsere Opfer hier zurückgeführt werden.«
»Glauben Sie das wirklich, Doktor?«
»Mal sehen, ob Sie mich verstehen. Hier gibt es viele kaum bekannte Krankheiten. Wir sind nicht dafür ausgerüstet, etwas dagegen zu unternehmen. Wenn wir aber dieses Land wirklich beherrschen wollen, dann müssen wir zuerst einmal wissen, wie wir mit diesen Krankheiten fertig werden.«
»Heißt das, daß der Fortschritt manchmal von Situationen wie dieser hier abhängt?«
»Das ist die Bürde des Weißen.«
»So was sagt Lovelace mit Vorliebe.«

»Das ist einer seiner Lieblingssätze. Er glaubt, daß unsere Zivilisation durch Herausforderungen voranschreitet.«

»Ja, und wer soll sich denn für diese verdammten Regionen interessieren?«

»Sie sind nicht so verdammt, wie Sie denken.«

»Nein? Was gibt es denn hier Gutes? Gold? Kautschuk?«

»Es gibt Kautschuk, und wer weiß, vielleicht auch Gold. Das ist der springende Punkt. Unter diesem scheinbar unbezwingbaren Urwald können unübersehbare Schätze verborgen sein. Der Wald selbst ist ein Schatz. Wer kann denn sicher sagen, ob wir in der Zukunft nicht gezwungen sein werden, auf unserer Anwesenheit hier zu bestehen. Und deshalb müssen wir wissen, wie wir die Krankheiten bekämpfen und die Natur bezwingen können.«

Finnegan lebte bei diesen Worten auf, aber für Thomas hatten sie keine besondere Bedeutung.

»Also, mir ist das alles ziemlich egal.«

»Das ist verständlich.«

»Entschuldigen Sie, Doktor, ich bin schon alt, aber ich weiß, daß wir mit dem Idealismus von jungen Leuten wie Ihnen schließlich siegen werden.«

»Es geht hier eigentlich nicht um Idealismus, sondern um das Vertrauen in unsere Arbeit. Nur aus diesem Grunde bedaure ich Colliers Haltung. Es sieht so aus, als habe er sich besiegen lassen, er hat den Überblick verloren und sieht nur die Dinge in seiner nächsten Umgebung.«

»Aber er muß eine Bahnlinie bauen.«

»Ich weiß, aber die Bahnlinie bedeutet viel mehr.«

»Collier ist ein Spezialist.«

»Das bestreitet niemand.«

Thomas dachte ein paar Sekunden nach, als suchte er in der Erinnerung den Ingenieur, mit dem zusammen er so vieles erlebt hatte.

»Ach, der Collier!« rief Thomas aus und hatte wieder jenen komplizenhaften Gesichtsausdruck, der Finnegan ausschloß. »Er ist einfach müde geworden. Er ist schon in einer Phase, wo ihm alles scheißegal ist, verstehen Sie mich? Er hat schon viel durchgemacht. Wußten Sie, daß Collier Hauptmann der Artillerie bei den Südstaatlern war?«

Das hatte Finnegan nicht gewußt, er wußte gar nichts über den Ingenieur. Er kam ihm wie ein Mann vor, der immer nur neben einer im Bau befindlichen Bahnlinie gelebt hatte.

»Er ist im Krieg zweimal wegen seiner Tapferkeit ausgezeichnet worden«, fuhr Thomas fort. »Und dann ist er nach England zurückgekehrt und hat sein Diplom als Ingenieur gemacht. Damals hätte ihm keiner abgenommen, daß er ein Diplom hatte. Und um im Eisenbahnbau arbeiten zu können, wurde ein Mann an der Alkoholmenge gemessen, die er konsumieren konnte. Himmel, konnte der Collier saufen! Das war in Indien, in Panama und bei der Union Pacific, um eine Brücke in Wyoming zu bauen. Wenn man Denkmäler für Bahnstreckenbauer aufstellen würde, dann müßte es eins für seine Arbeit in den Vereinigten Staaten geben.«

»Ein englischer Emigrant, der es in Amerika zu etwas gebracht hat!«

»Er hat die englische Staatsbürgerschaft nie aufgegeben. Er hat immer gesagt, daß er in Amerika lebte, als sei er in Indien oder so ähnlich. Als er von den Truppen der Nordstaatler bei Kriegsende gefangengenommen wurde, dachte man, er sei ein Spion von Königin Victoria. Fast hätten sie ihn zur Zwangsarbeit geschickt. Jetzt, wo alles vorbei ist, amüsiert er sich köstlich, wenn er an die Zeit damals denkt.«

Thomas verzog das Gesicht vor Schmerz.
»Spüren Sie etwas?« fragte Finnegan.
»Die Brandwunden brennen.«
»Machen Sie sich keine Sorgen, sie sind nur oberflächlich.«
»Ich müßte eigentlich schon daran gewöhnt sein. Mein Leben lang habe ich mich an Dampf verbrannt.«
»Ich dachte, Collier sei einer dieser Engländer, die aus Indien gekommen sind«, bemerkte Finnegan.
»Im Grunde ist er das auch. Collier ist ein echte Sahib des British Raj.«
»Sahib?«

Und die Tage verstrichen qualvoll, sie enthüllten wenig für einen Menschen, der so voller Unruhe war wie Finnegan. Die Brücke über den Fluß war am Ende jener Woche praktisch fertiggestellt. Eine Eisenbrücke mit einem kleinen Bogen aus Eisenträgern, die mit Nieten und Schrauben zusammengehalten und von den Arbeitern noch befestigt wurden. Auch der endgültige Boden war aus Eisenträgern und mit Holzplanken belegt. Der Unterbau aus Zweigen hörte genau dort auf, wo die Brücke begann, aber die Gleise reichten noch nicht bis dorthin. Eine Gruppe deutscher Arbeiter war mit der Befestigung der Schrauben und Nieten beschäftigt. Die Barbadianer legten die Gleise auf die Schwellen und kamen so immer näher an die Brücke heran.
Auf dem Bahndamm verfolgte Collier die sorgfältig arbeitenden Barbadianer. Der Ingenieur ging von einer Seite zur anderen und prüfte ihre Arbeit. Er war ganz damit beschäftigt und schien mit dem Fortgang der Konstruktion zufrieden zu sein. In den letzten Tagen hatten sie mehr geschafft, und es gab keine Malariatoten mehr. Mit den Händen im Gürtel entging Collier nichts beim Vor-

dringen der Gleise. Daher überraschte es ihn, als die Deutschen wie auf einen inneren Befehl hin die Werkzeuge hinwarfen und sich auf der Brücke versammelten. Eine Zeitlang bewegten die Männer sich nicht, sie bildeten mit den anderen Deutschen, die weiter entfernt von ihnen gearbeitet hatten und sich jetzt zu ihnen gesellten, eine einzige Gruppe. Sie taten und sagten zwar nichts, aber ihre Feindseligkeit war deutlich sichtbar. Collier drehte sich um und sah sich der auf der Brücke versammelten Gruppe gegenüber. Er ahnte schon, was sie vorhatten. Mit einem raschen Blick vergewisserte er sich, daß die Barbadianer weiterarbeiteten und mit dem, was nun kommen würde, nichts zu tun hatten. Da der Brückenboden noch nicht ganz gelegt war, war den Deutschen der Rückzug abgeschnitten, sie hatten nur die Möglichkeit, auf den Ingenieur zuzugehen. Das unvollendete Stück bildete ein Loch von vier Metern über einem Abgrund von zehn Metern Tiefe.
Collier war ganz ruhig und beobachtete vorsichtig jede Bewegung der Deutschen. Dies geschah nicht mit der gleichen Aufmerksamkeit, die er der Arbeit gewidmet hatte, sondern es war so etwas wie Haß dabei. Der Revolver steckte noch im Gürtel, er hatte die Hände frei und wischte sie sich an den Schenkeln ab.
»Was soll das bedeuten?« rief der Ingenieur.
Die Deutschen antworteten nicht.
»Es sind noch zwei Stunden bis zum Schichtende«, sagte Collier, seine Angst wuchs mit der Drohung.
Ein deutscher Arbeiter trat vor. »Wir arbeiten nicht weiter.«
Collier erkannte den Mann, ein junger Kerl, etwas über zwanzig, ziemlich kräftig, obwohl die harte Arbeit seine ungestüme Art und seine physische Kraft schon etwas gedämpft hatte.

»Geht wieder an die Arbeit und laßt diesen Unsinn.« Colliers Stimme klang verächtlich und drohend. Aber die deutschen Arbeiter ließen sich nicht beeindrucken. Der junge Mann ging auf den Ingenieur zu. Collier blickte sich um, er sah keine einzige Wache. So war es immer. Wenn er sie am meisten brauchte, fanden die Wachen immer einen Vorwand, gerade nicht da zu sein.
»Wir müssen einiges mit der Gesellschaft aushandeln«, sagte der junge Mann. »Eher gehen wir nicht wieder an die Arbeit.«
»Die Gesellschaft hat nichts zu bereden. Und wir müssen die Arbeit an der Brücke beenden.«
»Zum Teufel mit der Brücke.«
»Was wollt ihr denn eigentlich? Wollt ihr eure Stelle verlieren? Wollt ihr zurück nach Europa in die Scheiße, aus der ihr gekommen seid?«
»Keine schlechte Idee.«
»Die Gesellschaft wird nicht gerade sanft mit euch umspringen.«
»Aber wir können einen Mordsschaden anrichten.«
»Das Beste, was ihr tun könnt, ist eure Werkzeuge zu nehmen und wieder an die Arbeit zu gehen.« Collier klang jetzt versöhnlicher. «Und ich werde das alles vergessen, einverstanden?«
Ein anderer, zerlumpter, magerer Arbeiter, dem die Augen aus den Augenhöhlen zu springen schienen, näherte sich dem Kollegen, der bis jetzt das Gespräch allein geführt hatte.
»Nein, wir können mit dem bißchen, was wir kriegen, so nicht weiterarbeiten.«
Der junge Mann fühlte sich durch den anderen gestärkt.
»Das hier ist viehische Arbeit«, argumentierte der Junge.
»Wir hätten bessere Bedingungen verdient. Wir krepieren.

Elf Stunden Arbeit für einen Lohn, den nicht mal ein Müllkutscher akzeptieren würde.«

Collier wurde langsam ungeduldig. Die Arbeit lag schon völlig darnieder, weil die Barbadianer ihnen unfreiwillig beistanden. Auch sie hatten ihre Werkzeuge hingelegt und sahen zu.

»Das hier ist nicht der Ort für diese Art von Unterhaltung«, erwiderte der Ingenieur. »Ihr hättet euch das besser überlegen sollen, als die Agenten von der Gesellschaft euch die Arbeitsverträge gezeigt haben. Ich habe keine Schuld, wenn ihr so dumm wart.«

Der junge Mann ärgerte sich über Colliers letzte Bemerkung.

»Jeder Ort ist ein Ort, um zu fordern, was gerecht ist. Und es ist jederzeit der richtige Augenblick, die Arbeit niederzulegen und sich nicht mehr für dumm verkaufen zu lassen.«

Die Unverschämtheit des Jungen machte Collier wütend.

»Von Dummheit wird keiner geheilt, Freundchen.«

Der Junge verlor die Beherrschung und machte Anstalten, auf den Ingenieur loszugehen, aber seine Kollegen hielten ihn zurück. Collier fuhr mit der Hand zum Gürtel und zog den Revolver.

»Das hier ist das einzige Argument, das ihr versteht«, sagte der Ingenieur, den Revolver in der Hand.

Eingeschüchtert wichen die Deutschen zurück. Die Waffe in Colliers Hand schien ein eigenes dominierendes Wesen zu haben. Sie bedrohte nicht nur die Arbeiter, sondern auch den Ingenieur selbst. Diese unverhoffte Kraft, die von der Waffe ausging, machte den Ingenieur verlegen. Er blickte auf den Revolver und bereute, daß er mit der Waffe in der Hand dastand, daß er sie gezogen und die Arbeiter damit bedroht hatte. Das war nicht gerade die geschickteste Art, er wußte das.

»Schon gut, schon gut«, beschwichtigte sie Collier und steckte den Revolver wieder ins Halfter. »Ich werde jetzt mit niemandem über das Problem der Löhne diskutieren. Ich habe auch gar keine Vollmacht dazu. Geht wieder an die Arbeit und versucht noch mal, richtig darüber nachzudenken. Morgen ist Sonntag, Ruhetag. Nutzt den freien Tag und überlegt euch gut, was für eine Dummheit ihr da machen wollt. Ihr werdet sehen, daß so alles besser ausgehen wird als mit einem erfolglosen Streik.«
Endlich tauchten einige Wachposten auf. Collier stand noch immer vor den Deutschen, er hatte gerade aufgehört zu sprechen. Als hätten sie eine Tragödie geahnt, trafen mit den Wachen der Arzt und die Sanitäter ein. Die Posten bildeten eine Art Schutzwall zwischen dem Ingenieur und der Brücke und verhinderten damit jedes Durchkommen der Deutschen.
Collier beruhigte die Wachen.
»Alles in Ordnung. Senkt die Waffen, es ist schon wieder alles friedlich.« Und zu den Deutschen gewandt: «Alles wieder friedlich, nicht wahr?«
Die Wachen senkten die Gewehre und blieben stehen, ohne genau zu wissen, was sie tun sollten. Die Deutschen sahen sich an und nahmen ihre Werkzeuge in die Hand. Die Barbadianer gingen wieder an ihre Arbeit. Die letzte Spannung löste sich, als einige deutsche Arbeiter auf einige Bretter auf der Brücke einhämmerten. Alles war wieder normal. Collier schien der Sieger in dieser Auseinandersetzung zu sein.
»Ich glaube, jetzt ist alles in Ordnung«, sagte Collier zu einem Spanier mit Schnurrbart, dem Chef der Wachen. »Aber laßt diese Deutschen nicht aus den Augen. Heute nacht will ich doppelte Wachen auf dem Schlafplatz. Um zu vermeiden, daß sich irgend so ein Witzbold zum Führer aufschwingt und meinen Schlaf stört.«

»Jawohl, Sir, ich werde die Wachen verdoppeln«, antwortete der schnurrbärtige Spanier.
»Ganz schön streitsüchtig, diese Deutschen«, bemerkte der Ingenieur.
Finnegan, gefolgt von den Sanitätern, näherte sich den um Collier versammelten Wachposten. Er bahnte sich einen Weg, bis er vor dem Ingenieur stand.
»Sie verteidigen Ihren Schlaf ja weiterhin ganz gut«, sagte der Arzt ironisch. »Glückwunsch, gute Arbeit haben Sie da geleistet.«
»Was haben Sie da gesagt?« fragte Collier.
»Ich sagte, Sie haben gute Arbeit geleistet. Eine Arbeit, die eines Sahibs würdig ist.«
Colliers Antwort war ein gut sitzender Fausthieb in das Gesicht des Arztes. Finnegan machte nicht einmal Anstalten, sich zu verteidigen. Unter der Wucht des Hiebes, der ihn auf die Nase getroffen hatte, fiel er zu Boden, ein feines Blutrinnsal lief zu seinem schmerzverzerrten Mund.

9

Adams, der mit Brüchen an Rippen, Armen und des linken Schlüsselbeins ins Krankenhaus eingeliefert worden war, war für Farquhar erledigt. Er konnte nicht begreifen, wie jemand sich derart hatte überrumpeln lassen können. Es hatte sich gezeigt, daß Adams unvorsichtig war. Er war unfähig zu erkennen, wie komplex das Spiel war, in dem er sich befand, folglich hätte er sich niemals vor etwas Unvorhersehbarem schützen können. Als er beschlossen hatte, Minister Seabra herauszufordern, war Farquhar sich von Anfang an über die Gefahren seines Planes im klaren gewesen. Er hatte einen Stoß mit allerhand Informationen über diesen Politiker aus dem Nordosten durchgesehen. Er wußte, daß Sebra gewalttätig war. Er konnte einen Angriff, sogar einen Mord anordnen, und das mit demselben, wohlwollenden Ausdruck, mit dem er häufig an Taufen und Letzten Ölungen teilnahm, um den Kreis seiner Anhänger zu erweitern. An dem Nachmittag, als Farquhar beschloß, seinen Plan auszuführen, hatte Oberst Agostinho ihn angerufen. Es waren keine schlimmen Nachrichten. Seabra sei gerade beim Präsidenten gewesen, habe aber aus irgendeinem Grunde nichts über die Auflösung der Konzessionen für die Southern Brazil Lumber und Colonization Company verlauten lassen. Seabra hatte Zweifel, er zögerte, oder hielt das alles vielleicht für nicht so wichtig. Jedenfalls war der Augenblick günstig, um zu beginnen. Farquhar war über das Resultat verärgert, es lief alles nicht gerade so, wie er geplant hatte. Der verwundete Adams im Krankenhaus hatte nicht auf dem Programm gestanden. Die Mätresse von Seabra lehnte entgegen allen Erwartungen eine Zusammenarbeit ab. Sie war nicht die professionelle und eigennützige kleine Hure, für die er sie gehalten hatte, jedenfalls nicht ganz. Er war gezwungen gewesen, sie mit Gewalt fortzuschaffen, sie zu entführen. Irgend etwas an dieser Frau hinderte sie, ihren Liebhaber zu verraten, als sei es für sie das bessere Geschäft, an Seabras Seite zu bleiben. Die kleine Hure war unter Bewachung in der Kabine eines Frachtschiffes versteckt, das unter panamensischer Flagge am Kai Pharoux lag und Geräte für eins seiner Geschäfte transportierte. Dort würde man sie nie aufspüren, Seabra konnte seinen Pistolenschützen auftragen, ganz Rio zu durchsuchen, sie würden sie nicht finden. Aber all diese Bemühungen waren so gut wie sinnlos, weil die raffinierte, kleine Hure sich weigerte, mit ihnen zusammenzuarbeiten. Das Schlimmste war, daß das gar nicht sein Stil war. Brasilien war noch ein zu wenig entwickeltes Land, als daß Farquhar dort seine höchst raffinierten Gaunereien hätte anwenden können. Wenn er sich nun auf das Feld der Gewalttätigkeit begab, geriet er auf ein Gebiet, wo Seabra, das mußte er zugeben, sich viel besser auskannte als er selbst. Seabra war mit Gewalttätigkeit groß geworden, er war kein Gauner wie ihn die Zivilisation erforderte, er glaubte noch an die drastischen, alten Methoden der Vergangenheit. Aber Farquhar war sich bewußt, daß es notwendig war, Gewalt zu kennen und einzusetzen. Er hatte vor, seine nahezu religiösen Gaunereien auf die nicht minder religiöse Gewalttätigkeit des Landes einzustellen. Zumal sich in Brasilien Veränderungen anbahnten, und die politischen Unruhen das Ende einer ganzen Epoche anzeigten, die nach Meinung der Brasilianer bereits mit der Ausrufung der Republik beendet war. Farquhar stimmte seine Gaunereien auf die brasilianischen Methoden ab und wollte ein Spezialverfahren für die Übergangszeit schaffen, die das Land gerade erlebte. Alles war Abenteuer, und das mißfiel Farquhar, er mochte keine Abenteuer, kein echter Gauner mochte Abenteuer. Für Farquhar war Gaunerei eine Art Wissenschaft, jedes Datum war gespeichert, jeder Schritt festgelegt, es durfte keine Überraschung geben. Farquhar wußte, daß der Gewinn von diesem wissenschaftlichen Wesen der Gaunerei nicht zu trennen war. Für ihn gab es keinen anderen Grund, das unruhige Wesen der Brasilianer zu rechtfertigen, es sei denn, eine Überdosis an Abenteuergeist bei allem, was sich in Brasilien ereignete. Aber jenseits des Abenteuers, das Farquhars strenge Prinzipien wenigstens noch etwas auflockerte, gab es in Brasilien ein weiteres Problem. Die Brasilianer waren Abenteurer, aber sie pflegten etwas, was schlimmer war als das Abenteuer.

Die Brasilianer liebten die Versöhnung. Farquhar verachtete diese laue, dekadente Geisteshaltung. Er hielt Versöhnung für unvereinbar mit moderner Zivilisation. Die moderne Welt mußte, um Reichtümer anzuhäufen und zu produzieren, die Versöhnung vermeiden. Man mußte damit brechen, und nichts durfte im Wege stehen, wenn ein Teil in der Lage war, Gewinn daraus zu ziehen. Bei seinen Gaunereien konnte Versöhnung sich unmöglich halten. Die inneren Gesetze des Gaunertums waren streng wie ein Schachspiel, Pech und Unwägbarkeiten mußten auf ein Mindestmaß beschränkt werden. Frei von physischer Gewalt, gab es bei Gaunereien auch keinen Platz für Händel und Marotten. Betrug war so ehrenwert, weil er etwas Ähnliches wie eine göttliche Manifestation darstellte. Aber in Brasilien wurde nur selten jemand von reinem Betrug erleuchtet. Gewalttätigkeit verhinderte die fast mystische Raffinesse, die im Gaunertum lag.
Der Tag verstrich langsam, Farquhar schwitzte. Er war früh aufgestanden, um Adams im Krankenhaus zu besuchen. Die mit Adams verheiratete junge Brasilianerin hatte ihn mit leicht hängendem Kopf und offenbar ohne irgend etwas zu begreifen, empfangen. Sie hätte die Gewaltsamkeit sogar noch verstehen können, nur nicht, warum es ausgerechnet ihren Mann getroffen hatte. Noch als Farquhar im Hospital war, trafen einige Polizisten ein, die zur Eröffnung der Untersuchung Nachforschungen anstellten. Adams' Frau hatte die Polizei gerufen, noch bevor sie jemanden in der Firma benachrichtigt hatte. Ein weiterer unverzeihlicher Fehler von Adams, daß er seiner Frau nie Anweisungen gegeben hatte, außerhalb der Firma niemandem zu vertrauen, vor allem nicht der Polizei. Die Polizisten waren zwei helle Mulatten mit öligen Haaren und abgewetzter Kleidung. Einer von ihnen trug eine

Goldfüllung auf einem der Vorderzähne, schön sichtbar, aber ohne Glanz. Sie lächelten nicht einmal, traurige Tränentiere. Sie hatten etwas Tierisches an sich, das Farquhar sonst gewöhnlich nur bei den einheimischen Vertretern brasilianischer Mischlinge festgestellt hatte. Einer der Polizisten setzte sich höchst respektvoll neben Adams' Frau.

»Sie sind die Ehefrau?« fragte er.

»Ja, das bin ich«, antwortete die Frau mit verquollenen Augen, denn sie hatte die ganze Nacht über geweint.

»Und Sie haben die Polizei gerufen?«

»Ja, das war ich!«

»Könnten Sie uns noch einmal den Hergang des Geschehenen erzählen, was passiert ist?«

»Noch mal? Ich habe es doch schon, ich weiß nicht wie oft, erzählt.«

»Es muß sein. Wir sind von der Technischen Abteilung der Polizei. Auf höhere Weisung ist der Fall uns übergeben worden.«

Diese Information weckte Farquhars Interesse.

»Könnten Sie sich da etwas genauer ausdrücken, was diese höhere Weisung betrifft?« fragte Farquhar.

»Wie meinen Sie das, Herr . . .?« Der Polizist wollte seinen Namen wissen.

»Farquhar, Percival Farquhar.«

Der Polizist erhob sich und streckte ihm die Hand entgegen.

»Angenehm, Herr Farquhar. Ich bin Wachtmeister Eustáquio Guedes«, erwiderte der Polizist, während er Farquhars Hand schüttelte und ihm seine Visitenkarte überreichte.

»Leiten Sie die Untersuchung?« fragte Farquhar und prüfte die Visitenkarte, der er entnahm, daß der Polizist

Baccalaureus der Rechte war und ein Diplom in Kriminologie der Polizeischule von Scotland Yard in London hatte.
Die Vorstellung, daß dieser Mulatte einen Kurs in England absolviert hatte, entbehrte nicht einer gewissen Komik, aber Farquhar unterdrückte ein Lächeln. Plötzlich sah er Collier mit ironischem Gesichtsausdruck vorbeiziehen und im Sonnenlicht untertauchen, das durch das Fenster ins Krankenzimmer fiel. Der Polizist sagte:
»Sie verstehen doch, nicht wahr? Da ist ein Mann brutal überfallen worden, wir kennen den Grund für diesen Überfall nicht. Es war kein Raub, und das Opfer ist ein in der Gesellschaft überaus geschätzter, ausländischer Staatsbürger. Seit Jahren ist so etwas nicht vorgekommen, und die Behörden sind besorgt. Es kann eine Provokation sein.«
»Ich verstehe«, bemerkte Farquhar trocken.
Adams' Frau war noch ganz niedergeschlagen, sie hatte nach dem Vorfall kein Auge zugetan. Der Polizist setzte sich wieder neben sie.
»Entschuldigen Sie,» sagte er zu Farquhar, »ich muß noch Ihre Aussage anhören.«
Farquhar beruhigte ihn mit einer Bewegung und drehte sich zum Bett um, wo Adams unter Beruhigungsmitteln schlief. Aber er hörte weiter aufmerksam der Unterhaltung zu, die sich zwischen den beiden entspann.
»Er war bewußtlos und sagte nichts mehr. Ich dachte, er wäre tot.« Adams' Frau begann zu weinen. »So was Grausames, ich kann einfach nicht verstehen, warum sie das getan haben, Adams hat keine Feinde, er ist ein guter Mensch.«
»Heißt das, daß Sie niemanden in Verdacht haben?«
»Nein.«

»Fanden Sie Ihren Mann gestern abend irgendwie anders?«
»Nein, gar nicht, wir haben uns Sorgen wegen unseres ältesten Sohnes gemacht. Das Kind hatte Fieber, eine Erkältung, wissen Sie, er wollte weder essen noch schlafen. Adams ist sehr zärtlich zu den Kindern und war bei dem Jungen, als es an der Tür klopfte.«
»Ist er selbst an die Tür gegangen?«
»Ja, wir erwarteten keinen Besuch, und er muß auch nicht mißtrauisch geworden sein. Er hat mich nicht mal gerufen, ich lag schon im Bett, wir waren früh schlafen gegangen.«
»Und warum hat jemand, als die Polizei kam, gesagt, Herr Mackenwieks sei die Treppe hinuntergestürzt?«
Adams' Frau erzitterte, und Farquhar, der durch das Fenster das Treiben auf der Straße sah, spitzte die Ohren noch mehr.
»Hat das jemand gesagt?« Die Frau war überrascht.
»Ja, es steht im Bericht über den Vorfall.«
»Das kann nicht sein.«
»Wer hat die Polizei gerufen?«
»Ich. Ich habe den Jungen auf das Revier geschickt, um die Polizei zu holen. Dann habe ich mir ein Herz gefaßt und die Botschaft angerufen. Die Polizei brauchte eine Weile.«
»Waren noch mehr Leute bei Ihnen, als die Polizei eintraf?«
»Ja. Zwei Botschaftsangehörige und ein Kollege von Adams aus der Firma waren mit dem Auto gekommen.«
»Haben Sie direkt mit der Polizei gesprochen?«
»Nein, ich war zu aufgeregt. Die Freunde legten Adams auf den Sessel im Wohnzimmer und sahen nach, ob er noch lebte. Dann beschloß einer von ihnen, einen Arzt zu rufen. Ich wurde in mein Zimmer gebracht, aber ich konnte nicht einschlafen, es war eine furchtbare Nacht.«
»Gnädige Frau, jemand hat versucht, den Behörden ge-

genüber Tatsachen zu verschleiern, die Ihren Mann in seine gegenwärtige Lage gebracht haben.«

Adams' Frau sah den Polizisten eine Weile entsetzt an und wandte sich dann hilfesuchend an Farquhar. Jetzt schöpfte sie allmählich den Verdacht, daß es hinter dem Überfall auf ihren Mann etwas gab, was sie nicht verstand. Irgend etwas Großes, Geheimnisvolles, das nur Farquhar kannte. Farquhar trat zu ihr und legte seine Hand auf ihre Schulter. Sie weinte.

»Halten Sie es wirklich für notwendig, mit den Fragen fortzufahren, Dr. Eustáquio?« fragte Farquhar und gab damit zu verstehen, daß der Polizist das Verhör abbrechen sollte.

»Ich tue meine Arbeit, Herr Farquhar.«

»Sie ist ziemlich durcheinander. Was sie zu sagen hat, wird wenig hilfreich sein. Sie wissen doch, wie emotional Frauen sind.«

Der Polizist erhob sich, schloß das kleine Heft, in dem er sich Notizen gemacht hatte und hämmerte mit dem Bleistift auf den Heftumschlag.

»Hätten Sie vielleicht eine Minute Zeit?« fragte Farquhar.

»Soviel Sie wollen.«

Farquhar geleitete den Polizisten in den Flur des Krankenhauses und schloß die Zimmertür. Der andere Polizist blieb, ohne zu wissen, was er tun sollte, an die Wand gelehnt stehen und sah auf die weinende Frau.

»Sie haben mir noch nicht gesagt, wer Sie hergeschickt hat«, sagte Farquhar.

Der Polizist fühlte sich beleidigt.

»Herr Percival. Ein Mann ist überfallen worden, und es ist Aufgabe der Polizei, dem Fall nachzugehen und die Verantwortlichen zu bestrafen.«

»Ich glaube nicht, daß es dazu kommen wird.«

»Das können Sie doch nicht einfach so sagen.«
»Hören Sie mal, Dr. Eustáquio, vielleicht sind Sie ein Beamter, der in bester Absicht wie ein erfahrener Polizist handeln möchte. Aber dies ist kein gewöhnlicher Fall, es handelt sich auch nicht um einen gewöhnlichen Überfall. Es gibt viele Verwicklungen hinter den Kulissen. Sie machen mir den Eindruck eines vernünftigen Menschen. Ich würde es bedauern, wenn Ihnen hieraus ein Nachteil entstehen würde.«
Am Gesichtsausdruck des Polizisten sah Farquhar sofort, daß er in seinem Beruf noch vollkommen unschuldig war. Aus einem zweckbestimmten Eifer heraus stand er mit den besten Absichten da, das aber war in Farquhars Augen unverzeihlich. Solch ein Mann konnte sogar unbequem werden. Vielleicht war er sogar einer dieser unbestechlichen Polizisten, die nur Probleme hervorrufen.
»Hören Sie gut zu, was ich Ihnen jetzt sage«, zischelte Farquhar vertrauensvoll. »Dieser Mann ist nicht überfallen worden. Es ist überhaupt kein Überfall auf ihn verübt worden. Er ist wirklich auf der Treppe ausgerutscht und hinuntergefallen, es war ein Unfall.«
Der Polizist sah ungläubig drein. Sicher hatte er schon ähnliche Erfahrungen gemacht. Langsam kam ihm die Sache bekannt vor. Hier ging es um einen Skandal in höheren Kreisen, was häufig vorkam, und das Vorgehen der Polizei war dabei hinderlich. Farquhar entging die veränderte Haltung des Polizisten nicht, und es kümmerte ihn wenig, was dieser sich dachte, solange er ihm nicht in die Quere kam.
»Also gut«, sagte der Polizist, während er seinen Panamahut aufsetzte. »Ich werde Ihre Erklärungen an meine Vorgesetzten weitergeben.«
Er öffnete die Zimmertür und rief den anderen Polizisten

mit einem Zeichen zu sich. Die beiden gingen schweigend davon. Im Zimmer weinte Adams' Frau noch immer. Farquhar war ganz und gar nicht beruhigt, sein Plan drohte ins Schleudern zu kommen, und er geriet nicht gern in Panik. Adams' Frau hob den Kopf und versuchte ihn mit ihren geröteten Augen durch einen Tränenschleier hindurch klar zu erkennen.

»Was ist los, Herr Farquhar? Warum haben sie meinem Mann das angetan?«

»Es war ein Unfall, seien Sie unbesorgt.« Farquhar sprach in tröstendem Ton zu der Frau, um sich die Panik, die von ihm Besitz ergreifen wollte, nicht anmerken zu lassen. »Er wird wieder gesund werden, er hat keine schweren Verletzungen erlitten und wird bald nach Hause können. Ich werde dafür sorgen, daß er Urlaub bekommt, und dann macht ihr beide eine Reise. Die Gesellschaft wird für alles aufkommen.«

Farquhar traute dieser Frau nicht. Sie war so schwach und zu abhängig. Er traute auch Adams nicht mehr, er hatte sich als eine zu leichte Beute erwiesen. Auf wen war denn dann Verlaß? Ein Spiel mit Gewalt war wirklich nicht sein Stil.

An eben diesem Nachmittag, als er einige Exportfrachtbriefe prüfte, erhielt Farquhar den Besuch eines höflichen Herrn, der sich als Beamter des Justizministeriums ausgab. Diesem Besuch maß Farquhar zunächst keine besondere Bedeutung zu, und genau hier hatte er sich zum ersten Mal verschätzt. Das beunruhigte ihn einigermaßen. Der Herr faßte sich sehr kurz. Er war gekommen, um ihn zu bitten, ihn jetzt gleich zu einer dringenden Unterredung mit dem Herrn Minister ins Justizministerium zu begleiten. Justizminister war Rivadávia Correa. Farquhar kannte ihn nicht persönlich. Er wußte nur, daß er ein gnadenloser Jurist war, ein Mann, der wenige Freunde hatte, aber ein sehr geschickter Politiker war. In verschiedenen turbulenten Fällen, die sich in den ersten Monaten der Regierung Hermes da Fonseca zugetragen hatten, hatte Rivadávia sich als hart entpuppt. Widerwillig hatte er das Dekret über die Amnestie ausgearbeitet, das vom Kongreß für die Aufständischen der Marine verabschiedet worden war, aber danach hatte er bei den Strafen, die über die Marinesoldaten herunterprasselten, alle Willkürakte unterstützt. Er war wortkarg und bekannt für seine trockene Art im Umgang mit allen, selbst mit den mächtigsten Vertretern der Oligarchie. Die Brasilianer sahen in ihm einen rachsüchtigen Mann, der gerne andere verfolgte. Trotz alledem war Farquhar von der Vorladung nicht sonderlich beeindruckt, er kam ihr auf der Stelle nach und nahm sogar eine Fahrt in dem blitzenden Automobil des Beamten an, das von einem steifen Chauffeur gefahren wurde.

Im Ministerium wurde Farquhar nach einer halben Stunde Wartezeit — eine gewisse Demütigung lag in der Luft, als die Zeit verstrich — ins Kabinett gerufen und mit einem eisigen Blick im blassen Gesicht des Ministers Rivadávia empfangen. Dieser war ein beeindruckender Mann, der immer, und zwar auf eine unnatürliche Weise, an der Last des hohen Amtes trug. Es war fast wie eine Zurschaustellung, die die Macht weit über die Grenzen seines Ministeramtes hinaus reichen ließ. Nachdem er ihm einen Stuhl angeboten hatte, beobachtete er Farquhar noch einige Sekunden, als versuchte er, ihn einzuschüchtern und gleichzeitg seine geheimsten Gedanken zu erraten. Aber Farquhar konnte man nicht einschüchtern, geschweige denn in seine Gedankenwelt eindringen.

»Sie haben Dr. Eustáquio nicht die Wahrheit gesagt, Herr

Percival«, sagte der Minister mit tiefer, bohrender Stimme, allerdings ohne jede Wirkung auf Farquhar. »Was wollen Sie verbergen?«
Farquhar verzog sein Gesicht zu einem überlegenen Lächeln, er fühlte sich unantastbar, dieses überlegene, wohltuende Gefühl, außer Reichweite dieser Dummköpfe zu sein, die die Mächtigen spielten.
»Sie können in große Schwierigkeiten geraten. Ein Mann Ihrer Firma wurde brutal zusammengeschlagen, und Sie versichern, es sei alles nur ein Unfall gewesen.«
»Er ist auf der Treppe ausgerutscht«, sagte Farquhar zynisch. Langsam färbte sich das blasse Gesicht des Ministers rot vor Wut.
»Sie lügen.«
Eine solche Anklage hatte Farquhar nicht erwartet, und er wich zurück, sein Lächeln erlosch.
»Das ist eine schwere Anschuldigung, Herr Minister.«
»Viel schwerer wiegt der Versuch, den Behörden gegenüber Tatsachen zu verschleiern.«
»Ich verschleiere keine Tatsachen.«
Der Minister drückte auf die Klingel und wartete, ohne die wäßrigen Augen von Farquhar zu wenden, seine Röte verwandelte sich in Triumph. Die Tür zum Kabinett öffnete sich, und fünf Polizisten brachten zwei Männer in Handschellen herein. Sie waren in ganz miserablem Zustand, ihre Gesichter waren zerschunden und ihre Kleidung schmutzig und zerrissen. Der eine, der Kleinere von beiden, hatte aufgeplatzte Lippen. Farquhar begriff sofort und versuchte kalt zu bleiben wie ein guter Spieler, der beim Spiel die schlechtesten Karten bekommen hat.
»Diese Männer, Herr Farquhar, haben Herrn Adams geholfen, auf der Treppe auszurutschen. Was sagen Sie nun?«

»Ich kenne diese Männer nicht. Sind sie Brasilianer?«
»Ja, und sie arbeiten im Hafen. Sie waren auf einer nächtlichen Tour durch das Mangue-Viertel, zettelten Tumulte an und hatten viel Geld bei sich. Nach einigen Verhören behaupteten sie, das Geld sei von Ihnen gezahlt worden.«
»Eine solche Anschuldigung kann ich nicht hinnehmen«, fuhr Farquhar rücksichtslos dazwischen.
»Unterbrechen Sie mich nicht und hören Sie erst mal zu Ende.« Rivadávia hatte die Stimme erhoben. Er war über die Unterbrechung empört.
Farquhar spürte seine Kräfte schwinden.
»Sie haben befohlen, daß diese Männer Ihren eigenen Mitarbeiter überfallen sollten. Ich kann mir die Gründe hierfür nicht vorstellen.«
»Das ist eine absurde Farce«, erwiderte Farquhar.
»Also gut, Sie streiten weiterhin alles ab.« Er machte ein Zeichen, und die Polizisten schleiften die Männer aus dem Kabinett. »Sie unterschätzen uns, aber wir fürchten wirtschaftliche Macht nicht. Ich habe Informationen, daß die Gruppe, die Sie vertreten, unserer Regierung Schwierigkeiten bereiten will. Wir wissen, daß Sie der Opposition während der letzten Wahlen Geld haben zukommen lassen. Und jetzt wollen Sie den Präsidenten in den Dreck ziehen.«
»Das stimmt nicht.«
»Sie können des Landes verwiesen und Ihre Unternehmen verstaatlicht werden. Sie sind auf die Bundeskonzessionen, das Geld des Bundes und das Wohlwollen der Regierung angewiesen. Das sollten Sie nie vergessen.«
»Herr Minister, wenn es Ihre Absicht war, mich in die Enge zu treiben, dann hat die Farce ihre Wirkung verfehlt.«

»Also eine Farce ist das?«
»Ja, und Sie wissen es.«
Der Minister beobachtete Farquhar erneut mit demselben durchdringenden Blick. Einige Sekunden vergingen, das Kabinett roch nach Feuchtigkeit und altem Papier. Die Gardinen aus cremefarbenem Samt hingen so bewegungslos herab wie auf einem realistischen Gemälde.
»Am liebsten würde ich Sie des Landes verweisen, Herr Farquhar.«
Der Mann meinte es wirklich ernst, Farquhar wußte, daß jetzt nicht mit ihm zu scherzen war. Rivadávia war von Seabra eingeweiht worden und handelte nun aus Solidarität mit dem Minister. Das Gespräch ging zu Ende.
»Ich werde den Herrn Präsidenten in dieser Sache ansprechen. Rechnen Sie mit dieser Möglichkeit, Herr Farquhar.«
Kaum war er in seinem Büro angekommen, rief er im Catete an und erfuhr, daß Oberst Agostinho nach Niteroi geschickt worden war. Farquhar war sich noch nie so gedemütigt vorgekommen, aber noch hatte er Seabras Geliebte in seiner Gewalt. Er würde nichts überstürzen, doch in diesem Augenblick verspürte er nicht übel Lust, dieses widerspenstige Weib zu schütteln, bis sie Galle spie. Er machte es sich bequem und versuchte, seine Gedanken zu sammeln. Vielleicht war er bei einer Aktion, die nicht seinem Stil entsprach, zu weit gegangen. Seiner Meinung nach war es jetzt das klügste, sofort mit Ruy Barbosa in Verbindung zu treten. Der alte Anwalt würde die Lage kühl analysieren und ein gutes Urteil abgeben. Es war ein stickiger Nachmittag, Farquhar konnte den Abend kaum erwarten. Da kam ein Telefongespräch für ihn, er nahm ab, es war Seabra.
»Hören Sie mal her, Sie alter Hurenbock. Ich kann Sie mit einem Tritt in den Hintern aus dem Land befördern.«

»Und ich kann alle Ihre politischen Ambitionen zunichte machen, Minister Seabra«, Farquhar gab seiner Stimme einen sarkastischen Ton, obwohl er Diskussionen übers Telefon haßte. »Also reden wir mal wie zivilisierte Menschen miteinander.«

»Erst geben Sie mir das Mädchen zurück, das Ihre Schurken mit Gewalt aus dem Haus in São Cristóvão entführt haben.«

»Ich sagte bereits, wir sollten uns unterhalten. Ich glaube, wir haben alle wenig von dem, was zur Zeit geschieht.«

Seabra knallte den Hörer auf. Farquhar war nicht überrascht, er wußte, daß er Seabra in Kürze von Angesicht zu Angesicht zu einem entscheidenden Spiel gegenüberstehen würde. Er hatte noch die Hoffnung, eines Tages ein guter Freund von Seabra zu werden, eine paradoxe Hoffnung, aber er war schon an Paradoxe gewöhnt.

10

Sonntags war Consuelo immer gereizt. Ein Zeichen, daß ihr Lebenswille wieder erwacht war. Ihre Gereiztheit trat nicht offen zutage. Finnegan spürte sie wie ein flaues Gefühl am frühen Morgen. Consuelo unterdrückte diese Gereiztheit, aber ihre Unruhe machte sich an ihrem Gang bemerkbar. Sie ging mit großen Schritten und verlagerte das ganze Körpergewicht jeweils auf ein Bein; nicht wie sonst, ruhig und gleichmäßig wie duftender Atem. Wenigstens in Finnegans Phantasie erschien es so, sie hatte in Consuelo eine Zuflucht gefunden. Consuelo füllte den Raum, der sich durch all die erlittenen Prüfungen in Finnegan geöffnet hatte. Sie wußte das nicht, oder, wer weiß, vielleicht ahnte sie es sogar, aber sie war sehr schweigsam

und diskret. Sie strich durch die Krankenstation, fern vom Getriebe der Welt da draußen, doch sie war wie eine verschlossene Tür, durch die Finnegan hätte entschlüpfen können, wenn er den Mut dazu fände, sie zu öffnen. Consuelos ständiger Begleiter war der Indio mit den amputierten Händen. Finnegan hatte den Indio Joe getauft, Joe Caripuna, und dem Indio schien der Name zu gefallen. Er war recht intelligent und besaß ein außergewöhnliches Gedächtnis. Er sprach schon besser Englisch als Consuelo und unterhielt sich besonders gern mit dem Arzt. Er fragte ihn über viele Dinge aus der Welt der Zivilisierten aus. Während dieser Gespräche schwieg Consuelo, aber ihre Augen waren interessiert und ermunterten Finnegan. Sie verbrachte die Tage neben Joe, um seine Verbände zu erneuern, lief hin und her, machte Besorgungen und erfüllte dem Indio seine Wünsche. In den letzten Tagen hatte Finnegan ein Lächeln auf ihren Lippen entdeckt, wenn der Indio etwas sagte und irgendeine komische Bemerkung machte, durch die sich zeigte, wie wenig er über die Sitten der Zivilisierten wußte.
Consuelo war verzweifelt, daß ihr Leben sich so verwandelt hatte. Instinktiv kämpfte sie gegen diese bedrückende Stimmung an. Dieser Kampf war immer stärker geworden, und jetzt forderte ihr Körper sein Recht. Sie war jung, und ihre Jugend wirkte nun wie ein bloßgelegter Nerv. Ihre Hände waren immer feucht, sie wurde nie müde, durch alle Muskeln ihres Körpers strömte Kraft, und aus ihrem Haar stieg ein Geruch nach feuchter Kleidung auf. Consuelo glaubte, irgend etwas hätte sich in ihrem Körper losgelöst und eine Kraft freigelegt, die sie vorher nicht gekannt hatte. Diese Vorstellung gefiel ihr, sie tat ihr gut. Sie hatte alles verloren, oder wenigstens dachte sie das, eine Frau, allein dem Leben ausgeliefert wie ein verdorrter Schwamm,

der gierig die letzten Reste Feuchtigkeit auf einer trockenen Fläche aufsaugt. Alles erschien ihr unerwartet, manchmal unangebracht. Ihr Körper bäumte sich gegen die Gefühle auf, die sich in den Kopf flüchteten und ihr das Herz zerrissen. Sie erlaubte sich nun schon, darüber nachzudenken, was sie am nächsten Tag tun würde, sie lebte nicht mehr nur in der Gegenwart, als existierte keine andere Zeit für sie. Deshalb war sie sonntags so gereizt, andererseits träumte sie nachts manchmal ganz ruhig. Ihr indianischer Freund erholte sich zusehends, je mehr sie ihre Depressionen in die hintersten Winkel ihres Verstandes von sich schob.

Sie hatte den Indio gern. Es war eine Art Mitleid, die sie von den anderen auch für sich erhoffte. Der Indio hatte keine Hände mehr, und auch sie hatte Verstümmelungen erlitten, wenn auch unsichtbare. Ihr Mann war tot. Dieser Gedanke ließ sie jetzt nur noch bestürzt erschauern. Sie hatte sich noch nicht damit abgefunden, manchmal sehnte sie sich nach der Gegenwart ihres Mannes, nach seinem Körper, und sie weinte, weil sie jetzt vergebens warten würde. Sie weinte, weil dieser Wunsch ein Gefangener der Vergangenheit war, aber sie hatte keine Angst, diesen Wunsch mit einem anderen Körper, mit einer anderen Gegenwart zu stillen. Sie spürte, daß sie langsam zynisch wurde, manchmal machte ihr das Angst, manchmal war sie stolz darauf. Ich bin eine Frau, dachte sie dann, so bin ich jetzt, das Schicksal hat es gegen meinen Willen so gewollt. Der Gedanke tröstete sie zwar nicht, aber es reichte schon aus, um zu verhindern, daß sie in Apathie verfiel. Jetzt, da die Alpträume vorüber waren, träumte sie nachts nicht mehr in Bildern, sondern ihr Schlaf war manchmal eine weiße Leere. Nur Gefühle stiegen auf, ein Orchester aus Violinen und Klavieren, dazu fröhliches Geplauder und dann ihr Körper, von seinen, von Alonsos, Armen umfangen, sie wußte, er war es, und sie tanzten, seine Hände, die Wärme seiner weichen Handflächen auf ihren Schultern, sie drehten sich, unmerklich bewegten sie sich, ihr Körper eng an den seinen geschmiegt, ihre Hüften rieben sich an seinem Penis, massierten ihn, es war zu viel, selbst sein erregtes Atmen an ihrem Hals, und sie wollte nicht mehr aufwachen, denn sie wußte, es war ein Traum. Sie mußte in diesem Halbschlaf, während ihr Körper sich aufbäumte, etwas gemurmelt haben. Sie ahnte, daß sie murmelte, und beim Erwachen befürchtete sie, im Gesicht des Arztes seine Mitwisserschaft zu erkennen. Ein seltsamer Mensch, er war noch jung und entglitt ihr wie ein Stück Seife. Sie haßte den Arzt schließlich, er hatte sie nackt gesehen, nicht richtig nackt, er hatte sie ausgezogen, als sie bewußtlos eingeliefert worden war, sondern nackt wie ein Seufzer, ein Hauch, ein gewaltsam enthülltes Geheimnis. Finnegan schien jedoch allgegenwärtig zu sein, er war an ihrer Seite, als sie die Augen aufschlug und ihre Gedanken nur darum kreisten, sich aus dem Leben zu verabschieden. Wann immer sie nachts aufwachte, saß der junge Mann wachsam da und reichte ihr ein Glas Wasser, das sie mit einem Zug leerte, weil sie an unstillbarem Durst litt. Seine Allgegenwart war sanft, sie bedrückte sie und tröstete sie auf eine Weise, die sie nicht erklären konnte, eine fließende Zärtlichkeit, eine sanfte Hingabe und flüchtige Männlichkeit, die sich in seiner Fürsorge für sie andeutete. Sie sah den Mann in ihm, er war ein Mann, er hatte jene kräftige, männliche Statur, die sie schon von Alonso her kannte. Der Aufruhr ihres Körpers offenbarte es auch. Wenn Finnegan nicht in der Krankenstation war, und das war praktisch den ganzen Tag über der Fall, dann vertrieb sie sich die Zeit mit dem Indio.

Er besaß eine unglaubliche Geschicklichkeit und stellte unerwartete Fragen. Er hatte ihr gestanden, daß er lange Zeit geglaubt hatte, die Zivilisierten hätten keine Frauen. Er konnte sich nicht vorstellen, daß sie heirateten und Kinder bekamen. Solche Geständnisse belustigten Consuelo, dann lächelte sie vage, aber sie lächelte. Der Indio machte Scherze, und er beklagte sich nie, daß er keine Hände hatte, als hätten sie nie existiert und fehlten ihm nicht. In gewisser Weise stimmte das auch, er war äußerst geschickt mit den Füßen, er konnte kleine Gegenstände vom Boden aufheben, Zeitschriften nehmen und darin blättern und jeden Zeh einzeln bewegen wie Finger.
Eines Tages vollbrachte er zu Consuelos Unterhaltung ein kleines Wunder: er griff nach einer Streichholzschachtel, öffnete sie, entnahm ihr ein Streichholz und zündete es an. Zum Abschluß hielt er sich das Streichholz vors Gesicht und blies das Feuer vergnügt aus. Consuelo hatte ihn gern, er ließ sich keine Angst einjagen, er hatte Mut oder so etwas Ähnliches. Was es auch immer war, er spornte sie an, er zwang sie, ihr Leben neu zu überdenken. Die beiden halfen sich, ohne daß einer den anderen um etwas bat. Sie lebten geborgen beieinander. Beide hatten sie gelitten und rangen darum, ihr offenbar aus dem Gleichgewicht geratenes Schicksal zu meistern.
Die besonderen Fähigkeiten des Indio entgingen Finnegan nicht, sie waren amüsant. Der Indio besaß Kraft, eine ganz besondere Energie. Sie machte diesen Menschen ohne Hände anders als alle anderen. Er zeigte weder Passivität noch Konformismus angesichts seiner Tragödie, sondern besaß einen Gefühlsreichtum, der Finnegan überraschte. Er hatte es mit seiner Vitalität geschafft, Consuelo neuen Antrieb zu geben, und auch ihn berührte das. Vor dem Indio schmolzen Tragödien auf ihr wirkliches Ausmaß

zurück. Der Indio hatte etwas Heiliges, als ersetzten kleine Götter ihm die fehlenden Hände. Es war seltsam tröstlich und unerklärbar. Finnegan fühlte, daß der Begriff Frömmigkeit auf den Indio nicht zutraf, vielleicht verwirrte ihn die Zärtlichkeit, die er verströmte. Obwohl seine Hände unsichtbar geworden und dennoch gegenwärtiger als zuvor waren, hatte der Indio etwas Vollkommenes. Ich bin unvollkommen, und ich habe Hände, dachte Finnegan, ich verdiene das Mitleid, das ich für mich selbst empfinde, nicht. Manchmal würde ich gern wütend sein, seine Naivität hassen, aber es geht nicht. Dieser Indio läßt mich erzittern, denn er lernt mit seiner Behinderung zu leben und macht dadurch mein Mitleid sinnlos. Mein Selbstmitleid ist vor ihm lächerlich. Ich habe meine Hände, ich habe mein Volk, ich leide nicht wirklich. Scheiße. Ich bin Katholik und leide, weil ich leiden will. Finnegan war ein Mensch, der es gut meinte und deshalb in der Tinte saß. Als einzigen Ausweg sah er die Möglichkeit, Gauner zu werden, der Indio war dagegen voller Mut in die Welt der Weißen vorgedrungen. Er hoffte, er werde es eines Tages wert sein, an der zerbrechlichen Welt des Indios teilzuhaben, in gleichem Maße, wie Consuelo davongekommen war und es nun zuließ, daß der Riß, der sich in ihrem Leben geöffnet hatte, langsam verheilte.

Es war Sonntag, und Consuelo war schlecht gelaunt. Sie verstand nicht, warum sie sonntags gefangenbleiben mußte. Dort draußen bewachte eine große Zahl bewaffneter Männer den Schlafplatz, sie hatten die Nacht dort verbracht. Consuelo wußte nicht, daß sonntags ein wichtiges Ritual stattfand, das gemeinsame Bad der Arbeiter. Das Bad war von Dr. Lovelace erfunden worden und war Teil des Hygiene- und Gesundheitsplans. Was Consuelo nicht sehen durfte, war eine höchst deprimierende Szene, die sie

in ihrer Sensibilität, nicht in ihrer Moral getroffen hätte. Gegen zehn Uhr vormittags erschienen die Arbeiter ausgezogen und in einer Reihe aufgestellt. Alle waren zu diesem wöchentlichen Bad verpflichtet, nur die Kranken waren ausgenommen. Ein Karren diente als Podium, das zwischen drei und fünf Männer bestiegen, die von den Wachen aus drei Schläuchen abgespritzt wurden. Es wurde gescherzt, aber es waren Scherze, die die Verlegenheit vieler Männer nicht verbergen konnte, vor allem die der Älteren. Die Männer auf dem Karren mußten ihren Körper mit Schmierseife einreiben und den Schmutz der Woche abwaschen. Manche Scherze waren grob, zum Beispiel, den Nebenmann auf dem glitschigen Boden zu schubsen oder gegen den Kopf des nächsten zu stoßen, Streiche wie in einem Jungeninternat. Die schüchterneren Männer waren ein leichteres Opfer und wurden meistens auf den Schultern der Kollegen im Triumph auf die Plattform getragen, wo sie hilflos und erschrocken stehenblieben und unter dem Anprall des Wassers, das mit Absicht auf sie gerichtet wurde, hin und her rutschten.
Jeder Arbeiter wartete schon ausgezogen darauf, daß er an die Reihe kam, die schmutzige Wäsche hielt er unter dem Arm. Bevor er sich dem Wasserstrahl auslieferte, wurde die schmutzige, alte Kleidung in einen großen Korb getan. Die alten Sachen wurden später verbrannt. Wenn der Arbeiter meinte, er sei fertig, stieg er herunter und erhielt einen Stapel neuer, sauberer Wäsche, mit der er sofort den nassen Körper bedeckte. Nur das Schuhwerk wurde nicht gewechselt. So zog der Arbeiter die Schuhe oder Stiefel, die er vorher getragen hatte, wieder an. Sie waren immer in erbärmlichem Zustand. Die höheren Ränge nahmen an diesem Bad natürlich nicht teil. Sie hatten Zugang zu fünf Fellduschen, die in der Nähe der Zelte aufgestellt waren.

Dort konnten die Betreffenden, wenn sie wollten, jeden Tag duschen.
Consuelo, gereizt und in der Krankenstation eingeschlossen, fühlte sich noch einsamer, weil der Indio nach draußen gebracht worden war, um in der Sonne zu sitzen. Gleichzeitig gehörte er zu der ausgesuchten Gruppe von Wachen und Technikern, die von Liegestühlen aus das Bad beobachteten und sich manchmal an den Scherzen beteiligten.
Wie immer überwachte Collier alles. Besonders an diesem Sonntag, wo Spannungen ausgeschwitzt und durch das Duschen nicht abgekühlt wurden.
Thomas, mit halbgeschlossenen Augen in der Sonne sitzend, bemerkte die angespannte Haltung des Ingenieurs.
»Sieht so aus, als hätten sie sich beruhigt.«
»Ich weiß nicht, die vergessen nicht so leicht«, sagte Collier.
Auf dem Karren seifte sich eine Gruppe Deutscher unter den Wasserstrahlen ab.
»Sind sie denn nicht mehr zu Ihnen gekommen, um mit Ihnen zu sprechen?« Der Maschinist ließ nicht locker.
»Kein Wort. Ich war den ganzen Morgen in meinem Zelt und habe gewartet«, antwortete Collier.
Ein junger Deutscher wusch sich mit schamhafter Arroganz.
»Wenn die nicht zu einem Bad gezwungen werden, verfaulen sie«, meinte Collier.
Thomas ging der Streikversuch vom Vortag nicht aus dem Kopf.
»Ich dachte, es würde übel ausgehen.«
Collier sah den Maschinisten beschwichtigend an.
»Fast hätte ich die Ruhe verloren. Ich hatte schon den Revolver gezogen. Dann habe ich gesehen, daß es nicht nötig war.«

»Sie waren nicht organisiert.«
»Das habe ich gemerkt, sie hatten sich wohl spontan dazu entschlossen. Es war nicht überlegt.«
Der junge Deutsche stieg herunter und weigerte sich, die saubere Kleidung, die ihm gereicht wurde, entgegenzunehmen. Er ging zum Korb und wühlte darin herum, bis er noch brauchbare Kleidung fand, die seine Blöße bedeckte.
»Nun seht euch dieses Schwein an«, sagte Collier. »Der holt sich einfach keine sauberen Sachen. Er nimmt lieber einen dreckigen Lappen.«
»Neue, gewaschene Kleidung kostet fünf Pfund. Das macht zwanzig Pfund im Monat.«
»Hergottnochmal, nun kommen Sie mir nicht mit irischer Pfennigfuchserer, Thomas. Ich würde hundert Pfund darum geben, wenn ich zweimal am Tag meine Sachen wechseln könnte. Bei der Hitze hier . . .«
Thomas antwortete nicht, er wußte, daß Collier, dessen Gehalt fünfzigmal höher als der Lohn eines einzigen Arbeiters war, das Verhalten des jungen Deutschen nicht verstehen würde. Collier fand die Auswirkungen des Elends einfach abstoßend.
Nach dem Mittagessen schoben Collier und Thomas Klappstühle auf eine große, schattige Fläche. Dort schlief schon der Indio auf seiner Matte. Drei große Ingá-Bäume verbreiteten mit ihren Zweigen einen runden Schatten. Es war nicht ganz so heiß darunter, und sie konnten sich ruhig hinsetzen. Collier fächerte sich mit einem Stück Pappe Luft zu, um die Hitze zu vertreiben, und Thomas reckte sich, schon fast im Schlaf, kaum daß er sich auf dem Stuhl niedergelassen hatte. Einige Köche und Dienstboten wischten nach dem Mittagessen die Tische ab, nahmen die schmutzigen Teller mit und bauten die Zeltdächer ab, die für die Privilegierten aufgestellt worden waren. Die

Sonne zeichnete in scharfen Linien Schatten auf den Boden, und die wenigen Männer, die noch herumliefen, schienen sich nur aus purer Dickköpfigkeit zu bewegen. Einige ausgezehrte Hunde stritten sich um Essensreste. Die verdunstende Feuchtigkeit bildete einen verzerrenden, völlig durchsichtigen Schleier, hinter dem die Hitze wie ein zitternder Waldrand hing. Collier ließ sich langsam in den Schlaf hinübergleiten. Die Pappe, mit der er sich Luft zugefächelt hatte, rutschte aus seiner Hand neben dem Stuhl auf den Boden. Trotz der Schwüle fiel der Ingenieur in abgrundtiefen Schlaf. Aber am Abunã währte der Frieden nie lang, und auch so ein rührender Anblick wie der schlafende Collier konnte nicht von langer Dauer sein. Kurz darauf erschienen aufgeregte Wachen und umzingelten den Ingenieur, unschlüssig, ob sie ihn wecken sollten oder nicht. Aber Collier, der immer einen leichten Schlaf hatte und daran gewöhnt war, stets alarmbereit zu sein, wachte auf, rieb sich die Augen und sah die Wachen fragend an. Der Chef mit dem imposanten Schnurrbart ergriff das Wort.
»Die Deutschen sind geflohen, Herr.«
Das hatte Collier nicht erwartet, er weigerte sich, es zu glauben.
»Geflohen? Das kann nicht sein, von hier flieht keiner.«
»Doch, Herr. Wir wissen nicht, wohin. Sie sind nicht mehr im Lager.«
»Sie müssen doch da sein, sucht noch mal alles ab.«
»Wenn ich Ihnen sage, Herr, daß sie geflohen sind.«
Collier erhob sich unwillig.
»Sie können nicht weit sein, sie kennen sich hier doch gar nicht aus, sie können sich im Urwald nicht durchschlagen.«
Der schnurrbärtige Chef der Wachen wischte sich die schweißtriefende Stirn.

»Sie haben Dr. Finnegan mitgenommen, Herr.«
»Ist Finnegan auch geflohen? Hat er sich vielleicht entschlossen, sich zum Verteidiger der Schwachen aufzuwerfen?«
»Das glaube ich nicht, Herr. Er wurde mit Gewalt entführt. Die Bolivianerin auch. Wir waren in der Krankenstation, sie ist völlig ausgeplündert. Es sieht so aus, als hätten sie dort sogar gekämpft.«
»Und die Sanitäter?«
»Tot.«
Collier kratzte sich am Kinn, an diesem Sonntag war mehr los, als er sich gewünscht hatte.
»Alle tot?«
»Die Leichen liegen noch in der Krankenstation.«
»Was haben sie wohl mit Finnegan und dem Mädchen vor?«
»Ich habe keine Ahnung, Herr.«
»Möge Gott Finnegan und das Mädchen beschützen.«
Der Spanier nickte zur Bekräftigung mit dem Kopf.
»Los, zur Krankenstation«, sagte Collier.
Der Indio rief etwas herüber, der Ingenieur drehte sich zu ihm um.
»Keine Sorge, es wird schon alles werden.«
Aber er war sich dessen nicht so sicher, die Deutschen waren zu allem bereit und imstande, den Arzt und die junge Frau umzubringen. Er sah zu dem Indio hinüber, und ihm wurde bewußt, daß dieser Mann zum zweiten Mal dem Tod entronnen war. Wenn er in der Krankenkstation gewesen wäre, hätten sie ihn ermordet, denn die Deutschen haßten ihn noch immer. Er gab Thomas ein Zeichen, er solle bei dem Indio bleiben und folgte den Wachen.
Das Innere der Krankenstation schien von einem Zyklon

heimgesucht worden zu sein. Möbel, Papiere, alles war durcheinandergewirbelt. Von einem Deckenbalken hingen die erhängten Sanitäter herab, einen Ausdruck unbeschreiblichen Leidens im Gesicht. Unmittelbar unter jeder Leiche lagen Exkremente, die der Körper ausgestoßen hatte, als der Schließmuskel am Ende keine Spannung mehr hatte. Der Medikamentenschrank war aufgebrochen und ausgeraubt worden. Auch die Fläschchen mit giftigen Substanzen aus einem Spezialfach fehlten. Auf dem umgestürzten Schrank saß der Barbadianer Jonathan.

»Also schön, Jonathan, was war los?«

»Nichts, Master Collier.«

»Nichts? Aber Jonathan, ich kenn' dich doch, also was war los?«

»Die Deutschen . . .«

»Das weiß ich schon.«

»Dr. Finnegan lebt.«

»Und Consuelo?«

»Das Mädchen auch.«

»Woher weißt du das?«

»Ich habe alles gesehen. Die Deutschen haben sie gefesselt mitgenommen.«

»Was noch?«

»Ich war hier in der Krankenstation, als das alles passiert ist«, sagte Jonathan und hob langsam den Kopf, den er bis dahin, um sich nicht zu verraten, gesenkt gehalten hatte. »Das heißt, ich bin mit den Deutschen hergekommen.«

»Du?«

»Ich habe es seit gestern abend gewußt, daß sie heute gleich nach dem Mittagessen fliehen wollten. Sie haben auch das Vorratslager überfallen. Sie sind hier in die Krankenstation gekommen, um Medikamente zu stehlen. Sie wollten nur Chinin haben, mehr nicht, aber Dr. Finnegan hat sich gewehrt. Da sind sie wütend geworden und haben beschlossen, den Arzt und das Mädchen mitzunehmen. Dr. Finnegan könnte als Geisel dienen, falls die Gesellschaft den Versuch macht, etwas zu unternehmen.«

Collier hörte sich Jonathans Geständnis an. Ihm wurde übel.

»Ich wollte mit ihnen weg«, fuhr der Barbadianer fort.

»Ich habe nämlich die Maultiere gesattelt und fertiggemacht und zur verabredeten Stunde gewartet. Aber sie haben mich weggestoßen und gesagt, sie wollten keine Neger mithaben. Sie haben mich hiergelassen. Ich halte das alles nicht mehr aus, mit mir hätten sie dasselbe machen sollen wie mit den Sanitätern, ich hänge mich da oben auf. Dann wäre ich jetzt glücklicher.«

»Du bist ein Dummkopf, Jonathan. Wenn du schon weggehen wolltest, dann doch nicht so. Das war doch nicht nötig.«

»Was heißt, nicht nötig, Master Collier? Wie kann ich denn wissen, was nötig ist, um von hier wegzukommen? Die Hölle hat keine Türen, und mit jedem Tag, der vergeht, finde ich alle Dinge immer sinnloser. Die Bezahlung ist kein Ausgleich für das Opfer hier. Sie ist einfach miserabel. Die Deutschen wollten nur ein bißchen mehr Lohn, und Sie haben sie mit dem Revolver bedroht.«

Collier errötete und wandte den Blick ab.

»Wenn Sie schon den Revolver ziehen, was sollen erst die anderen sagen? Ich wollte den Deutschen folgen und ihnen bei der Flucht helfen. Nur so hatte ich das Gefühl, daß ich noch nicht tot war.«

»Du bist verloren, Jonathan. Du hast keine Ahnung, in welche Falle du da geraten bist.«

»Ich sitze schon lange drin, ich glaube, seit meiner Geburt, Master Collier.«

Es war fast vier Uhr nachmittags, es würde bald dunkel werden. Die Nacht würde eine erfolgreiche Verfolgung erschweren, und die Patrouillen konnten in einen Hinterhalt geraten. Collier sah zu den Wachen, sie sollten den Barbadianer gefangennehmen.
»Die Arbeit hier am Abunã wird unterbrochen. Morgen fahren wir nach Porto Velho hinunter.« Sein ganzer Dünkel war von dem Ingenieur abgefallen, und er war jetzt, wie immer, ein alter Mann, der nicht mehr in diese Zeit paßte. »Ausgerechnet jetzt, wo wir dabei waren, die Verspätung aufzuholen.«
Ein winziger Teil der Hölle war zerbrochen, aber die Hölle war unzerstörbar. Da standen sie fernab der Zeit, und niemand bemerkte die Tränen in Colliers Augen.

Buch III
Eines Tages werden wir über all das nur noch lachen

11

Es war noch nicht ganz elf Uhr abends, als eine kleine Barkasse das Frachtschiff unter panamensischer Flagge ansteuerte, das seit zwei Wochen am Kai Pharoux lag. Die Barkasse gehörte zur Flotte des Zolls von Rio de Janeiro und hatte zwanzig bewaffnete Männer an Bord. Sie hatte kaum an dem riesigen, eisernen Rumpf des Transatlantikdampfers angelegt, als ein Mann durch ein Megaphon rief, eine Leiter sollte heruntergelassen werden, es handle sich um eine Routinedurchsuchung. Der Kapitän und einige schlaftrunkene Männer tauchten an der Reling auf. Sie waren alle einigermaßen erschrocken und gehorchten widerstandslos den Befehlen. Die Leiter wurde heruntergelassen, und die Männer stiegen hinauf. In der Stille hörte man ihre Schritte auf den Holzsprossen, bis sie schließlich oben angelangt waren. Der Mann, der die Befehle durch das Megaphon erteilt hatte, stellte sich dem Kapitän vor. Sie sprachen kurz miteinander. Der Kapitän nickte bestätigend mit dem Kopf. Darauf winkte der Mann seinen Untergebenen, die das ganze Schiff durchsuchten. Die Operation dauerte nicht länger als eine halbe Stunde. Bald darauf legte die Barkasse wieder ab und fuhr mit einer Frau zurück an Land.

Am Kai wurde die Frau in eine Kutsche gesetzt und verschwand in der Nacht. Sie schien abwesend zu sein. Sie saß zwischen zwei Männern und hielt eine Tasche mit ihren Kleidern fest. Die Kutsche fuhr durch verlassene Straßen Richtung São Cristóvão. Je näher sie ihrem Ziel zu kommen schienen, desto unruhiger wurde die Frau. Keiner ihrer Begleiter wechselte jedoch ein Wort mit ihr. Die Pferde trotteten vorwärts, die Kutsche holperte. Sie wurde gegen die beiden Männer geworfen, obwohl sie versuchte, das zu vermeiden.
Seabra konnte hinter einer Maske aus Ernst und Betroffenheit kaum verbergen, wie glücklich er war. Wie sollte er auch ahnen, daß seine mächtigen Feinde derart unerfahren handeln, mehrere elementare Fehler machen und Spuren hinterlassen würden, die so deutlich waren, daß sie wie absichtlich aussahen. Er konnte nicht zeigen, daß er froh war, denn bald würde seine Geliebte zurück sein, und sie verdiente eine exemplarische Lektion. Ihre in letzter Minute bewiesene Treue machte die Tatsache nicht wett, daß sie in seiner Abwesenheit mit seinen Feinden gesprochen hatte. Sie hatte sich von dem Gedanken verführen lassen, sie könnte Macht über ihn ausüben. Sie war schlau, das wußte er, aber nicht schlau genug, um irgend etwas in seinem Leben zu verändern. Der Vorfall war aufschlußreich gewesen, und jetzt machte Seabra sich bereit, ihr die nötige Zurechtweisung zu verpassen. Seine augenblickliche Glücksstimmung wurde in keiner Weise von seinem Vorhaben beeinträchtigt, die Geliebte hart zu bestrafen. Er erinnerte sich, wie er sie aufgetan hatte. Sie war nicht seine erste und würde auch nicht seine letzte Geliebte sein. Er liebte seine Frau immer noch, aber ihr Verhältnis zueinander war traurig und fantasielos. Die Ehe wurde mit den Jahren immer fader. Nichts war mehr appetitanre-

gend. Seine Frau, die einen höchst praktischen Lebensstil pflegte, hatte ihr Zusammensein auf bloße Berührungen eingeschränkt, aber für ihn war das nicht genug. Er wußte, daß viele Frauen seiner Freunde, die in der Ehe gefangen waren, Liebhaber hatten. Nicht jedoch seine Frau. Sie war sehr stolz, und nach ihrem Verständnis war die Suche nach einem anderen Mann wie eine beschämende Bitte um Hilfe. Sie bat aber nie um Hilfe, weil sie sich über allen wähnte. Sie wurde langsam älter, sie welkte mit einer Grausamkeit dahin, die Seabra faszinierte. Die Frauen, die er traf, seine Mätressen, waren einfach nur Frauen. Die, die gleich vor ihm stehen würde, ebenfalls. Zu Beginn des Jahres, als er die Drainagearbeiten in Mata Cavalos besichtigte hatte, hatte er ein Mädchen gesehen, fast ein Kind noch, mit langen, kastanienbraunen Haaren. Ihre weiße Haut brannte in der Morgensonne. Er stellte sich vor, daß ihr Herz in der Sonne heftig klopfte, und verspürte Lust, das Pochen zu hören, sein Ohr auf ihre Brust zu legen und ihr Herz zu hören, so phantastisch, wenn es in seinem Lebensrhythmus schlug. Das Mädchen lief fast hüpfend über die Straße, sie trug ein Paket. Sie betrat eine schmutzige Bar, die er später mit seinen Begleitern ebenfalls betrat, um ein Tonic-Wasser zu trinken. Die Bar war so ärmlich, daß es dort nicht einmal Tonic-Wasser gab. Die Gäste gaben sich mit billigem Schnaps und Kognak zufrieden, den einzigen Getränken, die man dort bekam. Der Ort war abstoßend, eine ewig dreckige Holztheke und kein Sitzplatz für die Gäste.
Dies war sicher nicht der geeignete Ort, um sich hinzusetzen und genüßlich etwas zu sich zu nehmen. Sie war nicht da, als er mit seiner Begleitung hereinkam. Er traf auf einen eilfertigen Portugiesen, der aufschreckte, weil respektable Menschen in sein Lokal kamen, die offensichtlich durch

Welten von den einfachen Arbeitern und Tagelöhnern getrennt waren, die im Dunkel der Nacht ihre Bitterkeit hinunterspülten. Er hielt sich nicht lange auf und gab Anweisung, man möge sich nach dem Mädchen erkundigen. Er erfuhr alles über sie, und es war nicht schwer, sie zu ihm bringen zu lassen. In derselben Woche fand das erste Treffen statt. Ihre Eltern kümmerten sich nicht viel um die Tochter, sie steckten viel zu tief im Elend um zu begreifen, daß sie schon herangewachsen war und die Welt ohne jede Aussicht auf eine bessere Zukunft über sich zusammenbrechen fühlte, hoffnungslos, wie der Müllberg, der sich in dem Hinterhof auftürmte, wo sie wohnte. Er nahm sie eines Morgens zu einer Spazierfahrt auf die Quinta da Boa Vista mit. Sie war über die Fahrt in der Kutsche entzückt, aber von Anfang an hatte sie eine bezwingende Zurückhaltung an den Tag gelegt. Sie war für ihr Alter ganz und gar nicht dumm. Sie trug ein abgewetztes Kleid, sicher von jemand Älterem geerbt und umgearbeitet, vielleicht von ihrer Mutter. Als er sie berührte, um ihr Herz zu hören, spürte er, daß sie zitterte, die träge Wärme lebte wieder auf, und er wußte, es würde keine Schwierigkeiten geben, sie war sein.

Das Haus in São Cristóvão gehörte einem Gevatter von ihm, einem kranken Pernambukaner, der seit dem Kaiserreich in Rio lebte. Sie tasteten sich durch die ersten erleuchteten Wochen, für sie hatte das Leben neue, funkelnde Formen angenommen, deren Existenz sie nie geahnt hatte. Die teuren Kleider, anderes Essen, Schmuck und die Abgeschiedenheit in einer Wolke aus Parfum formten sie neu, bis eine Frau hervorkam, die lustvoll stöhnte, wenn er mit ihr schlief, eine Frau, die schon nach weiteren Anreizen Ausschau hielt. Sie war ehrgeizig geworden, sie war verdorben und sah ihren Erfolg irrtümlich als eine Tugend an. Dann waren die Boten des Amerikaners mit schwarzen Haaren und speicheltriefenden Liebkosungen aufgetaucht. Neue Versprechen wurden ihr zugeraunt und öffneten sich wie Dachluken. Daß ihre Abgeschiedenheit durch das Eindringen des Amerikaners aufgebrochen wurde, erregte sie noch mehr. Sie hatte alles, und nun führte sie sogar ein Privatleben. Sie gehörte nicht mehr allein ihrem mächtigen Liebhaber, sie hatte kein schlechtes Gewissen, sie liebte das Geheimnisvolle und fühlte sich von der Duftwolke, in der sie lebte, umschmeichelt. Aber dann kam die Angst, und sie rutschte aus. Der Amerikaner wollte mit hohem Einsatz mit ihr spielen, sie war jedoch noch nicht so weit, ihm dabei zu folgen. Sie wollte springen und fliehen, aber die Wolke wurde dichter, und sie wurde zur Gefangenen ihres eigenen Entsetzens. Verängstigt saß sie in der Kajüte, in der sie festgehalten wurde, nachdem sie das Angebot des Amerikaners ausgeschlagen hatte. Sie wollte ihre ganze Unkeuschheit und ihren Widerstand ins Meer werfen, aber sie hatte Angst und ihren ganzen Stolz verloren. Niemand würde ihr verzeihen. Die Kutsche hielt vor dem Haus in São Cristóvão. Im Wohnzimmer war Licht, sie fuhr sich mechanisch mit der Hand über das Haar. Seabra hörte, wie das Fahrzeug hielt und die Pferdehufe auf dem Pflaster widerhallten. Er setzte sich auf den Sessel im Wohnzimmer und wartete.

Als sie eintrat, trug sie einen Hochmut zur Schau, der nicht echt war, ein falsches Vertrauen, das zeigen sollte, wie sehr sie litt. Dieses Gerüst brach zusammen, als sie der eisige Blick von Seabra traf. Sie warf sich auf den Liebhaber, der sie mit einem Stoß gegen die Tür schleuderte. Völlig überrascht blieb sie an die Tür gedrängt stehen, sah ihren Liebhaber an und flehte innerlich, Tränen möchten ihr in die Augen treten. Sie glaubte, die Männer hätten

Achtung vor den Tränen einer Frau. Aber die Tränen kamen nicht, sie war allein und konnte nicht einmal weinen.
Seabra ging auf sie zu und gab ihr eine Ohrfeige. Sie drehte sich beim harten Aufprall des Schlages, aber sie stürzte nicht.
»Du liederliche Hure«, brummte Seabra.
Als er noch einmal zuschlagen wollte, wich sie aus, blieb aber an derselben Stelle stehen. Seabras Hand fuhr durch die Luft, sie spürte den Haß. Seabras Wut stieg nun, weil er nicht getroffen hatte.
»Ich habe keine Schuld«, stöhnte sie mit schwacher Stimme.
»Ich will deine Stimme nicht hören, sei still«, sagte Seabra.
»Ich muß aber sprechen, Sie müssen mich anhören.« Jetzt geriet auch sie in Erregung und schöpfte Mut, obwohl sie nicht die leiseste Ahnung hatte, woher sie diesen Mut nahm.
»Ihr seid doch alle gleich.«
Seabra sah, daß sie ihre Angst verlor. Das war zu viel, er war so voller Haß, und die Frau vor ihm wurde auch noch mutig.
»Ich habe Sie nicht betrogen, es hätte schlimmer sein können.«
Sie hatte recht, es war nur ein halber Betrug. Diese Eröffnung dämpfte seinen Zorn etwas. Als sie ihn anblickte, hatte sie etwas Verächtliches. Seabra stand an einem Scheideweg.
»Ich bin müde«, sagte sie und entspannte sich.
»Wie oft habt ihr euch getroffen?«
»Ich habe nichts mit ihm gehabt.«
»Wie oft?«
Sie erzitterte und fühlte, wie ihr Gesicht brannte, sie war rot geworden.

»Nur zweimal«, antwortete sie traurig.
»Du Drecksluder.«
Haß und Starrköpfigkeit sprachen aus seiner Stimme.
»Er hat nie gesagt, was er wirklich wollte.«
»Ich habe nicht übel Lust, dich windelweich zu schlagen.«
»Er hat mich gezwungen.«
»Weil du es erlaubt hast.«
Sie senkte den Kopf, aber die Tränen wollten nicht kommen. Seabras Demütigung schrie nach Genugtuung, er wollte dieses stolze Gesicht zerschlagen. Er ging auf sie los. Irgend etwas lähmte ihre Bewegungen, als wollte sie der Gewalt, die sich jetzt auf sie entlud, in Wahrheit gar nicht ausweichen. Die schwere Männerhand traf mehrmals ihr Gesicht. Das geschah mit einer gewissen Langsamkeit, als wollte er mit Bedacht den Ausdruck in ihrem Gesicht zerschlagen, um es zu zeichnen. Ihre Lippen waren aufgeplatzt, die Augen unter den geschwollenen Brauen geschlossen, und ihre Wangen schienen sich abzulösen und an seiner Hand haften bleiben zu wollen. Aber sie weinte nicht, sie blieb standhaft, manchmal wurden ihre Knie unter der Wucht der Schläge weich, aber sie weigerte sich, zusammenzubrechen. Seabra wurde langsam müde, ihr Gesicht war rot und violett angelaufen, verwüstet. Seine Hand brannte und war geschwollen.
In dieser Nacht schlief Seabra den Schlaf des Gerechten. Neben ihm schnarchte farblos und unterwürfig seine Frau. Die Welt schien wieder im Lot zu sein, und das Glück konnte sich endlich wieder zeigen und die letzten Anzeichen von Strenge auf seinem Gesicht auslöschen. Nur bemerkte er nicht, daß alles so leicht abgelaufen war. Aber er wollte auch nicht weiter darüber nachdenken, schließlich war seine Geliebte wieder in seiner Macht, und er glaubte, nun könne ihn nichts mehr bedrohen.

Farquhar verließ das Justizministerium höchst erschrokken. Rivadávia wollte seine Macht zeigen, und seine Drohungen hatten es in sich. Als Seabra ihn am Telefon bedroht und beschimpft hatte, begann er sich wieder sicherer zu fühlen, aber er mußte dringend seine Taktik ändern, denn er mochte Gewalt wirklich nicht. Farquhar hatte schon gelernt, daß es nicht gut war, bei der herrschenden Klasse Gewalt anzuwenden, denn in Brasilien waren die Mächtigen schon sehr lange dank gewalttätiger Methoden am Ruder, und sie wußten, was sie taten. Als Seabra den Hörer aufknallte, versuchte er seine Gedanken zu ordnen. Im Grunde war er allein, seine nächsten Mitarbeiter waren klugerweise auf seine Anordnung hin versetzt worden, ihnen konnte nichts geschehen, falls etwas schiefging. So war er eben, er übernahm bereitwillig und offen die Konsequenzen für das, was er tat. Und aus diesem Grunde bewunderten ihn alle in seiner Umgebung. Sein hochkarätiges Gaunertum erforderte bedingungslose Treue. Er brauchte eine Weile, um seine Gedanken zu ordnen, die Gewalttätigkeit störte den Gang seiner Überlegungen. Deshalb, und weil er dringend die Spielregeln ändern mußte, suchte er seinen Freund Ruy, den Anwalt, auf.

Obwohl an dem Vorgefallenen völlig unbeteiligt, war Ruy keineswegs überrascht, als er berichtete. Farquhar verheimlichte nichts Wesentliches. Sie unterhielten sich über alle Einzelheiten, und Ruy schien sich dafür zu begeistern, obwohl er anfänglich etwas irritiert war über den Mut, den sein Feind Seabra an den Tag gelegt hatte. Zuzugeben, daß Seabra scharfsinnig war und Mut bewies, war für den alten Anwalt schmerzlich. Aber sein Verstand, der an überraschende Querverbindungen und konfliktreiches Neben-

einander gewöhnt war, arbeitete schneller als sein Haß und seine persönlichen Vorurteile. Genau das aber bewunderte Percival Farquhar auch an Ruy, besonders, wenn seine zynischen Schlußfolgerungen im Gewand belehrender, pomphafter Rhetorik daherkamen.
Ruy hatte einen seiner ruhmreichen, boshaften Tage. Die Lästerei tat ihm gut und spornte seine giftige Kasuistik an. Nachdem er ausführlich alle Ereignisse analysiert hatte, ließ er einen Tee servieren, während er alles, was er gehört hatte, noch einmal überdachte.
»Und seine Geliebte?« fragte er mit einem Zucken voller Genugtuung um den Mund, das seinen Schnurrbart zum Tanzen brachte, »wie geht es ihr?«
Farquhar, der erwartungsvoll dasaß, erwiderte niedergeschlagen:
»Sehr hübsch.«
»Wirklich hübsch?«
»Ja, wirklich. Eine tolle Frau.«
»Er mag schöne Frauen, er ist eitel.«
»Jeder Mann würde sich gern mit ihr sehen lassen.«
»Das glaube ich gern. Schade, daß Seabra alles durcheinanderbringt.«
»Wieso?«
»Er bringt alles durcheinander, denn er glaubt, er kann seiner Eitelkeit Genüge tun, wenn er sich mit schönen Frauen umgibt. Ist das nicht dumm?«
Farquhar war an diesem Thema nicht interessiert und ließ ihn das merken. Ruy verstand die Gleichgültigkeit des Freundes, jetzt wurde er ernst. Er hielt den Henkel der Teetasse mit zwei schmalen, leicht gebogenen Fingern fest, die wie zwei weiße, dünne Schnecken aussahen.
»Haben Sie mich verstanden, Ruy?« sagte Farquhar, während er die Tasse auf die Untertasse stellte, denn der Tee

war kalt geworden. »Mit Seabra ist nicht zu scherzen, er hat den armen Adams verprügeln lassen und dann Minister Rivadávia davon überzeugt, daß ich das veranlaßt habe.

»Machen Sie sich keine Sorgen wegen Rivadávia, das ist ein Idiot.«

»Aber ein mächtiger Idiot, der mir Kopfschmerzen machen kann.«

»Und wie geht es Adams wirklich?«

»Er ist bald gesund, der Dummkopf hat ganz schön was abgekriegt.«

»Mögen Sie ihn nicht mehr?«

»Ich habe kein Vertrauen mehr zu ihm, er war ein so leichtes Opfer, viel zu unerfahren.«

»Er ist ein anständiger Kerl, er wird noch lernen.«

Farquhar hatte den Eindruck, in Ruys Gegenwart werde er impulsiv. Dieses Gefühl tat seiner Eigenliebe überhaupt nicht gut.

»Haben Sie schon überlegt, wie Sie weiter vorgehen werden?« erkundigte Ruy sich.

»Nein, eigentlich nicht, aber ich habe vor, neuerliche Gewaltanwendungen zu vermeiden.«

»Sehr vernünftig«.

»Das Problem ist nur, daß alles passieren kann, solange Seabras Geliebte noch in meiner Macht ist.«

»Wer hat vorgeschlagen, die Frau zu entführen?«

»Zuerst hatte ich Kontakt zu ihr, also intime Kontakte, Sie verstehen schon.«

Ruy mußte bei der Vorstellung lächeln, daß Seabra eine Mätresse mit Farquhar teilte, ohne es zu wissen.

»Eine tolle Frau, fand ich«, fuhr Farquhar niedergeschlagen fort. »Bei unserem letzten Treffen war sie scheinbar bereit, Seabra für uns zu gewinnen. Ich habe ihr erzählt, daß ich die Absicht hatte, Seabra in Begleitung einiger Leute nach Porto Velho einzuladen, um die Eisenbahnlinie, die dort gebaut wird, zu besichtigen. Eine phantastische Reise, da fing sie wohl an, laut zu träumen, sie sah sich, wie sie an der Seite Seabras die Baustelle besuchten. Sie traf sich aus reiner Abenteuerlust mit mir, sie wollte kein Geld dafür.«

»Seabra ist sehr reich«.

»Er ist reich, das weiß ich. Aber sie schien sich nicht viel aus Geld zu machen. Sie traf sich mit mir, weil sie Lust dazu hatte. Aber als ich sie holen ließ, weigerte sie sich, Seabra im Stich zu lassen. Oberst Agostinho besorgte die Leute, die sie dann mit Gewalt fortbrachten.«

»Es waren Leute von Oberst Agostinho?«

»Zwei ehemalige Soldaten. Sie hatten Befehl von ihm erhalten, sie auf jeden Fall zu bringen. Sie schleppten sie aus dem Haus und brachten sie in einen unserer Lagerräume in der Zollstraße. Ich wurde davon überrascht und konnte die Frau dann auf einem Schiff unterbringen, das hier vor Anker liegt und gerade Gerätschaften für uns auflädt. Sie ist noch dort, sie weigert sich, mit uns zusammenzuarbeiten, und ißt nichts.«

»Welche Treue.«

Das klang so, als wollte er sagen: »Was für eine Komödie.«

»Seabra muß getobt haben, als er entdeckte, daß die Frau nicht mehr im Haus war«, sagte Farquhar. »In derselben Nacht gab er den Befehl, Adams zu verprügeln. Oberst Agostinho hat geschworen, daß es Leute von Seabra waren.«

»Ich wußte gar nicht, daß Oberst Agostinho Seabra nicht mag«, sagte Ruy, höchst entzückt über diese Entdeckung.

»Er kann Seabra aus einem ganz törichten Grund nicht leiden. Er behauptet, er werde nicht befördert, weil es eine

Verschwörung gegen ihn gebe, zu der auch Seabra gehört.«
»Sehr interessant. Schade, daß Oberst Agostinho ein solcher Esel ist. Ich habe ihn in Europa kennengelernt, er war Militärattaché an der brasilianischen Botschaft. Er ist so gekünstelt, ja abstoßend, würde ich sagen. Und sehr prätentiös. Ich glaube, er hat einen Generalstabskurs in Frankreich gemacht und hält sich in militärischen Fragen für die größte Autorität Brasiliens. Dabei ist er nichts als ein ungeschickter Dummkopf, er ist die Art Mensch, mit der sich ein anderer Unglückseliger, ich meine Hermes, umgibt.«
»Der Marschall mag ihn sehr, er ist ein Vertrauter des Präsidenten.«
»Als Sie mir gesagt haben, Oberst Agostinho würde auf diesen Posten kommen, habe ich nichts gesagt, aber ich war damit nicht ganz einverstanden. Er ist zwar ein Vertrauensmann von euch . . .«
»Er hat uns schon viel geholfen, und er wird uns noch mehr helfen.«
»Ich weiß nicht recht, solche Mätzchen mit Seabra anzustellen.«
»Er war etwas ungestüm.«
»Er hat alles vermasselt. Unsere Idee war, einen Prozeß gegen Seabra zu bewirken. Die Eltern des Mädchens sollten vor Gericht gehen, und sie sollte gestehen, daß Seabra sie verführt und erniedrigt hatte. Der Skandal wäre da gewesen und der Mann geliefert. Aber jetzt ist sie zu nichts mehr nütze.«
»Sie ist ein Hindernis. Und erst recht, wenn sie auf dem Schiff gefunden wird, das meine Firma angeheuert hat.«
Ruy sah Farquhar einige Sekunden an.
»Sie muß aber von Seabra auf dem Schiff gefunden werden. Er muß alle Beweise gegen Sie in der Hand haben, Farquhar.«

»Was wollen Sie damit sagen?«
Ruy wurde ärgerlich.
»Ich pflege nichts zweimal zu sagen«, entgegnete er gereizt.
»Was ich sagen wollte, ist genau das, was Sie verstanden haben.«
»Aber dann wäre ich verloren. Seabra hätte mich in der Hand, ich würde ein Spielball seiner Interessen werden.«
»Seabras Interessen sind um einiges kleiner als Ihre, Farquhar.«
»Um so schlimmer. Dann müßte ich auf sein Niveau hinunter.«
»Ganz im Gegenteil.«
»Ich verstehe nicht, was Sie meinen . . .«
Ruy sah ihn hochmütig an, Farquhar machte es nichts aus, vor diesem winzigen Mann, der ein sprechender Wurm zu sein schien, wie ein Dummkopf dazustehen.
»Wenn ich richtig verstanden habe, wollen Sie aufhören, Gewalt anzuwenden, nicht wahr?«
»Ich mag Gewalt nicht.«
»Ich auch nicht, leider ist sie jedoch die Methode dieser Mittelmäßigen, die uns bisher regiert haben.«
»Ich will aber nicht verlieren.«
»Sie werden nicht verlieren, Sie werden der Sieger sein, auch wenn Seabra das nicht bemerkt.«
Farquhar rückte auf die Stuhlkante vor und blickte Ruy an, als wollte er jedes Wort gerade in dem Augenblick, in dem es den welken Lippen entschlüpfte, aufnehmen.
»Er muß eine leichte Spur finden, die ihn zu dem Mädchen führt«, fuhr Ruy fort. »Die Spur muß leicht sein, aber nicht zu offensichtlich. Seabra ist dumm, aber manchmal funktioniert das Mißtrauen des Mannes aus dem Sertão. Seine Leute werden die Frau finden und alle Beweise in der

Hand haben, die darauf hindeuten, daß Sie diese Entführung wirklich veranlaßt haben, um ihn unter Druck zu setzen. Er wird sich vor Stolz kaum lassen können und sich mächtig vorkommen, weil er jemand ist, der das Augenmerk von Firmen wie der Ihren auf sich zieht. Und dann werden Sie von Seabra erpreßt. Sie werden sich von ihm bedrohen lassen, er wird Ihnen viel Geld abnehmen. Sie werden ihn kaufen, während er glaubt, er nimmt Sie aus. Wenn er die Wahrheit entdeckt, wird er schon so in der Klemme stecken, daß er nicht mehr zurück kann.«
Der Plan war faszinierend, Farquhar wußte, daß er mit der Genauigkeit eines Uhrwerks ablaufen würde. Er zweifelte nur, ob Seabra, reich wie er war, sich so leicht kaufen ließ. Dann dachte er daran, daß er selbst einer der reichsten Männer der Welt war. Im Vergleich zu ihm und seinem Vermögen war Seabra nur ein Mann von bescheidenem Wohlstand.

12

Unter anderen Umständen hätte er sich übergeben, der Geruch von ranzigem Fett stieg ihm in die Nase, brannte in der Speiseröhre und schien sie von innen zu zerreißen. Die Haltung, in der Finnegan sich befand, verursachte dazu Kreislaufstörungen, seine Glieder wurden schwer und kribbelten, er konnte die Zehen schon nicht mehr fühlen, nur noch die unangenehme Kälte, die unter die Fußnägel kroch und sie empfindlich machte. Finnegan war Gefangener der geflohenen Deutschen und kam sich vor wie jemand, mit dem es zu Ende geht. Er wurde in einem Fettfaß, das an einem Maultier festgebunden war, hin und her geschleudert. Er war gefesselt, ohne eine Möglichkeit zu fliehen. Stricke hielten Hände und Füße zusammen, so daß er in einer sitzenden Stellung verharren mußte. Auf der anderen Seite des Maultiers hing ein zweites Faß herab, in dem auf gleiche Weise die Bolivianerin transportiert wurde. Finnegan versuchte, irgendein Zeichen aufzufangen, das etwas über Consuelos Zustand aussagte, denn er konnte nicht rufen, weil er geknebelt war. Sie hatte am Anfang laut gestöhnt und sich mehr als er hin und hergeworfen. Jetzt war alles verdächtig ruhig, und das Maultier trabte durch den Urwald, ohne die plötzlichen Bewegungen dieser rebellischen, seltsamen Last noch zu spüren.

Die Horde verzweifelter Männer, die den gefährlichen Sumpfwald am Rio Abunã durchquerte, hatte einen untersetzten, kräftigen jungen Mann mit wirren dunklen Haaren zum Anführer. Er hieß Günter, aber alle kannten ihn als der Maure. Er war nicht zum Anführer berufen, aber die Macht der Ereignisse hatte ihn an die Spitze seiner Gefährten gestoßen. Er war wachsam und recht verschreckt, aber er hatte in Wirklichkeit keine Angst, er war unfähig, Angst zu empfinden. Mit fünfundzwanzig Jahren kam er sich alt und ohne Hoffnung vor. Aber von allen war er derjenige, der am dringlichsten darauf aus war, zu entkommen. Das machte ihn zum Anführer. Er war in Hamburg geboren, praktisch am Kai, und dort wuchs er auf und wurde Hafenarbeiter. Seine Mutter war eine Prostituierte, die jede Nacht herumzog und mit jedem Mann schlief, der ihr eine lächerliche Summe zahlte. Dann kam sie jeden Morgen betrunken nach Hause. Solange er sich erinnern konnte, war sie immer eine Hafenratte gewesen, eine magere Frau mit hängenden, welken Brüsten, die aus einem dreckigen Morgenrock hervorkamen, wenn sie in ihrem vollgestopften Zimmer in der Nähe des Hamburger

Hafens hockte. Sie war nicht in Hamburg geboren, und er wußte nicht genau, woher sie kam und wie sie auf den Strich geraten war. Er wußte nicht einmal, wie alt sie war, denn bei Tageslicht kam sie ihm immer alt vor und jung, wenn es Nacht wurde, sie sich anzog, schminkte und lächelte. Sie zog sicher immer noch durch die Nachtlokale der Stadt, hängte sich an die Seeleute und schlief mit Männern aus allen vier Himmelsrichtungen. Sie hatte immer zu ihm gesagt, sie hätte eine internationale Fotze, und das stieß ihn ab. Er kannte seinen Vater nicht und hatte den Verdacht, daß nicht einmal seine Mutter die leiseste Ahnung hatte, wer sie mit einem übereilten Spermaerguß in einer unglückseligen Nacht geschwängert hatte. Wahrscheinlich waren die Geschichten, die sie ihm über seinen Vater erzählt hatte, nichts als die Träume einer Hure. Diesen Geschichten zufolge, die sie je nach Stimmung voller Haß oder Zärtlichkeit erzählte, war sein Vater ein türkischer Militär gewesen, ein Admiral oder Offizier, es war nicht wichtig, welcher Rang, Hauptsache es war ein höherer. Dieser Mann ohne Gesicht, nur ein Samenerguß, hatte ihr Versprechungen gemacht, sie waren unsterblich verliebt gewesen und eines Tages war er verschwunden. Er wurde nie wieder gesehen, und sie war verzweifelt, denn sie war schwanger und bekam keine Kunden mehr.
Sie hatte sich nie in Bordellen aufgehalten, sie haßte es, gefangen zu sein, und zog den weniger einträglichen Straßenstrich vor. Ihre Kunden spürte sie am Eingang zu Tanzlokalen und Nachtclubs auf und nahm sie in dunkle Gassen oder auf unbebaute Grundstücke mit. Als sie wegen der Schwangerschaft keine Kunden mehr auftun konnte, suchte sie in einem Armenspital Unterschlupf. Dort kam er zur Welt. Er wuchs in den Kabuffs und

Zimmern auf, in denen sie lebte. Er war immer allein, nur mit ihr zusammen, bis er mit fünfzehn Jahren in ernsthafte Schwierigkeiten geriet, weil er an der Weitergabe von geschmuggeltem Opium beteiligt war. Günter wurde in eine Erziehungsanstalt eingewiesen. Anderthalb Jahre lang litt er unter der gewaltsam auferlegten Disziplin dieser Anstalt, bis es ihm gelang auszureißen. Die Erziehungsanstalt kümmerte sich nur um die, die dort gefangen blieben, und so wurde Günter nie mehr behelligt. Er kehrte zum Hamburger Hafen zurück, lebte aber nicht mehr bei seiner Mutter. Hin und wieder traf er sie auf der Straße, dann weinte sie, aber sie bat ihn nie, wieder zu ihr zurückzukehren. Günter begriff, daß er auf eigenen Füßen stehen mußte. Die Tatsache, daß diese Frau ihn geboren hatte, war nichts als ein Unfall, so zufällig wie die Tatsache, daß sie von einem türkischen Offizier oder jemand ähnlichem geschwängert worden war. Manchmal glaubte er, daß der Vorsatz, aus dem Abunã zu entkommen, so stark war, wie der Wille, der ihn dazu gebracht hatte, aus der Erziehungsanstalt und allen möglichen anderen Gefängnissen auszubrechen, vielleicht ein Erbe seiner Mutter war, die einen Horror vor den geschlossenen Räumen eines Bordells hatte. Am Abunã konnte man sich wie in einem Bordell vorkommen, sie waren dort wie Prostituierte, nur mit dem einen erschwerenden Umstand, daß sie nie vögeln konnten und ihre Kraft für ein bißchen dreckiges Geld verbrauchten. Günter war aber nicht eigentlich rebellisch, er hatte keine klaren Perspektiven und keine besondere Vorstellung, wie sein Leben aussehen sollte. Er wollte jetzt nur eins, abhauen und sich von der Prostitution am Abunã befreien, den Maschen der Gesellschaft entkommen, und nie wieder mit einem Steinhammer auf die Schwellen einer Bahnlinie hämmern, deren Sinn er nicht begriff. Er hatte keinen Plan für sein Leben entwerfen können, denn er war im Leben immer draußen geblieben, immer mehr ausgeschlossen. Die Welle der Arbeitslosigkeit, die in den vergangenen Jahren über den Hamburger Hafen hereingebrochen war, hatte die Konkurrenz auf der Straße noch verschärft. Streiks wurden von der Polizei brutal unterdrückt, viele starben unter den Schüssen der Soldaten auf den Straßen. Hunderte ehrlicher Arbeiter begingen nun kleine Überfälle und Taschendiebstahl, in ihrem Elend nur noch von Verzweiflung und Hunger getrieben. In eben diesem Jahr tauchten einige Nordamerikaner im Hafen auf und boten den Arbeitern an, in Amerika zu arbeiten. Viele waren nach Amerika gegangen und verdienten jetzt haufenweise Geld. Amerika war verlockend. Bald hatten die Amerikaner vierhundert Männer zusammen, die bereit waren, sich einzuschiffen. Auch Günter war unter diesen vierhundert Träumern. Sie bestiegen ein Frachtschiff, das schon bei ganz ruhigem Meer auf und ab schaukelte und bei jeder kleinen Kräuselung der Wellen zu zerbersten drohte. Aber Amerika war ein sehr großer Kontinent, und keiner der Männer war so neugierig, im Augenblick der Vertragsunterzeichnung zu fragen, an welchen Ort in Amerika sie denn kämen. Und da man sie nicht gefragt hatte, sagten die Nordamerikaner auch nichts. Wieder hatte das Schicksal Günter übel mitgespielt. Als sie zwei Wochen später den Äquator überquerten und das Meer in einer ungewohnten Hitze phosphoreszierend leuchtete, war klar, daß sie nicht nach New York gebracht wurden. Zwanzig Tage später gingen sie im Hafen von Belém in Brasilien vor Anker. Die meisten fühlten sich betrogen. Das war nicht das Amerika, von dem sie geträumt hatten. Zwanzig Männer versuchten vom Schiff zu entkommen und wurden wieder eingefangen, bevor sie an Land waren. Sie wurden hart bestraft, ohne Essen und Luft zum Atmen in den glühendheißen Schiffsrumpf geworfen und dort gefangengehalten. Es hieß, sie seien gefoltert worden, aber niemand wußte es genau. Günter konnte es nicht bestätigen, sicher war nur, daß achtzehn starben und in Belém begraben wurden. Der deutsche Konsul kam an Bord, sprach aber mit keinem der Männer. Er beschränkte sich darauf, die Papiere zu prüfen, die die nordamerikanischen Anwerber hatten. Die Papiere schienen in Ordnung zu sein. Der Konsul tauchte nie wieder auf. Auch die Rebellischsten unter ihnen fanden sich nun mit ihrer Lage ab, und ohne sonderliche Neugier wartete Günter darauf, wie wohl Porto Velho, das Ende ihrer Schiffsreise, sein würde. Die Träume und Hoffnungen derer, die dazu noch fähig waren, richteten sich nun auf Porto Velho. Günter hielt sich abseits, er schloß nicht gern Freundschaften, er vertraute niemandem.

Aber jetzt war er hier und schlug sich durch den Urwald und führte die Überlebenden aus dem Hamburger Hafen an. Er kannte alle diese angstvollen Gesichter, er kannte die Erwartungen jedes einzelnen. Ihrer aller Schicksal in seiner Hand — das war grausame Ironie, aber er machte sich überhaupt nichts daraus. Er machte sich sowieso aus nichts etwas, er wollte nur entkommen. Aber die Flucht war nicht leicht, der Wald wurde immer dichter; Lianen schlangen sich von Baum zu Baum und ließen sich nicht durchschlagen, denn sie waren zäh. Prachtvolle Blüten hingen von den Kuppeln der riesigen Palmen herab und verhöhnten mit ihrer Schönheit die ängstlichen Flüchtlinge. Die undurchdringliche, grüne Wand wurde immer dichter, die Dunkelheit immer tiefer, je mehr ihre Kräfte nachließen. Im Urwald gab es für sie keinen Grund, warum sie noch leben sollten. Es war ein weiteres Gefängnis, die

Feuchtigkeit spaltete die fauligen Stämme, und die Pflanzen knisterten im Todeskampf unter den Schritten der Männer, die sich auf der dichten, tausendjährigen Schicht aus fauligem Humus einen Weg zu bahnen suchten. Günter und seine Gefährten wateten weiter. Irrsinnstaten, die dem Bedürfnis zu entkommen entsprungen waren. So vereinten sich ihre oft sinnlosen Bemühungen mit den kühlen Geräuschen der Nacht, die plötzlich mit finsterem Widerhall hereinbrach. Palmen, Lianen, Kastanien, Gummibäume, Mahagonistämme und Malven, Büsche und Kletterpflanzen reckten sich mit glitzernden Tautropfen empor. Günter hütete sich, um sich zu blicken, denn die Wildheit des Waldes brachte ihm seine eigene Wildheit zu Bewußtsein. Wie bei ihm schien auch im Urwald alles ohne Sinn zu sein. Die widersprüchlichsten Gedanken regten sich in seiner Seele. Auf dem Pfad, den sie sich freischlugen, herrschte die Dunkelheit. Die Umrisse jedes einzelnen verschwammen in der Dämmerung wie verblichene, gleitende Schatten. Seine wäßrigen Augen brannten. Die Männer gingen im Gänsemarsch und arbeiteten sich mühsam auf dem holprigen Pfad voran. Die Kette aus Menschen und Maultieren kam nur langsam vorwärts. Es war ihnen gelungen, mit acht Lasttieren zu fliehen, die in Holzfässern Proviant trugen. In den Fässern war vorher Fett gelagert worden, so daß sie jetzt bestialisch stanken, ein abscheulicher Geruch, der nun für die Gesellschaft und die Arbeit am Abunã zu stehen schien. Vorn ging die Gruppe von Männern, die den Weg freischlagen sollten. Einige von ihnen hatten schon früher so etwas gemacht und arbeiteten fieberhaft. Aber der Urwald machte ihnen das Vordringen nicht leicht, er widersetzte sich, legte ihnen blühende, filigrangewirkte Hindernisse in den Weg, denen die Schläge mit Äxten und Macheten

nichts anhaben konnten. Und die Dunkelheit wurde immer dichter. Um das fehlende Licht auszugleichen und auch nachts weiter fliehen zu können, zündeten jetzt einige Männer Petroleumlampen an, aber das Licht reichte nicht aus, es war nur ein schwacher Schein, jeden der Männer, die eine Lampe in der Hand hielten, mit einem lächerlichen Lichtkegel umgebend. Der anstrengende Weg und die Unruhe der Männer übertrug sich auf die Lasttiere. Sie folgten nervös, instinktiv witterten sie Gefahr. Sie erschwerten das Fortkommen, weil sie wankten und die Hufe sich in den Boden stemmten, bis ein Peitschenhieb sie vorwärts trieb. Die Schneise war eigentlich nicht mehr als eine Art Tunnel, durch den sie mühselig vorwärts kamen. Stummer Wahnsinn trieb jeden einzelnen von ihnen an. Das Schweigen änderte nichts daran, daß sie vordringen, mit Äxten auf die Zweige der Bäume einschlagen oder auch mit der Hand Lianen abreißen mußten. Wie eine Herde von Tieren durchbrachen die Männer die verräterische Symmetrie dieser Flora, die in Jahrhunderten schwerer Feuchtigkeit die Pflanzenwelt fast bis ins Unendliche vervielfältigt hatte.
Günter folgte mit etwas Abstand am Ende, er führte eins der Tiere am Zügel, ohne die Augen von den Gefährten zu lassen, die sich bemühten, eine Schneise in das erstarrte Grün des von der Nacht in Schwarz getauchten Waldes zu schlagen. Wolken von Insekten drangen in den so geschaffenen Tunnel ein, marterten sie und stürzten sich wie rasend auf Günters Haut. Die Maultiere stolperten, und nun prasselten die Insekten auch über sie wie Hagel herein. Immer wieder mußten sie anhalten, was für die Gefangenen eine besondere Qual bedeutete.
Consuelo und Finnegan wurden in den Fässern durchgerüttelt und rutschten in dem stinkenden Fett hin und her,

mit dem das Holz getränkt war und das dieses Gefängnis in eine düstere Höhle verwandelte. Auf Consuelos Armen waren erste Spuren von Insektenstichen zu sehen. Sie wäre am liebsten gestorben. Sie hatte abgenommen, war mager, und wie brennender Schleim blieb ihr der Ekel vor der fettverdreckten Kleidung im Hals stecken, ihre Hände waren rot geschwollen wie zwei aufgedunsene Frösche, aus ihrem Mund kam ein unverständliches Stöhnen, in ihrem Kopf breitete sich über den Schläfen eine schmerzhafte Ermattung aus. Finnegan auf der anderen Seite mußte ständig an sie denken, das Maultier stolperte einige Meter vorwärts, dann hielt es wieder an, seine Rückenmuskeln zuckten nervös, weil die Insekten es stachen und sein Blut saugten. Jedes Zucken übertrug sich als Erschütterung auf die Fässer. Finnegan rutschte nach vorn und schlug mit dem Kopf gegen das Holz, oder er rutschte nach hinten und stieß sich an der Wirbelsäule. Auch die Insekten verfingen sich im Fett und versuchten zu entkommen, bis sie starben, während Finnegan sich fragte, wohin dieser ganze Wahnsinn führen würde. Er war besessen von dem Gefühl, unwiderruflich verspielt zu haben. Alle seine Gedanken hatten etwas Pathetisches. Finnegan haßte plötzlich alles Pathos, und in der Abgeschiedenheit des Fasses verfluchte er, während er hin und her rutschte und rollte, seinen fruchtlosen Ehrgeiz. Wenn er Consuelo etwas besser zu schützen gewußt hätte, wäre sie jetzt nicht in die wahnsinnige Flucht dieser Verzweifelten verstrickt. Sie war tapfer gegen die Deutschen vorgegangen, hatte sich gewehrt und geschrien, während er untätig zugesehen hatte. Sie hatte den Medikamentenschrank besser verteidigt als er. Er war ein Schwächling, bei allem, was er tat, geriet er in eine Falle, so daß er sich ohne weiteres als Schwächling bezeichnen konnte. Der Arzt, der Schwächling. Von

Kindheit an war er von Schwäche umgeben gewesen, er war unter Frauen aufgewachsen, umgeben von Mädchen und Dienstmädchen, die ihm schmeichelten, weil er außer dem Vater der einzige Mann im Haus war. Am liebsten spielte er stundenlang Verstecken, während die Mädchen ihn suchten, seinen Namen riefen, manchmal flehten, er solle sie in sein Versteck ziehen, ihnen den Mund zuhalten und dann verbotene Empfindungen ihrer Körper erkunden. Er tat das gern mit Nancy, und die anderen erregte es, wenn Nancy ihnen davon erzählte, aber ihre Wünsche wurden nie befriedigt. In gewisser Weise war er jetzt auch versteckt, obwohl dieses Versteck gar keinen Sinn hatte, denn Nancy würde nicht kommen und ihn wie Consuelo rufen, weil sie für immer in einem unzugänglichen Versteck gefangen war. Seine Arme und Beine waren durch die erzwungene Bewegungslosigkeit in den Fesseln qualvoll eingeschlafen, seine Zunge war trocken und geschwollen, die Zähne schmerzten, und der Knebel drückte immer mehr. Wie es wohl Consuelo ging? Ob sie noch am Leben war? Und wenn die Deutschen sie vergewaltigen würden? Sie waren zu jeder Schandtat fähig. Finnegan befürchtete, es könnte so weit kommen. Er würde es nicht ertragen, wenn sie sie vor seinen Augen vergewaltigten — und die Angst davor war größer als die Angst zu sterben.

Günter spürte, wie seine bleischweren Beine versagten. Seine Kraft ließ nach, Erschöpfung überwältigte ihn. Er hatte das Zeitgefühl verloren, es kam ihm vor, als laufe er schon seit Tagen. Aber er war erst seit vier Stunden auf der Flucht. Auch bei den Männern vorne gab es Anzeichen von Erschöpfung. Sie schlugen die Schneise aufreizend langsam. Es schien ihm, daß die Pausen immer größer wurden und sie immer langsamer vorwärts kamen. Das Maultier, das Günter am Zügel führte, schnaubte wild, die

geweiteten Nüstern bewegten sich im blassen Licht der Lampe. Niemand sagte ein Wort, alle keuchten und kämpften, um vorwärts zu kommen, auf den Beinen zu bleiben, die Erschöpfung zu überwinden, was sie zu übermenschlicher Anstrengung zwang. Günter und alle seine Gefährten sahen nach wenigen Stunden im Urwald furchtbar aus, ihre zerfetzten Sachen bedeckten sie kaum noch. Arme und Beine wiesen blutige Kratzer und andere unrühmliche Zeichen der Flucht auf. Aber das schlimmste war die zunehmende Erschöpfung und die immer unsinnigeren Versuche, sie zu überwinden. Ein neuer Halt ließ Günter aus seiner Benommenheit erwachen. Zwei Männer waren vorn zusammengebrochen, und die anderen sahen stumm und ohne sich zu regen zu. Günter ließ den Zügel des Maultieres los und eilte an die Stelle. Die Männer waren hingefallen, sie lagen reglos da. Die anderen ließen sich von der Erschöpfung überwältigen und sahen schläfrig und gleichgültig auf die ohnmächtigen Gefährten hinunter.
»Was ist los?« fragte Günter keuchend.
»Wir sind sehr müde«, erwiderte ein Alter mit langem Bart.
Günter beugte sich über die hingestürzten Männer um zu sehen, ob sie noch lebten. Sie lebten noch, sie schliefen wie ein Stein, vielleicht waren sie nicht einmal ohnmächtig geworden. Sie waren von der Erschöpfung übermannt worden, nichts weiter.
Einer der Männer kam Günter zur Hilfe.
Er hob einen der beiden auf und griff ihm unter die Arme. Der Mann schlief unberührt weiter, sein Kopf sank zur Seite, und er atmete nur schwach.
»Sie schlafen«, stellte Günter fest.
Um sie herum versammelten sich Gesichter, die in ihrem

Elend zeigten, wie sehr sich alle danach sehnten, dem Beispiel der beiden am Boden zu folgen.
»Wir können nicht mehr«, sagte der Alte mit dem Bart. »Wir gehen noch kaputt.«
»Wir könnten doch hier haltmachen«, schlug einer vor.
Günter betrachtete die Hände des Mannes am Boden — rohes Fleisch.
»Wir sind aber leider noch verflucht nah an der Bahnlinie.«
»Aber laufen wir denn nicht schon lange?« fragte der bärtige Alte.
»Nun, wir haben das Zeitgefühl verloren«, warf Günter ein. »Tatsächlich sind wir nicht mehr als vier Kilometer gegangen.«
Die Erschöpfung schien die Männer in die Wirklichkeit zurückzubringen. Sie empfanden die Flucht langsam als absurd, selbst Günter war nicht mehr so sicher, was er da eigentlich tat, aber er wollte sich den Gefährten gegenüber nichts anmerken lassen.
»Ob wir das Richtige tun?« fragte der Alte.
»Wir sind doch auf der Flucht, oder?«
Günter hatte ohne große Überzeugung geantwortet, und nun bekam der Alte es mit der Angst zu tun. Die Männer sprachen jetzt untereinander über die Lage.
»Ich glaube, wir können hier anhalten«, meinte Günter. »Nachts werden sie uns nicht verfolgen. Wir stehen früh auf und marschieren weiter.«
Günters Worte hatten seine Gefährten nicht überzeugt. Sie stellten sich um die bewußtlosen Männer herum und wurden lauter.
»Laßt die Tiere nicht einfach so stehen«, rief Günter. »Unser ganzer Proviant ist in diesen Fässern. Wenn die Maultiere sich losreißen, sind wir wirklich verloren.«

Der Mann neben Günter, der bewußtlos gewesen war, öffnete die Augen und erschrak über die Männer um ihn herum, er versuchte aufzustehen, aber er war schwach, seine Kräfte versagten. So blieb er still liegen.
»Er ist zu sich gekommen«, der Alte mit dem Bart zeigte auf ihn, »ich dachte, er liegt im Sterben.«
»Ich habe doch gesagt, sie schlafen nur«, erwiderte Günter.
»Mir geht's gut«, sagte der Mann, als er die Augen öffnete und seine Gefährten erkannte.
Ein junger Mann, etwa so alt wie Günter, löste sich aus der Gruppe und kniete neben dem eben aufgewachten Mann nieder.
»Geht's dir wieder gut, Alter?«
»Morgen bin ich wieder in Form«, versicherte der Mann.
Der junge Mann hatte genau die gleiche Statur wie Günter, aber die langen, blonden Haare fielen ihm bis auf die Schultern. Auf seine Brust war ein Anker tätowiert. Der Junge wandte sich an Günter.
»Morgen ist er wieder in Ordnung.«
Günter nickte und erhob sich.
»Ich glaube, es geht uns allen besser, wenn wir ein bißchen schlafen.«
Der Junge erhob sich zur gleichen Zeit wie Günter und folgte ihm mit den Augen.
»Es fehlt nur noch eins.«
Günter sah auf.
»Es fehlt nur noch, daß Günter uns sagt, wie wir hier rauskommen.«
»Was hast du da gesagt?« fragte Günter.
»Du hast richtig gehört, Günter. Ich habe gefragt, wie wir hier wieder rauskommen sollen.«
»Wir müssen jetzt Ruhe bewahren. Es wird schon alles werden.«

»Meinst du denn, es läuft alles richtig?«
»Klar! Sei doch kein Dummkopf, Junge. Du hättest wissen müssen, daß das kein Spaziergang werden würde. Das hier ist ein wildes Land . . .«
»Eben darum, Günter. Wir wissen eben nicht, ob wirklich alles gutgeht.«
Der Junge sprach für alle, Günter spürte das und wurde langsam ärgerlich. Er war nicht gern der Anführer. Wenn es nach ihm gegangen wäre, wäre er allein geflohen, ohne die Verantwortung für die Feigheit der andern.
»Was soll das denn, Junge? Du vergehst wohl vor Schiß, was? Warum bist du denn nicht bei Ingenieur Collier geblieben und hast ihm die Stiefel geleckt?«
Der Junge wandte sich halb ab, um sich zu beruhigen und sah Günter dann wieder voller Wut an. Er mußte sich beherrschen, weil er hoffte, daß Günter wirklich eine Lösung hatte.
Günter merkte, daß der Junge noch genauso abhängig von ihm war wie die meisten dieser Männer, die sich ihm, ohne lange zu überlegen, angeschlossen hatten. Ihn stieß das alles ab.
»Ich hätte wissen sollen, daß ich es mit einer Horde von Schlappschwänzen zu tun habe«, bemerkte Günter, er meinte damit alle.
»Ihr solltet Röcke tragen, ihr Hurensöhne.«
»Hör mal her, Günter«, unterbrach ihn der Alte mit dem Bart, »laß uns miteinander reden, wie du dir die Flucht denkst. Wir wollen doch, daß du es dir richtig überlegst.«
»Ich scheiß auf das Überlegen, ich habe niemanden darum gebeten, mit mir zu fliehen.«
»Du hast mir erzählt, du hättest einen Fluchtplan«, erwiderte der Alte gelassen. »Wir waren von der Sache am Samstag gedemütigt. Wie der Ingenieur einfach den

Revolver auf uns gerichtet hat, keine Aussicht auf bessere Bezahlung. Wir hatten nichts, und du hattest einen Fluchtplan.«

»Das war mein Plan, nur für mich.«

»Ich weiß, ich glaube, wir alle wissen das. Aber wo einer flieht, können auch hundert fliehen.«

»Aber hundert mutige Männer, nicht hundert Hurensöhne.«

»Nun reg dich nicht auf.«

»Warum hat denn keiner den Mund aufgemacht, vor der Flucht, als wir noch im Lager waren? Warum habt ihr nichts gesagt? Warum habt ihr, bei jedem Wort, das ich gesagt habe, mit dem Kopf genickt wie widerkäuende Kühe auf der Weide?«

»Wir konnten nicht diskutieren, weil wir bewacht wurden. Hast du schon vergessen, daß sie die Wachen verstärkt hatten?«

»Nur ist jetzt nicht mehr der Zeitpunkt, um zu diskutieren und Fragen zu stellen, jetzt müssen wir vorwärts und Schluß.«

Der Junge näherte sich Günter.

»Wir haben dein Gerede jetzt satt, Günter. Deine Arroganz geht mir auf die Eier, und sie geht allen auf die Eier. Weißt du was? Du wirst uns nirgendwohin bringen. Du hast in Wirklichkeit überhaupt keinen konkreten Fluchtplan, du wußtest nur, wie man aus dem Lager wegkommt. Und das auch nur, weil in letzter Minute dieser Neger da beschlossen hat, uns zu helfen und die Maultiere entführt hat. Nicht mal daran hattest du gedacht.«

Verwirrt ließ Günter den Jungen reden.

»Wollt ihr die Wahrheit wissen?« fragte der Junge die Gefährten. »Wir gehen nirgendwo hin.«

»Kann sogar sein, daß wir im Kreis laufen«, sagte der alte Bärtige.

»Unser Freund Günter hat nicht einmal daran gedacht, einen Kompaß mitzunehmen«, meinte der Junge.
Die Männer brummten nun, daß sie das Gelände überhaupt nicht könnten, daß sie keine Chance hätten und daß wirklich verrückt sei, was sie da vorhätten.
»Warum haltet ihr nicht den Mund?« rief Günter.« Wir haben noch ein gutes Stück bis zum Rio Madeira zurückzulegen.«
»Und wie sollen wir dahin kommen?«
Günter spürte, daß die Männer wirklich Angst hatten.
»Wir gehen nach Norden«, sagte er beschwichtigend. »Ich kann verstehen, daß ihr Angst habt. Ich habe auch Angst, aber das hat nichts mit Feigheit zu tun. Wir sind nicht feige. Wir konnten dieses Leben nicht mehr aushalten. Unsere Verträge mit der Gesellschaft laufen erst in drei Monaten aus. Bis dahin wären wir alle längst tot, wenn wir jetzt nicht diese Flucht versucht hätten. Wir kommen an den Rio Madeira und fahren den Fluß bis nach Manaus hinunter.«
Der Alte mit dem Bart sah verlegen zu Günter.
»Laß uns vernünftig sein, Günter«, riet der Alte. »Ich habe auch für die Flucht gestimmt. Wir waren alle dafür, niemand ist gezwungen worden. Aber wir waren wütend. Jetzt ist es an der Zeit, in Ruhe darüber nachzudenken.«
»Glaubst du, wir sollten aufgeben und umkehren?«
»Wir können nicht mehr umkehren, sie werden uns wie Sklaven behandeln.«
»Und worüber sollen wir dann nachdenken?«
»Du hast gesagt, wenn wir an den Madeira kommen, fahren wir nach Manaus hinunter, nicht wahr?«
»Ja und?«
»Wie sollen wir denn den Madeira hinunterkommen? Schwimmend? Hast du eine Ahnung, wie weit es noch bis Manaus ist?«

»Die Entfernung ist groß, aber nicht unüberwindbar.«
Günter kamen Zweifel, ob diese Reise wirklich möglich sein würde. Nur vier Kilometer Marsch durch den Urwald hatten schon zu solcher Niedergeschlagenheit unter den Gefährten geführt. Monate harter Arbeit und schlechter Ernährung und die Erschöpfung hatten alles in ihnen zerbrochen. Sie waren schwach und standen am Rand der Niederlage.
»Du hast meine Frage nicht beantwortet, Günter«, sagte der Alte mit dem Bart.
Günter setzte sich auf die Erde, streckte die Beine aus und blickte seine Gefährten an. Kurz darauf folgten sie ihm alle und setzten sich in einem Kreis auf den Boden.
»Warum geht ihr nicht schlafen?« fragte Günter.
»Wie sollen wir denn schlafen gehen, wenn wir nicht einmal wissen, was wir morgen machen, wenn wir aufwachen?« sagte der junge Mann, und die anderen stimmten ihm zu.
»Der Plan hat sich in nichts geändert. Wir nehmen die Fässer, bauen daraus ein Floß.« Alle hörten Günter schweigend zu.
»Das finde ich verrückt«, erwiderte der Alte mit dem Bart.
»Wir werden nie nach Manaus kommen, wenn wir uns auf dem Rio Madeira treiben lassen.«
»Und was schlägst du dann vor, Alterchen?«
»Wir haben zwei Gefangene, der Arzt ist ein höherer Angestellter, wer weiß, vielleicht können wir dadurch mit der Gesellschaft verhandeln.«
»Du weißt doch, daß Ingenieur Collier den Arzt über alles liebt. Weißt du, was sie uns zur Antwort geben würden? Einen Tritt in den Hintern.«
»Ich glaube nicht, daß sie den Arzt im Stich lassen.«
»Die würden ihre eigene Mutter im Stich lassen«, pflichtete der Junge Günter bei.

»Dann haben wir keinen Ausweg«, entgegnete der Alte.
»Im Grunde weiß ich, was du willst, Gustav«, sagte Günter zu dem Alten. »Du willst, daß wir mit eingezogenem Schwanz ins Lager zurückgehen und uns beim Ingenieur entschuldigen. Stimmt's? Du willst, daß wir hingehen, sagen, daß wir unartig waren, es aber jetzt bereuen. Sollen wir das tun?«
Der Alte errötete, nun sahen alle zu ihm hin und warteten auf irgendeine Antwort.
»Das könnte ein Ausweg sein, Männer.« Der Alte stotterte bei diesem Satz. »Ich bin nicht sicher, ob wir den Madeira bis nach Manaus hinuntertreiben können.«
Günter ärgerte sich langsam über die Passivität des alten Gustav, ein Mann, der den Anwerbern als Vermittler gedient und arbeitslose Männer im Hamburger Hafen gesucht und rekrutiert hatte. Der Alte hatte als Aufseher auf den Docks gearbeitet und aus obskuren Gründen seine Stelle verloren. Er hatte sich saufend und betrügend in den Bars herumgetrieben, bis die Welle der Arbeitslosigkeit ein Herr von Hungernden gebildet hatte, was sich die Agenten der Gesellschaft bald darauf zunutze gemacht hatten. Da war Gustav wieder aufgetaucht. Er war sorgsam gekleidet, nüchtern und Zigarre rauchend, von einigen Nordamerikanern begleitet. Er war arrogant und hatte verlangt, daß alle ihm die Stiefel küßten, bevor ihr Name von den Amerikanern in die Liste eingetragen wurde. Jetzt stand er da und spielte den Harmlosen. Seine Arbeitgeber hatten es ihrem Werber nicht gelohnt. Er war für dieselbe Arbeit, die jetzt am Abunã begonnen hatte, abgestellt worden wie die Männer, die er gedemütigt hatte. Günter verspürte Lust, sich auf den Alten zu stürzen und ihn zusammenzuschlagen.
Der Alte dachte, Günter gebe nach, aber er verrechnete

sich und achtete nicht weiter darauf. Er erhob sich und begann zu sprechen.
»Ich will hier niemandem die Schuld geben, aber wir alle spüren, daß unsere Flucht nicht die beste Lösung war. Ich weiß, daß wir alle begeistert waren, wie leicht wir das Lager verlassen konnten. Aber jetzt wissen wir, warum die Bewachung dort nie so perfekt gewesen ist. Im Urwald braucht man keine Wachen, und wir waren Gefangene, ohne uns darüber im klaren zu sein.«
Der Alte sah zu Günter hinüber, um dessen Reaktion zu sehen.
»Unser Kumpel Günter hat gesagt, Angst bedeutet nicht, daß wir Feiglinge sind. Es ist auch nicht feige, die Flucht aufzugeben und ins Lager zurückzukehren.«
Er machte eine Pause, die Männer hörten schweigend zu, und Günter war gespannt wie eine Feder kurz vor dem Zerspringen.
»Wir schaffen es nie, auf einem Floß aus Fettfässern nach Manaus zu kommen. Wir sind zu viele und müßten etwa fünf Männer auf jedes Faß setzen. Außerdem wissen wir nicht, wie man auf diesen Flüssen fährt. Als wir angekommen sind, sind wir doch über den Madeira gefahren und konnten sehen, was für ein Labyrinth dieses Land ist. Das ist hier nicht das Rheintal, es ist eine Wildnis voller Risiken, auf die wir nicht vorbereitet sind. Wir kennen nichts, wir treten eine Reise ins Dunkle an, als spielten wir mit dem Tod.«
»Wenn es uns aber gelänge, über Santo Antonio hinauszukommen«, sagte der Junge, »könnten wir andere Schiffe finden. Hier fahren viele Leute auf den Flüssen. Sie könnten uns helfen und uns nach Manaus bringen.«
»Schon möglich«, stimmte der Alte zu, »vielleicht haben wir Glück und es gelingt uns, aber wir sollten nicht verges-

sen, daß die großen Schiffe, die hier fahren, der Gesellschaft gehören. Die Einheimischen benutzen kleine Schiffe, auf die nicht einmal fünf Leute passen. Also brauchten wir etwa zwanzig solcher Boote, um alle Leute unterzubringen, und das ist schon zuviel vom Glück verlangt. Am wahrscheinlichsten ist, daß wir von einem Schiff der Gesellschaft aufgenommen und wieder an die Baustelle zurückgebracht werden. Wir schulden unseren Arbeitgebern drei Monate Arbeit. Sie haben Unkosten gehabt, um uns hierher zu bringen.«
Die Argumente des Alten verfehlten nicht ihre Wirkung. Der Junge nickte zustimmend mit dem Kopf, und alle schienen erleichtert. Die Aussicht, wieder durch den Wald zu marschieren, nahm jedem von ihnen ihr letztes bißchen Selbstvertrauen. Günter konnte sich kaum beherrschen, er mochte diesen eitlen Alten nicht, sie waren schon oft von ihm verraten worden, er war fast ein Vertreter der Arbeitgeber. Günter konnte einfach nicht vergessen, daß der Alte schuld daran war, daß der Streik schiefgegangen war. Er selbst hatte die Männer überredet, es am Sonntag während des Bades durch die Weigerung, die Wäsche zu wechseln, zur Demonstration kommen zu lassen. Nur er, Günter, hatte den Mut gehabt, die saubere Wäsche abzulehnen und aus dem Korb mit der dreckigen Wäsche einige Lumpen herauszusuchen, die noch tragbar waren. Als sie versucht hatten, den Streik zu organisieren, hatte der Alte die Gefährten mit der Aussicht auf Bestrafung in Schrecken versetzt. Dadurch hatte er die empörtesten Männer von ihrem Vorhaben abgebracht. Und der Vollständigkeit halber sei gesagt, daß Günter sowieso allein fliehen wollte, seine Pläne hatten niemanden sonst eingeschlossen.
»Was passiert, wenn wir zurückgehen?« fragte der Junge.

Günter, aus seiner Isolierung aufgestört, antwortete nur barsch.
»Nichts, mein Schatz. Wenn du umkehrst, werden sie dir mit der Hand über den Hintern fahren und dir ein Fläschchen Parfum schenken.«
Der Junge wurde böse und ging auf Günter los. Die anderen hielten ihn zurück. Günter blieb reglos stehen.
»Wir meinen es ernst«, schrie der Junge.
»Ich auch«, erwiderte Günter.
Der Alte schüttelte mißbilligend den Kopf über Günters Haltung, gleichzeitig suchte sein Blick das Vertrauen der anderen. Die Spannung stieg, es bildeten sich schon deutlich zwei Lager unter den Flüchtenden, die einen unterstützten den Alten, die anderen, obwohl noch unentschieden, weil Günter sich nicht zu verteidigen schien, wollten weitermarschieren, obgleich es ihnen wahnsinnig vorkam. Der Junge hatte sich beruhigt, und der Alte triumphierte.
»Gustav, du bist der schlauste Hurenbock, den ich je getroffen habe«, bemerkte Günter.
Der Alte antwortete nicht.
»Du hast uns schon zu oft eingewickelt. Wir haben noch nicht vergessen, was du versprochen hast, als wir noch in der Heimat waren und Arbeit suchten. Ich habe von der Gesellschaft pro angeworbenem Mann keine Provision bekommen. Keiner hier hat pro angeworbenem Mann eine Provision bekommen, nur du, Gustav.«
»Das war etwas anderes«, sagte der Alte, »jetzt sitzen wir in demselben Boot.«
»Da bin ich nicht so sicher«, gab Günter zu bedenken.
»Natürlich. Schließlich bin ich ja hier, ich bin mit euch mitgekommen, ich bin nicht am Abunã geblieben.«
»Und wer sagt mir denn, daß das nicht im Interesse der

Gesellschaft war? Wer sagt mir denn, daß du ihnen nichts von unserem Plan erzählt hast, sie die Augen zugemacht und gesagt haben: laß sie laufen, Gustav wird die Horde schon zähmen, und dann kommen sie wieder. Dann werden wir ihnen die Hälfte von dem zahlen, was wir sonst zahlen, denn sie sind abgehauen und verdienen eine Strafe.«

Der Alte erblaßte und schlug sich mit der Faust auf das Knie.

»Das ist gelogen, sie wissen nichts davon. Ich habe ihnen nichts gesagt, ich bin auch betrogen worden, nichts von dem, was sie mir versprochen haben, haben sie gehalten.«

»Und trotzdem hast du uns verraten, nicht wahr?«

»Du willst uns in den Tod führen, Günter.«

»Lenk nicht vom Thema ab, alter Hurenbock. Ich habe niemanden aufgefordert, mitzugehen. Ich wollte allein abhauen, ich habe nicht versucht, jemanden zu überreden.«

Der Alte mit dem Bart sah erschöpft und verwirrt aus. Sein Gesicht schimmerte grünlich im Licht der Petroleumlampen. Seine Lippen zitterten.

»Du bist immer ein Chaot gewesen, Günter. Du bist immer für alle ein schlechtes Beispiel gewesen.«

Günter wandte sich ab, aber er kochte vor Wut.

»Ich möchte von dir nur hören, wie wir den Rio Madeira in Fettfässern runterfahren sollen! Ich will nur die Garantie von dir, daß wir wenigstens lebend bis Manaus kommen.«

»Ich bin nicht hier, um irgend etwas zu garantieren. Wir sind alle erwachsen genug, das sollte genügen.«

»Das wollte ich nicht hören, Günter. Du verstehst doch überhaupt nichts, du tappst im dunkeln und erwartest, daß wir alle deine Verrücktheiten mitmachen.«

Günter erhob sich und blickte die Gefährten an.

»Ich will von euch selbst eine Antwort. Habe ich vielleicht einen von euch aufgefordert, mir zu folgen?«
Die Männer schüttelten den Kopf.
»Also gut, ich werde jetzt überhaupt nichts garantieren und auch niemanden auffordern, mir weiter zu folgen. Ich weiß nur, daß ich etwas schlafen will und morgen früh will ich weiter, um an den Rio Madeira zu kommen. Ihr könnt tun und lassen, was ihr wollt, sogar mit dem Alten hier zum Lager zurückkehren.«
»Hör auf, mit mir zu reden, als wäre ich so einer wie du, Günter!« schrie der Alte. »Du hättest lieber deine Klappe halten sollen. Solche Dummheiten können nur von so einer Ratte wie dir kommen.«
»Riecht ihr, wie es stinkt?« fragte Günter. »Der alte Arschkriecher hat Angst vor den Folgen und jetzt die Hose voll. Los, Alter, los doch, nimm gleich alle mit ins Lager zurück, damit ihr denen dort in den Hintern kriechen könnt. Das willst du doch.«
Das Gesicht des Alten sah furchtbar aus. Die Falten schienen tiefer zu sein, er preßte die Lippen zusammen.
Günter sah den Alten höhnisch an.
»Du taugst nichts«, brummte der Alte, »nicht mal das Essen, das du kriegst. Der Kleine, der in den Mülleimern auf den Docks nach Essensresten gesucht hat und nicht mal Nutten für sich arbeiten lassen konnte. Der Bösewicht, der unter die Gürtellinie schlägt. Red ja nicht wieder so mit mir, hast du gehört!«
Der Alte hielt inne und wandte sich an die Männer.
»Erinnert ihr euch an Jenny, die Nutte, die fast neunzig war? Die einzige Frau, der unser Kleiner hier Geld aus der Nase ziehen konnte. Und wißt ihr, warum? Sie war seine Mutter. Jenny, die Hundertjährige . . .«

»Ich schlage dir das Gesicht zu Brei, Gustav.«
Günter traf den Alten mit einem Fausthieb in den Magen. Dieser beugte sich vor und erbrach stöhnend gelben Schleim. Die Männer erhoben sich und machten Platz für den Kampf, der weiterging. Der Sieger würde dann entscheiden, was sie tun würden. Der Alte war noch immer beweglich, er war fünfzig Jahre alt und hatte sich durch die Arbeit im Freien gut gehalten. Aber Günter war kräftig und flink wie eine Katze. Er war praktisch im Kampf mit anderen Jungen und Männern groß geworden. Er war zwar kleiner, dafür aber geschickter. Er traf öfter und täuschte den Alten mit seinen flinken Bewegungen.
Der Kampf beschränkte sich aber nicht nur auf die beiden, bald waren auch andere an der Schlägerei beteiligt. Es gab keine Erklärung dafür, warum diese Auseinandersetzung so schnell auf alle anderen übergesprungen war und die Zuschauer in eine wilde Schlägerei verwickelt hatte. Vielleicht war die blanke Verzweiflung der Auslöser für diesen Kampf, denn keine der Alternativen erschien sonderlich sinnvoll. Sie wußten, daß sie eine gehörige Strafe erwartete, wenn sie zur Baustelle zurückkehrten, wenn sie aber weiter flüchteten, würde das Unvorhersehbare sie vernichten. Die Männer verhakten sich schwerfällig ineinander und schlugen sich mit schwindenden Kräften. Das Knacken brechender Zweige und die Schreie der Männer vermengten sich miteinander. Da sie keine Waffen besaßen, hätten sie sich mit den eigenen Händen töten müssen.

In der Tonne verfolgte Consuelo entsetzt, wie die Diskussion in körperliche Auseinandersetzung ausartete. Sie konnte nichts von dem verstehen, was die Männer sagten, weil sie kein Deutsch sprach. Als der Streit begann, war das Tier nervös geworden, hatte mit den Vorderhufen aufgestampft und gedroht, davonzugaloppieren. Consuelo befürchtete, das Maultier sei einfach stehengelassen worden und nicht einmal an einen Zweig angebunden. Paradoxerweise hatte sie Angst, das Tier könnte plötzlich in den Wald laufen und verschwinden. Obwohl sie gefangen war, wollte sie lieber in der Nähe der Flüchtenden bleiben, weil ihr die Überlebenschancen dort größer schienen. Zum zweiten Mal in kurzer Zeit wurde ihr Leben vom Schicksal heimgesucht und hing an einem seidenen Faden. Sie fühlte sich betrogen, aufgehängt wie ein Stein in der Luft, der jeden Augenblick herabstürzen konnte. Durch ihre Gefangenschaft im Faß war sie machtlos. Bei jeder Bewegung des Maultieres rutschte sie und rollte wie eine eingefettete Kugel hin und her. Ihre Haare waren verklebt und hart wie ein Helm, ihre Hände bluteten, die Fingerspitzen waren geschwollen, weil sie damit ständig gegen die bauchigen Wände der Tonne stieß.

Bei allem, was sie schon durchgemacht hatte, konnte sie nicht umhin, ironischerweise an die Worte zu denken, die ihr Vater immer gesagt hatte. Wenn sie sich über etwas ärgerte, so hatte ihr Vater gesagt, sollte sie sich nicht beklagen, denn sie sei eine Bolivianerin im Glück. Zunächst hatte sie nicht gleich verstanden, was ihr Vater damit gemeint hatte. Sie dachte, er hätte damit auf das behütete Leben zu Hause angespielt, auf die Lebensumstände seiner einzigen Tochter, auf die sich die ganze Aufmerksamkeit der Familie richtete. Später entdeckte Consuelo einen politischen Hintersinn in den Worten des Vaters. Sie war nämlich in einer Zeit seltener politischer Stabilität geboren worden, in einer Epoche, da Präsidenten an die Macht kamen und ihr Mandat ohne Widrigkeiten oder Revolutionen zu Ende bringen konnten.

Consuelo war am 12. Februar 1881 in Sucre, Bolivien, geboren. Ihre Mutter, Isabel López Maldonado, eine schüchterne Frau vom Lande, bei der sich einheimischer Aberglaube mit Katholizismus und Spiritismus verband, sagte, sie sei, da unter dem Zeichen des Wassermannes geboren, zu humanitären Dingen bestimmt. Consuelo sollte ihre ganze Kindheit über hören, wie die Mutter im voraus aufzeigte, wie ihr Leben auszusehen hätte, um im Einklang mit dem Tierkreiszeichen zu stehen. Für Dona Isabel war dieser Entwurf ziemlich konkret, und Consuelo sollte ein sympathisches, herzliches, gutherziges und wahrheitsliebendes junges Mädchen werden. Natürlich war dieser Entwurf der Mutter auch für Consuelo konkret genug, denn jede dieser Eigenschaften konnte unterschiedlich ausgelegt werden. Wenn die Mutter davon sprach, daß sie ein sympathisches, junges Mädchen sein würde, sollte das heißen, daß Consuelo an den unzähligen bürgerlich-religiösen Versammlungen teilnehmen würde, die Dona Isabel als Gattin eines Universitätsprofessors stets hilfsbereit und lächelnd frequentierte, genau das Gegenteil von dem, was Consuelo unter sympathisch verstand. Sie verabscheute den Tee, der auf diesen Zusammenkünften getrunken wurde, sie verabscheute die Gespräche, das Getratsche über Hausangestellte und untreue Ehemänner, und vor allem haßte sie bürgerlich-religiöse Versammlungen. Sympathisch sein, für Consuelo hieß das, sich mit jedem interessanten Menschen unterhalten zu können, vor allem mit den jungen Männern von der Universität, ein Verhalten, das ihre Mutter bei einem unverheirateten jungen Mädchen als verdammenswert beurteilte. Mutter und Tochter also verstanden sich nicht. Jede Eigenschaft dieses Charakterbildes war eine Quelle stummer Auseinandersetzung zwischen ihnen. Die Mutter bemerkte allerdings nicht, daß Consuelo die gerade für einen Wassermann besonders typischen Eigenschaften besaß, sie war äußerst idealistisch und daher zu praktischen Dingen unfähig. Diese Unfähigkeit war bei Consuelo zuweilen so ausgeprägt, daß das junge Mädchen völlig den Sinn für den Alltag verlor. Consuelo war ganz offensichtlich zu einer hübschen, sympathischen, jungen Frau geworden, die ein gutes Herz hatte und die Wahrheit liebte. Sie empfand eine tiefe Zuneigung zu ihrem Vater, dem schweigsamen Professor Mariano Figueroa Maldonado, der sich immer nur mit den Klassikern seiner Sprache befaßte. Alonso hatte sich nie über mangelnde Zärtlichkeit seiner Frau zu beklagen gehabt, und nun überschüttete Consuelo den verstümmelten Indio mit all ihrer Zärtlichkeit. Diese Zärtlichkeit hätte man für Güte halten können. Consuelo war nicht die Frau, die herumlief und den Armen Almosen gab wie ihre Mutter, die das dann für Nächstenliebe hielt. Sie war gut, weil sie sich in andere Menschen hineinversetzen konnte, vor allem in die Träumer, die jungen Männer vom Konservatorium, die die Musik liebten und alles daransetzten, eines Tages große Solisten zu werden. Ihre Wahrheitsliebe brachte sie oft in Schwierigkeiten, vor allem dann, wenn sie mit praktischen Dingen in Konflikt geriet. Die Wahrheit zu lieben, bedeutete für die Mutter, die Wahrheit vorzutäuschen, etwas, wozu Consuelo nicht fähig war. Auch konnte sie nie an sich halten, wenn sie ihre Meinung sagen oder etwas erörtern wollte.

Der Vater, der fast immer nur Ansichten über die Literatur formulierte, war mit seiner Tochter glücklich. Sie ähnelte seiner Familie, Menschen mit künstlerischer Einstellung, die gesunden Menschenverstand verachteten und Abenteuer liebten. Consuelos Urgroßvater hatte Gedichte geschrieben, Geige gespielt und war mit vierzig Jahren während eines Tumultes im Bordell gestorben. Als der Diktator Melgarejo an der Macht war, kam der Großvater, ein Amateurastronom, der seine Nächte damit verbrachte, nach Kometen Ausschau zu halten, und Professor wie der Vater, vor ein Erschießungskommando und fand den Tod, weil er sich geweigert hatte, beim Diktator den Posten eines Wahrsagers anzunehmen. Melgarejo dachte, ein Astronom sei eine Art Magier, der Schicksal und Zukunft in den Sternen lesen konnte, und wollte daher die Dienste des alten Maldonado in Anspruch nehmen. Was als eine Ehre erschien, faßte der Alte als Beleidigung auf und zog es vor, zum Beweis seiner Wahrheitsliebe zu sterben. Consuelos Vater wußte stets viele Geschichten aus der Zeit von Melgarejo zu erzählen, und wenn sie Lust hatte, fand er in ihr eine interessierte Zuhörerin.

Sucre lag zweitausendsechshundert Meter über dem Meeresspiegel, was der Stadt jedoch den Diktatoren gegenüber keinen Vorteil brachte. Consuelo verlebte ihre Kindheit in einer politisch ruhigen Zeit, bis im Jahre 1894, als der vom Volk gewählte Präsident Severo Alonso regierte, in Sucre ein Aufstand ausbrach. Präsident Severo hatte beschlossen, Sucre zur Hauptstadt des Landes zu erklären. Diese Maßnahme mißfiel jedoch den Politikern in La Paz, und das Dekret wurde nur deshalb nicht aufgehoben, weil die Einwohner von Sucre zu den Waffen griffen. In den Straßen der Stadt wurden Barrikaden errichtet, die regierungstreuen Truppen und das Volk von Sucre kämpfte eine Woche lang. Aber Präsident Severo wurde abgesetzt, und Bolivien kehrte zur Normalität, d. h. der Abfolge von Militärputsch und Gegenputsch, zurück. Der Sturz Severos brachte den unglücklichen General Pando an die Macht, und das Volk von Sucre konnte einen Teilsieg verzeichnen, denn das Dekret, das Sucre zur Hauptstadt bestimmt hatte, wurde nicht aufgehoben, obwohl die gesamte Bundesverwaltung sich in La Paz befand. Während dieses Aufstandes in Sucre begriff Consuelo auch die Worte ihres Vaters, eines Mannes, der von der Unsicherheit der Diktaturen gezeichnet war und sich zu Góngora und zum *Lazarillo de Tormes* flüchtete. Der alte Mariano empfand eine Mischung aus Faszination und Ekel für den Diktator Melgarejo. Das war sein Lieblingsthema, vielleicht, weil das Leben des Diktators die gleichen, düsteren Farben aufwies wie die pikareske Literatur Spaniens, die er so liebte. Melgarejo war die Verkörperung der ganzen turbulenten Abfolge von Militärdiktatoren gewesen, die Bolivien in der übrigen Welt bekanntmachen sollte. Mehr noch, Melgarejo war die leibhaftige Karikatur aller Diktatoren Lateinamerikas, obwohl das für die Bolivianer kein Anlaß zu besonderem Stolz war. Als Consuelo ein Jahr alt war, war Melgarejo schon längst ein alter Säufer, der in Peru im Exil lebte. Die größte Unterhaltung des Ex-Diktators war es damals, seine Geliebte Juana zu verprügeln, bis er eines Tages, als er wieder einmal versuchte, die Tür zu ihrem Zimmer aufzubrechen, um sie zu schlagen, durch Schüsse von Juanas Bruder getötet wurde. Am liebsten erinnerte der Vater sich an ein Ereignis aus der Zeit der Diktatur Melgarejos. Mariano war schon Professor für die spanische Literatur der Klassik, als er eingeladen wurde, im Festsaal der Philosophischen Fakultät einen Vortrag zu halten. Anlaß des Votrags war eine Feier zur Unabhängigkeit Boliviens. Der Caudillo persönlich sollte nach Sucre kommen, um an allen Feierlichkeiten teilzunehmen. Mariano ließ sich davon nicht beeindrucken und bereitete einen Vortrag von bewunderswerter Gelehrsamkeit vor. Er zeigte darin auf, wie sehr das Land in der Literatur noch mit der ehemaligen Hauptstadt der Kolonie verbunden war. Der Vortrag fand ohne besondere Feierlichkeiten vor einem gelangweilten, schläfrigen Publikum statt, das Marianos Begeisterung für die Klassiker nicht teilte. Erst später, als er die Fakultät verließ, versperrte ihm eine Gruppe Polizisten den Weg und verhaftete ihn. Consuelo war noch nicht geboren, und obwohl er jung verheiratet war, reagierte er in dieser Angelegenheit voller Stolz. Das wäre sicher anders gewesen, wenn seine Tochter schon gelebt hätte. Zu Dona Isabels Verzweiflung, damals eine junge Frau mit rosiger Haut und weinerlicher Stimme, blieb Mariano im Gefängnis, bis er auf ebenso unerklärliche Weise wieder freigelassen wurde, wie man ihn verhaftet hatte. Den Verhören war sehr wenig zu entnehmen gewesen. Die ganze Zeit über waren ihm wahre Lektionen über Cervantes erteilt worden. Erst einige Jahre später entdeckte er die wirklichen Gründe für seine Verhaftung. Wie zu erwarten, hatte er in seinem Vortrag überschwenglich den Autor des *Don Quijote* gelobt und war so weit gegangen, ihn als eine Gestalt darzustellen, die ihresgleichen in der Menschheit suchte. Melgarejo, erwiesenermaßen Analphabet, hatte weder von diesem Cervantes noch je von einem Don Quijote oder Sancho Panza gehört. Da er völlig betrunken war und seiner Sinne nicht mehr ganz mächtig, hatte er sich über den Vortragenden erbost, da er diesen Cervantes so übermäßig gelobt hatte. Er war der Überzeugung, daß das Lob seinem persönlichen Feind galt, dem General López de Cervantes. Der lebte damals in Peru im Exil und führte eine der aktivsten Verschwörergruppen an. Melgarejo konnte sich kaum bis zum Ende der Feier beherrschen und befahl die Verhaftung des tollkühnen Redners, der seinen Feind derart vor seiner Nase gelobt hatte. Und außerdem befahl er noch, die Organisatoren der Veranstaltung und die Leitung der Fakultät festzunehmen. Der Diktator wünschte, alle diese hochgestochenen Intellektuellen sollten erschossen werden. Aber dank der Intervention von Juana, Melgarejos Geliebter, wurde das Leben aller Verurteilten gerettet. Juana, eine gutartige Frau, die besser unterrichtet war als der Caudillo, hatte dem Verhör beigewohnt und auch den Vortrag gehört. Sie hatte noch nie Cervantes gelesen, aber sie wußte, daß Intellektuelle in diesen Fragen immer recht haben. Und da sie befürchtete, sie könnten sich lächerlich machen, gelang es ihr mit viel Mühe, Melgarejo von seinem Vorhaben, die fünfundzwanzig in Sucre gefangenen Intellektuellen erschießen zu lassen, abzubringen. Schließlich erreichte sie nach langen, schwierigen Monaten eine Begnadigung der Intellektuellen, als sie Melgarejo davon überzeugte, er könne endgültig der Hochachtung seines Idols, Napoléon Bonaparte, gewiß sein, wenn er täte, was sie von ihm verlangte. Der Korse war schon seit Jahren tot, aber der Caudillo glaubte, er regiere noch immer in Frankreich, da er Napoleon III. mit dem großen, in Waterloo besiegten General verwechselte. Alle Gefangenen wurden freigelassen, auch Consuelos Vater, aber unter der Bedingung, daß jeder von ihnen Napoleon einen Brief schrieb und ihm mitteilte, daß Melgarejo ein Freund der Künste und ein Beschützer der Kultur sei. Consuelos Vater schrieb diesen Brief und erhielt wie die anderen die Auflage, nach La Paz zu reisen, wo der Caudillo sie erwartete. Sie lasen ihre Briefe laut vor, während Melgarejo seinen Schnaps trank und beifällig lächelte. Die Umschläge wurden gebührend versiegelt und dem Botschafter Frankreichs übergeben, der zu diesem Zwecke persönlich im Palast erschienen war. Obgleich diese Feier lächerlich war, spendete der französische Botschafter ihr großen Beifall und versicherte, sein Kaiser, Napoleon, werde durch die Schreiben einer so großen Zahl berühmter *hommes de lettres* geehrt sein. Wie jeder Diplomat in La Paz wußte auch der französische Botschafter, daß es nicht ratsam war, Melgarejo zu verärgern. Der englische Botschafter hatte seine Kühnheit, den Caudillo zu provozieren, teuer bezahlt. Da er gegen den willkürlichen Mord an zwei englischen Staatsbürgern protestiert hatte, wurde der englische Botschafter öffentlich ausgepeitscht, mußte Schnaps trinken und mit einem Affen, den man ihm auf dem Rücken festgebunden hatte, dreimal um den Hauptplatz von La Paz laufen. Als Königin Victoria die Nachricht von dieser Ungeheuerlichkeit zu Ohren kam, berief sie die höchsten Ränge der Marine und befahl die Invasion Boliviens. Die Invasion fand nur deshalb nicht statt, weil die illustren Seewölfe die Königin davon unterrichteten, daß Bolivien uneinnehmbar und vor der mächtigsten und gefürchtetsten Kriegsflotte der Welt, der Britischen Marine, sicher sei. Königin Victoria betrachtete einen Globus, und einer der Minister zeigte ihr das kleine Andenland. Sie verharrte einige Sekunden mit der Fingerspitze auf dem Globus, dann nahm sie den Federhalter, malte ein »x« über Bolivien und rief aus: »Bolivia no longer exists.«

Nicht alle Geschichten, die Consuelos Vater erzählte, waren jedoch so farbig. Es gab Geschichten von Mord, von in Gefängnissen gefolterten, politischen Gegnern, von alten Freunden ihres Vaters, die verschwunden und von ihren Familien nie wiedergefunden worden waren. Wenn er von der alptraumhaften Diktatur Melgarejos sprach, wurde seine Sprache seltsam ordinär. Er nannte den Diktator einen Mestizenbastard, den Sohn einer von einem

spanischen Schurken vergewaltigten Indianerin, einen Syphilitiker und Wüstling von Kindheit an, einen Mann, der, wie viele Halunken manichäistischer, pikaresker, spanischer Abenteuer etwas Animalisches an sich hatte. Consuelos Mutter nahm an diesen Gesprächen nie teil. Sie saßen dann allein im Arbeitszimmer des Vaters, das voller Bücher und Papierberge war, Referate und Prüfungsarbeiten seiner Studenten. Seiner Frau gegenüber war Mariano inzwischen nur noch trocken und höflich, zu seiner Tochter aber offen. Vielleicht erkannte er sich in ihr wieder. Er gestand ihr, daß das Leben für ihn zu einem erdrückenden Gefängnis geworden sei. Er hatte keine Illusionen mehr, und wirklich leben konnte er nur noch auf den Seiten von *El Cid* oder in der Handlung einer Komödie von Tirso de Molina. Im Gegensatz zur Mutter, der die Vorstellung, die Tochter könnte Pianistin werden, gar nicht behagte, unterstützte er Consuelos Studien am Konservatorium. Er kaufte ihr Partituren und machte ihr eine Freude mit Einladungen zu Konzerten und allen Opern- und Operettenaufführungen, die in Sucre stattfanden. Er war über Consuelos Verlobung nicht sonderlich glücklich. Sie konnte das verstehen, denn wenn sie heiratete, würde er die Gesellschaft verlieren, die er bei seiner Frau nicht mehr fand. Bei all dem hatte Consuelo von ihrem Vater gelernt, wie ein Glückskind zu leben, das zum richtigen Zeitpunkt geboren worden war. Er sagte ihr, Bolivien würde nie wieder eine solche Zeit inneren Friedens erleben wie während ihrer Kindheit.
General Pando, ein Mann von ausgeprägter Arroganz, war an die Macht gekommen. Im Vater hatte das den Eindruck von Leere und Gefängnis noch verstärkt. Als das neue Jahrhundert anbrach, verwickelte der Diktator das Land in einen törichten Krieg mit Brasilien. Die Brasilianer waren

tief in den Amazonasdschungel vorgedrungen. Kein einziger Präsident Boliviens hatte sich je wirklich darum bemüht, das Problem auf friedlichem Wege zu lösen. Man beschränkte sich nur immer wieder darauf, mit Protesten bei der brasilianischen Regierung vorstellig zu werden. Im Jahre 1902, als mitten im Urwald ein brasilianischer Aufstand ausbrach, verschlechterte sich der Gesundheitszustand des alten Mariano in einer Weise, daß Consuelo befürchtete, er werde nicht mehr lange leben. Um ein Haar wäre General Pando den Brasilianern in die Hände gefallen. Nun, der Krieg endete wie Kriege für Bolivien immer endeten, wieder fehlte ein Stück Land auf der Landkarte. Mariano ging in Pension und zog sich zurück; er verließ das Haus fast nie. Er schrieb an einer Studie über das spanische Theater des Goldenen Zeitalters. Consuelo und Alonso luden ihn oft zu Konzerten oder Theateraufführungen ein, aber er lehnte stets ab. Er lebte noch immer in Sucre und arbeitete weiter an seinem Buch, das schon mehr als tausend Manuskriptseiten umfaßte. Die Mutter war während Marianos Krankheit zu einer spiritistischen Sekte konvertiert und hatte aufgehört, Kaffee zu trinken. Sie behauptete, ihr Mann werde von rebellischen Geistern verfolgt, die sich weigerten, den eigenen Tod zu akzeptieren. Einer der Geister gehörte einem Dominikanermönch, der an der Inquisition beteiligt gewesen war und glaubte, Mariano stehe unter dem Verdacht der Ketzerei. Daher habe ihr Mann solche Schmerzen im Rücken. Der andere Geist war nach Dona Isabel Maldonados Verständnis noch verruchter als der fromme Dominikaner. Es war der Geist einer lasziven Tingeltangelschauspielerin, die ständig mit dem Inquisitionspriester in Konflikt stand, und zwar so schamlos, daß sie den Professor dazu verleitete, Stunden über Stunden mit der Überarbeitung dieser unsinnigen Papierhaufen zu verbringen, dieser obszönen, sündhaften Schrift über das spanische Theater der Renaissance. Consuelo sah das Gesicht ihres Vaters noch klar vor sich, ungerührt vom Gerede seiner fanatischen Frau, versunken in die Lektüre von Komödien, Entremeses, Farcen und Dramen des Goldenen Zeitalters. Sie selbst war nun eine jener Gestalten, die vom Schicksal hin und her gestoßen wurden, ihm ohnmächtig ausgeliefert waren. Sie hörte die Schreie der streitenden Männer, wurde jedes Mal, wenn das Maultier sich erschreckte, in dem Faß hin und her geworfen. Ihr Vater hatte nur zum Teil recht gehabt, als er gesagt hatte, sie sei ein bolivianisches Glückskind, weil sie in einer Zeit relativer, politischer Ruhe aufgewachsen und zur Schule gegangen war. Ihr eigenes Leben, das zu Beginn ihrer Heirat so friedlich verlaufen war, war in den vergangenen Monaten in einen heftigen Strudel von Grenzerfahrungen gestürzt worden. Consuelo war erschöpft und spürte, wie ihre Kräfte schwanden.

Durch ein heftiges Schwanken des Maultiers geriet Finnegan plötzlich ins Rutschen und stieß mit dem Kopf an das Faß. Ein dumpfes Geräusch und ein schmerzhaftes Summen in seinen Ohren. Wieder konnte er nicht schreien, weil der Knebel sehr straff war, seine Lippen aufriß und die Mundwinkel zum Bluten brachte. Es gab keine Möglichkeit zu entkommen. Das brachte ihn zur Verzweiflung. Flüche von unterschiedlicher Deftigkeit fuhren ihm jedes Mal durch den Kopf, wenn er versuchte, sich von den Fesseln zu befreien oder seine Lage zu verändern. Er hatte das Zeitgefühl verloren, bekam Durst und wußte nicht genau, was die Flüchtenden eigentlich mit ihm vorhatten. Während des Marsches war niemand gekommen, um ihnen etwas zu essen oder zu trinken zu geben, nicht

einmal aus Neugierde, um nach ihnen zu sehen. Als hätten sie vergessen, daß sie Gefangene mitführten. Vielleicht war das auch wirklich so. Da das Vorwärtskommen im Urwald so schwer war und sie das Gelände nicht kannten, wurde die ganze Aufmerksamkeit der Flüchtenden davon in Anspruch genommen. Finnegan glaubte, er sei verlassen und würde es nicht mehr lange in dieser qualvollen, unbequemen Lage aushalten. Die schlechte Durchblutung und der erstickende Knebel würden ihn schneller umbringen, als seine Häscher sich das vorstellten. Aber am schlimmsten war das Gefühl, den Launen einer Handvoll Wahnsinniger ausgeliefert zu sein, die jetzt miteinander rangen und sich vielleicht gerade umbrachten. Finnegan konnte nicht wissen, daß die Flüchtenden noch immer weiterkämpften, obwohl sie schon vergessen hatten, warum. Sie hatten nicht einmal mehr genug Kräfte, um sich auf den Beinen zu halten. Der Lärm machte die Tiere nervös, so daß sie hin und her liefen und die Ohren bewegten. Instinktiv versuchten sie sich zum Schutz zusammenzudrängen. Auf dem Boden schlugen die Männer aufeinander ein und sanken in den feuchten Teppich aus totem Laub. Der Boden war so feucht, daß das Feuer der Kerosinlampen, wenn diese hinfielen und zerbrachen, sogleich von der feuchten Blättermasse erstickt wurde. Finnegan hörte eins der Maultiere brüllen, es war ziemlich verstört und schlug aus, während die Männer wie Würmer auf dem Boden herumkrochen und schon zu erschöpft waren, um sich noch ineinander zu verbeißen. Das Maultier, auf dem Finnegan und Consuelo gefangen waren, schien ein Huftritt getroffen zu haben. Es raste nun blindlings auf dem Pfad durch den Wald zurück und verschwand in der Dunkelheit.
»Die Maultiere! Die Maultiere hauen ab . . .«, rief jemand. Das rasende Maultier verstärkte die Qual für Finnegan

und Consuelo. Sie rutschten heftig hin und her und verletzten sich bei jedem schmerzhaften Stoß gegen die Wand. Die Dunkelheit der Nacht war erschreckend. Finnegan hatte leuchtende Visionen, die den Raum wie Sternschnuppen durchkreuzten. Der Galopp schien kein Ende zu nehmen. Da sein Körper ständig gegen die Faßwände geworfen wurde, fiel Finnegan schließlich in Ohnmacht. Consuelo war schon besinnungslos, seit das Maultier zu seinem wilden Galopp angesetzt hatte. So merkten die beiden nicht, daß das Tier seine Schritte verlangsamte und sich beruhigte. Drei Maultiere waren ausgebrochen und trotteten jetzt gemächlich dahin, als suchten sie einen Platz zum Schlafen. Die Tiere schnupperten und drangen durch den Tunnel aus verbogenen, abgeschnittenen Zweigen vorwärts, als ein Blitz den Wald erleuchtete und sie von neuem zu rasendem Galopp ansetzten. Ein Unwetter kündigte sich an, es blitzte, feiner Regen fiel. In Wahrheit war der Regen stärker, aber die dichte Blätterdecke ließ nur wenige Tropfen durch, jedoch genügend, um Finnegan durchzuweichen und langsam das Faß zu füllen, in dem sich nun eine schmutzige Suppe bildete.
Finnegan öffnete die Augen. Das Licht des anbrechenden Tages gab ihm plötzlich Hoffnung. Seine Sachen waren klatschnaß und sein Körper unbeschreiblich leicht und gefühllos. Er betrachtete seine Hand und sah ein gräuliches, aufgedunsenes Tier. Ihm wurde übel. Seine Zunge berührte den Knebel, das Tuch war weich, der Regen hatte es durchnäßt. Er konnte versuchen, sich davon zu befreien, indem er mit der Zunge dagegen stieß und die Kiefern bewegte. Das Maultier trabte weiter. Das erschwerte es Finnegan, sich von dem Knebel zu befreien. Nach großer Anstrengung rutschte ihm das Tuch auf sein Kinn, und er konnte den Mund öffnen. Noch ein Ruck, und das Band

glitt auf den Rücken, der Knebel fiel ganz herab. Finnegan bewegte die Kiefer und fuhr sich mit der Zunge über die Lippen. Dann erinnerte er sich an Consuelo. Er rief nach ihr.

»Consuelo.«

Stille. Nur das Geräusch der Maultierhufe auf dem Teppich aus verwesenden Blättern, ein ständiges Scharren.

»Consuelo.«

Er bekam keine Luft mehr und glaubte, er würde wieder das Bewußtsein verlieren. Er spürte eine ungeheure Leere im Magen, das gleiche Schwächegefühl, das ihn immer überkam, wenn er nüchtern blieb, um die Stunde der Kommunion in der Kirche abzuwarten. Er wurde jedoch nicht ohnmächtig. Von der anderen Seite hörte er nur ein Stöhnen. Es war Consuelo, sie hatte sich noch nicht von ihrem Knebel befreit und schien sich hin und her zu bewegen.

»Halten Sie still«, befahl Finnegan. »Nicht verzweifeln.«

Denn es gab keinen Grund zur Verzweiflung mehr, die Maultiere liefen an den Schienen entlang, sie waren ins Lager zurückgekehrt. Einige Barbadianer hatten die Maultiere schon bemerkt und waren ihnen entgegengelaufen, um sie festzuhalten. Die Tiere liefen nicht fort und ließen sich wegführen. Ingenieur Collier trat vor den Eingang seines Zeltes, als er die Rufe der Barbadianer hörte, und betrachtete die Maultiere, die am Zaumzeug geführt wurden. Die Schwarzen lächelten und streichelten die Tiere, als hätten sie geliebte Wesen wiedergetroffen. Finnegans Magen krampfte sich zusammen, und er verlor das Bewußtsein.

13

Etwa um zwei Uhr nachmittags verließ Seabras Geliebte das Haus. Um Überraschungen dieser Art zu vermeiden, hatte Seabra einen Mann seines Vertrauens abgestellt, der unauffällig alle Vorgänge im Haus beobachtete. Die Sonne brannte, der Mann sah, daß die Frau, geschminkt und parfümiert und in einem glänzenden, grünen Seidenkleid, die Pforte öffnete und sorglos die Straße hinunterging. Wenn sie nicht so elegant gewesen wäre, hätte sich der Mann gesagt, daß sie nur einfach einen Spaziergang machen wollte, vielleicht, um sich von den kürzlich erlebten Widrigkeiten zu erholen. Andererseits waren Zeit, Hitze und Sonne nicht gerade günstige Bedingungen für einen Spaziergang auf der Straße. Daher beschloß der Mann, ihr unbemerkt zu folgen. Jedenfalls lief die Frau weiter, ohne sich um irgend etwas zu sorgen, als rechnete sie nicht mit einem Verfolger oder Bewacher.

Der Mann sah, daß sie um die Ecke bog und ein unerwarteter Windstoß ihr fast den Hut fortriß. Sie hielt den Hut mit der Hand fest, lief weiter und verschwand. Der Mann beschleunigte seine Schritte nicht, selbst als ein Automobil mit geschlossenem, schwarzem Verdeck langsam die Straße herunterkam und hart am Rinnstein entlangfuhr. Als er es bemerkte und zu der Straße kam, wo sie um die Ecke gebogen war, war die Frau verschwunden. Eine Staubwolke war das einzige Zeichen von dem Automobil, das seine Geschwindigkeit erhöht hatte. Er konnte nicht sagen, ob sie wirklich in das Auto gestiegen oder in eines der Häuser gegangen war. Die Straße war verlassen. Er lehnte sich an einen Pfosten. Er war verblüfft und besorgt, ohne zu wissen, was er seinem Chef über das soeben Vorgefallene berichten sollte. Da stand er an den Pfosten gelehnt und zerbrach sich den Kopf nach Entschuldigungen, bis er eine Lüge gefunden hatte, als ein anderes Auto, ebenfalls mit hochgezogenem Verdeck, wie aus dem Nichts auftauchte und langsam unmittelbar vor ihm zum Stehen kam. Erschrocken fuhr seine Hand zum Revolver, den er unter dem Jackett trug, aber da tauchte der Kopf eines Mannes aus dem Auto auf und rief:

»Nur ruhig, Kollege. Keine Dummheiten.«

Er erstarrte und blinzelte den Mann an, der noch immer aus dem Autofenster sah.

»Steigen Sie ein«, befahl der Mann und öffnete die Wagentür. Er folgte der Aufforderung, ohne zu protestieren und setzte sich neben den Mann. Außer diesem Mann, der ihn angesprochen hatte und den Wagen fuhr, war niemand im Auto. Es fuhr staubaufwirbelnd davon, auf einem offenbar vorausgeplanten Weg. Aber er war nicht sicher, weil die Dinge einen unerwarteten Verlauf nahmen.

Nach kurzer Zeit faßte er sich ein Herz und sprach den Fahrer an:

»Wohin fahren wir?«

Der Fahrer blickte ihn an und lächelte säuerlich. Er war kräftig, hatte ein faltiges, trockenes Gesicht mit einer eingedrückten, schiefen Nase wie ein Boxer.

»Das werden Sie gleich sehen«, antwortete der Fahrer.

Der Mann wurde langsam ärgerlich.

»Was, zum Teufel, ist denn los? Wer sind Sie?«

Der Chauffeur hielt das Lenkrad mit einer Hand und mit der anderen zog er ein Papier aus der Jackentasche. Er zeigte es Seabras Mann.

»Ich kann nicht lesen«, antwortete dieser bescheiden.

»Das ist ein Dokument.«

»Das sehe ich, na und?«

»Ich bin Offizier im Heer. Schade, daß du nicht lesen kannst!«

Der Mann wandte sich wieder um und schien nicht ein bißchen beeindruckt zu sein, daß er einen Offizier vor sich hatte.
»Willst du nicht wissen, was ich mache?«
»Interessiert mich nicht. Wollen Sie mich vielleicht verhaften?«
»Warum sollte ich? Bist du nicht ein Vertrauensmann von Minister Seabra?«
Der Mann erschrak über diese Frage.
»Nun . . . das heißt . . .«, stotterte der Mann.
»Ja oder nein?« fragte der Offizier.
»Ich bin ein Freund von Dr. Seabra . . .«
»Du hast sein Mädchen observiert, stimmt's?«
Der andere antwortete nicht. Er schien beschämt.
»Gute Arbeit hast du da geleistet«, warf der Offizier ihm vor. »Du solltest die Frau bewachen und läßt sie entkommen.«
»Sie ging so schnell fort, das hatte ich nicht erwartet . . . «, stammelte der Mann. »Als ich um die Ecke bog, war sie weg.«
»Sie hat einen Wagen genommen.«
»Das habe ich mir gedacht.«
»Und du bist an dem Pfosten stehengeblieben wie ein alter Köter.«
Dieser Vergleich gefiel dem Mann überhaupt nicht, er machte ein saures Gesicht.
»So, und was wollen Sie eigentlich von mir?« fragte der Mann.
Der Offizier bog in eine Straße ein, ohne die Geschwindigkeit zu vermindern. Sie kamen ins Stadtzentrum. Dort war der Verkehr sehr viel stärker, aber der Offizier ließ sich nicht beeindrucken, er fuhr mit hoher Geschwindigkeit weiter.
»Ich habe auch den Auftrag, diese Frau zu bewachen«,

bemerkte der Offizier. »Aber mir ist es egal, ob sie deinem Herrn treu ist oder nicht.«
Der Mann hustete, weil ihm der Staub, den der Wagen aufwirbelte, in der Kehle kratzte.
»Hübsche Frau, nicht?«
Der Mann sah den Armeeoffizier voller Haß an.
»Es steht mir nicht an, etwas darüber zu sagen, ob die Frau meines Freundes hübsch oder häßlich ist.«
»Sie sind wohl nicht von hier aus Rio, was?«
»Nein, ich bin aus Pernambuco.«
»Ihr seid wohl recht bewandert, wenn es um sowas wie Ehre geht.«
»Jeder Mann, der etwas auf sich hält, muß das sein.«
Der Offizier schaltete in einen niedrigeren Gang, weil sie nun auf die Avenida Central fuhren und der Verkehr noch dichter wurde.
»Diese Sache mit der Ehre zählt hier in der Hauptstadt nicht groß, mein Lieber. Alle machen hier Seitensprünge, und ehrenhaft zu sein, heißt geradezu, daß man möglichst viele Seitensprünge macht.«
Seabras Revolverheld verstand nichts von dem, was der Offizier sagte.
Über die breite, belebte Avenida strich vom Meer herüber eine Brise, sie erfrischte elegante Damen und lächelnde Mädchen, die vor dem Wagen die Straße überquerten. Hüte beherrschten Gehsteige und Fenster. Der Wagen bog langsam in die Sete de Setembro ein, vorbei an handgezogenen Karren, die mit Kisten beladen waren, und fuhr Richtung Tiradentes-Platz.
Er hielt vor einem Gebäude, das dem Mann ein Luxushotel zu sein schien. Der Armeeoffizier öffnete die Tür.
»Du kannst hier aussteigen.«
»Warum?«

»Siehst du dieses Hotel? Da ist sie drin. Mach deine Arbeit. Geh vorsichtig rein, am besten durch den Hintereingang.«
Der Offizier gab ihm noch einige Anweisungen und sagte ihm, wo genau sie sich befand. Der Mann ging durch ein kleines Gäßchen voller Mülltonnen und verschwand. Die Tür des Wagens wurde geschlossen, und der Offizier fuhr mit mäßiger Geschwindigkeit davon.
Der Mann kam auf der Rückseite des Hotels an. Zwei Türen führten hinein. Soweit er sehen konnte, kam man durch die eine in die Küche des Restaurants im Erdgeschoß und durch die andere zur Rezeption des Hotels, zu den Treppen in die oberen Stockwerke und in den Keller. Er hätte mit dem Fahrstuhl hinauffahren können, aber er mochte diese modernen Monster nicht und entschied sich für die Treppe. Er versuchte, den Hinweisen des Armeeoffiziers zu folgen. Das war alles, was er angesichts der merkwürdigen Umstände tun konnte. Er hatte die Frau, die er bewachen sollte, aus den Augen verloren, und ein Unbekannter war aus dem Nichts aufgetaucht und hatte ihm helfen wollen. Er war nicht sicher, ob es wirklich eine Hilfe war. Es konnte auch eine Falle sein. Deshalb ließ er die Hand nicht vom Revolver. Er konnte nicht lesen. Er hatte nie gelernt, eins dieser Zeichen auf dem Papier zu entziffern, aber etwas sagte ihm, daß das Papier, das der andere ihm gezeigt hatte, ernst genommen werden mußte. Und da er ein einfacher Mann war, war er es gewöhnt, die Männer der Streitkräfte ernst zu nehmen. Dennoch hielt er mit schwitzender Hand seine Waffe umklammert. Ohne Mühe fand er den Weg, denn der andere war in seiner Beschreibung ziemlich genau gewesen. Am Ende des Korridors, genau auf dem angegebenen Stockwerk, stieß er sachte eine Tür auf, gerade weit genug, um durch einen

kleinen Spalt blicken zu können. Im Zimmer war kein Licht, aber die Sonne schien hell und drang noch durch die geschlossenen Gardinen.

Später berichtete er Seabra triumphierend und voller Stolz, was er beobachtet hatte. Die ihm von dem Armeeoffizier zuteil gewordene Hilfe verschwieg er wohlweislich.

Seabra hörte voller Mißfallen zu. Die Frau entpuppte sich als gefährlich. Verfluchte Weiber, die keinen Mann in Ruhe lassen konnten.

»Sie war nicht völlig entkleidet, Dr. Seabra. Sie hatte nur das Kleid ausgezogen, das grüne. Sie hatte noch die Unterwäsche an und war dabei, ihre seidenen Strümpfe abzustreifen.«

Während er sprach, wandte er nicht die Augen von seinem Chef. Er wußte, daß er sein Mißfallen erregen konnte, wenn er zu ausführlich würde. Aber er konnte nicht anders, er mußte an diese Frau mit dem verführerischen Körper denken, an ihre weiße, spitzenbesetzte Wäsche, wie sie die Strümpfe auszog, als schälte sie eine Frucht. Und die weiße Wäsche hatte ihn ebenfalls erregt, es war Wäsche, die nicht für die Augen eines Mannes war. Wie seine Mutter hing auch die Frau, mit der er zusammenlebte, nach dem Waschen solche Wäsche nie zum Trocknen auf, wenn er im Hause war und derlei Stücke etwa sehen konnte. Aber diese Frau kannte solche Skrupel nicht. Sie zeigte sich ihrem Liebhaber mit einer Unschuld, die ihm voller Gefahren schien. Seabra schüttelte den Kopf, er war verlegen, denn er wollte vor dem Untergebenen seine Autorität wahren. Aber er war auch wütend, eine Reaktion, die dem, was er da hörte, angemessen war.

»Sie mußte gerade angekommen sein«, sagte der Mann. »Sie unterhielten sich, sie sprach mehr als er. Sie sagte etwas darüber, wie gefährlich es für sie sei, sich mit ihm zu treffen.«

»Und hast du genau gesehen, wer der Kerl war?«

»Ja, ganz genau. Er stand da und sah der Frau zu, wie sie sich auszog, genau gegenüber von der Tür, durch die ich sie beobachtete. Dem Akzent nach ist er mit Sicherheit ein Gringo.«

»Er ist nicht sehr groß . . .«

»Er sieht nicht mal wie ein Gringo aus, er hat dunkle Haare, aber er spricht wie ein Gringo, jawohl, Herr.«

»Dann ist er's, Percival Farquhar, der Hurensohn.«

»Wer ist das, Herr Doktor?«

»Tut nichts zur Sache.«

»Ich dachte nur, vielleicht wollten Sie, daß ich die Sache zu Ende bringe. Ein kleiner Denkzettel für den Gringo, ein paar Kinnhaken mit 'nem Schlagring.«

»Mann, du bist ja verrückt. Du weißt ja gar nicht, wer dieser Hurensohn ist.«

»Für mich ist das ein Schurke wie jeder andere auch, nur weil er ein Gringo ist, ändert das nichts daran.«

»Aber dieser ist anders. Der ist mächtig.«

»Mächtig?« Und wieso konnte ich dann so nah an ihn herankommen und alles so einfach beobachten?«

»Das finde ich ja auch merkwürdig.«

»Er war mit ihr allein, da war sonst niemand. Kein angeheuerter Schütze, kein Leibwächter.«

»Ich glaube, das ist so sein Stil. Er meint wohl, niemand würde es wagen, ihn anzufassen.«

»Herr Doktor, wenn Sie wollen, gehe ich hin und rechne mit ihm ab.«

»Nein, ich weiß schon, was ich wissen wollte. Jetzt müssen wir dieses raffinierte kleine Weibstück aus dem Verkehr ziehen. Ich mag keine Huren.«

Dem Mann fiel vor Verblüffung über Seabras rüde Ausdrucksweise die Kinnlade herunter.
»Sie ist wirklich eine gute Hure«, bekräftigte Seabra. »Wenn wir nicht etwas unternehmen, dann kann sie mir noch schaden.«
Seabra erhob sich und schlug dem Mann wohlwollend auf die Schulter.
»Hast du gut gemacht, Gevatter.«
Der Mann lächelte.
»Sie war nicht einmal mißtrauisch.«
»Na, prima.«
»Sie ging ganz unbesorgt aus dem Haus. Als wenn sie über sich selbst bestimmen könnte. Sie hat sich nicht einmal umgesehen.«
Seabra sah gedankenverloren vor sich hin, seine Hände glitten hin und her, er atmete schwer.
»Und sie denkt, sie kann über sich selbst bestimmen. Ein kleines Luder ist sie.«
»Sie ist hübsch, Herr Doktor«, versicherte der Mann.
Seabra gefiel dieses Lob.
»Ein verdammt hübsches Luder, aber gefährlich.«
Am darauffolgenden Tag betrat Seabra den Catete zu einer Routineaudienz beim Präsidenten. Er brachte nicht viel zum Vortragen mit, zwei kleine Projekte für den Bundesstaat Rio Grande do Sul und neue Einzelheiten über den Präsidentenbesuch in Bahia.
Marschall Hermes empfing ihn höflich, aber es lag etwas in der Luft. Gleich am Eingang sah Seabra Oberst Agostinho in einer lebhaften Unterhaltung mit Politikern aus São Paulo. Als er Seabra bemerkte, ließ er die Gruppe stehen, ging auf den Minister zu und begrüßte ihn mit einem falschen Lächeln. Seabra mochte diesen unverschämten Militär mit dem steifen Schnurrbart und seiner europäi-

schen Wichtigtuerei immer weniger. Auch die gestärkte Uniform reizte ihn, weil sie nicht kaschierte, wie dünn der Oberst war. Seabra verabscheute schlanke Männer. Oberst Agostinho war zynisch genug, den wachsenden Unwillen seitens des Ministers zu übersehen.

»Guten Morgen, Herr Minister«, sagte der Oberst, während er Seabra die Hand entgegenstreckte.

Dieser erwiderte die Geste nicht, der Oberst hielt seine Hand abwartend ausgestreckt, ohne sein Lächeln zu verlieren.

»Sind der Herr Minister über irgend etwas verärgert?«

»Das geht Sie gar nichts an, Herr Oberst. Private Probleme.«

»Bitte entschuldigen Sie, ich wollte . . .«

»Reden Sie doch kein dummes Zeug, Agostinho.«

Der Oberst hörte auf zu lächeln, Seabra war zu weit gegangen.

»Herr Minister, der Präsident hat mir gestern Anweisung gegeben, einer vermeintlichen Verschwörung gegen Eure Exzellenz nachzugehen.«

»Eine Verschwörung?«

»So wurde dem Präsidenten berichtet.«

Seabra sah den Oberst an, als wollte er ihm an die Gurgel springen.

»Mischen Sie sich nicht in Dinge, die Sie nichts angehen, Oberst.«

»Es war der Befehl des Präsidenten, Herr Minister. Ich möchte Eure Exzellenz nur um Verständnis und Unterstützung bitten.«

»Ich habe Ihnen nur eines zu sagen: mischen Sie sich nicht in das Leben anderer Leute ein, sonst stecke ich Ihnen Ihre Krawatte in den Hintern.«

»Sie brauchen nicht laut und grob zu werden, Herr

Minister. Ich spreche wie ein Gentleman mit Ihnen und verlange die gleiche Behandlung.«

»Was ist eigentlich los, Oberst? Haben Ihre Auftraggeber die Taktik geändert. Haben sie Angst?«

»Ich weiß nicht, was Sie damit sagen wollen!«

Seabra lachte so laut auf, daß sich alle nach den beiden, die im Vorzimmer des Präsidenten miteinander sprachen, umdrehten.

»Das wissen Sie nicht? Und woher soll ich das wissen? Also, ich kann Ihnen ein paar Hinweise für Ihre Nachforschungen geben. Es gibt eine Firmengruppe nordamerikanischer Herkunft, die während der letzten Wahlen die Opposition unterstützt und dann verloren hat. Diese Leute wollen in der Regierung wieder an Einfluß gewinnen und haben versucht, durch mein Ministerium, das zufällig den größten Teil ihrer Interessen regelt, vorzudringen. Können Sie mir folgen?«

Der Oberst schüttelte den Kopf, obwohl es ihn ärgerte, sich das alles anhören zu müssen.

»Nun gut«, fuhr Seabra fort, »diese Gruppe hat versucht, hart zuzuschlagen, aber ich bin aus gutem Holz geschnitzt und nicht so leicht umzuhauen. Sie haben sich verrechnet, obwohl sie schon einen ihrer Lakaien in der unmittelbaren Umgebung des Präsidenten eingesetzt haben.«

Oberst Agostinho erbebte.

»Beim Präsidenten?« Agostinho stellte sich ungläubig.

»Ganz recht, einer ihrer Schleimscheißer sitzt in der Nähe des Präsidenten. Sie müßten einmal nachforschen, wer das ist. Ich glaube, Sie werden keine großen Schwierigkeiten haben, herauszufinden, wer die Kanaille ist.«

Der Oberst strich sich über den dünnen Schnurrbart.

»Herr Minister, ich würde Ihnen gern eine Frage stellen.«

»Bitte, aber schnell, ich muß mit dem Präsidenten sprechen.«
»Glauben Sie, daß die Interessen dieses nordamerikanischen Wirtschaftskonsortiums den Interessen der Nation abträglich sind?«
Seabra überlegte ein paar Sekunden.
»Wollen Sie die grausame Wahrheit wissen, Oberst? Ich scheiße in aller Feierlichkeit darauf, ob die Interessen dieser Gringos den sogenannten nationalen Interessen schaden können oder nicht. Ich glaube allerdings, daß diese Gringos die Frechheit hatten, mir einen üblen Streich spielen zu wollen, und von wem die Idee dazu stammte, weiß ich auch ganz genau.«
»Von wem denn, könnten Sie den Namen nennen?«
»Aber sicher: dieser syphilitische Zwerg Ruy Barbosa.«
Oberst Agostinho lächelte beruhigt.
»Herr Minister, der Präsident erwartet Sie«, sagte er mit einer Verbeugung.
Kaum hatte J. J. Seabra das Kabinett des Präsidenten betreten, ging Oberst Agostinho in sein Büro und bat um eine telefonische Verbindung. Das Telefonsystem war noch unzulänglich, voller Geräusche und Überschneidungen, und er telefonierte nicht gern, denn man mußte laut sprechen, fast schreien. Aber in diesem Augenblick war es die beste Art zu handeln, und am Telefon konnte er kurz sein. Die Verbindung kam zustande.
»Hallo, Percy! Ja, ich bin's. Ja, habe ich. Er ist schon fast auf unserer Seite.«
Er hängte auf und streckte sich in seinem Stuhl.
Im Kabinett des Präsidenten lag ein Stapel abgezeichneter Akten. Zwei diensthabende Offiziere ordneten die Papiere. Der Marschall begann seinen Arbeitstag recht früh und beantwortete immer jeden Vorgang, der ihm vorgelegt wurde.

Seabra trat ein und spürte, daß etwas nicht stimmte. Der Marschall sah auf, lächelte aber nicht. Er gab sich ernst. Er sagte nichts und beschränkte sich nur darauf, Seabra einen Platz anzubieten.

»Viel Arbeit heute, Herr Präsident?«

»Wie immer, Herr Minister.«

Der Marschall sprach Seabra selten mit dem Ministertitel an.

Sie schwiegen einen Augenblick, während der Präsident eine umfangreiche Akte durchsah. Er zeichnete schnell ab und gab sie dem Offizier. Gleich darauf war das Kabinett leer.

»Ich bin schon über die Ereignisse unterrichtet, mein teurer Seabra.«

Die Worte des Marschalls ließen Seabra aufhorchen.

»Unterrichtet worüber, Herr Präsident?«

»Ich hatte heute morgen eine Besprechung mit Oberst Agostinho. Er hat mir über alles berichtet.«

Seabra verlor die Beherrschung.

»Herr Präsident, ich muß mich doch sehr wundern, daß Sie einem Kerl wie Oberst Agostinho Vertrauen schenken.«

»Ich verstehe nicht, Seabra. Er ist ein ehrlicher Mensch.«

»Wie diese Figuren aus Revue-Theatern.«

Der Marschall wurde ärgerlich.

»Oberst Agostinho ist ein ehrlicher Mann, das kann ich versichern. Er ist hier, um meiner Regierung zu dienen, und zwar zu seinem finanziellen Nachteil. Er könnte in der Privatwirtschaft arbeiten und ein Vermögen verdienen.«

»Indem er für die Amerikaner arbeitet.«

»Genau. Und ich sehe darin nichts Verwerfliches. Er hat jedoch seine Stelle aufgegeben, um hier bei mir zu arbeiten und zu verdienen, was er jetzt verdient.«

»Sie müssen es wissen, Präsident.«
»Ich verstehe einfach nicht, warum Sie Oberst Agostinho gegenüber so feindselig sind. Wenn Sie ein General wären, würde ich das ja noch verstehen.«
Seabra schwieg.
»Vor allem weil Oberst Agostinho Ihnen einen großen Dienst erweist.«
»Mir? Einen Dienst?«
Auf dem Gesicht des Präsidenten lag eine große, traurige Müdigkeit, und dieser Ausdruck schien Seabra Gefahren zu signalisieren. Vielleicht täuschte er sich, aber das Spiel hatte jetzt subtilere Züge und erforderte mehr Vorsicht, wie bei einem Tanz im Dunkeln. Aber Seabra mochte Tänze im Dunkeln nicht, er war jemand, der lieber einen Tisch umkippte.
»Das kann ich nicht glauben«, murmelte Seabra mit vor Wut gerötetem Gesicht.
»Er kommt Ihnen zu Hilfe, das versichere ich Ihnen«, sagte der Präsident.
»Und ich versichere Ihnen, daß das nicht sein kann.«
Der Präsident schüttelte den Kopf, ein Hinweis darauf, daß er nicht willens war, den ganzen Vormittag mit Seabra das Spielchen hilft-er-hilft-er-nicht zu spielen.
»Wissen Eure Exzellenz ganz genau, was Oberst Agostinho in Paraná gemacht hat?«
»Gegen Ende der letzten Regierung war Oberst Agostinho aufgrund von Unstimmigkeiten mit hohen Offizieren der Armee nicht aktiv und arbeitete für ein Privatunternehmen.«
»Natürlich, ich kann mich jetzt nur nicht an den Namen erinnern . . .«
»Lassen Sie mich das Gedächtnis von Eurer Exzellenz auffrischen.«

»Hören Sie auf, mich Eure Exzellenz zu nennen.«
»Sie sind der Präsident . . .«
Der Präsident verlor die Beherrschung.
»Eben deshalb nennen Sie mich nicht Eure Exzellenz. So wie Sie das sagen, hört es sich wie eine Beleidigung an.«
»Entschuldigen Sie, Marschall.«
»Und nennen Sie mich auch nicht Marschall!«
»Sie sind Marschall, Marschall Hermes.«
»Ich weiß, aber ich mag auch die Art nicht, wie Sie mich Marschall nennen. Haben Sie gehört, Herr Minister.«
»Wie soll ich Eure Exzellenz nennen?«
»Irgendwie, nur nicht Eure Exzellenz oder Marschall. Haben Sie gehört, Herr Minister.«
»Dann hören Sie auf, mich Herr Minister zu nennen.«
»Aber Sie sind doch mein Minister, Himmelarsch.«
»Ich weiß, aber Sie brauchen mich nicht dauernd daran zu erinnern.«
»Also gut, Dr. Seabra, fahren Sie fort . . .«
»Nennen Sie mich nicht Doktor, das mag ich nicht.«
»Lecken Sie mich doch am Arsch, sie Kacker aus dem Norden.«
»Ebenfalls, Sie Scheißmilitär.«
Die beiden schwiegen eine Weile, dann bekamen sie Lachkrämpfe.
Seabra gewann gleich darauf seine Fassung wieder, denn er hatte eine Runde gewonnen. Der Präsident zog ein Taschentuch aus der Tasche und fuhr sich damit über die Stirn.
»Lassen Sie mich fortfahren, Herr . . .« Seabra suchte nach einer dem Präsidenten genehmen Anrede.
»Nennen Sie mich wie sonst auch.«
Seabra lachte wieder.
»Wie ist doch gleich Ihr Name?«
»Soll ich Sie wirklich so nennen?«

»Wie denn?«
»Sie wollten es, Hornochse.«
»Also so nennt man mich?«
»Alle nennen Sie so. Der Hornochse vom Catete!«
»Und Sie, glauben Sie vielleicht, Sie haben keinen Spitznamen, Sie Schlaumeier?«
Seabra erzitterte, weil er fast alle beleidigenden Schimpfnamen, die ihm galten, kannte und keinen einzigen davon mochte.
»Der Minister-Zehn-Prozent!«
»Den kannte ich noch nicht.«
»Der Minister-Zehn-Prozent«, wiederholte der Präsident genüßlich.
»Marschall Hermes da Fonseca, krumme Beine, flacher Käcker.«
»Der ist alt. Reim dich oder ich freß dich, dieser Vers hängt mir schon seit der Militärschule an. Der Nachname Fonseca reimt sich recht und schlecht auf dieses Wort, ein Ausdruck aus der Vulgärsprache. Mich trifft das nicht mehr. Wie das Sprichwort: Ach, Raimunda, oben so häßlich, unten ein Wunder.«
Der Präsident beobachtete Seabra lächelnd mit einer gewissen Genugtuung.
»Und außerdem habe ich keinen flachen Hintern, wie jeder weiß.«
»Die lexikalische Analyse des Satzes hat mir gefallen.«
»Habe ich von Ruy gelernt, kennen Sie den?«
Seabra wurde erneut rot. Er konnte den Haß nicht verhehlen, der jedes Mal, wenn er den Namen des Anwalts aus Bahia hörte, in ihm aufstieg.
»Also, Käckerchen, wollen Sie nun hören, was ich über Oberst Agostinho zu sagen habe oder nicht?«
»Nicht Käckerchen, mein Lieber, Käcker, haben Sie gehört? Flacher Käcker.«

»Sie sind heute bester Laune.«
»Ich bin wütend, Seabra. Die Leute aus São Paulo wollen mir an die Eier.«
»Sie haben Unterstützung aus dem Norden.«
»Auf so eine Unterstützung scheiße ich.«
»Ist die Lage wirklich so ernst?«
Seabra wurde besorgt, die Reise von Hermes nach Bahia könnte ins Wasser fallen, und das hätte eine höchst persönliche Niederlage bedeutet.
»Wie ich sehe, haben Sie sich nicht viel um die Probleme der Regierung gekümmert.«
»Das tue ich vierundzwanzig Stunden am Tag.«
»Und was haben Sie schon Konkretes für die Paulistas getan?«
»Nun, ich habe alle nicht verabschiedeten Zuwendungen in meinem Ministerium für die Projekte in São Paulo freigegeben.«
»Alle Gelder?«
»Soll ich Ihnen die Projekte aufzählen?«
»Nicht nötig.«
Der Präsident schwieg einen Augenblick.
»Was wollen die aus São Paulo eigentlich?« fragte er sich ohne Hoffnung, eine plausible Antwort zu erhalten.
»Die wollen Ihnen an die Eier.«
»Das wird ihnen aber nicht gelingen! Bevor die in meine Nähe kommen, werde ich sie alle am Kragen packen. Das heißt, Sie haben alle Gelder bewilligt?«
»Alle.«
»Ausreichend?«
»Etwa tausend Contos de Reis.«
»Alle Ministerien haben das gleiche getan. Ich glaube, wir gehen da falsch vor.«
»Falsch?«

»Wir haben schon Tausende von Contos de Reis bewilligt, und die agitieren weiter. Möchten Sie einen Kaffee, Seabra?«
»Eine hervorragende Idee«, entgegnete Seabra lachend.
»Der Kaffee ist aus Kolumbien«, sagte der Präsident und drückte auf die Tischklingel.
Der diensthabende Offizier trat ein, der Präsident bestellte den Kaffee. Als der Mann draußen war, öffnete Hermes eine Schublade und entnahm ihr einen hellbraunen Umschlag mit dem Stempel *Geheim*. Seabra schoß durch den Kopf, daß bereits die Hälfte von Rio de Janeiro den Inhalt dieses Umschlags kennen mußte.
»Wovon hatten Sie doch gerade gesprochen, Seabra?«
»Nichts, Sie sind heute sehr zerstreut.«
»Entschuldigen Sie, tragen Sie jetzt vor, was Sie zu sagen haben.«
»Es geht um Oberst Agostinho.«
»Oberst Agostinho! Unglaublich, daß hier keiner diesen Mann leiden kann.«
»Er ist ein Hurensohn.«
»Das will gar nichts heißen, es gibt so viele Hurensöhne in dieser Nation, daß ein einzelner also gar nicht so auffallen sollte.«
»Hören Sie her, was ich zu sagen habe. Er ist ein schlauer Fuchs, er hat Ihr Vertrauen gewonnen, weil er in Frankreich gelernt hat, mit Zinnsoldaten zu spielen.«
»Er kennt die Taktik einer modernen Armee, das ist nun eine ganz andere Sache als die Kavallerie, die wir hier haben. Mehr als die Hälfte unserer Offiziere glaubten, sie seien noch im Paraguay-Krieg, die andere Hälfte hat sich in den Kopf gesetzt, hier in Brasilien könnte man wiederholen, was Louis Napoléon in Frankreich getan hat.«
»Alle sind sich darin einig, daß die Streitkräfte mit der Zeit

gehen müssen. Unsere sind rückständig und haben keine Disziplin. Ihre Zeit als Kriegsminister hat das gezeigt, es gab eine positive Veränderung. Aber die Manöver, die auf Oberst Agostinho zurückgehen, haben mehr Geld verschlungen als das ganze Budget des Bundesdistrikts.«

»Ein modernes Heer ist teuer.«

»Ich bin aber nicht hier, um mit Ihnen über die Modernisierung der Armee zu diskutieren. An den Streitkräften interessiert mich zur Zeit nur Oberst Agostinho.«

»Immer dasselbe, Sie sind ja wie besessen davon!«

»Marschall . . . entschuldigen Sie. Oberst Agostinho hat als Präsident des Unternehmens Southern Brazil Lumber and Colonization Company in Paraná gearbeitet. Und wissen Sie, wem dieses Unternehmen gehört? Der Farquhar-Gruppe.«

Der Präsident schien abwesend , als sei er mit seinen Gedanken ganz woanders.

»Oberst Agostinho ist ein Mann von Farquhar, jenes Farquhar, der die Opposition unterstützt und dann verloren hat. Jetzt haben sie vor, die Regierung zu unterwandern und ihren Beutezug fortzusetzen . . .«

»Entschuldigen Sie, Seabra«, sagte der Präsident, der bei dem Wort Beutezug aufgeschreckt war.

»Ich will damit sagen, daß der Feind hier unter uns, im Catete, neben Ihnen, ist.«

»Der Feind?«

»Agostinho ist einer von ihnen, er wird direkt aus Farquhars Kasse bezahlt.«

»Dieser Herr, Percival Farquhar, vertritt bedeutende wirtschaftliche Interessen, Seabra. Er darf nicht bei der Opposition bleiben.«

»Auf keinen Fall, er ist von uns abhängig, von unseren Konzessionen.«

»Und meine Regierung macht keine Konzessionen«, unterstrich der Präsident mit geradezu pervers stolzem Ton jedes Wort.

»Wir sind hart, ich weiß.«

»Haben Sie gelesen, was Alberto Torres neulich geschrieben hat? Er hat die Hypothekenbanken angegriffen und behauptet, nicht einmal die Türkei würde so viele Konzessionen machen.«

»Wir sind nicht in der Türkei.«

»Genau. Aber so sind die Intellektuellen eben, sie wissen nie genau, womit sie es zu tun haben.«

Ein Diener betrat das Kabinett mit dem Kaffee auf einem Tablett. Er bediente mit jener verklemmten Dienstfertigkeit, die, wie Seabra wußte, von langjährigem Kasernenleben herrührte. Der Diener war sicher irgendein einfacher Hauptmann, der im Catete für die Dienste des Präsidenten abgestellt war. »Diese Militärs sind wirklich überall«, dachte Seabra.

»Hören Sie, ich will Ihnen was sagen«, bemerkte der Präsident und trank einen Schluck heißen Kaffee. »Alles, was Sie mir über Oberst Agostinho erzählt haben, wußte ich. Ich bin gar nicht so ein Hornochse, wie ihr alle glaubt. Wer nämlich den falschen Standpunkt vertritt, das seid ihr.«

»Falsch!?«

Seabra holte tief Luft.

»Genau. Die Farquhar-Gruppe ist zur Zeit eine der wichtigsten wirtschaftlichen Kräfte des Landes. Sie arbeitet mit Kapital aus Nordamerika, einem höchst vielversprechenden, modernen Land ohne eine anmaßende Aristokratie oder von alters her bestehende Privilegien. Böse Zungen nennen die Amerikaner Barbaren. Aber für mich ist Barbar ein Lob. Die Deutschen sind in gewisser Weise auch Barbaren.«

»Es gibt auch Aristokraten in Deutschland.«
»Demoralisierte Aristokraten, ohne Saft und Kraft. Sie wissen, wie gut ich die deutsche Geschichte kenne. In dem Land hat die Aristokratie alles verloren, was sie hatte.« Hermes lächelte. »Stellen Sie sich doch vor, wenn in einem Land wie Deutschland so ein Adliger wie Ludwig II. von Bayern auftaucht.«
»Er war verrückt, nicht wahr?«
»Schlimmer noch. Er war Päderast. Während er sich mit seinen Wachen verlustierte, nahmen die Geschäftsleute alles fest in die Hand. Heute ist Deutschland das einzige moderne Land in Europa. Wie die Vereinigten Staaten.« Der Präsident trank noch einen Schluck Kaffee und fuhr fort.
»Ich gestehe, daß ich mich zunächst an der Farquhar-Gruppe rächen wollte, schließlich haben sie die Opposition unterstützt. Aber ist es denn ein Verbrechen, die Opposition zu unterstützen? Nein, das ist es nicht, mein Lieber. Die waren schlecht beraten und haben sich von Ruys Rhetorik einwickeln lassen. Nur wenige können sich seiner Rhetorik entziehen. Ich selbst habe mich schon von seiner geschickten Art zu reden verleiten lassen. Aber ich sehe das Problem mit der Farquhar-Gruppe jetzt anders.«
»Auf den Rat von Agostinho hin, versteht sich.«
»Ja, Agostinho hat mir die Augen geöffnet. Sie wissen, daß Ruy sich nie mit einer Niederlage abfinden kann, und jetzt konnte er auf einen mächtigen Verbündeten zählen. Dafür, daß sie Barbaren sind, schlagen sich diese Amerikaner ganz gut, wenn es um Einflußbereiche geht.« Hermes griff nach dem Umschlag und öffnete ihn. Er entnahm ihm einige Blätter gewöhnliches Papier. Sie waren in einer fast unleserlichen Schrift beschrieben. Seabra war sicher, daß schon halb Rio de Janeiro wußte, worum es sich handelte, nur er nicht. »Hier liegt der Schlüssel.«

Seabra wartete. Das war der entscheidende Augenblick.
»Sie, teurer Seabra, sind der einzige unter meinen Ministern, der hart bleibt und sich nicht so ohne weiteres einwickeln läßt.«
Seabra sonnte sich in seiner Selbstgefälligkeit.
»Ihr Haß auf Ruy hat sich mit Ihrem Haß auf die Farquhar-Gruppe verbunden. Darin sah Ruy eine Möglichkeit, im Ministerium eine Krise anzuzetteln, und zwar genau zu dem Zeitpunkt, wo die Leute aus São Paulo uns zu schaffen machen. Wenn Sie, was die Farquhar-Gruppe angeht, weiter so hart bleiben, wird es ernste Probleme geben, und Sie werden vielleicht das Ministerium verlassen müssen.«
Seabras Selbstgefälligkeit wich eisiger Spannung.
»Aber Ihr Weggang, einfach nur so, das hätte Ruy nicht gereicht. Sie sollten, bevor Sie gingen, demoralisiert und in den Schmutz gezogen werden. Und mit dem Kopf dieses Männchens ist nicht zu scherzen. Sehen Sie her, was er sich ausgedacht hat«, sagte der Präsident und sah auf die geheime Akte vor sich. »Er hat verbreitet, Sie hielten im Stadtteil São Cristóvão eine Geliebte aus, mit Haus und allem drum und dran. Als ich das erfuhr, war ich ziemlich böse, weil ich etwas Derartiges in meiner Regierung nicht dulde. Ich kann alles dulden, aber nicht eheliche Untreue. Also schön, Oberst Agostinho, den Sie verachten, und er weiß das, hat sich trotz allem meiner Regierung als so ergeben erwiesen, daß er etwaige Antipathien, die er gegen Sie hegen konnte, hintanstellte. Er hat persönlich die Untersuchungen geleitet. Er ging direkt zur Adresse der angeblichen Geliebten, die Sie in São Cristóvão haben sollten. Schauen Sie, was er herausgefunden hat.«
Der Präsident drehte die handgeschriebenen Blätter um und gab sie Seabra, der sie nahm und zu lesen begann. Er

konnte nicht glauben, was da stand. Der Bericht kam zu dem Schluß, daß alles nichts als eine Verleumdung gewesen sei. Unter der genannten Adresse hatte man eine Familie von acht Personen angetroffen. Der körperbehinderte Vater hieß Fabiano Lobato, er hatte für Seabra in Pernambuco gearbeitet. Er war 1902 mit der Familie, mit seiner Frau Anastasia und sechs minderjährigen Kindern nach Rio gekommen. Da er in finanzielle Schwierigkeiten geraten war und nicht mehr arbeiten konnte — er hatte als Maurergehilfe beim Bau der Avenida Central einen Unfall erlitten —, hatte er Minister J. J. Seabra aufgesucht, den Paten von einem seiner Kinder, und ihn um Hilfe gebeten. Minister J. J. Seabra, damals noch Bundesdeputierter, hatte das kleine Haus in São Cristóvão besorgt und half nun monatlich mit einer Summe aus, die der Familie ein bescheidenes Auskommen erlaubte, eine Art Rente für den Invaliden.

»Oberst Agostinho war gerührt, Seabra. Er hätte nie gedacht, daß Sie ein Wohltäter sind.«

»Ich bin kein Wohltäter«, entgegnete Seabra verblüfft.

»Und wie, zum Teufel, nennen Sie das, was Sie für diese Familie getan haben?«

»Wohltätigkeit, Herr Präsident!«

14

Finnegan schlief seit gut zwei Tagen ununterbrochen in einem Bett des Hospitals Candelaria, bis auf die Augenblicke, wo ihm ein süßer Brei mit Hafergeschmack eingeflößt wurde. Hitze und Helligkeit zwangen Finnegan ständig, sich im Bett eine neue Lage zu suchen. Dieser stundenlange Schlaf hatte ihn von der Erschöpfung und

dem Schrecken des ganzen traumatischen Erlebnisses im Innern eines leeren Fettfasses geheilt. Finnegan konnte eigentlich nicht mehr recht schlafen. Er hielt die Augen geschlossen und streckte sich im Bett. Er verschwitzte die Bettlaken aus Angst, aufstehen und wieder in die Hölle am Abunã zurückkehren zu müssen. Der Geruch nach ranzigem Fett störte ihn noch immer, als sei er tief in seinem Körper und für immer in seine Nase eingedrungen und hätte für alle Zeiten seinen Geschmackssinn verdorben. Aber ihm war nicht mehr übel. Er fühlte sich überhaupt nicht mehr unwohl, er war wieder wohlauf, so frisch, daß er während der zwei Tage, die er schlief, zum Amüsement der Krankenpfleger ständig eine Erektion hatte. Von der Hitze war sein Rücken naß, sein Schlafanzug klebte auf der Haut. Die Helligkeit war ihm sogar bei geschlossenen Lidern lästig, weil sie ein leuchtendes Rot auf seine Netzhaut warf. Finnegan wußte nicht, ob er die Augen öffnen oder weiter so daliegen sollte. Hitze und Helligkeit veranlaßten ihn schließlich, die Augen zu öffnen.
»Willkommen in der Welt der Lebenden«, sagte eine ihm schmerzlich vertraute Stimme an seiner Seite.
Finnegan wandte den Kopf und sah Ingenieur Collier, ebenfalls im Schlafanzug, an das Kopfende des Bettes gelehnt, mit einer Zeitschrift in der Hand. Er erkannte den Ingenieur, obwohl das Moskitonetz ganz über sein Bett gebreitet war und ihm die Welt wie aus Böswilligkeit vorenthielt.
»Und Consuelo?« fragte Finnegan, während er das Netz hochhob und sich im Bett aufsetzte.
„Wer?«
»Consuelo!« Finnegan schrie fast.
»Schreien Sie nicht so, wir sind in einem Hospital.«
»Ich schreie ja gar nicht.«

»Wenn Sie schreien, denkt man, die Krankheit hat sich verschlimmert, und wird Ihnen eine Arznei verpassen.«
»Bin ich krank?«
»Wenn es Ihnen nicht so gutginge, würde ich sagen, daß die Lage ziemlich ernst ist.«
Finnegan strich mit der Hand über das schweißbedeckte Gesicht und blickte um sich. Die Krankenstation war fast leer, nur zwei Betten waren noch mit Patienten besetzt, die im Sterben lagen.
»Das ist die Krankenstation für die Leitenden«, informierte Collier.
»Ich habe nach Consuelo gefragt, kann ich vielleicht eine vernünftige Auskunft bekommen?«
»Ah, ich verstehe«, sagte Collier lachend.
»Was verstehen Sie?«
»Sie haben nach dem Mädchen, nach Consuelo gefragt, nicht wahr?«
Finnegan wurde langsam gereizt.
»Ja, die.«
»Schreien Sie nicht so, wir sind in einem Hospital.«
»Ich schreie ja gar nicht!«
»Doch, Sie schreien«, schrie Collier.
Ein Sanitäter erschien in der Tür der Station. Der Ingenieur machte ihm ein Zeichen, es sei alles in Ordnung.
»Sehen Sie«, mahnte Collier, »wenn Sie schreien, kommen die gleich angelaufen, um Ihnen eine Arznei zu verpassen.«
»Ich habe nicht geschrien. Ich wollte nur wissen, wo Consuelo ist. Sie haben doch so zusammenhangloses Zeug geredet.«
»Was denn zum Beispiel?«
»Daß Sie verstanden haben, was weiß ich!«
»Natürlich konnte ich erst verstehen, nachdem Sie nach ihr gefragt haben.«

»Und was genau war das?«
»Finnegan, mein Lieber . . .«
Finnegan blitzte den Ingenieur an.
»Schon gut. Zwei Tage lang haben Sie einen Ständer gehabt, während Sie schliefen, und kaum wachen Sie auf, fragen Sie nach Consuelo. Wie soll ich das wohl verstehen?«
»Einen Ständer?«
»Ja genau, mein Lieber. Wie der Mont Blanc. Die Sanitäter haben sich köstlich amüsiert. Sie haben Sie Doktor Hochstand getauft.«
Finnegan fuhr sich unwillkürlich mit der Hand zwischen die Beine, aber sein Penis war weich und brav. Collier lachte, der Arzt konnte sich an keinen Traum, an nichts erinnern. Die zwei Tage breiteten sich in seiner Erinnerung mit dem Scharlachrot der Helligkeit auf seiner Netzhaut aus.
»Consuelo geht es gut«, teilte Collier ihm mit. »Eine tolle Frau, mein Lieber. Sie ist in der Spezialunterkunft, der einzigen Stelle, wo hier Frauen wohnen. Und sie läßt nicht von dem Indio, den Sie geheilt haben.«
»Ist er denn auch hier?«
»Ich habe ihn hergebracht. Lovelace sagte, Sie hätten gute Arbeit geleistet.«
Finnegan ließ sich nicht beeindrucken.
»Wie lange werden wir hierbleiben?« wollte er wissen.
»Solange wir wollen.«
»Wirklich?«
»Das heißt, solange wir so tun können, als seien wir krank.«
»Sind wir denn krank?« fragte Finnegan nun wieder ganz höflich.
»So krank wie Sie.«
»Und bin ich krank?«

»Weiß ich nicht, ich bin kein Arzt.«
»Ich fühle mich nicht krank. Ich glaube, ich habe gar nichts.«
»Halten Sie den Mund und werfen Sie sich ab und zu stöhnend im Bett herum.«
»Ich muß Consuelo sehen.«
»Wozu? Ihr geht es gut, sie kümmert sich um den Indio. Wahrscheinlich vögelt sie ihn.«
»Wen?«
»Den Indio, den Sie geheilt haben. Nur weil er seine Hände verloren hat, heißt das doch nicht, daß er nicht vögeln kann.«
»Wie gemein, so was zu sagen.«
»Ich sehe darin keine Gemeinheit. Sie ist gesund und läßt diesen schlauen Indio nicht aus den Augen.«
Finnegan spürte, daß die Hitze in der Krankenstation jeden dazu verleiten konnte, etwas Verrücktes zu tun.
»Consuelo ist sehr gutmütig.«
»Klar, es ist ja auch wirklich gütig, mit dem armen, verstümmelten Indio zu vögeln.«
»Ich will das nicht mehr hören!«
»Schreien Sie nicht, wir sind in einem Hospital«, schrie Collier.
Finnegan legte sich wieder hin und schob die Hände unter den Kopf. Er sah an die weiß gestrichene Decke, die in der Helligkeit leuchtete. Collier blätterte in der Zeitschrift.
»Haben Sie von ihr geträumt?« fragte Collier und legte die Zeitschrift beiseite.
»Ich erinnere mich an nichts.«
Collier stieß einen Pfiff aus.
»Sie hätten sehen sollen, wie Sie die ganze Zeit dagelegen haben, mein Lieber.«
»In meinem Alter ist das normal«, entgegnete Finnegan boshaft.

»Touché«, rief Collier.
Der Sanitäter tauchte wieder in der Tür des Pavillons auf. Der Ingenieur winkte ihn zu sich. Der Sanitäter, ein Amerikaner mit sommersprossigem Gesicht und kurzgeschorenem Haar wie beim Militär, kam auf Zehenspitzen heran.
»Es geht ihm nicht gut«, flüsterte Collier und zeigte auf Finnegan.
»Ich spüre gar nichts«, sagte Finnegan so liebenswürdig und überzeugend wie er nur konnte.
»Schreien Sie nicht, wir sind in einem Hospital«, sagte der Sanitäter.
Finnegan verdrehte die Augen und seufzte. Der Sanitäter schob ihm sofort ein Thermometer in den Mund.
»Himmelarsch«, rief Finnegan und zerbiß das Thermometer fast.
»Nur ruhig, Doktor. Es wird schon alles wieder gut,« beruhigte ihn der Sanitäter.
Finnegan nahm das Thermometer heraus und betrachtete es prüfend. Der Sanitäter nahm es ihm rasch weg.
»Sie haben ein bißchen Fieber«, bemerkte der Sanitäter.
»Fieber? Du spinnst doch, Junge. Seit wann sind sechsunddreißig Grad Fieber?«
Der Sanitäter sah Finnegan entsetzt an.
»Das ist kein Fieber?«
»Jedenfalls nicht bei menschlichen Wesen«, erwiderte Finnegan.
»Eben deshalb haben wir Anweisung, den Patienten keinerlei Auskunft zu geben. Das war völlig unzulässig. Sie hätten das Thermometer nicht ansehen dürfen.«
Collier bedeutete dem Sanitäter, zu gehen. Der junge Mann schüttelte das Thermometer, steckte es in die Tasche seines makellos sauberen, gestärkten Kittels und

verließ den Raum mit gesenktem Kopf. Nach drei Schritten verharrte er und ging an Finnegans Bett zurück.
»Ich glaube, Sie brauchen ein Mittel gegen Fieber.«
»Sie haben ganz recht, mein Lieber.«
Der Sanitäter lächelte.
«Bringen Sie mir einen Ventilator.«
Collier schüttete sich im Bett aus vor Lachen. Der Sanitäter stand verwirrt mit offenem Mund da.
»Das ist unzulässig. Wir können diese Art von Medikament nicht verabreichen.«
»Zu schade«, meinte Finnegan, »das ist das einzige Antifiebermittel, daß mir im Augenblick helfen könnte.«
Collier lachte immer noch, der Sanitäter sah ihn aufmerksam an.
»Fühlen Sie sich wohl?« fragte der junge Mann und steckte dem Ingenieur zielsicher das Thermometer in den Mund.
Collier hörte auf zu lachen, weil er sich an dem kalten Thermometer in seinem Mund fast verschluckt hätte. Jetzt war Finnegan an der Reihe, sich zu rächen. Er brach in Lachen aus, daß der Pavillon erbebte. Collier spuckte das Thermometer aus und traf genau die Stirn des Sanitäters.
Der Sanitäter nahm das Thermometer wütend in die Hand und untersuchte es sofort.
»Ach, du lieber Gott«, rief der Sanitäter, »Sie sind tot!«
Collier sprang auf und kniete auf dem Bett.
»Wie bitte?«
»Sie können nicht am Leben sein!« antwortete der Sanitäter ungläubig.
»Zeigen Sie mal her«, bat Finnegan.
»Das kann ich nicht, das ist unzulässig«, antwortete der Sanitäter höflich.
»Schreien Sie nicht so, das hier ist ein Hospital«, schrie Collier.

»Ich schreie nicht, ich darf den Patienten nur kein Thermometer zeigen. Das ist gegen die Vorschriften.«
»Ich bin kein Patient«, erwiderte Finnegan, »ich bin Arzt.«
Der Sanitäter schüttelte den Kopf.
»Mir machen Sie nichts vor. Ärzte pflegen sich außerhalb von Betten aufzuhalten, und nur Patienten sind in den Betten.«
»Er ist wirklich Arzt«, versicherte Collier.
»Sie sind tot«, sagte der Sanitäter überzeugt. »Sie können keine Meinung mehr äußern.«
Finnegan stieg aus dem Bett und nahm dem Sanitäter das Thermometer mit einem Ruck ab. Der Sanitäter stand mit offenem Mund da, als Finnegan das Thermometer prüfte und loslachte.
»Er hat 17 Grad Celsius«, bemerkte der Sanitäter kleinlaut. »Ist das nicht die Temperatur eines Toten?«
»Genau«, bestätigte Finnegan.
Collier sah nun mit einer gewissen Besorgnis zu. So etwas wie Wut stieg von tief unten in ihm auf. Ihm behagte die Vorstellung gar nicht, daß er das Ziel von Finnegans Scherzen war. Der Sanitäter ertrug die Szene jedoch nicht mehr und riß Finnegan das Thermometer aus der Hand. Er setzte sich zu Collier auf den Bettrand und steckte das Thermometer in den eigenen Mund.
»Na, Junge, alles in Ordnung?« fragte Finnegan mit der den Ärzten eigenen, besonderen Art.
Der Sanitäter antwortete nicht. Sein Gesicht war rot angelaufen, er verbarg es hinter den Händen.
»Na komm, mein Junge, ist schon alles in Ordnung!« sagte Collier und schlug dem Jungen freundlich auf die Schulter.
Der Sanitäter schüttelte den Kopf, ohne sein Gesicht zu zeigen.

»Nicht das Thermometer verschlucken«, warnte Finnegan. Kurz darauf verfielen die beiden anderen Patienten im Raum in krampfhafte Zuckungen. Finnegan trat näher und sah mit fachmännischem Blick, die Hände in den Taschen seines Schlafanzuges, zu.
»Die liegen im Sterben«, sagte Finnegan, »rufen Sie einen Arzt.«
Der Sanitäter ließ nicht erkennen, ob er Finnegans Aufforderung gehört hatte. Die beiden Kranken erbebten, dann streckten sich ihre Körper. Sie waren tot.
»Sie sind tot«, bestätigte Finnegan.
»Ja, wirklich?« Collier bezweifelte es.
»Ganz sicher«, bekräftigte Finnegan und sah sich die Karte an einem der Betten an. »Schwere Avitaminose!«
»Wie bitte?«
»Herrera, Sérvulo. Verwaltungsangestellter. Nationalität: spanisch. Alter: sechsundvierzig Jahre. Verwitwet.« Finnegan machte einen Schritt weiter und nahm die andere Karte in die Hand. »Macaulay, Frank. Zivilingenieur. Nationalität: nordamerikanisch. Alter: fünfunddreißig Jahre. Ledig.«
Der Sanitäter hob den Kopf und nahm das Thermometer aus dem Mund. Er betrachtete es aufmerksam und lächelte flüchtig. Collier rüttelte den Jungen an der Schulter.
»Die beiden da drüben haben sich dünne gemacht, Mensch!«
»Das ist so üblich in einem Krankenhaus«, antwortete der Sanitäter mit einem gewissen Triumph.
»Alles o. k. mit Ihnen, mein Junge?« fragte Finnegan.
»Ich glaube schon.«
»Arbeiten Sie schon lange hier?« fragte Collier.
Der Sanitäter stand von dem Bett auf und ging hinaus, ohne auf die Frage zu antworten. Finnegan warf dem einen

Toten das Laken über das Gesicht und tat das gleiche bei dem anderen, während Collier sich auf das Bett setzte und das Oberteil seines sichtlich verschwitzten Schlafanzuges aufknöpfte.

Es war kaum eine Sekunde vergangen, als eine Gruppe eilfertiger Sanitäter den Pavillon betrat, um die Leichen wegzubringen. Sie umstellten die Betten mit Wandschirmen und begannen, die Leichen einzuwickeln.

»Fachmännische Arbeit«, kommentierte Finnegan.

»Warum haben sie Wandschirme aufgestellt?« fragte Collier.

»Um die anderen Patienten nicht damit zu belasten«, antwortete Finnegan verächtlich.

»Es gibt doch aber gar keine Patienten in diesem Pavillon. Nur uns.«

»Wir sind aber Patienten«, sagte Finnegan vorwurfsvoll. »Sie wollen uns nicht damit belasten.«

Derselbe Sanitäter, der gerade bei ihnen gewesen war, löste sich aus dem geschäftigen Haufen hinter dem Wandschirm heraus und kam zu Collier und Finnegan.

»Keine Thermometer, bitte«, warnte Collier.

Der Junge lächelte.

»Nein, nein. Ich hatte nur vergessen, daß Sie beide heute eingeladen sind, mit Dr. Lovelace zu Mittag zu essen. Das Mittagessen wird um 10.45 Uhr in der Kantine des Hospitals serviert.«

»Wir haben keine Uhr«, sagte Collier.

»Ich werde Sie abholen«, erbot sich der Sanitäter.

Consuelo hatte wenig geschlafen und fühlte sich dennoch müde. Obwohl man ihr geraten hatte, das Bett zu hüten, blieb sie nur eine Nacht liegen. Mit einem Nachthemd bekleidet tat sie so, als ob sie schliefe, sie konnte aber nicht. Am nächsten Morgen stand sie auf und duschte sich, was sie schon lange nicht mehr getan hatte. Sie war nicht auf einer Krankenstation oder in einem Pavillon untergebracht, sondern in einer der Unterkünfte für die Angestellten, wo sie zum ersten Mal Frauen angetroffen hatte. Als sie ausgiebig geduscht hatte und aus dem Bad kam, sah sie sich einer untersetzten, dicken Frau mit rosiger Haut und blauen Knopfaugen gegenüber, die ein Frühstückstablett trug und lächelte. Sie befreundeten sich sofort, wahrscheinlich, weil Consuelo zum ersten Mal nach fast einem Monat wieder eine Frau sah. Die Dame war Harriett Lowey, eine Amerikanerin, die ein weiches Spanisch mit kubanischem Akzent sprach, denn sie war mit einem spanischen Arzt aus Sevilla, Dr. Edy Azancoth, einem Sephardim, verheiratet. Er hatte schon jahrelang in Havanna gelebt, als er den Vertrag für Porto Velho unterschrieb. Harriett war in keiner Weise mit der Madeira-Mamoré Co. verbunden, es sei denn durch ihre Ehe mit Dr. Azancoth. Daher hatte sie nichts zu tun und verbrachte ihre Zeit damit, das Privatleben der Einwohner von Porto Velho boshaft zu beobachten. Aber auch das füllte sie nicht sonderlich aus, denn Porto Velho war nicht mehr als ein ausgebautes Lager. Es gab nur wenige Frauen, mit denen sie ihre Beobachtungen hätte teilen können. Hinzu kam, daß sie, als die Frau eines Juden, mit bestimmten Frauen nicht verkehren konnte und sogar die offene Feindseligkeit der Oberin zu spüren bekam. Diese hieß Marilyn Kirkpatrick, war eine fanatische Methodistin und die Geliebte von »King« John, dem Generalvertreter der Gesellschaft. Aus all diesen Gründen war es für Harriett ein leichtes, sich mit Consuelo anzufreunden.

Den ersten Tag verbrachte Consuelo bei dem Indio, der auf der Armenstation untergebracht war. Dort war es

zwar sauber, aber überfüllt mit Arbeitern in verschiedenen Stadien körperlichen und geistigen Verfalls. Für ihren Caripuna-Freund nicht gerade eine tröstliche Umgebung, aber er schien das nicht zu bemerken. Er lächelte immer und war liebevoll, zündete mit den Füßen Streichhölzer an, um zum Amüsement der Sanitäter und einiger Kranker, die in weniger bedauernswertem Zustand waren, diesen ihre Zigaretten anzustecken.
Harriett entging Consuelos Interesse für den Indio ohne Hände nicht. Für sie war die Vorstellung von einem unvollständigen Mann äußerst abstoßend, seine zwei Armstümpfe, die aus dem Schlafanzug heraussahen, und sein von Tätowierungen gezeichnetes Gesicht. Sie mußte aber zugeben, daß der Indio, dieser tolle Kerl, mit seinen weißen Zähnen sehr einnehmend lächeln konnte.
»Magst du ihn?« fragte Harriett.
»Ja, sehr«, antwortete Consuelo.
»Es muß störend sein.«
»Störend?!«
»Ja, ich meine, weil er keine Hände hat.«
»Nicht, was Sie denken, Frau Azancoth.«
»Harriett, meine Liebe. Nennen Sie mich doch Harriett.«
»Er tut mir leid, Harriett. Weiter nichts.«
»Ich dachte, Sie hätten was mit ihm«, bemerkte Harriett boshaft. »Wenn ich es mir recht überlege, ist es vielleicht gar nicht so übel, daß er keine Hände mehr hat. Vielleicht ist er sogar besser als mein Mann.«
Consuelo lachte, aber Harrietts zweideutige Bemerkung ärgerte sie.
»Nicht, was Sie denken, meine Kleine. Er ist ein sehr guter Ehemann, ich kann mich nicht beklagen. Höchstens, daß er kochen kann.«
»Er kann kochen?«

»Azancoth ist ein großer Koch. Es ist immer demütigend für mich, wenn er die Küche betritt, um eine Mahlzeit zuzubereiten. Ich habe keine Begabung zum Kochen. Ich habe es nie gelernt, obwohl meine Mutter sich wirklich Mühe gegeben hat. Aber Azancoth ist phantastisch, und manchmal ärgert mich das richtig. Wir haben uns deshalb schon oft gestritten und uns sogar schon getrennt.«

»Getrennt?«

»Ja, es ist schon eine Weile her, als wir noch jung waren. Ich hatte Matzen zubereitet, ein jüdisches Brot, wissen Sie, und er fand sie scheußlich. Er erhob sich vom Tisch und ging in die Küche, nur um mich zu ärgern. Er machte ein paar Matzen, köstlicher, als ich sie je gegessen hatte. Ich wurde wütend, verlor den Kopf und zerschnippelte seine ganze Briefmarkensammlung.«

»Ach, du liebe Güte!« rief Consuelo entsetzt.

»Eine Woche später haben wir uns wieder versöhnt, als er sich bereit erklärte, meine Matzen zu essen.«

Consuelo hörte Harriett kaum zu.

»Ich würde gern Dr. Finnegan finden«, sagte Consuelo mit einem besonderen Glanz in den Augen.

Harriett bemerkte sehr wohl, daß Consuelo ein besonderes Interesse daran hatte, Finnegan aufzutun.

»Er ist Arzt, nicht wahr?« fragte Harriett. »Ein gut aussehender junger Mann. Ich kenne ihn vom Sehen. Er hielt sich nur kurz in Porto Velho auf. Gleich nach seiner Ankunft wurde er zum Abunã geschickt.

»Jetzt ist er hier. Sie wissen ja, was geschehen ist.«

»Das war eine entsetzliche Geschichte. Sie tun mir noch immer leid. Sie könnten tot sein, Sie haben Glück gehabt.«

»Dr. Finnegan ist sehr gut zu mir gewesen.«

»Er ist im Pavillon für die leitenden Angestellten untergebracht.«

»Wo ist das? Ich würde ihn gern besuchen.«
»Da können Sie nicht ohne Erlaubnis hin. Außerdem ist es für eine Frau allein da drüben gefährlich.«
»Gefährlich?«
»Na ja, mit all den Männern . . .«
»Auf der Station, wo mein Indio-Freund ist, gibt es auch nur Männer. Deshalb ist es doch nicht gefährlich.«
»Der Indio ist bei den Armen, wo alle viel zu krank sind, um eine Frau zu belästigen.«
»Der Pavillon für die leitenden Angestellten ist auch für Kranke.«
»Ja, aber meistens sind sie gar nicht richtig krank.«
Consuelo war entschlossen, Finnegan zu suchen, und da sie keine Lust hatte, um Erlaubnis zu bitten, wechselte sie das Thema.
»Harriett, warum haben Sie gesagt, es sei in gewisser Weise gut, daß mein Indio-Freund keine Hände hat, daß er vielleicht besser als Ihr Mann ist?«
Harriett lächelte.
»Wenn mein Mann keine Hände hätte, dann hätte er nicht die Möglichkeit, mich immer zu demütigen, weil er so gut kocht.«

Das Mittagessen war schon für zehn Uhr fünfundvierzig angesetzt, aber Finnegan und Collier trafen sich erst eine Stunde später mit Lovelace im Speisesaal des Hospitals. Man hatte für sie und Lovelace einen Tisch reserviert. Er betrat mit einem Schwarm junger Sanitäter, die sich sogleich über die anderen Tische verteilten, in einem weißen Anzug den Speisesaal. Der Raum war klein, er faßte nicht mehr als etwa zehn Tische für je vier Personen. Ein Ober und zwei Mädchen, alle in weißer Uniform, servierten. Lovelace umarmte Collier mit einem sarkastischen Gesichtsausdruck und streckte Finnegan die Hand entgegen. Die beiden Ärzte begrüßten sich herzlich, Finnegan bewunderte Lovelace schon nicht mehr so, dieser schien das jedoch nicht zu bemerken, denn er war von der Aura eines Allgewaltigen umgeben.

»Mein teurer Finnegan«, sagte Lovelace, »Sie sind ein Wunder. Wie haben Sie den Gestank von dem Faß überlebt?«

Finnegan lächelte nur. Sie setzten sich. Lovelace wandte sich nun direkt an Collier.

»Diesen Jungen hier neben mir haben sie in eine Tonne für Bratfett gesteckt. Ein ekelerregendes Fett, das die Gesellschaft zum Kochen aus Italien importiert und das die Italiener auch benutzen, um die von Tieren gezogenen Wagen damit zu schmieren.

»Er ist Ire«, bemerkte Collier.

»Er hat einen Magen wie ein Vogel Strauß.«

»Mich hat schon die Vorstellung krank gemacht, daß sich Finnegan die Nase in diesem fettigen, widerlichen Faß vollschmiert«, meinte Collier. »Ich war wirklich krank, nur bei dem Gedanken daran.«

»Sind die Deutschen wirklich verschwunden?« fragte Lovelace.

»Das letzte, was wir von ihnen wissen, ist, was Finnegan und die junge Bolivianerin erzählt haben. Sie waren in Streit geraten.«

»Wegen der jungen Frau?« wollte Lovelace wissen.

Finnegan erbebte.

»Um Consuelo hat sich überhaupt keiner gekümmert«, sagte Finnegan schnell. »Sie gerieten wegen des Anführers aneinander.«

»Dummköpfe, die junge Frau war doch ein viel besserer Grund, sich zu streiten«, versicherte Lovelace.

»Und was für eine Frau«, pflichtete Collier ihm bei. »Sie hat so ihre Eigenheiten, sieht so aus, als vögelte sie den Indio.«
»Das stimmt nicht,« protestierte Finnegan.
Collier und Lovelace sahen sich an und lachten. Finnegan wurde rot, er hatte in diesem Augenblick völlig den Appetit verloren, obwohl das Mittagessen, das gerade serviert wurde, ganz köstlich aussah.
»Sie sehen blendend aus, Lovelace«, sagte Collier anerkennend. »Ihre Gesundheit verhält sich proportional zu Ihrem Fanatismus, Mann. Ihre Wangen sind so rosig wie ein Kinderpopo.«
Lovelace zwickte sich verschmitzt in die Wangen.
»Sie sind zufrieden, Collier! Freut mich zu hören.«
»Ich bin nicht zufrieden, Lovelace. Eigentlich müßte ich verzweifelt sein, wenn ich ein richtiger Ingenieur wäre. Unsere geliebte Mad Maria hätte schon vor zwei Wochen den Abunã überqueren sollen.«
»Dann sind Sie der Glücklichste unter den Gescheiterten, Collier.«
»Genau.«
Collier blickte um sich und betrachtete aufmerksam die Sanitäter im Speisesaal, alle jung, die meisten von ihnen Nordamerikaner.
»Habt ihr hier keine Frauen, Lovelace?«
»Frauen?«
»Krankenschwestern!«
»Natürlich, Collier. Aber nur ein paar, denn die meisten Kranken sind Männer.«
»Und warum haben Sie nicht eine davon, so eine mit vollen Brüsten und einem doppeldeutigen Lächeln auf den Lippen, geschickt, um Finnegan und mich im Pavillon zu pflegen?«

»Weil ihr nicht krank seid.«
»Sie hätten doch eine Krankenschwester schicken können, eine mit einem Lächeln zwischen Mütterlichkeit und Begierde.«
»Wenn ihr krank wärt und das euer letzter Wunsch wäre, würde ich ihn erfüllen.«
»Sie haben einen verrückten Sanitäter geschickt, der nicht mit dem Thermometer umgehen kann.«
»War wohl Barth.«
»Barth?«
»Bevor er herkam, war er Metallarbeiter in Cleveland. Er überprüfte die Temperatur der Hochöfen. Er bringt noch immer alles durcheinander.«
Einige Minuten lang sagte niemand etwas. Sie aßen mit Appetit, sogar Finnegan, dem zunächst wegen Consuelo und ihrer Freundschaft mit dem stinkenden Indio der Hunger vergangen war.
Allmählich leerte sich der Speisesaal.
»Wann kommen wir aus dem Pavillon raus, Lovelace?« fragte Collier und wischte sich den Mund mit der Serviette ab.
»Weiß ich noch nicht«, antwortete Lovelace.
»Wieso wissen Sie das noch nicht?«
»Kommt drauf an, Collier.«
»Worauf denn genau?«
»Auf euch. Wenn ihr gesund seid.«
»Aber wir sind doch gar nicht krank, Lovelace.«
»Und was macht ihr dann im Pavillon?«
»Zur Genesung interniert.«
»Also seid ihr krank, das heißt, in gewisser Weise jedenfalls. Sie werden warten müssen, bis ich Sie entlasse.«
Consuelo wartete, bis alle in den Angestelltenunterkünften schliefen, sogar Harriett, die immer strickte, bis ihr

Mann in dem Sessel einschlief, in dem er tagaus, tagein saß und die in einem alten Philatelie-Katalog abgedruckten Briefmarken streichelte.
Ohne jede Schwierigkeit kam Consuelo zum Pavillon für leitende Angestellte. Alle diensthabenden Sanitäter schliefen und bemerkten die Frau im Nachthemd nicht, die durch die Korridore schlich, die in den schwachen Schein der elektrischen Lampen getaucht waren.
Im Pavillon waren nur zwei Betten belegt. Consuelo fand Finnegan sofort. Er lag von der Welt abgeschnitten unter seinem Moskitonetz, das von der Decke herabhing wie der Vorhang einer mittelalterlichen Bettstatt. Neben Finnegans Bett schlief Collier schnarchend auf dem Bauch, gegen alle Vorschriften ohne Hemd. Sein Moskitonetz war vollständig hinter das Kopfende des Bettes zurückgerollt.
Consuelo hob das Moskitonetz hoch. Finnegan hatte einen leichten Schlaf. Er öffnete die Augen. Es war kein Traum, Consuelo stand vor ihm. Sie strömte Spannung und Erregung aus. Dieser Duft ließ Finnegans Willenskraft zergehen. Consuelo legte zum Zeichen des Schweigens den Finger auf die vollen Lippen. Finnegan erhob sich vorsichtig und nahm sie an der Hand. Consuelo blickte sich um und sah die Wandschirme. Sie zog Finnegan zu den von den Wandschirmen verdeckten Betten hinüber und wunderte sich über seine Reaktion.
»Seien Sie doch nicht so dumm«, flüsterte sie Finnegan ins Ohr.
Das Bild von den Kranken, die in diesen Betten hinter den Wandschirmen im Todeskampf gelegen hatten, ging Finnegan nicht aus dem Kopf und blockierte jeden weiteren Gedanken. Aber er ließ sich von Consuelo fortziehen, wohin sie auch wollte. Kaum waren sie hinter den Wand-

schirmen verschwunden, drehte Collier sich um, öffnete die Augen, lächelte und schlief weiter.

Consuelo zwang Finnegan praktisch, sich auf eines der Betten zu setzen. Die Sanitäter hatten die Laken entfernt und nur die Matratzen zurückgelassen.

»Heute ist hier ein Mann gestorben«, bemerkte Finnegan, aber so leise, daß Consuelo glaubte, er hätte etwas anderes gesagt.

»Ich war auch ganz verrückt danach, Sie zu sehen«, flüsterte Consuelo. »Als ich in dem Faß war, habe ich etwas entdeckt.«

»Er lag hier in diesem Bett«, fuhr Finnegan fort, aber seine Stimme war kaum hörbar.

»Sie auch?« Consuelo jauchzte »Ich habe die ganze Zeit an Sie gedacht, Finnegan. Wie liebevoll Sie zu mir waren, wieviel Geduld Sie gehabt haben, als ich wegen allem, was passiert ist, so verzweifelt war.«

»Ich habe gesehen, wie der Mann hier im Todeskampf lag, genau hier«, sagte Finnegan so schwach, daß niemand es hörte.

»Also Sie haben auch an mich gedacht.«

Consuelo empfand in diesem Augenblick widersprüchliche Gefühle, die ihr nicht ganz unangenehm waren. Finnegans Widerstand, den sie für reine Schüchternheit hielt, war ein Beweis für seinen Charakter, und das erhöhte noch die fieberartige Hitze, in der ihr Körper langsam entbrannte. Die morbide Umgebung verwirrte Finnegan jedoch und übertrug sich auf Consuelo als ein Zeichen männlicher Scheu, etwas sehr Seltenes. Mit einemmal zog Consuelo sich das Nachthemd über den Kopf, und im Dunkel kam die nahezu gleißende Haut ihres Körpers zum Vorschein. Ihr erregender Geruch war wie ein Faustschlag in Finnegans Gesicht. Er streckte seine Arme aus, um diese Offenbarung zu umschlingen und küßte Consuelos Lippen mit lang vergessener Leidenschaft. Finnegan zog hastig seinen Schlafanzug aus. Sie legten sich nieder. Bald darauf bewegten sie sich rhythmisch auf und ab und langsam dem Ende zu.

Am nächsten Morgen wachten Collier und Finnegan von ungewöhnlicher Geschäftigkeit im Pavillon auf. Consuelo war fast unmittelbar nach ihrem Zusammensein gegangen, und Finnegan war in sein Bett zurückgekehrt. Als sie nun aufwachten, sahen sie, wie die Sanitäter drei an Beriberi-Fieber Erkrankte hereinbrachten. Die Patienten waren in einem erbarmungswürdigen Zustand. Es waren noch ziemlich junge Topografen, die gerade aus der Region Guajará-Mirim gekommen waren.

Collier setzte sich sogleich im Bett auf und beobachtete mißvergnügt die Invasion. Er sah Finnegan ärgerlich an, während die Sanitäter die Opfer genau in die beiden Betten brachten, in denen am Vortag die zwei Männer gestorben waren und Finnegan in der vergangenen Nacht Consuelo entdeckt hatte. Der dritte Kranke, der weniger geschwächt war, wurde am anderen Ende des Pavillons unter einem hohen Fenster untergebracht.

Finnegan blieb stehen, er war genauso verärgert wie der Ingenieur.

»Du solltest aufstehen und ein Bad nehmen«, schrie Collier.

»Schreien Sie nicht so, das hier ist ein Hospital«, wies ihn ein Sanitäter zurecht, der ein emailliertes Harngefäß in der Hand hielt.

»Verpiß dich«, schrie Collier zurück.

»Warum soll ich ein Bad nehmen?« wollte Finnegan wissen.

»Du hast einen merkwürdigen Geruch an dir.«

»Geruch?«
»Ja, nach Meer«, erklärte Collier sarkastisch.
Finnegan wollte nicht weiterdiskutieren und erhob sich. Er nahm ein Handtuch und ging zum Badezimmer. Genießerisch sog er den Meeresgeruch ein, den sein Körper wirklich ausströmte. Als er zum Pavillon zurückkam, war Collier vollständig angekleidet und zog sich gerade die Stiefel an. Die beiden Kranken klammerten sich an das Kopfende des Bettes und zitterten am ganzen Körper wie in einem seltsamen Tanz.
»Finnegan, willst du hier in dieser Scheiße steckenbleiben?«
»Na klar, wir sind noch nicht entlassen worden.«
Collier stand auf, trat zur Probe mit den Stiefeln auf und sah Finnegan von oben herab an.
»Soeben habe ich dich und mich entlassen.«
»Was?«
»Du bist doch Arzt. Wie lange halten die da drüben noch in diesem Zustand durch?«
Finnegan betrachtete die drei Kranken. Er empfand Mitleid für die Unglücklichen, die diesen lächerlichen Tanz aufführten.
»Etwa zwei Tage, mehr nicht. Hoffnungslos, glaube ich.«
»Also gut, dann sind wir für zwei Tage entlassen.«
»Und was machen wir in diesen zwei Tagen?«
»Gesund werden.«
»Sie wollen doch aber nicht irgendeine Dummheit machen?«
»Ich dachte, du hättest es endlich bleiben gelassen, mich immer zu siezen.«
»Entschuldigung, Collier.«
»Wenn ich gesiezt werde, komme ich mir vor wie ein alter, unbrauchbarer Sergeant.«

Finnegan kämmte sich lächelnd die nassen Haare.
»Zieh dich an, Mensch, los.«
»Wohin gehen wir denn?«
»Irgendwohin, Hauptsache, wir bleiben nicht hier. Ich mag das nicht, wie sie da tanzen, mir gefällt die Choreografie nicht. Ich habe noch nie etwas für folkloristische Tänze übriggehabt.«
»Das ist überhaupt nicht witzig.«
»Laß uns abhauen, sofort.«
Obwohl Collier es eilig hatte, war es nicht gerade leicht, aus dem Pavillon für die leitenden Angestellten zu entkommen. Die drei Kranken wurden gut bewacht. Außerdem ging ständig ein Bataillon von Sanitätern in dem großen Saal ein und aus und verteilte sich auch noch über die Flure des Gebäudes. Collier und Finnegan wurden fünfmal abgefangen und fast gewaltsam in ihre Betten zurückgebracht. Natürlich gab Collier die Schuld an dem fünfmaligen Scheitern Finnegan und brummte für den Rest des Tages unverständliche Flüche. Erst gegen Abend, als das Abendessen serviert wurde, gelang es den beiden, durch das Fenster zu entkommen und an die Uferböschung zu laufen, wo an einem Ponton ein kleines Boot lag.
Sie stiegen in das Boot, und Collier wies die Richtung, in die sie fahren mußten. Der Tag ging zur Neige, der gelbe Fluß wurde erdfarben, rote und violette Wolkenstreifen spiegelten sich darin. Collier pfiff ein altes englisches Lied, ab und zu sang er eine ganze Strophe davon.

> The young swells in Rotten Row
> All cut it might fine,
> And quiz the fair sex, you know,
> And say it is divine.
> The pretty little horsebreakers

Are breaking hearts like fun,
For in Rotten Row they all must go,
The whole hog or none.

Die beiden ruderten mit einer gewissen Unbekümmertheit dahin, ohne Eile sogen sie die Brise der anbrechenden Nacht ein. Als es schon stockfinster war, zündete Collier eine Petroleumlampe an und stellte sie auf die Bank am Bug. Vor ihnen tauchten zwei oder drei Lichtpunkte auf, und vom Hospital Candelaria waren noch mehrere Lichter zu erkennen. Der Himmel war von weicher Dunkelheit. Gleich vor ihnen lag Porto Santo Antonio, die wichtigste Stadt in dieser Gegend am Rio Madeira. Und dorthin brachte der Ingenieur Finnegan.

Finnegan hatte sich noch nicht ganz von seinen Bedenken erholt, daß er die Vorschriften des Hospitals verletzt hatte. Er sollte bald darauf mit Entsetzen erfahren, daß es ein schwerer Verstoß gegen die Vorschriften der Gesellschaft war, Santo Antonio zu betreten. Fast zwei Stunden später, die Finnegan wie die Ewigkeit selbst erschienen, kamen sie nach der Stille auf dem Fluß und im Urwald mit ihrem Boot an den Landesteg der Stadt.

Collier sprang hinaus, pfeifend und singend balancierte er auf dem wackligen Holzsteg im Wasser. Die Stadt schien verlassen, und nur das Surren der Insekten deutete auf die Anwesenheit von Menschen hin. Collier band das Boot fest und nahm die Laterne mit. Finnegan rührte sich nicht, ihm war kalt, und er bereute schon, daß er mitgekommen war. Seine Augen erforschten ängstlich die fast unsichtbare Silhouette der Stadt am Ufer.

»Willst du da sitzenbleiben?«

»Wo sind wir denn?«

»Nichts Besonderes, in Porto Santo Antonio, einem der schlimmsten Orte der Erde.«

Finnegan hätte am liebsten das Boot losgemacht und wäre zurückgerudert, so groß war die Verzweiflung, die ihn überkam. Es war ihm ziemlich gleich, ob die Stadt einer der schlimmsten Orte der Erde war, das Schlimme war, daß sie außerhalb der Grenzen der Gesellschaft lag und es ein ausdrückliches Verbot für die Angestellten der Gesellschaft gab, das Gebiet ohne Anordnung zu verlassen.
»Los doch, spring schon. Was ist denn?«
»Wir sind nicht mehr in unserem Gebiet.«
»Gerade das ist ja der Spaß daran.«
Mit der Brise kam Gestank von Abfällen und verfaultem Fleisch herüber. Es war der Geruch von Santo Antonio.
»Außerdem stinkt diese Stadt«, stellte Finnegan fest.
»Gehen wir, nur Mut, mein Lieber. Es ist ein widerliches Kaff, aber du wirst eine Menge lernen.«
Als Finnegan aufstand, hätte er beinahe das Gleichgewicht verloren.
»Vorsicht«, warnte Collier.
Finnegan sprang auf die alten Balken des Landestegs und steckte die Hände in die Hosentaschen.
»Mir gefällt es hier überhaupt nicht«, klagte Finnegan.
»Mir ist gerade etwas eingefallen.«
»Was denn?« fragte Finnegan abwehrend.
»Ich meine, du solltest es wissen. Erinnerst du dich an Jonathan, den Barbadianer? Er hat sich im Gefängnis erhängt.«
»Erhängt?«
»Seit wir in Porto Velho sind, war er im Gefängnis. Er hat ein Laken zerrissen und sich in seiner Zelle erhängt.«
»Du warst doch mit ihm befreundet, oder, Collier?«
»Wir haben lange zusammengearbeitet, aber wir waren keine Freunde. Der alte Jonathan hatte einen ausgeprägten Sinn für Moral. Ich verabscheue Selbstmörder. Und

hier, an so einem Ort, ist das wie ein *déjà-vu.* Ich glaube nicht, daß jemand hierherkommt, wenn er nicht Selbstmord begehen will.«

»Collier, du hast gesagt, Jonathan sei ein Mann mit ausgeprägtem Sinn für Moral gewesen.«

»Ja, das war er. Ich habe noch nie jemand erlebt, der so anständig wie Jonathan war.«

Collier hob die Laterne hoch und beleuchtete eine steil die Böschung hinaufführende Treppe, die zum Teil durch die Überschwemmung verfault war.

»Sei vorsichtig« sagte Collier, »diese Treppe ist eine richtige Falle.«

Die beiden stiegen hinauf und tasteten dabei jede knarrende Stufe ab. Finnegan war gereizt, denn der Aufstieg war gefährlich, und er war überzeugt, daß sich letztlich das Risiko, das sie eingingen, nicht lohnte. Nun, das Leben schien auf eine beschissene Weise diesem Aufgang in die erloschene Stadt Santo Antonio zu gleichen.

15

Farquhar hatte sich gerade die Schaufenster der Konditorei Colombo mit den Süßigkeiten angesehen und kostete noch seinen letzten Sieg aus. Wie immer hatte er kein Konfekt gekauft. Er traute sich nicht, den Zauber des Schaufensterguckens zu brechen, und ließ seine Begierde ungestillt.

Farquhar war als Quäker geboren — war er noch einer von Ihnen? Gewiß. Die Stimme seines betrunkenen Vaters, der murmelte, man sei nur Gott Rechenschaft schuldig. Und Gott war der große Prüfer des Geschäftsmannes Farquhar. Er war noch immer ein Quäker, denn er konnte in jedem Augenblick an den Schwingungen seiner inneren Stimme das Beben des göttlichen Wortes erkennen. Wenn er aufwachte, war er immer inmitten von Gottes lebendigem Schweigen. Er war ein positiv eingestellter Mensch, er hatte die besondere Begabung, feilschen zu können, dann aber auf einem festen Preis zu bestehen. Und dies ging zuweilen so rasch vonstatten, daß Farquhar zweifelte, ob selbst Gott — wenn dies nicht eine Lästerung war — seinen Schritten folgen konnte. Und da jeder Tag heilig war, kultivierte Farquhar eine Feierlichkeit, die für einen Geschäftsmann unerläßlich war.

Farquhar durchlebte nun eine dieser unbeschreibbaren Pausen, die auf jeden Sieg folgten, diese Spannung war, vielleicht eine Eigenart, die er in seinem armen Bauernjungenherzen gelernt und bewahrt hatte. Bei jedem neu geplanten Geschäft hatte er die Gewißheit, keine Verpflichtungen einzugehen, denn ein Quäker akzeptierte niemals einen Schwur. Und so lösten die Geschäfte einander mit der Treffsicherheit gut geführter Schläge ab. Das war es, Farquhar jubelte. Die Gewalttätigkeit war gebändigt worden, alle Hinweise darauf beseitigt, und er konnte nun seine Lieblingspolitik betreiben. Er hatte wieder eine Stufe erklommen. Unmerklich war er eine Ebene weitergekommen, und wenige hatten es bemerkt, nur Gott. Das gefiel ihm, dieses präzise Vortäuschen von Taschenspielertricks, das manchmal mit Heiligkeit verwechselt wurde. Im Schaufenster der Konditorei Colombo sah er in der Morgensonne die Gesicher der Bundes- und Landesminister, das besonders verwirrte Gesicht Seabras und sein eigenes rasiertes, gesundes Gesicht. Jetzt hieß es lächeln und den neuen Verpflichtungen nachgehen. Als er sich umdrehte und eilig auf sein Büro zuging, die Lust auf das Konfekt in sich unterdrückend, konnte er nicht anders, als mit einem Stich Sehnsucht an den Körper jener Frau zu denken, auf die er hatte verzichten müssen. Doch dann löste sich alles sogleich auf, seine innere Stimme sagte ihm, nichts sei mehr wichtig, Rio sei voller Frauen, und die Tore des Catete würden sich nicht mehr vor seiner Nase schließen.

Farquhar war noch ein wenig verärgert, weil er sich von der südamerikanischen Arroganz Oberst Agostinhos hatte einwickeln lassen. Wie hatte er nur so dumm sein können? Vielleicht hatte der Oberst seine Arroganz unter dem Mantel seiner verfeinerten europäischen Umgangsformen und den leicht in die Luft stechenden Bewegungen seiner Finger zu verstecken gewußt. Farquhar überquerte nun die Avenida Central zwischen den schnell hin und her fahrenden Wagen und trabenden Pferden, verärgert über seine Schwäche, was Oberst Agostinho betraf, aber entzückt über seinen Quäkergeist.

Nur er wußte, wie sehr er das Leben liebte, das er reuelos führte, immer von dem Wunsch beseelt, jederzeit Gewinn zu machen, selbst in besonderen Augenblicken. Und er tat gar nichts Außerordentliches, denn auch die unglücklichsten Menschen handelten auf die gleiche Weise, das wußte er. Die Elenden waren nicht viel anders als er. Die miserablen Existenzen verbrachten ihr Leben so wie er, nur mit einem Unterschied: sie bewiesen, daß er auf der richtigen Seite stand. Bei Gott, dachte er, ich bin ein bejahender Mensch. Durch Gottes Zutun bin ich so, und wie diese Elenden liebe auch ich das Leben.

Es war ein leuchtender Morgen auf der Avenida Central, Karren, Kutschen mit schönen Pferden, Wagen, die zwanzig Stundenkilometer fuhren, eine Geigergruppe und Straßenartisten, die für ein Geschäft mit Stoffen, Mänteln und Krawatten warben. An diesen quietschen-

den, seltsamen Gesang von Holzrädern und Autoreifen, an seinem Triumph und der Kurzweiligkeit liebte Farquhar eben dieses: Das Geld, das Leben, die Farquhar-Gruppe, die Hitze, dieses Stück Leben im Sommer. Ein glücklicher Gauner, getragen von den sanften Wogen dieses Landes.
Farquhar hatte einmal geäußert, er liebe den Reichtum, denn Reichtum sei in den Augen des Volkes etwas wie Einfachheit. Wenige verstanden, was er damit sagen wollte. Aber Reichtum war etwas Einfaches, er war fast wie ein göttliches Attribut, denn er machte es leicht, an vielen Orten gleichzeitig zu sein. Der Reichtum war hier auf der Avenida Central, unter den Landstreichern und Bohemiens, in der Begierde, die überall in dieser tropischen Stadt auf den Gehsteigen herrschte, wo Zigeuner die Karten legten und den Vorübergehenden ihr Schicksal vorhersagten. Der Reichtum konnte auch, ohne jeden Sarkasmus, im Heim eines jeden sein.
Als er später in seinem Büro Berge von Korrespondenz durchsah, sprach Farquhar mit Oberst Agostinho. Er hatte diesen Besuch bereits erwartet, obwohl er keineswegs angekündigt worden war. Es war ein besonders lieblicher Morgen und Agostinho in bester Stimmung. Farquhar sah die Post durch, eine Form, Agostinhos Überschwenglichkeit abzuwehren. Er bedauerte die kriecherische Solidarität des ehrgeizigen Oberst. Der verlogene Bericht hatte den Marschall gerührt und Seabra verwirrt, wenn sich jemand wie Seabra überhaupt verwirren ließ.
»Die Frau ist bereits aus dem Verkehr gezogen«, teilte ihm Agostinho mit. »In diesem Augenblick muß sie schon auf dem Weg nach Lissabon sein.«
»Warum Lissabon?«
»Ein Schiff Ihrer Gruppe fuhr dorthin, wir haben so die

Überfahrt gespart. Sie hat ihre Mutter und einen jüngeren Bruder mitgenommen.«

Obwohl Farquhar Agostinhos Bericht aufmerksam zuhörte, hob er, wie es sich für einen vielbeschäftigten Unternehmer gehört, nicht den Blick von der Korrespondenz.

»Und machen Sie sich keine Sorgen um Seabra«, fügte Agostinho hinzu, »er hat selbst die Einschiffung überwacht.«

»Ausgezeichnet!«

Agostinho lächelte.

»Das war meine Idee. Ich habe einen seiner Vertrauensmänner gerufen und ihm ein paar Mil-Reis-Scheine zugesteckt. Der Kerl sollte der Frau eine Nachricht überbringen und ihr vorschlagen zu verreisen. Sie erschrak und bat Seabra, er solle sie fahren lassen. Anscheinend hatte Seabra auch schon daran gedacht. Es gab keine Schwierigkeiten. Als sei alles nach einem Plan von ihm selbst abgelaufen.«

»Ausgezeichnet«, wiederholte Farquhar, obwohl der Ausdruck einigermaßen zweideutig war, denn er konnte sich ebenso auf den Inhalt des Briefes beziehen, den er gerade zu lesen vorgab.

Agostinho übersah diese Doppeldeutigkeit.

»Ich habe Seabra als Entschädigung für all die Unannehmlichkeiten auf Ihre Rechnung, Herr Farquhar, die Schiffspassage besorgt. Seabra hat das Angebot ohne Zögern angenommen, er wollte diese Frau so schnell wie möglich los sein.«

»Ist das Haus leer?«

»Wo denken Sie hin. Sie kennen ja den Marschall, er könnte jeden Augenblick meine Informationen überprüfen.«

»Also vetraut er Ihnen nicht«, spottete Farquhar.

»Ganz im Gegenteil. Der Marschall hat uneingeschränktes Vertrauen zu mir. Aber bei diesen Fällen von Ehebruch, da ist er sehr streng. Außerdem ist er immer unberechenbar gewesen. Aber es wird keine Probleme geben. Dort in São Cristóvão lebt eine Familie, genau, wie ich es in meinem Bericht beschrieben habe.«
»War Seabra bereit, für diese Wohltätigkeit zu bezahlen?«
»Natürlich nicht. Ich habe gar nicht erst erwogen, ihn zahlen zu lassen. Die Familie ist mir zugetan. Wenn alles vergessen ist, so in zwei Monaten, fliegen sie raus.«
»So ist das Leben«, sagte Farquhar.
»Ja, so ist das Leben«, beeilte Agostinho sich zuzustimmen.
Farquhar ordnete die Briefe auf seinem Schreibtisch und blickte zum erstenmal auf, um Agostinho anzusehen.
»Jetzt werden Sie sich nur noch um Politik kümmern.«
»Ich verstehe nichts von Politik, Farquhar. Mein Gebiet ist ein anderes. Ich bin Stratege.«
»Und was ist Stategie anders als Politik?«
Agostinho dachte eine Weile über die Worte des Amerikaners nach.
»Wie ich bereits sagte, Agostinho. Sie werden sich jetzt nur noch um Politik kümmern. Sie werden Seabras Kandidatur für den Gouverneursposten von Bahia fördern und durchsetzen.«
»Ich bin doch kein Wahlhelfer.«
Farquhar lächelte.
»Ich will keinen Wahlhelfer. Wir werden weder Zusammenkünfte veranstalten, noch Wählerhände schütteln.«
»Gott sei Dank«, rief Agostinho erleichtert. »Und an welche Art von Politik haben Sie gedacht?«
»Palaststrategie. Ich weiß, daß Sie darin sehr gut sind, Agostinho.«

Agostinho legte die Hände zusammen und fühlte, daß seine Finger merkwürdig kalt und verschwitzt waren.
»Ist der Posten in der Regierung von Bahia nicht das, was Seabra im Augenblick mehr als alles andere anstrebt?«
»Ja, alles deutet darauf hin.«
»Seabra ist hart.«
»Jetzt ist er auf unserer Seite.«
»Da bin ich nicht so sicher«, sagte Farquhar gereizt, weil es Agostinho an strategischem Weitblick mangelte.
»Also ich bin da mehr als sicher«, bekräftigte Agostinho und bewies damit, daß es ihm neben Strategie auch an Takt mangelte.
Farquhar mußte daran denken, wie beschissen schlecht seine Verbündeten waren.
»Seabra muß aber nach Bahia gehen.«
»Welche Vorteile hätten wir, wenn Seabra gewählt wird?«
»Gar keine.«
»Ja, und warum helfen wir ihm dann? Soll er doch allein vor die Hunde gehen, wenn er unser Geld einstreicht.«
»Ich will nicht, daß Seabra mein Geld einstreicht.«
»Ja, hatten wir das denn nicht ausgemacht?«
»Wenn er nach Bahia geht, was passiert dann, Agostinho?«
»Dann verläßt er das Ministerium.«
»Dann haben wir ein Ministerium.«
»Hätten wir einen Minister, wollen Sie sagen.«
»Ich glaube, Sie haben immer noch genug Ansehen, um einen Minister vorzuschlagen, habe ich recht, großer Stratege?«
Agostinho errötete, Farquhar sprach wie einer der vielen Generäle, die ihn um seine Kurse an der Militärakademie in Frankreich beneideten.
»Wir werden einen Minister vorschlagen, seien Sie unbesorgt.«

»Ausgezeichnet«, sagte Farquhar und widmete sich nun wieder der Lektüre eines Briefes auf feinstem Reispapier.
»Seabra wird nicht länger als ein halbes Jahr im Ministerium bleiben.«
»Eine annehmbare Zeit für uns alle«, bemerkte Farquhar.
»In dieser Zeit werden wir, sagen wir mal, herzliche Beziehungen unterhalten.«
»Und ich werde seine Kandidatur fördern.«
»Wenn er erst in Bahia ist, wird er viel zu tun haben und uns vergessen. Und wir haben keine Geschäftsinteressen in Bahia. Er wird sich eine andere hinreißende Geliebte zulegen, und Hermes wird nie davon erfahren.«
»Sie mochten diese Frau, nicht wahr?«
Farquhar antwortete nicht, er wurde nachdenklich. Agostinho sah auf den Brief aus feinem, parfümiertem Papier und glaubte, es handele sich vielleicht um den Brief einer Frau.
»Ein Brief von ihr«, sagte Farquhar und zeigte die drei Blätter aus feinem Papier. »Ihr Abschied.«
»Können Sie sich vorstellen, daß ich sie nie kennengelernt habe? Aber man hat mir erzählt, daß sie hübsch war. Seabra hat sie aus der Misere herausgeholt, zu einem Juwel gemacht, und Sie haben auch etwas von dem Ganzen gehabt.«
»Das gehört der Vergangenheit an«, meinte Farquhar und faltete die dünnen, parfümierten Blätter zusammen.
Agostinho nickte zustimmend mit dem Kopf. Farquhar steckte den Brief in die Innentasche seines Jacketts und blickte erneut zu Agostinho.
»Seabra hat mich gestern angerufen.«
»Was wollte er?« fragte Agostinho ein wenig beunruhigt.
»Er wollte eine Verabredung bestätigen, die für heute um 17.30 Uhr in seinem Kalender eingetragen war.«

»Hatten Sie diese Verabredung wirklich?«
»Ich habe in meinem eigenen Kalender nachgesehen. Adams hatte den Termin aufgeschrieben, das Treffen hätte letzte Woche stattfinden sollen. Genau an dem Tag als Sie die Frau entführen ließen.«
Agostinho errötete.
»Glauben Sie immer noch, daß es ein Fehler war?«
»Was nützt es, sich jetzt darüber Gedanken zu machen? Getan ist getan, und es gibt keinen Weg zurück.«
»Ich gebe zu, ich bin da vor allem aus taktischen Gründen aktiv geworden«, sagte Agostinho.
»Ein unverzeihlicher, strategischer Fehler«, bemerkte Farquhar.

Das Treffen zwischen Percival Farquhar und J. J. Seabra, Minister für Verkehr und Öffentliche Bauten, fand genau um achtzehn Uhr an diesem Tag statt, allerdings war es eine Stunde früher angesetzt worden.
J. J. Seabra empfing den Amerikaner mit der eisigen Höflichkeit eines Mannes aus dem Sertão.
Percival Farquhar betrat das Kabinett des Ministers mit der höflichen Zuvorkommenheit seines göttlichen Gaunertums.
Sie würden sich also gut verstehen, denn sie wußten die Distanz zu wahren, die sie voneinander trennte.
Im Ministerium ging der Arbeitstag seinem Ende zu, was bedeutete, daß praktisch keine Beamten mehr da waren.
Im Kabinett war es stickig. In der Mitte hing ein Lüster mit Kristallpailletten.
»Bitte nehmen Sie Platz«, sagte Seabra, zeigte auf einen Sessel und trat hinter seinem Schreibtisch hervor.
Farquhar machte es sich in einem der drei Sessel bequem, die um ein großes Sofa gruppiert waren, eine mittelmäßige

Sitzecke aus blauem Samt, die so etwas wie den Stil des Second Empire darstellen sollte. Dort empfing Seabra seine Gäste, wenn nicht ganz klar war, worauf das Gespräch abzielte.

»Ein sehr milder Tag heute«, bemerkte Farquhar.

»Ich kümmere mich nie um das Wetter«, meinte Seabra. »Das ist ein Thema für Leute, die sonst keins haben.«

Farquhar verbeugte sich leicht vor Seabras Scharfzüngigkeit.

»Ja, das Wetter spielt wirklich überhaupt keine Rolle«, stimmte Farquhar zu.

»Aber heute ist es sehr schön. Nicht sehr heiß. Ich würde gern irgendwo am Strand liegen.«

»Ich mag Strände nicht«, sagte Farquhar. »Weder den Sand noch das Meer.«

»Eines Tages wird es nur Strände in dieser Stadt geben. Und den Sommer!«

»Mir gefällt es in Rio de Janeiro.«

»Es gefällt Ihnen in Rio? Komisch, ich dachte, es käme Ihnen wie eine exotische Stadt vor.«

Farquhar lächelte.

»Ich mag das Exotische, das Exotische ist höchst lukrativ.«

»Lukrativ?«

»Das ist schwer zu erklären, Herr Minister. Aber es gibt da eine enge Verbindung zwischen dem Exotischen und meinen Gewinnen.«

»Davon habe ich schon gehört«, sagte Seabra.

»Es würde mir leid tun, wenn ich gezwungen wäre, Rio zu verlassen.«

»Gefällt Ihnen New York denn nicht?«

»Kennen Sie New York, Herr Minister?«

»Selbstverständlich, ich war schon einige Male dort. Eine abstoßende Stadt und voll von Betrunkenen.«

»Ich komme aus einem anderen Teil der Vereinigten Staaten, dort ist es anders als in New York. Ich bin vom Land.«
»Ich komme auch vom Land.«
»Ich hasse das Land«, sagte Farquhar, und in seiner Erinnerung kamen die Saufereien seines Vaters an den Wochenenden hoch.
»Ich habe keine besondere Beziehung zum Land, ich habe dort kaum gelebt«, erklärte Seabra.
»Aber Rio gefällt Ihnen doch?«
»Ich verabscheue Rio de Janeiro.«
Seabra erhob sich und ging an seinen Tisch. Er nahm eine Mappe voller Papiere in die Hand. Er blätterte sie durch und setzte sich wieder in einen Sessel neben Farquhar.
»Wie haben Sie sie kennengelernt?«
»Wen?«
»Na, sie!«
»Das Mädchen?«
Seabra nickte bestätigend mit dem Kopf.
»Sie war morgens immer in der Konditorei Colombo. Sie kaufte viel Konfekt. Sie war bezaubernd.«
»Jetzt wird sie den Portugiesen ihren Zauber bringen«, antwortete Seabra ein wenig bekümmert. »Sie war die Art von Erzeugnis, die wir nicht exportieren sollten.«
»Wir haben den Schaden dabei gehabt, nicht wahr?«
Seabra lachte, mit der Mappe in der Hand.
»Sie hatte schönes Haar«, erinnerte sich Farquhar.
»Ich mochte ihre Haare nicht so, mich hat das Mal auf der Innenseite ihres Schenkels mehr fasziniert.«
Farquhar versuchte sich zu erinnern.
»Komisch, das ist mir nie aufgefallen. Sie hat nie zugelassen, daß das Licht eingeschaltet blieb, wenn wir zusammen waren.«
»Ich liebte dieses Mal, es sah aus wie eine Pflaume.«

»Und ihr Haar? Mochten Sie es wirklich nicht?«
»Ein bißchen zu dick und fettig«, antwortete Seabra nachdenklich. »Es gab Besseres an ihr.«
»Ihre Augen!« rief Farquhar »Was für Augen!«
»Ihre Brüste! Die rosigen Brustwarzen . . .«
»Und was für eine süße Stimme«, seufzte Seabra.
»Und ihre Haut, immer so lau.«
»Nach Austern duftend«, erinnerte sich Seabra.
»Nach Austern?« fragte Farquhar überrascht. »Ich meine, sie duftete mehr nach Regen.«
»Macht nichts, Sie haben nie das Mal in Form einer Pflaume auf ihrem rechten Schenkel gesehen.«
»Wie schade.«
»Dann habe ich wenigstens in etwas gewonnen«, meinte Seabra. »Das Mal gehörte ganz mir.«
Farquhar stimmte zu und mußte daran denken, wie oft er mit der Zunge über dieses Mal gestrichen war und sich vorgestellt hatte, es sei eine Pflaume.
»Jetzt gehört sie den Portugiesen. Mögen sie sie genießen.«
»Wir können sie vergessen, wenn das möglich ist.«
»Ich habe sie schon vergessen«, entgegnete Seabra. Er öffnete die Mappe mit den Papieren. »Herr Percival, es geht um Ihre Zulassung in Paraná. Es gibt da Probleme. In der Gegend gibt es Indios, und die Politik des Marschalls schützt die eingeborenen Bevölkerungsgruppen.«
»Haben Sie die Gegend schon einmal besucht, Herr Minister?«
»Noch nie.«
»Ich war schon sehr oft dort, ich habe noch nie einen Indio gesehen, um dies zu bestätigen.«
»Aber es gibt dort Indios.«
»Von wem stammt diese Information?«

»Das weiß ich nicht«, gestand Seabra.
»Ich versichere Ihnen, Herr Minister, daß es dort keine Indios gibt.«
»Dann wären die Probleme für die Brazil Lumber beseitigt.«
»Sie sind nur nicht für die São-Paulo-Rio-Grande-Railway beseitigt.«
»São-Paulo-Rio-Grande-Railway?«
»Meine andere Firma, die beabsichtigt, die Bahnlinie Richtung Süden zu bauen.«
Seabra sah die Papiere durch.
»Das Land ist schon enteignet worden und gehört Ihnen. Wo liegt denn das Problem?«
»Die kleinen Bauern, die ihr Land verloren haben. Sie wollen Krach schlagen. Es gibt da einen Fanatiker, der den Aufruhr schürt.«
»Die Indios und ein Aufstand!«
»Nicht die Indios, die gibt es nicht, aber die Bauern.«
»Wir werden das regeln. Und die Madeira-Mamoré?«
»Macht Fortschritte wie geplant. Dort gibt es keine Bauern, nur Indios.«
»Gott sei Dank.« Seabra schloß die Mappe, hustete und sah zum Kristalleuchter auf. »Es wäre so schön gewesen . . .«
»Wenn es Indios in Paraná gäbe?«
»Nein, nein, wenn wir sie nicht verloren hätten . . .«

Buch IV
Wenn du nicht widerstehen kannst, entspanne dich und genieße

16

Stephan Collier hatte schon viel in seinem Leben gesehen. Vielleicht schon zu viel für einen einzigen Menschen. In Bull Run, als Thomas Stonewall Jackson die Truppen der Union schlug, hatte Collier einen achtzehnjährigen Freund, so alt wie er, mit einem säuberlich runden Loch in der Stirn sterben sehen. In Cancellorsville, Virginia, hatte er in einem fünftägigen Kreuzfeuer Thomas Stonewall Jackson an grausamen Wunden sterben sehen, obwohl er auf der Seite der Sieger war. Während Atlanta von den Truppen der Union beschossen wurde, sah er, wie seine Eltern ums Leben kamen und sein Haus geplündert wurde. Als Richmond sich ergab, wäre er beinahe vor ein Erschießungskommando geraten. Er wurde beschuldigt, englischer Spion zu sein. Collier hatte in seinem Leben wirklich schon viel gesehen. Und dennoch war er jedes Mal wieder beeindruckt, wenn er in Santo Antonio die Überreste von Lokomotiven und Gleisen sah, die um den Landungssteg im Gebüsch herumlagen.
Es war eine klare Nacht, und ein weißer Mond stieg über den Häusern auf. Finnegan und Collier kamen oben auf der Uferböschung an. Sie waren vorsichtig hinaufgestiegen und nun außer Atem, denn die Holztreppe war fast verfault und der Boden schlammig und voller Löcher.

»Ich will dir etwas zeigen«, sagte Collier und zog Finnegan zu einem Gebüsch.
Collier bog Zweige und Blätter zur Seite und leuchtete mit der Laterne auf eine verrostete Metallkonstruktion, die halb im Schlamm versunken war. Zwischen Brennesseln und Grasbüscheln lag eine alte Dampflokomotive. Selbst die Verlassenheit konnte die Würde der Maschine nicht zerstören, ging es Collier jedes Mal durch den Kopf.
»Das ist die Vorgängerin von Mad Maria«, erklärte Collier.
»Sie hat anscheinend nicht das gleiche Schicksal gehabt«, bemerkte Finnegan ungerührt.
»Sie liegt hier verlassen wie ein räudiger Hund.«
Collier war gerührt, gleichzeitig aber auch verärgert über Finnegans Gleichgültigkeit.
»Das ist keine Art, eine Königin zu begraben.«
»Wer hat sie denn hier liegenlassen?«
»Coronel Church, hast du schon von ihm gehört?«
»Nein, noch nie.«
Collier hob die Laterne vor Finnegans Gesicht.
»Na ja, vor uns waren schon andere Verrückte da, die versucht haben, hier eine Eisenbahn zu bauen.«
»Engländer?«
»Amerikaner. Coronel Church war um 1870 in dieser Gegend. Da warst du noch gar nicht geboren, Junge, und er war schon mit seinen Leuten hier und hatte die verrückte Idee, eine Bahnstrecke zu bauen.«
»Eine verrückte Idee?«
»Ja, verrückt, natürlich!«
Collier senkte die Laterne und sagte nichts mehr. Er ließ die Zweige und Blätter fahren, und die Lokomotive verschwand von neuem in ihrem Grab aus Schlamm und Gras. Er lief, vorsichtig die Laterne tragend, bis an die

Uferböschung und ließ Finnegan im Dunkeln stehen. Er mußte an eine bestimmte Nacht denken, und dieser Gedanke bestätigte ihm wieder, daß das Ganze einfach irrsinnig war.

Es war Winter in Richmond, Virginia, im Jahre 1909. Er hatte geglaubt, er sei pensioniert, und Farquhar gefragt, warum, zum Teufel, sie beschlossen hätten, eine Eisenbahnstrecke zu bauen, die aus dem Nichts kam und ins Nichts führte. Und er erinnerte sich, wie ärgerlich er gewesen war, als er diese Frage gestellt hatte. Er fühlte sich sehr alt, obwohl er sich gut gehalten hatte, sportlich und kräftig war. Der Ärger kam jedes Mal, wenn er Farquhars Gesichtsausdruck betrachtete. Ein untersetzter Typ, er sah wie vierzig aus und hatte die Manieren eines billigen Gauners, was auch der teure Anzug nicht verbarg, auch wenn er sich noch so viel Mühe gab. Sie hatten an demselben Tisch in einer Bar in Richmond gesessen, es war Winter. Er dachte an seinen Ärger, oder war es sogar Wut gewesen, weil Farquhars Auftreten, wo immer er war, Verwirrung und Zurückhaltung hervorriefen. Collier erinnerte sich, daß Farquhar mit Pausen gesprochen und nach Worten gesucht hatte, während er, ein alter Pensionär, in seinem Inneren eine Abfolge feierlicher Flüche zu hören meinte, die immer unflätiger wurden, bis Farquhar endlich mit der Antwort herausrückte und noch Colliers Frage miteinbezog. Warum eine Eisenbahnlinie zwischen dem Nichts und dem Nichts bauen? Warum? Weil das so lukrativ sein kann wie ein Akt Gottes! Und es entfuhr ihm ein Fluch. Scheiße! Und noch ein Fluch rutschte ihm durch die trockene Kehle. Hurensohn! Scheiß drauf, ich unterschreibe den Vertrag, du Hurensohn! Und Farquhar hatte sich beschwert, warum er sich immer über alles, was der Gauner tat, so aufregte. Sie regen sich immer so über mich auf, Collier! Ich verstehe das nicht! Sie sind der größte Hurensohn, den ich kenne, Percival. Nur ein hartgesottener Kerl wie Collier hatte die Stirn, Farquhar so etwas ins Gesicht zu sagen. Er wußte, daß der Gauner ein Vermögen verdienen mußte, indem er irgend jemanden betrog, eine Regierung, ein ganzes Land. Sie sind der arbeitslose Ingenieur, den ich brauche, hatte er zu Collier gesagt. Aber er war nicht arbeitslos und brauchte auch keine Stelle. Ich bin pensioniert, Farquhar, ich bin weg vom Fenster. Und Farquhar hatte ihm nicht geglaubt. Pensioniert? Daß ich nicht lache, Collier! Und Farquhar hatte Collier lachend einen Schuß Bourbon eingeschenkt, er selbst trank nie etwas Alkoholisches. Collier hatte den Whiskey mit einem Zug hinuntergestürzt und dabei Farquhar beobachtet, der die ganze Zeit seine Nasenspitze rieb. Es war sein Schicksal, sich Hurensöhnen wie Farquhar auszuliefern. Finnegan versuchte im Dunkeln weiterzugehen und fiel in eine Schlammpfütze. Collier wachte auf.

»Willst du an der Böschung stehenbleiben?« fragte Finnegan, der noch immer bereute, daß er mitgekommen war. Collier ging zu Finnegan und hob die Laterne hoch. Der Mond schien erst schwach und wurde ständig von schnell dahinziehenden Wolken verdeckt. Die beiden liefen nun auf die unbeleuchteten Häuser zu. Sie wateten über den glitschigen, schlammigen Boden, der Modergeruch wurde immer stärker.

»Wer war denn dieser Coronel Church?« brach Finnegan das Schweigen.

»Ein guter Soldat. Das hatte er schon am Potomac bewiesen. Aber hier brauchte er mehr als militärische Tapferkeit. Um zwei Meilen Gleise zu legen, hat er zweihundert Mann verschlissen. Kannst du dir so was vorstellen?«

Finnegan hatte Schwierigkeiten, den Worten des Inge-

nieurs zu folgen, weil er befürchtete, auszurutschen und in den fauligen Schlamm zu fallen.
»Hundert Mann pro Meile!« rief Collier aus.
»Da hätte er die ganze Menschheit anstellen müssen, um fertig zu werden«, bemerkte Finnegan.
»Hundert Mann pro Meile, um einen kleinen Zug mit Gummi zu beladen und hin und her fahren zu lassen.«
»Es war kein Arbeitsplatz, es war ein Schlachthof.«
»Das wird Coronel Church wohl gedacht haben, als er die Hälfte seiner Leute beerdigen mußte.«
»Als guter Soldat hätte er wissen müssen, wann es Zeit zum Rückzug war.«
»Aber er war ein miserabler Schachspieler.«
»Schach?«
»Er hat die arme Königin in einem Gebüsch liegenlassen«, sagte Collier lachend.
Sie liefen schweigend weiter. In Wahrheit dröhnte das Schweigen in ihren Ohren, weil der Lärm von Tausenden von Fröschen und Insekten die Nacht erfüllte. Finnegan wußte nichts von all dem, von einem Coronel Church, der seine Männer beerdigt hatte, von einer Strecke, die nichts, aber auch gar nichts miteinander verband und reiner Wahnsinn zu sein schien.
»Armer Coronel Church.«
»Sei nicht dumm, Finnegan. Wir sind die Armen. Wir sind nicht vom Schlag eines Coronel Church. Wir sind doch nur Kanonenfutter.«
»Du hast recht, Collier. Wir stecken richtig in der Scheiße.«
Collier hielt inne, drehte sich um und sah den Arzt an. Er war überrascht über das, was Finnegan gesagt hatte.
»Hast du deine Begeisterung verloren, Junge?«
»Nenn mich nicht Junge.«

»War nicht persönlich gemeint.«
»Leck mich am Arsch!«
»Wir sind Barbaren, Finnegan. Barbaren, die nicht einmal anständig saufen können und keusch wie Jungfrauen sind.«
Finnegan lachte.
»Entschuldigung, ich hatte vergessen, daß du die Bolivianerin vernascht hast.«
Finnegan hörte auf zu lachen und wurde ernst.
»Brauchst du nicht abzustreiten, ich habe alles gesehen. In eben dem Bett, wo vorher einer von den Kerlen das Zeitliche gesegnet hatte.«
»Hör mal, Collier, ich kann dich verstehen. Das heißt, ich versuche, dich zu verstehen. Ich weiß jetzt, was es bedeutet, Jahre fern von zu Hause zu verbringen, in beschissenen Gegenden so viel durchzumachen. Ich glaube, das versteht man unter einem Pionier.«
Collier hob den Kopf, um Finnegan in die Augen zu sehen. Er ließ in seiner Stimme einen klagenden Unterton anklingen:
»Ich bin ganz gerührt, Jungchen.«
»Nichts für ungut, Alter.«
»Alt ist die Hure, die euch geboren hat.»
»Schon gut, Collier . . .«
»Du hast Talent, Finnegan, du hast wirklich Talent. Ich glaube, aus dir wird noch ein Pionier.«
»Ach was, Pioniere gibt es nicht mehr.«
Collier stimmte ihm mit einem Nicken zu. Vom Fluß wehte ein stärkerer, kühler Wind herüber. Er vertrieb den Modergeruch und wühlte die Wasserlachen auf, die jetzt im Mondschein auf dem Boden sichtbar wurden.
»Ihr Amerikaner habt mit den Pionieren Schluß gemacht«, sagte Collier. »Pionier ist jetzt, wer Indios jagt, ein Revolverheld in puritanischem Gewand.«

»Die Welt brauchte doch einfach ein bißchen Ordnung«, entgegnete Finnegan ironisch.
»Bravo, Junge. Der alte Größenwahn, dem Britischen Königreich so teuer, konnte nicht andauern. Jetzt wird anders geplündert.«
»Wer hat von Plündern gesprochen?«
»Ich. Das ist es doch, was wir hier gerade tun, wußtest du das nicht?«
»Laß doch die Scheiße. Wir arbeiten hier.«
»Arbeiten? Ich habe mich noch nie an der Nase herumführen lassen.«
»Hast du deshalb den Revolver vor den Deutschen gezogen?«
»Weil ich meinen Beruf ausübe. Und ich hätte dem ersten, der eine Dummheit gemacht hätte, eine Kugel durch den Kopf gejagt.«
»Du bist Ingenieur, Collier, kein Polizist.«
»Das ist das gleiche!«
»Finde ich nicht. Du und ich, wir arbeiten für den Fortschritt.«
»Himmelarsch! Willst du wissen, was für mich Fortschritt bedeutet? Eine Politik von Dieben, die ganze Länder betrügen. Burma, Indien, Afrika, Australien, das sind unsere Ziele.«
»Aber wir hinterlassen unsere Handschrift.«
»Natürlich hinterlassen wir unseren Beitrag. Neben dem Gefängnis aus Ziegelsteinen liegt die Schule, um einheimische, subalterne Beamte auszubilden. Wir haben sogar daran gedacht, den jungen Einheimischen Fußball beizubringen. Und sie lernen Whisky trinken, vor allem Whisky. Und unterdessen führen wir in den Clubs der Pakasahibs jahrein, jahraus dieselben Gespräche. Und wir saufen wie die Löcher, während wir uns bereichern, während wir

alles kaputtmachen und unsere eigenen Laster verbreiten.«
Collier spürte, daß Finnegan nicht seiner Meinung war.
»Denk ja nicht, daß die Amerikaner anders sind, durch euch hat sich überhaupt nichts geändert. Der einzige Unterschied ist nur, daß ihr die Einheimischen nicht ertragen müßt, wir lassen Einheimische zurück, die so verdorben sind, daß sie eure Überlegenheit als selbstverständlich hinnehmen werden.«
»Alles, was du da sagst, ist doch nur Kacke.«
»Richtig! Alles Kacke, stimmt.«
Die beiden liefen noch ein Stück weiter. Finnegan war unruhig, nicht so sehr wegen Colliers Worten, sondern weil er für eine Bahnstrecke arbeitete, die tatsächlich nirgendwohin führte.
»Kennst du wirklich den Grund für diese Eisenbahn?« fragte Finnegan.
Collier antwortete, ohne stehenzubleiben.
»Also sie haben hier einen kleinen Krieg geführt, einen ganz kurzen, der Brasilien geholfen hat, ein gutes Stück Land von Bolivien abzuzweigen.«
»Hat dieses Land zu Bolivien gehört?«
»Nicht genau dies hier, es war ein bißchen weiter von hier nach Nordwesten.«
Collier bemerkte, daß Finnegan überrascht war. »Wußtest du das nicht? Nanu, warum bist du denn so entsetzt? Habt ihr nicht das gleiche mit Mexiko gemacht?«
»Und was hat ein Krieg mit einer Eisenbahn zu tun?«
»Nach dem Krieg beschloß Brasilien, den Bolivianern den Zugang zum Atlantischen Ozean zu erleichtern. Und da kamen wir ins Spiel, das heißt, zuerst der Schurke Percival Farquhar. Da unsere hübsche, kleine Bahnlinie das Wichtigste in diesem altruistischen brasilianischen Vorhaben

ist, beschloß Farquhar, unser Chef, Brasilien als Gegenleistung für ein paar Dollars unser Genie auszuleihen.«
»Brauchte Bolivien denn einen Zugang zum Meer?«
»Das ist überhaupt nicht von Bedeutung. Was ist schon Bolivien, daß es irgend etwas braucht?«
»Ich habe überhaupt nichts begriffen!«
»Ich auch nicht. Sollen wir auch gar nicht, mein Lieber.«
»Die Dinge müssen doch aber klar sein.«
»Sie sind klar, völlig klar.«
»Und warum verstehen wir sie dann nicht?«
»Weil ich weder Baron Rothschild bin, noch bist du Percival Farquhar.«
Jetzt waren die beiden schon in der Nähe von Häusern, die um einen Platz herumlagen. Eine Kirche ragte empor, fast eine Ruine über der Silhouette der unbeleuchteten Hütten. Der Platz war eine trostlose, mit Pfützen gesprenkelte Landschaft, die im Mondschein glitzerten. Müllhaufen bildeten Halden, einige reichten sogar bis an die Häuser. Collier und Finnegan waren zwei Schatten in der Nacht. Der Ingenieur ging nun vorsichtiger. Finnegan versank ab und zu in den Pfützen auf dem Boden. Jedes Mal, wenn er steckenblieb, konnte Collier nicht anders und mußte lachen. Der Arzt ärgerte sich darüber. Deshalb ging er nun Collier voran. Damit verließ er den Lichtkegel der Laterne und fiel und stolperte noch mehr. Allmählich entfernte Finnegan sich von Collier und war schon nahe an den Häusern, die unbewohnt aussahen.
»Darf ich fragen, an welchen verruchten Ort der Herr mich bringt?« rief der Ingenieur.
Finnegan hielt an und drehte sich zum Ingenieur um. Er hatte wirklich nicht die geringste Vorstellung, was er hier wollte oder wohin er eigentlich ging.

Harriett betrat Consuelos Zimmer und traf die junge Frau

in Tränen aufgelöst an. Seit sie erfahren hatte, daß Finnegan mit dem Ingenieur aus dem Hospital verschwunden war, war sie verzweifelt. Ohne Finnegan geriet alles durcheinander. Sie verlor ihr Gleichgewicht, weil der junge Arzt ihr Bezugspunkt geworden war. Und sie mochte Ingenieur Collier nicht. Sie wußte, daß auch Finnegan ihn nicht leiden konnte. Deshalb war sie wegen Finngegans Verschwinden besorgt. Im Büro der Firma hatte ein Angestellter wortkarg reagiert. Die Informationen waren widersprüchlich, und sie litt. Einige Sanitäter versicherten, sie seien in der Nähe, in der Stadt, im Kasino oder im Kino — sie liefen sicher ohne ein bestimmtes Ziel umher, weil sie es leid seien, im Krankenhaus im Bett zu liegen. Aber ein Wachposten, ein Bolivianer wie sie selbst, hatte ihr berichtet, die beiden seien geflüchtet und wahrscheinlich in Santo Antonio, einer Stadt, die außerhalb des Gebietes der Gesellschaft lag, und deshalb würden sie bestraft werden. Diese Auskunft erfüllte Consuelo mit Entsetzen. Vielleicht konnte Finnegan nicht mehr zurückkehren, und sie würde ihn nie wiedersehen. Das war zu viel für sie.
Harriett brachte ein Tablett mit Tee und Kuchen.
»Frau Azancoth, er ist verschwunden! Harriett, meine Liebe, Harriett. Er ist nicht im Krankenhaus. Er ist verschwunden.«
»Hier verschwindet keiner einfach so, meine Liebe. Der Indio wird schon irgendwo sein . . .«
»Von ihm rede ich doch gar nicht . . .«
»Von wem denn dann? Wer ist denn nun verschwunden?«
»Finnegan.«
»Der Arzt?«
»Er ist nicht im Krankenhaus, und niemand will mir etwas sagen.«
»Ärzte verschwinden nicht einfach aus Krankenhäusern, schließlich gehören sie da hin, meine Liebe.«

»Aber er ist verschwunden. Ich wollte ihn heute besuchen, gleich nach dem Abendbrot, und da war er verschwunden. Nicht einmal die Sanitäter haben etwas gemerkt.«
»Wie ungewöhnlich, meine Liebe. Ärzte, die aus einem Hospital verschwinden. Unmöglich.«
Harriett stellte das Tablett auf einem kleinen Tisch am Fenster ab.
»Trinken Sie einen Tee, das wird Ihnen guttun«, sagte Harriett, schenkte Tee ein und reichte Consuelo die Tasse. »Na, los schon, Mädchen, davon geht doch die Welt nicht unter. Wollen Sie ein Stück Kuchen? Er ist mit Orangen gefüllt.«
»Nein, danke.«
»Na, kommen Sie, nur eine Scheibe, der Kuchen ist köstlich, er hat ihn gebacken.«
Consuelo lachte bei der Vorstellung von Dr. Azancoth mit einer Schürze, wie er den Teig rührte, den Kuchen in den Ofen schob, wie er das ganze Ritual eines Kuchenbäckers ausführte, die braunen Augen auf das Rezept gerichtet, sein grauer Schnurrbart ein Kontrast zu den Zutaten.
»Sie lachen über meinen Mann, nicht wahr?«
Conuelo nickte.
»Alle lachen über ihn, aber das macht ihm nichts aus.«
»Entschuldigen Sie, Harriett. Ich habe nicht aus Bosheit gelacht. Ich empfand ein bißchen Zärtlichkeit für diesen Dr. Azancoth, der für die Frau, die er liebt, Kuchen bäckt.«
»Sie irren sich. Er bereitet nichts für mich zu, nur für sich selbst und um mich zu demütigen. Ich kann keinen Kuchen backen . . .«
»Sie sind aber sehr grausam zu ihm, Harriett.«
»Aber der Kuchen ist köstlich, das kann niemand bestreiten.«

Consuelo trank den Tee und aß genußvoll den Orangenkuchen, ohne zu vergessen, daß Finnegan verschwunden war und ihr Leben dadurch erneut durcheinandergeraten konnte.
»Machen Sie sich keine Sorgen, er wird bald wieder dasein. Ärzte lösen sich nicht einfach so in Luft auf.«
»Niemand kann mir eine verläßliche Auskunft geben.«
»Mögen Sie ihn?«
»Ja. Er ist der einzige Mensch, den ich noch habe.«
»Also, er war im Krankenhaus und ist verschwunden?«
»Er hat den Tag dort verbracht, mit dem Leiter des Hospitals zu Mittag gegessen, und dann muß er um die Abendessenszeit herum verschwunden sein. Er ist mit Collier, einem Ingenieur, fort.«
»Ich weiß, wer Collier ist. Ein sympathischer, alter Kerl.«
»Collier und sympathisch? Finden Sie?«
»Das tut nichts zur Sache, Collier verschwindet nicht zum ersten Mal. Um die Wahrheit zu sagen, mein Mann ist auch schon zweimal fort gewesen.«
»Zweimal!!«
»Beim ersten Mal war ich entsetzt. Aber es ist nicht weiter schlimm. Sie reißen gewöhnlich nach Santo Antonio aus.«
»Ja, das hat mir ein Wachposten auch gesagt. Da war ich noch erschrockener, weil diese Stadt außerhalb der Grenzen der Gesellschaft liegt und es eine Vorschrift gibt, die es den Angestellten verbietet, das Gebiet zu verlassen.«
»Diese Vorschrift ist für die Subalternen, nicht für Leute auf Dr. Finnegans Ebene.«
Consuelo trank den restlichen Tee aus. Sie konnte kaum glauben, was Harriett ihr gerade gesagt hatte.
»Das heißt, er wird nicht bestraft.«
»Natürlich nicht, Dummerchen. Er ist Arzt, er ist leitender Angestellter.«

»Und was machen die beiden in Santo Antonio?«
»Nichts.«
»Nichts?« wiederholte Consuelo ungläubig.
»Es gibt nichts in Santo Antonio. Es ist eine tote Stadt.«
Consuelo wußte, was Porto Santo Antonio war. Ein stinkender Haufen Müll und ein halbes Hundert erbärmlicher Kreaturen.
»Santo Antonio ist keine tote Stadt, Harriett.«
»Nein?«
»Vielleicht eine Stadt, die im Sterben liegt.«
»Das ist doch dasselbe, oder?«
Die beiden waren sich nicht ganz einig, was Santo Antonio nun wirklich war. Jedenfalls setzten sich die Männer in diese Stadt ab, und das war unverständlich für sie. Harriett stellte Tassen und Teller wieder auf das Tablett. Es war schon spät.
»Ich verstehe nur nicht, was die in Santo Antonio machen«, sagte Consuelo.
»Wer?«
»Die Männer! Gehen sie nicht dorthin, wenn sie fliehen?«
»So sind die Männer eben. Ab und zu müssen sie ausreißen. Sie fühlen sich hier gefangen. Santo Antonio liegt am nächsten, deshalb entwischen sie nach dort.«
»Fühlen Sie sich hier nicht gefangen, Harriett?«
»Natürlich nicht!«
Harriett wischte gerade einen Teller ab und sammelte Kuchenkrümel auf dem Tablett auf. Sie versuchte herauszufinden, ob die Antwort, die sie so unvermittelt gegeben hatte, wirklich stimmte. Nein, sie fühlte sich nicht gefangen.
»Ich glaube, daß wir Frauen uns selten wie Gefangene vorkommen«, meine Harriett.
Consuelo konnte dem nicht zustimmen. In der letzten

Zeit war ihr Leben so verlaufen, als sei sie in einem komplizierten Labyrinth gefangen. Jeder Rundgang bot eine Überraschung, einen Schrecken, der nirgendwohin führte, da war nur die Angst vor neuen Tücken des Schicksals.
»Sie mögen ihn?« fragte Harriett.
»Wen, Richard? Ich weiß nicht, ich glaube, ja. Ich empfinde etwas ganz Besonderes für ihn. Wir kennen uns kaum und haben wenig miteinander gesprochen. Er ist sehr schüchtern.«
»Sie sind überhaupt nicht schüchtern, was ich so gesehen habe.«
Consuelo errötete. Sie wollte lieber für eine schüchterne Frau gehalten werden. Aber Harrietts Bemerkung war nicht scharf gewesen. Wie alle Menschen, die offen andere beobachteten, hatte Harriett völlig den Sinn für Nuancen verloren. Consuelo hielt sich noch immer für schüchtern, und wenn sie jetzt nicht so wirkte, dann nur, weil sie zu einer unsicheren, ständig verzweifelten Frau geworden war.

Die Kranken auf der Krankenstation Nummer 3, das heißt, die, die in der Lage waren zu beobachten, was um sie herum geschah, nannten ihn Joe, Joe Caripuna, den Indio. In diese vom Tode beherrschte Umgebung brachte Joe eine Fröhlichkeit, die fast verwirrend war. Tagsüber schlenderte er durch die Station und zeigte seine Zehenkunststücke und tanzte dabei zur Musik einer Mundharmonika, die ein italienischer Rekonvaleszent spielte. Seine Sprache war eine Mischung aller in Porto Velho gesprochenen Sprachen.
Seine einzige Freundin, Consuelo, kam einmal am Tag in Begleitung von zwei Sanitätern, um ihm einen kurzen Besuch abzustatten. Es war nicht gestattet, lange bei ihm zu bleiben. Er war immer ein bißchen traurig, wenn sie

dann wieder wegging. Aber Joes Traurigkeit verflog schnell, und er wurde wieder der Spaßvogel, der ihn zur beliebtesten Person im Hospital Candelaria gemacht hatte. Diese Tage hier sollten überaus nützlich für ihn sein, denn er lernte einige ihm unbekannte Mechanismen der Welt der Weißen kennen und fand einen Zugang zu ihr. Und die Welt der Weißen kam ihm mit jedem Tag verworrener und komplizierter vor.

Als erste wichtige Lektion im Krankenhaus lernte er, Gefühl für Eigentum zu entwickeln. In dieser Lektion begriff er, daß Eigentum bedeutete, Dinge zu besitzen, und daß diese nicht aus dem Nichts kamen.

Am dritten Tag seines Aufenthaltes, als er schon recht beliebt geworden war, erhielt Joe Caripuna seinen ersten Lohn. Er verstand nicht genau, was da eigentlich geschah. Zunächst glaubte er, die Weißen würden ihm Geschenke machen, dann begriff er, daß er dem, der ihm etwas geschenkt hatte, verpflichtet war und er deshalb tun mußte, was man von ihm verlangte. Als eine Art menschliches Geschicklichkeitswunder weckte Joe die Neugier aller und wurde ständig gebeten, seine Kunststücke vorzuführen. Manchmal hatte er einfach keine Lust, und dann wollte Joe keine Spielereien zeigen. Die Kranken bestanden darauf, er weigerte sich kopfschüttelnd mit einem breiten Lächeln. Die anderen glaubten, er wolle damit höflich um eine Belohnung für seine Vorführungen bitten. Wenn er sich weigerte, einem Kranken mit den Zehen die Zigarette anzuzünden, schenkte dieser ihm nach langem Drängen ein Hemd. Joe nahm es an, weil ihm das Hemd gefiel, bedankte sich und ging wieder in sein Bett zurück. Der Kranke, der ihn gebeten hatte, eine Zigarette anzustecken, wurde nun wütend, er erhob sich und kam zu Joe ans Bett.

»Hör mal her, willst du meine Zigarette nicht anzünden, Indio?«
Joe Caripuna lächelte und schüttelte den Kopf.
»Jetzt nicht, Freund. Joe ist müde.«
»Dann gib mir mein Hemd zurück.«
»Das ist nicht mehr dein Hemd, du hast es mir gegeben, Freund«, sagte Joe ruhig.
»Wenn du das Hemd behalten willst, mußt du auch meine Zigarette anzünden.«
»Aber Joe hat keine Lust, Freund.«
»Ich habe dir was bezahlt, damit du meine Zigarette ansteckst, jetzt komm mir nicht mit Dummheiten, sonst schlag ich dir den Schädel ein, Indio.«
»So kannst du mich nicht dazu bringen, Freund.«
»Natürlich kann ich das, ich habe für das, was ich verlange, bezahlt.«
»Bezahlt?«
»Ich habe mit dem Hemd bezahlt, das ich dir gegeben habe, Indio. Es hat mich ein halbes Pfund im Laden der Firma gekostet. Das ist viel Geld für einmal Zigarette anstecken.«
»Es ist kein Geschenk?«
»Ich habe dir schon gesagt, ich mag keine Dummheiten. Entweder gibst du mir das Hemd zurück, oder du steckst mir die Zigarette an, und zwar jetzt!«
Joe zog das Hemd, das er sich über den Schlafanzug gezogen hatte, aus und betrachtete es aufmerksam. Es war ein gutes Hemd, und es gefiel ihm. Der Kranke wartete gespannt, seine Haut war voller Schwären, die von Insektenstichen stammten, in seinem offenen Mund waren nur noch wenige, verfaulte Zähne zu sehen.
»Ist gut, Freund. Joe behält das Hemd.«
Und er steckte dem Kranken die Zigarette an.

Nach dieser Lektion war Joe nicht weniger fröhlich, aber er zeigte seine Kunststücke nicht mehr aufs Geratewohl. Er zündete eine Zigarette an oder tanzte eine Polka, wenn ihm jemand etwas schenkte. Unter seinem Bett hatten sich schon viele Geschenke angesammelt. Joe war von diesem seltsamen Brauch der Weißen fasziniert. Aber er war auch beunruhigt, denn die Weißen hatten seine Arme geheilt, sie hatten ihn gesund gemacht, und er konnte ihnen nichts dafür geben. Eines schönen Tages würden sie eine Bezahlung dafür verlangen, und er würde das bei den Weißen geltende Zeremoniell nicht einhalten können. Alle Geschenke, die er als Bezahlung bekommen hatte, würden nicht ausreichen, um seine Schuld bei Dr. Finnegan zu begleichen, der ihn vor dem sicheren Tod bewahrt hatte. In seiner Vorstellung gab es eine Preisordnung, in der Dr. Finnegans Arbeit praktisch nicht meßbar war. Aber Joe wußte, daß man früher oder später diese Bezahlung von ihm verlangen würde und er darauf vorbereitet sein müßte, selbst wenn er dafür gezwungen sein sollte, die Zigaretten aller Weißen der Welt anzuzünden.

Sein Blick fiel auf eine grob getünchte weiße Holzwand, auf der überall schmutzige, gelbe Flecken von der Feuchtigkeit zu sehen waren. Der Raum wurde von drei Leuchtern, die an rostigen Nägeln hingen, erhellt. Auf eine Wand waren verschiedene Bilder geklebt, Votivbilder der jungfräulichen Empfängnis bis zu brasilianischen Politikern, jungen Frauen in Badeanzügen und Filmstars. Von der wirren Galerie herausgerissener, vergilbter, schmutziger Zeitschriftenbilder fiel Finnegans Blick auf das Gesicht von zwei Frauen. Finnegan wußte, daß die beiden Indiofrauen Prostituierte waren. Auf ihren Gesichtern waren noch Reste von Bemalung zu erkennen, ihre Nasenschei-

dewand war, einem alten Brauch folgend, durchbohrt. Früher wurden zwei winzige, gelbe Papageienfedern durch das Loch gesteckt. Sie sahen eher wie ein Schnurrbart als wie ein Schmuck aus. Finnegan hatte schon Fotos von solchen Indiofrauen gesehen, aber die beiden Frauen hier sahen denen auf den Fotografien überhaupt nicht ähnlich. Diese hier sahen elend und verlebt aus. Die Jüngere von beiden blickte ängstlich umher, während die andere, wie das Abbild eines Alptraums, das ein verwirrter Geist gemeißelt hat, reglos dasaß. Die jüngere Frau öffnete den zahnlosen Mund zu einem abstoßenden Lächeln.
Finnegan und Collier saßen auf einer schiefen Holzbank im Raum des besten und einzigen Bordells von Porto Santo Antonio. Sie beobachteten und wurden von den beiden einzigen im Augenblick verfügbaren Prostituierten beobachtet. Finnegan fühlte sich von den Blicken der Frauen und der miserablen, nach Exkrementen stinkenden Umgebung eingeschüchtert. Daher rang er die Hände, während Ingenieur Collier ungerührt mit den Fingerspitzen über die Knöpfe seines Hemdes fuhr. Da Finnegan nicht wußte, wie er auf der harten Bank sitzen sollte, entschloß er sich, die Beine übereinander zu schlagen. Als er das Bein hob, hielt er erstarrt inne. Seine Stiefel waren über und über von Schlamm und Blut verdreckt. Colliers Stiefel sahen genauso aus, und die Indiofrau hatte noch immer dasselbe, gräßliche Lächeln im Gesicht. Finnegan ließ sein Bein langsam sinken. Er versuchte, die Beine vor den Blicken der beiden Prostituierten unter der Bank zu verbergen. Idiotisch, denn die schmutzigen Stiefel schienen überhaupt keinen Eindruck auf sie zu machen. Erneut sah er auf den Boden, da waren die blutverschmierten Stiefel.
»Unsere Stiefel«, flüsterte Finnegan Collier ins Ohr.
»Hast du schon gesehen? Sieh mal, unsere Stiefel, sie sind voller Blut.«

Collier streifte die Stiefel mit einem Blick und stellte fest, daß es stimmte. Sein flüchtiger Blick war für Finnegan noch schockierender als das Lächeln der Prostituierten.
»Herrje, ich glaube, wir sind durch die Blutbank der Stadt gelaufen, Alter!« antwortete Collier.
Finnegan schüttelte niedergeschlagen den Kopf.
»Du bist wirklich der lebende Beweis dafür, daß sich hinter dem sogenannten englischen Humor nur die Perversität der Briten verbirgt.«
»Ruhe, Junge. Das ist nur Blut, und es ist nicht unsers.«
»Aber es ist Blut . . .«
»Von den Einheimischen.«
»Wie bitte?«
»Ja, das wird's sein. Blut von den Einheimischen. Hier muß es irgendeine Auseinandersetzung gegeben haben, und daher kommt das Blut . . .«
»Ich glaube nicht, daß es eine Auseinandersetzung war, eher eine Schlacht.«
Finnegan hob das Bein und betrachtete seine Stiefel erneut.
»Das kann kein Menschenblut sein«, sagte er abschließend. »Unmöglich!«
»Ist doch gar kein Grund zur Aufregung. Es ist nicht unser Blut, und das ist die Hauptsache.« Collier hob den Kopf und zeigte dann auf die beiden Prostituierten. »Wer weiß, vielleicht ist das Blut von denen da?«
»Von denen?«
»Ja, sie haben gerade ihre Menstruation.«
»Noch so eine dämliche Bemerkung, und ich hau dir eins in die Fresse.«
Collier spürte, daß der junge Mann es ernst meinte.
»Schon gut, wir werden mal sehen. He, du, Señorita!«
Die Indiofrauen antworteten nicht und rührten sich nicht.

»Dreck!« brummte der Ingenieur und schlug mit der Faust auf die Bank. »Dreck! Sie verstehen kein Englisch. Señoritas, versteht ihr Portugiesisch? Bitte, einen Lappen, um diese Stiefel hier zu säubern. Bitte . . . saubermachen . . . Stiefel . . . abwischen . . .«
Sie reagierten noch immer nicht und blieben wie zwei von einem Sadisten halbzerstörte Puppen reglos an die Wand gelehnt.
»Dreck!« rief Collier noch einmal. «Sie verstehen kein Portugiesisch.«
»Laß uns abhauen, Collier.«
Finnegan versuchte, sich von der Bank zu erheben, aber der Ingenieur hielt ihn zurück.
»Sieh sie dir an, Finnegan. Sind das die ersten Eingeborenen, die du kennenlernst?«
»Laß uns abhauen«, antwortete Finnegan. Er spürte im Hals ein brennendes Unbehagen wie der bittere Geschmack kurz vor dem Erbrechen.
»Sieh sie dir an, Finnegan«, der Ingenieur ließ nicht locker und hielt mit Nachdruck den Arm des Arztes fest.
Die Indiofrauen taten nichts, eine von ihnen lächelte immer noch, als würde sie es nie müde werden.
»Das ist einfach widerlich«, sagte Finnegan und mußte sich bei diesen Worten fast übergeben.
»Könntest du sie vögeln?«
»Collier, du Hurensohn . . .«
»Setz dich», befahl der Ingenieur und zog Finnegan am Arm. »Setz dich, du wohlriechender Scheißer. Sieh sie dir an, du kleiner Dreckskerl.«
Wie ein bestrafter, machtloser Junge setzte Finnegan sich wieder hin.
»Wir kennen ja nicht einmal ihre Sprache«, sagte Finnegan. Dabei merkte man an seiner Stimme, wie er die Übel-

keit, die ihn nicht loslassen wollte und in seiner Kehle brannte, hinunterwürgte.
»Sie sprechen dieselbe Sprache wie dein Patient. Es sind Caripunas und vielleicht sogar Verwandte von Joe. Wer weiß, vielleicht Mutter und Schwester?«
»Sind sie wirklich Caripunas?«
»Ich glaube schon. Aber das ist jetzt sowieso nicht wichtig. Sie sitzen beide im Dreck.«
»Wie konnte es nur so weit mit ihnen kommen!«
»Wir haben es ihnen beigebracht, und wir haben sogar eine gemeinsame Sprache, wenn wir uns verständigen müssen. Willst du mal sehen?«
Finnegan sah, wie Collier einen zerknitterten, brasilianischen Geldschein aus der Tasche zog und ihn vor sein Gesicht hielt. Im selben Augenblick änderte sich der Gesichtsausdruck der beiden Indiofrauen. Sie schienen plötzlich aus ihrer Lethargie zu erwachen. Collier wedelte mit dem Geld hin und her, sie folgten gierig der Bewegung.
»Siehst du, Finnegan? Sie geben noch Lebenszeichen von sich.«
»Laß uns von hier weg, mir geht es gar nicht gut«, flehte Finnegan.
»Schau her, Finnegan. Wie gräßlich, und wir haben ihnen das alles beigebracht, hast du das gewußt?«
»Wir haben nichts damit zu tun. Ich habe nichts damit zu tun, daß sie in so einer Lage sind.«
»Und da gibt's noch Leute, die so was vögeln können, die ihren Schwanz in so eine eklige Fotze stecken.«
»Hör auf, Collier. Laß uns gehen.«
»Das waren wir, Finnegan. Wir haben sie dahin gebracht, dafür sind wir da. Um aus den Eingeborenenfrauen Nutten zu machen.«
»Du bist ohne jeden Grund so aufgedreht, Collier. Für heute langt's mit den Dummheiten.«

»Dummheiten! Das sind zwei Caripuna-Frauen. Sie haben noch ein bißchen von der Schönheit der Caripuna-Frau.«
»Ich mag ihren Typ nicht, ich finde die Eingeborenenfrauen übrigens sowieso nicht schön.«
»Eine Frage des Geschmacks, sehe ich ein. Deshalb brauchen wir sie aber nicht auf den Strich zu schicken.«
»Sie haben sich aber selbst geschickt, nicht wir.«
»Du bist doch bloß ein dummer, kleiner Scheißkerl, Finnegan. Sie haben hier gelebt und brauchten uns nicht, und jetzt sitzen sie im Dreck. Weißt du, was das heißt, Finnegan?«
»Gehen wir, laß mich los, Collier.«
»Wir sind keinen Deut anders als sie, mein Junge. Wir sind Nutten wie sie. Halt dich ja nicht für was Besseres, auch dann nicht, wenn du mit einer Waffe in der Hand auf so einen Hurensohn von Arbeiter zielst, der seine Arbeit unterbricht, um besseren Lohn zu fordern.«
Finnegan riskierte einen Blick zu den beiden Indiofrauen hinüber, die immer noch mit den Augen dem hin und her wedelnden Schein in Colliers Hand folgten. Seine Übelkeit wich einem undefinierbaren Gefühl von Ekel und Schuld.
»Sieh sie dir nur gut an, Finnegan. Sie waren mal gesund und hübsch. Sie haben ganz schöne Fortschritte gemacht. Sie haben wahrscheinlich Syphilis und auch noch Tuberkulose. Entschuldige, daß ich mich in dein Gebiet einmische, Finnegan.«
»Sie haben keine Tuberkulose!«
»Woher weißt du das?«
»Das weiß ich. Sie leiden nur an Unterernährung.«
»Hungrig, was?«
»Unterernährt, sie essen schlecht . . .«
»Wenn sie essen.«

»Genug mit der Scheiße, Collier«, schrie Finnegan, machte sich los und erhob sich von der Bank. »Wenn du noch dableiben willst, ist das deine Sache, ich haue ab.«
Collier brach in schallendes Gelächter aus, während Finnegan sich erhob und auf die Tür zuging. Aber die beiden Frauen waren nicht gewillt, die beiden weißen, ausländischen Kunden, die da plötzlich mit Geld in der Tasche aufgetaucht waren, einfach gehen zu lassen. Mit verblüffender Behendigkeit warfen sie sich auf Finnegan, stammelten unverständliche Wörter, strichen ihm mit der Hand durchs Haar und versuchten ihn in einen anderen Raum des Hauses zu zerren. Erst reagierte Finnegan, überrumpelt und weil der Ingenieur immer noch schallend lachte, nicht. Jedenfalls wußte er nicht, wie er reagieren sollte. Er hätte nur höflich sagen können, er bedanke sich für die Aufmerksamkeit, er müsse aber gehen und sie möchten ihn bitte gehen lassen.
»Bleib standhaft, Junge, ich werde dich aus dieser Klemme rausholen«, schrie Collier, zog das Geld wieder aus der Tasche und hob es hoch, ohne aber aufzustehen.
Die beiden Frauen hörten sofort auf, Finnegan zu belästigen und gingen auf Colliers erhobene Hand zu, als seien sie wie hypnotisiert von dem zerknitterten, alten Geldschein. Wieder frei wußte Finnegan nicht, ob er ausreißen oder bleiben sollte, um zu sehen, was geschehen würde.
»Laß uns gehen, Collier«, sagte Finnegan keuchend, nun etwas mutiger. »Du hast schon genug gespielt. Schluß jetzt mit der Scheiße!«
Collier erhob sich von der Bank. Finnegan war so erleichtert, daß er beschloß, dem Ingenieur für all das Schreckliche, was ihm in dieser Nacht zugestoßen war, zu vergeben. Die Frauen ließen den Blick nicht von dem Geld. Collier zerknüllte den Schein und warf ihn in die äußerste Ecke

des Raumes. Die beiden Indiofrauen liefen hin und rauften sich um das Geld. Collier ging lachend gemächlich zur Tür, gefolgt von einem verblüfften Finnegan. Aber sie kamen nicht weit. Der Klang einer Gitarre ertönte in der Nacht, die beiden Frauen hörten auf, miteinander zu kämpfen. Die Tür zum Bordell wurde so heftig aufgestoßen, daß fast die Wand eingestürzt wäre. Das ganze Haus erbebte und ächzte. Eine Gruppe Männer, alle bewaffnet, schmutzig, bärtig und dunkelhaarig, kam sich laut unterhaltend herein, einer von ihnen spielte Gitarre. Collier und Finnegan wichen instinktiv zurück. Zum ersten Mal hatte Collier Angst. Die Ankömmlinge bemerkten die beiden und schwiegen. Man hörte nur die traurige Melodie der Gitarre, die ohne großes Können gespielt wurde.

Einer von ihnen, ein hagerer Kerl, der der Anführer zu sein schien, befahl mit einer abrupten Bewegung, die Gitarre solle aufhören. Es war ein Mann mit sonnengebräunter Haut, braunen, recht lebhaften Augen und einem dichten Schnurrbart über den Lippen. Sein krauses, ungleich gewachsenes, langes Haar war von einem seltsam verblichenen, rötlichen Ton. Der Mann gab sich entgegenkommend, was Collier und Finnegan aber keineswegs beruhigte.

»Seid ihr Amerikaner?« fragte er lächelnd.

Finnegan verstand nicht, was er gesagt hatte, denn er verstand kein Wort Portugiesisch, daher sah er flehend zu Collier hinüber.

»Ich bin Engländer«, antwortete Collier bestimmt und herrisch wie jemand, der gewohnt ist zu befehlen. »Er ist Amerikaner.«

»Alles das gleiche«, sagte der Mann. »Engländer oder Amerikaner, das ist alles gleich.«

»Wir wollten gerade gehen«, erklärte Collier nun etwas vorsichtiger und weniger herrisch.
»Aber nein, warum denn? Wolltet ihr euch nicht ein bißchen amüsieren?«
»Wir haben schon genug Amusement gehabt.«
Finnegan hörte dem Gespräch zu, ohne zu wissen, worum es ging.
»Seid ihr von der Madeira-Mamoré?« fragte der Mann.
Collier nickte.
»Wir können uns doch gemeinsam amüsieren«, meinte der Mann, sich vortastend. »Sie sind meine Gäste. Ich heiße Lourival da Cunha . . .«
Er streckte die Hand aus, der Ingenieur tat das gleiche.
»Stephan Collier, ich bin Ingenieur. Und das hier ist Richard Finnegan, Arzt.«
Collier bedeutete Finnegan, dem Mann die Hand zu schütteln.
»Ich bin der Besitzer einer Gummiplantage in der Nähe von Guajará-Mirim. Wir bringen gerade eine Ernte nach Manaus hinunter. Ich würde mich freuen, wenn Sie sich heute nacht in meiner Gesellschaft amüsieren.«
»Mit dem größten Vergnügen, Herr Cunha.«
Der Kautschukpflanzer durchquerte den Raum. Im Vorbeigehen sah er auf die beiden Indiofrauen und tauchte durch eine Tür im Dunkeln unter.
»Wo ist denn der Besitzer von dieser Spelunke«, rief er, während er im hinteren Teil des Hauses verschwand. »He, Macedo! Bist du da?«
Der Besitzer des Hauses war nicht da, vielleicht tot, und der Kautschukpflanzer spielte nun den Herrn des Etablissements. Finnegan, der ein lärmendes Fest erwartet hatte, sah, wie die Männer *White Horse*-Whisky hervorholten und aus Flaschen tranken, die mit Messern geköpft wor-

den waren. Die Gitarre spielte ununterbrochen die traurige Melodie, und niemand sprach. Sie tranken schweigsam, auch Finnegan und Collier, denen sie eine Flasche geschenkt hatten. Zwei Männer waren mit den beiden Indiofrauen in andere Räume des Hauses verschwunden.
Nach dem schweigsamen Gelage waren alle sofort völlig betrunken und schliefen ein. Nach dem dritten Zug, er spürte das Brennen in der Kehle schon nicht mehr, sackte Finnegan in sich zusammen. Collier hielt stand, weil er gewöhnt war, viel zu trinken und sich bewußt dagegen wehrte, sich in dieser Nacht von Whisky umnebeln zu lassen. Er war aber auch nicht gerade in Alarmbereitschaft. Nachdem er sich dem Kautschukpflanzer vorgestellt hatte, hatte er, vielleicht aus einer englischen Sitte heraus, seine Angst vor diesen rauhen recht einfachen Männern völlig verloren. Der Whisky glitt angenehm seine Kehle hinunter, er fühlte die Kälte des Morgengrauens und auch den Gestank nicht mehr. Er war die ganze Zeit über aufgedreht gewesen, er war immer aufgedreht, wenn er nach Porto Santo Antonio kam, aber diesmal schien Finnegans Naivität dieses Gefühl noch zu verstärken. Nicht, daß er sich etwa über Finnegan beklagt hätte, er empfand sogar ein gewisses väterliches Wohlwollen für den Jungen, das mit Grausamkeit vermischt war. Er hatte viel durchgemacht und war zu alt, um solche Naivität ertragen zu können.
Er hatte seinen ganzen Glauben an die Menschheit verloren, als er seine Familie erschlagen in den Trümmern seines Hauses in Richmond entdeckt hatte. Er war praktisch ruiniert gewesen, als er gleich nach dem Sezessionskrieg durch eine Begnadigung aus dem Gefängnis entlassen worden war und sich entschlossen hatte, nach England zurückzukehren. Er traf im Frühjahr 1866 in London ein und kam sich wie ein Fremder im eigenen Land

vor. Nicht einmal die Zuneigung seines Onkels Edmund Dalton, des Bruders seiner Mutter, eines kleinen Fabrikanten, der Zahnräder für Eisenbahnen baute, konnte ihm seinen Glauben an die Menschen wiedergeben. Edmund war ein guter Mensch, er war Junggeselle und lebte bescheiden. Er hatte Collier wie einen Sohn aufgenommen und ihm im selben Jahr als Prokurist in einem Geschäft in Manchester, das ihm gehörte, eine Stelle gegeben, wo Collier dann gleichzeitig Ingenieurwesen am Owens College belegte. Als er 1870 sein Diplom erhielt, war er noch reizbarer und verschlossener als vorher, als der amerikanische Bürgerkrieg seine Zukunftsaussichten zerstört hatte, und er heimgekehrt war. Er war sehr stolz und hatte nie einen Pfennig von seinem Onkel angenommen. Nach seiner Ausbildung begann er als Landvermesser für die London and North Eastern Railway zu arbeiten. In diesem Jahr lernte Collier auch Elisabeth Arnold kennen, eine Lehrerin an einer Public School in Cambridge, ein schüchternes junges Mädchen, mit ovalem Gesicht und dunklem Haar, das unter dem immer geblümten Hut wie Seide herabzufallen schien. Im folgenden Jahr, 1871, heiratete er Elisabeth und zog nach Cambridge. Die Ehe änderte nichts an Colliers verschlossener Art. Elisabeth, dem Mädchen aus der Provinz, war es nie gelungen, die bittere Schale, die Collier für immer umgeben sollte, aufzubrechen. Sie waren verheiratet, weil es die Konventionen so wollten. Elisabeth war in den ersten beiden Jahren eine unauffällige Ehefrau, die weiterhin in ihrer eigenen Welt lebte, was Collier nur recht war. Erst 1873, als Collier sich von der Eastern Railway trennte, sie nach Philadelphia zogen und Stephan für die Pennsylvania Railway arbeitete, sollten die Schwierigkeiten beginnen. Elisabeth konnte sich in den Vereinigten Staaten nicht einleben. Nachdem sie mit allen Mitteln versucht hatte, ihren Mann zu bewegen, wieder nach England zurückzukehren, vergrub sie sich völlig zu Hause, begann zu trinken und wurde zu einer düsteren, kranken Frau. 1874 wurde Viola geboren, und nach Komplikationen bei der Entbindung verschlimmerte sich Elisabeths Gesundheitszustand. Collier behielt das Mädchen, und Elisabeth kehrte nach England zurück, wo sie einige Monate bei ihren Eltern in Cambridge verbrachte. Als sie zurückkam, schlug ihre Unfähigkeit, sich anzupassen, in Haß auf die Vereinigten Staaten und Viola um. Stephan hatte damals Ginnie Cloyd, Sekretärin bei der Pennsylvania Railway, kennengelernt. Sie war die Tochter eines Fundamentalisten-Predigers, der eine eigene Sekte gegründet hatte, die Kirche Corpus Christi, die das Evangelium im Lichte einer seltsamen Sinnlichkeit lehrte. Ginnie war keine strenge Anhängerin der Sekte ihres Vaters, aber sie hatte etwas, was Collier anzog und ihn eine Zeitlang aufleben ließ. Die beiden verliebten sich und trafen sich in aller Öffentlichkeit. Elisabeth fühlte sich zurückgesetzt, suchte Ginnie auf und fiel über sie her, aber ohne ernsthafte Folgen. Da Collier einen noch größeren Skandal befürchtete, ließ er sie in eine Nervenheilanstalt einweisen. Ginnie war beunruhigt, sie verließ den Geliebten und zog von Philadelphia nach New York, wo sie einen Jazzmusiker heiraten sollte. Als Collier später, 1877, glaubte, Elisabeth sei geheilt, holte er sie zurück. Sie vernachlässigte ihre eigene Tochter derart, daß Viola an Dehydration starb. Collier ließ sich scheiden, Elisabeth kehrte nach England zurück und verschwand damit aus seinem Leben. Das verstärkte nur noch mehr das Gefühl in ihm, daß die Menschheit nur ein Haufen sprechender Würmer sei, die nichts als einen Haufen Dung darstellten. Wie er da so in dem Bordell in Santo Antonio saß, der

Whisky sachte hinunterglitt, war Collier überzeugter denn je, daß die Menschheit nicht besser war als das, was ein Hund auskotzte. Als ihn der Schlaf überwältigte, murmelte er als einziger etwas Unverständliches. Sein Bewußtsein wurde wie von einem Schraubstock herausgepreßt, bis es neben den qualmenden Leuchtern an der Wand verdunstete.

Am nächsten Morgen drang grelles Licht ins Haus und spiegelte sich in den Whiskyflaschen. Die Flaschen waren vollständig leer. Die Männer schliefen alle noch auf dem Boden ausgestreckt. Auf der Bank lag Finnegan mit offenem Mund, den Kopf auf die Arme gestützt, die ihm als Kopfkissen dienten. In der Ecke des Raumes schnarchte Collier, zu einer Kugel zusammengerollt wie ein Embryo. Die Indiofrauen waren fort.

Finnegan regte sich. Er schlug mit den Händen auf die Bank, davon wachte er auf und öffnete die Augen. Die Welt drehte sich. Er war noch ziemlich benommen und versuchte, eine neue Lage zu finden, um weiterzuschlafen. Aber der Schlaf kehrte nicht zurück. Er war schon in dem Stadium, wo der Alkohol noch nicht ganz abgebaut war. Er war weder betrunken genug, um bewußtlos dazuliegen, noch nüchtern genug, um schon einen klaren Kopf zu haben. Er rückte an der Bank und erhob sich. Seine Augen brannten, die Arme waren eingeschlafen, und das aufgestaute Blut kribbelte und schmerzte. Neben ihm stand noch die Flasche mit einem Rest Whisky. Zitternd hob er sie an den Mund und trank einen Schluck. Er stellte sie auf den Boden und spuckte den Whisky voller Ekel aus. Da entdeckte er Collier zusammengerollt an der Wand.

»Collier! Collier!« versuchte er zu rufen, aber es kam nur ein heiserer Ton heraus, der nicht zu ihm zu gehören schien.

Der Ingenieur schlief fest.
»Collier!« rief Finnegan noch einmal.
Der Ingenieur schlief immer noch. Finnegan kroch über die anderen schlafenden Männer hinweg zu Collier und hockte sich neben ihn.
»Collier, wach auf!« rief Finnegan und rüttelte den Ingenieur. »Es ist schon Tag, Collier!«
Der Ingenieur streckte sich, brummte etwas, er merkte, wie seine rauhe Zunge über die ausgetrockneten Lippen fuhr und öffnete langsam, mit einem gewissen perversen Glücksgefühl, die Augen.
»Sag, ich bin nicht da«, brummte Collier. »Sag, ich bin nicht da und werde nicht zurückkommen.«
»Es ist schon Tag, Collier.«
»Scheiß doch auf den Tag.«
»Ich glaube, mein Kopf zerspringt gleich wie eine Eierschale, Collier.«
»Dann mach ein Omelette.«
Finnegan spürte ein Stechen um die Augen und eine zerrende Leere im Magen.
»Wir müssen gehen, Collier.«
»Wohin denn? Mir geht's hier gut.«
»Wenn wir jetzt losgehen, sind wir noch vor dem Mittagessen im Hospital.«
»Red bloß nicht vom Essen.«
»Wir müssen ins Hospital zurück, Collier.«
»Zur Hölle mit dem Hospital«, schrie der Ingenieur, der langsam wach wurde.
»Wir sind noch nicht entlassen worden, Dr. Lovelace ...«
»Du bist dem Lovelace merkwürdig ergeben.«
»Quatsch, ergeben.«
»Doch«, schrie Collier. »Es geht mich nichts an, aber ich kann nicht verstehen, wie einer so 'ner Kanaille wie dem Lovelace so ergeben sein kann.«

Finnegan schüttelte den schmerzenden Kopf und versuchte sich zu erheben, aber es gelang ihm nicht.
»Du bist besoffen, Collier.«
»In vino veritas!«
»Was?«
»Im Wein liegt die Wahrheit, Dummkopf. Ich finde, es ist eine Zumutung, mit Analphabeten zu reden.«
»Weißt du was, Collier? Mir stehen deine Beleidigungen bis hier.«
Collier lachte und streckte Arme und Beine aus.
»Beleidigungen!«
Finnegan merkte, daß sie keinen Grund zum Streiten hatten.
»Ich bin auch besoffen, mein Kopf platzt gleich.«
Finnegan lehnte den Kopf an die Wand und sah zur Strohdecke hinauf, die schwarz von Ruß war.
»Lovelace ist ein großer Hurensohn, Finnegan. Man darf ihm nicht trauen. Ich habe den Verdacht, daß Lovelace überhaupt kein Arzt ist.«
Entsetzt sah Finnegan den Ingenieur an.
»Dr. Lovelace ist einer der bedeutendsten Parasitologen der Vereinigten Staaten. Was du da gesagt hast, ist idiotisch.«
»Lovelace ist ein Schmarotzer.«
»Er hat aber die Hygiene hier beim Streckenbau verbessert. Er hat seine Erfahrung aus Panama mitgebracht.«
»Nicht er, Finnegan. Es war ein brasilianischer Arzt, Oswaldo Cruz.«
»Wer?«
»Du hast richtig gehört. Oswaldo Cruz, ein brasilianischer Arzt. Er war 1909 hier und hat im letzten Jahr seinen Bericht mit Ergebnissen und Vorschlägen veröffentlicht. Einige davon wurden angenommen und haben die Hygiene

hier wirklich verbessert. Aber nur in Porto Velho, denn draußen auf den Baustellen ist die Situation die gleiche geblieben. Lovelace hat mit dieser Verbesserung nichts zu tun.«

»Du magst Dr. Lovelace einfach nicht.«

»Ich mag Lovelace sehr. Er ist ein prima Kumpel.«

»Warum sprichst du ihm dann alle Verdienste ab?«

»Du verstehst mich nicht. Ich hebe ihn doch hoch. Nur ein großer Gauner wie er konnte sich die Arbeit des brasilianischen Arztes auf so glänzende Weise zunutze machen, wie er das getan hat.«

»Das glaube ich nicht.«

»Wie du willst, Junge. Wenn wir wieder in Porto Velho sind, werde ich dir eine Abschrift des Berichts von Dr. Oswaldo Cruz besorgen und sie dir unter die Nase halten.«

Finnegan gab es auf, mit ihm zu argumentieren. Er lehnte sich wieder an die Wand und schloß die Augen. In seinen Schläfen hämmerte es, die Leere im Magen wurde immer größer, als würde jemand in seinem Unterleib einen Ballon aufblasen.

»Es gibt bestimmte Dinge an dir, die verstehe ich nicht, Collier«, flüsterte Finnegan. »Wirklich, die verstehe ich einfach nicht!«

»Ich bin durchsichtig, mein Lieber.«

»Du bist der übelste Mensch, den ich kenne. Du kritisierst nur immer alles, zeigst Fehler und Irrtümer auf, aber du gehst nicht fort. Du arbeitest weiter für Leute, die in deinen Augen Gauner sind. Ständig sagst du, es sind alles Kanaillen und trotzdem magst du sie.«

»Weil ich selbst ein Gauner und eine Kanaille bin.«

»Das stimmt nicht, obwohl ich das in diesem Augenblick gern bestätigen würde.«

»Ich bin nämlich so was wie ein Arzt.«
Finnegan lächelte.
»Ein Arzt?«
»Genau, so was wie ein Arzt.«
»Du hast aber eine niedrige Auffassung von Ärzten.«
»Ich habe von allem eine niedrige Auffassung. Aber ich bin wirklich so was wie ein Arzt. Ich kann die Krankheit bestimmen, ich kann sagen, ob so ein Kerl betrügt oder bestechlich ist. Deshalb bewundere ich trotzdem den Körper, den die Krankheit befallen hat. Ich bin ein Fachmann.«
»Ein Moralist, das bist du!«
»Wer weiß, ein Moralist ohne jede Moral.«
»Ein Zyniker.«
»Ich übe die einzige Religion aus, die ich kenne, das medizinische Ingenieurswesen.«
»Medizinisches Ingenieurswesen?«
»Ein alter Kerl, der einmal jung war, romatisch und voller Ideale, und der dann in die Scheiße geraten ist.«
»Ich bin jedenfalls kein Romantiker.«
»Wer hat denn das behauptet? Gib nicht an, Junge, du bist ein Nordamerikaner, du kannst gar nicht romantisch sein.«
»Was ist denn Schlimmes daran, wenn einer Nordamerikaner ist?«
»Gar nichts. Es bringt nur Vorteile.«
»Wir sind ein Volk wie jedes andere auch.«
»Das würde ich gern glauben, Kleiner.«
Finnegan öffnete die Augen. Das Morgenlicht blendete ihn grausam auf der schmerzenden Netzhaut.
»Willst du wissen, warum ich hier bin?«
Collier wandte sich ab.
»Wenn's dir gut tut, sag's doch! Wahrscheinlich bist du auch bloß ein Gauner.«

»Ich bin wirklich Arzt, mit Diplom.«
»Ich kenne viele Gauner mit Diplom, das sind die brillantesten.«
»Laß mich ausreden«, schrie Finnegan, bereute es aber gleich, denn seine Kopfschmerzen wurden unerträglich.
»Also gut. Ich verspreche dir, daß ich den Mund nicht mehr aufmachen werde.«
»Meine Familie ist sehr reich, Collier.«
»Ach, wirklich? Und was, zum Teufel, machst du dann hier?«
»Du hast versprochen, mir zuzuhören.«
»Entschuldige.«
»Ich bin reich. Ich werde ein Vermögen von schätzungsweise zehn Millionen Dollar erben.«
»Donnerwetter!«
»Ich habe an der besten Universität des Landes, in Baltimore, Medizin studiert.«
»Eine widerliche Stadt, hättest du ein für allemal in Asche legen sollen.«
»Collier!« schrie Finnegan wieder, und wie beim ersten Mal hämmerten die Schmerzen in seinem Kopf.
»Entschuldige.«
»Ich war kein sehr herausragender Schüler, aber auch kein mittelmäßiger. Ich war der einzige Student irischer Abstammung, der damals diese Universität besuchte. Das war eine Seltenheit, und mich schüchterte es ziemlich ein.«
»Aber du hattest sicher viele Frauen, was?«
»Verdammte Scheiße, du kannst es aber auch nicht lassen, Collier.«
»Ich bin ja schon still.«
»Du läßt mich nicht ausreden.«
»Entschuldige.«
»Am Ende des Studiums hatte ich mich noch nicht für eine

Spezialisierung entschlossen. Aber mein Leben war schon vorausgeplant. Meine Familie lebt in Saint Louis, und mein Vater hatte schon eine komplette Praxis an der besten Stelle in der Stadt für mich eingerichtet. Na ja, Scheiße, das hat mich dann alles beunruhigt, man kann doch sein Leben nicht schon so früh so sicher geplant haben.«

»Das Leben wird langweilig.«

»Ja, genau. Da tauchte Dr. Lovelace auf. Er hielt einen Vortrag über Tropenmedizin, und ich war fasziniert. Ich beschloß fortzugehen und nahm diese Stelle hier an.«

»Das ist alles?«

»In Baltimore hatte ich eine Freundin. Sie war auch sehr reich, Protestantin, ihre Eltern wollten nicht, daß wir heirateten. Ich glaube, im Grunde wollte ich es auch nicht.«

»Mochtest du sie nicht? Hat sie nicht gut gevögelt?«

»Wir haben nie gevögelt, ihre Familie war sehr puritanisch und bewachte uns ständig.«

»Und ihr beiden ganz verrückt danach, zu vögeln, was?«

»Sie war auch sehr puritanisch. Sie wollte, daß ich den Katholizismus aufgebe.«

»Du warst katholisch?«

»Ich hatte meinen Glauben allmählich verloren, und sie wollte, daß ich an irgend etwas glaubte.«

»In solchen Fällen ist der einzig mögliche Glaube der an ihren Körper, den du besitzen konntest.«

»Ich weiß nicht, ob sie mich wirklich interessiert hat. Wir waren viel zusammen. Dann waren da noch die Krankenschwestern. Die amüsierten sich nun wieder sehr gern.«

»Du hast dich mit den Krankenschwestern amüsiert?«

»Ein bißchen, wenn sich die Gelegenheit bot. Aber am Ende wurde meine Beziehung zu meiner Freundin immer schlechter. Einerseits wollten ihre Eltern unserer Heirat aus religiösen Gründen nicht zustimmen, andererseits schielten sie nach meinem Reichtum. Die versteckte Feindseligkeit hinter der Liebenswürdigkeit dieser mit Vorurteilen behafteten Leute war kaum auszuhalten, schrecklich. Dann fingen sie an, mich unter Druck zu setzen, sie wollten, daß wir bald heirateten, aber alles ziemlich durch die Blume. Traurig, sehr traurig diese Leute. Sie glaubten, ich sei verpflichtet, ihre Tochter von ihrem Jungfrauendasein zu erlösen.«

»Also bist du doch vor ehelichen Pflichten geflohen?«

»Ich bin vor allem geflohen, vor ihr, vor der Heirat, vor meinem Reichtum.«

»Ich will dir mal was sagen. Es gibt etwas, wovor du nicht wirst fliehen können.«

»Und das wäre?«

»Der Reichtum. Davor kannst du niemals fliehen.«

Ein saurer Geschmack stieg in Finnegans Hals auf, ihm war zum Weinen zumute.

»Na, und wenn schon«, tröstete ihn Collier. »Reichtum stellt kein großes Problem dar. Du kannst alles mit großen Extravaganzen, großen Orgien und herrlichen Verrücktheiten ausgeben.«

»Ich bin aber nicht extravagant, Collier.«

»Aber du bist reich, das ist schon ein guter Anfang.«

Finnegan sah seinen alten Vater vor sich, das Gesicht gezeichnet von starkem Trinken und der vielen Arbeit, wie er sein Geld zählte und dabei betete. Er mußte daran denken, wie sein Vater vorsorgte, für alle verstorbenen Angehörigen Messen lesen ließ und mit einer Kirche einen Vertrag geschlossen hatte, daß zwanzig Jahre lang nach seinem Tod Messen für seine Seele gelesen würden.

»War sie hübsch?« fragte Collier.

»Sie war hübsch, vielleicht zu hübsch.«
»Hübscher als Consuelo?«
Finnegan wurde rot, am liebsten wäre er jetzt bei Consuelo gewesen.
»Die beiden sind sehr verschieden.«
»Und Consuelo?«
»Ein Geheimnis. Ich weiß noch immer nicht genau, warum sie neulich nachts zu mir gekommen ist.«
»Sie ist in dich verliebt, Finnegan.«
»Ich weiß nicht, es kann auch Dankbarkeit sein.«
»Eine schöne Art, Dankbarkeit zu zeigen, zweifellos.«
»Und du, Collier, hast du nie eine Frau geliebt?«
Collier sah Elisabeths strenges Gesicht und das freche Lächeln von Ginnie Cloyd vor sich. Er wog beide auf einer imaginären Waage, um die beste Antwort zu finden. Er konnte sich nur schwer entscheiden, denn er fand, daß keine von beiden etwas darstellte.
»Natürlich habe ich eine geliebt.«
Finnegan sah den Freund fast überrascht an.
»Aber sie ist schon tot«, sagte Collier.
»Das tut mir leid.«
»Schon gut, sie kannte mich gar nicht.«
»Sie kannte dich nicht?« fragte Finnegan verblüfft.
»Ja genau, sie wußte nicht einmal, daß es mich gab.«
»Du machst dich über mich lustig.«
»Ich sage die Wahrheit. Sie war eine sehr beschäftigte Frau.«
»Was hat sie denn gemacht?«
»Ernsthafte Dinge, ganz ernsthafte.«
Finnegan war überzeugt, daß der Ingenieur sich wieder einmal über ihn lustig machte.
»Wie hieß sie denn?« wollte Finnegan wissen, eigentlich interessierte es ihn gar nicht.
»Victoria.«

»Ein schöner Name, ganz britisch.«
»Ja, sie war auch Engländerin.«
»Victoria!« sagte Finnegan und versuchte, den englischen Akzent nachzuahmen.
»Ich liebte Königin Victoria.«
Collier lachte, Finnegan fiel in sein Lachen ein.
Die zerknitterten Seidenkleider von Finnegans Freundin raschelten in seiner Erinnerung. Warum hatte er Collier angelogen und gesagt, sie hätten nie miteinander geschlafen? Das dumme Gehabe eines katholischen Iren, der den Ruf seines Mädchens schützen will. Aber sie war nicht wie Consuelo, obwohl sie im Vergleich zu der Bolivianerin vielleicht Vorteile hatte. Das einmalige Zusammentreffen mit Consuelo bedeutete nicht viel, nur die Erinnerung an ihre lauwarme Haut und das sanfte Streicheln ihrer Hände auf seinem Rücken. Das Mädchen aus Baltimore war verletzbarer als Consuelo, ihr Puritanismus, der echt war, war so aufreizend für Finnegan, daß er manchmal völlig überraschend all seine Sanftmut vergaß und seinen Penis in ihren Mund stieß, so daß sie sich verschluckte. Das erregte ihn bis zum äußersten. Bei Consuelo schienen derlei Ausbrüche nicht angebracht. Ihre braune Haut wollte gebissen werden, und ihr Geschlecht hinterließ einen nachhaltigen, unverwechselbaren Geruch auf den Fingern.
»Ich liebte Königin Victoria«, wiederholte Collier.
Finnegan wiegte den bleischweren Kopf hin und her.
»Mit dir kann man einfach nicht ernsthaft reden, Collier.«
Der Ingenieur gähnte und streckte die Arme aus.
»Aber ich meine es doch ganz ernst«, sagte Collier. »Ich habe die Frau geliebt. Sie war für mich die ideale Frau. Sie war häßlich, klein und sehr tüchtig. Sie kümmerte sich um das Schicksal von Tausenden von Menschen, oft spielte sie mit diesen Schicksalen, und das erhöhte ihren Zauber mit

jedem Mal. Sie war Mutter und Staatsmännin. Sie ritt wie ein Mann, hatte eine männliche Stimme und trug immer dunkle Kleider. Ich hatte ein Bild von Königin Victoria, wie sie auf einem Vollblut sitzt. Ich war etwa vierzehn Jahre alt. Ich liebte dieses Bild so wie meine ersten Schamhaare, die gerade wuchsen. Für mich war sie eine Venus. Wie oft habe ich vor diesem Reiterbild onaniert und mir vorgestellt, ich sei Prinzgemahl.«

»Aber ausgerechnet Königin Victoria! Ich fand wenigstens die Krankenschwestern in der Uniklinik besser.«

»Du bist doch nur degeneriert, Finnegan. Wie konntest du nur Frauen vögeln, die nach Desinfektionsmitteln riechen und den ganzen Tag Pinkelpötte auskippen? Mein Verhältnis war wenigstens gesund.«

»Gesund und zum Onanieren anregend.«

»Zum Onanieren und platonisch.«

»Hauptsache, du hast keine Rückenmarkserweichung davon gekriegt, Collier.«

»Es hat sich gelohnt, das Risiko für sie einzugehen. Und außerdem hat es niemandem geschadet.«

Hitze und Fäulnis schienen plötzlich stärker geworden zu sein. Finnegan fühlte, wie ihm der Schweiß aus den Achselhöhlen über den Rücken rann. Die Lungen arbeiteten schwer und rangen nach Luft. Sein Kopf war jetzt ganz leicht. Der Kater war vorbei, jetzt hatte er nur noch einen dumpfen Geschmack nach Maiskolben im Mund. Neben Finnegan hatte Collier die Augen geschlossen und keuchte, sein Hemd war naß vor Schweiß. Die anderen Männer lagen noch immer in tiefem Schlaf.

Collier schlief nicht, er hatte die Augen geschlossen, weil die Erinnerung an Ginnie ihn überwältigt hatte und hinter seinen Worten über die angebliche Liebe zu Königin Victoria versteckt war. Ginnie war nicht häßlich, aber sie war

klein und tüchtig. Jetzt war sie verwitwet, der Jazzmusiker war an einer Dosis Opium gestorben und sie zu einer Matrone geworden. Sie hatte sich zur Sekte ihres Vaters bekehrt und dämmerte am Rande der Senilität dahin. Sie hatte nichts mehr mit jener Ginnie zu tun, die er mit vielen Händen und Mündern gehalten hatte, deren kleinen Körper er berührt und liebkost hatte, wenn er ihre runden, weißen Schenkel auseinanderbog. Was für ein Unsinn, dachte Collier, so viel Thater, um sich mit zwei oder drei dicken, milchigen Tropfen in Ginnies feuchte Scheide zu ergießen und sie stöhnen zu hören.
Zum ersten Mal hörte Finnegan Stimmen, ein Gemurmel von Menschen, das von draußen hereindrang und wohl von den Bewohnern der Stadt kam. Er hatte Hunger, großen Hunger, ein Zeichen, daß der Kater wirklich vorbei war. Er geriet fast in Panik.
»Collier!« schrie Finnegan. »Wir müssen sofort ins Hospital zurückkehren.«
»Warum?«
»Ich glaube, mein Kater ist vorbei.«
Collier erhob sich mit einem Ruck und erbebte wie ein Mast in einem Hurrikan. Er hob die Hände an den Kopf und drückte sich heftig auf die Schläfen.
»Ich glaube, meine Kopfhaut hat sich abgelöst«, sagte der Ingenieur und schnitt eine Grimasse.
Finnegan betrachtete seinen Begleiter, ihm fiel auf, wie alt er war. Die rötliche Haut war voller dunkler Flecken. Ein Mann, der gelebt hat, dachte er, ohne jedes Erbarmen oder Selbstmitleid.
»Soll ich dir mal was sagen, Finnegan? Hör gut zu, und dann wirst du mich auch verstehen. Wir sind Überlebensmaschinen. Das war immer mein größter Ehrgeiz: zu überleben.«

Die Vorstellung, nur als trauriges, überlebendes Etwas durch die Welt zu gehen, behagte Finnegan gar nicht. Für ihn waren Colliers Worte wieder einer seiner Ausfälle.
»Du bist der vollkommenste Armleuchter, der mir je begegnet ist.«
»Bravo, mein Junge!«
Der Ingenieur zog Finnegan am Arm und zerrte ihn vor die Tür. Der Platz der kleinen Stadt brütete in der Morgensonne, der Schlamm in den stinkenden Wasserpfützen schien fast zu kochen. Für eine Stadt, die nachts völlig unbewohnt schien, war ungewöhnlich viel Betrieb. Die beiden überquerten den Platz und gingen auf den Landesteg zu. Sie liefen durch das Gebüsch, in dem die Lokomotive versteckt war, und Finnegan sah den trichterförmigen, von Wind und Wetter angefressenen Schornstein, aus dem eine üppige Palme herauswuchs und in den Himmel ragte. Aus dem Gebüsch kam ein Mann, der gerade seine Hose zuknöpfte.
»Jetzt erfüllt sie einen anderen Zweck«, bemerkte Colliert. »Santo Antonio ist die einzige Stadt am Madeira, die eine öffentliche Bedürfnisanstalt besitzt, importiert aus den Vereinigten Staaten.«
Als sie die Holztreppe zum Landesteg hinunterstiegen, konnte Finnegan kaum glauben, daß sie dort hinaufgeklettert waren, ohne sich den Hals zu brechen. Am Landesteg war auch Betrieb, einige Boote fuhren um ein größeres Schiff herum, an das Gummiballen gebunden waren, die ein riesiges Floß bildeten. Aber von dem Boot, das sie benutzt hatten, um nach Santo Antonio zu kommen, war weit und breit nichts zu sehen.
»Verdammter Mist, immer vergesse ich das«, sagte Collier.
»Was denn?«

»Das Boot zu verstecken.«
»Was du nicht sagst . . .«
»Genau, mein Junge. Sie haben es geklaut. Hier ist ein Boot mehr wert als ein Vollblutpferd.«
Finnegan war verzweifelt.
»Warum hast du denn nicht daran gedacht? Wie sollen wir zum Hospital zurückkehren?«
»Weiß ich nicht. Wir warten.«
Der Ingenieur setzte sich auf eine der leeren Kisten, die an der Uferböschung standen. Finnegan hatte keine andere Wahl und setzte sich ebenfalls. Er wollte gern baden, sich umziehen, die dreckigen Stiefel ausziehen und die Zähne putzen. Er wollte so schnell wie möglich von allem hier weg.
»Wir könnten doch ein Boot mieten.«
Collier antwortete nicht. Finnegan erhob sich und ging zu ein paar Booten, die am Landesteg festgemacht waren. Er sprach mit den Männern dort, aber alle lehnten ab. Noch niedergeschlagener kehrte er zu Collier zurück.
»Die arbeiten alle für irgendeine Kautschukpflanzung. Sie können die Umgebung der Stadt nicht verlassen und dürfen nicht in Porto Velho anlegen.«
»Das wußte ich längst«, erwiderte Collier ironisch. »Farquhar will nicht, daß seine Arbeiter sich mischen. Diese Boote sind sein Eigentum. Sie gehören zur Kautschukplantage der Guaporé Rubber Company.«
Finnegan interessierte diese Auskunft nicht. Er sah auf die verfaulte Stadt. Einige kaum bekleidete Männer führten einige Rinder über den Platz. Frauen waren nicht zu sehen. Die Rinder wurden gleich dort im fauligen Schlamm mit Messerhieben geschlachtet und im Dreck zerlegt. Das erklärte das viele Blut in den Schlammpfützen, als sei der Platz ein ständiger Schauplatz blutiger Schlachten. Wenn

die Rinder schließlich zerlegt und die Teile sortiert auf dem Boden lagen, sammelte sich dort eine kleine Menge.
»Was für ein Dreck«, sagte Finnegan angeekelt. »Sie vierteln das Vieh mitten im Schlamm.«
Collier beobachtete die Männer, die die Rinder zerteilten, ohne auch nur eine Ahnung zu haben, wie man Vieh zerlegt. Die Käufer nahmen die bluttriefenden Stücke selbst in die Hand.
»Weißt du, wieviel ein Kilo von diesem Fleisch kostet?«
»Keine Ahnung«, anwortete Finnegan ärgerlich.
»Sechs Milreis. Fast fünfzehn Dollar das Kilo. Nur ein halbes Dutzend Privilegierter kann sich das leisten. Der Rest lebt von Maniokmehl und Fisch und sonst nichts weiter.«
»Ich weiß nicht, wie die hier überhaupt leben können. Sieh doch nur mal die Müllberge, die bis an die Häuser hinaufreichen. Das muß eine Brutstätte für alle Krankheiten dieser Gegend sein.«
»Hier würdest du ein Vermögen verdienen, Finnegan.«
Collier erhob sich und ging zum Landesteg, er war aus irgendeinem Grunde unruhig.
»Ich habe fürchterlichen Durst«, sagte der Ingenieur. »Ich glaube, das kommt vom Kater.«
Finnegan ging zu ihm.
»Du willst hier doch etwa kein Wasser trinken?«
»So durstig wie ich bin, wäre ich imstande, sogar aus einer der Schlamm- und Blutpfützen zu trinken.«
Collier sah den Kautschukpflanzer und seine Leute die Böschung herunterkommen.
»Unsere Saufkumpanen von gestern nacht kommen gerade«, verkündete er.
Finnegan sah den Kautschukpflanzer an der Spitze seiner

bewaffneten Leute mit einem breiten Lächeln die Treppe herunterkommen. Er war dreckig und seine Kleidung zerknittert. Sie kamen auf die beiden zu, der Plantagenbesitzer unterhielt sich angeregt mit Collier.
Wie immer blieb Finnegan abseits, weil er kein Wort Portugiesisch verstand. Sie unterhielten sich etwa fünfzehn Minuten lang, darauf umarmte der Plantagenbesitzer den Ingenieur und dann Finnegan. Danach bestiegen sie das kleine Schiff, an dem die Kautschukballen festgebunden waren, lichteten den Anker und fuhren flußabwärts nach Manaus.
»Warum haben sie uns denn nicht mitgenommen?« fragte Finnegan.
»Sie dürfen auch nicht in Porto Velho anlegen.«
»Scheiße, da habt ihr euch so lange unterhalten, über was, zum Teufel, habt ihr denn die ganze Zeit geredet?«
»Über vieles. Er wollte wissen, wie es uns geht. Ich habe gesagt, sehr gut. Uns geht's sehr gut, oder nicht?«
»Sehr gut!« rief Finnegan aus, hob die Hände und fuhr sich durch die Haare.
»Ich habe ihm auch gesagt, daß wir uns sehr für die amüsante Sauftour gestern abend bedanken.«
Finnegan beobachtete, wie das kleine Schiff sich langsam von Santo Antonio entfernte.
»Sie fahren nach Manaus«, sagte Collier. »Das Schiff heißt *Gigant aus Brasilien*.«
»Sie nehmen Kautschuk mit, nicht wahr?«
»Sie haben gesagt, die Ernte sei sehr gut gewesen, und sie haben vierhundert Tonnen Kautschuk.«
»Ein schönes Sümmchen wird das bringen.«
»Sie haben mir gesagt, daß der Kautschukpreis gerade fällt. Das Land ist hoch verschuldet und das Leben in Brasilien sehr teuer.«

»Fünfzehn Dollar das Kilo Fleisch, da ist es bestimmt nicht einfach.«
»Der Eigentümer, den sie Oberst nennen . . .«
»Oberst?«
»Das ist ein Zeichen von Respekt, kein militärischer Rang. Der Eigentümer hat mir gesagt, er möchte sechs Monate weit weg von hier verbringen.«
»Muß ein vernünftiger Mann sein.«
»Er will seine Kinder besuchen.«
»Leben seine Kinder in Manaus?«
»Nein, in Paris.«
»Das heißt, dieser verdreckte, kleine Kerl will ein halbes Jahr in Paris verbringen.«
»Das pflegt er hin und wieder zu tun. Seine Kinder sind dort, zwei Söhne. Wie er mir erzählt hat, studiert der eine Jura, und der andere gibt sein Geld für Frauen und Saufereien aus.«
»Ist er hier in Santo Antonio geboren?«
»Nein, er wurde weit weg von hier geboren, in Ceará. In Santo Antonio wird niemand geboren, Finnegan. Du kannst rumlaufen und suchen, wer hier geboren ist, du wirst niemanden finden. Er ist 1887 hergekommen.«
»Stimmt, ich habe keine Kinder in der Stadt gesehen.«
»Hier gibt es keine Kinder. Sie sterben alle. Wenn noch eins existiert, dann liegt es gerade im Sterben. Hier kann man keine Kinder großziehen, und das ist kein Ort, um auf die Welt zu kommen.«
Porto Santo Antonio war eigentlich keine Stadt, sondern eine Station für die Zeit zwischen den Ernten. Mehr als ein Jahrhundert lang hatte man es aufgegeben, bis der Kautschuk erneut Menschen in diese Breiten verschlug. Nicht einmal die Jesuiten, die die Stadt im 18. Jahrhundert gegründet hatten, konnten es hier aushalten und verließen

den Ort zwanzig Jahre später. Das hatte es noch nie gegeben, denn die Jesuiten haben ihre Missionen nie freiwillig verlassen, und wenn sie das mit Porto Santo Antonio taten, dann, weil der Ort nicht einmal ein Martyrium, auch nicht das kleinste, wert war.

Die beiden wurden auf eine Barkasse aufmerksam, die sich dem Landesteg näherte.

»Die ist von der Gesellschaft, sie kommen uns holen«, sagte Collier.

Finnegan kam sich vor wie ein ertappter Schüler. Collier merkte das.

»Mach dir keine Sorgen, solches Ausreißen ist üblich.«

»Sie werden uns bestrafen.«

»Natürlich! Wir haben ein Gebot übertreten.«

Die kleine Barkasse, die die Gesellschaft für kurze Fahrten benutzte, machte am Landesteg fest. Am Mast flatterte die nordamerikanische Fahne, und auf dem Rumpf war zu lesen, daß sie Eigentum der Madeira-Mamoré Railway Company sei.

Collier erkannte sofort den großen Mann, so alt wie er, der auf den Steg sprang.

»Das ist ›King‹ John höchst persönlich. Welche Ehre.«

Finnegan wußte, daß »King« John der Generalbevollmächtige der Gesellschaft in Porto Velho war.

»Und was machen wir jetzt?« wollte Finnegan wissen.

»Na, was denn, Junge, gar nichts machen wir.«

Collier ging auf »King« John zu, sie umarmten sich herzlich.

»Collier, du Hurenbock, du hättest mir doch Bescheid sagen können, daß du eine Sause machst. Ich hätte auch gut eine gebrauchen können.«

Finnegan verstand überhaupt nichts mehr.

»Die beste war's nicht gerade, John«, versicherte Collier.

»Aber das Glück hat uns ein paar Brasilianer mit bestem Whisky beschert.«

»King« John sah sich um, der Platz, die Boote am Steg, alle waren in seinem Blickfeld.

»Habt ihr hier keinen Arbeiter gesehen?«

»Nein, nur die Einheimischen. Warum?«

»Ich habe mir Sorgen gemacht, als ich hörte, daß du mit Dr. Finnegan hergekommen warst.«

»Sorgen?«

»Ja, ich hatte Angst, daß die Deutschen, die vom Abunã geflohen sind, hier sein könnten. Wir haben erfahren, daß sie in den letzten Tagen zwei Häuser von Kautschukpflanzern geplündert haben.«

»Es wäre sehr lustig gewesen, die hier zu treffen, John. Besonders, weil sie Dr. Finnegan so lieben.«

17

Auf Farquhars Tisch lag Seite 2 der Zeitung *Correio da Manhã* aufgeschlagen. Eine diskrete Schlagzeile, wie es sich für das angesehene Blatt aus Rio gehörte, das erste unter den Presseorganen der Bundeshauptstadt. Dort stand folgendes: DAS JAHRHUNDERTWERK ODER NICHTS ALS SKANDALE UND BLUTBÄDER? Der Artikel war von Alberto Torres unterschrieben, einem glühenden Nationalisten und hochgeachteten Mann. Der Artikel war eine Antwort auf die Reportage, die über den Bau der Madeira-Mamoré-Bahn veröffentlicht worden war, eine Entgegnung, die schwerste Anklagen enthielt, wie von Alberto Torres nicht anders zu erwarten war. Farquhar war ziemlich besorgt, der Text ließ an Deutlichkeit nichts zu wünschen übrig, und das Schlimmste war, daß der Autor unbestechlich war. Hier wurde noch einmal die Korrektheit der öffenltichen Ausschreibung angezweifelt, aus der Ingenieur Cartambry als Gewinner hervorgegangen war, später war dann Farquhars Name bei diesem Vorhaben aufgetaucht. Alberto Torres stufte diesen Vorgang als eine der vielen landesverräterischen Verbrechen korrupter Politiker ein. Er verglich Farquhars Geschäfte mit einem »gierigen Polypen, der seine Fangarme auf undurchsichtigen Wegen in zahlreiche Geschäfte ausstreckte, um seine trüben Interessen durchzusetzen, deren Opfer zuvörderst immer das brasilianische Volk und die brasilianische Nation sein werden.« Unter Berufung auf den Bericht des Arztes Oswaldo Cruz behauptete Torres, es sei unwahr, daß die Sterblichkeitsrate unter den Bauarbeitern an der Bahnstrecke durch das äußerst feindselige Klima im Amazonas zu erklären sei. Höchst geschickt die Angaben von Oswaldo Cruz benutzend versicherte Torres, die Hauptursache für die Toten seien »die absurden, grausamen Arbeitsbedingungen, die es unmöglich machten, zu überleben. Selbst ein gesunder Mann kann in einer solchen Lage nicht länger als neunzig Tage leben.« Hinzu komme, daß das Gebiet, Anlaß eines kürzlich ausgetragenen Rechtsstreits, praktisch von einer mächtigen, ausländischen Gruppe in Beschlag genommen worden sei, was eine offene Gefahr für die nationale Souveränität bedeute. Was nun die Regierung angehe, so war Torres erstaunt über die Untätigkeit von Marschall Hermes, einem Mann, der seinen Wahlkampf mit dem Versprechen geführt habe, Regierungsposten zu säubern und in sein eigenes Kabinett nun Gestalten ließe, die aus finanziellen und persönlichen Interessen mit der gefährlichen, nordamerikanischen Wirtschaftsgruppe in Verbindung stünden. Das waren für Farquhar gefährliche Äußerungen. Sie konnten erneut eine

Lawine von Kritiken auslösen. Das würde seinen anderen Projekten schaden, vor allem der Lumber Company, die gerade ernsthaften Problemen an der Grenze zwischen den Bundesstaaten Paraná und Santa Catarina gegenüberstand, weil dort von Farquhars Leuten arme Bauern von ihrem Land vertrieben worden waren.

Obwohl es noch früh war, kam Alexander Mackenzie mit einer Ausgabe des *Correio* unter dem Arm zu ihm. Er war sichtlich verärgert, weil Torres ihn in dem Artikel nebenbei als »miese Ratte, die in den Kellern der inkompetenten, käuflichen, öffentlichen Bundesverwaltung herumstöbert«, bezeichnet hatte. Die Einstufung »Ratte« war viel beleidigender als die Metapher »Raubvogel, der sich von dem Fleisch, das uns seit einigen Jahren regiert, ernährt«, die Torres benutzt hatte, um Farquhar zu charakterisieren.

Mackenzie setzte sich und zog ein Taschentuch hervor, um sich den kalten Schweiß von der Stirn zu wischen. Es war nicht sehr heiß, und in Farquhars Büro war es ziemlich kühl, aber Mackenzie kochte vor Ärger.

»Ich habe schon mit Agostinho gesprochen«, teilte Mackenzie ihm mit. »Er muß auch gleich herkommen.«

»Sehr gut.«

»Das war ein sehr ernster Angriff. Wir könnten ihn verklagen.«

»Welchen Grund würden wir angeben?«

»Verleumdung. Erschütterung der Glaubwürdigkeit.«

Erneut wurde die Tür zum Büro geöffnet, um Oberst Agostinho hereinzulassen, der ebenfalls mit einer Zeitung erschien.

»Du bist diesmal davongekommen«, sagte Farquhar.

»Ich stecke zwischen den Zeilen«, erwiderte Agostinho verlegen und etwas bedrückt, da er sich nicht zu den Opfern dieses scharfen Angriffs zählen konnte.

Farquhar forderte den Oberst auf, Platz zu nehmen.
»Habt ihr euch schon etwas überlegt?« wollte der Oberst wissen.
»Mackenzie will einen Prozeß anstrengen.«
»Gegen Alberto Torres!« rief Agostinho entsetzt, so, als wollte jemand gegen den Papst prozessieren.
»Wegen Verleumdung. Erschütterung der Glaubwürdigkeit«, Mackenzie schrie fast.
Farquhar bat ihn mit einer Geste, sich zu beruhigen.
»Sag mir nur eines, Agostinho. Hat der Präsident das schon gelesen?«
Agostinho schüttelte den Kopf.
»Noch nicht. Er pflegt morgens keine Zeitungen zu lesen. Das macht er nach Büroschluß. Er glaubt, die Zeitungen sind gegen seine Regierung, und wenn er kritisiert wird, verliert er die Lust zu arbeiten.«
»Aber das wird er sicher lesen«, drängte Farquhar.
»Natürlich, heute noch, wenn er nach Hause kommt, vor dem Abendessen.«
»Und wie wird er reagieren?« fragte Mackenzie.
»Am liebsten würde er dann das Blut von Alberto Torres trinken und nicht zu Abend essen. Übrigens ißt der Präsident nicht mehr zu Abend, seit er an der Macht ist. Er geht immer hungrig und wütend schlafen.«
Farquhar rückte sich auf einem Stuhl zurecht und verschränkte die Beine unter dem Tisch. Seine Hände strichen auf der Suche nach einer Beschäftigung über die Tischplatte.
Ich würde mir das nicht zweimal überlegen, ich würde einen Prozeß anstrengen«, wiederholte Mackenzie.
»Ich halte diese Idee mit dem Prozeß für ein bißchen gefährlich«, meinte Agostinho.
Mackenzie blitzte den Oberst wütend an, der ihn dafür verächtlich ansah.

»Warum gefährlich?« fragte Farquhar.
»Alberto Torres ist ein hochgeschätzter Mann in unserem Land. Ein Prozeß gegen ihn wäre ein größerer Skandal als die Anklagen, die er gegen uns erhoben hat.«
»Stimmt es, daß er nicht zu kaufen ist?« fragte Farquhar.
»Alberto Torres ist unbestechlich, wenn wir versuchten, ihn zu bestechen, würde er zurückschlagen.«
»Jeder Mann hat seinen Preis«, sagte Mackenzie bedeutungsvoll.
»Ich kann mir nicht vorstellen, welcher Preis für Torres gilt«, sagte Agostinho. »Vielleicht gibt es einen solchen Preis nicht. Er ist ein Mann mit Prinzipien.«
»Es gibt keine Menschen mit Prinzipien«, erwiderte Farquhar.
Agostinho lächelte.
»Alberto Torres ist eine Ausnahme.«
Der Oberst öffnete eine ziemlich dicke Mappe, die er in einer Lederhülle gebracht hatte und überreichte sie Farquhar.
»Was ist das?« wollte Farquhar wissen.
»Das Dossier über Torres, vom Geheimdienst.«
Farquhar nahm die Mappe und sah sie aufmerksam durch. Unterdessen schwiegen die anderen. Das dauerte etwa eine halbe Stunde. Schließlich wurde die Mappe geschlossen und dem Oberst zurückgegeben.
»Der Mann ist untadelig«, sagte Farquhar.
»Genau«, bestätigte Agostinho. »Wir können ihn weder kaufen, noch können wir mit Gewalt etwas unternehmen. Wenn Alberto Torres jetzt etwas zustieße, dann gäbe es eine nationale Bewegung, und wir würden wie die Ratten weggefegt werden.«
Mackenzie sprang fast von seinem Stuhl auf.
»Was haben Sie da gesagt?«

»Daß wir wie die Ratten weggefegt werden würden«, antwortete der Oberst gelassen.
»Provozieren Sie mich nicht, Sie Dreckskerl!«
Agostinho erstarrte.
»Sind Sie verrückt geworden, Mackenzie?«
»Sie haben mich doch provoziert.«
Farquhar erhob sich und trat ans Fenster. Das ließ die beiden aufmerken, denn es war ein Zeichen dafür, daß er ernsthaft besorgt war.
»Ich meine noch immer, daß wir gegen ihn prozessieren sollten. Das wäre normal, er würde vor Gericht zitiert, um zu beweisen, was er gesagt hat.«
Farquhar drehte sich um und blickte Agostinho an. Sein strenger Blick war dem Oberst so unangenehm, daß er sich verpflichtet fühlte, etwas zu sagen.
»Vielleicht ist es gar keine schlechte Idee, gegen Torres zu prozessieren. Das wäre sogar ganz zivilisiert und gleichzeitig unbequem für ihn.«
»Haben Sie mit Seabra gesprochen?« fragte Farquhar.
»Bevor ich herkam. Er war ein wenig schockiert, aber seine Kandidatur für den Gouverneursposten von Bahia überdeckt zur Zeit alles. Also war er nicht sonderlich daran interessiert, sich auf diesen Streit einzulassen.«
»Wir werden gegen ihn prozessieren«, sagte Mackenzie.
»Wir nehmen die besten Anwälte, kaufen alle Richter und bringen ihn hinter Gitter.«
Agostinho fühlte sich durch Mackenzies Worte gedemütigt und erhob sich.
»Nicht alles in diesem Land kann man kaufen, Mackenzie.«
»Wir werden ihn vor Gericht bringen, er hat uns verleumdet«, brummte Mackenzie wie benommen, das Bild von der Ratte ging ihm nicht aus dem Kopf.

»Geht an eure Arbeit zurück«, sagte Farquhar. »Wir haben wohl nicht viel Möglichkeiten. Ich werde über den Prozeß nachdenken.«
Mackenzie und Agostinho zogen sich zurück, und Farquhar blickte wieder aus dem Fenster. Die Reaktion des Präsidenten war unvorhersehbar. Er konnte vorübergehend wütend werden, aber auch ebenso ein Dekret erlassen, das die Konzessionen für den Bau der Madeira-Mamoré-Bahn aufhob. In Situationen wie dieser war das einzig Vernünftige, sich mit seinem Freund Ruy zu beraten. Und das tat Farquhar dann auch.
Ruy schrieb gerade an einem Artikel, in dem er das politische Unvermögen von Hermes da Fonsoca geißelte. Da er nicht zuließ, daß man ihn störte, wenn er schrieb, mußte Farquhar fast eine halbe Stunde in dem kleinen Zimmer, das als Vestibül diente, warten. Er trank Kaffee, der ihm ununterbrochen von einer alten Schwarzen serviert wurde. Als er Ruys Kabinett betrat, war ihm übel von dem vielen Kaffee, er sah elend aus.
»All das etwa wegen des Artikels vom alten Alberto?« fragte Ruy Barbosa ironisch.
Farquhar versuchte zu lächeln.
»Mir ist übel, der Kaffee, der in diesem Haus serviert wird, ist schrecklich, mein Freund.«
»Das ist Kaffee aus São Paulo«, sagte Ruy. »In letzter Zeit ist alles, was aus São Paulo kam, für dieses Land unverdaulich gewesen.«
Farquhar verstand den Witz nicht.
»Du weißt schon, was ich meine, Ruy. Das war ein scharfer Angriff.«
»Und sehr gut geschrieben. Alberto kann mit unserer Sprache umgehen.«
»Mackenzie will vor Gericht gehen.«

»Und du, Farquhar?«
»Ich neige auch dazu, einen Prozeß anzustrengen.«
»Es gäbe keine gesetzliche Grundlage dafür.«
»Wir würden ihn wegen Verleumdung verklagen.«
»So einen Fall würde ich nicht übernehmen.«
»Warum nicht?«
»Ich würde sogar gegen einen Referendar verlieren.«
»Du würdest verlieren?«
Farquhar fand das alles reichlich absurd.
»Natürlich würde ich das«, sagte Ruy. »Willst du nicht den alten Alberto wegen Verleumdung verklagen?«
»Ja.«
»Wir würden nicht gewinnen, selbst wenn ihr alle Richter des Landes kaufen würdet.«
»Warum?«
»Weil das, was er geschrieben hat, stimmt und ihr eine schlechte Figur machen würdet, wenn es vor den Richter kommt. Der alte Torres würde alles, was er gesagt hat, belegen.«
»Ich weiß, daß er die Wahrheit gesagt hat. Aber man darf die Wahrheit nicht sagen.«
»Das einzige, was man nicht völlig verdecken kann, Farquhar, ist die Wahrheit.«
»Hast du gesagt, nicht völlig?«
»Ja, und ich wiederhole es. Auch wenn man die Wahrheit nicht völlig verdecken kann, so ist es doch möglich, sie auf irgendeine Weise zu überdecken.«
Farquhar lächelte.
»Ich will nur sagen, daß vor Gericht zu gehen, nicht der beste Weg wäre, die Wahrheit zu überdecken.«
»Und was wäre der beste Weg?«
»Alberto Torres war noch nie in Porto Velho, er hat den Artikel aufgrund von Informationen geschrieben, die er von Dritten hatte.«

»Vor allem den Bericht von Oswaldo Cruz.«
»Ein guter Junge, der Oswaldo Cruz, aber er schreibt einen sehr schlechten Stil.«
Farquhar war jetzt gespannt, denn er war sicher, daß Ruy schon einen Ausweg wußte.
»Wenn wir nicht vor Gericht gehen und nichts unternehmen, unterschreiben wir doch alle Vorwürfe.«
»Dazu werdet ihr nicht gezwungen sein. Hat dieses Rindvieh, der Hermes, den Artikel schon gelesen?«
»Noch nicht!«
»Es ist auch unwichtig. Was ihr tun müßt, ist ganz einfach und hätte schon längst geschehen müssen. Ladet Seabra und eine Abordnung von Senatoren und Deputierten zu einem Besuch in Porto Velho ein. Dann habt ihr Augenzeugen für die Situation.«
»Und dann fahren sie mit dem Zug im Urwald spazieren!« sagte Farquhar ironisch.
»Genau das, Farquhar. Augenzeugen, die nur sehen werden, was euch genehm ist. Nach ihrer Rückkehr werden sie im Parlament Reden halten, Artikel schreiben und verbreiten, daß der Bau phantastisch vorangeht. Es werden nicht Leute vom Kaliber des alten Torres sein, aber gegen seine Informationen aus zweiter Hand viele Zeugen, die dort gewesen sind.«
Am folgenden Tag verteilten Farquhars Boten Einladungen. In einem gewagten Zug wurde selbst Hermes eingeladen, der aber absagen mußte, da er zu einer so langen Reise keine Zeit hatte. Auch Seabra ließ einigermaßen verlegen verlauten, er könne die Reise nicht machen, versprach aber, seinen Stellvertreter zu schicken. Seabra konnte die Bundeshauptstadt nicht verlassen, ehe seine Kandidatur für den Gouverneursposten von Bahia nicht wirklich gesichert war. Aber die Einladungen waren ein großer Erfolg

im Kongreß. Ein Senator von Amazonas, zwei Bundesdeputierte aus Minas, zwei aus Paraíba und einer aus Ceará nahmen die Einladung an. Die Reise sollte in zehn Tagen, vom Datum der Einladung gerechnet, beginnen und etwa zwei Monate dauern. Farquhar wollte ein Schiff, das mit einer Ladung Arbeiter aus Indien kam, nutzen und die illustre Gesandtschaft einschiffen. Das Schiff bot allen Komfort, da es sonst im Sommer von Ceuta nach Cádiz auf dem Mittelmeer fuhr. Um den Erfolg der Mission wirklich zu garantieren, wollte Farquhar höchst persönlich mit seinen Gästen reisen. Ehefrauen, Geliebte, Dienstboten und andere Hausgäste machten schon zusammen eine Gruppe von mehr als fünfzig Leuten aus.

18

Am Kai von Porto Velho stand ein kleines Komitee zum Empfang von Collier und Finnegan bereit. Der Lokführer Thomas, der Heizer Harold und die Pianistin Consuelo erwarteten die Ausreißer. Als sie Finnegan, noch auf dem Schiff, sah, hätte Consuelo sich ihm am liebsten in die Arme geworfen. Die Barkasse legte an, wurde festgemacht, und die Ausreißer stiegen aus. Collier wurde sogleich herzlich von Thomas und Harold umarmt, aber Consuelo beschränkte sich darauf, Finnegan die Hand entgegenzustrecken und zu fragen, wie es ihm ging.

»Sie sind schon bestraft worden«, sagte »King« John. »Sie bekommen eine Woche lang keinen Nachtisch.«

Collier boxte »King« John freundschafltich in die Seite, und alle lachten.

»Macht nichts«, schrie Collier, »ich besteche den Koch.«

Die Gruppe lief den Kai entlang. Es war eine Art Pier aus

Eisen mit einem Schienenstrang für Loren. Am Ende des Piers warf ein großer Kran seinen Schatten, und Porto Velho flimmerte in der aufsteigenden, schwülen Hitze. Finnegan und Consuelo konnten die Freude der anderen nicht teilen. Thomas und Harold sagten dem Ingenieur, sie müßten mindestens zwei Monate in Porto Velho bleiben.

»Stimmt das, John?« fragte Collier.

»Wahrscheinlich. Um die Arbeit am Abunã fortzusetzen, braucht er Leute. Aber im Augenblick haben wir nur fünfzehn Barbadianer, die schon dort gearbeitet haben. Ich habe gestern ein Telegramm bekommen, in dem bestätigt wird, daß zweihundert Leute, die unsere Arbeitsvermittler angeheuert haben, aus Indien kommen. Aber sie werden erst in sechzig Tagen hier sein.«

»Das ist ganz schön lange, um hier im Hospital zu bleiben.«

»Lovelace hat euch schon entlassen. Er will keine Verrückten, die sein Hospital durcheinanderbringen.«

»Hospital? Das ist doch nur ein Schlachthof, John.«

»Aber einer mit Disziplin, Collier.«

Nun war auch Finnegan erleichtert, als er erfuhr, daß er nicht mehr auf der Krankenstation des Hospitals bleiben mußte. Aber seine Freude sollte nur kurz sein, denn gleich darauf teilte John ihm mit, daß Lovelace ihn während dieser Wartezeit im Hospital anstellen wollte.

Die Gruppe ging in Richtung Kasino, wo man um Geld spielen und verschiedene Fruchtsäfte trinken konnte, aber keinerlei alkoholische Getränke bekam. Finnegan und Consuelo ließen die anderen absichtlich zum Kasino vorgehen.

»Und du, was wirst du jetzt machen?« fragte Finnegan.

Consuelo senkte den Kopf, sie war den Tränen nahe.

»Ich weiß nicht, was ich machen soll«, antwortete Consuelo und bemühte sich, die Tränen zu unterdrücken.
»Hast du keine Verwandten, kein Zuhause, wo du hingehen kannst?«
»Ich habe niemanden mehr«, log Consuelo.
»Würdest du gern hierbleiben?«
»Das würden sie nicht erlauben. Ich wede nicht lange bleiben können, ich muß bald fort.«
»Aber wohin?«
»Weiß ich nicht.«
»Bist du nicht Pianistin?«
»Ja, ich spiele Klavier, habe ich dir nicht schon erzählt, daß ich Klavierunterricht gegeben habe? Aber wer ist denn daran interessiert, hier in Porto Velho Klavier zu spielen?«
»Du könntest im Hospital arbeiten.«
»Es gibt keine Stellen, Frauen werden hier kaum gebraucht.«
Finnegan wurde langsam unruhig, denn er begriff genau, was hier vor sich ging. Sie verließ sich auf ihn, ausgerechnet auf ihn. Er, der nicht mehr derselbe war und nur ein dunkles Loch erblickte, wenn er in die Zukunft sah. Consuelo lieferte sich ihm richtig aus. Sie konnte das Weinen nicht mehr unterdrücken, und ein paar Tränen kullerten herab. Sie wollte von Finnegan gerettet werden und sich mit aller Kraft an ihn klammern. Finnegan sah, daß sie weinte, und plötzlich überkamen ihn widersprüchliche Gefühle. Mitleid mit dieser so verwundbaren Frau, die keine Zukunftsperspektive hatte. Aber auch Wut, weil sie sich ihm in den Weg stellte, Unbehagen, weil er sich für einen Scheißkerl ohne jede Initiative hielt, und Unsicherheit, weil sein Mangel an Initiative mit ihrer totalen Verfügbarkeit zusammentraf. Er war, vielleicht für

immer, unfähig, irgend etwas zu empfinden, was dem Gefühl, das für ihn Liebe war, entsprochen hätte. Die Welt war zu beschissen und schmutzig, als daß man Liebe empfinden könnte. Er wußte allerdings nicht, daß auch Consuelo keine Illusionen mehr hatte und sich ihm nur deshalb auslieferte.
»Beruhige dich«, sagte Finnegan. »Es wird schon alles werden.«
Ihr Weinen wurde stärker, denn das war eigentlich nicht, was sie hätte hören wollen.
»Mach dir keine Sorgen um mich«, antwortete Consuelo. »Ich bin noch so aufgeregt wegen deiner Rückkehr. Ich bin fast gestorben vor Angst, daß dir etwas zustoßen könnte.«
Finnegan fühlte eine rauhe Leere in der Kehle.
»Wie gut, daß es wenigstens einen gibt, der sich noch Sorgen um mich macht.«
»Ich mache mir Sorgen um dich, Richard.«
Als er seinen Namen mit dieser weinerlichen Stimme hörte, wurde er fast weich.
»Hör auf zu weinen, es ist ja vorbei, ich bin doch hier«, sagte er, so zärtlich er konnte.
Consuelo nahm ein Taschentuch aus der Tasche und schneuzte sich. Die geröteten Augen glänzten in der Sonne, die Tränen trockneten auf der braunen, weichen Haut ihres Gesichtes.
Einige Arbeiter aus Barbados überquerten die Straße und grüßten Finnegan. Er grüßte zurück und fuhr sich mit der Hand über das Gesicht, um die Haare zurückzustreichen, die der Wind während der Rückfahrt auf dem Schiff zerzaust hatte.
»Du siehst erschöpft aus, Richard.«
»Ich habe sehr schlecht geschlafen«, erklärte er. »Es war eine furchtbare Nacht.«

»Bist du nicht hungrig?« fragte Consuelo.
Finnegan erinnerte sich, daß sich sein Magen in einen leeren Ballon verwandelt hatte, der rasch anschwoll.
»Ich habe wirklich Hunger, ich habe seit gestern nichts gegessen.«
»Gehen wir zu meiner Unterkunft, ich werde dir etwas zu essen machen.«
Consuelo nahm Finnegan an der Hand, und die beiden gingen auf die Häuserreihe mit den Unterkünften für die leitenden Angestellten zu. Finnegan betrachtete den Rio Madeira, der zwischen den tiefgrünen Ufern gelblich dahinfloß und dachte, er würde ohnmächtig. Er empfand kein bißchen Dankbarkeit über Consuelos Fürsorge. Aber sie war überzeugt, daß ihre Zukunft an seiner Seite war.
Sie betraten das Haus, in dem sie untergebracht war. Eine Sammelunterkunft, wo sie mit drei anderen jungen Mädchen lebte, die als Krankenschwestern im Hospital arbeiteten. Consuelo hatte wenig Kontakt zu ihnen, und weil sie den ganzen Tag dort verbrachte, war sie zur Herrin des Hauses geworden. Sie ging in die Küche, und Finnegan ließ sich auf das saubere Bett mit den leicht nach Consuelo duftenden Laken fallen. Zuerst zog er vorsichtig seine schmutzigen Stiefel und die schweißstinkenden Socken aus und stellte sie vor die Zimmertür. Er war viel zu müde, um sich in irgendeiner Weise gehemmt zu fühlen. Er knöpfte sein Hemd auf, ohne es jedoch auszuziehen, und legte sich auf das Bett.
Sie blieben für den Rest des Tages zusammen. Finnegan wich aus, wann immer er konnte, und Consuelo benahm sich wie ein kleines Mädchen, das man ausgeschimpft hat. Schließlich siegte jedoch, wie zu allen Zeiten, die Anziehungskraft zweier junger Körper, und die restlichen Spuren ihrer beider Flucht verblaßten, die Zeit war wie eine

verlängerte Schlaflosigkeit. Finnegan, dessen Sicherheit dahin, dessen Kopf voller Erschöpfung und Verwirrung war, blickte nicht mehr durch, denn die Spielregeln des Lebens waren für immer durcheinandergeraten. Und bevor er überhaupt den Versuch unternehmen konnte, sein Leben neu zu bestimmen, war er noch für fast anderthalb Jahre bei der Gesellschaft unter Vertrag. Obwohl sie hingebungsvoll neben ihm lag, war Consuelo doch ein provozierender Antagonismus zu seiner schlechten Verfassung. Über die Wände dieses unpersönlichen Zimmers kroch Traurigkeit. Finnegan kam die Welt wie eine absurde Komödie vor, aber an seinen Körper geschmiegt und in seine Beine verschlungen lag eine Frau. Und das war wirklich zum Verrücktwerden.

Buch V
Die Wonnen der ursprünglichen Akkumulation

19

Im Jahre 1911 stellte Porto Velho vielleicht einen Sonderfall in Südamerika dar. Es war eine künstliche Stadt, die vor allem als Hauptbüro der Firma diente, die die Madeira-Mamoré genannte Bahnlinie baute.
Es war eine ganz eigenartige Stadt, in der nicht Karneval, dafür aber *Thanksgiving* gefeiert wurde. Nicht am brasilianischen Nationalfeiertag, dem siebten September, sondern am vierten Juli kleidete die Stadt sich festlich. Wenn im Juni ein kalter Wind von den Anden herüberwehte, fanden keine traditionellen Volksfeste wie *Bumba-meu-Boi*, die überall gefeierte Geschichte mit dem prächtigen Stier, oder ein Tanz wie *Caninha-Verde* statt, sondern Monate später feierte man *Halloween*, den Tag der Gespenster und Hexen, obwohl es dort gar keine Kinder gab.
Porto Velho war auf dem Reißbrett entworfen worden, künstlich wie fast alles auf den sechsunddreißigtausendsechshundert Quadratkilometern Land, das der Unternehmensgruppe Percival Farquhars überlassen worden war. Offizielle Sprache war Englisch, und eine genaue Erhebung hätte ergeben, daß nur wenige Menschen Portugiesisch sprachen. Aus einer einfachen Ansammlung

von Zelten wurde Porto Velho allmählich zu einer Ortschaft, die ganz und gar von Angestellten der Madeira-Mamoré Railway Company bewohnt war. Daher gab es keine Geschäftsstraße, weder Bars noch Restaurants. In Porto Velho herrschte der Inbegriff der Privatinitiative: alles, was es dort gab, war ein Monopol der Farquhar-Gruppe, die Gesetze inbegriffen.

Die imposantesten Monumente in Porto Velho waren die wuchtigen Bäume, die um den Platz herumstanden und einigen Straßen im Ortskern Schatten spendeten. Prosperierend und gewinnbringend, wie es sich für Monopolbetriebe gehörte, waren der Gemischtwarenladen, die Reinigung, das Lichtspieltheater, das Kasino, die öffentlichen Gebäude, die Unterkünfte, das Hospital und die Lagerhäuser Eigentum der Farquhar-Gruppe. Im Jahre 1911 war in Porto Velho nicht eine einzige brasilianische Behörde vertreten. Eine Privatpolizei sorgte für Ruhe und Ordnung, und die Farquhar-Gruppe machte mit dem Verkauf jedes einzelnen der Cream-Cracker, die ohne Unterbrechung in der modernen Keksfabrik hergestellt wurden, ihren Gewinn.

Die Ortschaft schien jedoch nicht nur aus diesen Gründen eine Sonderstellung auf dem Kontinent einzunehmen. Auch in ihrer Architektur unterschied sie sich wesentlich von anderen kleinen, südamerikanischen Städten. Es gab weder Überreste aus der Kolonialzeit noch eine kleine Barockkirche, ein Herrenhaus oder die Ruine einer iberischen Militärfestung. Alle Gebäude, die zudem neu und unauffällig mit Ölfarbe gestrichen waren, ähnelten eher einer der vielen Holzbarackenstädte im amerikanischen Westen. Mit dem einzigen Unterschied, daß sie in Porto Velho große, überdachte Veranden hatten und schon elektrischen Strom, etwas, wovon viele Städte auf dem Kontinent noch nicht einmal träumten.

Die Häuser waren überlegt in Zeilen angeordnet, so daß Straßen entstanden, die eben und sauber waren. Vorn am modernen Kai lag der ungepflasterte, quadratische Platz, auf dem tagsüber im launischen Wind des Madeira an einem Eisenmast die nordamerikanische Flagge wehte. Um den Platz herum lagen die großen Lagerräume und die Verwaltungsgebäude, außerdem der kleine Zentralbahnhof, eine Kopie der unzähligen kleinen Bahnhöfe, die in Hunderten von Städten der Vereinigten Staaten existierten. Keine Straße kam ohne hölzerne Gehsteige aus. Sie waren während der Regenzeit, wenn die staubige Erde sich in glitschigen Schlamm verwandelte, zum Schutz der Fußgänger notwendig. Es gab nur wenige Fahrzeuge im Ort, und die, die es gab, gehörten selbstverständlich der Farquhar-Gruppe. Im Hintergrund aber, nicht weit von den Straßenblocks mit Lagerräumen, erhob sich wie eine Mauer der Urwald, herausfordernd und gedemütigt zugleich.

An jenem Morgen des sich neigenden Sommers brannte die Sonne, der blaue Himmel war fast wolkenlos. Es schien ein ganz besonderer Tag zu sein, denn alle Angestellten standen in einer Reihe um den Platz und an den angrenzenden Straßen. Die Polizei, ein Trupp von fünfzig Mann, stellte sich in doppelter Reihe in marineblauen Uniformen, Käppis und blitzenden Winchester-Gewehren am Kai entlang auf. Die Stadt wartete auf die Ankunft der lange ersehnten, offiziellen Abordnung in Begleitung des legendären Percival Farquhar. Er kam zum ersten Mal nach Porto Velho, und nur zwei oder drei Angestellte im Ort kannten den großen Unternehmer. Für die Mehrheit war er ein Name, der, je nach den Umständen, Furcht oder Haß einflößte. Unmittelbar vor dem Verwaltungsgebäude standen die leitenden Ange-

stellten von Porto Velho. Unter ihnen die Ärzte des Hospitals, angeführt von Lovelace, alle Ingenieure und Topographen, Collier eingeschlossen, die Techniker, unter denen auch Thomas war, und Büroangestellte verschiedener Stufen, alle um »King« John geschart, die lebende Inkarnation Farquhars in dieser Stadt.
Unter den Büroangestellten herrschte eiserne Disziplin und eine Hierarchie, die bei den anderen lockerer war und unter den Ingenieuren in einem Durcheinander endete. Collier und Lovelace, die Farquhar schon seit langem kannten und sich von diesem ganzen Theater nichts versprachen, standen mit gelangweilten Gesichtern da, zumal sie eine Stelle erwischt hatten, wo die Sonne unbarmherzig brannte. Lovelace war ganz rot, seine Augen konnten die Helligkeit nur schwer ertragen. Collier entdeckte wütend, daß die Büroangestellten sich im Schatten eines der großen Bäume auf dem Platz einen besseren Standort ausgesucht hatten.
Lovelace gab zu verstehen, daß er die starke Hitze nicht mehr lange würde ertragen können. Das ermutigte Collier, etwas zu unternehmen. Er entfernte sich von den Ingenieuren, nahm Lovelace am Arm und zog ihn zu einem schattigen Platz genau vor den Verwaltungsangestellten.
»Das hier ist einfach lächerlich, Lovelace«, brummte Collier, kurz vor einem Hitzschlag.
»Verfluchte Scheiße, fast wäre ich ohnmächtig geworden.«
»Und das alles nur, um diesen blöden Farquhar zu empfangen, als wäre er die Königin.«
»Jedes Volk hat die Königin, die es verdient.«
»Sie haben recht, Lovelace. Und wir haben Farquhar, diese Hure.«
Lovelace, der in der Brise im Schatten erleichtert aufatmete, lachte.

»Und er kommt in Begleitung«, sagte Lovelace.
»Ja, eben. Eine Abordnung von bolivianischen Politikern und zweihundert Vagabunden aus Indien.«
»Brasilianischen Politikern, Collier.«
»Alles dieselbe Scheiße.«
»Das schlimmste ist, daß wir Farquhar ertragen müssen, wenn er unter irgendeinem Vorwand unbedingt das Neue Testament anbringen muß.«
»Und dann noch falsch. Selbst dabei bescheißt er noch.«
»Immer mit der Ruhe, Collier!«
Das Schiff legte jetzt am Kai an, ein großer Dampfer, dem man sein Alter ansah. Die Gangway wurde von schmutzigen Matrosen heruntergelassen, die eher wie Piraten aus dem 18. Jahrhundert aussahen. Aus der ersten Klasse blickten die Passagiere neugierig auf Porto Velho. Gut gekleidete Herren und elegante, juwelenbehängte Damen mit federgeschmückten Hüten. Zuerst wurde das Gepäck der Abordnung ausgeladen, die in einer eigens für diesen Besuch eingerichteten Unterkunft wohnen sollte. Farquhar erschien oben an der Gangway, gefolgt von einem kräftigen, makellos gekleideten Mann in einem Anzug aus weißem Tuch und einem Panamahut auf dem ergrauten Haar. Es war der Vizeminister und Stellvertreter von Minister Seabra, der während seines Aufenthaltes eine Verdauungsstörung erleiden und die ganze restliche Zeit im Bett verbringen sollte. Er würde den Ort mit Lobsprüchen über das Hospital Candelaria und besonders über die hübschen Mädchen, die dort als Krankenschwestern arbeiteten, verlassen. Die zweite Persönlichkeit, die das Schiff verließ, war der Senator der Amazonas-Region, ein großer, brünetter Mann mittleren Alters, eine äußerst elegante Erscheinung. Hinter ihm kamen die Deputierten mit ihren Ehefrauen und Gelieb-

ten, Dienstboten und Hausgästen, alle aufgeregt und sich laut unterhaltend.

Farquhar wurde von »King« John empfangen. Sie umarmten sich nicht, denn »King« John kannte Farquhar und hatte Bedenken, dieser könnte ihm die Brieftasche klauen.

»Ein Vergnügen, Sie hier zu sehen, Farquhar«, sagte »King« John mit einer perversen Fröhlichkeit.

Die beiden drückten sich die Hand, unmittelbar darauf machte Farquhar die Gäste mit den Angestellten bekannt. Ein Zug aus drei kleinen Wagen, die mit rot-weiß-blauen Banderolen geschmückt und mit Korbsesseln bestückt waren, wurde zum Kai gefahren. Dort stiegen die Gäste ein, bis auf Farquhar, der auf das Verwaltungsgebäude zuging. Die Wagen fuhren langsam zur Unterkunft für die Abordnung. Dort stiegen alle entzückt und überrascht aus. Das Haus war eine der größten Unterkünfte der Stadt. Es war vollständig mit Möbeln aus Manaus eingerichtet. Es hatte seine strenge Fassade behalten, aber innen hatte es sich in ein luxuriöses Hotel mit schönen, roten Teppichen, Spiegeln, Kandelabern und Möbeln verschiedener Stilrichtungen, vom englischen Mittelalter bis zum zeitgenössischen Art nouveau, verwandelt.

Sobald die Gäste in die unerwartete Traumatmosphäre ihres Hotels eingetaucht waren, spuckte das Schiff einen Schwall neuer Arbeiter aus. Noch in ihren typischen Gewändern, beladen mit Paketen, liefen unzählige junge Inder, sie waren fast alle barfuß, über den kochendheißen Kai auf die große Baracke zur Inspektion und Desinfektion zu. Als seien die Männer nicht daran gewöhnt, liefen sie langsam, das ärgerte die Aufseher, sie trieben sie an und beschimpften sie, ohne jedoch etwas zu erreichen, denn nicht alle verstanden Englisch, noch viel weniger Spanisch.

»King« John und Farquhar sahen dem schleppenden Zug, der vom Schiff kam, eine Weile zu und gingen dann zu den leitenden Angestellten, die noch immer auf sie warteten.
»Das ist die schlimmste Ladung, die wir je bekommen haben, Farquhar«, bemerkte »King« John mit verächtlichem Gesicht.
»Das ist das, was wir zur Zeit kriegen. Unsere Agenten dürfen in Europa nicht arbeiten, fast alle europäischen Länder haben die Einstellung von Leuten, die hier arbeiten sollen, verboten.«
»Also kommt jetzt nur noch der Abschaum«, sagte »King« John.
Aber Farquhar war schon weitergegangen und lächelte zu Lovelace hinüber, der sich mit einem naßgeschwitzten Taschentuch Luft zufächelte.
»Lovelace, lange nicht gesehen.«
»Sie sehen prächtig aus, Farquhar. Ich möchte wetten, daß Sie die schönsten Frauen in Rio gevögelt haben.«
»Für so was habe ich keine Zeit, Lovelace. Aber Sie, Sie haben Zeit, den ganzen Tag lang Krankenschwestern zu vögeln.«
»Wenn Sie unsere Krankenschwestern hier sehen würden, dann würden Sie so was nicht sagen.«
Farquhar entdeckte Collier, der auf der Schwelle des Hauses saß.
»Und Sie, Collier, leben Sie noch?«
Collier erhob sich nicht und sah Farquhar an.
»Immer noch so streitsüchtig, Collier?«
»Nur zum Besten der Gesellschaft, Farquhar.«
»King« John näherte sich seinem Chef gerade in dem Augenblick, als dieser nach oben sah.
»Was, zum Teufel, ist denn das da, John?« rief Farquhar außer sich.

»Was denn, Chef?«
»Da oben am Mast.«
»King« John verstand nicht, was gemeint war, aber da ertönte Colliers provokative Stimme.
»Das ist die Flagge der Vereinigten Staaten von Amerika, Dummkopf!«
»Das weiß ich«, antwortete Farquhar nun noch ärgerlicher.
»Das ist unsere Fahne«, sagte John.
»Die dürfte gar nicht da hängen«, schrie Farquhar.
»Nein?« »King« John war verblüfft.
»Nein, du Idiot.«
Collier erhob sich und trat zu den beiden.
»Die bolivianische Fahne müßte da oben hängen«, versicherte Collier.
»King« John zögerte keine Sekunde. Er drehte sich zu den Büroangestellten um und brüllte mit seiner heiseren Stimme.
»Los, geht die bolivianische Fahne holen, schnell. Blöde Bande, Idioten, ihr . . .«
»Nicht die bolivianische, John«, Farquhar war jetzt eisig wie ein besessener Mörder.
»Nicht die bolivianische Flagge?«
»Natürlich nicht, Blödkopf.«
»In welchem Land befinden wir uns, John?« fragte Farquhar, der »King« John jetzt am liebsten umgebracht hätte.
»In Brasilien, nehme ich an.«
»Und wer sind diese Gäste, die zu Besuch gekommen sind.?«
»Bolivianische Politiker«, rief Collier.
»Bolivianische Politiker«, wiederholte »King« John.
»Bolivianer!« Farquhar konnte sich kaum noch beherrschen.

»Ich meine, brasilianische Politiker.«
»Genau, John, Brasilianer.«
»Alles dieselbe Scheiße«, rief Collier.
»Halten Sie sich da raus, Collier, oder ich schlage Ihnen das Gesicht zu Brei«, erwiderte Farquhar rasend vor Wut.
»Bringt die brasilianische Flagge, ihr Idioten«, rief »King« John den Büroangestellten zu, die jetzt alle durcheinanderliefen.
»Jawohl, die brasilianische Fahne müßte dort hängen, John.«
»Aber wie sollten wir denn das wissen, Farquhar?«
»Das ist doch hier nicht amerikanisches Territorium, Idiot. Jedenfalls noch nicht, soviel ich weiß.«
»Keine Sorge, Farquhar, deine Gäste haben den Unterschied gar nicht bemerkt.«
»Ein korrupter Haufen, aber wir müssen aufpassen, die haben für diesen patriotischen Scheißdreck viel übrig.« Farquhar atmete schwer, denn er war noch ziemlich erregt.
Zwei Büroangestellte kamen aus dem Verwaltungsgebäude gerannt. »King« John sah, daß sie ein grünes Paket trugen. Die nordamerikanische Flagge wurde heruntergeholt, und »King« John persönlich hißte die brasilianische, so schnell er konnte.
»Jetzt ist alles o. k.«, sagte »King« John triumphierend.
Farquhar sah nach oben und lief rot an.
»Woher habt ihr diese Fahne?«
»Haben wir machen lassen.«
»Und wo bitte?«
»Hier, von einer Frau, die schneidert.«
»Sicher eine Amerikanerin, was?«
»Richtig!«
»Hurensöhne!«

»Ist was falsch?«
»Falsch? Alles ist falsch!«
»Ist das nicht die brasilianische Fahne?« wollte »King« John, schon ganz entmutigt, wissen.
»Ja, das ist die brasilianische Fahne, John. Aber sie steht auf dem Kopf. Und noch was, auf dem weißen Streifen da sollte nicht *Order and Progress* stehen, sondern *Ordem e Progresso*.«
»Order and Progress!«
»Ordnung und Fortschritt!«
»Holt sofort die Fahne da runter«, schrie »King« John. Wieder rannten die Büroangestellten durcheinander. Collier konnte nicht mehr vor Lachen.
»Und was sollen wir nun hinhängen?« fragte »King« John. »Der Mast kann doch nicht leer bleiben.«
»Weißt du, was wir hinhängen sollten, John? Nein?«
»King« John sah Farquhar verblüfft an.
»Dich, John. Dich! Am Hals aufgehängt wie eine Katze.«
»Sie wollen doch nicht die Brasilianer beleidigen, was, Farquhar?« fragte Collier und schüttete sich aus vor Lachen. »Wenn Sie John an dem Mast aufhängen, dann ist Brasilien imstande, die Beziehungen zu den Vereinigten Staaten abzubrechen.«
Farquhar drehte sich zu Collier um und blitzte ihn an.
»Ich könnte Sie da aufhängen, Collier!«
»Beruhigen Sie sich, Farquhar, sonst verlangen Sie gleich noch, daß John sich da oben auf den Mast setzen soll.«
Die Vorstellung, »King« John säße oben auf dem Mast, ließ Farquhar unerwartet in Lachen ausbrechen. Die Büroangestellten fielen ebenfalls mit großem Gelächter ein, die Spannung hatte sich plötzlich gelöst.
»King« John lachte nicht mit. Er fühlte sich gedemütigt und beobachtete die Büroangestellten, um sich einen aus-

zusuchen, an dem er am besten seine Schmach rächen konnte. Sein Blick fiel auf einen lächelnden, jungen Mann, der noch die amerikanische Fahne hielt. Er ging auf ihn los und packte ihn am Kragen.
»Was hast du da in der Hand, Dummkopf?«
Bevor der junge Mann antworten konnte, rief Collier.
»Bist du blind, John? Siehst du denn nicht, daß das Farquhars Jackett ist?«
»King« John ließ den Jungen los und nahm die Fahne in die Hand, um sie besser zu begutachten. Zweifach beschämt legte er sie zusammen und stürzte wie ein Hurrikan in das Gebäude, die Tür erbebte.
»Ich setze fünfzig Dollar aus für denjenigen Büroangestellten, der da reingeht und lebend wieder rauskommt«, brüllte Collier.
Niemand lachte darüber, das Gelächter war erstorben. Farquhar machte Bekanntschaft mit der Wirklichkeit in Porto Velho. Alle waren hier verrückt. Alle Anklagen, die die Zeitungen von Rio veröffentlicht hatten, kamen nicht im entferntesten an die Wahrheit heran. Die Gäste durften nur kurz hier bleiben, denn es war unmöglich, eine Irrenanstalt für längere Zeit unter Kontrolle zu halten. Es rührte ihn jedoch wenig, daß die Männer hier alle verrückt wurden oder so was Ähnliches, auch Verrücktheit konnte höchst lukrativ sein.

Consuelo war nicht dabei, als die Gäste das Schiff verließen, weil sie anderweitig beschäftigt war. Um die Wahrheit zu sagen, war sie in letzter Zeit überaus beschäftigt gewesen, weil sie für das Veranstaltungsprogramm, das den Besuchern geboten werden sollte, plötzlich eine Art Schlüsselfunktion übernommen hatte.
In den zwei Monaten, die diesem Tag vorangegangen

waren, hatte Consuelo eine Arbeit bekommen, die sie sich in Porto Velho nie erträumt hätte. Sie war als Klavierlehrerin angestellt worden, stand auf der Gehaltsliste der Gesellschaft, hatte den Status einer höheren Angestellten mit besonderen Privilegien, dem Anrecht auf eine eigene Unterkunft sowie Ferien von einem Jahr, die voll von der Gesellschaft zu zahlen waren. Sie konnte diesen Urlaub verbringen, wo immer sie wollte. Sie war nicht irgendeine Klavierlehrerin, auch nahm sie keine Schüler an, das heißt, sie widmete sich dem Unterricht eines einzigen Schülers, der ebenfalls Angestellter der Gesellschaft war, obgleich auf einer niederen Stufe. Ihr Schüler war Joe, der Caripuna-Indio.

Wie zum Scherz hatte Finnegan diese Idee ausgesprochen. Consuelo hatte noch die Partituren bei sich, die sie aus dem Unglück gerettet hatte und öffnete das Bündel selten, weil es bittere Erinnerungen in ihr wachrief. In derselben Woche, als Finnegan von seinem Abenteuer in Santo Antonio zurückgekehrt war, hatte Consuelo entdeckt, daß in Porto Velho ein Klavier existierte. Es war kein großartiges Klavier, wie sie es gern gehabt hätte, aber es war ein Klavier, und es stand im Kasino, ziemlich verstimmt und wenig benutzt, weil fast alle Musik, die dort gehört wurde, von nordamerikanischen Platten stammte, die auf einem Grammophon gespielt wurden. Morgens war das Kasino kaum besucht, und auch nachmittags fanden an Wochentagen wenig Männer Zeit, sich dort für ein paar Stunden aufzuhalten, um Apfelmost zu trinken, Poker zu spielen oder eine Zigarre zu rauchen. In diesen ruhigen Stunden ging Consuelo nun öfter ins Kasino und hatte sich mit den beiden chinesischen Kellnern und dem Geschäftsführer, einem sympathischen italo-amerikanischen Herrn, angefreundet, der gern italienische Musik auflegte, wenn niemand im Kasino war. Drei Tage lang arbeitete sie an dem Klavier, bis sie es einigermaßen gestimmt hatte. Gegen Ende der Woche, nachdem sie Finnegan davon erzählt hatte, kam er auf die gute Idee, »King« John zu bitten, ihr zu erlauben, vor den Angestellten im Kasino zu spielen. »King« John hatte nichts dagegen. Der Klaviervortrag war überhaupt kein Erfolg, weil die Männer die ganze Zeit über weiterspielten und zeigten, daß sie nichts für Beethoven-Sonaten oder Nocturnes von Chopin übrig hatten. Consuelo ließ sich dadurch jedoch nicht entmutigen. Da sie seit längerem nicht Klavier gespielt hatte, hatte sie Stunden damit verbracht, das Programm einzuüben. Der Indio Joe Caripuna hatte ihr dabei Gesellschaft geleistet. Auch er schien nicht sonderlich von den Akkorden der großen Meister beeindruckt, aber er war wenigstens neugierig, was dieses Instrument anging, das Töne von sich gab, wenn er auf die Tasten drückte, die wie die weißen Zähne eines toten Tieres aussahen. Consuelos Klavierübungen, die sie ermüdeten und schwierig für sie waren, hatten nicht die gleiche Wirkung auf Joe. Er glaubte, er könnte das auch, obwohl er keine Hände hatte, um wie Consuelo zu spielen. Aber er hatte seine Zehen, und damit konnte auch er diese Maschine zum Singen bringen. Und so kam es, daß Consuelo eines Morgens, als sie das Kasino betrat, sah, wie Joe auf einem Stapel Kisten saß, höher als die Tasten, und höchst geschickt hinauf- und hinunterspielte, wie viele ihrer Schülerinnen das nicht gekonnt hätten. Es ertönten nur zufällig aneinandergereihte Töne, aber mit der Geschicklichkeit in seinen langen Zehen konnte er jede Taste drücken, und mit ein wenig Übung würde Joe vielleicht eines Tages einfache Melodien hervorlocken können.

Consuelo jubelte, sie war von der Anpassungsfähigkeit des

Indios begeistert. An diesem Morgen vergaß Consuelo ihre Klavierübungen und vertrieb sich die Zeit mit Joe, dem sie kleine Melodien vorspielte, die er unmittelbar darauf zum Erstaunen des Geschäftsführers nachspielte.
»Er ist unglaublich«, sagte dieser.
Joe lächelte nur, während Consuelo ihm half, von dem Stapel Kisten herunterzuklettern.
»Wie kommt es, daß er so geschickt mit seinen Zehen ist?« fuhr der Manager des Kasinos fort.
»Die menschliche Kreatur ist nun einmal so«, antwortete Consuelo. »Sie ist fähig, aus allem etwas zu machen.«
Der Manager stimmte ihr zu.
»Sie haben recht, junge Frau. Deshalb können die Blinden mit den Händen beinahe sehen. Unser Freund Joe hat sich mit seinen Füßen dermaßen umgestellt, daß sie ihm jetzt als Hände dienen.«
»Fuß ist nicht nur zum Laufen«, sagte Joe, immer noch lächelnd.
Consuelo und der Manager sahen den Indio aus der Tür gehen, und da kam ihnen fast gleichzeitig eine Idee.
»Glauben Sie, er könnte wirklich etwas Richtiges spielen?« wollte der Geschäftsführer des Kasinos wissen.
Consuelo, die Joes starken Willen und seine Gelenkigkeit kannte, hatte überhaupt keinen Zweifel, was sie antworten sollte.
»Ich glaube, er könnte viele Melodien spielen, vor allem die einfacheren.«
»Das wäre ja schon großartig!«
»So großartig wie das, was wir heute hier gesehen haben.«
»Und wenn Sie es ihm beibrächten? Joe wäre eine Attraktion. Er könnte hier im Kasino spielen. Er hätte einen Beruf.«
»Eine fabelhafte Idee.«

Consuelo erzählte Finnegan nichts davon, bis Joe nicht wirklich einige Fortschritte gemacht hatte. Zwei Wochen lang setzte Joe sich jeden Morgen auf den Kistenstapel, und Consuelo versuchte, ihn zu unterrichten. Zuerst versuchte sie, Joe nach der bekannten Methode zu unterweisen, er sollte Noten lesen lernen und Lockerungsübungen machen. Aber bald merkte sie, daß diese Methode auf Joe nicht anwendbar war. Sie war im allgemeinen wirksam bei jemandem, der Hände hatte, aber Joe mußte ja die Füße benutzen. Außerdem hatte Joe Schwierigkeiten, die Musik so aufzunehmen, wie Consuelo sie verstand, und das erschwerte das Notenlesen. Joe konnte dem Gang einer Melodie folgen, aber er hatte kein Gefühl für die Aufeinanderfolge der Noten und übersprang einzelne Töne. Er war ein geborener Zwölftonmusiker, wenn es 1911 diese Stilrichtung in der Musik bereits in Südamerika gegeben hätte. In der ersten Woche klimperte Joe einige Takte von *Happy Birthday To You*, aber Consuelo war mit seinem Spiel nicht zufrieden, weil er die Melodie nicht richtig nachspielte und an den unerwartetsten Stellen Halbtöne spielte. Diese offensichtliche Unfähigkeit, was den Rhythmus und seinen Hang zu halben Intervallen anging, veranlaßte Consuelo zu glauben, daß Joe als Indio vielleicht kulturell unfähig sei, die Musik der Zivilisation aufzunehmen. Andererseits hatte er ein gutes Gehör, und Consuelo entdeckte bald, daß Joe, wenn sie eine Melodie nur oft genug Takt für Takt spielte, statt ihrer Klavierschule zu folgen, die Melodie genau nachspielen konnte. Auf diese Weise konnte Joe nach zwei Wochen, einer außergewöhnlich kurzen Zeit, sicher und ohne Mißtöne nicht nur *Happy Birthday To You*, sondern auch zwei andere nordamerikanische Volkslieder spielen.

Sonntags, als Finnegan frei hatte, lud Consuelo ihn ins

Kasino zu einem Klaviervortrag ein. Finnegan war überzeugt, daß sie ihr Repertoire vorspielen wollte. Als er aber das Kasino betrat, fand er Joe auf einem Stapel Kisten vor dem Klavier.

»Das ist unglaublich«, rief Finnegan.

»Ich bin so glücklich, Finnegan«, sagte Consuelo. »Joe ist jetzt nicht mehr ein einfacher Invalide, sondern ein Beispiel für die Menschheit.«

Finnegan wäre zwar nicht ganz so weit gegangen, aber er war ehrlich beeindruckt von Joes Können.

»Sie hat mir beigebracht«, sagte Joe lächelnd und zeigte auf Consuelo.

Der Geschäftsführer des Kasinos kam hinter der Theke hervor und begrüßte den Arzt.

»Der Junge ist wirklich ungewöhnlich«, sagte der Geschäftsführer, als er Finnegan die Hand drückte. »Ich werde die Verwaltung bitten, ihn als Attraktion für das Kasino einzustellen.«

Zu Finnegans und Consuelos Überraschung war »King« John am wenigsten von Joe begeistert, weil John sich grundsätzlich nur für sich selbst begeisterte. Lovelace aber war hin und her gerissen, als er an einer Extravorstellung teilnahm. Finnegan hatte nicht erwartet, daß Lovelace sich als ein Liebhaber von Klavierkonzerten herausstellen könnte, aber dem Chefarzt hatte die Vorstellung wirklich gut gefallen, obwohl seine Absichten nicht so künstlerisch ausgerichtet waren, wie Finnegan anfänglich vermutet hatte.

»Sie werden ihn einstellen, John. Aber nicht als Attraktion hier im Kasino.«

Der Geschäftsführer des Kasinos wurde ärgerlich.

»Dr. Lovelace, die Entdeckung habe ich gemacht, d. h. ich und Dona Consuelo.«

»King« John hielt sich distanziert, in Wahrheit fand er die Vorstellung abstoßend, denn er mochte schon aus Prinzip keine Indios.

»Ich will niemandem das Verdienst dieser Entdeckung absprechen«, sagte Lovelace. »Aber Joe muß von der Gesellschaft besser genutzt werden.«

Bei der Erwähnung der Gesellschaft horchte »King« John interessiert auf.

»Könnte die Gesellschaft etwas an ihm verdienen?« fragte »King« John ungläubig, aber höchst gespannt auf das, was Lovelace im Sinn hatte.

»Du wirst Joe einstellen, und zwar jetzt. Und nichts da mit Kasino, hier wird er nicht vergeudet. Er ist noch nicht fertig, er muß noch viel üben.«

»Warum soll ich diesen Indio dann einstellen?«

»Weil er die große Überraschung, das große Ereignis auf dem Programm zum Empfang von Farquhars Gästen sein kann.«

»King« John verstand noch immer nicht, in welcher Art ein Indio für eine Besuchergruppe von Politikern zu einer Attraktion werden sollte.

»Tu, was ich sage, John, du wirst es nicht bereuen.«

Und Joe Caripuna, der *Happy Birthday To You* spielte, wurde von der Madeira-Mamoré Railway Company als subalterner Angestellter mit einem Monatslohn von acht Milreis eingestellt. Consuelo, die Klavierlehrerin, erhielt einen Posten als technische Lehrerin, was ihr in Porto Velho die Rechte einer leitenden Angestellten verlieh.

Auf dem Programm zum Empfang von Farquhars Gästen stand neben Vorträgen und Ausflügen ein Klavierkonzert, das während des Besuches der Abordnung von Politikern im Hospital Candelaria stattfinden sollte.

20

Der Zuschauerraum im Kino war fast voll. Nicht nur die Besucher, sondern auch Ingenieure, Ärzte und andere leitende Angestellte waren zugegen. Ein langer Tisch mit einer weißen Tischdecke und Blumen stand unmittelbar vor der Leinwand, die von einem Vorhang verdeckt war. Am Tisch saßen Percival Farquhar, der Senator der Amazonas-Region, Lovelace, »King« John und einer der Bundesdeputierten. Der Vizeminister war nicht erschienen, da er bereits der Fürsorge von zwei Krankenschwestern im Hospital anvertraut worden war.
Farquhar stand und sprach mit der sanften, überzeugenden Stimme eines Bauchladenverkäufers. Die meisten im Zuschauerraum konnten nichts von dem, was er sagte, verstehen, und einige schliefen sogar, vor allem der Amazonas-Senator, der dies in Parlamentssitzungen gelernt hatte.
»Wir wußten, was wir uns vorgenommen hatten«, sagte der Unternehmer Farquhar. »Es waren neunzehn gefährliche Stromschnellen, einige dieser Stromschnellen mit fast fünfhundert Fuß tiefem, tödlichen Wasser. Und wir waren uns bewußt, daß Unfälle den Transport jeglicher Ware beeinträchtigten, vor allem den Transport jedes einzelnen Ballen Gummi, der unter heroischem Einsatz in dieser Region gezapft worden war. Hinzu kam, daß die Überwindung dieser Stromschnellen ungeheuer viel Zeit kostete. Und wenn sie überwunden waren, waren vierzig Prozent der Ware unweigerlich verloren, für so große Opfer ein unvertretbarer Verlust. Aber jetzt, wenn wir die Bahnlinie benutzen, wird es diese Gefahren und, was noch wichtiger ist, die Verluste, nicht mehr geben. Unsere Bahnstrecke rechtfertigt sich schon allein aus diesem

Grunde, denn jeder Verlust ist wie ein Verbrechen gegen den Gewinn, folglich ein Verbrechen gegen die Natur. Wenn wir dieses Verbrechen verhindern, wird diese Bahnlinie das brasilianische Volk mit zusätzlichen Gewinnen von Millionen Pfund Sterling bereichern, die bisher auf traurige Weise in den Wassern des Madeira untergegangen sind.
Wir haben das Projekt von 1870 wiederaufleben lassen. Damals schien der brasilianische Optimismus das Unmögliche zu fordern. Und wir haben mit aller Hartnäckigkeit versucht, unserer Aufgabe im Krieg gegen ein solches Verbrechen, das die wachsenden Gewinnmöglichkeiten beeinträchtigte, nachzukommen. Wir haben jahrhundertealte Bäume gefällt, haben uns den Wilden gestellt und sie zivilisiert, sie, die in der Steinzeit lebten. Hier stehen wir und arbeiten, bereit, sogar unser eigenes Leben hinzugeben, denn das ist der Genius Amerikas.
Den Arbeitern, die aus allen vier Himmelsrichtungen stammen und mit der Hoffnung in den Augen und dem Willen im Herzen gekommen sind, zur Größe Brasiliens beizutragen, bieten wir in einem unwirtlichen, wilden Gebiet bestmögliche Arbeitsbedingungen. Kostenlose Betreuung durch hochgeschätzte und kompetente Ärzte, deren Leiter der bedeutendste Parasitologe der Vereinigten Staaten ist, mein persönlicher Freund, Dr. Lovelace, wird allen zuteil, so daß die Sterblichkeitsziffern auf kaum nennenswerte Zahlen geschrumpft sind. Um ein hohes Niveau der ärztlichen Betreuung sicherzustellen, eine der Grundvoraussetzungen für ein Unternehmen von dem Umfang dieses Bahnstreckenbaus, haben wir das Hospital Candelaria errichten und mit dreihundert Betten ausrüsten lassen, derzeit eines der modernsten Zentren ärztlicher Versorgung in diesem Land.

Außer diesen Möglichkeiten auf dem Gesundheitssektor versorgen wir unsere Arbeiter mit einer dem Klima und der Arbeit angemessenen Ernährung. Alle Lebensmittel werden unter Aufsicht unseres Unternehmens nach hohen Qualitätsansprüchen importiert. Zur größeren Bequemlichkeit können die Arbeiter sich in beispielhaften Unterkünften ausruhen, die Eure Exzellenzen bald persönlich werden in Augenschein nehmen können. Es sind Unterkünfte, die für das harte, tropische Klima entworfen wurden, mit gefiltertem Wasser, Strom, Telefon, Wäscherei und anderem modernen Komfort. Auch ist dem menschlichen Bedürfnis nach Unterhaltung und Kultur Rechnung getragen worden. Porto Velho, Sitz unseres gigantischen Vorhabens, bietet außer diesem Lichtspieltheater eine Zeitung und ein Kasino.«

Farquhar sprach noch länger als eine halbe Stunde, manchmal stolperte er über ein Wort, weil die Rede auf Portugiesisch verfaßt worden war und er die Sprache eher recht als schlecht lesen konnte. Als er, mit einer mißlungenen dramatischen Geste, seine Ansprache beendet hatte, brauste Beifall auf. Der Senator aus dem Amazonas erwachte und klatschte ebenfalls begeistert unter Rufen wie »sehr gut«, »Antrag befürwortet«, »sehr gut«, vielleicht glaubte er, er sei mitten in einer Parlamentssitzung aufgewacht.

»Herr Dr. Montenegro, berühmter Senator der Amazonas-Region, hat das Wort«, kündigte »King« John an und bat, den Applaus zu beenden.

Der Senator erhob sich, sah einige Sekunden auf das schläfrige Publikum, und als hätte sich eine Schleuse geöffnet, ließ er über die Zuhörer einen Schwall von Worten herunterprasseln, die letztlich überhaupt keinen Sinn ergaben.

Collier hätte sich am liebsten erhoben und wäre hinausgegangen, Farquhars unverschämte Rede hatte ihn verärgert, obwohl er zugeben mußte, daß der Gauner die Dinge vollendet darzubieten wußte. Er stützte den Kopf in eine Hand und schlief ein. Als er aufwachte, sah er den Senator aus dem Amazonas fast vor dem roten Samtvorhang schweben, er redete immer noch. Das ganze Publikum war praktisch eingeschlafen, als lauschte es einem sanften, zärtlichen Wiegenlied.

». . . und all das ist nur ein Beweis für den unerbittlich voranschreitenden Geist der Moderne. Er dringt in dieser Einöde des seit Jahrhunderten verschlafenen Steppenlandes voran, freundlich breitet er seine zivilisatorischen Arme aus wie ein glühender Funke aus dem Zusammenspiel von lateinischer und angelsächsischer Mentalität. Und ihr, unerschrockene Söhne der großen Nation aus dem Norden. Aus Nordamerika, dem Symbol und dem Bekenntnis zum Glauben an die Erlösung der Menschheit durch den schöpferischen Fortschritt der Kultur. Ihr, Söhne des Nordens, die ihr mir die unvergeßlichen Worte unseres Dichterfürsten Olavo Bilac in Erinnerung ruft!« Der Senator schien nun vollends durchzudrehen.

Das Publikum seufzte, und Collier rutschte auf seinem Stuhl hin und her und sah zu Finnegan, der zwei Reihen vor ihm neben Consuelo saß und ebenfalls sichtlich verblüfft schien, denn er konnte von allem, was da gesagt wurde, überhaupt nichts verstehen. Aber der Amazonassenator gab nicht auf.

Nicht ewig werdet ihr dauern, düstere Weiten
Sittlichen Elends! Möge der Morgen sich röten,
Oh, Vaterland! Und er wird kommen nach allen Nöten,

Eine andere Sonne und andere Treue zu anderen Zeiten,
Und edles Streben und der Güte Macht
Und Recht und Friede werden unter uns wohnen,
Verschmolzen in der Schlacke glühender Mitte.
Und, in ihrer göttlich erhabenen Pracht,
Jungfrau, kehren wieder die Amazonen,
In prachtvoll strahlendem Ruhmesritte.

Der Senator verbeugte sich, das Publikum schwieg einen Augenblick. Voreilig klatschte Farquhar, ihm folgten die Angestellten und alle Anwesenden. Der peinigende Teil der Reden war damit abgeschlossen, die Gesellschaft hatte, um zu zeigen, daß das Lichtspiel keine Halluzination war, beschlossen, einen Filmstreifen vorzuführen. Farquhar und die Herren am Tisch neben ihm nahmen im Zuschauerraum Platz, das Licht erlosch, und der Vorhang, beleuchtet von dem flimmernden Bild, öffnete sich. Auf der Leinwand war der Titel des Films zu lesen:

»Edwin S. Porter's
GREAT TRAIN ROBBERY«

Am selben Nachmittag fand der Besuch im Hospital Candelaria statt. Wie Lovelace vorausgesehen hatte, war Joe das große Ereignis. Nachdem die Politiker den Vizeminister besucht hatten, der in einem besonderen Zimmer untergebracht war, von zwei appetitlichen Krankenschwestern versorgt, besichtigten sie die Räumlichkeiten und waren beeindruckt von der Organisation und der geradezu besessenen Sauberkeit, mit der Lovelace das Hospital führte. Am Ende, als sie im Speisesaal versammelt waren und Erfrischungen zu sich nahmen, trat Joe Caripuna in Begleitung von Consuelo ein. Eine hohe Bank war vorbereitet worden, und der Indio kletterte hinauf. Lovelace erhob sich gewichtig, bat Consuelo wie ein Kavalier, sie möge Platz nehmen, und sagte:

»Dieser junge Mann, den alle hier als Joe kennen, denn er hat nie einen christlichen Namen getragen, ist ein Indio aus dem großen Stamm der Caripuna. Er war das Opfer seiner eigenen Gefährten, der Menschen seines Stammes. Diese Wilden pflegen eine abwegige Sitte. Als eine Art heidnisches Opfer für ihre barbarischen Götter hacken sie die Hände gewisser, zuvor auserwählter, junger Leute ab. Nach diesem abscheulichen Opfer wird der Betreffende sich selbst überlassen, bis er stirbt. So wurde der von uns allen geschätzte Joe, schon fast ohne Leben, ohne Hände, am Rande des Todes, entdeckt. Unsere Arbeiter fanden ihn in der Nähe unserer Baukolonne am Rio Abunã und trugen ihn zur Baustelle. Er wurde fachkundig von Dr. Richard Finnegan behandelt, einem jungen Arzt, den ich die Ehre habe, zu meinem Team zu zählen. Jetzt, gesund und glücklich, ist Joe bei uns und muntert uns mit seiner Fröhlichkeit auf. Er ist ein Beweis dafür, daß die Gesellschaft ihre Fürsorge auch auf die schutzlosen Eingeborenen ausdehnt. Und zwar nicht nur, was die ärztliche Behandlung, sondern auch, was die vollständige, moralische Genesung und Rehabilitation angeht. Joe ist ein beredtes, ein herausragendes Beispiel, aber auch ein Beweis dafür, wieviel die Zivilisation in ihrem Kampf gegen die Barbarei ausrichten kann.«

Lovelace nahm den erwarteten Beifall entgegen und setzte sich neben Farquhar. Joe sah zu Consuelo, und sie gab ihm mit einem Lächeln zu verstehen, daß er anfangen könnte. Mit erstaunlicher Geschicklichkeit spielte Joe Caripuna auf dem Klavier eine vereinfacht Form der Ouvertüre von O *Guarani*. Dafür, daß es sich hier um einen Pianisten handelte, der mit den Füßen spielte, war die *performance* unzweifelhaft vollkommen. Das Publikum raste, die Politiker applaudierten und beeilten sich, einen sprachlosen Farquhar und einen stolzen Lovelace zu umarmen. Die Damen weinten gerührt, und Consuelo, die wegen Lovelaces Ansprache rot geworden war, war sitzengeblieben, weil sie weiche Knie hatte. Lächelnd unterbrach Joe die Aufregung des Publikums und spielte nun, leicht verjazzt, seine *pièce de résistance*, das Lied *Happy Birthday To You*. Er war ein gemachter Mann.

Als alle gegangen waren, zog Farquhar Lovelace zum Klavier.

»Wie geht denn der Trick?«

»Trick?«

»Das ist doch ein mechanisches Klavier, oder?«

Farquhar untersuchte das Klavier und entdeckte schließlich, daß es keinen Trick gab. Das ganze Geheimnis lag in jenem lächelnden Indio, der gerade mit den Füßen ein Streichholz anzündete, um die Zigarette anzustecken, die Lovelace rauchen wollte.

»Spielt er wirklich?« fragte Farquhar. »Es ist wirklich kein Trick?«

»Seien Sie doch nicht so ungläubig«, sagte Lovelace. »Er spielt wirklich, mit den Füßen.«

»Donnerwetter, wie haben Sie das fertiggebracht, Lovelace?«

»Das sind Techniken sozialer Rehabilitation«, bemerkte Lovelace zynisch.

»Soziale Rehabilitation? Ach, lecken Sie mich doch am Arsch, Lovelace.«

»Ruhig, Farquhar. Wir haben noch eine Dame unter uns.«

Farquhar blickte sich um und sah Consuelo mit gesenktem Kopf auf einem Stuhl sitzen, sie kämpfte mit den Tränen.

»Wer ist das?«
»Sie war Joes Lehrerin. Sie hat in Bolivien Klavierunterricht gegeben.«
»Und wie haben Sie sie denn hergebracht, Lovelace?«
»Das ist eine lange Geschichte, Farquhar.«
»Donnerwetter!«
Farquhar sah sich jetzt Joe an, als zweifele er, ob dieser wirklich existierte, als sei er nur eine Marionette, die irgendwie bewegt wurde und von Lovelaces verwirrtem Geist erfunden worden sei.
»Er ist echt«, sagte Consuelo.
»Wie bitte?« fragte Farquhar entsetzt.
»Sie hat gesagt, ich bin echt«, versicherte Joe lächelnd.
Farquhar trat vorsichtig zurück und betrachtete Joe.
»Er beißt nicht«, sagte Lovelace.
»Er ist ein Erfolg«, erwiderte Farquhar.
Consuelo nahm alle Kräfte zusammen und verließ den Speisesaal, ohne daß die beiden es bemerkten. Joe folgte seiner Lehrerin mit den Augen, aber er sagte nichts, er wartete, daß Lovelace ihm ein Geschenk gab.
Draußen wartete Finnegan auf Consuelo. Sie war derart entsetzt und angewidert zugleich, daß sie an ihm vorbeiging und das Krankenhausgelände verließ. Finnegan folgte ihr.
»Was ist denn passiert?« wollte Finnegan wissen.
Consuelo betrachtete die Silhouette des Waldes, sie war den Tränen nahe. Finnegan konnte es nicht leiden, wenn sie in dieser Stimmung war.
»Warst du dabei?«
Finnegan nickte, ohne zu verstehen, was in dieser Frau vorging.
»Joe gehört nicht mehr zu uns, Finnegan.«
»Was sagst du da?«

»Joe gehört nicht mehr zu uns, er gehört ihnen . . .«
»Joe hat nie zu uns gehört.«
Consuelo umarmte Finnegan und legte ihren Kopf schluchzend an seine Brust.
»Hör auf zu weinen. Das Leben von diesem dreckigen Indio hat dir nie gehört.«
»Du sollst nicht so von Joe reden, Richard.«
»Schon gut. Hör damit auf, es nützt doch nichts.«
»Dr. Lovelace, hast du nicht gehört, was er gesagt hat? Lauter Lügen über Joe.«
»Lovelace ist ein Lügner.«
Consuelo schüttelte den Kopf, und Finnegan schob sie von sich, um ihr ins Gesicht zu sehen.
»Dr. Lovelace ist nicht nur ein Lügner, sondern auch ein Hochstapler.«
Finnegan verspürte Lust zu lächeln, doch dann beherrschte er sich.
»Das ist sehr schlimm, Richard. Er ist nichts als ein gemeiner Hochstapler.«
»Wir sind alle Hochstapler«, sagte Finnegan.
Consuelo machte sich von Finnegans Händen los. Sie war aufrichtig empört, mit ihrer südländischen Erziehung konnte sie den angelsächsischen Zynismus nicht recht ertragen.
»Du bist möglicherweise ein Hochstapler, Richard. Aber ich bin nicht, was du denkst.«
Noch in ihrer Niederlage wollte sie einfach so geliebt werden wie zuvor. Sie wünschte sich, daß Finnegan einen guten Menschen in ihr sah, eine Frau, die man nicht geringschätzen durfte. Consuelo war mit Gewalt aus ihrem Leben gerissen worden, an das sie sich wie an etwas Kostbares geklammert hatte, und nun hatte sie ihre Unschuld verloren, besaß aber jene schreckliche Kälte

noch nicht, die notwendig war, um unter diesen Männern zu leben. Es war furchterregend, wie ein Schatten herumzulaufen. Manchmal erschien Finnegan ihr schüchtern, und dann wieder war seine Schüchternheit wie ein selbstverständlicher Egoismus, den sie zurückzuweisen versuchte.

»Du sagst gar nichts, Richard.«

Finnegan sah sie nur an, denn im Umgang mit Frauen war er linkisch und konnte sich nicht verstellen.

»Sag doch was, Richard!« rief Consuelo.

»Beruhige dich«, stöhnte Finnegan ungeschickt.

»Ich habe mir schon gedacht, daß du genauso wie die anderen bist.«

»Red doch keinen Unsinn . . . du bist nur nervös.«

Consuelo wußte, daß sie langsam alle Irrtümer, mit denen sie gelebt hatte, aufdeckte. Alle Tiefen, die sie zu entdecken begonnen hatte und die sie hatte bloßlegen wollen, brachen nun schmerzlich auf und bedrückten sie.

»Wozu hast du dich in diesen zwei Monaten entschieden, Richard?«

»Entschieden?«

»Über mich . . . über uns . . .«

»Ich mag dich . . .«

»Nein, ich glaube nicht, daß du mich magst, Richard.«

Consuelo hatte geträumt, daß Finnegan ihr Leben in die Hand nehmen und sie beide zusammensein würden. Harriett, die über alles und alle Bescheid wußte, hatte erzählt, wie reich er sei, und Consuelo schlief mit dem Gedanken an den Tag ein, wo sie an seiner Seite in den Vereinigten Staaten sein würde. Es war möglich, daß hinter ihrer Verbindung zu Finnegan, in der Art, wie sie sich ihm auslieferte, auch ein gewisses Interesse stand, aber sie mochte ihn auch wirklich. Na, wenn schon! Manchmal fragte sie

sich, ob es nicht an der Zeit sei, ihren Interessen nachzugeben und dabei dennoch ein guter Mensch zu bleiben.
»Du hast mir nie etwas über dich selbst erzählt, Richard.«
»Ich habe dir schon tausendmal gesagt, daß es von mir nichts zu erzählen gibt.«
»Du hast mir noch nie etwas von deiner Familie, deinem Zuhause erzählt.«
Finnegan, mit einem faden Geschmack im Mund, dachte: oh, mein Gott, was soll denn jetzt diese Scheiße in dieser stechenden Sonne.
»Du magst mich nicht, Richard.«
»Wenn ich dich nicht leiden könnte, wäre ich nicht mit dir zusammen.«
»Das will gar nichts heißen. Du bist vielleicht nur mit mir zusammen, weil du mich vögeln kannst. Ein leichter, kostenloser Fick.«
Finnegan erstarrte.
»Consuelo! Das ist ungerecht.«
Er sagte das leicht bedrückt, denn er war wirklich vor allem mit ihr zusammen, weil es ein leichter, kostenloser Fick war. Was nicht ausschloß, daß er sie auch mochte.
»Genau so ist es, Richard. Du brauchst mir nichts vorzumachen.«
»Ich mache dir gar nichts vor«, sagte Finnegan wenig überzeugend.
»Ich bin eben nur ein guter Betthase für dich. Höchst bequem hier, wo es wenig Frauen gibt.«
Finnegan hätte gern gefühlt, wie Wut in ihm aufstieg, aber Consuelos Worte ließen ihn kalt. Er gab sich noch immer der Illusion hin, daß er sie wirklich mochte. Er mochte sie, d. h., er vögelte sie gern, aber nicht, weil es in Porto Velho wenig Frauen gab. Er würde sie immer, in jeder Stadt der Welt, vögeln und in ihr immer eine besondere Frau sehen, die wirklich gut ficken konnte.

»Du siehst mich zu schlecht, Consuelo. Ich wäre überall auf der Welt so mit dir zusammen wie hier.«
»Auch in den Vereinigten Staaten?«
»Überall auf der Welt, du wärst immer Consuelo.«
Warum, dachte sie, entschied er sich dann nicht? Er sprach nie über sein Leben, darüber, daß er reich war. Er sagte, sein Vertrag mit der Gesellschaft liefe noch anderthalb Jahre, dann erst könne er über sein Leben bestimmen, alles hinwerfen und, wann immer er wolle, in die Vereinigten Staaten zurückkehren.
Finnegan wollte keine größeren Verpflichtungen eingehen, er wußte, seit sie sich kannten, daß sie glaubte, eines Tages würden sie heiraten. Aber das war fast unmöglich, sie war eine Lateinamerikanerin und er ein reicher Erbe. Sie konnten nicht lange zusammenbleiben. Sie verstanden sich nur körperlich, wenigstens legte er sich das so zurecht. Jede Nacht gab es einen beglückenden Augenblick und schwindelerregendes Mißtrauen. Aber dieser Zauber würde unter veränderten Umständen keinen Bestand haben, und Finnegan wußte, daß sie sich nicht mit der Wirklichkeit abfinden würde, denn sie war eine Frau, und Frauen liebten immer die falschen Gefühle ewiger Verpflichtungen.
»Richard, du bist ein Hochstapler.«
Finnegan zog sie wieder an sich und drückte sie an die Brust. Sie ließ sich umarmen. Mit einer Hand streichelte er ihr Haar.
»Laß uns in dein Zimmer gehen«, schlug Finnegan ihr leise ins Ohr flüsternd vor.
Sie machte sich hastig los.
»Habe ich es nicht gesagt, Richard? Du willst mich nur ficken!«
Auf dem Weg zu ihrer Unterkunft kamen die beiden zu

dem Schluß, daß ein Waffenstillstand angebracht wäre. Finnegan gab sich Mühe, sie auch als Menschen und nicht nur als Betthasen zu mögen. Consuelo versuchte, sich umzustellen und sich davon zu überzeugen, daß sie ihrerseits in Finnegan einen guten Bettgenossen sehen mußte. Schließlich hatte sie Glück, denn er sah gut aus, war jung, und obwohl er sich ungeschickt anstellte, fickte der Hurensohn mit Begeisterung.

Vor dem Haupteingang des Verwaltungsgebäudes hatte man einige Korbstühle aufgestellt und dort saßen, direkt unter dem Schein einer Lampe, Farquhar, »King« John und Collier. Die Nacht war hereingebrochen, und Porto Velho warf seinen Lichterschein auf die Wasser des Rio Madeira. Die drei hatten ein langweiliges Abendessen mit den Politikern hinter sich und konnten sich jetzt, da die Gäste sich ins Bett begaben, unterhalten.
»Wo haben Sie denn den Senator aufgegabelt?« fragte Collier amüsiert.
Farquhar sah, wie der Lichtschein der Stadt sich im Fluß verlor.
»Er ist unwahrscheinlich reich, ein großer Räuber«, antwortete Farquhar.
»Und reichlich blöd. Lieber trete ich gegen Sie an, Sie sind wenigstens ein Räuber, der wenig redet.«
»Ich habe die ganze Zeit geschlafen«, sagte »King« John.
»Du bist ein grobschlächtiger Cowboy, John. Du würdest überall schlafen, sogar im Schoß von Theda Bara«, sagte Collier.
Die drei lachten.
»Und die Bahnschwellen aus Eukalyptusholz, geht das?«
»Ich hoffe«, erwiderte Collier.
»Es muß einfach gehen, ich bezahle für jede einzelne

Schwelle ein Vermögen. Sie werden aus Formosa importiert.«
»Ich glaube, Thermiten hassen chinesisches Essen.«
Ein Wachposten näherte sich unterwürfig. »King« John sah den Mann feindselig an.
»Was ist los? Könnt ihr mich nicht mal eine Minute in Ruhe lassen?«
Der Posten nahm das Käppi ab und kniete fast vor »King« John.
»Ich fürchte nein, wir werden Schwierigkeiten haben, Herr!«
»Was?! Wir können mit all diesen hohen Herren hier aus Bolivien keine Schwierigkeiten gebrauchen.«
»Aus Paraguay«, schrie Collier.
»Na schön, aus Paraguay«, bestätigte »King« John.
»Aber es ist ernst, Herr. Es geht um die deutschen Arbeiter.«
Collier sprang auf.
»Willst du damit sagen, daß die Deutschen zurückgekommen sind?«
»In gewisser Weise, ja«, antwortete der Posten.
»Wo sind sie?« wollte »King« John wissen.
»Im Hafen. Sie sind vor einer halben Stunde von den Posten am Nordflügel entdeckt worden.«
Farquhar blieb sitzen, er hörte nur zu und malte sich aus, wie gewagt es von den Deutschen gewesen war, ausbrechen zu wollen.
»Sehr weit sind sie nicht gekommen«, sagte Farquhar.
»Wie haben sie nur die Stromschnellen geschafft?« fragte »King« John mehr sich selbst.
Schließlich erhob sich Farquhar.
»Es ist besser, wenn wir uns die Schwierigkeiten persönlich ansehen.«

Die drei folgten dem Posten und überquerten den hell erleuchteten Platz in Richtung Hafen. Das große Schiff lag vor Anker und war beleuchtet, aber nur einige wenige Matrosen waren noch wach.

»Warum sind sie geflohen, Collier?« fragte Farquhar. »Wir haben versucht, diese Leute bestmöglichst zu behandeln.«

»Seien Sie nicht zynisch, Farquhar. Hier ist die bestmögliche Art, einen Arbeiter zu behandeln, sein Leben in die Pfanne zu hauen.«

»Sie übertreiben, Collier.«

»Also gut, sie sind geflohen, weil sie Europäer sind und sich nicht an das tropische Klima gewöhnen konnten.«

Farquhar lächelte, weil die Erklärung dümmlich, aber überzeugend war.

»Sie brauchen sich keine Sorgen mehr zu machen, Collier«, sagte Farquhar, »wir werden keine europäischen Arbeiter mehr hier haben. Wir heuern jetzt Leute in Indien und China an.«

»Gut zu wissen, daß ich nur noch mit den Leuten aus niederen Rassen zu tun haben werde!« bemerkte Collier bissig.

Farquhar war beleidigt.

»Sagen Sie doch nicht solchen Scheißdreck, Collier. Es gibt keine niedere Rasse. Jeder Mensch für sich ist ein Zeuge Gottes.«

»Ich bin gerührt, Percival . . . wirklich gerührt.«

Farquhar eilte voran und blieb vorn, durch die Respektlosigkeit des Ingenieurs nun noch mehr verärgert.

Bald darauf kam die Gruppe am Hafen an, wo sie auf einen Wachtrupp stießen. Die Männer hielten Seile fest, die vom Hafen kamen und in der Dunkelheit auf dem Fluß verschwanden.

»Sie sind gleich hier vorn«, sagte einer der Posten und zeigte auf einen in der Dunkelheit schwimmenden Schatten.
»Warum sind sie nicht an Land geholt worden?« frage Farquhar, während er versuchte, etwas zu erkennen.
»Weil sie tot sind, Herr!«
»Tot!«
»Ja, Herr, tot.«
Ein Posten, der eines der Seile hielt und ziemlich schwitzte, sah die drei angstvoll an.
»Noch mehr Tote«, rief er, »Gott hab Erbarmen!«
Farquhar blitzte den Posten an.
Collier gab ihnen ein Zeichen, sie sollten an den Seilen ziehen. Die Männer gehorchten, und aus dem Dunkel tauchte eine Art Floß aus zusammengebundenen Fässern auf.
»Sind sie denn auf dem Ding geflohen?« Farquhar war verblüfft.
Das Floß schaukelte an den Seilen auf dem Wasser auf und ab. Es war scheinbar leer, aber ein heftigeres Schaukeln brachte die Aufklärung. Ein Mann in fortgeschrittenem Stadium der Verwesung starrte mit entsetztem Blick ins Nichts.
»Schleppt dies Ding auf die Westseite«, befahl »King« John, »identifiziert die Toten und beerdigt sie sofort.«
Der Posten hörte den Befehl und hielt sich die Nase zu, denn der Verwesungsgestank war jetzt unerträglich geworden.
»Sie sind fast alle geköpft worden«, erklärte der Posten.
Collier bemerkte einen Mann zwischen zwei Wachposten. Er saß auf einer Taurolle.
»Und der da, wer ist das?«
Die Wachen zwangen den Mann, aufzustehen und brachten ihn vor die drei.

»Er ist einer von denen, die das Floß in den Hafen gebracht haben«, berichtete der Wachposten.
»Heißt das, daß dieses Ding hierher gebracht worden ist?« fragte Farquhar ungläubig.
Der Posten wartete bis »King« John ihm erlaubte zu sprechen. Der aber stand wie versteinert da und konnte den Blick nicht von dem Floß mit seiner Ladung von verwesenden Toten wenden.
»Reden Sie, Mann«, befahl Collier.
Der Posten richtete sich auf.
»Diese Männer, die Deutschen, die sind vor zwei Tagen in Santo Antonio eingefallen. Sie sind wie die Verrückten in die Stadt eingefallen. Sie haben vier Einwohner getötet, aber dann wurden sie in einem Haus umzingelt. Einer hatte die Idee, das Haus, in dem sie waren, anzuzünden, aber die Idee kam nicht durch, und da haben sie die Deutschen alle gefaßt und umgebracht. Die meisten wurden geköpft. Danach haben sie sie wieder aufs Floß gepackt und es bis hierher geschleppt. Fünf Boote haben das Floß hergebracht, aber wir konnten nur eins einfangen, das, das dieser Mann hier ruderte.«
Collier betrachtete den Gefangenen, ein kleiner, magerer Mann in abgewetzter Kleidung und Schuhen aus Gummi.
»Für wen arbeitest du?« fragte Collier.
»Für die Guaporé Rubber Company, Herr!«
Collier sah zu Farquhar, keine besondere Erregung in seinem Blick, nur der leere Blick, der eben deshalb so unangenehm war, weil er so und nicht anders, bar jeder moralischen Verurteilung war.
»Laßt ihn gehen«, befahl Farquhar.

21

Um die Gäste nicht zu langweilen, denn es war deutlich geworden, daß Porto Velho eine Stadt der Arbeit und nicht des Vergnügens war, wurde das Programm ohne jede besondere Veranstaltung am dritten Tag beendet.
Kurz nach dem Mittagessen reisten die Besucher ab, beeindruckt von der Effizienz des Unternehmens, obgleich sie sich nach diesem Ort nicht zurücksehnen würden, mit Ausnahme des Vizeministers, der das Bett im Hospital Candelaria fast den Tränen nahe verließ, weil er sich unsterblich in die moderne Behandlungstechnik der Amerikaner verliebt hatte.
Morgens hatte Farquhar der Abfahrt der indischen Arbeiter zur Baustelle am Abunã zugesehen. Mit ihren Bündeln warteten sie an der Zentralstation paarweise auf den Abtransport wie eine neue Viehherde; und dazu keine Maultiere aus Arkansas mehr, denn die starben in der tropischen Hitze zu leicht, sondern Esel aus dem Nordosten, die schon von den Sertão-Bewohnern gezähmt worden waren und nicht nur die höheren Temperaturen vertrugen, sondern auch wenig Futter brauchten und sogar, wenn notwendig, Steine fressen würden.
Die indischen Arbeiter in ihren Turbanen und schmutzigen, weißen Gewändern stiegen langsam nacheinander in zwei Güterwagen, die an einen Personenwagen angehängt waren. An der Spitze des Zuges schnaubte Mad Maria und stieß Rauchwolken aus. Zwischen dem Personenwagen und der Lokomotive befand sich der Tender, auf dem, eine Schaufel in der Hand, Harold arbeitete und dem alten Thomas auf seinem Posten im Führerhaus der Mad Maria etwas zurief.
Vom Telegraphen- und Kontrollraum aus beobachteten

Farquhar, Collier, »King« John und der Arzt Finnegan die Abreise. Vom Führerstand aus sah Thomas durch das Fenster auf die Station und mußte daran denken, wie sehr sie den vielen Bahnhöfen der Union Pacific im amerikanischen Westen ähnelte. Dabei empfand er weder Heimweh noch irgendwelche Sehnsucht, er dachte nur an die Rückkehr in die Hölle des Abunã.

Jetzt kletterten die Tiere in den letzten Güterwagen, in dem auch die eine Hälfte der Arbeiter untergebracht worden war. Im Gegensatz zu den Deutschen, die von Anfang an, als sie zur Baustelle gebracht wurden, geschrien und protestiert hatten, reagierten die Inder nicht und nahmen alle Befehle völlig schweigend hin. Die fünfzehn Barbadianer, die in langjähriger Arbeit für die Farquhar-Gruppe gewisse Rechte erworben hatten, stiegen in den Personenwagen ein. Aber der Gegensatz zwischen der Sanftmut der Inder und der Aggressivität der Deutschen entging Farquhar nicht.

»Ich glaube, jetzt haben wir den idealen Typ Arbeiter gefunden«, sagte Farquhar und trat ans Fenster.

»King« John, der in gewisser Weise die rüde Art der deutschen Arbeiter bevorzugte, hatte seine Zweifel an der Fähigkeit dieser mageren jungen Männer.

»Ob sie wirklich durchhalten?« fragte John.

Collier, der schon in Indien gewesen war und gesehen hatte, wie sehr diese Menschen kämpften, um etwas zu essen zu haben, widersprach ihm.

»Wenn wir von Anfang an solche Leute gehabt hätten, wäre die Strecke längst fertig.«

»Das meine ich auch«, sagte Farquhar. »Sie sind unterwürfig, aber widerstandsfähig.«

»Sie sind aus der niedrigsten Kaste, nicht wahr?« fragte Collier.

Farquhar lächelte.
»Parias. Hier werden sie ein würdevolleres Leben haben als in Indien.«
»Würdevoller?« »King« John wußte nicht, ob Farquhar das wirklich meinte oder nur einen seiner Witze gemacht hatte. »Was für ein Leben hatten sie denn in Indien?«
»Das kannst du dir gar nicht vorstellen«, erklärte Farquhar. »Die schlimmsten Arbeiten, überhaupt keine Chance.«
»Hier werden sie wie Menschen behandelt«, ergänzte Collier so neutral, daß »King« John noch verlegener wurde.
Die Türen zu den Waggons wurden geschlossen, und die Inder verschwanden dahinter. Durch die Fenster in den Personenwagen sahen die Barbadianer auf die Stadt. Sie schienen sich danach zu sehnen, wieder am Abunã zu sein.
»Parias! Die idealen Untertanen für Mad Maria«, sagte Collier.
Farquhar, der zerstreut die Barbadianer beobachtet hatte, drehte sich zu Collier um.
»Was haben Sie gesagt?«
Collier zeigte ihm die Schulter.
»Nichts. Sie scheinen gute Arbeiter zu sein.«
Farquhar stimmte ihm zu.
»Das sind sie wirklich, sie werden euch keine Arbeit machen.«
»Das hoffe ich, Farquhar«, brummte Collier, der einen Lederkoffer vom Boden aufgenommen hatte, in dem seine Sachen waren. »Jedes Mal, wenn Sie Arbeiter anheuern, sind sie das achte Weltwunder.«
»Aber was wollen Sie denn? Die Grenadiere Ihrer Majestät?« entgegnete Farquhar.
»Die Grenadiere würden nicht für siebzig Shilling am Tag arbeiten, was Sie nämlich zahlen.«

»Sie würden nie verdienen, was ich zahle, wenn sie in Indien geblieben wären.«
Collier grüßte zum Abschied und machte sich auf. Hinten im Raum stand Finnegan finster an die Wand gelehnt.
»Steigst du nicht ein, Finnegan?« rief Collier.
Finnegan nahm seinen Koffer und folgte dem Ingenieur.
Auf dem Bahnsteig trat Collier zur Lokomotive und streichelte sie, als sei sie ein wildes Fohlen. Thomas kam aus dem Führerstand und stieg auf das Trittbrett hinunter.
»Wie war's, haben Sie Ihre Ferien genutzt, Thomas?«
Der Lokführer wiegte den Kopf und schüttelte dem Ingenieur die Hand.
»Mehr oder weniger. Porto Velho ist eine furchtbar langweilige Stadt. Ich bin lieber am Abunã.«
»Sie müssen sich mal langsam zur Ruhe setzen«, sagte Collier.
Thomas fand die Idee gar nicht gut, selbst wenn das ein Witz sein sollte.
»Sie wissen, daß ich nur in der Horizontale in den Ruhestand gehe.«
Eine Dampfwolke hüllte Collier und Thomas ein. Finnegan stieg in den Personenwagen und setzte sich an ein Fenster. Bald darauf tauchte der Ingenieur aus der Dampfwolke auf und stieg ebenfalls ein, er winkte den anderen zu, die im Telegraphenraum zurückgeblieben waren.
Mad Maria setzte sich in Bewegung. Collier wankte durch den Passagierwagen, sah auf die Barbadianer und den Arzt und beschloß, nicht dort zu bleiben. Er öffnete die Durchgangstür zum Kohletender und stieg über den Berg aus Kohlen zum Führerstand, wo er lächelnd von Thomas empfangen wurde. Der Rauch hüllte den Bahnhof ein, langsam fuhr der Zug durch ein großes Kahlschlaggebiet, bis er in die Mauer des Waldes eindrang.

Als der Zug schon außer Sichtweite war, schlug Farquhar »King« John auf die Schulter. Sie gingen beide hinaus und liefen auf den Schienen entlang. Der Bahnhof war nun verlassen und erschien von weitem verzerrt hinter einem Vorhang aus verdampfender Feuchtigkeit.

Thomas war ganz auf seine Arbeit konzentriert, die Lokomotive zu führen und die Geschwindigkeit zu halten. Harold saß auf einem kleinen Holzhocker, und Collier sah zu, wie die Lokomotive auf der Linie, die wie ein Peitschenhieb gegen die Natur durch den Wald geschlagen worden war, vorwärts drang. Der Ingenieur lehnte sich an das kleine Fenster des Führerhauses und folgte mit dem Blick der dichten Wand aus riesigen Bäumen. Eine mächtige Barriere, die durch die Anstrengungen von Hunderten von Männern zurückgedrängt worden war. Harold war eingenickt, sein Kopf schwankte im Rhythmus der Lokomotive hin und her, und dieser Schlaf wurde für Collier bald interessanter als der ewig grüne Urwald. Harolds Schlaf hatte in diesem Augenblick etwas Pathetisches, er war, zumindest in Colliers Vorstellung, wie ein Blick in die Zukunft, wenn die Bahnlinie fertig, voll funktionsfähig sein und ein Zug auf den anderen folgen würde. Harolds Sorglosigkeit entsprach in seinen Augen in gewisser Weise der fieberhaften Geschäftigkeit von Thomas bei seiner fachkundigen Arbeit.

Im Personenwagen hielt Finnegan seinen Koffer auf dem Schoß und sah ohne viel Interesse den ewig gleichen, dauernden, unveränderten Wald, der durch das Fenster kam. Die Bank aus grobem Holz, auf der er saß, war neben ihm leer. Die Barbadianer saßen alle zusammen hinten im Waggon und unterhielten sich leise. Finnegan stellte den Koffer auf der Bank ab und sah zu den Barbadianern hinüber. Es waren bekannte Gesichter, einer von ihnen, erinnerte er sich jetzt, war der, der eine der geschärften Macheten geschwungen hatte, als sie damals nachts in die Krankenstation eingedrungen waren, um die Autopsie zu verhindern, die er schon an den Leichen von zwei Schwarzen vorgenommen hatte. Obwohl er sie kannte, waren sie unberührt von allem, fast apathisch, Fremde für ihn. Männer, denen es wenig ausmachte, ob sie hier oder irgendwo anders waren. Und diese Vorstellung ließ Finnegan erschauern, weil auch er nicht viel anders war als sie. Auch ihm war es jetzt gleich, ob er hier oder in Saint Louis war. Die Lokomotive fuhr nun über eine schöne, eiserne Hängebrücke, zwanzig Meter unter ihnen floß ein rötliches Rinnsal. Während der Fahrt stieß der Zug seine schwarzen Rauchkringel wie kleine Wolken aus, die sich zu einem Unwetter zusammenzogen, der fächerförmige Kuhfänger verschluckte vorn die parallelen Metallstränge. Harold schlief weiter, denn er verließ sich auf Thomas, weil der alte Lokführer sein Handwerk verstand und da war, aufmerksam, ohne den Blick von den Hebeln und der Strecke zu wenden. Plötzlich machte Thomas eine hastige Bewegung, und mit der ihm eigenen Präzision zog er die Bremse. Er brachte damit das Eisen zum Quietschen und Stöhnen, und der plötzlich anhaltende Zug, der nur noch ein wenig weiterglitt, warf die Reisenden nach vorn. Harold wachte von dem Sturz auf und sah, daß Collier nach vorn flog und mit den Händen verzweifelt versuchte, sich an dem kleinen Fenster des Führerhauses festzuklammern. Mad Maria stieß ein paar Dampfwolken aus, dann war da nur noch die Stille und der Duft des von der Sonne verbrannten Grases. Von der Erde des rissigen, roten Dammes stiegen vielerlei Gerüche auf.

Kaum war die Lokomotive zum Stehen gekommen, sprangen Thomas, Harold und Collier hinaus. Aus dem

Fenster des Personenwagens sahen alle erschrocken weiter vorn zwei gigantische Bäume, die umgefallen waren und mit ihren Stämmen von mehr als fünf Metern Umfang die Strecke abschnitten.

Die drei Männer näherten sich den Bäumen, sie sahen winzig davor aus.

»Ich habe das erst im letzten Augenblick gesehen«, sagte Thomas, dessen Herz noch wild pochte. »Die Sonne scheint so grell, daß diese Bäume im Gelände kaum zu sehen waren.«

Collier untersuchte die zerstörte Strecke.

»Jeder von diesen Stämmen muß Tonnen wiegen, Thomas. Wir müssen etwa zehn Meter Gleise ersetzen.«

Die Türen zu den Waggons wurden geöffnet, die Wachen stiegen aus. Auch Finnegan war schon draußen und sah sich das Ausmaß des Schadens an.

»Stell dir vor, eins von diesen Dingern wäre auf die Lokomotive gestürzt«, sagte Harold, von den riesigen Stämmen beeindruckt.

»Halt den Rand, du Dummkopf«, sagte Thomas vorwurfsvoll. »Ein einziger Zweig von diesen Bäumen hätte dir schon den Schädel einschlagen können.«

Collier drehte sich zu den Wachen um, die vor den Güterwagen warteten.

»Bringt die Arbeiter her«, rief Collier. »Die Strecke muß gleich geräumt werden, sonst übernachten wir hier noch.«

Die Arbeiter stiegen nun aus und Collier, der noch einmal die Bäume betrachtete, war sicher, daß sie hier übernachten müßten.

Als die Nacht hereinbrach, waren die beiden Bäume schon vollständig zerhackt und von den Gleisen geschafft worden. Es blieben nur noch die verbogenen Schienen. Alle

waren erschöpft, und Collier beschloß, mit der Arbeit aufzuhören. Er befahl, etwas Essen auszuteilen, damit sie dann anfangen könnten, die Gleise auszuwechseln.
Es gab ein paar Scheiben Brot und Kaffee. Da der Personenwagen leer war, beschloß Collier, Thomas und Harold zu rufen, um den Kaffee dort zu trinken. Finnegan war schon drin, er kaute sein Brot und las Zeitung.
»So eine Scheiße, wir werden zehn Stunden Verspätung haben«, beklagte sich Thomas.
Finnegan beschloß, sein Schweigen zu unterbrechen.
»Habe ich mich erschrocken, Thomas! Das war vielleicht eine unverhoffte Bremsung.«
»Und ich sage Ihnen, die kam gerade noch rechtzeitig, Doktor.«
Alle stimmten ihm zu.
»Als sie gebremst haben und wir nach vorn geschleudert wurden«, sagte Collier gut gelaunt, »hatte ich Angst, daß Harold in den Kessel fallen könnte.«
Harold wurde bei dem Gedanken, daß er geschlafen hatte, als Thomas bremste, rot.
»Das hätte sie nicht zugelassen«, sagte Thomas, »Mad Maria hat einen sehr empfindlichen Gaumen, sie ißt keine Würmer.«
»Ich habe eine Beule am Kopf«, sagte Harold beleidigt und faßte sich über der Stirn an den Kopf.
»Ein ganz schöner Schrecken«, wiederholte Finnegan.
Thomas trank einen Schluck Kaffee und schnitt eine Grimasse.
»Das hier ist wie das Leben, ich meine, auf einer Bahnlinie passiert allerlei zwischen zwei Stationen.«
Zwischen zwei Stationen, dachte Collier und empfand die Sinnlosigkeit der Dinge, auch die von Mad Maria, die anscheinend so mächtig, aber doch genauso zerbrechlich

wie alle Geschöpfe war. Dennoch war er sicher, daß es immer so Wahnsinige wie sie geben würde, die bereit wären, irgend etwas anzustellen, um den Überraschungen, die zwischen den Stationen auf sie warteten, zu begegnen.
»Ich fühle mein Rheuma«, sagte Thomas, »ich glaube, es gibt Regen.«
»Zum Donnerwetter, Thomas!« rief Collier. »Wenn's regnet, das wage ich mir gar nicht auszumalen, brauchen wir sechs Monate, um an den Abunã zu kommen.«
Zwischen zwei Stationen, dachte Finnegan, ihm war es egal, ob es sechs Monate bis zum Abunã dauerte. Um diese Zeit würde Consuelo, die den Rio Madeira hinabfuhr, mehr denn je im Irrtum sein, wenn sie glaubte, nun finge endgültig ein neues Leben an. Ihr letztes Zusammensein war eine Katastrophe gewesen, und er hatte wie immer den Dummen gespielt.
Er war mit seinem Dienst im Hospital fertig gewesen und hatte Consuelo in ihrer Unterkunft besuchen wollen. Das Zimmer war leer, ihr kleines Gepäck war fort und das Bett abgezogen, fertig für einen neuen Bewohner. Als er hinausging, hatte Harriett ihn angesprochen.
»Sie ist nicht mehr in diesem Zimmer.«
»Wohin ist sie denn umgezogen?«
Harriett lächelte, froh, daß sie ihm die Information aus erster Hand weitergeben konnte.
»Sie hat ihr Gepäck zum Schiff gebracht. Wußten Sie nicht, daß Consuelo uns verlassen wird?«
»Geht sie fort?«
»Sie und der Indio. Sie fahren nach Rio de Janeiro, alle Kosten werden von der Gesellschaft getragen.«
»Sie hat mir gar nichts gesagt . . .«
»Sie hatte noch keine Zeit dazu, sie ist heute morgen ins Büro gerufen worden. Mister Percival hat sie gebeten, den

Indio zu begleiten. Der Teufelskerl wird in Rio de Janiero eine Reihe von Vorstellungen vor Vertretern der brasilianischen Regierung geben.«

Finnegan konnte es kaum glauben. Ja, doch, er hätte es nach der Begeisterung der brasilianischen Politiker über Joes Konzert im Speisesaal des Hospitals schon ahnen können. Aber er hatte nicht damit gerechnet, daß Consuelo dabei mitspielen würde.

»Wenn Sie mit ihr sprechen wollen, gehen Sie auf das Schiff. Sie haben dem Mädchen eine schöne Kabine besorgt.«

»Vielen Dank.«

Sie war wirklich in einer schönen Kabine untergebracht. Und was für ein Abschied das gewesen war. Sie waren allein. Consuelo wollte gerade ins Bett gehen, sie war hinreißend, in einem Spitzennachthemd, das Farquhar ihr geschenkt hatte. Sie sah nicht gerade aus wie eine studierte Pianistin, sondern erinnerte eher an die südländische Ausgabe einer aufsteigenden Vaudeville-Schauspielerin, noch nicht verdorben, aber schon auf dem besten Wege dahin. Obwohl er es nicht zugegeben hätte, gefiel sie Finnegan, wie sie in dem Nachthemd mit offenen, ausgebreiteten Haaren dastand, entschlossen, sich an ihm zu rächen. Aber sie war noch eine Anfängerin in der Schauspielerei und verkörperte ihre Rolle nicht überzeugend. Als Finnegan die Kabine betrat, stand sie im Raum, ein schwaches Licht hinter einem grünlichen Glasschirm fiel auf sie. Das Nachthemd verdeckte kaum den Umriß ihres Körpers, eines Körpers, nach dem Finnegan sich noch sehnen würde.

»Wer hat dir dieses Ding gegeben?« fragte Finnegan und besah sich prüfend das feine Nachthemd.

Consuelo war enttäuscht, als sie merkte, daß er gar nicht richtig böse war, nicht einmal verletzt, auch nicht zutiefst verlegen durch die Tatsache, daß sie ihn einfach ohne jedes Wort verlassen hatte.

»Ist das nicht alles wunderbar, Richard?«

Finnegan blieb ungerührt.

»Ich will nicht, daß du schlecht von mir denkst«, sagte Consuelo, ihre Stimme konnte ihre Erregung kaum verbergen.

Finnegan schüttelte den Kopf.

»Ich werde nicht schlecht von dir denken . . .«

»Ich werde immer an dich denken, Richard!«

Er dankte: »Danke.«

Sie fragte: »Und du, wirst du an mich denken?«

Er antwortete: »Ich werde immer an dich denken.«

»Als ein Mensch?«

»Ich werde an Consuelo denken«, sagte Finnegan und dachte an ihren Körper und wie er sie gevögelt hatte, wenn sie sich ihm voller Erregung hingegeben hatte.

»Ich werde dir schreiben, Richard. Ich verspreche es dir!«

Er dankte ihr mit einem undefinierbaren Brummen, das ihr wie ein Zeichen seiner Ungläubigkeit vorkam.

»Ich werde schreiben, du wirst sehen.«

Das war der einzige Augenblick, in dem Finnegan Consuelo mochte, wie sie war, eine Frau, ein Mensch, nicht nur der Körper, der mit ihm schlief. Es war schade, denn sie bemerkte es gar nicht.

»Du denkst doch nicht, daß ich eine Hure bin?«

Sie stellte ihm diese Frage mit einem kalten Blick, oder vielleicht war es das schwache, grünliche Licht in der Kabine, daß dieser Eindruck bei ihm entstand.

»Sei nicht dumm, Consuelo«, sagte Finnegan und dachte dabei, sie sei wirklich nichts als eine Hure.

»Ich hatte keine andere Wahl . . .«

»Du schuldest mir keine Erklärung, Consuelo.«

Consuelos Augen funkelten, wie sentimental sie doch war. »Ich will dir erklären, warum ich das angenommen habe, es ist mir wichtig, daß du mich verstehst.«
Finnegan antwortete nicht, er wußte, daß es keinen Sinn hatte, etwas zu sagen, sie war jetzt in einem Stadium, wo sie dramatisieren mußte, um den Sieg irgendwie auskosten zu können.
»Du hättest mich nie geheiratet, Richard.«
Ihm kamen Zweifel, ob er eine Antwort geben sollte.
»Nicht, daß ich heiraten wollte, aber am Anfang dachte ich, du mochtest mich«, sagte Consuelo und dachte dabei, daß sie Finnegan wirklich gern heiraten würde. »Aber du hast mich nie gemocht, Richard. Hast du mich gemocht?«
»Warum willst du das jetzt wissen?«
Finnegan hatte das scherzhaft gemeint, aber sie erkannte das nicht, weil sie ihn sich nicht scherzend vorstellen konnte.
Consuelo ging ein paar Schritte in der Kabine auf und ab, aber der Raum war zu klein für den gebotenen dramatischen Auftritt.
»Du hast recht, jetzt ist es nicht mehr wichtig.«
»Du wirst glücklich sein, Consuelo. Halte dich jetzt daran fest.«
Sie begann zu weinen. So eine Scheiße, dachte Finnegan, jetzt ruft sie mich wieder bei meinem Vornamen, mit dieser weinerlichen Stimme, und ich kann dann nicht widerstehen.
»Richard«, rief sie mit weinerlicher Stimme.
»Consuelo, bitte . . .«
Finnegan seufzte, und sie weinte weiter.
»Richard.«
Sein Vorname, mit dieser weinerlichen Stimme ausgesprochen, erschwerte die Sache noch mehr, und Finnegan müßte sich dumm stellen, wenn er jetzt nicht reagierte.

»Dieses neue Leben wird dir gefallen, Consuelo«, sagte er und dachte dabei, daß auch Farquhar reich war, viel reicher als er, und daß er sie nie heiraten würde. »Farquhar wird dir gefallen.«
»Mister Farquhar ist ein sehr höflicher Gentleman«, versicherte sie und weinte immer noch.
»Na also, dann hör auf zu weinen.«
»Oh, Richard!«
Finnegan verspürte plötzlich den heftigen Drang, sie um ihre Hand zu bitten, und gleichzeitig hätte er sie am liebsten auf das schmale Bett geworfen und sie gevögelt. Consuelo hinderte ihn daran, diese Torheit zu begehen, indem sie ihm eine Ohrfeige verpaßte.
»Warum hast du das getan?« wollte Finnegan fassungslos wissen. Sein Gesicht brannte.
»Damit du nicht denkst, daß ich eine Hure bin.«
Wenigstens hatte sie aufgehört zu weinen.
»Ich denke nicht, daß du eine Hure bist«, versicherte er, zutiefst davon überzeugt, daß sie wirklich eine Hure war.
»Selbst wenn du wüßtest, daß ich mit Joe geschlafen habe?«
»Was?«
»Daß ich Joe gevögelt habe.«
»Warum sagst du mir das jetzt?«
»Weil ich ehrlich bin und keine Lügen mag«, sagte Consuelo. Sie war sicher, mit diesem Geständnis zu vermeiden, daß er nach ihrer Abreise von Harriett erfuhr, daß sie sich immer mit Joe getroffen hatte.
»Ach, laß das doch, Consuelo«, sagte Finnegan, ohne eine bessere Erklärung für das zu finden, was sie ihm gerade eröffnet hatte.
»Es stimmt aber, Finnegan.«
Er fühlte sich erleichtert, als sie ihn beim Nachnamen

nannte und nicht wieder zu weinen anfing. Consuelo war ein solches Weibchen, sie war von einer solchen natürlichen Sinnlichkeit, daß er sich kaum vorstellen konnte, wie sie mit diesem Körper monogam sein konnte.
Finnegan zog sie an sich. Consuelo sträubte sich nicht und umschlang Finnegan fest. Er spürte den Meeresduft, den sie noch immer verströmte. Er hob ihr Nachthemd hoch, um ihre Haut zu spüren und sie gleichzeitig auszuziehen. Das Nachthemd fiel zu Boden, und sie legten sich auf das Bett. Finnegan bog ihre Beine auseinander, küßte sie und glitt immer weiter küssend aufwärts, nüchtern, bis er sie ganz umschlungen hatte und sie seinen Penis gegen sich gepreßt fühlte, der zwischen ihre Beine drängte. Sie führte seinen Penis mit einem Stoß hinein, fühlte, wie er in sie eindrang. Sie stöhnten, das grünliche Licht schien auf seinen Rücken. Bis er innehielt, aus ihr zurückwich, aufstand, sich anzog und wie ein dummer Junge die Kajüte verließ, ohne ein Wort, ohne zu Ende zu kommen, ohne Adieu zu sagen. Sie blieb nackt zurück, verschwitzt, keuchte noch, und dann dieser übermächtige Wille, er solle sie nicht für eine Hure halten.
Ein Schlag auf seine Schulter brachte ihn in die Wirklichkeit zurück. Es war Collier, mit einem Becher in der Hand.
»Ich dachte, du wärst gestorben, Junge.«
Finnegan lächelte.
»Hast du an sie gedacht?«
»An wen?«
»Na, an Consuelo!«
»Ja«, gestand Finnegan.
»Vergiß sie, Finnegan. Sie war eine Hure.«
Die Barbadianer waren in den Waggon zurückgekehrt, ein seltsames Geräusch war zu hören. Finnegan sah in das Dunkel der Nacht.

»Regnet es?«
Collier nickte.
»Das Rheuma von Thomas trügt nie.«
»Scheiße, jetzt hocken wir jahrelang hier fest.«
Sie saßen nicht gerade jahrelang fest, aber die Reise verzögerte sich mehr, als Collier gerechnet hatte. Es hatte die ganze Nacht geregnet, und es gab keine Hoffnung, am nächsten Tag weiterfahren zu können. Die verbogenen Gleise wurden im strömenden Regen ausgewechselt, dadurch brauchten die Männer länger und konnten keine sonderlich gute Arbeit leisten. Collier gefiel es gar nicht, bei solchem Unwetter auf offener Strecke mit dem Zug stehen zu bleiben. Er sagte, daß die Bäume, obwohl sie riesenhaft waren, nur kleine Wurzeln hätten und sich praktisch gegenseitig stützten. Wenn dieses Gleichgewicht durchbrochen würde, wie bei der für die Strecke freigeschlagenen Schneise, dann begännen die großen Bäume bei dem geringsten Wind zu stürzen.
Fünf Tage später, es regnete noch immer, waren sie voll bei der Arbeit an der Baustelle am Abunã. Sie verrichteten die letzten Handgriffe an der Brücke, die bei der Überschwemmung des Flusses standgehalten hatte. Mad Maria konnte schon die Brücke überqueren, die Männer arbeiteten auf der anderen Seite, die Inder planierten, und die Barbadianer legten wie immer die Gleise.
Das Essen wurde im Regen verteilt. Mit großen Töpfen auf dem Rücken wurden die Maultiere zu den Arbeitern geführt. Wenn der Pfiff ertönte, verließen die Arbeiter ihre Plätze und stellten sich in einer Schlange auf, um ihre Portionen, ein dunkles Zeug, das wie gebratenes Fleisch aussah, entgegenzunehmen. Das Essen war sofort naß, aber niemand beklagte sich. Finnegan, der seine Schutzkleidung gegen die Moskitos aufgegeben hatte, verab-

reichte ihnen die tägliche Dosis Chinin in Begleitung bewaffneter Männer im Regenumhang. Er hatte jetzt ein völlig neues Team, fünf junge Männer, die vor kurzem aus den Vereinigten Staaten eingetroffen waren. Gute Jungs, ein bißchen leichtsinnig, aber er war auch nicht mehr so anspruchsvoll wie früher.
Schließlich, als niemand mehr daran glaubte, daß es in dieser Ecke der Erde noch Sonne gab, brach ein klarer Tag an, die Hitze brachte die Feuchtigkeit zum Verdampfen wie im Paläozoikum. Aber die Regentage brachten ihren besonderen Saldo. Die Krankenstation war überfüllt mit Kranken, deren Lungen von der schlechten Ernährung, und dazu dem Regen, angegriffen waren, eine Grippeepidemie war ausgebrochen, hohes Fieber und Lungenentzündung hatten zu Todesfällen geführt.
Collier verließ die Krankenstation nicht. Er hatte in wenigen Tagen viele Leute verloren und machte sich Sorgen.
»Wie viele werden durchkommen?«
»Ich weiß nicht«, antwortete Finnegan.
Der Ingenieur war unruhig, er mußte die zehn Meilen Schienen, die noch befestigt werden mußten, fertigstellen.
»Collier, weißt du, was ich entdeckt habe? Fast alle diese Arbeiter, die aus Indien gekommen sind, haben Lepra.«
»Lepra?«
»Genau. Indien hat eine der höchsten Lepraraten der Welt.«
Collier wußte nicht, was er sagen sollte, es war die Schuld von Farquhars Arbeitsvermittlern, die die ärztlichen Untersuchungen vernachlässigten, um mehr Gewinn herauszuschlagen.
»Das ist ja zum Auswachsen, Finnegan.«
»Aber sie können arbeiten«, sagte Finnegan. »Ich habe für

die, die krank sind, schon eine Isolierungsstation bauen lassen. Ich brauche deine Mithilfe.«
»Wie denn?«
»Die Kranken dürfen nicht mit den Gesunden zusammenkommen, wenn es hier überhaupt Gesunde gibt.«
Collier willigte mit einer Handbewegung ein.
Ein junger Inder am Boden begann zu stöhnen, dann war es still. Der Arzt trat zu ihm, fühlte den Puls und ließ den abgemagerten Arm des Jungen fallen, dann bedeckte er sein Gesicht mit einem Laken.
»Er hat nicht durchgehalten«, sagte Finnegan.
»Lepra?«
Finnegan lachte.
»Natürlich nicht, Lungenentzündung.«

Es war alles friedlich in der Hölle. Thomas und Harold spielten jede Nacht Karten. Finnegan machte sich nicht mehr die Mühe, an jeder Leiche eine Autopsie vorzunehmen, und hatte nun mehr Zeit, nichts zu tun. Collier saß gern in seinem Zelt und folgte mit der Fingerspitze der Bahnstrecke, die auf einem Plan eingezeichnet war, den er auf dem Tisch ausgebreitet hatte.
Fast jede Nacht kam der Arzt zu ihm ins Zelt, und sie unterhielten sich. Eines Nachts, als sie Lebensmittel, Post und Waren aus Porto Velho erhalten hatten, die ein kleiner Waggon einmal in der Woche brachte, entdeckten sie ein Bündel Zeitungen. Es war eine in Porto Velho gedruckte Zeitung der Gesellschaft, *The Marconigran*, eine geniale Idee Farquhars, um die Brasilianer zu beeindrucken, auch wenn kein einziger Satz auf Portugiesisch in der Zeitung stand.
Finnegan hatte die Zeitung zu Collier ins Zelt gebracht, und der Ingenieur hatte den Arzt deshalb eine ganze Zeit lang damit hochgenommen.

»Ich verstehe nicht, wie du mit so einer Scheiße deine Zeit verschwenden kannst«, sagte Collier. »Damit kann man sich nicht mal den Hintern abwischen.«
Die Zeitung war nicht nur schlecht, sondern auch noch verlogen. Obwohl die Nachrichten über die nächste amerikanische Präsidentschaftswahl stimmten, kochten sie ihr Süppchen für die Demokraten, und Woodrow Wilson wurde als der beste Mann der Welt vorgestellt. Es gab eine Meldung über die aus Indien herangeschafften Arbeiter und eine andere über die Flucht der Deutschen, die als eine Folge der Unfähigkeit des Europäers, sich an die Härten des tropischen Klimas zu gewöhnen, erklärt wurde.
»Hast du diese Nachricht hier gelesen?« fragte Finnegan.
»Ich sagte bereits, daß ich meine Zeit damit nicht vergeude.«
»Ich weiß, Collier. Aber ich spreche von diesem Artikel hier und über die Rede von diesem brasilianischen Senator. Du mußt dich doch daran erinnern, weil du Portugiesisch sprichst und den Mann gehört hast.«
»Ja, und?«
»Ich habe überhaupt nichts verstanden, als er redete, aber ich habe gemerkt, daß er am Ende irgend etwas rezitiert hat, was sich wie ein Gedicht anhörte.«
»Er hat wirklich etwas rezitiert, beschissen.«
»Hier heißt es, das Sonett sei von einem großen brasilianischen Dichter. Hier steht eine Übersetzung des Gedichts, unglaublich, ich kann das gar nicht fassen. Den Dichter gibt es wirklich, sieh mal hier, seine Biographie.«
Finnegan zeigte dem Ingenieur die Zeitung.
»Du willst doch nicht etwa sagen, daß dir das Gedicht gefallen hat?«
Finnegan lachte.
»Nein, es ist lächerlich. Aber als der Senator anfing, es

aufzusagen, hob er fast ab, ich dachte, er hätte sich den Text in dem Augenblick ausgedacht. Die Übertreibung von Südländern, du weißt schon.«

»Offenbar verwechselst du diesen Dichter mit einer tropischen Krankheit, Finnegan.«

Der Arzt vertiefte sich wieder in die Zeitung.

»Was bist du denn so aufgebracht, Junge, Dichter sind nun mal so.«

Finnegan, der die Sonette von Shakespeare mochte, wehrte die Erklärung des Ingenieurs als zu blöd ab.

»Weißt du, was du machen solltest, Finnegan?«

»Was denn?«

»Um diesen brasilianischen Dichter zu ehren?«

»Wer will denn diesen Verrückten ehren?«

»Na du, Mensch. Du bist doch ganz geil darauf.«

Finnegan lachte, und Collier fiel boshaft ein.

»Ich schlag dir was vor, Finnegan. Entdeck eine neue Krankheit und nenne sie nach dem Dichter. Irgendwas wie Bilac-Syndrom oder Olavo-Pest.«

»Bilac-Syndrom«, wiederholte Finnegan, »ein guter Name.«

»Und weil du sowieso nie eine Krankheit entdecken wirst, könntest du das Endstadium von Beriberi so nennen.«

»Bilac-Syndrom für das Endstadium von Beriberi? Auf so was kannst auch nur du mit deiner verdorbenen Phantasie kommen, Collier.«

»Das paßt gut zusammen. Während der Kranke zittert, erbebt die poetische Phantasie. Und beide sind tödlich.«

Zu Finnegans Freude gab es in dieser Saison keinen einzigen Fall von »Bilac-Syndrom«. Aber da viele an Lungenentzündung gestorben waren, nannte Finnegan diese Fälle »Olavo-Pest«.

22

Jetzt träumte Finnegan von Skorpionen, weil er weder von Consuelo noch von anderen Frauen träumen wollte. Die Skorpione waren jedoch verschwunden, und die Krankenstation wurde jetzt nur von den roten Ameisen heimgesucht, die schmerzliche Bisse verursachten und unzerstörbar schienen. Er lag in seinem Bett, von der Gürtellinie aufwärts war er nackt, er hatte die Augen geschlossen und hörte die Sanitäter draußen ihre Arbeit beenden, bevor sie schlafen gingen. Obwohl er nicht mehr der eifrige Arzt wie am Anfang war, hielt er die Krankenstation makellos sauber, die Bettücher waren immer gewaschen und die Berichte sorgfältig aufgebaut und überarbeitet, obgleich völlig verlogen. Das Verschwinden der Deutschen hatte keinen Frieden gebracht. Die Barbadianer, jetzt in geringerer Zahl, waren aggressiver geworden und konnten die Anwesenheit der Inder nicht ertragen. Fast jeden Tag wurde ein toter oder verletzter indischer Arbeiter in die Krankenstation gebracht. Finnegan kannte den Grund für diesen Haß nicht, aber er hatte auch zu viel zu tun. So machte er sich nicht die Mühe, etwas darüber in Erfahrung zu bringen. Auch Collier hätte das nicht erklären können. Davon war er überzeugt. Der Ingenieur mochte die Barbadianer und schätzte die indischen Arbeiter nicht. Es war eine alte Abneigung aus der Zeit, als er in Indien gelebt und sich daran gewöhnt hatte, in den Indern eine Masse von Elenden zu sehen, wie die Fakire, die warteten, daß der Hunger sie tötete, während ein halbes Dutzend Maharadschas sich im Reichtum sonnte und in prächtigen Palästen wohnte. Daher unternahm er auch nichts Ernsthaftes, um die ständigen Streitigkeiten zwischen Barbadianern und Indern zu verhindern, aus denen unweigerlich ein Inder als Verlierer hervorging.

In dieser Nacht öffnete Finnegan schlaftrunken die Augen, als er zehn Schüsse hörte. Er sprang aus dem Bett und griff zu seiner Waffe, denn er hatte auch gelernt, immer bewaffnet zu sein, und verließ die Krankenstation, ohne sich ein Hemd überzuziehen. Neben Colliers Zelt gab es einen Auflauf. Finnegan erzitterte bei dem Gedanken, dem verflixten Ingenieur könnte etwas zugestoßen sein. Er lief zum Zelt und bahnte sich einen Weg durch die Wachposten. Collier hatte noch den Revolver in der Hand. Vor ihm am Boden lag ein Mann, er war nackt, schmutzig, aus drei kreisrunden Löchern in der Brust floß Blut.

Collier war erleichtert, als er den Arzt sah.

»Er ist um das Zelt herumgeschlichen«, sagte der Ingenieur ziemlich aufgeregt.

Finnegan stieß Collier an, damit er sich auf das Bett setzte. Das gefiel diesem nicht.

»Komm, laß diese Scheiße. Ich bin o. k.«

Finnegan setzte sich neben den Ingenieur.

»Ich war gerade dabei, Pflanzen zu untersuchen, als ich ein Geräusch hörte. Ich merkte, daß jemand um das Zelt schlich, stand vorsichtig auf und nahm den Revolver, der hier auf dem Bett lag.«

»Wer ist das?« fragte Finnegan.

»Weiß nicht, ich kenne ihn nicht.«

Der Anführer der Wachposten mit dem großen Schnurrbart erklärte: »Er arbeitet nicht für die Gesellschaft, Mister.«

Finnegan beugte sich über die Leiche, die Kugeln hatten die Brust und sicher auch die Lunge und das Herz durchbohrt, der Mann war sofort tot.

»Ich sah, wie sich jemand gegen das Zelt drückte, ich wußte, es war ein Mann«, fuhr der Ingenieur fort. »Mit dem Revolver in der Hand entschloß ich mich dann, das Zelt zu verlassen. Da erschien er in der Tür, und ich schoß. Er sah wie einer von diesen Indern aus, und ich dachte, er sei verrückt.«

»Auf den ersten Blick sieht er wirklich wie ein Inder aus«, bestätigte der Arzt.

»Es ist ein Caripuna-Indio«, sagte Collier trocken.

»Er war unbewaffnet«, bemerkte Finnegan.

Collier hörte keinerlei Vorwurf aus Finnegans Worten, aber die Tatsache, daß der Indio unbewaffnet war, machte ihn verlegen.

»Ja, er war unbewaffnet, aber jetzt hat er Blei in sich. Die Welt hätte nicht noch einen klavierspielenden Indio ertragen.«

Unter Protesten der Positivistischen Kirche Brasiliens und mit der Weigerung Rondons, zu der Veranstaltung zu erscheinen, gab Joe Caripuna sein erstes und einziges Konzert in Rio de Janeiro.

Farquhar hatte drei Konzerte in der Bundeshauptstadt geplant. Eins in Catete und zwei weitere im Sitz der Handelsvereinigung von Rio de Janeiro. Das Konzert im Catete konnte angesichts der feindlichen Haltung Rondons nicht stattfinden und so wurde nur ein einziges Konzert in der Handelsvereinigung angesetzt, vor einem illustren Publikum, darunter mehrere Minister, Journalisten, bekannte Intellektuelle und der Marschallpräsident.

Die Reaktion der Positivisten war heftig und verärgerte Farquhar. Als guter Amerikaner, der er war, hatte er etwas für Neuheiten übrig. Er erinnerte sich noch an den Eindruck, den das Auftreten der Siamesischen Zwillinge Chan und Eng auf ihn als Kind in der Platt's Music Hall in Kalifornien gemacht hatte. Aber die Brasilianer schienen keine Vorliebe für derlei Phänomene zu haben. In einem von der Presse verbreiteten Manifest klagten die Positivisten Farquhar an, er mache einen »echten Brasilianer« lächerlich, weil er »den jungen Caripuna zu einer Jahrmarktssensation« gemacht habe. Was Farquhar daran am meisten ärgerte, war, daß er zum ersten Mal bei einem Geschäft Verlust zu machen drohte, denn die Reise des Indio und seiner Lehrerin plus die Kosten für die Unterbringung in der Bundeshauptstadt hatten eine erhebliche Summe verschlungen.

Das Konzert in der Handelsvereinigung fand kaum Beachtung, und die große Attraktion des *show biz* von Rio war weiterhin der Auftritt von Victoria Pérez von der Compagnie de Vaudevilles aus Lissabon, die *Maxixe-Melodien* sang und anzügliche Verse mit stark symbolistischem Einschlag rezitierte. In dem Heftchen, das er hatte drucken lassen, war die Rede von Lovelace anläßlich von Joes erstem Auftritt in Porto Velho fast wörtlich wiedergegeben. Aber selbst das rührte die Brasilianer nicht. Hermes zeigte sich nach dem Konzert erschöpft und bemerkte, der Indio habe mehrere Takte der Ouvertüre zu O *Guarani* übersprungen. Ein Rezensent, der sich hinter dem Pseudonym Malagueta verbarg, veröffentlichte in einer Zeitung ein kleines Gedicht, in dem er den Indio einen »tolpatschigen Pianisten« nannte, »der die Füße mit den Händen verwechselt, ohne daß die Yankees es bemerken«. Farquhar sollte sich jedoch bald von diesem enttäuschenden Ereignis erholen. Einige Tage nach dem mißlungenen Konzert suchte ein sympathischer Landsmann ihn auf, Mister Lawrence Hall, Exporteur aus New York, der ihm ein Geschäft vorschlagen wollte.

Lawrence war ein persönlicher Freund des Geschäftsführers des Amerikanischen Barnum Museums, der berühmten von P. T. Barnum gegründeten Einrichtung, die auf Vorführungen mit exotischen Wesen spezialisiert war. Da er ständig viele Länder zu bereisen pflegte, hatte der Geschäftsführer ihm vorgeschlagen, jegliche Attraktion, die Lawrence finden und ihm bringen würde, würde er unter Vertrag nehmen. Der Klavier spielende Indio konnte eine Attraktion werden.
Farquhar unterhielt sich lange mit Lawrence, und gemeinsam erinnerten sie sich an all die Wunder, die im Amerikanischen Barnum Museum vorgeführt worden waren. Schließlich wurden Joe Caripuna und seine Lehrerin Consuelo dem Händler mit einem Vertrag übergeben, der besagte, daß Farquhar außer der Erstattung der Reisespesen von Porto Velho nach Rio dreißig Prozent der Erträge aus dieser Attraktion erhalten sollte.
Consuelo und Joe nahmen das Schiff in die Vereinigten Staaten und kamen im Dezember 1911 in New York an. Es war sehr kalt, auf den Straßen der Metropole, auf denen reges Treiben herrschte, lag Schnee. Joe erkrankte und mußte zwei Monate in einem Krankenhaus bleiben. Als er jedoch entlassen wurde, begann er wieder intensiv zu üben und hatte im Frühjahr 1912 mit einem interessanten Programm seine Premiere. Außer dem geschickten Vortrag der Nationalhymne spielte der Indio zum Ergötzen des Publikums den *Minutenwalzer* von Chopin in dreißig Sekunden. Anschließend trat Consuelo auf und spielte den Walzer in dem von Chopin angegebenen Tempo. Joe, dem ein riesiger Chronometer folgte, der auf die Bühne herabgelassen wurde, spielte auf dem Klavier, vor einem lärmenden, interessierten Publikum.
Joe Caripuna starb 1927 an Syphilis.

Gegen den Willen der brasilianischen Regierung wurde am 7. September 1912 die Eisenbahnlinie Madeira—Mamoré eingeweiht.
1912 hatte die Amazonas-Region das internationale Gummimonopol an die englischen Plantagen in Asien verloren.
1912 hatte die Eisenbahnlinie Madeira—Mamoré daher offensichtlich ihren Sinn verloren.
1916 zahlte die brasilianische Regierung der Farquhar-Gruppe die Summe von 62.194.374,366 Reis, obwohl die Unternehmer einen Gesamtbetrag von 100.223.281,372 Reis gefordert hatten.
Im ursprünglichen Vertrag hatte die brasilianische Regierung sich verpflichtet, in Übereinstimmung mit den Messungen 47.682.058,402 Reis zu zahlen.
Im Gerichtsverfahren, das die Farquhar-Gruppe gegen die brasilianische Regierung anstrengte, beurteilten folgende brasilianische Rechtsgelehrte in ihren Gutachten die Farquhar-Gruppe positiv: Ruy Barbosa, Clóvis, Bavilácqua, Sanchos de Barros Pimentel und Inglês de Sousa.
1966 wurde die Madeira—Mamoré auf Beschluß des Verkehrsministers Juárez Távora stillgelegt und als Alteisen an einen Unternehmer in São Paulo verkauft. Es ist nicht bekannt, welche Summe dafür bezahlt wurde.

Am 13. Juli 1927 setzte sich ein Dichter in dunklem Anzug, Hut, Krawatte, Oberhemd und weißer Hose auf ein Gleis der Madeira-Mamoré und lächelte. Auf dem Foto lächelt der Dichter. Es ist eine graue, kontrastarme Fotografie. Der Himmel ist eine gräuliche Masse und der Wald eine breite Fläche. Der Dichter lächelt, weil er guten Grund dazu hat. Er ist glücklich. In Wahrheit ist nur ein Teil seines Gesichtes auf dieser Aufnahme zu sehen.

Gerade die Nasenspitze und der lächelnde Mund. Er trägt einen Hut mit weicher Krempe, der seinen Kopf vor der Mittagssonne schützt, und er lächelt. Das Foto wurde in Porto Velho aufgenommen, genau um zwölf Uhr dreißig. Deshalb verschwimmen Schatten und Gegenstände ineinander, und der Dichter sitzt seitlich auf dem Gleis. Um die Mittagszeit mußte das Gleis ziemlich heiß gewesen sein, wirklich kochend heiß. Aber der Dichter lächelte, weil zwei gelbe Schmetterlinge vor die Kamera geflogen waren und ihn umflatterten. Aber der Film wurde länger belichtet und verwandelte die Schmetterlinge in einfache, weiße Flecken, einer sitzt auf der Schulter des Dichters, der andere verdeckt seine rechte Hand, mit der er sich auf dem Gleis abstützt, um sich so einige Zentimeter über der von dem Metall aufsteigenden Hitze zu halten.
Im Jahr 1927 funktionierte die Eisenbahnstrecke Madeira—Mamoré reibungslos. Aber sie war nicht gerade eine Attraktion für Besucher, erst recht nicht für Dichter. Auf der Fotografie sind zwei weitere Flecken am rechten Rand des Bildes zu sehen. Auch das könnten gelbe Schmetterlinge sein. Aber nur der Dichter könnte diesen Zweifel beseitigen.
Leider ist er schon tot. Der Dichter hieß Mário de Andrade.
Es gibt Hunderte von Fotos von der Strecke Madeira—Mamoré. Viele Fotografien, die von guten Fotografen gemacht wurden, sehr viel besser als das Foto, auf dem Mário de Andrade lächelt.
Am nächsten Tag fuhr Mário de Andrade auf der Bahnstrecke bis nach Guajará-Mirim. Er lernte interessante Dinge kennen. Einen Indio. Pacaá-novo, der davon träumte, einmal Telegraphist zu werden, um eine weiße Frau zu heiraten und zivilisiert zu sein. In Guajará-Mirim betrat er

eine Toilette, in der er auf einen seltsamen Text stieß, der den Kautschukzapfern die zivilisierte Benutzung dieser Einrichtung erklärte. Das Wort ZIVILISIERT wurde dort überhaupt sehr ernst genommen. Die Toilette gehörte der Guaporé Rubber Corporation. Er sah Frauen aus Barbados mit bunten Hüten voller Blumen durch die Straßen des kleinen Ortes laufen.

Heute fällt es schwer zu sagen, was der Dichter im Mondschein von Guajará-Mirim empfand. Vielleicht war er voller innerer Widersprüche, er bekam eine Ahnung von jener sanften, romantischen Stimmung, die bei Mondschein aufzukommen scheint. Wer weiß, vielleicht empfand er in dieser Umgebung etwas Unbarmherziges, denn nur ein Mann von großer Sensibilität wie er konnte in jener Nacht im Jahre 1927 in Guajará-Mirim sein, voller Ahnungen und Widersprüche. Und später sollte der Dichter sich in seinem Tagebuch fragen:

»Warum bin ich eigentlich hier! . . . Wo liegt der Sinn all dieser internationalen Toten, die im Getöse der Lokomotive wiedergeboren werden und mit ihren kleinen Schlitzaugen, mit ihren portugiesischen, bolivianischen, barbadianischen, italienischen, arabischen, griechischen Augen für ein paar Pfund Sterling hergekommen waren. Alles, was andere Nasen und Hautfarbe hatte, hat sich einmal hier getummelt, sich bei Einbruch der Nacht mit einem kleinen Fieber hingelegt, um im Morgengrauen im Nimmermehr aufzuwachen.«

Im Nimmermehr aufzuwachen, ist eine unglaubliche Formulierung, oh Dichter!

Wieviel Irrsinn. So ist das Leben.

Ach, wie schön ist unser Brasilien, wo ein Schriftsteller einen ganzen Roman in einer romanischen Sprache schreiben kann, in dem es von Gestalten mit angelsächsischen Namen wimmelt.

Und dann gab es da noch eine Lokomotive, genannt Mad Mary, Marie Folle, Mar/a Loca, Maria Louca, Mad Maria.

Ein indischer Arbeiter hämmert mit kräftigen, mechanischen Schlägen ein Gleis auf der Schwelle fest. Eine abstoßende Erscheinung, denn seine Nase ist verunstaltet, und die Finger sind zerfressen von Lepra. Weiter vorn legen die Barbadianer neue Gleise, die von Trupps mit zehn Männern herangetragen werden. Als die Barbadianer sich dem Inder nähern, tritt er zurück, um die Schwarzen vorbeizulassen. So ist es fast immer, die indischen Arbeiter versuchen, den Barbadianern fernzubleiben, oft unterbrechen sie ihre Arbeit, bis die Schwarzen sich entfernt haben, um eine Konfrontation zu vermeiden.
Der Trupp aus zehn Barbadianern zieht langsam vorüber, dadurch entsteht ein Stau bei den Indern, die furchtsam zusehen. Die Barbadianer provozieren sie ständig, beschimpfen sie, und die Inder verstehen alles, weil einige Englisch sprechen.
Von dem mit Kohle beladenen Waggon aus beobachtet Harold den Zug der Barbadianer, er sieht keinen Wachposten in der Nähe. Er weiß, das kann nur schlimm enden. Die Lokomotive, die gleich hinter der Brücke über den Abunã angehalten hat, stößt dicke, dunkle Rauchschwaden aus.
Auf der Strecke, die hinter der Brücke weiterführt, herrscht fieberhaftes Treiben. Die Inder befestigen die letzten Gleisstücke auf den Schwellen mit trockenen, rhythmischen Hammerschlägen. Weiter vorn legen die Barbadianer neue Schienenstränge. Finnegan kommt mit seinen Sanitätern heran, sein Hemd ist verschwitzt, er trägt es offen, so daß seine von der Sonne gebräunte Brust zu sehen ist. Er läuft langsam wie auf einem Spaziergang,

ohne sonderliches Interesse blickt er umher. Er sieht auf die Uhr, um zu wissen, ob er schon die Chinindosis verabreichen kann. Er wird nicht von Wachen begleitet, sondern die Sanitäter sind jetzt mit Winchester-Gewehren ausgerüstet und tragen außerdem die Flaschen im Drahtgestell mit den Tabletten. Die Zeit schleicht, und Finnegan hat seinerseits keine Eile. Es kümmert ihn wenig, daß die Barbadianer die Inder immer weiter provozieren, so daß diese dauernd ihre Arbeit unterbrechen müssen. Aber auch die Geduld der Inder hat einmal ein Ende, und die täglichen Toten sind ein Beweis dafür. Ein indischer Arbeiter, der vielleicht in einem gewissen Augenblick eifriger als die anderen ist, unterbricht weder seine Arbeit, noch entfernt er sich, als die Barbadianer näher kommen. Die Barbadianer gehen mit dem Gleis auf ihn zu und überrennen ihn gewissermaßen. Sie trampeln über den Mann hinweg. Der Arzt hat das nicht bemerkt und sieht noch immer auf die Uhr. Als die Inder den verletzten Kameraden sehen, warten sie, bis die Barbadianer das Gleis abgelegt haben und gehen auf sie zu. Sie sagen etwas, was die Barbadianer mit Gelächter beantworten. Ein magerer, lehmverschmierter Schwarzer tritt vor und ohrfeigt einen Inder. Und nun kommt es zu einem Handgemenge. Als Finnegan den Tumult sieht, kommt er zu sich und ruft die Sanitäter. Sie rennen zum Ort der Auseinandersetzung, aber die Männer, die sich in ihrem häßlichen Kampf auf dem Boden wälzen und Staub aufwirbeln, bemerken ihre Ankunft nicht einmal. Der Arzt versucht, schlichtend in den Streit einzugreifen, bekommt aber selbst einige Stöße ab, sogar aufs Geratewohl einen Fausthieb von einem Barbadianer. Finnegan geht zu Boden, sein Gesicht schmerzt, und eine mörderische Wut steigt ihn ihm auf. Er erhebt sich und zieht den Revolver.

»Hört zu streiten auf!« brüllt er.
Der Kampf tobt immer rasender weiter.
»Hört auf, ihr Hurensöhne! Hört auf, oder es wird euch teuer zu stehen kommen!«
Finnegan weiß, daß sie sein Rufen gar nicht hören. Er umklammert seinen Revolver und sieht die Sanitäter an, die ihre Gewehre festhalten.
»Und ihr?« schreit er die Sanitäter an. »Was steht ihr da rum?«
Die Sanitäter sehen sprachlos zu.
»Los, macht dem ein Ende«, ruft Finnegan. Er schießt ein paarmal in die Luft, während er die Männer, die sich auf dem Boden wälzen, mit Füßen tritt. Aber niemand läßt sich von Schüssen oder Tritten beeindrucken, sie sind unempfindlich in ihrem Haß, es ist derselbe Haß, der plötzlich Finnegan irrationalerweise überfällt.
»Eröffnet das Feuer!« befiehlt Finnegan den Sanitätern.
Die jungen Männer zielen ohne große Überzeugung mit den Gewehren auf die Leute.
»Schießt auf diese Hurensöhne!«
»Sollen wir wirklich auf sie schießen, Doktor?« fragt ein Sanitäter, der nicht glauben kann, was er gerade gehört hat.
»Jawohl, Idiot. Feuer! Durchlöchert diese Hurensöhne«, brüllt der Arzt, sein Kinn pocht vor Schmerz.
Die jungen Leute zielen und feuern aus nächster Entfernung. Barbadianer und Inder fallen getroffen zu Boden. Die Schießerei dauert nicht lange, und die Männer hören auf zu kämpfen. Sie stehen auf, verletzt, zerschunden, zerfetzt, die Arme im Nacken verschränkt.
Finnegan läuft mit dem Revolver in der Hand um die erschrockenen Männer herum und brüllt.
»Ich hätte euch alle fertigmachen können, ihr Hurensöhne.«

Da erscheint Collier und hält Finnegan an der Hand fest, in der dieser den bedrohlichen Revolver hält. Er versucht sich loszumachen, aber der Ingenieur schlägt ihm die Waffe aus der Hand.
»Genug, Finnegan. Sonst machst du mir mein Arbeitspotential kaputt, Junge.«
Drei Männer winden sich schwerverletzt am Boden, und sechs sind unter den Schüssen der Winchester-Gewehre gestorben. Blut läuft über den Sand, tränkt die Erde und versickert unter den Bahnschwellen. Finnegan streicht sich mit der Hand über das schmerzende Kinn und sieht den Ingenieur an. Collier schüttelt den Kopf, Finnegan sieht darin einen Anflug von Ironie.
Diese Ironie, Colliers Sarkasmus und Respektlosigkeit, all das rührte Finnegan nicht mehr, und das war schade. Er nahm seine am Boden liegende Waffe auf, wischte den Staub ab und steckte sie ins Halfter. Schweiß rann ihm den Nacken hinunter, Finnegan war müde. Das Höchste, was er jetzt noch empfinden konnte, war Müdigkeit, große Müdigkeit, denn nur für Dummköpfe konnte jetzt noch etwas anderes als die Kunst zu überleben wichtig sein.
Manaus 1977/80

Márcio Souza
Galvez, Kaiser von Amazonien

Roman

Aus dem brasilianischen Portugiesisch von Ray-Güde Martin

Mit einem Sprung aus dem Schlafzimmerfenster einer schönen Frau rettet sich der Spanier Luiz Galvez, der sich in seinen Memoiren als einer der letzten großen Abenteurer des ausgehenden 19. Jahrhunderts versteht, vor einem wütenden Ehemann und stürzt sich damit zugleich in die politische Arena Brasiliens. Denn durch seinen Sprung hat er zufällig das Leben des bolivianischen Botschafters in Brasilien gerettet, der in Verbindung mit den USA eine der Schlüsselfiguren bei der Erschließung des Kautschukgebietes am oberen Amazonas ist. Kautschukhandel war in jener Zeit ein Mittel zu schneller Bereicherung und Amazonien das ideale Experimentierfeld für Abenteurer, Revolutionäre, Eroberer und Glücksucher jeglicher Art. Auch Luiz Galvez macht sich unter irrwitzigen Umständen mit einer bunt zusammengewürfelten Gesellschaft von der Küstenstadt Belém in den Urwald auf. Bis zur Ankunft im tiefen Brasilien hat er mit seiner Truppe, zu der, natürlich, drei schöne Frauen gehören – eine verliebte Nonne, eine leidenschaftliche brasilianische Revolutionärin und eine temperamentvolle französische Opernsängerin –, manches Abenteuer zu bestehen, manche Schlacht zu schlagen.

Brasilianische Literatur bei k&w
Kiepenheuer & Witsch

José Maria Arguedas
Trink mein Blut, trink meine Tränen

Roman

In San Pedro de Lahuaymarca, einer kleinen Stadt in den peruanischen Anden, verflucht der letzte bedeutende Großgrundbesitzer, Don Andrés de Aragón y Peralta, bei seinem Tode öffentlich seine beiden Söhne – Bruno, weil er sich mehrere Haziendas angeeignet und unzähligen Indias unzählige Kinder gemacht hat; Fermín, weil er das Land nicht mehr bebaut, sondern wie ein Maulwurf in der Erde wühlt und nach Silber schürfen läßt. Bis dahin verfeindet, lehnen sich die beiden im Wesen völlig verschiedenen Brüder gegen den Fluch auf und versöhnen sich vorübergehend wieder; jeder bemüht sich in seinem Bereich um Reformen, die helfen sollen, ein neues Peru zu schaffen. Bruno, der sich den Mythen und Bräuchen der Indios sehr nahe fühlt, wollüstig und gewalttätig, aber auch phantasievoll und träumerisch ist, gibt seinen Indios Land, Vieh und Lohn. Fermín, verstandesbetont und oft gefühlskalt, versucht in seinem Bergwerk durch Erziehung und anständige Löhne aus seinen Indios gute Arbeiter zu machen und so seinem Land Wohlstand zu bringen. Aber er wird zum Spielball eines mächtigen internationalen Konsortiums, wird um Gewinn und Land gebracht.

Am Lebensweg der beiden Brüder Bruno und Fermín zeichnet José María Arguedas ein atemberaubendes und figurenreiches Bild des moderen Perus aller Schichten und Rassen. Dieser kämpferische Roman ist das bewegende Dokument eines Landes im Umbruch, ein fesselndes Buch, das zugleich voller Poesie und Wärme ist.

Brasilianische Literatur bei k&w

Kiepenheuer & Witsch

Zitronengras
Neue brasilianische Erzähler
Ein Lesebuch

Herausgegeben von Kay-Michael Schreiber

Brasilien heute ist das Thema dieser Anthologie, die versucht, möglichst viele Tendenzen innerhalb der neueren brasilianischen Literatur widerzugeben. So soll eine Selbstdarstellung des Landes erreicht werden, ein Bild der Wirklichkeit Brasiliens, die in Europa oft noch von Klischees und einer falsch verstandenen Exotik verstellt ist. Das Leben in der Großstadt, wo die meisten der vorgestellten Schriftsteller leben, wird zunehmend zum Thema der Literatur, die soziale Anklage wird konkreter und somit wirksamer, Kämpfe und Widerstände, aber auch Wünsche und Träume artikulieren sich. Die Erzählungen beweisen in der Vielfältigkeit der ästhetischen Formen ein hohes Maß an schöpferischer Kraft, große Vitalität, Witz und eine ungewöhnliche Sinnlichkeit – Ausdruck einer sehr lebendigen, eigenständigen Literatur.

Brasilianische Literatur bei k&w
Kiepenheuer & Witsch